Die Märchen der Weltliteratur

Begründet von Friedrich von der Leyen

Herausgegeben von Hans-Jörg Uther

Eskimo-Märchen

Herausgegeben und übertragen
von Heinz Barüske

EUGEN DIEDERICHS VERLAG

CIP-Titelaufnahme der Deutschen Bibliothek

Eskimo-Märchen
übers. und hrsg. von Heinz Barüske.
3., verb. und erw. Aufl. – München : Diederichs, 1991.
(Die Märchen der Weltliteratur)
ISBN 3-424-01048-0

NE: Barüske, Heinz [Hrsg.]

3., verbesserte und erweiterte Auflage 1991

Einbandgestaltung: Ute Dissmann, München
Produktion: Tillmann Roeder, München
Gesamtherstellung Wiener Verlag, Himberg
ISBN 3-424-01048-0
Printed in Austria

1. Als die Erde entstand, die Menschen und die Hunde

Unsere Vorväter haben viel vom Entstehen der Erde erzählt, damals, vor langer, langer Zeit. Sie konnten die Worte nicht in Strichen verstecken wie später die weißen Männer. Sie erzählten nur, die Menschen, die damals lebten. Sie erzählten von vielen Dingen. Und darum sind wir nicht unwissend. Alte Frauen reden nicht einfach so dahin, und wir glauben ihnen: im Alter gibt es keine Lüge.

Damals, vor langer, langer Zeit, als die Erde entstehen sollte, stürzte sie von oben herab. Erde, Felsen und Steine, hoch vom Himmel hernieder. Und dann kamen die Menschen. Kleine Kinder kamen aus der Erde heraus, aus Weidenbüschen, und sie lagen darunter mit geschlossenen Augen und zappelten; denn sie konnten nicht einmal krabbeln. Ihre Nahrung bekamen sie von der Erde.

Von einem Mann und von einer Frau wird erzählt.

Aber wie? Das ist rätselhaft. Wann hatten sie sich bekommen? Wann waren sie groß geworden? Man weiß es nicht. Aber die Frau nähte Kinderkleider und wanderte hinaus. Sie findet die Kindlein, zieht sie an und bringt sie nach Hause.

So wurden es viele Menschen.

Als es nun viele waren, wollten sie Hunde haben. Und ein Mann geht hinaus und stampft auf die Erde. Er schwenkt einen Hundezugriemen in der Hand und ruft laut: »Hok, hok, hok!«

Und aus den Hügeln springen die Hunde, und sie schütteln sich ordentlich; denn sie sind voller Sand.

So bekamen die Menschen die Hunde.

Und die Menschen vermehrten sich immerfort und wurden mehr und mehr. Und sie wurden uralt; denn es gab keinen Tod.

Zuletzt konnten sie nicht mehr gehen. Sie wurden blind und mußten liegen.

Sie kannten auch nicht die Sonne. Sie lebten im Dunkeln. Nur im Hause hatten sie Licht. Sie brannten Wasser in den Lampen. Damals konnte Wasser noch brennen.

Aber die Menschen, die nicht zu sterben verstanden, wurden viel zu viele. Sie überfüllten die Erde. Und da kam eine Meeresflut, und es wurden weniger Menschen.

Spuren dieser Meeresflut findet man noch auf hohen Felsgipfeln, auf denen man hin und wieder Muscheln sehen kann.

Als es nun weniger Mensch waren, fingen zwei alte Frauen zu reden an: »Laß uns bloß ohne Tag sein, wenn wir damit auch ohne Tod sind!« sagte die eine. Sie hatte wohl Angst vor dem Tode.

»Nein«, sagte die andere, »wir wollen beides haben, Licht und Tod.«

Und als dies die alte Frau aussprach, wurde es so: das Licht kam und der Tod.

Als die Menschen nun das Licht bekommen hatten, konnten sie auf Fang fahren und brauchten nicht länger von der Erde zu essen.

Und mit dem Tod kam die Sonne, der Mond und die Sterne. Denn wenn die Menschen sterben, steigen sie hinauf zum Himmel und beginnen zu leuchten.

2. *Wie das Leben entstand*

Ein Vogel war es, der die Menschen schuf und alles Leben auf dieser Erde. Tulungersaq hieß er oder Vater Rabe. Doch zuerst war er in Menschengestalt da. Blind tastete er sich vorwärts, wußte nicht, was er tat, bis es ihm eines Tages klar wurde, wer er war und welche Aufgabe er zu erfüllen hatte.

Er hockte im Dunkeln, als er sich selbst entdeckte. Er begann zu atmen und Leben zu bekommen.

Alles um ihn herum war dunkel, und er konnte nichts sehen.

Da tastete er sich mit den Händen vor. Seine Finger strichen über Lehm, die Erde war aus Lehm, alles um ihn herum war toter Lehm. Er ließ die Finger über sich gleiten, fand sein Gesicht und fühlte, daß er Nase, Augen und Mund, Arme, Beine und Körper hatte. Er war ein Mensch – ein Mann.

Auf der Stirn fühlte er eine kleine Erhöhung. Er wußte nicht, was das war. Er ahnte ja nicht, daß er einmal ein Rabe werden sollte und daß die kleine Erhöhung größer werden und sich zu einem Schnabel auswachsen würde.

Er begann zu grübeln. Jetzt wußte er, daß er ein freies Wesen war, nicht fest verwachsen mit alldem, was ihn umgab.

Da kroch er langsam und vorsichtig über den Lehm. Er wollte herausfinden, wo er war. Plötzlich fühlten seine Hände einen leeren Raum, einen Abgrund, und er wagte nicht, sich weiterzubewegen.

Nun brach er einen Klumpen Lehm ab und warf ihn in den Abgrund. Er lauscht, um zu hören, wann dieser Klumpen auf den Boden fällt. Aber er hört nichts. Er entfernt sich vom Abgrund und findet einen harten Gegenstand, den er in den Lehm eingräbt. Er wußte nicht, warum er das tat. Aber er tat es. Und dann saß er wieder still da und dachte darüber nach, was wohl in all dem Dunkel, das ihn umgab, verborgen sei.

Da hörte er plötzlich ein Sausen in der Luft, und ein kleines Wesen setzt sich auf seine Hand. Er befühlt es und entdeckt, daß es einen Schnabel hat und Flügel und warme, weiche Federn am ganzen Körper, aber kleine, nackte Füße.

Das war ein kleiner Sperling. Und auf einmal versteht er, daß dieser kleine Sperling schon vor ihm existiert hat, daß er um ihn geflogen und gehüpft war in all dem Dunkel und daß er ihn nicht bemerkt hatte, bevor er sich auf ihn setzte.

Der Mensch mag Gesellschaft, wird kühner und kriecht jetzt furchtloser über die Erde, hin zu der Stelle, wo er vorher etwas eingegraben hatte. Jetzt hat es Wurzeln geschlagen und ist lebendig geworden. Ein Busch ist aus der Erde hervorgeschossen. Die Erde ist nicht mehr unfruchtbar. Der nackte Lehm hat Haare bekommen. Gras wächst auf ihm.

Aber der Mensch fühlt sich einsam und formt aus Lehm eine Figur, die ihm gleicht. Und dann hockt er sich wieder hin und wartet. Kaum hat der neue Mensch Leben, da beginnt er auch schon mit den Händen Erde zu schaufeln. Und er entdeckt, daß der neue Mensch einen anderen Sinn als er besitzt, einen hitzigen, einen heftigen Sinn. Das gefällt ihm nicht. Und er ergreift ihn, schleppt ihn weiter und wirft ihn in den Abgrund. Dieses Geschöpf, so heißt es, wurde zum Tornaq, zu einem bösen Geist. Von ihm stammen alle bösen Geister.

Wieder kriecht er zu dem Busch, den er gepflanzt hat. Und siehe: aus dem Busch ward ein Baum, und neben dem Baum stehen andere Bäume. Überall stehen Bäume, ein ganzer Wald ist entstanden, ein Wald auf fruchtbarem Boden. Und mit den Bäumen wuchsen Pflanzen und Kräuter überall hervor, und er läßt seine Hand über all die Gewächse gleiten, und er fühlt ihre Formen, und er spürt ihren Duft. Aber er kann nichts sehen.

Nun bekommt er Lust, die Erde, auf der er sich selbst entdeckt hat, kennenzulernen, und er kriecht umher, und der kleine Sperling flattert ihm über dem Kopf. Er kann ihn nicht sehen, hört aber seinen kleinen Flügelschlag oder fühlt, wie er sich ihm auf den Kopf oder auf die Hände setzt. Er kriecht, weil er es nicht wagt, im Dunkeln zu gehen. Da merkt er, daß er überall ans Wasser kommt, und entdeckt, daß er sich auf einer Insel befindet.

Nun möchte er auch wissen, was unten im Abgrund ist, und er bittet den kleinen Sperling hinunterzufliegen und ihn zu untersuchen. Er fliegt fort und bleibt sehr lange weg. Und als er schließlich wiederkommt, erzählt er, daß er unten, im Lande des Abgrundes war – in einem neuen Land, das gerade begonnen hat seine Kruste zu bekommen.

Er beschließt, selbst in das Land des Abgrundes zu fahren, und bittet den kleinen Vogel, sich auf sein Knie zu setzen, und er befühlt ihn, um herauszubekommen, wie er geschaffen ist und wie er es anstellt, sich schwebend auf seinen Flügeln zu bewegen. Dann tappst er in den Wald und bricht Zweige ab, die Flügeln gleichen, und befestigt sie an seinen Schultern. Aber als er mit den Zweigen schlägt, werden sie plötzlich zu richtigen Schwingen, Federn wachsen aus seinem Körper und bedecken ihn ganz, die Erhöhung auf der Stirn wird größer und entwickelt sich zu einem Schnabel, und er merkt, daß er fliegen kann wie der kleine Sperling. Da erheben sie sich und schweben hinunter, auf das Land des Abgrundes. Aber in dem Augenblick, als der Mann zu fliegen beginnt, ruft er: »Qaoqqaoq« und ist zu einem großen, schwarzen Vogel geworden. Er nannte sich selbst Rabe.

Das Land, aus dem sie kamen, nannte er Himmel. Und es war so weit vom Himmel bis zum Land des Abgrundes, daß er sehr erschöpft war, als er dort endlich ankam.

Hier war alles öde und leer. Und der Rabe bepflanzte das Land des Abgrundes auf die gleiche Weise wie oben im Himmel. Zusammen mit dem Sperling fliegt er von Ort zu Ort. Und bald ist alles mit Wald bedeckt. Bäume stehen neben Bäumen, und viele Kräuter und Blumen wachsen zwischen den Bäumen. Das neue Land nannte der Rabe Erde.

Als die Erde fruchtbar und lebendig geworden war, schuf der Rabe die Menschen. Manche erzählen, daß er sie aus Lehm formte, genauso, wie er oben im Himmel eine Gestalt nach seinem Ebenbild schuf. Aber andere behaupten, daß die Menschen ihre Entstehung einem Zufall verdanken, der noch wunderbarer ist, als wenn sie wirklich mit Absicht und Vorsatz geschaffen worden wären.

Vater Rabe wanderte umher und pflanzte Kräuter und Blumen. Da entdeckte er plötzlich eine paar Schotengewächse, die er vorher noch nie gesehen hatte. Er tritt näher an sie heran, um sie sich ordentlich anzugucken. Und da springt mit einem Male eine Schote auf, und heraus springt ein Mensch, wohlgeformt und ganz erwachsen. Der Rabe war so erstaunt, daß er seinen Schnabel zurückschlug und selbst wieder zum Menschen wurde. Und dann ging er lachend auf den Neugeborenen zu und fragte: »Was bist du für einer, und woher kommst du?«

»Ich komme aus der Schote da«, sagte der Mann und zeigte auf das Loch, aus dem er gekommen war. »Ich war müde vom langen Liegen dort drinnen geworden, und daher schlug ich ein Loch und sprang heraus!«

Da lachte Vater Rabe herzlich und sagte: »Ai, ai, ai! Du bist ein lustiges Geschöpf. Deinesgleichen habe ich nie gesehen!« Und der Rabe lachte wieder und sagte weiter: »Ich habe ja selbst diese Erbsengewächse gepflanzt, ahnte aber nicht, daß so etwas herauskommen würde! Aber die Erde, auf der wir gehen, ist noch nicht fertig. Merkst du nicht, wie sie schaukelt? Wollen wir auf den Hügel dort gehen? Dort ist die Kruste schon fest und hart.« Erst jetzt merkte der Mann, daß er auf schwankendem Grund ging, und er beeilte sich, schnell mit Vater Rabe fortzukommen.

So entstand der erste Mann. Und Vater Rabe schuf nun viele Männer und Frauen. Aber es wird erzählt, daß alle, ausgenommen die ersten vier Männer, aus Lehm geschaffen wurden. Aber die vier, die aus einer Erbsenschote kamen, wurden die Stammväter der stärksten Geschlechter der Erde. Der Mensch war geschaffen. Aber es heißt, daß am Anfang kein Unterschied zwischen Mensch und Tier war. Und die Menschen benutzten die Hände zum Gehen oder krochen auf allen vieren umher. Erst später lernten sie, aufrecht auf den Füßen zu gehen.

Das erste, was Vater Rabe den Menschen zu essen gab, waren Beeren, die zwischen all dem, was er gepflanzt hatte, gewachsen waren. Aber was von den Pflanzen gepflückt oder an Wurzeln ausgegraben wurde, reichte nicht aus. Daher mußte andere Nahrung geschaffen werden, und so entstanden die Tiere. Der Rabe formte sie wie die Menschen aus Lehm: sie sollten ihre Nahrung werden, wenn sie sie zu jagen gelernt hatten. Er schuf die Tiere der Erde und die Tiere in der Luft und im Meer. Und er zeigte sie den Menschen und erzählte ihnen, daß sie von ihnen leben sollten, wenn sie die Kunst des Jagens verstünden. Aber das war nicht leicht. Es war dunkel auf der Erde. Die Augen sahen nichts. Wollte man gehen, mußte man sich mit den Händen vorwärts tasten und nach dem richten, was man mit den Ohren gehört hatte. Alles waren Töne.

Die Menschen hören Rentierbullen, die mit tiefen Kehllauten

husten, Wölfe, die heulen, Landbären, die brummen, Füchse, die schreien: »Kak-kak-kak!« Im Meer schnauben Robben, Walrosse brüllen und Wale pusten. Vögel schreien und singen, Insekten summen. Man hörte das Rauschen des Windes in den Wäldern, das Rascheln und Flüstern der Blätter, das Brechen der Brandung an den Küsten.

Man ist von Leben umschlossen, das sich nur durch Laute kundtut. Aber man sieht nichts. Überall tappst man im Dunkeln herum, und es ist nicht leicht zu leben.

Da ruft der Rabe den kleinen Sperling zu sich und sagt: »Du hast existiert, bevor ich mich selbst entdeckte. Du weißt vielleicht mehr als ich. Flieg jetzt hinaus in die Welt und finde etwas, das die Erde hell machen kann, so daß die Menschen sich sehen können und die Lande um ihren Wohnplätzen und die Tiere, die sie jagen sollen.«

Und der kleine Sperling flog fort und verschwand in der Dunkelheit, und so lange blieb er fort, daß der Rabe schließlich glaubte, er würde niemals mehr zurückkehren. Man konnte nicht Tage und Nächte zählen, alles war eins. Es gab keine Zeit, und der Rabe wußte nicht, wie lange der Sperling fort war. Aber schließlich hört er Flügelschlag und merkt, wie er sich auf ihn herunterläßt und auf seine Hand setzt. Im Schnabel trägt er zwei Stücke Glimmer, eingewickelt in Blätter, ein helles und ein dunkles Stück. Sie gibt er dem Raben.

Und der Rabe bricht ein kleines Stück von dem hellen Glimmer ab und wirft es in die Luft. Sogleich floß ein gewaltiges Licht über die Erde und blendete alles Leben. So stark war das Licht, daß es lange dauerte, bis der Rabe selbst sehen konnte. Zum erstenmal schauten die Menschen über das Land, in dem sie lebten. Sie sahen die Wälder, die Tiere auf der Erde und im Meer und die Vögel in der Luft, und sie freuten sich über all die Schönheit, die sie umgab.

Das Leben wurde für sie alle groß und neu.

Aber das Licht war zu stark, es blendete. Da brach er ein Stück von dem dunklen Glimmerstein ab und warf es in die Luft. Gleich wurde das Licht gedämpft, die Menschen konnten sehen, ohne daß ihnen die Augen schmerzten, und die Nacht kam zusammen mit dem dunklen Glimmer und schenkte ihnen Ruhe. Der Tag begann mit der Nacht zu wechseln.

Jetzt kamen alle Freuden zu den Menschen. Der Rabe lehrte sie Häuser bauen, die Schutz gegen Wind und Wetter gaben, und er lehrte sie Kajaks und Umiaks zu machen und alle Arten von Fanggeräten, so daß sie auf dem Meer fahren und Fangtiere jagen konnten.

Aber es wurden zu viele Menschen, und die Tiere vermehrten sich, und ihre Insel wurde zu klein. Nur das Meer war groß. Da hebt sich eines Tages eine schwarze und gewaltige Masse aus dem Meer heraus und bleibt liegen vor der Insel der Menschen – ein gewaltiges Ungeheuer, das keinem anderen Tiere gleicht. Man ruderte in Umiaks zu ihm hinaus und paddelte in Kajaks ihm entgegen und versuchte es zu harpunieren. Aber alle Harpunen prallten von seinen Seiten ab, ohne daß das Ungeheuer sie auch nur beachtete.

Der Rabe sah den hoffnungslosen Kampf der Menschen und sagte zu dem kleinen Sperling:

»Folge mir und halte dich über dem Ungeheuer schwebend in der Luft, ich will ihn vom Kajak aus erlegen.«

Dann paddelte er hinaus, und während sich der Sperling über dem Ungeheuer schwebend befand, warf der Rabe seine Harpune und tötete es. Die Menschen jubelten und bugsierten es zu ihrem Wohnplatz und speckten es ab. Sie zerlegten es in kleine Stücke und warfen diese in allen Richtungen ins Meer. Und siehe: Inseln wuchsen aus dem Meer empor, Land schoß auf neben Land und wurde zu einer großen und mächtigen Küste. So entstand das große Festland, und auf ihm war Platz für die Menschen und alle Tiere der Erde. Als aber die Erde so geworden war, wie sie sein sollte, versammelte der Rabe alle Menschen um sich und sprach folgendes zu ihnen:

»Ich bin euer Vater, mir verdankt ihr euer Land und euer Leben, und mich dürft ihr niemals vergessen.«

Und dann erhob er sich von der Erde und flog hinauf zum Himmel, wo es noch dunkel war. Hier warf er den Rest des hellen Glimmers fort, und wie ein gewaltiges Feuer ergriff das Licht die Welt, und Himmel und Erde waren geschaffen.

So entstanden die Erde und die Menschen und die Fangtiere. Aber vor all diesem war der Rabe und vor ihm der kleine Sperling.

3. Die ersten Menschen

Es ist schon lange her, da gab es eine Zeit, in der alle Menschen oben im Himmel lebten und unsterblich waren. Aber dann stürzte ein Mann herunter und zeugte mit der Erde eine Tochter. Ihre Nachkommen waren sehr fruchtbar und überfüllten bald die Erde. Da entstand ein großes Erdbeben, das die Lande in Stücke zerriß, und es bildeten sich große Spalten, in die viele Menschen hineinstürzten. Von ihnen stammen die Unterirdischen, die man Ingnerssuit nennt, die großen Feuerbewohner.

Ihr Land ist rätselhaft und seltsam, und nur Menschen, die sich auf geheimnisvolle Dinge verstehen, können dorthin kommen. Wenn man in die Erde hineingeht, genau an der Stelle der Strandkante, wo Land und Meer sich treffen, hat man eine große Aussicht auf ganz neue Gegenden der Erde. Hier wohnen die großen Feuerbewohner. Sie ähneln ganz den Bewohnern der Erdoberfläche, ihnen fehlen aber die Nasen. Sie bewohnen Häuser, die wie die der Menschen gebaut sind, und sie leben ihr Leben und betreiben die Jagd auf dem Meer ganz wie jene. Der, welcher sich nicht auf Zauberei versteht, muß sie am besten meiden; denn er vergißt leicht seine Heimreise und kommt dann niemals mehr an die Oberfläche zurück. Nur die großen Geisterbeschwörer, die Angakoks, treffen sich oft mit den Ingnerssuit und benutzen sie gerne als Hilfsgeister. Sie können tüchtig in ihren Kajaks paddeln, beschützen die Angakoks, wenn diese von Sturm und Meer überfallen werden, und verschaffen ihnen auch Jagdbeute.

Alle Ostgrönländer stammen von ganz wenigen Familien; denn als die Menschen immer mehr wurden und die Wohnplätze überfüllten, stieg das Meer plötzlich an und ergoß sich über alle Lande. Nur die allerhöchsten Zinnen ragten aus den Wellen heraus, und diese waren so steil, daß kein Mensch sie erklimmen konnte. Aber im großen Angmagssalik-Fjord gab es einen hohen, massiven Felsen ohne Zinne. Er hieß Qerrorssuit. Auf ihn flüchteten sich die Menschen und schlugen dort ihre Zelte auf. Und das waren die einzigen, die sich vor dem Ertrinken retten konnten. Von ihnen stammen alle Ostgrönländer ab.

Das sind die, welche glauben, daß das Meer noch einmal mit einer mächtigen Sturmflut alle Lande überschwemmen wird. Aber niemand, auch nicht die größten Angakoks, wissen etwas über den Zeitpunkt dieses Geschehens.

Die Alten haben auch erzählt, daß alle Süßwasserseen einmal austrocknen und daß dann die Menschen vor Durst sterben werden.

Das ist alles, was man von der Erde und den ersten Menschen weiß, die vom Himmel kamen.

Es heißt, daß viele Menschen nach dem Tod wieder zurück in den Himmel kehren. Und wenn das Nordlicht hin und her wogt, dann sind es die Geister der Verstorbenen, die mit Totenschädeln Ball spielen.

4. *Die Sonne und der Mond*

Die Sonne und der Mond waren Geschwister. Einmal im Winter, als die große Dunkelheit herrschte, vergnügte man sich in den Häusern mit dem Lampenlöschspiel. War das Spiel beendet, führten die Männer die Frau, mit der sie sich bei gelöschten Lampen vergnügt hatten, vor das Haus, zündeten Fackeln an und waren gespannt, mit wem sie zusammen gewesen waren.

Als der Mond nun seine Gespielin hinausgeführt und eine Fackel entzündet hatte, sah er, daß es die Sonne, seine Schwester, war.

Die Sonne schämte sich sehr, schnitt ihre Brüste ab und warf sie ihrem Bruder vor die Füße.

»Wenn ich so nach deinem Geschmack bin, dann kannst du auch sie essen!« rief sie voller Zorn.

Dann lief sie fort, und der Bruder setzte ihr nach. Beide hielten ihre brennenden Fackeln in den Händen.

Plötzlich, als sie so dahinstürmten, begannen sie sich zu erheben und flogen auf den Himmel zu.

Aber der Mond blieb zurück, und seine Fackel erlosch, so daß sie nur noch ein wenig glühte.

Schließlich aber erreichten beide den Himmel. Die Sonne, die ihre Fackel brennend erhielt, ist leuchtend und heiß. Aber der Mond, dessen Fackel nur glüht, kann nur leuchten, ohne Wärme abzugeben. Im Himmel haben sie nun ihr Haus, das in zwei Räume geteilt ist.

Im großen Sommer geht die Sonne niemals in ihr Haus hinein. Sie ist Tag und Nacht draußen. Und die Erde wird dann herrlich, wenn der Schnee fortschmilzt und die Blumen aus dem Boden sprießen. In dieser Zeit verläßt der Mond niemals sein Haus.

Aber im Winter, wenn die Sonne ihre Wohnung nie verläßt, kommt die große Dunkelheit, und dann wird es den Menschen unheimlich. Der kalte Mond leuchtet dann ganz allein. Aber da er den Menschen auch auf andere Weise helfen soll, verschwindet er zeitweise. Dann muß er nämlich Fangtiere für die Menschen holen. Daher sagt man zum Neumond: »Hab Dank, daß du mit Beute gekommen bist!«

Während der großen Dunkelheit fahren die Menschen nicht auf Fang, sie besuchen sich dann nur gegenseitig und singen Trommelgesänge. Nur wenn ein Bär in die Nähe der Häuser kommt oder sich im Loch eines Eisberges versteckt, zündet man große Fackeln an und jagt ihn.

Wenn das Sternenbild des Großen Bären der Morgendämmerung begegnet, werden die Menschen von übergroßer Freude erfüllt; denn dann kommt das Licht bald wieder.

5. Die Erschaffung der Sankt-Lorenz-Insel

Als der Schöpfer die Erde schuf, machte er zuerst die Küste von Unisak. Dann machte er das russische Land und dann das amerikanische. Als er alles das geschaffen hatte, wurde er müde und legte sich hin, um sich auszuruhen. Da aber die Sonne noch nicht untergegangen war, sagte er: »Es ist noch hell, ich werde noch etwas Kleines schaffen«. Dann streckte er die Arme aus und holte vom Grund des Meeres etwas Sand herauf. Er preßte das Wasser aus dem Sand und streute ihn vor sich hin. Deshalb wurde diese Insel Cibukak, das Ausgepreßte, genannt. Dann nahm er ein paar kleine Kieselsteine auf und legte sie auf diesen Sandhaufen. Das sollten Menschen sein. Sie waren schwach und ohne Unternehmungslust.

Er sagte zu ihnen: »Ihr müßt eure Nahrung aus dem Wasser holen. Ich gebe euch keine Rentiere. Sie sind zu gut für euch.«

Sie suchten sich Nahrung und fanden ein Walroß, eine Groß-kobbe und eine Ringelrobbe. Aber das reichte auf die Dauer nicht, und sie starben vor Hunger. Nur ein Waisenjunge blieb am Leben. Sein Körper war ganz und gar mit Schorf und Geschwüren bedeckt, und seine Haut hing an verschiedenen Stellen in Fetzen herunter. Er hatte seit fast einem Monat kaum etwas gegessen. So lag er in dem kalten Schlafraum, unfähig, sich zu erheben. Sein Körper war mit einem alten Mantel aus Vogelbälgen ohne Federn bedeckt. So lag er zitternd vor Kälte da und bat um einen schnellen Tod.

Er wollte gern schlafen, konnte aber nicht. Daher betete er zum Seegott, daß er, wenn er ihm schon keine Seetiere schicken könnte, wenigstens Schlaf senden möge. Aber der Schlaf kam nicht. Darauf bat er den Obergott um ein wenig Schlaf. Doch der Schlaf kam immer noch nicht.

Aber der Seegott hatte Mitleid mit ihm und schickte ihm ein Walroß. Das Walroß kam angeschwommen und tauchte dicht bei dem Haus auf. Dann tauchte es wieder unter, ließ aber ein paar Quallen zurück. Einige von ihnen gelangten in den Schlafraum, und als der Junge mit seiner Hand herumtastete, bekam er eine Qualle zu fassen und verschluckte sie. Aber sein Magen war durch das lange Hungern so zusammengeschrumpft, daß er vor Krämpfen fast starb. Doch der obere Gott hatte Mitleid mit ihm und brachte ihn zum Leben zurück. Jetzt konnte er fünf Quallen essen und fühlte sich danach wohler. Aber immer noch konnte er keinen Schlaf finden und bat daher den oberen Gott darum. Der hatte Mitleid und schickte ihm Schlaf.

Er schlief drei Tage und zwei Nächte. In diesen träumte er.

Sechs Frauen – eine alte und fünf junge – betraten den Schlafraum. Sie räumten ordentlich auf, schafften den Abfall weg, breiteten die Felle aus und zündeten die Lampen an. Da wurde der Raum warm und gemütlich. Er wollte sich näher an die Lampe begeben und erwachte. Der Schlafraum war dunkel und kalt. So wie vorher. Er bat wieder um Schlaf, aber ohne Erfolg. Drei Tage und zwei Nächte zitterte er vor Kälte, dann schlummerte er ein und hatte denselben Traum. Die Frauen kamen und brachten den Schlafraum in Ordnung. Die alte Frau sagte: »Wir sind Gehilfinnen des Obergottes. Wir dürfen ihn nicht wecken, bis alles fertig ist. Bereitet jetzt das Essen zu!« Die jungen Frauen brachten nun einen großen Tisch herein, auf dem Fisch, Walroßfleisch und Robbenspeck lagen. Alles war da, nur keine Walhaut.

Er wachte auf, aber hatte Angst aufzustehen, weil der schöne Traum wie beim erstenmal verschwinden könnte. Da stieß ihn die alte Frau heimlich an. »Steh auf, das Essen ist bereitet!« Er aß. Und dann ließ die alte Frau ihr Wasser in ein Gefäß und rieb seinen ganzen Körper mit Urin ein. Augenblicklich verschwanden alle Wunden und Geschwüre von seinem Körper. Dann pustete sie ihn an, und er wurde stark wie ein Walroß. Nun beschlief er hintereinander alle fünf jungen Frauen, so daß er danach den Namen »Beischläfer der fünf göttlichen Frauen« erhielt. Danach verließ er das Haus und trat eine Reise zum Himmel an. Er kam zum Sonnen-Mann. »Gib uns Rentiere«, sagte er. Aber der Sonnen-Mann antwortete: »Das kann ich nicht. In der Welt über mir lebt ein anderer Gott, der größer als ich ist, er würde zornig werden. Ich kann dir aber dafür etwas

Großes und Fettes geben. Nimm es als dein Eigentum.« Er nahm zwei Hände voll kleiner Kieselsteine. »Nimm diese, und wenn du wieder zu Hause bist, dann wirf sie in's Wasser.« Der junge Mann brach auf, und als er wieder unten war, warf er die Kieselsteine ins Wasser. Sie verwandelten sich in Wale aller Arten. Danach lebte er auf der Oberfläche der See und schwamm mit den Walrossen umher. Schließlich töteten ihn die Leute von Kukulik aus Versehen. Sterbend sagte er: »So seid ihr und das soll euer Schicksal sein: wenn ihr auf die See fahrt, sollt ihr ertrinken. Und wenn ihr ans Ufer kommt, sollt ihr vor Hunger sterben. Wenn ihr aber genügend Nahrung habt, sollt ihr von Tornaraks[1], die euch Krankheit bringen, heimgesucht werden.« Als er dies gesagt hatte, starb er.

6. Wie der Abendstern entstand

Es war einmal ein alter Mann, der auf dem Eis stand und auf Seehunde wartete, die zu dem Atemloch kommen sollten, um Luft zu schöpfen. Aber genau gegenüber seinem Fangplatz spielte eine Schar Kinder in einer Felsschlucht. Und jedesmal, wenn ein Seehund sich näherte und er ihn harpunieren wollte, verscheuchten ihn die Kinder durch ihren Lärm.

Schließlich wurde der alte Mann auf die Kinder, die ihm immer wieder seine Beute verscheuchten, böse, und er rief laut zum Lande hin: »Schließe dich, Schlucht, über die, welche mir meine Fangtiere verjagen!«

Und sofort schloß sich die Schlucht über den spielenden Kindern. Ein größeres Kind, das ein kleines trug, bekam dabei einen Pelzzipfel entzweigeschnitten.

Jetzt fingen alle in der Schlucht zu schreien an, weil sie nicht mehr herauskommen konnten. Und keiner konnte ihnen da unten Essen hinbringen. Nur etwas Wasser ließ sich durch eine kleine Spalte hinuntergießen. Es wurde gierig von den Kindern aufgeleckt.

1 Böse Geister

Schließlich starben sie alle vor Hunger.

Man stürzte sich nun auf den alten Mann, weil er die Felsenschlucht über den Kindern zugezaubert hatte. Aber er lief davon, und die anderen setzten ihm nach.

Aber plötzlich begann er zu leuchten und flog zum Himmel hinauf und steht nun dort oben als ein großer Stern. Man sieht ihn im Westen, wenn das Licht nach der großen Dunkelheit zurückkehrt. Er steht aber ganz unten und kommt niemals hoch hinauf.

Man nennt ihn Nâlagssartoq. Das heißt: der, welcher dasteht und lauscht.

Diesen Namen bekam er nach dem alten Mann, der draußen auf dem Eise stand und lauschte, ob die Seehunde kommen würden.

7. Die Seele, die alle Tiere durchwanderte

Es war einmal ein Mann, der Avovang hieß. Er war unverwundbar. Eines Tages, als die Zeit gekommen war, daß sich der große Sommer wieder näherte und die Tage nicht mit dunklen Nächten endeten und es herrlich war, draußen zu sein, stand Avovangs Bruder draußen auf dem Eis am Atemloch der Seehunde.

Als er so dastand und auf eine Jagdbeute wartete, kam ein Schlitten vorbei, hielt an, und ein Mann kam auf ihn zu und sagte: »Es werden viele Schlitten mit Männern kommen, die deinen Bruder töten wollen!«

Der Bruder lief jetzt sofort zu den Häusern und erzählte, was er gehört hatte. Dann lief er auf einen steilen Felsen und versteckte sich dort.

Die Schlitten kamen nun auch tatsächlich angefahren und hielten vor den Häusern an. Als Avovang sie erblickte, ging er hinaus, um die Männer zu begrüßen. Aber er nahm das Fell von einem Hundehals mit, das ihm früher, als er noch ein kleines Kind war, als Windel gedient hatte. Als sich die Männer nun auf ihn stürzten, stellte er sich einfach auf seine alte Windel. Die Männer versuchten ihn zu töten, stachen auf ihn ein, aber keine Waffe konnte ihn ernsthaft verletzen. Schließlich sagte er spöttisch:

»Mein Körper ist jetzt wie ein Stück Holz, voll von Knorren. Das sind Beulen und Narben von euren Angriffen. Aber kein Stich brachte mir den Tod!«

Als sie ihn nicht erledigen konnten, führten sie ihn auf einen hohen Felsen, um ihn dort hinunterzustürzen. Aber jedesmal wenn sie ihn ergriffen hatten, um ihn von dem hohen Felsen in den Abgrund zu werfen, verwandelte er sich in einen Mann, der nicht ihr Feind war, und schließlich mußten die Männer mit ihren Schlitten wieder fortfahren, ohne ihr Vorhaben ausgeführt zu haben.

Einmal bekam Avovang Lust, nach Süden zu fahren, um Holz einzuhandeln. Das taten die Leute früher in der Gegend. Aber das ist schon lange, lange her.

Avovang fuhr nun zusammen mit vielen anderen Männern los. Als sie ihren Handel abgeschlossen hatten, fuhren sie mit ihren Schlitten wieder nach Hause. Unterwegs war ihnen die Nahrung ausgegangen, und sie suchten daher die Atemlöcher der Seehunde auf, um eins oder mehrere dieser Tiere zu erlegen. Während nun die Männer mit ihrer Jagd beschäftigt waren, gingen die Frauen schon ein Stück voraus. Frauen begleiteten die Männer auf ihren Fahrten ja immer. Als die Männer nun bei den Atemlöchern standen, mußten sie immerzu an Avovangs Frau denken, die er unterwegs, bei den Leuten im Süden, geheiratet hatte. Diese junge Frau war sehr schön, und die Männer hatten Lust, sie sich zu nehmen. Daher versuchten sie, Avovang totzuschlagen. Qauptâq stach ihm ins Auge, und die anderen packten ihn und ließen ihn durch ein Atemloch ins Meer gleiten.

Als das seine Frau sah, wurde sie zornig. Und sie ergriff das Holz, das die Männer sich gerade eingehandelt hatten, und zerbrach es in kleine Stücke; denn sie war sehr erbost, daß sie so schnell Witwe geworden war.

Als sie nun das Holz der Männer vernichtet hatte, machte sie sich wieder auf den Weg in ihre Heimat. Aber die Männer fuhren mit ihren Schlitten weiter.

Da tauchte plötzlich auf ihrem Weg über Dünn- und Glatteis ein Seehund vor ihnen auf, und die Schlitten jagten auf ihn zu. Aber viele brachen bei dieser Jagd ein und ertranken. Später entdeckten sie auf ihrem Weg einen Fuchs und setzten ihm nach. Als sie ihn aber verfolgten, fuhren sie in ihrer rasenden Fahrt gegen einen Eisberg, stürzten von den Schlitten und brachen sich das Genick. Zurück blieben nur ein paar Männer, die zu Hause erzählten, was geschehen war.

Das war die Seele des unverwundbaren Avovang gewesen, die sich zuerst in einen Seehund und dann in einen Fuchs verwandelt hatte und damit Verderben über seine Feinde brachte. Dann entschloß er sich, sich von allen Tieren der Erde gebären zu lassen, um einmal den Menschen erzählen zu können, was er erlebt hatte.

Einmal war er ein Hund. Er lebte davon, aus den Häusern Fleisch zu stehlen. Wenn ihm das Fressen mangelte, pflegte er die Menschen, die aus den Häusern kamen, genau zu beobachten. Stieg hinter ihren Nacken ein stiller Dampf nach oben, war das für ihn ein Zeichen, daß sie ihre Notdurft verrichten mußten. Dann folgte er ihnen zu der Stelle, wo sie sich niedersetzten, und fraß alles auf, was auf den Boden fiel. Daher sehen Hunde immer auf den Nacken der Menschen, wenn diese aus den Häusern kommen.

Aber Avovang wurde es bald leid, ein Hund zu sein; denn in einem Hundeleben gab es zuviel Prügel, und daher beschloß er, ein Rentier zu werden.

Anfangs war es sehr schwer, sich zu behaupten. Er konnte nämlich beim Laufen den anderen Rentieren nicht folgen. »Wie streckt ihr eigentlich eure Hinterbeine beim Galopp?« fragte er eines Tages.

»Schlag nach dem äußersten Rand des Himmels«, sagten die anderen. Das tat er. Und sofort konnte er den anderen beim Laufen folgen.

Aber in der ersten Zeit wußte er auch nicht, was er fressen sollte, und fragte daher seine Kameraden.

»Friß Moos und Flechten«, sagten sie.

Und jetzt wurde er bald fett und dick und bekam eine schöne Talgschicht über dem Rücken.

Aber eines Tages wurde die Herde von einem Wolf überfallen und stürzte sich daher Hals über Kopf ins Meer. Hier schwammen sie nun bei ihrer Flucht direkt auf ein paar Kajaks zu, und einer der Jäger tötete Avovang.

Er zerlegte ihn und legte sein Fleisch in eine Steinkammer. Da lag er nun, und als es Winter geworden war, hatte er große Sehnsucht nach Menschen, die ihn aus der Steinkammer holen und nach Hause bringen sollten. Groß war daher seine Freude, als er eines Tages die Steine, die über ihm lagen, rumpeln hörte. Er wurde herausgenommen, und als die Menschen ihn zu essen begannen und die Knochen mit Steinen zerschlugen, um an das Mark heranzukommen und es zu verzehren, entwischte Avovang und verwandelte sich in einen Wolf.

So lebte er jetzt als Wolf. Aber es erging ihm wie früher: Er konnte den anderen beim Laufen nicht folgen und mußte zusehen, wie man ihm alles Fleisch vor der Schnauze wegfraß.

»Schlag gegen den Himmel«, sagten die anderen, als er sie fragte, wie er wohl am besten laufen könnte. Gesagt, getan: Avovang wurde jetzt ein tüchtiger Läufer, konnte viele Rentiere jagen und sich prächtig ernähren.

So lebte er eine Zeitlang in reichem Überfluß, bis er eines Tages beschloß, das Leben eines Wolfes aufzugeben und sich in ein Walroß zu verwandeln.

Als er nun ein Walroß geworden war, konnte er nicht ins Meer hinuntertauchen. Nur hin und her konnte er schwimmen. Seine Kameraden sagten ihm: »Du mußt dabei auf die Mitte des Himmels zielen, das machen wir, wenn wir hinabtauchen.« Und er schlug mit seinen Füßen zum Himmel hinauf und tauchte nun hinab in die Tiefe des Meeres. Er lernte dort Muscheln und kleine, helle Steine zu fressen und führte ein gutes Leben.

Aber eines Tages mußte er mit diesem Dasein Schluß machen. Er verwandelte sich nun in einen Raben. »Raben haben immer etwas zum Fressen«, sagte er, »aber ihnen frieren öfter die Füße.«

So wanderte er durch alle Tiere. Und zuletzt wurde er wieder ein Seehund. Er pflegte dann unter dem Eis zu liegen und die Menschen zu beobachten, die ihn fangen wollten. Da er ein großer Zauberer war, konnte er sich unter dem Nagel des großen Zehs eines Menschen verstecken. Aber eines Tages begab sich ein Mann auf Seehundjagd, der sich den Nagel seines großen Zehs abgeschnitten hatte. Und dieser Mann harpunierte ihn. Er zog ihn aufs Eis und schleppte ihn nach Hause. Dort begann man ihn abzuspecken.

Als nun der Mann seine Handschuhe seiner Frau zuwarf, folgte Avovang ihnen und schlüpfte bei dieser Gelegenheit in die Frau hinein, die nun schwanger wurde.

So lebte er nun eine Zeitlang in der Frau, und einmal steckte ein Hund seinen Kopf zu ihm hinein. Das war der Mann, der bei seiner Frau lag.

Längere Zeit danach wurde er plötzlich furchtbar aufgeschreckt. Er hatte in seiner neuen Wohnstatt eine Krabbe gesichtet. Diese Krabbe war das Amulett der Frau. Aber Avovangs Schreck war so groß gewesen, daß er schnell seine Behausung verließ. So wurde Avovang als Mensch wiedergeboren.

8. Das Land der Toten im Himmel

Avggo war ein großer und berühmter Geisterbeschwörer, ein Angakok, der zu fast allen Orten Geisterflüge unternommen hatte, die von großen Angakoks besucht zu werden pflegten. Aber er war noch niemals oben im Himmel, im Land der Toten, gewesen, in dem die Menschen nach ihrem Dasein auf Erden weiterleben. Daher beschloß er eines Tages, diesen Flug zu unternehmen, und er bestimmte, daß nur seine Strümpfe hervorgeholt werden sollten, nicht aber seine Stiefel. Nun wurde es dunkel in dem Hause, in dem er seine Vorbereitungen traf. Und da begann er seine Hilfsgeister herbeizurufen. Bevor es aber noch ganz dunkel war, begann die Trommel bereits von allein zu dröhnen. Und das ist immer ein Zeichen dafür, daß ein ganz großer Geisterbeschwörer seine Vorbereitungen zu einem Flug trifft. Als es nun ganz dunkel geworden war, hörte man, wie die verschiedenen Hilfsgeister zu kommen begannen. Einige waren groß und gewaltig und traten schwer auf den Boden, so daß es unter ihnen bebte. Sie hatten tiefe Stimmen und diese klangen oft wie Rufe. Andere sprachen mit kleinen, dünnen Frauenstimmen, und man konnte hören, daß sie klein und behende waren. Als alle Hilfsgeister versammelt waren, konnte der Geisterflug beginnen.

Wenn die Seele eines Angakoks den Körper verläßt, um auf einen großen Flug zu gehen, pflegt man immer einen seiner Hilfsgeister zurückzulassen. Dieser bleibt dann für seinen Herrn am Ort der Beschwörung. Man hört dann hin und wieder seine Stimme, aber sonst soll er nur darauf achten, daß nicht den vielen Menschen, die sich versammelt haben, während der Angakok draußen ist, etwas zustößt. Dieses Mal blieb anstelle des Angakoks ein alter Hilfsgeist namens Titigaq zurück. Das war ein Greis mit lahmen Hüften. Ihm war der Mund ausgerenkt und seitdem niemals mehr in Ordnung gekommen.

Wenn man in den Himmel fliegen will, muß man hinaus zum Horizont an die Stelle fliegen, wo sich Himmel und Erde begegnen. Von dort kann man dann in den Himmel hinauf klettern. Als nun der Angakok zu dieser Stelle kam, stieß er gegen eine Treppe mit drei Stufen, drei sehr hohen Stufen. Diese Stufen waren so hoch, daß man nur mit Mühe und Not von einer zur anderen kommen konnte. Es rann Menschenblut über sie und machte sie so glatt, daß auch dadurch das Gehen auf ihnen ungemein schwer war.

Wenn die Menschen sterben und in den Himmel kommen, fällt von ihnen alles Böse ab. Sie werden geläutert und gereinigt, indem ihr ganzer Saft aus dem Körper schwindet. Dies geschieht im Trauerjahr, in dem Jahr, in dem die Angehörigen um ihre Verstorbenen trauern und Buße tun, weil sie durch die Berührung mit der Leiche unrein geworden sind. Diese ganze Zeit verbringt der Tote damit, daß er über ein großes Fell zu kriechen versucht, wobei er alle seine Säfte verliert. Diese Säfte sind das Blut, das dann über die Himmelsstufen rinnt und sie so glatt macht.

Der Angakok stieg nun auf der großen, schlüpfrigen Treppe unter Lebensgefahr empor und kam auf eine weite Ebene, die große Ebene des Himmels. Kaum war er dort angelangt, als ein gewaltiger Ruf ertönte: »Er ist gekommen! Er ist gekommen! Wir haben Besuch gekriegt!«

Eine Menge Menschen strömte von allen Seiten herbei, und bald war der Angakok und seine Hilfsgeister von vielen, vielen Menschen umringt. Unter ihnen erkannte er seinen verstorbenen Vater wieder.

»Ei, ei, bist du wirklich gekommen?! Aber nein doch!«

»Ja!«

»Um Land zu nehmen?«

»Nein!«

»Oh, du bist ein Angakok geworden«, sagte der Vater und sah gleichzeitig seine Hilfsgeister.

»Aber wo ist deine Mutter?«

»Sie starb vor langer Zeit.«

Als das der Alte hörte, wurde er traurig und stumm.

»Sie wurde ins Meer geworfen«, sagte der Sohn.

Nur die Menschen, die auf Erden unter Steinen beigesetzt werden, kommen hinauf in den Himmel. Alle die, welche ins Meer geworfen werden, kommen hinunter in die Unterwelt, wo man es auch gut hat.

»Aber wo ist denn dein kleiner Bruder?« fragte der Vater.

»Er ist auch tot und wurde ins Meer geworfen.«

Da brachen dem Alten die Tränen vor Kummer aus den Augen. Groß war seine Trauer, daß er seinen Sohn nicht wiedersehen sollte. Aber gleich darauf wischte er sich die Augen trocken und fing plötzlich zu singen an, wie wenn er niemals traurig gewesen wäre.

Der Sohn war sehr überrascht und fragte: »Aber bist du denn ganz verrückt geworden? Vorhin weintest du vor Trauer um deinen Sohn, und jetzt singst du plötzlich vor Freude?« Der Vater antwortete: »Ja, alles das wirst du einmal verstehen. Hier oben leben wir nicht wie unten auf der Erde, wo uns die Trauer bedrückt. Wir singen hier oben sehr viel und finden, daß es hier oben ganz wunderbar ist.«

Während sie sich so unterhielten, kam eine junge Frau mit offenem Haar daher. Als der Angakok sie sich näher ansah, stellte er fest, daß sie Ohren wie ein Seehund hatte.

Der Vater fragte: »Kennst du sie nicht?«

»Nein«, sagte der Sohn.

»Das ist doch deine Schwester! Du weißt ja gar nicht, wie oft sie für dich Beeren gesammelt und dir hingelegt hat, damit du sie finden konntest, wenn du draußen warst. Und wenn sie dann am nächsten Tage wiederkam, waren sie fort.«

Der Angakok mußte nun daran denken, daß er einmal eine kleine Schwester gehabt hatte. Aber weil sie mit Seehundohren geboren worden war, hatten die Eltern sie getötet, weil sie meinten, daß es für sie nicht gut war, unter den Menschen zu leben. So fand er nun auch seine Schwester unter den Toten wieder.

Der Vater bemühte sich jetzt sehr, dem Sohn alles im Himmel zu zeigen, und er führte ihn daher auf die große Himmelsebene. Dort erzählte er ihm von all den merkwürdigen Dingen, die er kennenlernen sollte. Er führte den Sohn und alle seine Hilfsgeister zu Qalerqat, einem gewaltigen Fell, unter dem eine Masse lebender Wesen lag, die Würmern glichen, die sich drehten und wendeten.

»Das ist der Ort, an dem sich die Toten von ihrem Saft befreien«, erklärte der Vater, und der Angakok entdeckte nun, daß die ganze große sich wälzende Masse ein Gewirr von Menschen war, von toten Menschen, die darum kämpften, oben im Himmel wieder zum Leben zu kommen. Einige befanden sich erst auf dem Wege zum großen Fell. Das waren die, welche soeben gestorben waren und jetzt darunterzukriechen versuchten. Von anderen dagegen sah man nur die Beine, weil sie ihre Köpfe und Oberkörper schon unterm Fell hatten. An anderen Stellen schauten Menschen unter dem Fell hervor. Das waren die, welche hervorkriechen wollten.

Der alte Vater erklärte:

»Hier siehst du tote Menschen, die darum kämpfen, sich des Saftes entledigen zu können. Erst wenn ein ganzes Jahr nach ihrem Tod vergangen ist, kommen sie unter dem Fell hervor und mischen sich mit uns anderen. Die einzigen, mit denen es schnell geht, sind die Totgeborenen oder die, welche als Kinder sterben. Die kommen hierhin gekrochen, krabbeln unters Fell und kommen auf der anderen Seite sofort wieder hervor.«

Der Sohn stand da und wunderte sich über all das und sagte dann plötzlich zu seinem Vater: »Bist du denn auch richtig tot?«

Darauf erwiderte der Vater:

»Du kannst es ja selbst untersuchen, ob sich noch Saft in meinem Körper befindet.«

Der Sohn griff dem Vater ums Handgelenk und drückte fest zu. Sofort fühlte er die Knochen, aber dann war es plötzlich so, als wenn sie verschwanden und als wenn nichts Stoffliches mehr in seiner Hand war. Schließlich war ihm, als begegneten sich seine Finger durch das Handgelenk seines Vaters hindurch.

Da rief der Vater plötzlich:

»Laß los, laß los, laß los, sonst sterbe ich wieder!«

Und als der Sohn losließ, dauerte es eine ganze Zeit, bis der Alte wieder zu Kräften kam.

Die Himmelsbewohner leben nur von Beeren und Raben. Dort gibt es keine Seehunde und überhaupt keine Seetiere irgendwelcher Art, und diejenigen, die sie nicht missen wollen, müssen dafür sorgen, daß sie nach ihrem Tod ins Meer geworfen werden. Dann kommen sie in das Land unter dem Meer, wo es von allen Arten Seetieren nur so wimmelt.

Der alte Vater erzählte von dem Leben unter den Himmelsbewohnern und führte den Sohn und alle seine Hilfsgeister auf der Ebene umher. An einer Stelle treffen sie ein altes Weib, das so viele Raben trägt, wie sie sie nur schleppen kann. Sie kommt singend auf sie zu, überströmend vor Freude, und ruft dem Angakok zu: »Du glaubst vielleicht, daß das Land der Menschen der einzige Ort sei, wo es wert ist zu leben! Ihr dürft euch darauf verlassen: das stimmt nicht! Die Wahrheit ist, daß man erst hier oben nach dem Tode die großen Freuden erfährt. Schaut nur einmal dorthin! Dort ist ein Abhang, an dessen Fuß es ganz eben ist. Dort fangen wir Raben, so viele wie wir wollen, und der Fang selbst ist sehr lustig.«

Es gibt viele Raben dort oben im Himmel. Es heißt, daß die Fliegen, die in den Himmel kommen, Raben werden.

Ajarqissâq heißt ein alter Hilfsgeist, der die Führung zu übernehmen pflegt, wenn ein Angakok einen Geisterflug zum Himmel unternimmt. Er wird von einem Angakok auf den anderen vererbt, und da sie alle hinauf zur Himmelsebene fliegen, sind ihm mittlerweile alle Stellen wohl vertraut. Deshalb führte er sie auch zusammen mit dem alten Vater dort oben umher. Durch die Ebene lief ein großer Fluß, und viele Jungen standen an seinem Ufer und fingen kleine Forellen. Einige von ihnen hatten gute Fanggeräte und fingen eine Forelle nach der anderen, andere Jungen hingegen hatten nichts zum Fangen mit und mußten sich daher mit dem Zugucken begnügen.

Der alte Vater sagte:

»Erzähl den Menschen, daß sie immer dafür sorgen müssen, daß die Kinder, wenn sie sterben, ihre Fanggeräte mit ins Grab bekommen. Hier siehst du, wie es denen ergeht, die keine haben.« Dann gingen sie weiter und kamen zu einer Stelle, wo Wasser stand und dampfte. Es stieg Rauch empor, als wenn es sehr warm sei.

»Oh«, sagte Ajarqissâq, »hier ist das Trinkwasser der Himmelsbewohner.«

»Ist das warmes Wasser?« fragte der Angakok.

»Fühl nach!«

Und als Avggo den Finger hineinsteckte, bekam er Frost hinein, so kalt war es! Daher dampfte es so. So feines und gutes Trinkwasser hatten die Himmelsbewohner.

Jetzt sagte der alte Vater: »Aber den Gesang, den die Menschen doch so sehr schätzen, müssen wir uns auch noch anhören.«

Und dann gingen sie zu der Stelle, an der die Himmelsbewohner ihre Gesangfeste und Liederwettkämpfe abhielten. Man konnte den Chor brausen hören, Lieder von Frauen, Lieder von Männern. Aber es war unmöglich, ganz dicht an sie heranzukommen. Und der Angakok konnte gar nicht die Kleider, die sie trugen, wiedererkennen. Man war nämlich an den Ort gekommen, an dem sich Leute aus fremden Ländern aufhielten.

So viele Dinge waren da zu sehen, daß sie gar nicht merkten, wie schnell die Zeit verging, und bald war die Nacht zu Ende.

Da sagte der alte Vater:

»Nun mußt du sehen, daß du schnell nach Hause kommst, bevor es hell wird, sonst mußt du hier oben bleiben.«

Und sofort begab sich Avggo auf die Heimreise; denn die Morgendämmerung war bereits hereingebrochen. Die Heimfahrt ging leicht und schnell vonstatten, und nirgends waren Hindernisse, die ihm bei seinem Kommen so viel zu schaffen gemacht hatten. Selbst die Treppe mit dem rinnenden Blut war verschwunden. So kam Avggo wohlbehalten zu Hause an und erzählte den Menschen, wie es auf der großen Himmelsebene im Land der Toten aussah.

9. Das Land der Toten in der Unterwelt

Einmal wollte der Angakok Avggo das Land der Toten in der Unterwelt besuchen und ließ sich neue Fellstrümpfe und einen Regenpelz aus zusammengenähten Därmen machen. Dann fing er eine junge Sattelrobbe, deren Fell getrocknet wurde, damit es als Fenstervorhang diente, wenn er seine Hilfsgeister herbeirief.

Der Tag kam, und die Hilfsgeister wurden in der Dunkelheit während der Geisterbeschwörung herbeigerufen. Nur einer der Hilfsgeister wollte nicht kommen, und das war der alte Ajarqissâq. Schließlich aber kam er doch an, weil der Angakok nicht aufhörte, nach ihm zu rufen.

»Warum wolltest du nicht kommen?«

»Weil es dumm von dir ist, ins Land der Toten in die Unterwelt zu fahren, bevor du nicht die Mutter des Meeres besucht hast. Der Angakok, der zuerst ins Land der Toten fährt, wird nie mehr die Beherrscherin der Meerestiere aufsuchen können.«

Aber Avggo wollte seinen Willen haben. Und sein Geist erhob sich und fuhr zusammen mit allen Hilfsgeistern ins Meer hinab, das sich vor ihnen auftat.

Der Angakok erzählte später, daß es so gewesen sei, als öffne sich vor ihnen ein Steg durch das Meer. Man spürte gar nicht, daß man im Meer war, nur das Wetter war naß, als wenn es die ganze Zeit über nieselte. Und bereits lange bevor sie an ihrem Ziel waren, fühlte er, daß sein Darmhautmantel völlig durchweicht war. Dann erblickten sie eine Lichtung, und als sie sie erreicht hatten, wurde es gutes Wetter. Die Sonne unter dem Meer war klein, viel kleiner als die Sonne des Himmels, und man konnte sie ansehen, ohne geblendet zu werden.

Der Weg unten durch das Meer war nicht beschwerlich gewesen. Man merkte es nicht, daß es zum Grund hinunterging. Man kam nur über ein paar Abhänge, die sehr glatt waren.

Endlich erreichten sie die Grenze zwischen dem Meer und dem Land unter dem Meer, die von einem schäumenden Fluß gebildet wurde, den man nur überqueren konnte, wenn man über ein paar spitze Steine sprang, die ganz und gar von nassen Tangpflanzen bedeckt waren und so schlüpfrig wirkten, daß sich niemand getraute, auf sie zu springen. Aber Ajarqissâq, der niemals Angst hatte, sprang sofort auf diese Steine, balancierte über sie hinweg und rief die anderen. Alle Hilfsgeister folgten ihm, und zuletzt blieb Avggo ganz allein zurück und wagte nicht den Sprung; denn er war überzeugt, daß er niemals auf den Steinen festen Fuß fassen könnte und daher von dem schäumenden Fluß fortgewirbelt werden würde. Als Ajarqissâq sah, wie er zauderte, rief er ihm zu:

»Wenn du diesmal nicht den Sprung wagst, sondern umkehrst, wirst du niemals ins Land der Toten kommen. Dann werden diese Steine stets die äußerste Grenze bei einer Reise durch das Meer bleiben!«

Da sprang der Angakok auf die Steine, und zu seiner großen Verwunderung zeigte es sich, daß der Tang gar nicht schlüpfrig war, sondern nur so aussah. So gelangten sie alle gut auf die andere Seite. Nun kamen sie zu einem gleichmäßigen Abhang, über den die Toten von der Erde ins Land der Unterwelt hinüberzukommen pflegten. Dort war es sehr glatt, und es war daher schwierig, auf diesen Abhang hinaufzukommen. Besonders die Alten hatten es schwer, und viele von ihnen kamen nur bis zur Hälfte hinauf und rutschten dann wieder zurück. Und alle schufteten und arbeiteten, um ihre Säfte loszuwerden – genauso wie die Himmelsbewohner unter dem großen Fell. Auch hier dauerte es ein ganzes Jahr, um von dem irdischen Dasein zum neuen Leben nach dem Tode zu gelangen.

Auf der anderen Seite dieses Abhangs sahen sie ein paar Holzpfähle, an denen Riemen aus Seehundsfellen befestigt waren. Dort saß eine Frau und schaukelte hin und her. Das war Qatsovauvak, vor der man nichts verborgen halten konnte. Kaum hatte sie sie entdeckt, da rief sie auch schon, daß Fremde kämen, und sofort strömten viele Menschen von allen Seiten herbei. Unter diesen war ein sehr alter Mann, und es zeigte sich, daß das der Großvater des Angakoks war. Er war in Begleitung eines noch älteren Mannes. Das war ein Angakok aus der ganz alten Zeit. Er hatte einmal bei einem Geisterflug eine so gewaltige Geschwindigkeit entwickelt, daß er dabei sein eines Auge verloren hatte. Kaum hatte er Avggo erblickt, als er ihm entgegentrat und mit ihm zu reden anfing.

»Du hast einen Fehler gemacht«, sagte er, »weil du nicht zuerst hinuntergefahren bist zur Mutter der Meerestiere, und jetzt wirst du nie mehr zu ihr hinunterkommen. Horch nur!«

Und man hörte jetzt deutlich einen Strom brausen. Das war der große Strom, der unten durch das Haus, in dem die Herrscherin aller Meerestiere wohnte, schäumte.

Der Angakok wanderte weiter, um all das Merkwürdige zu betrachten, das es da unten zu sehen gab. An einer Stelle sah er eine Sattelrobbe, und über ihr lag ein quergestellter Kajak. Erstaunt fragte er, warum der Kajak denn so dalag. Und man erzählte ihm, daß das deshalb so sei, weil ein Mann wegen dieser Sattelrobbe gekentert und ertrunken war.

Das Land der Toten in der Unterwelt war eine ausgestreckte Küstenlandschaft. Überall konnte man das Meer sehen und an seinen Ufern entlanggehen.

Jetzt sahen sie eine junge Sattelrobbe, die ganz dicht ans Land herangeschwommen kam. Man erzählte, daß das ein Seehund sei, der die Aufgabe habe, die Kräfte der Toten zu üben. Wenn er auftauchte, wurde er von einem Neuankömmling harpuniert. Und wenn dieser Mann dann seine Kräfte und seine Geschicklichkeit erprobt hatte, war dem jungen Seehund doch nichts geschehen, und er tauchte wieder vor anderen Fängern auf, die sich auf dem Wege zur Unterwelt befanden. An einer anderen Stelle lag eine Masse Menschen. Verschiedene lebten, andere waren halb verwest.

»Was bedeutet das?«

»Ja, wißt Ihr, wenn jemand stirbt und von den Hinterbliebenen allzu sehr beweint wird, kann er nicht wieder zu Kräften kommen und muß dann so daliegen, bis man damit aufhört, ihn zu beweinen. Erzählt darum den Menschen, daß man die Toten wohl betrauern darf, daß man ihnen aber schadet, wenn man sie allzu unbeherrscht beweint.«

Draußen auf dem Meer konnte man das ständige Pusten von Meerestieren hören. Das waren Seehunde, die auf der Wasseroberfläche schwammen. Narwale, Weißwale und andere große Tiere kamen an die Oberfläche, und die Luft war voller Töne, wenn sie pusteten und Luft holten. Hier war großer Überfluß für alle, die vom Fang leben mußten. Aber jedesmal wenn der Angakok sich umdrehte, um diese Tiere zu sehen, verschwanden sie, bevor er sie erblicken konnte. Das geschah darum, weil der Angakok noch auf der Erde beheimatet und noch nicht gestorben war.

Der Angakok mußte nun vor Tagesgrauen wieder zurückkehren, und daher fragte man ihn, wo er am liebsten nach seinem Tode wäre, hier oder im Himmel.

»Das kommt darauf an, wie das Trinkwasser ist«, sagte er. Und nun beeilte man sich, ihm die Stelle zu zeigen, wo die Toten unter dem Meer ihr Trinkwasser holen. Das Wasser sah gut aus, hell und fein, aber als er es kostete, war es weder kalt noch warm.

»Nein«, sagte der Angakok, »die Menschen müssen kaltes und frisches Trinkwasser haben.«

Hier wollte er nicht sein. Als er aber fragte, ob es nicht möglich sei, sowohl in den Himmel als auch unter das Meer zu kommen, antwortete man ihm: »Wenn man nach dem Tode drei Tage lang in den Hochwassergürtel gelegt und erst nach Verlauf dieser drei Tage ins Meer geworfen wird, dann kann man dort sein, wo man am liebsten wäre: sowohl im Küstenland unter dem Meer, als auch auf der großen Himmelsebene.

Als der Angakok das zu wissen bekam, trat er zusammen mit seinen Hilfsgeistern die Heimfahrt an und erreichte wohlbehalten sein Haus, ohne von all den Beschwerden etwas zu merken, die ihm auf der Hinfahrt so viel zu schaffen gemacht hatten. Und als er zu Hause war, erzählte er den Menschen, was er gesehen und erlebt hatte.

10. Die Reise zum Mond

Einmal, als der Vollmond auf die Erde herniederschien, teilte der Angakok Migssuarniánga seinen Wohnplatzgenossen mit, daß er eine Beschwörung abhalten und einen Geisterflug zum Mond unternehmen wolle. Viele Menschen kamen herbei, um bei dem Ereignis anwesend zu sein, und man löschte die Lampen. Als es dunkel geworden war, erschienen die Hilfsgeister und flogen dann mit dem Angakok fort, während ein alter Hilfsgeist an seiner Stelle zurückgelassen wurde. Dieser alte Hilfsgeist lag ganz still auf demselben Platz, an dem der

Angakok vor seinem Geisterflug hinten gebunden worden war. Und während die Menschen warteten, hielt er sie dadurch in Atem, daß er ihnen den jeweiligen Standort des Angakoks auf seinem Mondflug mitteilte.

Am Anfang flog der Angakok ganz tief über der Oberfläche des Meeres dahin. Er flog und flog, bis er die Stelle am Horizont erreicht hatte, wo Himmel und Meer sich begegnen. Hier schlüpften der Angakok und seine Hilfsgeister in den Himmel hinein, und dann flogen alle über die große Ebene, die zum Hause des Mondmannes führt, weiter.

Tunuviat hieß einer von Migssuarniángas Hilfsgeistern, ein alter und erfahrener Geist, der schon oft auf dem Mond gewesen war. Er sagte:

»Ich glaube, daß wir dieses Mal hinter dem Mond landen. Es passiert sonst kaum, daß man den Mondmann überrascht.« Die Hunde des Mondmannes, die gewöhnlich anzuschlagen pflegen, wenn Fremde kommen, lagen oben auf dem Haus und schliefen. Aber trotzdem sollten sie doch nicht unbemerkt weiterkommen; denn als sie ganz nahe am Hause waren, standen die Hunde plötzlich auf und bellten, und dadurch bekam der Mondmann zu wissen, daß Fremde im Anzug waren. Auch innen, im Hauseingang, lag ein großer, gefährlicher Hund auf der Lauer, und es war sehr schwierig, an ihm vorbeizukommen.

Als sie endlich zum Mondmann hineingekommen waren, war er sehr darüber erbost, daß er fremden Besuch bekam.

»Was wollt Ihr hier?« rief er.

»Hier ist es überall so schmutzig, wir wollen dein Haus saubermachen!«

»Ha, ha, ha, das ist ja gut«, sagte der Mondmann plötzlich versöhnt und wurde fröhlich. Der Angakok und seine Hilfsgeister machten sich sofort ans Reinemachen. Überall floß der Dreck nur so umher, aber nachdem er zusammengekehrt und hinausgeworfen wurde, wurde er zu Tieren. Der ganze Dreck wurde zu Fangtieren. Es gab da alle Arten von Robben, Narwale, Bären, Füchse und Vögel. Auf diese Weise wurde eine Menge Fangtiere zum Wohnplatz des Angakoks geschickt.

Das Haus des Mondmannes war merkwürdig eingerichtet. Im inneren Teil konnte man einen großen See erblicken, tief, ausgedehnt und schwarz. Seine Ufer verloren sich im Dunkeln. Man konnte keine Grenzen erkennen. Aus diesem See fiel der Regen auf die Erde hernieder.

Wenn Angakoks den Mondmann besuchen, setzt er ihnen zuerst immer Widerstand entgegen, schlägt ihnen auf den Kopf und versucht sie in das schwarze Meer, das sich im Inneren seines Hauses befindet, zu werfen. Der Angakok, der dort hineingeworfen wird, kommt niemals mehr heraus.

Aber da gab es noch merkwürdigere Dinge im Hause des Mondmannes. Vor dem Eingangsloch lagen auf dem Fußboden, innen im Hause, zwei große Steine, die sich ganz langsam herumdrehten. Von dem einen Stein kamen seltsame Laute, und manchmal wurden diese Laute stärker. Das lag daran, daß sich irgendwo auf der Erde unreine Frauen befanden, die nicht ihre Gebote nach einer Geburt oder einem Todesfall eingehalten hatten. Wenn unreine Frauen gegen die alten Regeln verstoßen, werden ihre Arme lang und furchteinflößend und strecken sich ganz hinauf bis zum Mond, während ein malendes und tosendes Geräusch, das von einem Stein kommt, kaum noch zum Aushalten ist. Als der Mondmann nun sein Haus zeigte, sagte er zum Angakok:

»Könnt Ihr nun verstehen, daß man ordentlich böse wird, wenn die Menschen ihre Gebote, über die ich Buch führen muß, nicht einhalten?«

Dann ging er zu dem einen Stein und hob ihn hoch und bat sie, hinunterzugucken. Sofort eröffnete sich ihnen eine große Aussicht. Es erschien merkwürdig, daß alle Wohnplätze der Menschen so dicht zusammenlagen, daß sie Hunden glichen, die sich um einen Futternapf drängten.

So kann der Mondmann mit Leichtigkeit Aufsicht über die Menschen halten.

Große unförmige Haufen lagen neben den Häusern, und wenn die Menschen herauskamen, war es, als wenn diese gewaltigen Haufen über ihnen zusammenstürzen würden. Das war der Hundekot, der so von oben, vom Mond, aussah. Und daher hat der Mondmann solche Angst vor Hunden.

Jetzt hob er den anderen Stein vom Boden empor, und nun hatte man eine Aussicht auf alle die Fangtiere, von denen die Menschen leben. Besonders gut waren Bären und Fjordrobben zu sehen; denn es sind besonders diese Fangtiere, die es am meisten bei den Wohnplätzen gibt. Walrosse und Narwale konnte man dagegen nur in nebliger Ferne sehen, weil diese Tiere so weit von den Wohnplätzen fort sind.

So verschaffte der Angakok Migssuarniánga seinen Wohnplatzgenossen neue Fangtiere. Und als er zurückgekommen war, berichtete er über alles, was er beim Mondmann gesehen und erlebt hatte.

11. Der Besuch beim Mondmann

Es war einmal ein Ehepaar, das immer seine neugeborenen Kinder verlor und daher jedesmal eine lange Bußzeit durchmachen mußte, in der sie nicht wie andere Menschen leben konnten. Wenn sie hungrig und durstig waren, konnten sie nicht um Essen oder Trinken bitten. Wenn sich jemand ihrer erbarmt und ihnen etwas Eßbares gegeben hatte, drehten sie den Rücken zum Hausraum und schlangen nur mit den Zähnen das Fleisch in sich hinein; denn es war ihnen verboten, während des Essens Messer zu gebrauchen. Erst wenn der strenge Monat der Buße überstanden war, konnten sie wieder wie einigermaßen normale Menschen leben.

So lebten die beiden immer, wenn die Frau ein Kind bekommen hatte und es gestorben war, in der Buße.

Als sie eines Tages ein Kind bekommen hatte, das ebenfalls bald nach seiner Geburt starb, fuhr der Mann auf Fang, obwohl ihm das die strengen Bußgebote nicht erlaubten. Nach dem Fang kam er mit einem Riß im Kajak nach Hause. Er bat seine Frau, nach unten, zum Wasser zu gehen und den Riß zuzunähen. Die Frau tat so, als hörte sie nicht, worum ihr Mann sie bat; denn sie hatte Angst, ihre Seele zu verlieren, wenn sie nach unten, zum Kajak ging und den Riß zunähte. Als der Mann seine Aufforderung wiederholte, bekam die Frau Angst vor ihm. Sie zog sich an, suchte ihre Nähsachen heraus und ging zum Wasser hinunter, wo der Kajak ein Stück oberhalb der Hochwasserlinie umgekehrt auf dem Strand lag. Die Frau begann das Loch zuzunähen. Kaum hatte sie ein paar Stiche getan, als der Sehnenfaden auch schon eine Stimme bekam. Jedesmal wenn sie ihn durch die Kajakhaut zog, fing er zu brummen an. Schließlich brüllte der Faden, wenn er durch die Haut gezogen wurde.

Als der Faden wieder brüllte, sah der Mann, der danebenstand, über den Fjord, und er entdeckte ein schwimmendes Tier, das auf sie zukam. Als er genau hinsah, war ihm klar, daß das kein Bär war, sondern ein großer Hund.

Der Mann dachte: »Das ist der Hund des Mondmannes, der heruntergeschickt wurde, um uns zu bestrafen.« Er ergriff seine Lanze und lief dem Hund entgegen. Und als der Hund ans Ufer kletterte, stieß ihm der Mann die Lanze in die Seite und tötete ihn. Die Hundeleiche ließ der Mann liegen. Die Frau nähte den Riß zu und ging ins Haus. Der Mann, dem Bedenken gekommen waren, weil er den Hund des Mondmannes getötet hatte, hielt sich dicht an seine Frau, um sie zu beschützen, wenn die Rache kommen sollte.

Als die beiden am Abend allein im Hause saßen, rief eine zornige Männerstimme durch die Rauchluke zu ihnen hinunter: »Wer hat meinen Hund getötet?« Und nach einer Weile ertönte derselbe Ruf: »Wer hat meinen Hund getötet?«

Der Mann zog sich schnell seinen Pelz, die Hosen und die Kamikken (Stiefel) an und brüllte hinaus: »Der war gekommen, um uns zu erledigen, daher habe ich ihn getötet!«

Als der Mann aus dem Hausgang herauskam, sah er den Mondmann mit einem Bärenfell bekleidet auf dem Dach des Ganges stehen. Beide Männer waren mächtig zornig und flogen gleichsam aufeinander zu. Während der jetzt folgenden gewaltsamen Schlägerei konnte der Mann dem Mondmann die Kapuze vom Kopf streifen und sie so fest um seinen Hals drehen, daß der Mondmann dem Ersticken nahe war. Der Mondmann dachte: ›Jetzt werde ich erdrosselt.‹ Und in seiner Todesangst begann er zu drohen: »Es wird niemals mehr Ebbe sein!«

»Oh, da pfeif' ich was drauf. Du brauchst keine Ebbe mehr zu machen!«

»Die Vögel werden keine Brut mehr haben«, stöhnte der Mondmann.

»Ist mir doch egal«, erwiderte der Mann und drehte weiter.

»Sollen denn die Robben keine Jungen mehr kriegen?«

»Das ist völlig gleichgültig, ob die Robben noch Junge kriegen«, erwiderte der Mann.

Als es schließlich mit dem Mondmann bald zu Ende ging, stieß er seine letzte Drohung aus:

»Du wirst mit meinem ›angmalingarsîn‹ bestraft werden.«

Da bekam der Mann doch Bedenken; denn dieser »angmalingarsîn« war eine äußerst gefährliche Waffe, ein Eismeißel aus einem riesengroßen Narwalzahn. Er überlegte daher nicht weiter und ließ die Pelzkapuze des Mondmannes los.

Lange saß der Mondmann da und sammelte Kräfte. Als er sich etwas erholt hatte, fragte er den Mann: »Hast du nicht Lust, uns einmal zu besuchen?«

»Das hätte ich schon«, erwiderte der Mann, »ich könnte mir schon ganz gut denken, dich einmal zu besuchen.«

»Wenn du zu mir hinauffährst, wirst du zu einem großen, freistehenden Felsen kommen. Wenn du östlich um ihn herumfährst, kommst du zu Nalíkâdivákâq. Wenn du jedoch nördlich um ihn herumfährst, kommst du zu mir. Jetzt wirst du sehen, wie du das anstellen mußt.«

Der Mondmann nahm einen seiner Hunde und warf ihn in die Luft, wo er hängenblieb. Dann griff er einen anderen Hund und warf ihn hoch. Schließlich packte er den dritten Hund, zog seine eine Pfote aus dem Zugriemen und schleuderte ihn nach oben. Dann warf er den Schlitten in die Luft, sprang gleichzeitig darauf und sauste auch schon in mächtiger Fahrt davon. Bald war der Mondmann außer Sicht.

Kaum war der Mann wieder zu Hause angekommen, als er auch schon damit anfing, Riemen für seine Hunde zu machen. Er nahm das Fell einer Großkobbe und kaute es mit den Zähnen weich. Als das getan war, zerschnitt er es zu langen Riemen, und es dauerte gar nicht lange, da war das Geschirr auch schon fertig. Dann legte er sich schlafen.

Am nächsten Tag, so um die Abendzeit, sagte er zu seiner Frau: »Jetzt fahre ich zum Mondmann auf Besuch.«

Der Mann schirrte seine Hunde an und warf dann mit großem Bedenken den ersten in die Luft. Aber zu seinem großen Erstaunen blieb er oben hängen. Einer nach dem anderen folgte. Und als er schließlich den Schlitten hinaufwarf, sprang er gleichzeitig mit, so daß er sofort gut auf ihm zu sitzen kam. In sausender Fahrt ging es jetzt durch die Luft.

Wenn er durch klare Himmelsfelder fuhr, dröhnten die Schlittenkufen, als führe er über glattes Eis. Und jedesmal, wenn er über einen Nordlichtstreifen fuhr, schurrte es unter den Kufen.

Er war lange gefahren, als er schließlich einen großen, freistehenden Felsen sichtete. Dort teilte sich die Schlittenspur. Der eine Weg ging östlich herum, der andere nördlich. Der Mann hatte so eine herrliche Fahrt gehabt, daß er vollkommen vergessen hatte, welcher Spur er folgen sollte. Er ließ daher die Hunde auf dem östlichen Weg laufen.

Kurz danach kam er zu einem Haus, vor dem keine Hunde lagen. Der Mann stellte den Schlitten an die Wand, und als er den Kopf durch die Tür steckte, sah er sofort, daß er nicht zum Mondmann gekommen war; denn auf der Pritsche saß eine große Frau. Und jetzt mußte er daran denken, was der Mondmann ihm erzählt hatte: nämlich daß niemand von einem Besuch bei Nalíkâdivákâq lebendig wieder zurückkam. Da nichts anderes zu tun war, setzte sich der Mann auf die Fensterpritsche. Nalíkâdivákâq beugte sich über die Pritchenkante und zog ihre Hosen hervor. Der Schritt dieser Hosen war aus dem Fell eines Hundekopfes und Hundehalses genäht. Sie zog die Hosen an. Als sie sich über die Pritschenkante beugte und nach ihren Hosen suchte, holte sie ihre Trommel hervor. Nalíkâdivákâq trat jetzt in die Mitte des Fußbodens und stellte sich dem Gast gegenüber. Zwischen ihren Beinen hing ein Hundekopf mit roter »Maske« und weißen Flecken über den Augen.

Nalíkâdivákâq begann zu tanzen und sang:

»Nalíkâdiváka qûjungitse.« – »Mein schweres, breitspuriges Lachen.«

Der Mann war sich kaum darüber klar, daß er zu lachen angefangen hatte, als er auch schon einen beißenden Stich merkte. Mit dem Trommelstock, einem großen Messer, schlitzte Nalíkâdivákâq ihn von der Innenseite des einen Schlüsselbeins bis herum zum Rücken auf und zog ihm die Eingeweide heraus.

Auf allen vieren kriechend, schleppte sich der Mann zum Schlitten. Er zog die Pfoten seiner Hunde aus den Riemen und gab ihnen das Zeichen zum Losfahren. Er überlegte, ob er nicht lieber zurück zu seinem Wohnplatz fahren sollte, beschloß aber doch, zum Mondmann hinaufzufahren.

Mehr tot als lebend lag der Mann auf dem Schlitten. Er fuhr um den bekannten Felsen und erschrack nicht schlecht, als er ein wütendes Hundegekläff hörte. Er hatte den Wohnplatz des Mondmannes erreicht. Und aus dem Haus trat der Mondmann, um seinen Gast zu empfangen. »Kékê, wie siehst du bloß aus?!« fragte der Mondmann verwundert.

Der Mann antwortete: »Ich fuhr verkehrt und landete bei Nalíkâdivákâq.«

»Vergaßest du, was ich dir gesagt hatte?« fragte der Mondmann.

»Ja, ich vergaß es und fuhr falsch«, erwiderte der Mann.

»Hat sie deine Leber und deine Eingeweide aufgefressen?« fragte der Mondmann.

»Nein«, erwiderte der Mann, »sie hatte noch nichts gefressen, als ich losfuhr.«

Der Mondmann schirrte nun eifrig seine Hunde an und fuhr davon. Als er bei Nalíkâdivákâq angekommen war, fand er die Eingeweide des Mannes in einem großen Holzfaß mitten auf dem Fußboden stehen. Sie waren dort zum Abkühlen hineingetan. Rasch holte der Mondmann die Eingeweide heraus und stampfte das Faß entzwei. In rasender Fahrt fuhr er nun nach Hause und hoffte, daß der Mann noch am Leben sei, wenn er mit den Eingeweiden zurückkehrte.

Und so war es dann auch. Der Mann lebte noch. Er mußte nun seine Eingeweide herunterschlucken, um weiterleben zu können. Als er das mit großen Beschwerden geschafft hatte, erholte er sich wieder langsam.

Er saß nun auf der Fensterpritsche, so, wie es bei Gästen üblich ist, und ruhte sich etwas aus. Da hörte er plötzlich einen dumpfen Laut. Das war die Bodenfliese, die nahe an der Türschwelle lag. Sie klapperte in einem fort. Schließlich schaukelte sie, als wenn sie lebendig geworden wäre. Der Mondmann zeigte auf die Fliese und sagte: »Guck da mal hin. Wenn die zu klappern anfängt, hat man eine unwiderstehliche Lust, dorthin zu langen. Auf den Wohnplätzen geschieht nichts, das ich nicht sehe. Nun paß mal auf.« Er hob jetzt die Fliese wie eine Falltür hoch, und der Mann bekam einen merkwürdigen Ausblick. Er sah durch ein Rohr auf die Erde hinunter, wo alle die vielen Häuser der Wohnplätze wie ein Kranz mit den Hausgängen zur Mitte hin versammelt lagen, wie Hunde, die aus einem Eisloch Suppe saufen, die für sie dort hineingegossen ist. Und man konnte auch die Menschen der Wohnplätze sehen. Wenn einer, der die Totenbuße ausübt, zu etwas verlockt wurde, das ihm oder ihr verboten war, dann wurden die Arme dieser Menschen lang und dünn.

»Du siehst also«, sagte der Mondmann, »ich kriege nie Nachtruhe. Und daher ermahne ich die Menschen ständig, die Bußgebote einzuhalten. Denn in meinem Zorn darüber, daß ich niemals Nachtruhe bekomme, schicke ich einen meiner Hunde zu dem Wohnplatz, auf dem die Bußgebote nicht eingehalten werden.«

Der Mann betrachtete lange die Wohnplätze auf der Erde und fuhr dann ohne Zwischenfälle nach Hause.

Durch ihn erfuhr man, warum man die Totenbuße ausüben soll.

12. Der Mann, der zum Mond kam

Es war einmal ein Mann, der aus Zorn darüber, daß sein älterer Bruder ihm sein Paddel versteckt hatte, in die Einöde ging. Das schien ihm die einzige Möglichkeit zu sein, darüber hinwegzukommen, daß er nun nicht mit seinem Kajak hinausfahren konnte. Wie er nun so allein wanderte, hörte er plötzlich Zaubergesänge. Und als er sich dorthin begab, von wo diese Gesänge kamen, fühlte er, wie er von der Erde emporgehoben wurde und nun den Weg der Verstorbenen ging. Dieser war recht eng, und er sank dort bis zu den Schultern in den Boden. Als er sich aber wieder nach oben gearbeitet hatte, erblickte er einen fürchterlichen Hund. Er begann sofort zu flüchten, als er sich aber dabei umschaute, verfolgte ihn eine Flamme, die nach allen Seiten flackerte. Dieser Anblick raubte ihm das Bewußtsein, und er fiel wie tot um. Aber da zeigte sich ihm seine verstorbene Großmutter und streichelte ihn, und eine andere Stimme sagte: »Er ist nicht tot, leg ihn dorthin.« Da erwachte er wieder und sah einen Inlandsee, auf dessen anderer Seite ein Haus stand. In diesem Haus wohnte der Mondgeist. Als der Mann nun nicht in das Haus zu gehen wagte, weil er vor dem fürchterlichen Hund eine solche Angst hatte, ertönte eine Stimme aus dem Inneren des Hauses: »Der tut dir nichts, komm nur herein!« Der Mondgeist half ihm nun durch den Hauseingang hinein, und dabei sagte er: »Ich habe Schmerzen, puste mich an.« Der Mann pustete ihn an, und die Schmerzen waren weg. Da sagte der Mondgeist: »Auf diesem Weg kommt niemand mehr zurück, aber du sollst jenen Weg benutzen.« Und er zeigte auf den Fußboden und öffnete eine Luke. Nun sagte der Mondgeist: »Wir wollen unseren Gast bewirten.« Da erschien eine Frau, die aus einer Höhle kam, setzte schnell Essen auf den Fußboden und verschwand wieder. Als sie sich aber umdrehte, sah der Mann, daß ihr Rücken ein Gerippe war. Als er darüber erschrak, sagte der Mondgeist: »Das bedeutet nichts, aber bald kommt die Eingeweidefresserin. Sie wird es sich nicht nehmen lassen, hierherzukommen, hüte dich davor, zu lachen; denn sobald du lachst, wird sie dir die Eingeweide herausholen, deshalb mußt du, wenn du nahe am Lachen bist, dich mit dem Nagel deines kleinen Fingers unterm Knie kratzen.«

Gleich darauf kam ihr Faß ganz allein hereingehüpft und stellte sich auf den Fußboden. Das war das Faß, in das sie die Eingeweide des Mannes hineinpacken wollte. Und dann erschien sie selbst, tanzend und singend. Wenn sie den Rücken zeigte, machte sie einen großen Schritt, wenn sie aber sich von der Seite zeigte, wurde ihr Mund ganz schief und ihr Gesicht ganz langgezogen. Wenn sie sich bückte, berührte und leckte sie ihr Hinterteil, und wenn sie seitwärts nach unten sich drehte, schlug sie mit der Wange gegen die Hüfte, daß es nur so klatschte. Schließlich begann er schon innerlich zu lachen. Und da kam vom Fenster eine Stimme: »Er lacht!« Und sofort kam sie auf ihn zu, aber da kratzte er sich mit dem Fingernagel unterm Knie, und als sie darüber stutzig wurde, warf der Mondgeist sie hinaus. Etwas später konnte man jemand heulen hören: »Ich soll ihr Faß und ihr Messer holen.« Der Mondgeist sagte: »Das soll sie sich man selbst holen.«

Aber etwas später war wieder dieselbe Stimme zu hören: »Ich soll ihr Messer und ihr Faß holen, wenn ich das nicht bekomme, will sie die Stützpfähle des Himmelsgewölbes umstürzen.« Da nahm der Mondgeist ihr Messer, machte es stumpf und warf es zusammen mit dem Faß durch den Hauseingang nach draußen. Dann öffnete er eine Luke, die sich neben dem Fenster befand. Er ließ nun seinen Gast hinunterschauen. Der sah unten die zahlreichen Winterplätze der Menschen dicht beieinander auf der Erde liegen. Der Mondgeist nahm nun ein Rohr und blies dadurch etwas nach unten. Und bald waren alle Häuser mit Schnee zugedeckt. Wieder bat der Mondgeist seinen Gast, nach unten zu sehen. Und da entdeckte er eine Pritsche, auf der ein Mädchen schlief. Der Mondgeist nahm nun eine Feder, tauchte sie in Blut und ließ es hinuntertropfen. Plötzlich krümmte sich das Mädchen, sprach im Schlaf, fühlte an sich herum und merkte, daß es blutete. Schließlich sagte der Mondgeist zu seinem Gast: »Nun mußt du von hier fort. Wenn du aber Angst hast, kommst du niemals mehr nach Hause.« Dann öffnete er die Falltür im Fußboden und stieß ihn hinunter, und er verlor das Bewußtsein. Als er aber wieder zu sich kam, war seine Großmutter bei ihm, und er befand sich in der Nähe der Erde. Er stand auf und ging nach Hause und wurde ein großer Angakok.

13. Die Frau, die ein Mondkind bekam

Es war einmal eine Frau, die keine Kinder bekommen konnte. Darüber war sie sehr traurig. Aber ihr Mann geriet darüber in Wut und mißhandelte sie jeden Tag. Die arme Frau hatte daher keine frohe Stunde mehr und lief immer mit einem blauen Auge umher und mit vielen Flecken, weil der Mann sie ständig schlug. Einmal ging sie in einer Winternacht, als der Vollmond hell und klar leuchtete, nach draußen, um Wasser zu holen. Als sie ihren Eimer nun füllen wollte, hörte sie, wie jemand angefahren kam und sie bat, auf seinem Schlitten Platz zu nehmen. Die Frau folgte der Einladung und setzte sich auf den Schlitten. Aber kaum hatte sie es sich dort bequem gemacht, als sie schon merkte, wie sich der Schlitten erhob und in sausender Fahrt durch die Luft flog. Der armen Frau wurde ganz übel, und sie mußte sich erbrechen. Aber jedesmal, wenn sie das tat, stieß der Schlitten wieder gegen die Erde, so daß ihr Begleiter ganz unruhig wurde und sie bat, das zu unterlassen. Es gelang ihr auch, den Wunsch ihres Begleiters zu erfüllen, und nun flogen sie auf ihrem Schlitten ungeschoren dahin. Immer höher ging die Fahrt, und als sich die Frau umschaute, sah sie, wie ihnen eine Flamme folgte. Schließlich aber kamen sie in ein Haus. Als die Frau nun vom Schlitten stieg, bat ihr Begleiter sie, sich auf die Pritsche zu legen. Die Frau, die durch die rasende Fahrt durch die Luft sowieso stark ermüdet war, verlor nun ihr Bewußtsein. Wie lange das dauerte, konnte sie später nicht sagen. Aber als sie schließlich wieder zu sich kam, war sie beim Mondgeist.

Der Mondgeist erzählte der Frau nun wieder die Geschichte von der Eingeweidefresserin, die bald erscheinen würde. Er ermahnte sie, nicht zu lachen und sehr achtsam zu sein. Es kam nun alles so, wie der Mondgeist berichtet hatte, aber die Eingeweidefresserin konnte keine Macht über die Frau bekommen und wurde schließlich vom Mondgeist aus dem Hause geworfen.

Dann sagte der Mondgeist zu ihr: »Nun mußt du wieder hinunter zur Erde. Und wenn du wieder zu Hause bist, wirst du einen Sohn bekommen. Aber vorher mußt du einmal vor den anderen aus dem Hause gehen. Dann wirst du auf dem Dach des Hauseinganges ein paar kleine Kaulbarsche finden. Die mußt du auf nüchternen Magen schlucken. Und später mußt du eines Morgens, wenn du aufgewacht bist, wieder vor den anderen aus dem Hause gehen. Dann wirst du eine kleine Kinderharpune finden. Du darfst dann aber nicht weinen. Ich will deinen Sohn nämlich wieder zu mir nehmen.«

Als der Mondgeist das gesagt hatte, öffnete er die Falltür im Fußboden und stieß sie hinunter. Dabei verlor sie das Bewußtsein, und als sie zu ihrem Haus ging, standen da ein paar Frauen und nähten an dem Innenfell eines Zeltes. Sie wollte sich ihnen zu erkennen geben, aber die Frauen konnten sie nicht sehen. Da nahm sie der einen die Nähnadel weg, und als diese Frau hochblickte, erkannte sie sie wieder. Es war jetzt Frühling geworden, und als die Frau verschwunden war, war es Winter gewesen.

Nun kam sie wieder zu ihrem Mann zurück und gebar nach einer gewissen Zeit einen Sohn. Und alles, was ihr der Mondgeist gesagt hatte, traf ein. Als ihr Sohn etwas größer geworden war, gab sie ihm die Harpune. Der Junge griff freudig danach, lief hinaus, um damit zu spielen, und kam niemals wieder. Aber die Frau trauerte nicht um ihn.

14. Die alte Frau, die das Land der Toten besuchte

Es war einmal eine alte Frau, die zusammen mit ihren beiden Söhnen in einem Hause wohnte, das auf einem Wohnplatz stand, auf dem es im ganzen nur zwei Behausungen gab. Eines Tages kam ihr jüngster Sohn nicht mehr vom Fang zurück, und seine alte Mutter wurde von tiefer Trauer befallen. Als später aber auch noch ihr letzter Sohn verunglückte, war die alte Frau ganz verzweifelt. Und sie weinte und weinte, den ganzen Tag und die ganze Nacht, und es wurde Morgen, und sie weinte noch. Gegen Abend des anderen Tages verlor sie das Bewußtsein, und man glaubte, sie wäre tot.

Die alte Frau aber merkte plötzlich, daß sie auf dem Wege ins Land der Toten war. Sie sah ein großes Loch im Himmel und kroch dort oben hindurch. Und sie ging immer weiter, und sie wußte nicht, wohin sie ging. Da kam sie zu einem großen Stein, der sich drehte und ihr den Weg versperrte. Unter dem Stein waren viele Menschenknochen, und der Stein selbst war voller Blut. Sie sah keinen Menschen, aber sie hörte eine Stimme rufen:

»Ist es ein Toter, der da kommt?«

Sie hatte noch gar nicht Zeit zum Antworten bekommen, als sie ihre Großmutter erblickte, die vor vielen Jahren gestorben war. Und die Großmutter kam zu ihr hin und sagte: »Du mußt der Stimme antworten: Ich bin kein toter, sondern ein lebender Mensch!«

Als das die alte Frau getan hatte, durfte sie weitergehen und kam zu einem Haus. Sie folgte jetzt ihrer Großmutter, und beide schauten nun zum Hauseingang hinein und sahen, daß er voller Wasser stand. Der einzige Weg, der hineinführte, war so schmal wie ein Riemen aus dem Fell einer Großkobbe. Und sie blieben stehen und hörten, wie eine Stimme im Hause rief:

»Kommt da ein Toter gegangen?«

Und ihre Großmutter sagte, daß sie antworten solle: »Nein, ich bin ein Lebender!«

Nun gingen sie ins Haus. Und kaum waren sie hineingekommen, da erkannte die alte Frau auch schon ihre beiden Söhne. Und sie freute sich sehr. Aber sie sah, daß ihr jüngster Sohn an Füßen und Waden ganz mit Eis bedeckt war, fast bis hinauf zu den Knien. Da ging sie zu ihm hin und entfernte all das Eis von seinen Beinen. Und der Sohn sagte zu ihr:

»Schlecht geht es uns, wenn du so unbeherrscht über unseren Tod trauerst. Deine Tränen sind es, die an unseren Beinen zu Eis gefrieren.«

Darüber wurde die Mutter sehr betrübt. Und sie sah, daß der andere Sohn auch Eis an den Beinen hatte, und sie fing nun an, auch von seinen Füßen und Beinen das Eis zu entfernen. Da begann die alte Großmutter zu reden und sagte: »Weine nun nicht mehr, wenn du nach Hause kommst; denn deine Trauer wird deinen Söhnen nur Leid bringen.«

Die alte Mutter blieb noch eine Weile im Haus. Da hörte sie eine Stimme, und als sie sich umdrehte, sah sie, wie ein junges Mädchen nach einem abgenagten Knochen griff, der durch einen Riemen gesteckt war, der von der Decke herabhing.

Sie sah sie an und dachte:

›Was macht die da bloß?‹

Ihre Großmutter verstand sofort diese Gedanken und antwortete: »Sie wollte niemals unten auf der Erde den Freudentanz mitmachen, darum muß sie das jetzt tun.«

Die alte Frau blieb noch eine Weile im Haus und wunderte sich über all die merkwürdigen Dinge, die sie zu sehen bekam. Aber dann sagte ihre Großmutter zu ihr:

»Du mußt jetzt wieder auf die Erde zurück; denn du bist noch nicht tot. Erst nach deinem Tode kommst du zu deinen Kindern hinauf.«

So leid es ihr auch tat, sie mußte sich auf den Heimweg machen. Als sie aber noch überlegte, ob sie sofort aufbrechen sollte oder noch ein bißchen bleiben könnte, stieß die Großmutter sie einfach in den Himmelraum hinaus. Sie kam nun zum großen Stein, der sich mahlend drehte. Jetzt stand er still, und man konnte leicht vorbeikommen. Dann ging sie weiter und kam zu dem großen Loch, das durch den Himmel ging. Hier traf sie einen jungen Mann von ihrem Wohnplatz. Er wollte gerade durch das Loch nach oben klettern, aber sie stieß ihn vor sich her und bekam ihn mit nach unten. Er setzte sich andauernd zur Wehr, und sie mußte ihn geradezu mit Gewalt in ihr Haus bugsieren. Als sie kurz vorher zum Fenster hineingeguckt hatte, hatten die Leute seinen Körper bereits auf den Fußboden gelegt. Die Seele hatte den Körper verlassen, und man glaubte, er sei tot. Als aber die Alte jetzt mit der Seele zurückkam, lebte er wieder auf. Auf dieselbe Weise kroch die Seele der alten Mutter nun in ihren eigenen Körper hinein, der jetzt auch wieder lebendig wurde, und zwar gerade in dem Augenblick, als alle Hausgenossen endgültig glaubten, daß sie tot sei.

Aber nachdem sie nun ihre beiden Söhne gesehen hatte und wußte, daß sie nach ihrem Tode zu ihnen hinaufkommen und mit ihnen zusammen sein würde, lebte sie den Rest ihres Lebens in Freude. Und der junge Mann, dessen Leben sie gerettet hatte, brachte ihr ständig Fleisch, so daß sie ohne Nahrungssorgen bis an das Ende ihrer Tage leben konnte.

15. Asiaq, die Herrscherin über Wind und Wetter

Es war einmal ein Großfänger, der nur ein Kind hatte, einen kleinen Jungen, der allen im Hause große Freude machte. Besonders seine Großmutter mochte ihn gern, weil er den Namen eines ihrer verstorbenen Söhne bekommen hatte. Eines Tages kam der Großfänger mit einem Seehund nach Hause, und da seine Frau nach unten zum Wasser gehen sollte, um den Seehund dort abzuspecken, gab sie den Kleinen ihrer Mutter, damit sie solange auf ihn aufpaßte. Das tat sie auch, aber der Junge weinte immerzu, so daß die Großmutter nach ihrer Tochter rufen mußte:

»Komm zurück und beruhige ihn schnell. Er hört nicht zu weinen auf, und ich kann ihn nicht beruhigen.«

Die alte Großmutter war blind, und als bald darauf jemand ins Haus kam, konnte sie nicht sehen, wer das war. Sie glaubte natürlich, daß es ihre Tochter sei, und sagte: »Ich kann ihn wirklich nicht zur Ruhe bekommen, versuch du's doch einmal.«

»Leg ihn bitte in meinen Amaut«, sagte die Tochter. Und ihre Mutter nahm den Jungen und steckte ihn ihrer Tochter in die große Rückentasche, den Amaut. Aber kaum hatte die Großmutter das Kind dort hineingelegt, als sie auch schon zu ihrem Entsetzen merkte, daß der Rücken hohl war und daß das gar nicht ihre Tochter sein konnte. Vergebens rief sie: »Ich habe ihn in einen fremden Amaut gesteckt! Zu spät merkte ich, daß der Rücken der Person, die ihn holte, hohl war!«

Nun kam auch schon die Tochter herbei, um ihr Kind zu holen. Aber das war längst entführt. Sie suchten und suchten, wo sie nur konnten, fanden aber keine Spur und trauerten um den kleinen Jungen, der ihnen gestohlen worden war, bis ans Ende ihrer Tage.

Das Kind aber hatte niemand anders entführt als Asiaq, die Herrscherin über Wind und Wetter. Von ihr wurde erzählt, daß sie schon seit dem Entstehen der Welt auf der Suche nach einem Mann gewesen war, niemals aber einen bekommen hatte, weil sie keiner haben wollte. In jenen alten Tagen war Asiaq daher immer unterwegs. Sie reiste von Wohnplatz zu Wohnplatz und sorgte immer dafür, daß sie gutes Wetter hatte. Überall versuchte sie einen Mann zu bekommen, aber nirgends glückte es ihr.

Aber sie gab ihre Suche nie auf und war fast immer auf Reisen und sorgte stets für gutes Wetter. Daher war das Wetter in alten Zeiten auch nicht so unruhig und unbeständig wie jetzt. Endlich aber war es soweit. Lange hatte sie über ihr Mißgeschick nachgedacht, bis sie zu dieser List schritt und sich den Knaben raubte. Sie sorgte nun dafür, daß der Junge schnell erwachsen wurde, und nahm ihn dann zum Mann. Jetzt hörte sie mit ihren Reisen auf. Als sie nun mit ihrem Mann ständig in einem Haus wohnte, sorgte sie nicht mehr für gutes Wetter, und die Menschen, die auf Fang fahren wollten, litten sehr darunter. Daher wurde es jetzt die Aufgabe der Angakoks, hin und wieder einmal zu Asiaq zu fahren und sie dazu zu bewegen, gutes Wetter zu machen. Es heißt, daß kein Angakok hinter Asiaq kommen kann, weil sie sich schämt, ein Kind zum Mann genommen zu haben. Sie selbst soll auch furchtbar aussehen, und in ihrem Haus steht alles auf dem Kopf.

Viele, viele Jahre nachdem dies geschehen war, wurde ein Mann geboren, der den Namen Ajak bekam. Schon als Kind begann er Geister zu beschwören. Und als er erwachsen war, wurde er einer der größten Angakoks im Lande. Er wohnte zusammen mit vielen Leuten in einem großen Haus. Und als einmal der Winter gekommen war, folgte ein Unwetter dem anderen, und es schneite und schneite, als wollte es niemals mehr aufhören. Zuletzt war da so viel Schnee und Eis auf dem Lande, daß man nicht mehr auf Fang fahren konnte, und es entstand eine große Not unter den Menschen. All die vielen Menschen, die nun hungerten, begannen zu klagen und sagten: »Uns ist immer erzählt worden, daß Ajak ein großer Angakok sei, der viele Fangtiere herbeischaffen könnte, wenn die Zeiten schlecht sind. Warum tut Ajak nichts, um uns zu helfen?«

Ajak tat so, als höre er nichts. Aber eines Abends fing er doch zu reden an und sagte:

»Schafft mir eine wasserdichte Seehundshaut herbei, mit der man den Hauseingang abdichten kann.«

Man versperrt den Hauseingang mit einer solchen Seehundshaut, wenn man eine Geisterbeschwörung abhalten will. Daher spannte man sofort die Haut vor den Eingang und begann Ajak zusammenzubinden, weil er einen Geisterflug zu Asiaq machen und sie veranlassen wollte, Wasser zu lassen; denn wenn Asiaq Wasser läßt, regnet es auf der Erde.

Ein Angakok, der einen Flug unternehmen will, muß sehr sorgfältig gebunden werden. Seine Seele oder sein Geist verlassen dann seinen Körper, der im Haus zurückbleibt. Auf diese Weise unternimmt er dann seinen Flug, der den Menschen das beschaffen soll, was sie brauchen. Man band nun Ajak hinten ordentlich zusammen, und obwohl er mit starken Seehundsfellriemen gefesselt war und ganz still lag, fing die Trommel des Angakoks, die neben ihm stand, sich von selbst zu rühren an.

Das waren die Geister, die das taten. Und das war ein Zeichen dafür, daß Ajak ein sehr großer Angakok war.

Als man ihn gebunden hatte, ging ein Mann zu ihm hin und steckte seinen langen Finger ihm in den Hintern, zog ihn aber gleich wieder heraus. Das tat der Mann, damit die Seele des Angakok während des Geisterfluges eine hohe Geschwindigkeit erreichen sollte. Dann band man ihm die Flügel einer schwarzen Lumme auf den Rücken. Alle Angakoks haben eine schwarze Lumme als Hilfsgeist. Und die hilft ihnen, durch die Luft zu fliegen und sich auf die Geisterflüge zu begeben. Darauf löschte man die Lampen des Hauses, und es wurde dunkel. Sofort begann die Zaubertrommel sich zu bewegen. Die Trommelstöcke schlugen auf das Fell, daß es nur so dröhnte, und der Geist verließ den Körper, flog aus dem Haus und fort durch die Luft, begleitet von allen Hilfsgeistern. Sie flogen über das Land, weiter über das Land, hin zum Inlandeis, bis sie zu einem Haus kamen. Hier stiegen sie auf das Dach und schauten durch den Rauchfang. Unter den Hilfsgeistern war einer, der Ijajiuatsiaq hieß und ein sehr lachlustiger und kleiner Zwerg war. Als er durch den Rauchfang sehen wollte, warnten ihn die anderen, damit er nicht zu lachen anfinge; denn es war das Merkwürdige geschehen, daß Ajak und einige seiner Hilfsgeister unbemerkt das Haus betreten hatten, ohne daß Asiaq etwas von ihrem Besuch gemerkt hätte. Die Fremden konnten daher ungestört feststellen, wie sie aussah. Ihr Mund war nicht quer in ihrem Gesicht, sondern ging von oben nach unten. Auch die Augen standen aufrecht im Kopf, und die Nase war ebenfalls verkehrt angewachsen. Auch der Haarschopf sah völlig falsch aus. Aber mit den Sachen in ihrem Haus war es ebenfalls nicht anders. Alles war verkehrt oder stand auf dem Kopf. Sie selbst sahen sie auf einer umgekehrten Pritsche neben ihrem gewaltigen Mann liegen, der um seine bloßen Arme schöne Armbänder trug.

Kaum hatte Ijajiuatsiaq das alles gesehen, als er auch schon losprustete. So laut mußte er lachen, daß Asiaq es merkte, ihren Mann nach hinten auf die Pritsche warf, ihn beklopfte, wodurch er sofort wieder zu einem Säugling wurde, und Ajak fragte, was er hier wolle.

»Wir sind hierhingekommen, um dich dazu zu bewegen, dein Wasser zu lassen.«

»Ho, ho, dann setzt euch doch erst einmal hin!«

Und als sie sich gesetzt hatten, sagte sie:

»Was kann man wohl seinen Gästen zu essen geben?« Dann holte sie unter der Pritsche eine Tüte hervor, die aus den Flossen eines Seehundfells gemacht war und einen Riemen, der aus ebensolchem Fell hergestellt worden war. Sie warf nun den Beutel, den sie vorher mit dem Riemen verbunden hatte, in den Hauseingang. Vorher aber war in den Beutel ein Fellhandschuh hineingetan worden, so wie man ihn beim Kajakfang zu benutzen pflegt. Und dieser Handschuh war so verzaubert worden, daß er wie eine Menschenhand wurde, die stehlen konnte. Und der Beutel, den sie nun in den Hauseingang warf, flog nun zu den Menschen hinunter, hin bis zu ihren Fleischgruben, und stahl dort Fleisch für Asiaq. Auf diese Weise lebte sie im Überfluß, ohne daß sich ihr Mann um etwas zu kümmern brauchte.

Als sie den Fellbeutel in den Hauseingang warf, konnte man an der Leine erkennen, daß er sich in verschiedene Richtungen bewegte. Und so war es dann auch. Viele Male warf sie den Beutel hinaus, und jedesmal wenn er zurückkam, war etwas anderes darin: Pflanzen aller Art, die eßbar sind und auf der Erde wachsen, eingemachte Wurzeln und Mattak[1], Robbenfleisch und auch getrocknetes Fleisch, und alle aßen das, was sie gewohnt waren. Als sie mit dem Essen fertig waren, kramte Asiaq zwischen ihren Sachen und zog ein Stück von einem Bärenfell hervor, das voll von Schnee war. Als sie es aufhob, fiel der Schnee nach unten, aber der Angakok und seine Hilfsgeister sagten: »Nein, nein, nein, das nicht, das nicht!« Sie holte nun ein anderes Fell hervor, das vor Wasser triefte. Und dazu sagten die anderen: »Ja, das ist richtig, das ist richtig, das wollen wir haben.«

Da hob Asiaq dieses Fell ganz hoch empor und schüttelte es.

1 Walhaut, eine der Lieblingsspeisen der Eskimo.

Und eine Menge Wasser fiel hernieder. Das tat sie zweimal. Als sie das aber zum drittenmal wiederholen wollte, sagten sie: »Nein, nein, nicht mehr!« Und da hörte sie auf. Denn jedesmal, wenn sie das Fell schüttelte, regnete es einen ganzen Monat. Der Angakok und seine Hilfsgeister begaben sich jetzt auf die Heimreise, nachdem sie sie dazu bewegt hatten, ihr Wasser zu lassen, wie man dazu zu sagen pflegt. Und alle kamen wohlbehalten zu Hause an.

Eine Weile, nachdem der Angakok zurückgekommen war, ging ein Mann aus dem Haus, um nach dem Wetter zu sehen. Und als er wieder hereinkam, sagte er: »Es sieht nicht sehr nach Regen aus. Es bläst ein frischer Landwind, und der Schnee fällt dicht.«

Die Nacht kam, und da ging Ajak persönlich hinaus, um nach dem Wetter zu sehen. Als er wieder hereinkam, sagte er:

»Jeder, der noch nicht daran glaubt, kann jetzt nach draußen gehen und sich selbst überzeugen.«

Da gingen seine Hausgenossen vor die Tür und sahen, daß es in Strömen goß. Und der Regen war mit dem richtigen Südwest gekommen.

So regnete es nun volle zwei Monate. Der ganze Schnee und das ganze Eis schmolzen, und die Fänger konnten wieder nach draußen und ihren Fang betreiben, wie sie es gewohnt waren.

16. Wie der Nebel entstand

Es waren einmal ein Mann und eine Frau, die ganz allein auf einem Wohnplatz lebten. Sie hatten einen großen Kummer; denn immer starben ihnen ihre Kinder, und wenn sie sie unter Steinen beigesetzt hatten und später zu dem Grab hinaufkamen, war die Leiche immer fort.

Einmal bekamen sie wieder ein Kind. Und da dieses Kind genau wie die anderen starb, begruben sie es. Einen Tag darauf ging der Mann wie gewöhnlich zum Grab und sah, daß die Leiche wieder verschwunden war. Er ging wieder hinunter und erzählte seiner Frau davon. Gleichzeitig teilte er ihr mit, daß er sich am nächsten Tag lebendig begraben lassen wolle, um zu sehen, wer die Leichen immer raubte. So gingen die beiden dann zu dem leeren Grab hinauf. Der Mann kroch in das Grab, und die Frau legte die Steine so über ihm zurecht, daß es wie ein frisches Grab aussah. Darauf ging die Frau nach Hause.

Als die Nacht gekommen war, hörte der Mann Schritte. Dann wurden die Steine fortgewälzt, und eine Stimme sagte:

»Sie haben hier wie immer eine Leiche begraben, eine schöne, große und frische Leiche.«

Der Leichenräuber nahm ein Seil, band es um die Fußgelenke des Mannes und hob ihn sich auf den Rücken, so daß er mit dem Kopf nach unten zu hängen kam. Und so ging der Leichenräuber nun mit ihm über Land. Als sie aber ein langes Stück gegangen waren, wurde es dem Mann zuviel, immer den Kopf nach unten hängen zu haben. Und als sie zu einer kleinen Felsspalte kamen, faßte er mit beiden Händen die eine Seite der Spalte an. Der Leichenräuber hielt sofort an und konnte nicht verstehen, was das war.

»Es ist doch merkwürdig«, sagte er vor sich hin, »daß die Leiche plötzlich so schwer geworden ist.«

Und er brauchte alle Kräfte, um weiterzukommen. Da aber ließ der Mann plötzlich die Felskante los, und der Leichenräuber verlor fast das Gleichgewicht und stürzte mit gesenktem Kopf davon. Es dauerte eine ganze Zeit, bis er wieder vernünftig gehen konnte. Und da legte er die Leiche ab und wollte sie näher untersuchen, um zu sehen, ob nicht etwa noch Leben in ihr steckte. Er legte nun sein Ohr an den Mund des Mannes, und der mußte nun mit aller Gewalt seinen Atem anhalten. Als er das aber nicht mehr konnte und er gerade zu atmen beginnen wollte, ließ der Leichenräuber von ihm ab und sagte vor sich hin: »Wie ich es mir gedacht hatte, er ist genauso tot wie vorher, als er noch in seinem Grab lag.«

Dann hob er ihn wieder auf seinen Rücken und trottete mit ihm weiter. Es dauerte nun eine ganze Zeit, bis der Mann wieder furchtbar erschöpft wurde. Da sie nun an ein paar kleinen

Weidenbüschen vorbeikamen, griff der Mann einfach hinein, so daß der Leichenräuber nicht weiterkommen konnte und wieder anhalten mußte. Er untersuchte ihn wieder wie beim erstenmal, konnte aber auch diesmal nichts feststellen und buckelte sich die Leiche daher wieder auf. Aber da kam ein Haus in Sicht, und der Leichenräuber ging hinein und warf seine Last auf den Fußboden vor der Pritsche. Dort sollte der Mann zerlegt werden. Im Hause befanden sich eine Frau und zwei kleine Kinder. Als diese die Leiche gesehen hatten, riefen sie: »Ich will die eine Hand haben! Und ich die andere! Die werden schmecken!« Der Leichenräuber, der vom langen Schleppen müde geworden war, warf sich auf die Pritsche und schlief ein. Als er eingeschlafen war, öffnete der Mann seine Augen, um sich im Raum umzusehen. Er konnte eine Axt erblicken, die an der Wand über seinem Kopf hing. Aber kaum hatte er sie gesehen, als die Kinder auch schon schrien: »Vater, Vater, die Leiche macht die Augen auf!«

Der Vater richtete sich verschlafen auf, und als er sah, daß der Mann noch immer seine Augen geschlossen hatte, beschwichtigte er seine Kinder und sagte: »Was ist das bloß für ein Blödsinn! Er liegt ja noch dort, wohin ich ihn gelegt hatte!«

Und er streckte sich aus und schlief wieder ein.

Nun begann die Frau ihr Ulo zu schärfen, um die Leiche zu zerlegen. Und als das Abspeckmesser richtig scharf geworden war, krempelte sie ihre Ärmel auf und wollte dem Mann den Bauch aufschneiden. Aber er zog seinen Bauch so schnell zurück, daß ihn das Messer nicht treffen konnte.

»Oho, das ist ja noch schöner! Sollte ich mein Ulo denn nicht so scharf gemacht haben, daß ich ihm damit den Bauch aufschneiden kann?«

Und sie sah sich die Schneide an und wetzte sie noch einmal tüchtig auf dem Schleifstein. Als sie richtig scharf war, versuchte sie es noch einmal. Wieder zog der Mann den Bauch schnell zurück. Aber dieses Mal berührte sie ihn doch, so daß es ein wenig brannte. Jetzt dachte der Mann: »Wenn bloß die Lampen ausgehen wollten!«

Und das dachte er mit so großer Kraft, daß die Lampen wirklich sofort verlöschten.

»Mutter, Mutter, jetzt gingen die Lampen aus!« schrien die Kinder. Im selben Augenblick aber sprang der Mann auf, ergriff die Axt, die er über sich gesehen hatte, und schlug dem schlafenden Leichenräuber den Kopf ab.

»Leiche, Leiche, Leiche, Leiche!« schrien die Kinder. Sie wollten eigentlich rufen, daß die Leiche wieder lebendig geworden sei, waren aber so vor Angst gelähmt, daß sie nur die Worte Leiche, Leiche, ausstoßen konnten. Und bevor noch die Lampen wieder angezündet waren, war der Mann auch schon im Hauseingang und lief so schnell wie er nur konnte davon. Als er ein Stück gelaufen war, sah er sich um und entdeckte, daß die Frau des Leichenräubers ihm auf den Fersen war. Sie rannte ziemlich schnell, schwenkte ihr Ulo hin und her und kam immer dichter an ihn heran. Als der Abstand immer kleiner geworden war, rief der Mann in seiner Angst: »Wenn sich bloß mächtige Steinhaufen hinter mir erheben wollten!« Und sofort erhoben sich tatsächlich große Steinhaufen hinter ihm, und viele von ihnen waren besonders hoch und spitz. Die Frau hielt an und rief dem Mann zu: »Wie kamst du über all die Steinhaufen?«

»Ich sprang darüber hinweg!« rief der Mann, und sofort fing sie an, darüber hinwegzuspringen. Aber die Steinhaufen waren so hoch, daß man weiter von ihr nichts sehen konnte als ihren kleinen Haarknoten, der hier und da zwischen all den Steinen zum Vorschein kam. Als er sah, daß sie ihn bald einholen würde, fing er furchtbar zu laufen an. Als ihm nun klar war, daß sie ihn bald eingeholt haben würde, sprang er über eine Felsspalte und rief dabei: »Wenn diese kleine Spalte doch rasch zu einer gewaltigen Kluft mit steilen Seiten werden wollte!«

Sofort weitete sich die kleine Felsspalte zu einer gewaltigen Kluft mit steilen Seiten aus.

»He, he, wie stelltest du es an, über diese Schlucht hier hinüberzukommen?«

»Ich sprang darüber hinweg!« rief der Mann. Und als sie

hinübersetzte, lief er wieder weiter und mußte alle seine Kräfte gebrauchen, um nicht sofort von ihr eingeholt zu werden. Als sie ganz dicht an ihn herangekommen war, lief er gerade über eine kleine Felskuppe. Und als er auf der anderen Seite war, rief er: »Möge diese Felskuppe hinter mir zu einem gewaltigen Abgrund werden!«

Und sofort wuchs die Felskuppe zu einer steilen Wand aus, die ganz schroff nach unten fiel. Und so hoch war sie, daß man die Frau nur als einen winzigen Punkt schimmern sah. Sie warf die Arme empor und rief: »Wie konntest du nur durch diese Schlucht kommen?«

»Ich rutschte einfach nach unten!« rief der Mann. Und kaum hatte die Frau das gehört, als sie auch schon nach unten zu rutschen begann, sie glitt von einem Felsvorsprung zum anderen hinunter und sah wie eine kleine Kugel aus, die nach unten rollte.

»Nun müßte sie sich doch endlich kaputtgeschlagen haben«, dachte er, als er sie so von Felsvorsprung zu Felsvorsprung nach unten trudeln sah. Und als sie endlich auf dem Boden der Schlucht angekommen war, lag sie einen Augenblick wie tot da. Aber gleich darauf erhob sie sich. Sie hatte immer noch ihr Ulo in der Hand und setzte mit mächtigen Sprüngen dem Mann nach, der um sein Leben rannte. Er sprang jetzt über ein paar Weidenbüsche und rief: »Wenn die bloß wachsen und zu mächtigen Büschen werden wollten!« Und sofort schoß aus der Erde ein Wald von dichtem Gestrüpp.

»Wie kamst du durch dieses Hindernis?« rief ihm die Frau zu.

»Ich lief einfach zwischen den Büschen hindurch.«

»Ha, ha, ha, ha, hast du das so gemacht?« sagte die Frau und ging sofort in die Büsche hinein. Und obwohl sie ihr die Sachen vom Leibe rissen, arbeitete sie sich hindurch und war dem Mann bald wieder auf den Fersen. Der kam jetzt in seiner Todesangst an einem kleinen Fluß an, sprang hinüber und rief: »Möge dieser Fluß groß und gewaltig werden!« Und sofort brauste und schäumte es, und aus dem kleinen Fluß wurde ein gewaltiger Strom, der die Frau aufhielt. Der Mann sah seine

Verfolgerin am anderen Ufer stehen und konnte nicht hören, was sie rief. Da er aber wußte, was sie wollte, gab er ihr durch Zeichen zu verstehen, daß er über den Strom gekommen sei, indem er das Wasser ausgetrunken hätte. Sofort legte sich die Frau auf den Bauch und begann zu trinken. Sie trank und trank und trank. Und man konnte es auch bald dem Strom anmerken; denn die Wirbel und Wellen wurden immer kleiner. Aber da war die Frau auch schon so aufgebläht, daß sie sich aufrichtete und zu dem Mann rief: »Wie hast du es denn weiter angestellt?« Der Mann konnte immer noch nicht hören, was sie sagte. Da er aber ihre Frage schon ahnte, antwortete er:

»Ich hab's doch schon gesagt: du mußt ihn austrinken!«

Wieder begann sie zu trinken, und als sie eine Weile getrunken hatte, wurde der Strom tatsächlich schwächer. Aber sie hatte sich nun so mit Wasser vollgetrunken, daß sich ihre Beine vom Boden erhoben und in die Luft stachen. Sie konnte jetzt nicht mehr und rief zum Mann hinüber:

»Sag mir doch, wie du über den Strom kamst.«

Wieder machte er ihr Zeichen, die bedeuteten: ›Trink du nur weiter. Du siehst ja, wie du bereits den ganzen Strom leer machst. Trink du nur, trink, trink, trink.‹

Sie schüttelte den Kopf, aber setzte den Mund trotzdem ans Wasser und trank von neuem – und da platzte sie.

Er hörte einen Knall und sah, wie ein Staubregen auf die Erde herniederfiel. Und der Regen wuchs und wurde zu dichtem Nebel, der sich an diesem schönen Tag auf das ganze Land legte, obwohl nirgends am Himmel ein Unwetter im Anzug war.

So starb die Zauberin, und man sagt, daß so der Nebel entstanden sei.

Aber der Mann ging heim zu seiner Frau und erzählte, was er erlebt hatte.

Der Nebel lag lange auf dem Land. Als das Wetter aber wieder schön war, ging der Mann abermals zu dem Haus des Leichenräubers, um zu sehen, was aus den Kindern geworden war. Als er endlich dorthin kam, sah er, daß die Kinder tot waren. Sie hatten sich in ihrer Verzweiflung an den Türpfosten festgehalten und hatten so lange geweint, daß sie keine Luft mehr bekamen und erstickten. Der Mann aber war darüber froh; denn so bekam er seine Rache für alle seine toten Kinder, die die Familie des Leichenräubers verzehrt hatte.

17. Wie die Wolken entstanden

Vor langer, langer Zeit war die Erde einmal sehr warm. Keine Wolken gab es damals, keinen Schnee und kein Eis und keinen Nebel. Da sagte die Sonne: »Ich kenne die Menschen überall auf der Erde.« Am Abend, als der Mond unterging, sagte er: »Jetzt kommen die Augen der Leute aus ihren Köpfen hervor, weil es dunkel wird.«

In dieser Zeit sprachen die Tiere wie Menschen. Eine Braunbärin fing einen Eskimo mit Namen Upaum und trug ihn zu ihren Jungen, damit diese ihn fressen könnten.

»Hier habt ihr etwas zum Lutschen«, sagte sie zu ihnen. Sie legte sich hin, um zu schlafen, und überließ ihren beiden Jungen die Wache bei dem gefangenen Eskimo. Upaum tat so, als wenn er tot wäre, und lag mit geschlossenen Augen da. Nach einer Weile, als alles ruhig war, öffnete er seine Augen sehr vorsichtig, aber die Bärenjungen sahen das. »Upaum macht seine Augen auf«, riefen sie ihrer Mutter zu. Die Bärin fuhr hoch, aber als sie Upaum ganz bewegungslos mit geschlossenen Augen auf dem Boden liegen sah, legte sie sich hin und schlief wieder ein. Nach einer Weile gingen die beiden jungen Bären hinaus, um etwas Holz zu holen. Da sagte Upaum zu sich selbst: »Upaum, mach deine Augen auf und tu etwas.« Dann erhob er sich, ergriff ein Holzscheit und schlug der Bärenmutter über den Kopf. Der Schlag war nicht tödlich, aber er betäubte das Tier für eine kurze Zeit, während der Upaum fliehen konnte. Sogleich hörte er, wie die Bärin ihn verfolgte, und er kletterte nun auf einen Weidenbaum, während die Bärin vergeblich nach ihm auf dem Boden suchte. ›So lange, bis es hell wird, werde ich hier oben bleiben‹, dachte er, ›ich kann es hier oben aushalten, ohne müde zu werden.‹ Nach einer Weile stieg er hinunter und rannte fort. Aber die Bärin fand seine Spur und verfolgte ihn. Da bückte er sich und zeichnete eine Linie in den Boden. Sogleich brach ein gewaltiger Wasserstrom herein, der zu einem großen Fluß anschwoll. Der trennte nun den Eskimo von seinem Verfolger. So entstand der Coppermine River. Die Bärin konnte nicht weiterkommen und rief dem Eskimo zu: »Kannst du mir nicht verraten, wie du das große Wasser überquert hast?« Der Eskimo rief zurück: »Ich trank das Wasser aus, schlürfte den Rest und machte alles leer.« Nun versuchte die Bärin das auch zu tun. Sie trank und trank und trank, bis sie schließlich platzte. Aus dem warmen Dampf aber, der von ihrem Körper nach oben stieg, entstanden die Wolken.

18. Nivikaa, die Mutter aller Meerestiere

Es war einmal ein Waisenmädchen, das bei einer Familie wohnte, die es aus Gnade und Barmherzigkeit bei sich aufgenommen hatte; denn das arme Mädchen besaß nicht einmal Freunde oder Verwandte. Solche Waisenkinder haben es nie leicht, und auch Nivikaa mußte für ihre Pflegeeltern alle schmutzigen Arbeiten erledigen. Es war daher kein Wunder, daß sie sehr wortkarg und zurückhaltend war.

Ihr Pflegevater war ein sehr strenger und hochmütiger Mann, der sich immer gern wegen seiner Tüchtigkeit als Fänger loben ließ und überall versuchte, der erste zu sein. Wenn es Frühling wurde, war er immer lange vor den anderen draußen auf dem Meer, um Klappmützen zu jagen.

Einmal, als wieder der Frühling seinen Einzug gehalten hatte und die Nachbarn schon längst ihre Boote klar gemacht hatten und nur noch auf ihn warteten, weil sie ungern vor ihm auf dem Wasser sein wollten, war er der einzige, der ganz ruhig blieb. Es sah so aus, als dächte er gar nicht daran, auf Fang zu fahren. Seine Nachbarn wunderten sich sehr darüber und schüttelten die Köpfe und wußten nicht, was sie tun sollten. Nur ungern wollten sie ohne ihn aufbrechen; denn sie fürchteten seinen Zorn. Daher warteten sie und warteten und hofften, daß er sich doch noch dazu bequemen würde, seinen Kajak ins Wasser zu setzen. Aber sie hatten kein Glück: er dachte überhaupt nicht daran, mit ihnen loszufahren. Da brachten die Nachbarn kurzentschlossen ihre Boote ins Wasser und fuhren los. Und als sie schon längst auf ihren Fangplätzen angekommen waren, wunderten sie sich immer noch darüber, daß ihr Nachbar sie so wortlos hatte aufbrechen lassen und überhaupt nicht zornig geworden war.

Als sich der Mann aber nun allein auf seinem Wohnplatz wähnte, setzte er sein Boot ins Wasser und paddelte schnell zu den anderen kleinen Niederlassungen, um festzustellen, ob die Leute dort auch ihre Behausungen verlassen hatten. Als er sich überzeugt hatte, daß niemand mehr dort war, begann er mit den Vorbereitungen zu seiner Fahrt.

Früh am nächsten Morgen mußten alle Familienmitglieder das große Reiseboot beladen, das ja auch Umiak oder Frauenboot genannt wird, weil es immer von Frauen gerudert wird. Natürlich mußte Nivikaa wie immer die meiste Arbeit verrichten. Und während die anderen den Weg vom Haus zum Boot nur einmal zurücklegten, lief Nivikaa in derselben Zeit diese Strecke mindestens zweimal hin und zurück, um all die notwendigen Sachen und Geräte ins Boot zu bringen.

Ihre eigenen Habseligkeiten bestanden nur aus einem Hund und einer Lampe. Und beides konnte sie noch auf einem leeren Platz im Boot unterbringen.

Sonst pflegte der Mann das Frauenboot immer im Kajak zu begleiten, wie es ja bei den Eskimo üblich ist. Aber bei dieser Reise nahm er an einem Ruder des großen Bootes Platz, um es selbst zu steuern. Und während er sonst bei den anderen Fahrten immer lustig war und aus voller Kehle sang, war er diesmal schweigsam und zornig. Und wenn sich eine der Ruderinnen ein wenig ausruhen wollte, brüllte er sofort: »Ruder zu, ruder zu!«

Daher fanden es alle richtig, sich an diesem Tage nicht mit ihm anzulegen.

Nivikaa saß schweigend am zweitvordersten Ruder und freute sich heimlich darauf, bald in dem Zelt unter den hohen Felsen zu wohnen. Das machte ihr immer bei den Jagdfahrten ihrer Familie so viel Spaß. Und das Leben in der freien Natur war ja auch schöner und abwechslungsreicher als der Aufenthalt zu Hause in der dunklen Hütte.

Als sie nun in der Nähe von Nâjarsuit waren – das ist ein Möwenfelsen, auf dem sehr viele Möwen leben –, rief der Mann, daß sie mit dem Rudern anhalten sollten. Er selbst legte auch sogleich sein Ruder fort und sprang von Bank zu Bank auf den Platz zu, auf dem Nivikaa saß. Er versuchte sie zu packen, aber sie konnte ihm ausweichen und unter die Bank kriechen. Aber ihr Pflegevater konnte ihre eine Hand fassen und sie hochziehen. Dann hob er seine Pflegetochter auf und schleuderte sie ins Meer.

Nur mit Mühe konnte sich das Mädchen über Wasser halten, und da warf der Mann auch noch ihren Hund hinterher, an den sie sich jetzt ängstlich klammerte. Der Hund aber schwamm sofort wieder aufs Boot zu und zog das Mädchen hinter sich her. Als das Mädchen nun einen Arm aus dem Wasser streckte, um sich an der Bootskante festzuklammern, schlug ihr der Mann mit einer Axt über die Hand, so daß sie dabei drei Finger verlor und nur den Daumen und den kleinen Finger behielt. Darauf warf ihr der Mann noch ihre Lampe nach und befahl den anderen weiterzurudern. In ihrer Verzweiflung konnten die Ruderinnen gar nicht weitermachen, aber der Mann brüllte ihnen zu: »Wenn ihr nicht rudern wollt, ergeht es euch so wie Nivikaa!«

Sich an ihren Hund klammernd, schaute das arme Mädchen weinend dem Boot nach, bis es in der Ferne verschwunden war. Dann dachte sie: »Hochmütig hat er mich ins Meer geworfen und fährt jetzt zu seinem Fangplatz, um Tiere zu jagen!«

Sie rief nun alle Tiere des Meeres herbei, damit sie mit ihr auf den Grund der See tauchen sollten. Und sie kamen alle, von den größten bis hinunter zu den kleinsten Tieren. Sie betrachtete noch eine Weile den Himmel, schaute sich nach allen vier

Weltecken um, sagte dem Lande Lebewohl, ergriff ihren Hund und tauchte mit allen Tieren ins Meer hinab.

Als sie den Meeresboden erreicht hatten, fand sie dort ihre Lampe. Und als sie sie aufhob, dachte sie: ›Hier will ich wohnen.‹ Dann aber schwamm sie noch weiter, bis sie nach Najat kam. So weit war sie draußen auf dem Meer, daß sie von dort alles sehen konnte, was im Norden, Süden, Westen und Osten geschah. Und dort baute sie sich ein Haus und wurde die Mutter und Herrscherin aller Meerestiere, die unter ihrer Lampe wohnen.

Dem Mann aber, der sie ins Meer geworfen hatte, mißlang bei dieser Reise der Fang. Er brachte überhaupt nichts nach Hause.

Wenn aber wieder einmal guter Fang ist, dann geschieht das deshalb, weil Nivikaa ihre Lampe hochgehoben und alle Meerestiere hinaus in den Strom geschickt hat, der ständig durch ihr Haus fließt.

Und wenn ein guter Klappmützenfang bei offener See ist, d.h. wenn nirgends Treibeis stört, dann sieht man Nivikaa aus der Tiefe emportauchen und ihre Hand mit den abgehackten Fingern zeigen. Wenn sie aber verärgert ist, und das ist sie, wenn Mörder oder andere Verbrecher oder Leute, die den Kajak oder die Kleider eines Verstorbenen benutzen, in ihr Gebiet kommen und es dadurch unrein machen, dann schickt sie den schlimmen Südwest und schließt alle Tiere ein, und dann gibt es überhaupt keinen Fang.

Wenn der Südwest richtig rast, kann man Schreie im Brausen des Sturms hören. Das sind Nivikaa und ihr Hund, der ständig auf dem Dach ihres Hauses auf der Lauer liegt.

19. Sedna, das Mädchen, das in die Unterwelt kam

In Padli lebte ein Mädchen, das Avilayoq hieß. Da sie keinen Mann haben wollte, wurde sie auch Uinigumissuitung genannt. Auf ihrem Wohnplatz lag ein Stein, der rot und weiß gefleckt war. Dieser Stein verwandelte sich in einen Hund und heiratete das Mädchen.

Sie hatten viele Kinder. Einige von ihnen waren Eskimo, andere weiße Menschen, andere wiederum Inuarudligat, Ijiqat und Adlet (Inlandbewohner).

Die Kinder machten viel Lärm, so daß Avilayoqs Vater dadurch sehr gestört wurde. Daher fuhr er sie alle zu der Insel Amituaqdjuausiq hinüber, und Avilayoq schickte nun jeden Tag ihren Mann zur Hütte ihres Vaters, um Fleisch für alle zu holen. Zu diesem Zweck hing sie ihrem Mann ein Paar Stiefel um den Hals, die mit einem Band zusammengebunden waren. Der alte Mann füllte die Stiefel mit Fleisch, worauf der Hund mit ihnen wieder zurückschwamm.

Eines Tages, als der Hund wieder einmal zum Wohnplatz des Alten geschwommen war, um Nahrung zu holen, erschien vor Avilayoqs Hütte ein Mann in einem Kajak und rief ihr zu: »Nimm deinen Beutel und komm mit!« Da er die Gestalt eines großen, schlanken und gutaussehenden Mannes hatte, fand die junge Frau Gefallen an ihm und fuhr mit. Nachdem sie eine Weile gefahren waren, kamen sie zu einem Eisberg, an dem sie anhielten, weil der Mann daraufsteigen wollte. Als er nun seinen Kajak verlassen hatte, sah die junge Frau mit Entsetzen, daß ihr Begleiter ganz klein war, und sie entdeckte, daß er ihr nur so groß vorgekommen war, weil er auf einer hohen Unterlage gesessen hatte. Da begann sie zu jammern, während er lachte und sagte: »Oh, du hast wohl meinen Sitz gesehen?« Dann stieg er wieder in seinen Kajak, und sie setzten ihre Reise fort.

Endlich kamen sie zu einem Wohnplatz, wo viele Menschen in ihren Hütten lebten. Er zeigte ihr eine der Hütten, die aus den Fellen einjähriger Robben bestand, erzählte ihr, daß sie ihm gehöre und daß sie dort wohnen würden. Dann landeten sie, und während er seinen Kajak säuberte und an seinen Ort brachte, ging sie schon in die Hütte. Es dauerte auch gar nicht lange, da war er mit seinen Arbeiten am Kajak fertig, betrat die Hütte und legte sich zu ihr auf die Pritsche, um sie zu seiner

Frau zu machen. Danach blieb er noch drei oder vier Tage bei ihr und ging dann wieder auf Robbenfang. Ihr neuer Ehemann war ein Sturmvogel.

Inzwischen hatte der Vater den Hund in seinem Haus zurückgelassen und war selbst zur Insel hinübergefahren, um seine Tochter zu besuchen. Da er sie aber nirgends finden konnte, fuhr er wieder zurück und sagte dem Hund, daß er hier auf ihn warten solle, während er sein Boot klar machte, um seine Tochter zu suchen.

Er fuhr mit seinem großen Boot eine ganze Zeitlang umher, ohne sie finden zu können. Schließlich aber sichtete er den Wohnplatz, auf dem seine Tochter jetzt lebte. Und als er sie zu Gesicht bekam, rief er ihr zu, zum Boot zu kommen. Das tat die Tochter auch, und er versteckte sie zwischen ein paar Fellen.

Sie waren nicht lange gefahren, als sie sahen, daß ein Mann in einem Kajak sie verfolgte. Das war ihr neuer Ehemann.

Bald hatte er sie eingeholt, und als er längs des Bootes war, bat er die junge Frau, ihre Hand zu zeigen, aber sie rührte sich nicht. Dann wollte er gerne ihren Fausthandschuh sehen, aber sie kam seinem Wunsch nicht nach. Vergebens versuchte er auf alle mögliche Art sie zu überreden, sich zu zeigen. Sie hielt sich weiter verborgen. Da begann er zu weinen, indem er seinen Kopf auf die Arme legte, die er über die Sitzöffnung seines Kajaks kreuzte.

Avilayoqs Vater fuhr darauf so schnell er nur konnte weiter, und der Kajakfahrer blieb hinten zurück.

Es war still, und sie setzten ihre Heimreise fort. Nach einiger Zeit sahen sie, wie etwas hinter ihrem Boot herkam. Sie konnten nicht genau sehen, was es war. Manchmal hatte es den Anschein, als wenn es ein Kajakfahrer wäre, manchmal sah es wie ein Sturmvogel aus. Es flog auf und nieder, glitt dann übers Wasser und erreichte schließlich das Boot, das es mehrmals umkreiste, worauf es wieder verschwand.

Plötzlich erschien eine kleine Welle und dann noch eine und immer mehr. Und das Wasser begann anzuschwellen, und nach kurzer Zeit wütete ein Sturm. Das Boot aber war weit vom

Ufer fort. Der alte Mann bekam Angst, daß er ertrinken könnte. Und da er die Rache des Sturmvogels, des neuen Ehemanns seiner Tochter, fürchtete, warf er das arme Mädchen einfach ins Wasser. Sie aber hielt sich an der Reling fest. Da nahm der Vater ein Beil und haute ihr die ersten Glieder ihrer Finger ab. Und als sie ins Wasser fielen, wurden sie alle in Wale verwandelt. Aus den Fingernägeln aber entstand das Walbein. Immer noch klammerte sie sich ans Boot und wieder griff der Vater zum Beil und schlug ihr die nächsten Fingerglieder ab. Diese wurden in Kegelrobben verwandelt. Und als der Vater ihr die letzten Fingerglieder abhackte, verwandelten sich diese alle in Seehunde. Nun hing sie nur noch mit ihren Stumpen am Boot, und da griff der Vater nach dem Steuerruder und stach ihr das linke Auge aus. Rücklings fiel sie nun ins Wasser, während er das Ufer erreichte.

Dann füllte er die Stiefel, in denen der Hund seiner Familie immer das Fleisch hinüberzubringen pflegte, mit Steinen und legte bloß oben etwas Fleisch darauf. Der Hund schwamm nun los. Als er aber die Hälfte der Strecke zurückgelegt hatte, zogen ihn die Steine nach unten. Er begann zu sinken und ertrank. Als das geschah, war ein großes Geschrei zu hören. Der Vater nahm jetzt sein Zelt und ging zum Strand hinunter. Es war Ebbe. Er legte sich dort hin und bedeckte sich mit seinem Zelt. Dann kam die Flut. Und als das Wasser wieder zurückgewichen war, war er verschwunden.

Die junge Frau aber wurde zu Sedna. Sie lebt in der Unterwelt in einem Haus aus Stein und Walrippen. Sie hat nur ein Auge und kann nicht gehen. Sie gleitet nur umher, wobei sie das eine Bein nach unten gebogen und das andere ausgestreckt hält. Auch ihr Vater lebt in ihrem Hause. Er schläft dort und ist mit seinem Zelt bedeckt. Der Hund liegt vor der Tür des Hauses.

20. Nerrivik, die Meeresfrau

Einst heiratete ein Eissturmvogel ein Menschenmädchen und nahm es auf eine kleine Insel mit. Dort wohnte die junge Frau nun, während ihr Mann immer draußen auf der Jagd war. Er konnte aber nur kleine Robben fangen. Sie hatten in ihrem Haus die Wände mit Fellen verkleidet. Und die Frau des Eissturmvogels mußte immer zu Hause sitzen und die Felle der kleinen Fjordrobben zubereiten, damit sie an den Wänden aufgehängt werden konnten. So lebte sie mit ihrem Mann, dem Eissturmvogel, und dessen Eltern zusammen.

Wenn der Eissturmvogel von der Jagd zurückkam und zu seiner jungen Frau hineinging, setzte er sich immer Brillen auf; denn seine Augen waren sehr häßlich. Als er aber eine Tages ohne Brillen das Haus betrat, sagte er zu seiner Frau: »Hast du meine Augen gesehen?« Da schaute die junge Frau in das Gesicht ihres Mannes und bekam keinen schlechten Schreck. So häßlich waren seine Augen, daß sie laut zu schreien begann und erst dann wieder aufhörte, als ihr Mann auf Robbenfang ging.

Einmal, als der Eissturmvogel sehr lange aus dem Hause war, kam ihr Vater mit den Verwandten, um sie zurückzuholen. Sie reisten mit einem kleinen Umiak zum Wohnplatz der Tochter, nahmen sie mit und fuhren so schnell sie nur konnten wieder nach Hause.

Als der Eissturmvogel von der Jagd zurückkam, suchte er überall vergeblich nach seiner Frau. Dann flog er hinaus, um sich draußen nach ihr umzusehen. Nachdem er lange umhergeflogen war, sichtete er den Umiak und begann ihn zu verfolgen. Dabei schoß er, wie er es gewohnt war, dicht über der Oberfläche des Meeres dahin. Als er das Boot erreicht hatte, fegte er so übers Wasser, daß hohe Wellen entstanden und das Boot zu kentern drohte. Da der Vater glaubte, der ganze Umiak würde untergehen, gebot er seinen Ruderinnen, die Tochter über Bord zu werfen.

Sie taten es, und das arme Mädchen wäre auch sofort ertrunken, wenn es sich nicht noch im letzten Augenblick am Boot hätte festklammern können. Dadurch wäre das Boot fast gekentert, und der Vater ergriff daher das Steuerruder und hieb damit seiner Tochter die Finger von den Händen. Aber trotzdem ließ sie das Boot nicht los, und wieder schlug ihr der Vater mit dem Steuerruder auf die Hände, wobei sie die restlichen Fingerglieder verlor. Und als sie sich danach wieder mit den Resten ihrer Hände am Boot festklammern wollte, schlugen sie ihr auch die Hände ab.

Dann ließen sie das arme Mädchen im Meer und ruderten heimwärts. Als sie zu Hause angekommen waren, legte sich der Vater an den Strand, um dort zu schlafen, weil seine Tochter im Meer gestorben war. Da kam die Flut und verschlang ihn. Vater und Tochter fanden nun unten im Meer ihre Wohnung. Die Finger der Tochter aber waren zu Fangtieren geworden, zu Seehunden und Bartrobben. Sie selbst kann ihren Haarknoten nicht binden, weil sie ja keine Hände hat, auch sauberhalten kann sie ihr Haus nicht.

Und ihr Vater liegt ständig auf dem Dach unter seiner Felldecke und schläft, weil er sich am Strand zum Schlafen niedergelegt hatte.

Wenn aber bei den Menschen die Fangtiere zu verschwinden drohen, bereiten sich die Geisterbeschwörer auf eine Reise ins Meer vor.

Sie fahren dann zu dem Vater hinunter, um den Haarknoten seiner Tochter zu binden und um das Haus zu reinigen. Dann pflegen die Fangtiere wieder zu kommen.

Wenn sie ihr Haus betreten und sie ist bereit, die Fangtiere zu schicken, dann sagt sie gewöhnlich zu ihrem Vater: »Die Aufgeblasenen!« Hat sie das gesagt, pflegt er sein Schlaffell zu öffnen. Wenn es sich jetzt um gewöhnliche Wesen handelt, also um solche, die sich zwar als Geisterbeschwörer geübt haben, aber nicht alt werden (d. h. gewöhnliche Sterbliche?), kriechen sie unter das Fell. Dort bringt der Vater sie dann zum Lachen, indem er sie andauernd kitzelt. Wenn sie sich dort einige Zeit aufgehalten haben, läßt er sie wieder heraus, aber dann sind sie sehr häßlich geworden.

Die großen Geisterbeschwörer aber, die, welche sehr alt werden, pflegen nur den Haarknoten der Tochter zu binden, das Haus zu säubern und um Fangtiere zu bitten.

21. Wie der Narwal entstand

Es war einmal eine Witwe, die lebte mit ihrem Sohn und ihrer Tochter allein in einer Hütte. Als der Knabe noch ganz jung war, machte er sich einen Bogen und Pfeile aus Walroßzähnen und erlegte damit Vögel. Von dieser Jagdbeute lebten die drei Menschen. Eines Tages verletzte sich der Junge, und er wurde blind. Kaum hatte das seine Mutter gemerkt, als sie ihren Sohn ständig mißhandelte. Sie gab ihm kaum etwas zu essen, obwohl er doch bis zu seiner Erblindung ihr Ernährer gewesen war. Auch ihrer Tochter erlaubte die grausame Mutter nicht, ihrem Bruder, den sie sehr liebte, etwas zuzustecken. So lebten sie viele Jahre, und der Junge war sehr unglücklich.

Nun kam einmal mitten im Winter ein Bär zu ihrer Hütte und steckte seinen Kopf durchs Fenster. Sie waren alle sehr erschrocken, und die Mutter gab ihrem Sohn seinen Bogen und die Pfeile, damit er ihn töte. Er aber sagte: »Ich kann das Fenster nicht sehen und werde ihn nicht treffen.« Da zielte seine Schwester für ihn, und er brauchte nur noch mit aller seiner Kraft den Bogen zu spannen und den Pfeil von der Sehne schnellen zu lassen. Und so erlegte der blinde Junge den Bären, und die Mutter ging mit ihrer Tochter hinaus und zogen ihm das Fell ab.

Als sie danach wieder in die Hütte kamen, sagte die Mutter zu ihrem Sohn, daß der Bär entkommen sei. Auch die Tochter konnte ihrem Bruder nicht die Wahrheit sagen, weil ihre Mutter ihr das streng verboten hatte. Mutter und Tochter aßen lange an dem Bärenfleisch. Sie hatten jetzt jeden Tag gut zu essen, während der Junge vor Hunger fast umkam. Wenn aber die Mutter einmal nicht im Hause war, steckte das Mädchen seinem Bruder heimlich einen Bissen Fleisch zu; denn sie liebte ihn sehr.

Eines Tages flog eine Lumme über die Hütte, und als sie den

armen blinden Jungen entdeckte, beschloß sie, ihm das Licht der Augen wiederzugeben. Sie setzte sich auf das Dach der Hütte und rief: »Komm heraus, Junge, und folge mir!« Als dieser die Stimme hörte, kroch er hinaus und folgte dem Vogel, welcher ihn zu einem See führte. Dort ergriff er den Knaben und tauchte mit ihm bis auf den Grund. Als sie wieder an die Oberfläche gelangten, fragte der Vogel: »Kannst du sehen?« – »Nein«, erwiderte der Junge, »ich sehe nichts.« Sie tauchten noch einmal und blieben sehr lange unter dem Wasser. Als sie wieder auftauchten, fragte der Vogel: »Kannst du jetzt sehen?« – »Ich sehe einen Lichtschimmer.« Da tauchten sie zum drittenmal und blieben noch länger unter dem Wasser. Als sie nun wieder auftauchten, konnte der Knabe wieder sehen.

Er war sehr froh und dankte dem Vogel, welcher ihm befahl, nach Hause zurückzukehren. Dort fand er das Fell des Bären, den er erlegt hatte, ausgespannt, um es in der warmen Sonne zu trocknen. Er wurde sehr zornig und zerschnitt es in Stücke. Er trat in die Hütte und fragte seine Mutter: »Woher hast du das Bärenfell, das ich draußen vor der Tür sah?«

Die Mutter bekam einen gehörigen Schreck, als sie sah, daß ihr Sohn wieder sehen konnte, und sie gab eine ausweichende Antwort. »Komm her«, sagte sie, »ich will dir das Beste geben, das ich habe. Doch ich bin sehr arm. Ich habe keinen Ernährer, komm, iß dieses, es ist sehr gut!« Der Knabe aber hörte gar nicht darauf, sondern fragte wieder: »Woher hast du das Bärenfell?« Wieder wollte sie ihrem Sohn ausweichen, konnte das aber nicht mehr und sagte schließlich: »Ein Boot kam hierher, in dem viele Männer waren. Sie ließen es mir hier.«

Der Junge glaubte ihr aber nicht, sondern war fest davon überzeugt, daß es das Fell des Bären war, auf den er im Winter geschossen hatte. Er sagte aber kein Wort. Die Mutter wollte ihn nun wieder gern versöhnen und bot ihm Essen und Kleidung an. Aber alles wurde von ihrem Sohn zurückgewiesen.

Er ging zu den Männern, welche auf dem Wohnplatz lebten, und sah sich ihre Waffen und Geräte an. Dann begann er danach Speere und Harpunen zu machen und fing an, Weißwale zu jagen. Nach kurzer Zeit war er ein geschickter Jäger geworden.

Allmählich begann er daran zu denken, sich an der grausamen Mutter zu rächen. Er sagte zu seiner Schwester: »Mutter mißhandelte mich, als ich blind war, und schalt dich aus, wenn du Mitleid mit mir hattest. Wir wollen uns jetzt rächen.« Die Schwester willigte ein, und er machte einen Plan, wie er seine Mutter töten wollte.

Als der Tag gekommen war, den er für diesen Plan bestimmt hatte, bat er seine Mutter, ihm beim Fang zu helfen. Als sie ans Ufer kamen, band er die Leine, die sie beim Fang halten sollte, um ihren Leib und forderte sie auf, sich fest gegen die Steine zu stemmen. Sie hatte ein wenig Angst, weil sie noch nie zuvor beim Walfang mitgekommen war, und sie bat ihren Sohn, ein kleines Tier zu harpunieren, da sie fürchtete, von einem größeren ins Wasser gezogen zu werden. Bald tauchte ein junger Weißwal auf, und sie rief ihrem Sohn zu: »Töte diesen, den kann ich halten!« Er aber sprach: »Nein, er ist zu groß« und rührte sich nicht. Nun tauchte ein anderer kleiner Wal auf und wieder ermunterte die Mutter ihren Sohn, die Harpune zu schleudern. Er aber sagte wieder, er sei zu groß. Endlich tauchte ganz in der Nähe ein riesiges Tier auf. Sofort schleuderte der junge Mann seine Harpune, ohne den Wal dadurch gleich zu töten. Kaum aber war die Waffe aus seiner Hand geschnellt, da stieß er seine Mutter ins Wasser und rief: »Das ist dein Lohn dafür, daß du mich mißhandelt hast!« Der Weißwal zog die Mutter nun ins Meer; denn sie war ja mit ihm durch die Harpunenleine verbunden, die ihr der Sohn um den Leib gebunden hatte. Und jedesmal wenn sie auftauchte, rief sie verzweifelt: »Louk! Louk!«[1] Und allmählich wurde sie in einen Narwal verwandelt.

Nachdem der junge Mann sich gerächt hatte, begann er daran zu denken, daß es doch seine Mutter war, die er getötet hatte,

[1] In der grönländischen Form dieses Märchens ruft die Frau: Ulu! Ulu! D.h.: Mein Messer! Mein Messer! Nach F. Boas geht das obige Louk auf denselben Ursprung zurück.

und fing an, Gewissensbisse zu bekommen. Ebenso erging es seiner Schwester, weil sie die Pläne ihres Bruders gutgeheißen hatte. Sie wagten nicht länger, in ihrer Hütte zu leben, sondern verließen ihre Heimat und wanderten Tag und Nacht über Land. Endlich erblickten sie eine Hütte, in der ein Mann lebte, der sehr lange Fingernägel hatte. Da der Bruder großen Durst hatte, schickte er seine Schwester in die Hütte, um etwas Wasser zu besorgen. Sie trat ein und sagte zu dem Mann mit den langen Fingernägeln, der auf seiner Pritsche saß: »Mein Bruder bittet um etwas Wasser!« – »Hinter der Lampe steht es«, erwiderte der Mann, »nimm dir davon, soviel du magst!« Kaum aber hatte sich das Mädchen über das Wassergefäß gebückt, als der Mann von seiner Pritsche aufsprang und ihr den Rücken mit seinen langen Fingernägeln zerfetzte. Laut schrie sie auf: »Mein Bruder, der Mann tut mir etwas Böses an!« Der junge Mann lief sofort zur Hütte, schlug das Dach ein und tötete den bösen Mann mit seinem Speer.

Vorsichtig wickelte er dann seine Schwester in Hasenfelle, lud sie sich auf den Rücken und setzte seine Reise fort. Er wanderte lange Zeit und gelangte endlich in eine Hütte, in der ein Iqignang [2] wohnte. Da der Jüngling sehr hungrig war, bat er diesen um ein wenig Rentierfleisch, das im Vorratshaus aufgespeichert war. Der Iqignang antwortete: »Iß es nicht, iß es nicht!« Aber obwohl der junge Mann schon zugebissen hatte, hörte er doch sogleich wieder auf. Da wurde der Iqignang sehr freundlich zu den Geschwistern, und nach kurzer Zeit heiratete er das Mädchen, das wieder ganz hergestellt war, und gab seine frühere Frau ihrem Bruder.

2 Fremdartiges Geschöpf.

22. Die Klappmütze

Es waren einmal fünf Brüder. Die lebten auf einer Insel und hatten nur eine einzige Schwester. Diese Schwester besaß einen Pflegesohn, den sie schon als Säugling bekommen und aufgezogen hatte. Die fünf Brüder liebten ihre Schwester so sehr, daß sie sie immer bei sich behalten wollten. Sie erlaubten ihr nicht einmal, Bekannte zu besuchen, und heiraten durfte sie schon gar nicht, obwohl viele junge Männer um sie freiten.

Aber eines Tages kam ein junger Mann, der der einzige Sohn seiner Eltern war. Er wollte das junge Mädchen gerne heiraten. Und da willigten die Brüder ein.

Der junge Mann zog nun sofort in das Haus seiner Schwäger und liebte seine Frau sehr.

Da aber die Schwester keine Kinder bekam, begann die Liebe der Brüder abzukühlen. Sie machten sich über ihre Kinderlosigkeit lustig und verspotteten sie bei jeder Gelegenheit. Ihr Mann aber liebte sie immer noch.

Als im nächsten Frühjahr der Mann auf Jagd war, luden die Brüder rasch ihr Reiseboot voll und fuhren fort. Sie ließen ihre Schwester ganz allein mit ihrem Pflegesohn zurück, fuhren so lange, bis sie einen neuen Wohnplatz entdeckt hatten, und ließen sich dort nieder.

Als der Mann nun von der Jagd nach Hause kam, wurde er sehr zornig, weil ihn seine Schwäger verlassen hatten, und da er glaubte, daß seine Frau daran Schuld habe, verprügelte er sie. Und das tat er später immer wieder, sobald er von der Jagd auf seinen Wohnplatz zurückkam.

Die junge Frau war nun so verzweifelt, daß sie beschloß, die Kunst der Angakoks zu erlernen. Sie ging in die Berge und wanderte zu einem Inlandsee, an dessen Ufer sie so lange übte, bis sie sich in einen Seehund verwandeln konnte.

Als ihr Mann wieder eines Tages auf Jagd war, sagte sie zu ihrem Pflegesohn, daß er sie begleiten solle. Und als sie zu einer Stelle kamen, wo das Meer offen vor ihnen lag, sagte sie: »Viermal komme ich nach oben, aber beim fünften Mal tauche ich für immer unter, und dann siehst du mich nicht mehr.«

Darauf sprang sie ins Meer und kam aber sofort wieder als Seehund nach oben. Als sie zum viertenmal auftauchte, schlug sie ihre Pelzkapuze über den Kopf. Daher unterscheiden sich die Klappmützen von den anderen Seehunden durch eine Kapuze, die sie auf dem Kopf tragen.

Als sie sich nicht mehr zeigte, ging der Pflegesohn weinend heim und wartete vergebens auf die Rückkehr seiner Pflegemutter, die indessen nach Norden schwamm, um ihre Brüder zu suchen. Unterwegs sah sie viele Kajaks. Aber die Strömung war so stark, daß sie nicht in ihre Nähe kommen konnte. Endlich ließ die Strömung ein wenig nach, und da sah sie nun einen einsamen Kajakfahrer. Sie schwamm dicht an ihn heran und erkannte ihren ältesten Bruder.

Zuerst wollte sie direkt vor ihm auftauchen, aber überlegte es sich wieder, weil sie daran denken mußte, wie gut er früher zu ihr gewesen war. Und sie weinte die bittersten Tränen. Aber dann mußte sie daran denken, wie ihre Brüder sie verlassen und dadurch Schuld an dem bösen Benehmen ihres Mannes bekommen hatten. Und sie tauchte nun vor ihrem Bruder auf, hielt absichtlich die Augen fest geschlossen und ließ sich von ihm harpunieren. Dann schwamm sie so hastig davon, daß der Kajak kenterte. Und als sie das merkte, schwamm sie zurück und setzte sich auf das Boot, so daß ihr Bruder ertrank.

Das gleiche Schicksal teilte ihr Mann, den sie später traf, und dann schwamm sie weinend weit in die See hinaus.

Seit jener Zeit pflegt sie sich immer draußen im Meer aufzuhalten und kommt erst im Spätsommer in die Nähe der Küste, um nach ihrem Land und den Inseln zu schauen.

Die große Klappmütze kommt gern im August und zieht besonders zu der Südspitze der Kitsissut-Inseln. Und die weibliche Klappmütze ist immer die schlimmste und gefährlichste, wenn es gilt, ein Kajak zum Kentern zu bringen.

23. *Die Schwertfische*

Die Schwertfische, so wird erzählt, waren einmal fünf Brüder, die um ein Mädchen freiten, dessen sieben Brüder ihr nicht das Heiraten erlauben wollten. Deshalb gerieten sie alle in eine Schlägerei und schlugen dabei versehentlich das Mädchen tot.

Verzweifelt sprangen die fünf Brüder nun ins Meer und wurden zu Schwertfischen, die alles Lebendige, was sie auf ihrem Weg treffen, töten. Nur Tiere weiblichen Geschlechts rühren sie nicht an. Töten sie aber doch einmal zufällig ein weibliches Tier, dann fressen sie es niemals auf, sondern schwimmen sofort von ihm weg.

Die Brüder des Mädchens zogen nach dem Süden, und deshalb schwimmen die Schwertfische immer nach dem Süden, um dort ihre Feinde zu treffen. Die weißen Streifen an den Schwertfischen sind die weißen Schnüre der Pelze der fünf Brüder. Ferner wird erzählt, daß, wenn im Sommer offene See ist, was nur ausnahmsweise eintrifft, weil die südliche Küste Westgrönlands sehr oft vom Treibeis, das von Nordosten kommt, blokkiert wird, daß dann hin und wieder fünf Kajakmänner gesichtet werden, die immer nach Süden fahren und stets Lanzen bei sich haben, die einzigen Waffen, die die grönländischen Eskimo in alten Zeiten benutzten, wenn sie auf See fuhren, um einen Mann zu töten. Andere Menschen haben anstatt der fünf Kajakmänner fünf Schwertfische gesichtet, die ebenfalls auf dem Wege zur südlichen Küste sind.

24. *Die Lumme*

Es waren einmal ein paar alte Leute, die mehrere Kinder hatten. Alle diese Kinder aber waren Mädchen. Das mittelste dieser Mädchen wurde von den Eltern immer wie ein Pflegekind behandelt. Und auch die anderen Geschwister waren schlecht zu ihr.

Sie weinte fast jeden Tag, konnte nur schlecht in ihren Stiefeln gehen, weil sie keine Strümpfe an den Füßen hatte, und trat daher die Stiefelschäfte immer hinunter. Einmal war wieder im Hause Streit, wie das so oft geschah. Und wieder schimpften alle auf die mittelste Schwester. Schließlich schlug ihr die Mutter ins Gesicht, so daß ihr das Blut aus der Nase stürzte. Und darauf jagten die Eltern sie aus dem Hause.

Da ging sie weinend in die Berge, trat dabei immer auf die Stiefelschäfte und sagte: »Vater und Mutter wollen, daß ich fortgehe, und meine Schwestern verachten mich, daher gehe ich hier, schlecht auf den Füßen und mit blutender Nase, ah, ah, Vater, Mutter, ältere Schwester!«

Als sie nun so ging und ihr dabei das Blut aus der Nase lief und sie ständig weinte, paßte sie nicht richtig auf und fiel in einen Inlandsee und wurde zu einer Lumme.

Die Augen der Lumme sind ganz schmal und stehen etwas hervor. Das kommt vom vielen Weinen. Der rote Streifen, der den Hals herunterläuft, ist das Nasenblut. Schlecht geht die Lumme auf ihren Füßen, weil sie früher immer auf die Stiefelschäfte getreten war. Und wenn sie schreit, hört man deutlich: »Ah, ah, ataata, anaana, angaju!« Was soviel heißt wie: »Ah, ah, Vater, Mutter, ältere Schwester!«

25. Anarteq, der zu einem Lachs wurde

Es war einmal ein alter Mann, der nur einen Sohn hatte, dafür aber mehrere Töchter. Der Sohn hieß Anarteq und ging sehr gern auf Rentierjagd. Eines Tages fuhren alle in ihrem Umiak in einen Fjord, um Rentiere zu jagen. Als sie bis ans Ende des Fjords gekommen waren, mußten die Schwestern von Anarteq in die Berge gehen, um die Rentiere zusammenzutreiben.

Die Schwestern hatten Glück und konnten die Rentiere in einen großen See treiben, auf dem Anarteq sie in einem Kajak erwartete. Als er die Tiere verfolgte, kam ihm ein Rentierkalb vor das Boot. Das kleine Tier konnte nicht so schnell schwimmen, und Anarteq packte es am Schwanz und wollte mit ihm spielen. Aber da hob das Kalb seinen Unterkörper aus dem Wasser hoch und schlug so lange gegen Anarteqs Kajak, bis dieser kenterte. Anarteq versuchte sich wieder aufzurichten, so wie er es seit frühester Jugend gelernt hatte, aber es gelang ihm nicht. Als der Kajak voll Wasser gelaufen war, mußte er aus ihm herauskriechen, um nicht sofort mit ihm unterzugehen. Die Frauen beobachteten alles vom Ufer, konnten ihm aber nicht zu Hilfe kommen. Da rief Anarteq plötzlich: »Jetzt fangen die Lachse meinen Unterleib zu fressen an!« Und dann sank er ganz langsam auf den Grund des Sees.

Als Anarteq wieder zu sich kam, war er ein Lachs geworden. Aber der Vater fuhr nun zu seinem Wohnplatz zurück und mußte jetzt wieder auf Fang gehen, wie er es als junger Mann getan hatte. Und er begab sich seitdem nicht mehr in die Gegend, wo er Rentiere gejagt hatte.

Als Anarteq nun ein Lachs geworden war, schwamm er jedes Frühjahr, wenn die Flüsse das Eis sprengten, zusammen mit den anderen Lachsen ins Meer, um fett zu werden.

Aber der Vater sehnte sich sehr nach der Gegend, in der er Rentiere zu jagen pflegte, und ein paar Jahre nach dem Tod seines Sohnes fuhr er wieder auf dem Fjord dorthin. Als er am Ende des Fjords angekommen war, mußte er an seinen Sohn denken. Und da begann er zu weinen. Aber als der Sohn, der mit den anderen Lachsen in den Fjord hineingeschwommen kam, das Frauenboot sah, das der Vater steuerte, schwamm er dorthin und ergriff das Ruder, das der weinende Vater in der Hand hielt. Dieser bekam nun einen solchen Schreck, daß er das Ruder aus dem Wasser zog und sagte:

»Da hätte Anarteq mir beinahe das Ruder weggezogen.«

Und es dauerte lange, bis er wieder das Ruder ins Wasser zu tauchen wagte. Als er es endlich tat, sah er, daß alle Töchter weinten. Zum zweitenmal schwamm der Sohn nun schnell auf das Frauenboot zu und ergriff das Steuerruder. Wieder versuchte der Vater es hochzuziehen, und ganz langsam brachte er es an die Oberfläche, und der Sohn folgte mit. Anarteq war nun wieder zum Menschen geworden und fing noch viele Jahre für seine Familie.

26. Das Mädchen und der Hund

Es war einmal ein Ehepaar, das seiner Tochter eindringlich riet, bald zu heiraten. Aber sie weigerte sich, einen Mann zu nehmen. Sie hatte einen männlichen Hund. Als sie sich immer weiter weigerte, wurde der Vater zornig und sagte schließlich: »Gut, wenn sie durchaus nicht heiraten will, dann soll sie doch ihren Hund zum Manne nehmen!« Das sagte er zu seiner Tochter, weil er gern einen Schwiegersohn haben wollte. Kaum hatte er das gesagt, als ein Mann eintrat – es war in Wirklichkeit der Kot eines Hundes –, völlig eingehüllt in einen Darmhautmantel. Als er sich dort einige Zeit aufgehalten hatte, hatte er es eilig, wieder hinauszukommen. »Laßt mich nach draußen, ich weiche sonst auf!« Dann ging er hinaus.

Als er gegangen war, begann der Hund des Mädchens zu heulen, um hereingelassen zu werden. Schließlich konnte man hören, wie er die Zugleinen zerriß. Er drang in das Haus ein und sprang auf das Mädchen. Dann riß er ihr die Kleider vom Leib und begattete sie, und ihre Eltern waren außerstande, das zu verhindern. Als er damit fertig war, zerrte er sie nach draußen, obwohl sie versuchte, Widerstand zu leisten, indem sie ihre Füße gegen die Decke des Hausganges stemmte. Als er dann von ihr abließ, band der Vater den Hund wieder an. Aber er begann wieder fürchterlich zu heulen, und obwohl er mit vielfachen Leinen festgebunden war, gelang es ihm immer wieder, sich loszureißen. Und jedesmal drang er dann wieder ins Haus, begattete das Mädchen und zerrte es hinaus, obwohl sie ihm immer Widerstand entgegensetzte und die Füße gegen die Schwelle stemmte. Niemand konnte etwas dagegen machen, obwohl der Vater den Hund immer wieder mit dicken Stricken festband. Er riß sich ständig los.

Als alles nicht mehr half, nahm der Vater das Fell einer Bartrobbe, wickelte große Steine hinein und band den Hund mit einem sehr dicken Strick daran fest. Als er das getan hatte, ließ er seine Tochter hinter sich auf den Kajak aufsteigen und brachte sie zu einer kleinen Insel, die den Namen Qingmiuuneqarfik trug.

Aber jetzt begann der Hund ganz ernsthaft zu heulen. Es gelang ihm, hinunter ans Wasser zu laufen, heulend den Strand zu betreten und magische Worte auszustroßen. Da begann das Robbenfell auf dem Wasser zu schwimmen. Der Hund schwamm nun los und zog das Fell hinter sich her, obwohl es mit schweren Steinen angefüllt war. So kam er nach Qingmiuuneqarfik und fand seine Herrin.

Dort draußen nahm er sie nun zur Frau, aber während sie nichts erlitt, starb er vor Hunger.

Sie schenkte vielen Kindern das Leben, menschlichen Wesen und Hunden. Ihr Vater pflegte mit Essen zu ihr zu kommen. Er brachte es mit seinem Kajak, für sie und seine Enkel. So oft er zu ihnen hinauskam, pflegten sie zu essen. Als die Kinder größer geworden waren, sagte die Mutter zu ihnen: »Wenn euer Großvater hierher kommt, müßt ihr angelaufen kommen. Ich rufe dann nur: los!« Und das taten sie auch. Wenn er mit dem Essen kam, näherten sie sich ihm, und wenn sie dann rief: los! los! stürzten sich die Enkelkinder auf ihren Großvater. Das machten sie in der nächsten Zeit so weiter.

Dann sagte die Mutter zu ihnen: »Ihr müßt immer kommen, wenn ich ›los‹ rufe, und wenn sich die Gelegenheit bietet, müßt ihr ein wenig essen. So ging es nun weiter. Immer wenn sie erschienen und sie ›los! los!‹ rief, rannten sie zu ihm hin und leckten seinen Kajak. Schließlich sagte sie: »Nun müßt ihr euren alten Großvater essen!«

Als er dann das nächstemal wiederkam, begannen sie wie gewöhnlich seinen Kajak zu lecken, so wie sie es ihnen geheißen hatte. Und als sie dann ›los! los! los!‹ rief, stürzten sie sich auf ihn und machten sich daran, ihn aufzufressen. Als er aber noch bei Bewußtsein war, sagte sie zu ihren Kindern (damit der Vater es hören sollte): »Nun eßt euren Großvater, diesen alten, blöden Kerl, auf!«

Sie taten es und hatten nun keinen mehr, der ihnen etwas zum Essen brachte.

Als sie nun nichts mehr zu essen hatten, schnitt die Mutter die Sohle ihres Stiefels in Stücke und machte daraus Fellboote für ihre Kinder. Dann schickte sie sie fort, immer zwei auf einmal.

Und als sie sie fortschickte, sagte sie: »Ihr beide sollt Bergrücken werden und ungefährlich sein. Ihr beide sollt Wölfe werden und gefährlich sein!«

Zu den anderen Kindern sagte sie: »Ihr beide sollt Tornit werden und gefährlich sein; ihr beide sollt weiße Menschen werden und ungefährlich sein!«

So sprach sie und schickte alle weg. Und jetzt war sie ganz allein. Da sie dort bleiben mußte, nachdem sie ihre Kinder fortgeschickt hatte, und es keinen mehr gab, der für sie Essen heranschaffte, starb sie schließlich den Hungertod.

Seit jener Zeit nannten die Leute die Insel Qingmiûneqarfik.

27. Der Hund, der ein Mädchen zur Frau nahm

Es war einmal ein Mädchen, das alle Männer ablehnte. Schließlich wurde ihr Vater böse auf sie und wollte, daß sie seinen Hund nehme. Es wird nun erzählt, daß der Kot eines Hundes zu einem Menschen wurde und im Hause war, als der Vater seiner Tochter drohte, sie mit einem Hund zu verheiraten. Und da brach der Kot in Menschengestalt aus: »Laßt mich hinaus, ich taue auf!« Er konnte nämlich nur leben, wenn er gefroren war. Und darauf ging er hinaus und schwatzte mit dem Hund. Der Hund, der Lust auf Liebe bekam, brach ins Haus ein, zerriß die Kleider des Mädchens und blieb an ihr hängen, so wie es Hunde eben zu tun pflegen. Und hinterher schleppte er sie aus dem Haus. Das Mädchen, das Angst vor dem Hund bekam, kletterte auf einen großen Walknochen und schlief dort oben ein. Aber der Hund biß den Knochen durch, so daß das Mädchen herunterfiel und der Hund sie sich wieder vornehmen konnte.

Der Vater, der jetzt Mitleid mit seiner Tochter bekam, brachte sie nun zu einer kleinen Insel. Und das ist die Insel drüben bei Kangerdlugssuaq. Aber den Hund band er an ein Großkobbenfell, das mit großen Steinen gefüllt war.

Der Hund begann zu zaubern und schwamm, nur mit der Schnauze über Wasser, zur Insel hinüber, wobei er alle Steine mitschleppte. Und drüben auf der Insel lebte er nun mit dem Mädchen zusammen. Der Vater, der mit ihr Mitleid hatte, brachte ihr Essen.

Endlich wurde das Mädchen schwanger und bekam zehn Kinder: zwei Hunde, zwei Erqiliken (Hunde mit Menschenköpfen), zwei Eskimo, zwei Qallunaat (weiße Männer) und zwei Qallunaatsiait (feindlich gesonnene weiße Männer).

Die weißen Männer setzte sie in eine Stiefelsohle und brachte sie aufs Meer; und dort fuhren sie nun los ins Land der weißen Männer und wurden ihre Stammväter. Sieht man von oben von den Bergen einen Schiffsrumpf, gleicht er auch einer Stiefelsohle.

Aber das Mädchen, das über seinen Vater empört war, weil er sie von seinem Hund zur Frau nehmen ließ, ließ ihn von ihren Kindern zerreißen. Hier endet diese Erzählung.

Auf jener Insel, auf der der Hund und das Mädchen wohnten, kann man ein Grab finden, in dem die Knochen von Mensch und Hund liegen. Und daher muß diese Geschichte wahr sein.

28. Ein ehebrecherisches Weib

Eine sehr schlechte Frau lebte mit ihrem Mann auf dem Lande, ihr Mann jagte sie fort wegen ihres ehebrecherischen Lebens. Sie wohnten beide allein. Der Mann ging oft aus, und kam er nach Hause, war seine Frau nicht da. Da paßte der Mann auf, warum seine Frau nie zu Hause war. Eines Tages beobachtete er, wie sie zu einem Teich ging. Er versteckte sich gut und konnte nun beobachten, wie seine Frau etwas in den Teich warf. Kurz darauf tauchte aus dem Teich etwas auf, das wie ein männliches Glied aussah. Die Frau zog sich schnell aus und begab sich in den Teich und hurte mit ihm. Als ihr Mann nun sah, daß sie den Teich zum Manne hat, ging er fort und suchte auf dem Lande lebendige Tierchen und Würmer. Die Frau ging jetzt nach Hause, aber ihr Mann hatte sich versteckt, so daß er von ihr nicht gesehen werden konnte. Als seine Frau nun zu Hause angekommen war, schlich sich ihr Mann wieder zum Teich und warf etwas hinein, so wie er es bei seiner Frau beobachtet hatte. Da sah er wieder den Mann seiner Frau, der im Teich in Gestalt eines männlichen Gliedes wohnte. Schnell ging der Mann jetzt nach Hause und nahm die Tierchen und Würmer mit, die er auf dem Lande gesammelt hatte. Als er zu Hause angekommen war, befahl er seiner Frau, sich völlig auszuziehen. Sie gehorchte, und er nahm die Tierchen und legte sie so auf seine Frau, daß sie in sie hineinkriechen konnten und zum Munde wieder herauskamen. Dadurch wurde sie getötet, so wie es ihr Mann gewollt hatte, weil sie so schlecht war und ein so böses Leben geführt hatte.

Als nun die Frau tot war und ihr Mann wieder allein war, kam er aus dem Lande herunter, blieb aber lange unterwegs und baute sein Zelt auf. Oft verließ er nun das Zelt, um auf Rentierjagd zu gehen. So kehrte er oft zu seinem einsamen Zelt zurück und fand darin den Kessel fertig mit Speise bereitet und die Stiefel in Ordnung. Da mutmaßte er etwas Unrichtiges. In einiger Entfernung vom Zelt paßte er auf und sah einen Fuchs nach seinem Zelt gehen, welcher sich den Pelz abstreifte und ins Zelt ging. Der Mann sah das und ging nach, da fand er darinnen ein Weib, die nahm er zur Frau. Diese seine nunmehrige Frau – ein Fuchs in Menschengestalt – nahm er mit, und sie begaben sich herunter aus dem Lande zu den Menschen.

Als sie zu den Menschen gekommen waren, rief der Mann zwei Männer, damit sie von dem mitgebrachten Essen essen möchten. Als aber die beiden Gäste zu diesem Ehepaar ins Zelt kamen, fragte einer der Geladenen: »Was ist das dort für ein großes Ding? Es scheint sehr nach Füchsen zu riechen.« So stark roch das Weib, daß das ganze Zelt von ihrem Geruche erfüllt war. Verlegen sprach das Weib zu ihrem Mann: »Reiche mir meinen kleinen Beutel her.« Der Mann war unwillig. Sie sprach abermals: »Wirklich, gib mir den Beutel her.« Unwillig antwortete er: »Hat nichts zu sagen, es gibt nichts zu essen darinnen.« Da holte seine Frau den Sack selbst, zog ihr Fell, was darinnen war, an und ging hinaus und kam nicht wieder zu ihrem Mann.

Als diese seine gewesene Frau fortgegangen war, befand er sich abermals allein und ging oft hinaus auf die Jagd. Da traf er in einem Teiche schwimmende, ganz entkleidete Menschen. Ihre Kleider lagen am Ufer. Der Mann sah sie, und was war's? Gänsebälge! Als diese Schwimmenden den Mann sahen, zogen sie ihre Bälge an und flogen davon. Eine nur, die von diesen in Menschengestalt zurückgeblieben war, veränderte ihre Gestalt nicht. Der Mann fand Gefallen an ihr, und da sie menschliche Gestalt hatte, nahm er sie zum Weibe, während ihre Gefährten in Gestalt der Gänse fortflogen.

Dieses neue Ehepaar begab sich nun zu den Angehörigen des Mannes und blieben bei seiner Mutter. Diese seine Mutter roch immer den Kesselgeruch, der ihr ekelhaft war. Ihres Sohnes Frau kochte gewöhnlich. Da sie viel Unreines (Stroh) dazumengte, war sie wegen ihres Gekochten verlegen.

Sie schickte daher zwei Kinder aus, die am Strand abgeschnittene Flügel suchen sollten. Die Kinder fanden zwei Flügel und brachten sie der Frau, die sie zum Suchen ausgeschickt hatte. Das Weib nahm diese Flügel, legte sie unter ihre Arme und flog davon und kehrte nicht wieder zu ihrem Mann zurück.

29. Die Gänse-Frau

Es war einmal eine Frau, die mit ihrem Enkelkind, einem kleinen Jungen, ganz allein lebte. Es war die übliche Geschichte: Ihre Leute waren fortgezogen und hatten sie zurückgelassen. Der Junge wuchs heran und begann umherzustreifen, um etwas zu jagen, und wenn er eine Zeitlang fortgeblieben war, pflegte er zu seiner Großmutter zurückzukehren.

Eines Tages entdeckte er unten an einem kleinen See menschliche Wesen. Sie spielten dort herum, waren völlig nackt und hatten ihre Kleider auf einen Haufen geworfen. Er schlich sich an sie heran und kam zu dem See hinunter und setzte sich oben auf die Kleider. Als sie ihn erblickt hatten, kamen sie zu ihm hin, und er gab jedem seine Kleider. Als sie sie angezogen hatten, flogen sie auf und davon. Es waren nämlich Gänse, die in menschliche Gestalt verwandelt waren, ein ganzer Haufen und alles große Kinder. Als er mit allen fertig geworden war, blieben noch zwei übrig, ein Mädchen, fast noch ein Kind, und ein anderes, das nur ein wenig älter war. Diesen beiden Mädchen gab er nicht ihre Kleider zurück. Die Jüngere begann darauf zu wimmern, und als er deshalb Mitleid mit ihr bekam, erhielt auch sie ihre Sachen zurück und verschwand. Aber die andere nahm er mit nach Hause, um sie zu seiner Frau zu machen. Und allmählich begannen sie wie Mann und Frau zu leben.

Er pflegte jetzt immer eine gewisse Zeit auf Jagd zu gehen und seine Frau und Großmutter allein zurückzulassen. Er war nun richtig mit dem Mädchen verheiratet. Schließlich wurde seine Frau schwanger und brachte zwei Eier zur Welt – zwei Eier, da sie ja eine Gans war. Dies waren nun ihre Kinder. Eines Tages hörte die Großmutter, daß die Eier platzten, und heraus kamen zwei kleine menschliche Wesen.

Ihr Vater pflegte immer wieder lange auf der Jagd zu bleiben. Und als die Kinder langsam etwas älter wurden, geschah es ab und zu, daß sie die Wandfelle herunterzerrten. Als sie das später immer wieder machten, fragte die alte Frau schließlich ihre Mutter: »Warum zerren deine Kinder eigentlich immer die Felle von den Wänden?« Die Mutter erwiderte: »Sie picken Kieselsteine von den Wänden!« Es lag in ihrer Natur, Kieselsteinchen zu schlucken, und sie fanden sie hinter dem Wandfell.

Als sie älter wurden, gingen sie auch nach draußen, um dort zu spielen. Und nun liefen sie am Ufer entlang und sammelten viele große Federn zusammen, die dort angetrieben wurden.

Wenn sie eine Menge zusammen hatten, nahmen sie sie immer mit nach Hause. Schließlich fragte die alte Frau wieder ihre Mutter: »Was sammeln deine Kinder dort?« Die Mutter antwortete: »Sie sammeln Federn für ihre Pfeile.« So belog sie sie. Ihr Vater war jedoch immer noch auf der Jagd, und die beiden Kinder machten jetzt mit ihrer Mutter lange Spaziergänge.

Als der Mann einmal wieder fort war, verschwanden sie endgültig. Bald danach kam der Mann nach Hause und fragte seine Großmutter: »Wo sind sie jetzt für eine kleine Weile hingegangen?« – »Sie sind für lange Zeit fortgegangen – nicht für eine kleine Weile.« Als sie das zu ihrem Enkel sprach, sagte er: »Ich will hinausgehen und nach ihnen sehen. Mach mir Sohlen mit verschiedenen Lagen, eine auf der anderen.« Jetzt begann sie Sohlen mit verschiedenen Lagen zu machen und weinte dabei bitterlich, weil er fortgehen wollte. Und als sie schließlich die Stiefelsohlen für ihn fertig hatte, brach er auf, um sie zu suchen, und ließ seine Großmutter allein zurück. So wanderte er nun fort, weit, weit fort.

Während er nun so wanderte, stieß er auf zwei Wesen, die sich gegenseitig die Haare ausrissen. Das waren sehr große Gestalten. Die hatten die Gänse durch Hexerei gemacht, damit sie ihm den Weg versperren sollten. Sie standen ihm genau gegenüber, und er konnte keinen Weg finden, um an der Seite vorbeizukommen, während sie so dastanden und sich gegenseitig die Haare ausrissen. Aber schließlich gelang es ihm doch, einen Weg zu finden, und er wanderte weiter.

Als er nun eine Strecke zurückgelegt hatte, erblickte er zwei Geschöpfe, die nur aus Schenkeln bestanden. Sie standen ihm auch gegenüber, aber er ging an ihnen vorbei und setzte seinen Weg fort.

Nach einiger Zeit sah er eine große Lampe, die so gut mit Speck versehen war, daß sie mit heller Flamme brannte. Sie stand ihm auch direkt gegenüber, so daß er nicht an ihr vorbeikommen konnte. Da er nicht wußte, wie er weiterkommen sollte, schritt er direkt auf den Speck zu und stieg darüber hinweg. Auf diese Weise kam er vorbei und konnte weiterwandern.

Jetzt kam er zu einem großen Kochtopf, der voller Fleisch war, das heftig kochte. »Ich fresse menschliche Geschöpfe, blub, blub, blub«, sagte er. Der Kochtopf stand ihm auch genau gegenüber, so daß er nicht an ihm vorbeikommen konnte, aber er trat auf das kochende Stück Fleisch und kam so weiter.

Als er nun seine Wanderung fortsetzte, sah er ein paar große Hundewelpen, die ihn beißen wollten. Es führte kein Weg um sie herum. Aber als er einfach weiterging, konnte er an ihnen vorbeikommen und seine Wanderung fortsetzen.

Nun erblickte er ein menschliches Geschöpf, und er schritt gerade darauf los – ein menschliches Geschöpf, das da stand und mit einer Axt etwas abschlug. Er konnte sehen, daß seine Hoden so weit nach unten hingen, daß sie fast den Erdboden berührten. Er beobachtete ihn nun von hinten und sah, wie er aus voller Kraft einen großen Weidenzweig zerhackte und die Späne immer ins Wasser schmiß, wo sie in Forellen verwandelt wurden. Die trockenen Stücke wurden rote Forellen. So warf er die Späne immer fort, während er weiter den Zweig zerhackte. Als er gemerkt hatte, daß sich der Mann schämte, weil seine Hoden so weit nach unten hingen, machte er einen großen Bogen um ihn und versuchte, sich ihm von vorn zu nähern, ohne gesehen zu werden. Er ging jetzt direkt von vorn auf ihn zu, und als ihn Qajungajugssuaq sah, fragte er ihn: »Von wo kommst du zu mir?« – »Ich kam von vorne zu dir!« – »Du kamst nicht von vorne zu mir, du kamst von hinten!« – »Ich kam von vorn und nicht von hinten!« – »Gut, ich werde dich töten!«

Als Qajungajugssuaq das zu ihm sagte, fiel er ihm schnell in die Rede und rief: »Wenn du mich schon töten willst, dann laß mich dir nur noch schnell erzählen, daß ich meine Frauensleute suche, die vor einer ganzen Zeit fortgegangen sind.« – »Ich habe niemand gesehen – außer den drei Vögeln, die über mich hinwegflogen, zwei von ihnen waren sehr klein, der dritte aber war groß.« – »Das müssen meine Frauensleute gewesen sein!«

Als Qajungajugssuaq das hörte, sagte er, obgleich er ihn noch kurz vorher töten wollte: »Dann wollen wir jetzt deine Frauensleute suchen, wir werden versuchen, sie zu finden. Komm, gehen wir zum Strand hinunter!«

Als sie am Strand waren, sagte Qajungajugssuaq zu ihm: »Mach jetzt deine Augen zu und hüte dich, sie zu öffnen.« Er schloß seine Augen, und Qajungajugssuaq verstaute jetzt seine großen Hoden in einem Fellboot. So fuhren sie nun über den großen See. Schließlich hörte er Laute von menschlichen Geschöpfen und wollte fast die Augen öffnen. Aber da sagte Qajungajugssuaq: »Wenn du die Augen aufmachst, werde ich dich töten!« Dann fuhren sie weiter, und immer noch konnte er die Laute menschlicher Geschöpfe hören. Sie kamen ihm genau entgegen. Schließlich erreichten sie das Ufer, und Qajungajugssuaq sagte: »Jetzt kannst du deine Augen aufmachen!« Er machte sie auf, und was gab es da für einen Lärm von menschlichen Geschöpfen! Eine Menge großer Gänse in menschlicher Gestalt kam ihnen auf dem Strand entgegen.

Hier blieben sie nun für eine kurze Zeit. Und obwohl er sie nicht erkennen konnte, erkannten die beiden Kinder ihren Vater. Sie liefen zu ihrer Mutter und sagten: »Vater ist gekommen.« – »Wie sollte euer Vater hierhergekommen sein, wir ließen ihn an der anderen Seite der Bucht zurück.« Aber die Kinder blieben dabei: »Doch, Vater ist gekommen!« – »Euer Vater dort drüben kann gar nicht gekommen sein; wir ließen ihn auf der anderen Seite der Bucht zurück. Aber gut, wir können ihn ja fragen, ob er kommen will.« Die Kinder wurden nun sehr eifrig und riefen: »Sag, daß er rasch kommen soll!« Und sie liefen zum Ufer und sagten ihm, daß er kommen solle. Der Vater nahm seine beiden Kinder bei der Hand, und sie führten ihn nach Hause. Dort saß seine Frau und lauste einen Fremden – einen aus der Gegend, den sie zum Mann genommen hatte. Er wollte jetzt gehen, aber seine Frau sagte: »Dein Magen, du vergaßest deinen Magen.« Als sie ihn ihm gegeben hatte, ging er hinaus, und der Mann nahm sie nun wieder zu seiner Frau und lebte mit ihr und ihren beiden Kindern. Inzwischen aber war sie augenscheinlich wieder schwanger geworden. Aber er blieb jetzt bei ihr.

Die Frau begann nun langsam dick zu werden, und als die Wehen einsetzten, tat sie so, als wäre sie gestorben. Ihr Mann trug sie in ein Steingrab und war jetzt mit seinen Kindern allein. Draußen vor dem Haus konnten sie einen schrecklichen Lärm hören. Das waren die Gänse, die in menschliche Gestalt verwandelt waren. Die Kinder zogen sich nun ihre Ausgehkleider an und besuchten die einzelnen Häuser.

Als sie eines Tages zu ihrem Vater nach Hause kamen, schaute er auf ihre Handschuhe und sagte: »Wer hat eure Handschuhe getrocknet?« – »Das tat unsere Mutter.« Als sie das sagten, fragte er sie wieder: »Wie kann eure Mutter das getan haben. Ich begrub sie unter großen Steinen. Ihr werdet eure Mutter nie wiedersehen, sie ist tot.« Aber die Kinder blieben dabei: »Ja, unsere Mutter hat uns gerade jetzt unsere Handschuhe getrocknet.« – »Eure Mutter kann keine Handschuhe trocknen, sie liegt tot und begraben unter einem großen Stein.« Als er das immer wieder behauptete, sagten die Kinder schließlich zu ihm: »Es ist unsere Mutter, komm, wir werden zu ihr hingehen und sie uns ansehen.« Als er nun mit den Kindern losging, kamen sie in ein Haus, und dort saß eine Frau auf einer Seitenpritsche und trug die Kleider von Kitdlaq. Er fragte sie: »Wer bist du?« – »Ich bin Kitdlaq.« Als sie ihn so belog und er sie recht wohl wiedererkannte, stach er ihr in den Bauch, so daß sie starb. Da fielen zwei große Eier aus ihr heraus; denn sie war ja schwanger gewesen.

Nachdem er sie getötet hatte, flogen die Gänse auf und davon. Und zuletzt blieb keine mehr zurück. Es war ein schrecklicher Lärm, als sie alle miteinander davonflogen. Nur Qajungajugssuaq blieb noch dort bei dem Ehemann zurück. Er sagte zu ihm: »Ich will dir eine kleine Peitsche machen. Setz dich dort drüben auf den kleinen Hügel; denn jetzt sind sie rachsüchtig und werden sicherlich wiederkommen, um Rache zu nehmen.« Als er ihm eine kleine Peitsche gemacht hatte, ging er zum Hügel, setzte sich hinauf, und Qajungajugssuaq sagte: »Nun mußt du aufpassen, daß du nicht einschläfst.« Und kaum hatte er sich auf den Hügel gesetzt, da sah er im Norden auch schon eine ungeheure dunkle Wolke. Sie kam immer näher. Es waren die Gänse, die zurückkehrten. Sie begannen sich auf der Erde niederzulassen, und bald hatten sie ihn völlig umzingelt. Er begann auf sie einzuschlagen und tötete viele von ihnen. Aber obgleich er immer mehr totschlug, sie wollten nicht verschwinden. Schließlich schien alles vorbei zu sein. Aber Qajungajugssuaq sagte wieder zu ihm: »Du darfst dich nicht setzen; denn es werden mehr kommen.« Und es dauerte auch gar nicht lange, da sah er im Norden einen dicken, garstigen Nebel. Wieder kamen sie wie eine ungeheure Wolke an, und sie flogen alle herunter und setzten sich auf den Boden. Er schlug wieder heftig zu, und die ganze Erde um ihn herum war von toten Vögeln bedeckt. Er hatte nicht für einen einzigen Augenblick Ruhe. »Paß auf, daß du nicht einschläfst«, sagte Qajungajugssuaq fortwährend zu ihm. Aber er konnte kaum noch seine Augen offenhalten. Und er mußte kämpfen, um nicht einzuschlafen. Noch einmal begannen sich die Gänse ihm zu nähern, und als sie sich auf der Erde niedergelassen hatten, schlug er heftig zu und tötete wieder eine große Menge von ihnen. Zuletzt waren nur noch wenige übrig, die schließlich davonflogen. Als sie fort waren, sagte Qajungajugssuaq: »Gut, jetzt hast du mit ihnen ein Ende gemacht!«

Als ihm das geglückt war, blieben er und Qajungajugssuaq dort wohnen.

30. Die Graugans-Frau

Ein Mann fand eine badende Graugans. Er stahl ihre Kleider, und als sie aus dem Wasser kam und sich umschaute, stürzte er hervor und ergriff sie. Dann zwang er sie, seine eigenen Kleider anzuziehen, so daß sie nicht mehr fortlaufen konnte, und nahm sie mit nach Hause und machte sie zu seiner Frau. Nach einiger Zeit bekam sie ein Kind. Aber die Graugans war nicht glücklich. Ihr Mann nötigte sie immer, Fleisch zu essen, wonach sie aber sich sehnte, war Gras. Schließlich entschloß sie sich, ihn zu verlassen und ihr Kind mitzunehmen. Aber als sich die Mutter auf ihren Flügeln erhob, konnte das Kind ihr nicht folgen. Es flatterte nur über dem Boden dahin. Seine Mutter sagte: »Schrei ni-l, ni-l, ni-l!« Als der junge Vogel diesen Schrei wiederholte, konnte er sich in die Luft erheben, und sie flogen zusammen fort.

31. Die Enten-Frau

Vor langer, langer Zeit lebten einmal bei Tapqaq ein Mann, seine Frau und ihr Sohn, ein junger Mann. Die Frau drängte den Sohn ständig, sich eine Frau zu suchen, aber der junge Mann weigerte sich immer und meinte, daß er keine Frau brauche. »Nein«, sagte seine Mutter, »ich werde alt und bin bald nicht mehr imstande, das Wild zu zerlegen, das du schießt. Es wäre besser, wenn du eine junge Frau finden würdest, die mir helfen kann. Aber der junge Mann weigerte sich. Später, so erklärte er, wolle er sich schon nach einer Frau umschauen, aber im Augenblick sei er ohne eine solche ganz zufrieden. Eines Tages fuhr er nun mit seinem Kajak los, um nach Enten und anderem Wild Ausschau zu halten. Jeden Tag paddelte er weiter den Fluß hinauf, konnte aber kein Wild zu Gesicht bekommen. Wenn die Nacht kam, machte er sich eine notdürftige Hütte unter den Weiden, die das Ufer des Flusses säumten, und legte sich schlafen. Aber er war zu aufgeregt und konnte nicht gut schlafen. Daher stand er noch vor dem Erscheinen des Tageslichts auf, aß ein Stück Seehundfleisch, das er bei sich hatte, und paddelte weiter den Fluß hinauf. An diesem ganzen Morgen paddelte er auf dem Wasser, ohne irgendein Wild zu sehen. Dichte Weiden standen auf dem einen Flußufer, während auf der anderen Seite sich kurze Strecken mit Stränden hinzogen. Am Nachmittag steuerte der junge Mann seinen Kajak auf das offenere Ufer zu und ging an Land, um die Gegend zu erkunden; denn alles war für ihn sehr fremd. Er zog seinen Kajak aus dem Wasser, legte ihn auf die Seite und stellte ihn dann gegen einen Pfahl, mit der Absicht, nach einer Weile zurückzukommen. Er überlegte einen Augenblick, welchen Weg er einschlagen sollte, und ging dann los. Der Abend wollte bald kommen, als er plötzlich eine Anzahl Mädchen entdeckte, die Versteck spielten. Merkwürdigerweise trugen sie keine Kleider. Er schlich sich an sie heran, um sie zu beobachten. »Ich habe früher noch niemals solche Mädchen gesehen«, sagte er zu sich selbst und kroch immer dichter an sie heran, bis er sie gut erblicken konnte.

Unter ihnen war ein Mädchen, das er besonders bewunderte. Sie war schöner als die übrigen. Aber wie sollte er sie ergreifen und forttragen? ›Hier ist ein schöner Platz, wo du dich verstecken kannst‹, dachte er. ›Komm hierher.‹ Kaum hatte er das gedacht, als sie auch schon auf ihn zugelaufen kam. Er versteckte sich sorgfältig hinter einem Busch. Und als sich das Mädchen näherte, sprang er hervor und ergriff es. »Laß mich gehen«, sagte es. »Nein«, sagte er, »du bist jetzt meine Frau.« – »Laß mich gehen. Ich bin kalt.« – »Nein, nein. Ich werde dir ein Fellhemd geben und dann wirst du nicht mehr kalt sein.« – »Ich möchte es nicht haben«, sagte sie. Er ergriff sie aber trotzdem und trug sie zu seinem Kajak. »Ich habe Hunger«, sagte der junge Mann, und sie antwortete: »Ich auch.« – »Schön«, setzte er sein Gespräch fort, »ich werde dir etwas Seehundfleisch geben.« – »Ich kenne diese Art Nahrung nicht«, sagte sie. »Ich will davon nichts haben.« – »Warum nicht, es ist gutes Essen, das nehme ich immer zu Hause zu mir.« Nichtsdestoweniger rührte das Mädchen es kaum an. Nun wurde es dunkel, und sie schliefen dort in dieser Nacht. Am nächsten Morgen steckte er seine Frau in den Kajak und fuhr mit ihr nach Hause. Den ganzen Tag fuhren sie, und als die Sonne unterging, schliefen sie wieder am Ufer. Am nächsten Tag waren sie zu Hause.

Inzwischen hatte seine Mutter ängstlich nach ihm ausgeschaut. Als aber mehrere Tage vergangen waren und er immer noch nicht zurückgekehrt war, verlor sie alle Hoffnung und begann zu weinen. »O weh! Ich werde ihn niemals wiedersehen«, klagte sie. Wieder ging sie hinaus, um nach ihm Ausschau zu halten, und schließlich sah sie ihn in seinem Kajak den Fluß herunterpaddeln. Bald entdeckte sie auch das Mädchen im Kajak. »Was? Er bringt ja ein Mädchen mit nach Hause! Gut gemacht, mein Sohn! Gut gemacht!« Schließlich zog der Sohn den Kajak auf den Strand, und die alte Frau ging hinunter, um sie zu begrüßen. »Du hast doch noch eine Frau gefunden«, sagte sie. »Ja«, erwiderte er, »ich habe eine gefunden.« – »Fein, ich vermute, daß sie Hunger hat«, sagte seine Mutter. »Wir haben noch Seehund- und Rentierfleisch im Hause, laß sie hineingehen und essen.« Darauf wandte sich der junge Mann an seine Frau und sagte: »Geh hinein und iß etwas.« – »Nein«, sagte sie, »ich mag diese Art Essen nicht.« Und sie aß nur ein bißchen. Als aber alle müde waren und die anderen zu Bett gegangen waren, pflückte sie einen Haufen Gras und aß es. Und so wurde ihr Hunger gestillt.

Die Tage gingen ruhig dahin. Der junge Mann ging auf Jagd, während seine Frau zu Hause blieb und seine Fausthandschuhe und Stiefel und was er sonst noch an anderen Bekleidungstücken brauchte in Ordnung brachte. Nach einer gewissen Zeit gebar sie ihm einen Sohn und später eine Tochter, aber sie aß nach wie vor Gras. Eines Tages sagte die alte Frau zu ihr: »Was für eine Sorte Mädchen bist du, daß du immer Gras ißt. Bist du eine Ente?« Darüber wurde das Mädchen sehr ärgerlich. Weinend ging sie ins Haus, kleidete ihre beiden Kinder an und kam mit ihnen wieder heraus. Ihr Mann war draußen auf dem Eis auf Jagd. Als er am Abend nach Hause kam, schaute er sich nach seiner Frau um, konnte sie aber nirgends entdecken. »Vater, Mutter«, sagte er, »wo ist meine Frau?« – »Ich weiß es nicht«, erwiderte die alte Frau. »Am Nachmittag kam sie herein, zog die beiden Kinder an und ging mit ihnen wieder hinaus. Vielleicht ist sie fortgelaufen.«

Der junge Mann war auf seine Mutter ärgerlich und sagte: »Was hast du gesagt, daß sie fortgelaufen ist. Ich will nicht mehr länger bei euch bleiben.« Die alte Frau begann bitterlich zu weinen, aber alles war vergebens. Am Morgen brach der junge Mann auf, um seine Frau zu suchen. Er fand ihre Spuren und folgte ihnen Tag um Tag. Eines Abends kam er zu einer primitiven Hütte. »Oh«, dachte er, »hier hat meine Frau in der letzten Nacht geschlafen. Ich werde hier auch schlafen und sie am Morgen einholen.« Am nächsten Morgen stand er früh auf und eilte vorwärts, in der Hoffnung, sie bald zu erreichen. Als aber die Nacht kam, hatte er immer noch nichts von ihr gesehen. An einem anderen Abend, als gerade die Dunkelheit hereinbrach, entdeckte er die Asche eines Feuers, das seine Frau gemacht hatte und die immer noch warm war. Er legte sich daneben nieder, konnte aber kaum schlafen, weil er immer wieder darüber nachgrübeln mußte, wie er sie am nächsten Tag am besten einholen könnte. Wieder stand er am nächsten Morgen zeitig auf und eilte weiter. Aber plötzlich erblickte er ihre Spuren und rief: »Was ist denn das? Einer ihrer Füße hat ja Schwimmhäute wie der einer Ente! Vielleicht werde ich sie jetzt nicht wiederfinden.« Auch an diesem Tage konnte er sie nicht einholen. Nun verfolgte er ihre Fußspuren Tag für Tag. Einmal fand er die Überbleibsel eines Feuers, das sie gemacht hatte, und zu dieser Zeit war die Asche noch sehr heiß, aber immer noch gab es kein Zeichen von dem Mädchen selbst. Am nächsten Abend aber sah er in der Ferne ein Haus und eilte darauf zu, weil er dachte, seine Frau dort zu finden. Als er näher kam, rief ihm ein Mann aus dem Haus entgegen: »Hallo!« – »U, u«, erwiderte der junge Mann, »wo ist meine Frau?« – »Wie sollte ich das wissen?« erwiderte der Mann. »Ich weiß nichts von deiner Frau.« –»Das stimmt nicht«, entgegnete der junge Mann. »Erzähle mir, wo sie ist, und ich werde dir ein Geschenk machen.« – »Was willst du mir geben?« fragte er. »Ich werde dir eine Axt schenken.« – »Sehr gut«, erwiderte der Mann. »Ich werde es dir erzählen. Deine Frau ist in der letzten Nacht hier gewesen, aber sie ging heute morgen wieder weiter und ist jetzt schon ein ganzes Stück fort.« – »Das macht nichts«, sagte der junge Mann, »ich werde sie finden.« – »Gut, bleib hier zur Nacht, und am nächsten Morgen werde ich dir zeigen, welchen Weg sie gegangen ist.« Da schlief der junge Mann bei ihm. Am nächsten Morgen sagte der Mann: »Diesen Weg hat sie genommen, aber sie ist jetzt schon weit fort, und du bist müde, du tätest besser daran, wenn du die Verfolgung aufgeben würdest.« – »Nein, ich bin nicht müde«, sagte der junge Mann, »ich werde sie bald haben.« Und er gab dem Mann seine Axt und ging weiter. Tagelang ging er weiter, bis er schließlich zu einem anderen Haus kam. Ein Mann rief ihn von drinnen aus an, und der junge Mann erwiderte: »U, u, wo ist meine Frau?« – »Ich weiß nichts von deiner Frau, wovon sprichst du eigentlich?« – »Doch, du weißt schon etwas. Ich werde dir etwas schenken, wenn du es mir erzählst.« – »Was willst du mir schenken?« – »Ich werde dir ein Paar Seehundfellhosen vermachen.« – »Gut, deine Frau ist in der vergangenen Nacht hier gewesen, aber sie ging heute früh wieder fort. Sie hatte zwei Kinder bei sich, einen Jungen und ein Mädchen.« – »Ja, das ist sie gewesen, morgen werde ich sie eingeholt haben.« Den ganzen nächsten Tag war er auf den Beinen, und am Abend kam er zu einem dritten Haus. Dieses Mal opferte er einen Pelzmantel. Tatsächlich war seine Frau auch hier gewesen, hatte sich aber, nachdem sie die Nacht hier verbracht hatte, am Morgen wieder aus dem Staube gemacht. Er schlief nun in dieser Nacht im Haus. Früh am nächsten Morgen sagte der Mann: »Das ist der Weg, den deine Frau genommen hat. Bald wirst du zu einem großen See kommen. Aber du bist müde, vielleicht wirst du unterwegs sterben. Es wäre besser, wenn du die Verfolgung aufgeben würdest.« – »Nein, nein, ich bin nicht müde, ich werde sie bald eingeholt haben.« Und weg war er. Bald kam er zu einem großen See. »Donnerwetter«, sagte er, »wie komme ich darüber weg. Ich habe keine Fellstiefel, keinen Kajak, keine Axt. Ich werde sie nicht mehr einholen. Ich kann mich ebensogut hinlegen und sterben.« Dann legte er sich am Ende des Sees hin und schlief ein. Er wachte auf, weil ihm jemand an den Füßen zerrte, und als er hinsah, war es ein roter Fuchs. Er setzte sich hin. Der Fuchs warf seine Kapuze zurück, verwandelte sich in einen Mann und sagte: »Woher kommst du?« – »Oh, ich habe einen langen Weg hinter mir, weil ich meine Frau verfolgt habe. Jetzt bin ich an diesen See gekommen und kann nicht hinüber; ich werde sie wohl niemals wiedersehen.« Aber der Fuchs sagte: »Du siehst auf der anderen Seite jenen großen Berg. Den mußt du erklimmen. Dort werden überall auf deinem Pfad tote Eskimo herumliegen, aber du darfst von ihnen keine Notiz nehmen, du mußt immer nur aufpassen, wie müde du auch sein magst. Wenn du nur einmal anhältst, wirst du unweigerlich sterben und niemals mehr deine Frau wiedersehen. Ungeachtet der toten Körper mußt du aufpassen, daß du weiterkommst, bis du den Gipfel erreicht hast. Wenn du dort oben angekommen bist, wirst du unten eine große Siedlung liegen sehen, in der viele Menschen leben. Ein Haus wird größer als die anderen sein. Darin wohnt deine Frau. Um das Haus herum gibt es eine Menge Rentiere und innen Überfluß an allem, was du dir nur wünschen kannst. Deinen Jungen wirst du so groß wie dich wiederfinden, und dein kleines Mädchen ist auch gewachsen. Jetzt hock dich auf meinen Rücken und schließe die Augen und sieh dich nicht um, sondern halt dich nur fest.« Da kletterte der junge Mann auf den Rücken des Fuchses, schloß die Augen, und der Fuchs lief los. Bald hielt er an – der See lag weit hinter ihnen, und sie waren am Fuß des Berges. Hier stieg der junge Mann ab, und der Fuchs sagte: »Auf Wiedersehen!« – »Auf Wiedersehen«, sagte der junge Mann. »Eines Tages werde ich's dir mit einem Stück Rentierfleisch oder etwas anderem vergelten.« – »Sehr gut«, sagte der Fuchs, »denk nur daran, daß du nicht anhältst, bevor du den Gipfel erreicht hast, wie müde du auch sein magst.«

Nun begann der junge Mann den Berg zu erklimmen. Jeden Tag wanderte er weiter, sah sich weder nach rechts noch nach links um und beachtete nicht die toten Leiber, mit denen der Pfad übersät war. Keine Dunkelheit kam, um den Weg zu verhüllen, aber seine Beine begannen zu schmerzen, schon lange bevor der Gipfel in Sicht gekommen war. Aber er kämpfte sich immer weiter vorwärts. Einmal strauchelte er und wäre beinahe gefallen, so schrecklich war der Schmerz in seinen Gliedern. Als er aber hochblickte, sah er den Gipfel gar nicht weit entfernt liegen, und mit letzter Anstrengung konnte er ihn bezwingen. Oben angekommen, schaute er sich um und sah unten die Siedlung liegen, wie es der Fuchs ihm erzählt hatte. Und da war auch das große Haus mit den Rentieren. Schnell stieg er hinunter und kam bei den Häusern an. Aber jetzt kamen zwei Männer aus dem großen Haus ihm entgegen. »Was hat das zu bedeuten?« sagte er zu sich selbst. »Was wollen sie?« Er schaute sich um, fand einen kräftigen Weidenstock und versteckte sich hinter einem Busch. Die Männer kamen vorbei, und er sprang hervor und erschlug sie mit einem Schlag über den Nacken. Schnell grub er ein Loch in den Boden und verscharrte die beiden Toten dort. Dann lief er zu dem großen Haus. Im Hausgang blieb er stehen, um sich den Schnee von den Kleidern und Stiefeln zu schütteln. Plötzlich wurde eine Tür geöffnet, und ein Junge kam heraus, sagte guten Tag und kehrte wieder um, indem er laut rief: »Mutter, Vater ist hier!« Aber die junge Frau lachte darüber. Der Junge lief wieder hinaus, und der junge Mann sagte zu ihm: »Junge, gib mir etwas Wasser, ich habe Durst; sag deiner Mutter, daß sie es mir herausbringt.« Da lief der Junge wieder hinein und sagte zu seiner Mutter, daß sein Vater etwas Wasser von ihr nach draußen gebracht wünsche. Aber sie wollte es immer noch nicht glauben und sagte: »Wovon redest du nur, mein Sohn? Dein Vater ist sehr weit von hier fort. Deines Vaters Mutter war eine sehr schlechte Frau, daher verließen wir sie.« Und sie weigerte sich, hinauszugehen. Da kam ihr Mann selber zu ihr hinein und fand einen anderen Mann auf der Schlafpritsche sitzen. »Was tust du hier?« fragte der junge Mann. »Sie ist meine Frau und nicht deine.« Der andere Mann war erschrocken und sagte kein einziges Wort, sondern nahm unverzüglich seine Handschuhe und seinen Mantel und verschwand. Nun wandte sich der junge Mann an seine Frau und sagte: »Wie groß ist doch der Junge geworden und auch das Mädchen.« Aber seine Frau erwiderte: »Du bist nicht mein Mann. Er ist weit fort und kann nicht hierher kommen.« – »Oh, ich bin doch gekommen. Ich bin hier. Du erinnerst dich an den Fluß neben dem Haus. Ich verfolgte dich auf dem Fluß und fuhr viele Tage hinter dir her, ohne anzuhalten, bis ich dich hier fand.« – »Keine Eskimo können hierhin kommen«, erwiderte sie. »Dies ist mein Land, das Land der Enten. Ich meine, daß du ein anderer Mann sein mußt, nicht mein Ehemann.« – »Erinnerst du dich an den großen Berg an dieser Seite des Sees? Ich kletterte auf ihn hinauf, ohne ein einzigesmal anzuhalten. Meine Glieder schmerzten, mein Körper schmerzte, oft wollte ich stehenbleiben, oft zusammensinken, aber ich hatte Angst, daß ich sterben könnte und nicht den Gipfel erreichen würde. Daher riß ich mich zusammen und erreichte schließlich den Gipfel.« Nun glaubte ihm seine Frau endlich. Ihre alte Mutter sagte zu ihr: »Vielleicht hat dein Mann Hunger und würde gerne etwas essen.« Da ging seine Frau nach draußen und brachte ihm etwas Essen – Beeren und ein paar kleine Fische; denn sie hatten kein Seehund- oder Rentierfleisch, weil sie ja Enten waren. Ihr Mann war diese Art Essen nicht gewohnt und nahm daher nur wenig zu sich. Als aber die Mutter seiner Frau ihn fragte, ob er genug gegessen habe, sagte er, daß er reichlich genossen habe. Dann setzten sie sich zusammen, um zu reden. Und der Vater seiner Frau sagte zu ihm: »Du weißt, daß in deinem Land ein Überfluß an allen Dingen ist. Es gibt viele Rentiere, viele Seehunde, viele weiße Wale, viele weiße Enten, viele Weiden, viel Wind; manchmal ist es sehr warm und manchmal sehr kalt; alles ist im Überfluß vorhanden.« Der junge Mann sagte: »Ja, so ist es.« Und der alte Mann fuhr fort: »Gut, wie lange willst du hierbleiben?« – »Ich weiß es nicht«, sagte der junge Mann. Der alte Mann nahm das Gespräch wieder auf und fuhr fort: »Manchmal kommen fremde Menschen hierher, um uns anzugreifen, daher müssen wir immer wachsam sein.«

Der junge Mann blieb nun bei seiner Frau und ihrem Volk. Einmal ging ein Mann aus der Siedlung nach draußen und schaute sich – so wie er es immer zu tun pflegte – um. Da sah er eine dunkle Wolke, die wie Rauch aussah, den Berg herunterkommen. Er beobachtete diese Wolke sehr genau, und als sie dichter herangekommen war, konnte er sehen, was es war – eine riesige Menge Eskimo-Enten. Die Einwohner der Siedlung eilten aus ihren Häusern, um sich ihnen entgegenzustellen, und eine große Schlacht begann. Der junge Mann – der einzige Mensch von allen – schaute sich nach einer Waffe um, um dem Volk seiner Frau zu helfen. Er fand einen Stock, schlug damit um sich und erledigte die Feinde zu Hunderten. Jeden Tag verfolgte er sie gnadenlos und hörte des Nachts nur auf, weil er erschöpft war. Ein paar der Erschlagenen nahm er mit nach Hause und sagte zu seiner alten Schwiegermutter: »Koch ein paar von diesen Enten für mich. Ich habe schon lange einen riesigen Hunger.« Aber die alte Frau sagte: »Nein, nein, diese Art Fleisch essen wir nicht, ich möchte sie nicht kochen.« – »Gut, aber ich mag sie«, erwiderte er. »Gut, dann werde ich sie draußen vor dem Haus kochen«, sagte die alte Frau. Darauf kochte die alte Frau sie draußen, und der junge Mann ging hinaus und aß sie dort. »Sie waren ausgezeichnet«, sagte er, als er wieder das Haus betrat, »sie haben eine gute Mahlzeit abgegeben, und ich bin jetzt nicht mehr hungrig.«

Er blieb noch eine Zeitlang an diesem Ort, und seine Frau gebar ihm einen zweiten Sohn. Danach sagte er: »Ich werde wieder in meine Heimat zurückkehren. Meine Frau und das Neugeborene werden mitkommen. Aber mein Sohn und meine Tochter sollen hierbleiben.« Seine Schwiegereltern fragten ihn: »Wann wirst du wieder zurückkommen?« – »Ich weiß es nicht«, sagte er. »Vielleicht werden wir niemals mehr zurückkommen. Es ist ein weiter Weg.« Dann brach er mit Frau und Kind auf.

32. Das Pflegekind des Schwarzen Bären

Es war einmal ein Mann, der zusammen mit seinen vier Töchtern lebte, von denen die eine verheiratet war und ein Kind erwartete. Es war Sommer, und der Mann sagte zu seinen Töchtern, daß sie Beeren sammeln sollten. Sie waren ein Stück gegangen, als es stark zu regnen begann. Die verheiratete Frau sagte zu ihren Schwestern: »Hier ist eine Bärenhöhle, in der wir Schutz finden können. Wenn ein Bär kommt, können wir oben ein Loch machen und dadurch hinausschlüpfen. Es kann auch sein, daß die Höhle überhaupt nicht bewohnt ist. Wenn wir aber weitergehen, werden wir sehr naß werden, und unsere schweren Kleider werden uns dann sehr müde machen. Es ist schon besser, wenn wir hierbleiben.« So krochen sie alle in die Bärenhöhle. Da kam ein Schwarzer Bär. Die Mädchen machten sofort ein Loch in die Decke der Höhle und kletterten hinaus. Nur die Älteste schaffte es nicht, weil sie wegen des Kindes, das sie bekommen sollte, zu schwerfällig war. Da fiel der Bär über sie her und tötete sie. Er riß ihr den Leib auf, holte das Kind heraus, einen prächtigen Jungen, und legte ihn hinten in die Höhle. Dann hob er den Körper der Frau auf und legte ihn dicht neben das Kind.

Die Schwestern der Toten hatten alles durch das Loch beobachtet und liefen nun nach Hause, um ihren Vater ihre Erlebnisse zu erzählen.

Die Zeit verging, und aus dem kleinen Kind wurde ein kräftiger Junge. Der Bär fütterte ihn mit dem Fleisch vom Eichhörnchen, Fuchs, Ren und anderen Tieren. Währenddessen lag die tote Frau in der Höhle; langsam fiel das Fleisch von ihr ab, und die Knochen kamen zum Vorschein und blieben dort liegen. Der Sommer kam, und der Junge wollte nach draußen gehen; denn bisher war er nur in der Höhle geblieben. Im Winter deckte die Bärin den Jungen mit Fuchsfellen zu, wenn er sich schlafen legte. Sonst rannte er nackt umher; denn die Bärin wußte nicht, wie sie für ihn Kleider machen sollte. Als er nun zu ihr sagte, daß er nach draußen gehen wolle, meinte sie: »Nicht heute, mein Sohn, es regnet so sehr. Morgen kannst du nach draußen gehen, wenn du es gern willst.«

Der nächste Tag war hell und voller Sonnenschein, und der Junge begann draußen umherzulaufen. Aber das Licht tat seinen Augen weh, und die Sonne brannte auf seinem Leib, so daß er bald wieder in die Höhle lief. Die Bärin fragte ihn, wie es ihm gefallen habe. »Es war sehr schön«, sagte er. »Nur die Sonne tat meinen Augen weh, und die Sonne war wie ein großes Feuer und verbrannte meinen Körper.« Bald darauf rannte er wieder nach draußen, und diesmal konnte er dort ein wenig länger bleiben. Das machte er nun jeden Tag, und bald war es ihm möglich, ständig an der frischen Luft zu sein. Nun konnte er beobachten, wie die Bärin tote Rentiere, Wölfe und anderes Wild nach Hause brachte. »Wie tötest du sie?« fragte er. »Nun«, sagte die Bärin, »ich renne auf allen vieren hinter ihnen her, ergreife sie und breche ihnen das Genick; das ist alles, was ich tue.«

Als der Junge eines Tages wieder draußen war, sah er eine Maus, fing sie und tötete sie so, wie es ihm die Bärin gesagt hatte. Er nahm die tote Maus mit nach Hause und zeigte sie seiner Pflegemutter, die darüber sehr erfreut war. An einem anderen Tag jagte er ein Eichhörnchen, später einen Fuchs und dann einen Wolf und schließlich ein Rentier. Er war jetzt ein strammer Bursche und ein sehr geschickter Jäger. Von Zeit zu Zeit brachte die Bärin etwas schwarze Walhaut nach Hause, die sie beide sehr gern mochten. Eines Tages sagte der Junge zu ihr: »Magst du gerne Robben?« – »Ja«, sagte sie, »sehr gern.« – »Gut, ich werde versuchen, eine zu fangen.« – »Nein, geh nicht zum Wasser hinunter, du könntest hineinfallen. Du sollst ins Land gehen. Falls ich schwarze Haut oder Robben haben möchte, gehe ich selbst auf die Jagd, geh ins Land.« Der Junge aber war fest entschlossen, ihr zu trotzen. So ging er also am nächsten Tag ins Land hinein, machte aber einen Bogen, sobald er außer Sicht gekommen war, und wanderte zum Strand hinunter. Dort sah er einen riesigen Wal, der gestrandet war, schnitt von ihm ein großes Stück schwarze Haut ab und ging damit nach Hause. Die Bärin nahm die schwarze Haut entgegen, schimpfte ihn aber aus, weil er ungehorsam gewesen war. »Geh nicht wieder zum Strand«, sagte sie, und er entgegnete: »In Ordnung!«

Nun jagte er eine Zeitlang auf dem Lande, bis das Wild dort sehr knapp und schwierig zu erlegen war.

Eines Tages hielt er nach Rentieren Ausschau und streifte eine ganze Zeit umher, ohne auch nur ein einziges Tier zu sehen. Dann begann er über die Warnung seiner Pflegemutter nachzugrübeln. »Warum will sie nicht, daß ich an den Strand gehe? Ich werde dorthin gehen und mich umschauen, ob sie es wünscht oder nicht.« Dann ging er hin. Als er dort angekommen war, sah er, daß sich etwas in der Nähe des Wals bewegte. Er kroch näher und erblickte eine Menge Menschen, die wie er selber aussahen. Dies machte ihm Kopfzerbrechen, und er dachte den ganzen Heimweg darüber nach. ›Ich bin über alles sehr verwundert. Meine Mutter ist anders als ich. Sie hat eine lange Nase, große Zähne und große Nägel an Händen und Füßen, und ihr Körper ist mit Haaren bedeckt. Außerdem geht sie auf allen vieren, nicht aufrecht wie ich. Und was bedeuten die Knochen im Hause? Sie gleichen meinen Knochen, ihre sind anders. Vielleicht ist sie gar nicht meine Mutter, vielleicht gehören die Knochen meiner Mutter, und die Bärin tötete sie.‹

Es war sehr spät, als er zu Hause ankam, und seine Pflegemutter sagte zu ihm: »Wo bist du gewesen? Was treibst du so spät?«

Aber er antwortete lediglich: »Ich streifte den ganzen Tag umher und konnte nichts erspähen. Ich glaube, wir haben zu viele Felle im Haus. Die Tiere riechen sie und kommen nicht näher. Ich glaube, es ist besser, wenn wir sie hinaustragen und dann verbrennen.«

»Das läßt sich machen«, sagte die Bärin. Dann schleppten sie die Felle aus dem Haus und zündeten ein großes Feuer an. Nun sagte der Junge zu der Bärin: »Mutter, leg dich hier hin, damit ich dir den Kopf nachsehen kann.« Da legte sich die Bärin hin, und der Junge lauste ihr den Kopf. Bald darauf schlief sie ein und begann zu schnarchen. Der Junge ließ vorsichtig ihren Kopf los, so daß er auf den Boden fiel. Die Bärin erwachte dadurch sofort, aber der Junge lief lachend davon. Nachdem die Felle verbrannt waren, kamen die Rentiere wieder an, und er konnte eine ganze Menge zur Strecke bringen. Er konnte jedes Wild, das sich in diesem Gebiet zeigte, erlegen, nur die Enten und Schneehühner verstand er nicht zu jagen. Aber eines Tages beobachtete er ein paar Schneehühner, die sich zwischen den Weiden am Ufer des Flusses ausruhten. Er schlich sich sehr schnell an sie heran, und als er in ihrer Nähe war, sprang er auf und packte sie bei den Schwänzen.

Der Winter kam, und sie blieben in der Höhle, ohne den Versuch zu unternehmen, einmal nach draußen zu kommen. Nach dem Winter kam der Frühling, und der Frühling machte dem Sommer Platz. Er erinnerte sich an den Strand und beschloß wieder hinzugehen, sagte davon aber nichts zu seiner Pflegemutter, sondern gab ihr zu verstehen, daß er auf Rentierjagd gehen wolle. Als er beim Wal ankam, sah er eine Menge Menschen, die sich um den Wal versammelten, genauso wie beim letztenmal. Und er dachte bei sich: ›Vielleicht sind das meine Leute, und die Bärin ist nicht meine Mutter. Sie möchte nicht, daß ich meine Leute kennenlerne, und daher hat sie mir verboten, an den Strand zu gehen. Ich glaube, daß das meine richtige Mutter war, deren Gebeine hinten in unserer Höhle liegen. Ich werde zu diesen Menschen gehen und mit ihnen reden.‹ Nun stieg er zum Strand hinunter und näherte sich der Gruppe, die um den Wal stand. Als sie den Fremden sahen, zogen sie ihre Messer und wollten über ihn herfallen, um ihn zu töten. Da rief ein alter Mann: »Halt« und vereitelte ihren Angriff. »Vor langer Zeit«, so begann er ihnen zu erzählen, »wollte meine Tochter einmal Beeren sammeln und wurde dabei von einem Schwarzen Bären getötet. Sie sollte ein Kind bekommen, und dieser Junge sieht ihr sehr ähnlich. Vielleicht ist es ihr Sohn.«

Dann fragte er den Jungen, von wo er käme. Der sagte: »Ich wohne in einer Höhle im Inland, in den Bergen. Meine Mutter lebt dort mit mir zusammen, aber sie ähnelt mir nicht ganz, sie hat eine lange Nase, große Zähne und überall auf dem Körper Haare. An Händen und Füßen hat sie große, lange Nägel. Vielleicht ist sie nicht meine Mutter; denn dort liegen noch Knochen, die wie meine aussehen.« Da waren sie sicher, daß es ihr Verwandter war, und der alte Mann erzählte ihm, wer er war und wer seine Mutter getötet hatte. »Nimm diesen Bogen«, sagte er, »und töte sie, wenn du zurückkommst.« Der Junge hatte noch niemals vorher einen Bogen gesehen und hielt ihn sehr ängstlich in den Händen. Sie zeigten ihm, wie er zu spannen sei. Er legte den Pfeil auf die Sehne, wurde jedoch nervös und ließ ihn fallen. Er versuchte es noch einmal, spannte den Bogen ein bißchen und ließ ihn dann fallen. »Ich werde sie mit meinen Händen töten«, sagte er, »genauso, wie ich Rentiere zur Strecke bringe.« – »Nimm lieber Pfeil und Bogen«, sagte sein Großvater. »Sie ist groß und stark und könnte dir überlegen sein.« Nun versuchte der Junge es noch einmal und hatte etwas mehr Erfolg. Und langsam lernte er die neue Waffe zu gebrauchen. Dann ging er zu der Höhle zurück, nahm Pfeil und Bogen mit und auch ein kleines Stück schwarze Haut. Die Bärin sagte: »Wo bist du gewesen? Warum kommst du so spät nach Hause?« – »Oh, ich streifte umher und sah nichts, darum ging ich zum Strand hinunter und bringe nun ein Stück schwarze Haut mit.« – »Tu das nie wieder, mein Sohn. Ich habe dich schon einmal gewarnt. Du kannst ins Wasser fallen.« Doch sie aßen beide die schwarze Haut auf. Am nächsten Tage sagte der Junge: »Ich glaube, wir sollten besser die Felle verbrennen. Es scheint in der Nähe kein Wild zu sein, vermutlich, weil die Tiere die Felle riechen.« – »Ich werde einmal hinausgehen und mich selber umschauen«, sagte die Bärin, »vielleicht finde ich etwas.«

»Nein, du bleibst zu Hause, du bist schon zu alt, um auf Jagd zu gehen. Vor langer Zeit, als ich noch sehr klein war, gingst du los und brachtest mir Essen. Jetzt will ich dasselbe für dich tun. Ich möchte dir meine Dankbarkeit zeigen.« Die Bärin glaubte ihm und sagte: »Oh, sehr schön, wir werden die Felle verbrennen.« Nun trugen sie alle Felle hinaus, machten daraus einen großen Haufen und zündeten ihn an. Es brannte mächtig, und die Flammen schlugen zum Himmel empor. Darauf sagte der Junge: »Komm her und leg dich hin, ich will deinen Kopf absuchen.« Da legte sich die Bärin hin, bettete ihren Kopf in seinen Schoß, und er begann ihn sehr sanft zu kraulen. Bald schlief sie ein und begann zu schnarchen, worauf der Junge leise fortschlich, um Pfeil und Bogen zu holen, die er in der Nähe der Tür versteckt hatte. Aber noch ehe er ihn spannen konnte, wachte die Bärin auf und sah ihn. Sofort stürzte sie sich auf ihn los und rief: »Du meinst, daß du mich wie früher zum Narren halten könntest? Du hast deine Leute unten am Strand getroffen. Ich tötete deine Mutter und werde dich jetzt auch töten und danach auffressen!«

Der Junge rannte um das Feuer, und die Bärin war ihm dicht auf den Fersen. Sie hätte ihn beinahe schon gepackt, wenn er nicht im letzten Augenblick durch das Feuer zur anderen Seite gesprungen wäre. Die Bärin sprang auch, aber sie fiel mitten in die Flammen hinein und verbrannte.

Nun kehrte der Junge zu seinem Großvater zurück. Aber er war an den Geruch und an die Wärme eines Eskimo-Hauses nicht gewöhnt und konnte sich nicht lange dort drinnen aufhalten. Daher baute er sich bald ein Haus nach seinem eigenen Geschmack. Eine seiner Tanten machte ihm sehr schöne Kleider aus Tierfellen. Aber er fand sie sehr unbequem, weil er sich darin nicht gut bewegen konnte. Daher nähte sie ihm neue und dünnere Kleider mit nur wenigen Haaren darauf. Diese waren auch sehr steif, aber er gewöhnte sich mit der Zeit daran. Er lebte noch lange nach diesem Ereignis und wurde ein berühmter Jäger. Aber verheiraten tat er sich nie.

33. Der Zauberspruch des Schwarzen Bären

Vor langer Zeit lebte einmal eine Frau mit ihrem jungen Sohn ganz allein zusammen. Oft starben sie fast vor Hunger; denn es gab keinen Mann, der für sie auf Jagd ging. Manchmal sagte die Frau zu ihrem Sohn: »Hast du Hunger?« Und wenn er diese Frage bejahte, gab sie ihm ein kleines Stück Seehundfleisch. Mit der Zeit wurde der Junge größer und stärker. Eines Tages sagte er: »Morgen will ich hinausgehen und mich nach Wild umsehen, vielleicht entdecke ich etwas.« Aber die Mutter sagte: »Geh nicht. Du bist noch ein kleiner Junge. Du könntest einen weißen Bären oder einen schwarzen Bären treffen und niemals mehr nach Hause kommen.« – »Nein«, sagte der Junge, »mir wird nichts passieren, ich werde heil nach Hause kommen. Ich werde schon etwas aufstöbern, vielleicht ein Rentier.« In dieser Nacht konnte er kaum schlafen, weil er immer an die Jagd am kommenden Tag denken mußte. Lange vor der Morgendämmerung brach er auf, streifte den ganzen Tag umher, konnte aber nichts sehen. Schließlich kam er zu einer großen Steinmauer, in deren Schatten irgend etwas lauerte. »Was ist das?« fragte er sich. »Ist es ein schwarzer Bär oder vielleicht ein weißer? Ich werde mich näher an ihn heranschleichen und sehen.« Er hatte Angst, arbeitete sich aber trotzdem dichter an ihn heran. Schließlich konnte er ganz genau sehen, was er dort vor sich hatte. Es war ein schwarzer Bär! Gerade in diesem Augenblick hob er seinen Kopf und schaute sich um, und da ließ der Junge seinen Kopf auf die Erde fallen. Er hatte furchtbare Angst, so schreckliche Angst, daß er nicht hinzugukken wagte. »Oh«, flüsterte er vor sich hin, »jetzt ist alles vorbei, ich werde niemals mehr zu meiner Mutter nach Hause kommen.« Da erblickte ihn der Bär und richtete sich langsam auf seinen Hinterbeinen auf und tapste auf ihn zu. ›Jetzt ist alles aus‹, dachte der Junge in seiner großen Angst, ›nun kommt er und frißt mich auf.‹ Als der Bär dichter an ihn herangekommen war, schaute der Junge zu ihm hinauf und stand langsam auf und wartete auf das, was nun kommen würde. Aber der Bär griff ihn nicht an, sondern sagte: »Sprich, mein Junge, warum bist du gekommen?« Und der Junge antwortete: »Ich bin hierher gekommen, um nach Wild Ausschau zu halten. Mutter sagte, daß ich nicht gehen sollte. ›Du könntest einen Bären treffen‹, sagte sie, ›einen weißen oder schwarzen, und der wird dich fressen und du wirst niemals mehr nach Hause kommen.‹« Aber der Bär sagte: »Hab keine Angst. Ich will dich nicht fressen. Ich will dir etwas erzählen. Wenn du irgendein Wild erlegst, ein Rentier oder einen Seehund oder was es auch sein mag, und wenn du es dann aufbrichst, dann wirf ein paar kleine Stückchen für mich auf die Seite – ich könnte Hunger haben. Ich bin euer Vater. Wenn du das nicht tust, wirst du nicht mehr nach Hause kommen.« Der Junge sagte: »In Ordnung.« Er hatte immer noch große Angst und rannte so schnell es ging nach Hause.

Als er zu Hause angekommen war, keuchte er sehr. Und als das seine Mutter merkte, fragte sie ihn: »Was ist los? Was hast du gesehen?« – »Nichts«, sagte der Junge, »ich wanderte umher und sah nichts.« – »Oh, aber du keuchst doch so«, sagte sie, »ich meine, daß du etwas gesehen haben mußt.« – »Nein«, erwiderte er, »ich sah nichts. Ich hatte Angst, daß es dunkel werden würde und daß ich den Heimweg nicht mehr finden könnte, daher rannte ich. Ich habe überhaupt nichts gesehen.« Nun wurde er bald sehr müde und legte sich schlafen. Seine Mutter war unruhig und konnte nicht einschlafen und lag die ganze Zeit über wach da und beobachtete ihn mit ihren halb geöffneten Augen. Am nächsten Tag ging der Junge wieder auf Jagd. Als er seine Mutter verließ, sagte sie: »Geh nicht auf die Jagd; du bist immer noch ein kleiner Junge und wirst nicht wiederkommen. Warte, bis du größer geworden bist.« Aber der Junge sagte: »Oh, ich werde schon wiederkommen!« Darauf ging er los und stieß auf ein großes Rentier, das er erlegte und dem er das Fell abzog. Ein paar kleine Fleischstücke warf er auf die Seite, den Rest packte er in sein Hemd und ging nach Hause. Seine Mutter freute sich sehr. »Gut gemacht«, sagte sie, »gut gemacht.« Sie hatten an diesem Abend ein gutes Essen und legten sich befriedigt schlafen. Am nächsten Tag sah er am Strand eine bärtige Robbe. Er harpunierte sie, warf etwas von dem Fleisch zur Seite und schleppte den Rest nach Hause. »Gut gemacht, mein Sohn«, sagte seine Mutter, »gut gemacht. Jetzt werden wir nicht mehr Hunger leiden.« So lebten sie beide glücklich und zufrieden, und der Junge wurde ein junger Mann. Eines Tages wollte er nicht hinausgehen, so wie er es sonst immer tat. »Was ist los? Bist du krank, weil du nicht hinausgehen willst?« – »Nein«, sagte er, »ich habe heute nur keine Lust.« – »Bist du dir sicher, daß du dich nicht unwohl und schwach fühlst und daher Angst hast, nicht wieder nach Hause zu kommen?« – »Nein«, sagte er, »ich möchte nicht gehen. Möchtest du etwa, daß ich losgehe und nicht wiederkomme?« – »Nein, das will ich natürlich nicht. Ich dachte nur, daß du vielleicht krank wärst.«

So blieb der Sohn also an diesem Tage zu Hause und aß und schlief und aß und schlief, bis es Zeit war, sich schlafen zu legen.

Am nächsten Tag ging er hinaus und schoß ein Rentier, aber er vergaß, ein paar kleine Fleischstücke zur Seite zu werfen, als er das erlegte Tier aufgebrochen hatte.

Kaum hatte er sich auf den Weg gemacht, als es plötzlich so dunkel wurde, daß er den Weg nicht mehr sehen konnte.

»Wie kann das sein?« fragte er sich. »Es war früher doch so einfach, den Heimweg zu finden. Nun muß ich mich wohl lieber hier schlafen legen und kann vor morgen nicht zu Hause sein.« Aber er erreichte weder am nächsten, noch an den folgenden Tagen sein Haus.

Er wanderte und wanderte, bis er starb.

34. Der Junge und das Walroß

Ein paar kleine Jungen spielten einmal im Sommer Versteck. Einer von ihnen versteckte sich hinter ein paar Walroßknochen, die am Strande lagen und bleichten. Plötzlich verwandelten sich diese Knochen in ein lebendiges Walroß, das den Jungen weit hinaus in die See zu seinem Haus trug. Dort verwandelte sich das Walroß in einen Mann, der den Jungen an eine lange Leine band, die innen im Hause befestigt war, so daß er nicht fortlaufen konnte. Sogar wenn der Junge nach draußen mußte, war er an die Leine gebunden. So lebte er eine ganze Zeitlang im Hause des Walrosses. Schließlich kamen die anderen Kinder dorthin und sahen, wie der Junge kleine Krebstierchen aus dem Haar des Walrosses sammelte. Der Junge schaute hinaus und erblickte sie. Er sagte zu dem Walroß: »Ich möchte gern nach draußen gehen.« – »Kannst du«, sagte das Walroß.

Der Junge ging hinaus, aber die lange Leine hielt ihn fest. Am Ende des Ganges war ein Pfahl, und als der Junge nach draußen ging, lehrte er ihn die Worte zu sagen, die er sprechen sollte. Dies beschäftigte ihn eine ganze Zeit, und das Walroß begann hinauszurufen: »Bist du noch nicht fertig?« – »Nein«, rief der Junge zurück, »noch nicht.« Und er gab dem Pfahl weitere Anweisungen. Schließlich rief er die Namen seiner Brüder, die er nicht weit von sich entfernt sehen konnte:

»Dort drüben sind ein paar Umiaks, dort drüben sind ein paar Kajaks. Ausiq und Aiyausiq, Qiliiliyusiq, Alunaq, Qileqpanna, Arluk, Uviluq, Kiluluakpak und Qilullik!«

Nachdem er ihre Namen gerufen hatte, löste er das Seil von seinem Körper und lief fort, um sich zu seinen Brüdern zu begeben. Von Zeit zu Zeit rief das Walroß hinaus: »Bist du fertig, bist du endlich fertig?« Und der Pfahl rief zurück: »Noch nicht, noch nicht!«

Schließlich wurde das Walroß ungeduldig und zog an der Leine. Aber die gab nicht einen Zoll nach. Nun zog das Walroß kräftiger an der Leine, und da fiel der Pfahl um und brachte den ganzen Hauseingang krachend zum Einstürzen. Da rannte das Walroß hinaus. Und als es gesehen hatte, was geschehen war, bebte es vor Wut. Es nahm nun wieder seine richtige Walroßgestalt an und verfolgte die Kinder. Bald hatte es die Kleinen eingeholt, aber die warfen nun ein paar von ihren Kleidern über Bord. Es hielt an, um mit ihnen zu kämpfen, aber den Kindern gelang es weiterzukommen. Wieder holte das Walroß sie ein und wieder warfen sie weitere Kleidungsstücke über Bord, um das Tier aufzuhalten. Schließlich erreichten sie das Ufer.

Sie sagten zu ihm: »Dreh dich um und schwimm zurück.« Das Walroß drehte sich um, und augenblicklich töteten sie es mit ihren Harpunen und kochten das Fleisch und aßen es.

Nur der Junge weigerte sich, am Schmaus teilzunehmen. Er sagte, er habe mit dem Walroß zusammen gelebt und könne es deshalb nicht anrühren.

35. Der Karibu-Mann

Auf einem Eskimo-Wohnplatz lebten einmal ein Mann, seine Frau und ihre beiden Kinder. Der Mann hieß Nakasunaluk, was soviel wie kleine Waden bedeutet. Eines Tages ging der Mann auf Jagd, um Karibus – Rentiere – zu schießen. Und er stieß auch auf ein Rudel von fünf oder sechs Tieren. Er schlich sich ganz dicht an sie heran und wollte gerade seinen Pfeil von der Sehne abschnellen lassen, als er sah, wie eins der Tiere seine Kapuze vom Kopf zog und sich in einen Menschen verwandelte. »Komm näher heran«, sagte das in einen Menschen verwandelte Tier zu Nakasunaluk. Nakasunaluk trat dichter heran, und das Tier fragte ihn, ob er nicht bei ihnen leben wolle. Der Mann willigte ein. Darauf zog ihm das Tier seine Kleider aus und verwandelte ihn in ein Rentier. Dann trabte das ganze Rudel weiter. Unterwegs blieb Nakasunaluk immer hinter den anderen. Sie sagten zu ihm: »Warum bist du so langsam?« Er erwiderte: »Ich strauchle andauernd.« Sie sagten ihm, daß er hinauf zu den Sternen blicken solle; denn wenn er immer auf den Boden äugte, würde er ständig straucheln. Nachdem er nun ihre Ratschläge befolgte, konnte er immer in ihrer Nähe bleiben. Aber wenn es ans Äsen ging, konnte er nie etwas Rechtes finden und wurde daher dünn und schwach. Das Tier sagte zu ihm: »Warum bist du so mager?« Und er antwortete: »Ich kann nichts zu essen finden.« Da lehrten sie ihn, ihre Nahrung zu finden – »Pupci«, das so frisch nach dem Regen aus der Erde kommt und ihn dick machen würde und »Piniq«, das wie das Fett der bärtigen Robbe war. So lebte er eine lange Zeit bei den Rentieren, bis sie ihn eines Tages fragten, ob er auch lieber wieder nach Hause wolle.

»Ja«, sagte er, »meine Leute werden mich schon als vermißt ansehen.« – »Gut«, sagte das Tier, »wir werden dich nach Hause bringen.« Nun liefen sie alle zurück. Unterwegs sagte das Tier zu ihm: »Wenn wir schlafen, ist immer jemand von uns wach und hält den Kopf hoch, und wenn der schlafen will, nimmt ein anderer seinen Platz ein; denn wir haben vor Menschen und Wölfen Angst. Wenn du einen Menschen oder einen Wolf siehst, würdest du auch fortlaufen wollen.« Dann kamen sie zu der Stelle, wo sie sich zuerst getroffen hatten. Dort zog Nakasunaluk wieder seine Kleider an und kehrte zu seiner menschlichen Gestalt zurück. Kurz bevor er sie verließ, riet er dem Tier noch, sich von Wölfen und Menschen fernzuhalten, die sie nur töten wollten. Dann lief das Tier fort, und Nakasunaluk ging nach Hause.

Seine Leute sagten zu ihm: »Wo bist du gewesen?« – »Das Tier«, sagte er, »nahm mich sehr weit mit.« – »Wir haben lange auf dich gewartet«, erzählten sie ihm, »und als du nicht wieder zurückkamst, glaubten wir, daß du tot seist.«

Nakasunaluk erzählte: »Als ich ein Tier schießen wollte, zog es die Kapuze herunter und fragte mich, ob ich nicht lieber mit ihnen mitgehen und ein Tier werden wollte. Dann verwandelten sie mich in ein Tier und lehrten mich zu essen und zu den Sternen zu blicken, wenn wir über das Land liefen.«

Dieser Mann namens Nakasunaluk hatte sehr kleine Beine (daher sein Name); nach seiner Heimkehr konnte er sehr schnell laufen.

36. Das Mädchen Alarana und ihr Bruder, die von Wölfen gefressen wurden und dann zu Rentieren wurden

Einmal brach unter den Menschen eines Wohnplatzes eine Hungersnot aus und alle Leute starben, bis auf ein Geschwisterpaar, Alarana und ihr kleiner Bruder Aligúnâluk. Da keine Menschen mehr am Leben waren, machten sich die beiden Geschwister auf den Weg, um sich zu den Rentierjägern zu begeben, die den Fluß Kûlugjuaq hinaufgezogen waren. Aber als sie schon ein Stück ins Land gekommen waren, wurden sie von einem Rudel Wölfe umringt, die sie beide auffraßen.

Unter den Tieren befand sich eine alte Wölfin, die alle Jungtiere bat, genau aufzupassen, damit kein Knochen durchnagt oder zerbrochen würde. Das geschah zu jenen Zeiten, wo man bald Mensch, bald Tier war. Und so war es auch jetzt. Kaum hatten die Wölfe die Geschwister gefressen, da wurden sie zu Menschen. Und jetzt bat eine alte Frau darum, daß die Menschenknochen ins Haus geschafft würden.

Das Wolfsvolk wohnte in einem großen, schönen Haus, und da gab es nicht nur Wölfe, sie hatten auch Gäste auf der Seitenpritsche, und ihre Gäste waren ein Rabe und eine Möwe, ein Weißfuchs und ein Rotfuchs. Aber die waren nun auch in menschlicher Gestalt da. Sobald Alaranas und ihres Bruders Knochen ins Haus gebracht waren, ging die alte Frau, die sich auf Zauberei verstand, hinaus und holte zwei Rentierfelle, die Felle einer jungen Kuh und eines kleinen Stierkalbs. Diese beiden Felle breitete sie auf dem Fußboden aus und legte die Knochen der beiden Geschwister darauf, zuerst den Kopf und dann die anderen Knochen, genau nach der Reihenfolge. Dabei begann sie mit den Knochen der Schwester und legte danach die Knochen ihres kleinen Bruders hin. Nun deckte sie alle Knochen mit zusammengenähten Därmen des Walrosses zu und sang ein Zauberlied darüber. Während sie das Zauberlied sang, schritt sie um die Knochen herum, und zwar in der gleichen Richtung, wie die Sonne am Himmel wandert. Es dauerte gar nicht lange, bis Alaranas Knochen zusammenglitten und sich zu bewegen begannen. Nur in ihren kleinen Bruder wollte kein Leben kommen. Da sang die alte Frau noch einmal das Zauberlied, und nun hockte sich Alarana hin, während ihr kleiner Bruder sich noch immer nicht rührte.

»Es müssen ein paar Knochen des Jungen fehlen«, sagte die alte Frau.

»Kak – kak kaa!« tönte es augenblicklich, und aus dem Haus sprangen der Weißfuchs und der Rotfuchs, und es dauerte gar nicht lange, bis sie wieder mit den Lendenknochen des Jungen zurückkehrten, die im Schnee verschüttet gewesen waren. Wieder zauberte die alte Frau über den Knochen, und jetzt erwachten beide zum Leben. Aber sie kehrten als Menschen zum Leben zurück. Alarana in der schönen Tracht aus dem Fell einer jungen Rentierkuh und ihr Bruder in Kleidern aus dem Fell eines jungen Stierkalbs. Ihnen wurde ein Platz hinten auf der Pritsche angewiesen, und dort lagen sie tagsüber, während sie in der Nacht bei der alten Frau schliefen, die sie zum Leben erweckt hatte. Nach vier Tagen bekam der kleine Bruder Erlaubnis hinauszugehen; denn vier Tage dauerte die Tabuzeit für Männer und Knaben bei Todesfällen. Aber des Nachts mußte er wieder zu seiner Schwester ins Haus, die noch nicht hinausgehen durfte. Der Junge weinte und wollte nicht wieder hineingehen, und seine Schwester mußte ihm durchs Fenster gut zureden. Erst am Tag darauf durfte auch sie hinausgehen, weil da das Totentabu für Frauen abgelaufen war. Am Abend nahmen sie an einem großen Festschmaus teil, der aus dem Fleisch von Rentieren, Walrossen und Walen bestand. Das war ein Fest, das man in alten Zeiten immer abhielt, wenn tote Menschen zum Leben zurückgerufen worden waren. Und am nächsten Tag konnten sie dann reisen, wohin sie wollten.

Die beiden Geschwister gingen ins Land hinein und folgten dabei dem Lauf eines Flusses. Gegen Abend erblickten sie ein großes Rudel Rentiere, das auf einem Abhang äste. Und sie gingen hin zu ihnen, ohne Deckung zu suchen und ohne darüber nachzudenken, daß sie die Tiere vielleicht aufscheuchen könnten. Aber siehe: Die Rentiere beachteten sie gar nicht und hatten auch keine Angst vor ihnen, und Alarana und ihr Bruder gingen mitten in das Rudel hinein und mischten sich unter die Tiere. Erst jetzt entdeckten sie, daß sie gar keine Menschen mehr waren, sondern daß die alte Wölfin solche Zauberformeln über ihre Trachten gesprochen hatte, daß sie jetzt Rene unter Renen waren. Sie hatten Hunger und suchten sofort eine Renkuh auf, die mit ihren Vorderläufen den Schnee fortscharrte, so daß das Moos hervorkam. Sie durften hier die Reste verspeisen, aber das Merkwürdige war, daß das Moos gar kein Moos war, wenn sie es in den Mund bekamen, sondern Därme und Walhaut und Fleisch und alles mögliche, was gut schmeckte.

Alarana und ihr Bruder blieben nun bei den Rentieren, und sie entdeckten bald, daß sie sich unter Tieren befanden, die nachts nur ganz wenig schliefen und sonst ununterbrochen aßen,

aßen und gleichzeitig das Land um sich herum beäugten, aus Angst, von Feinden überfallen zu werden. Jeden Tag brachen sie beim allerersten Morgengrauen auf, um neue Weideplätze zu suchen. Aber der Schnee war tief, und Alarana und ihr Bruder konnten zuerst gar nicht mithalten. Sie mußten sich damit begnügen, in die Fußspuren der anderen zu treten, so gut es eben ging. Und manchmal konnten sie die anderen gar nicht vor Einbruch des Abends erreichen. Aber immer gingen sie zu einer der Kühe hin und aßen von den Resten und bekamen auch, was sie brauchten; denn sie waren immer noch wie Kinder, die sich zur Mutter hingezogen fühlen.

»Wie macht ihr es bloß, daß ihr immer so schnell durch den tiefen Schnee kommt?« fragte Alarana eines Tages.

»Das liegt daran, daß wir immer mit erhobenem Kopf laufen, so daß wir gerade den Horizont schimmern sehen können«, sagte die Renkuh.

Wieder verging eine Nacht mit dem Äsen und Wachen und mit sehr wenig Schlaf, der oft unterbrochen wurde. Und bei der allerersten Morgendämmerung war das ganze Rudel schon wieder auf dem Weg zum nächsten Weideplatz. Dieses Mal hoben Alarana und ihr Bruder wie die anderen im Rudel ihre Köpfe, und sie hoben auch wie die anderen Tiere Hals und Schultern dabei, so daß sie nun leicht folgen konnten. So lernten sie allmählich die Gewohnheiten der Rentiere, und sie lernten, den Schnee mit den Vorderläufen wegzuscharren, so daß sie nun selber Moos finden konnten – Moos, das, wenn es erst einmal in ihren Mündern war, zu leckerer Menschennahrung wurde.

Eines Tages – sie ästen gerade zusammen mit den anderen Tieren des Rudels – hörten sie ein Knirschen im Schnee. Und siehe: Ein Mensch kam auf sie zugegangen, der erste Mensch, den sie sahen, seitdem sie Rentiere geworden waren. Das Mädchen sang sofort eine Zauberweise:

> Wenn doch der Mensch dort drüben
> Auf seinen Schneeschuhen straucheln möcht',
> Straucheln auf knirschenden Schneeschuhen.

Und wenn ich doch selbst so klein
Könnt' werden,
Daß der Pfeil des Mannes
Meinen Körper verfehlt.

Das sang Alarana, und dieses Lied wurde seitdem eine wirksame Zauberformel für Rentierjäger, die auf Jagd waren; denn der Mann blieb stehen und lauschte den Worten, und währenddessen trennten sich Alarana und ihr kleiner Bruder vom Rudel und retteten sich ins Dickicht des Waldes. Sie waren ja Rene und hatten die Gewohnheiten von Renen. Sie gingen umher und ästen, ästen und gingen umher, immer witternd und äugend, und nur selten ruhten sie sich aus. So war ihr Leben.

Es wurde Herbst, und sie kamen zu einem großen Gehege mit Fallen, in denen die Menschen Rentiere zu fangen pflegten. Aber sie erkannten sie und gingen außen um die Pfähle, an denen die Schlingen befestigt waren, herum. Hier fanden sie das Skelett eines Schneehuhns, das voller Maden war. Es war das Aas eines Schneehuhns, das einmal von einem Rudel flüchtender Rene überrascht und zu Tode getrampelt worden war. Aber das Mädchen hob das Schneehuhn auf und sang wieder eine Zauberweise:

Feucht bist du, du armes Aas,
Madenvolles kleines Schneehuhn!

Und siehe: Gleich wurde das Schneehuhn lebendig und flog gackernd davon. Und man erzählt, daß von jetzt an auch diese Worte eine wirksame und lebenspendende Zauberformel unter den Menschen wurde.

Weiter gehen sie, Bruder und Schwester, eine junge Renkuh und ein kleines Stierkalb, die keck umherspringen. Und sie kommen zu einem Fluß, an dem sie einen Stein finden, ganz rund und ganz blank, weil so viele Steingeräte auf ihm gewetzt wurden. Wieder singt das Mädchen eine Weise, eine magische Schleifweise:

Der kleine Stein
Ist rund und blank
Von Schiefermessern,
Oft gewetzten.
Harter Stein,
Glatter Stein,
Rund und blank.

Auch diese Weise wurde nicht vergessen. Und sie wurde später von Messerschleifern unter den Menschen als Zauberformel benutzt.

Weiter gehen sie, immer gehen sie, hinein ins Land. Und sie schwimmen durch Seen und waten durch Flüsse, immer spähend, immer nur wenig schlafend, aber stets reichlich äsend.

Eines Tages kommen sie in einen Wald, in einen großen, dichten Wald. Es bläst ein Sturm, und die äußersten Bäume des Waldes schwanken sausend und seufzend hin und her. Die beiden Rene glauben, daß die Bäume leben, und sie bekommen Angst, aber wieder singt die Schwester eine Zauberweise:

Rätselvoll flüstern
Des Waldes Bäume,
Seufzend sie schwanken
Und machen uns angst.

Sofort werden Alarana und ihr Bruder ruhig. Sie haben keine Angst mehr und springen fröhlich ins Dickicht des Waldes. Aber das Lied wurde nun zu einer starken Zauberformel gegen Angst im Walde.

Die beiden Geschwister wandern nun immer weiter, sie wandern und wandern und halten zwischendurch nur einmal kurz an, um vom frischen Moos am Wege zu kosten. Die Sonne hat zu wärmen begonnen, der Schnee schmilzt vom Boden fort, das Eis der Flüsse bricht auf, und die Wiesen beginnen zu grünen. Es wird Sommer. Aber keinen Menschen sahen sie, seitdem sie dem Rentierjäger begegnet sind und ihn mit der Zauberformel genarrt haben. Das Land ist groß und die Zahl der Menschen gering.

Eines Tages sehen sie auf dem Kamm eines Hügels einen Mann, der mit den Armen um sich schlägt und wie ein Wolf heult. Sie gehen dichter heran, sehen noch einen Mann, weitere kommen hinzu, viele Jäger, und alle heulen sie wie Wölfe, und trotzdem hört es sich doch nicht genau wie Wolfsgeheul an. Es sind Menschen, die die Rentiere in eine Wasserstelle treiben, wo Männer in ihren Kajaks auf der Lauer liegen, um sie zu harpunieren. Bruder und Schwester stehen still und beobachten sie und erinnern sich an die Tage, an denen sie selbst mit dabei waren, wenn Rentiere in den Fluß getrieben wurden. Und wie sie so dastehen, versunken in Erinnerungen, stürmt plötzlich ein großes Rentierrudel vorbei, aufgescheucht durch die Treiber, reißt sie mit und treibt sie zum Fluß hinunter. Sie laufen vor dem Rudel her, und es dauert gar nicht lange, bis sie etwas vor sich blinken sehen. Das ist der Fluß, auf dem die Kajaks warten. Und sie laufen zu ihm hinunter und schwimmen hinüber, während all die anderen Rene umdrehen und zurück ins Dikkicht des Waldes laufen. Bruder und Schwester sehen die Männer in ihren Kajaks auf der Lauer liegen. Scharfe Speere halten sie für die Jagd bereit. Aber sie warten auf das große Rudel und greifen nicht die beiden einzelnen Rene an. So kommen die Geschwister unangefochten über das Wasser, springen das Flußufer hinauf und verstecken sich im Wald, wo keiner sie jagt. Hier hören sie Menschen reden:

»Zwei Rene trennten sich vom Rudel und schwammen hinüber, während alle anderen umdrehten, in den Wald liefen und entkamen. Wir glaubten, daß das ganze Rudel in den Fluß kommen würde, und daher ließen wir die zwei entwischen.«

Am Tage danach liefen die beiden Geschwister wieder zu den anderen Tieren in den Wald, und alles wiederholte sich noch einmal. Die Rentiere wollten nicht in den Fluß, und die Jäger erlegten keine Tiere. Aber jeden Abend schlich sich Alarana in die Nähe des Lagers der Rentierjäger, um sie reden zu hören. Sie hatte Sehnsucht nach menschlicher Sprache, und jetzt, als sie

sie hörte, sehnte sie sich immer mehr nach den Wohnplätzen der Menschen. Sie bekam Lust, sie zu besuchen, und lief zusammen mit ihrem Bruder ins Dickicht des Waldes und warf ihren Außenpelz ab. Der Bruder warf auch seinen Pelz ab, und auf dem Waldboden lagen nun zwei feuchte Rentierfelle, aber die beiden Geschwister waren nun wieder Menschen und besuchten den Wohnplatz.

Da waren viele Zelte, viele Menschen, und alle freuten sich über die Fremden. Sie erzählten, daß sie kein Glück mit der Jagd hätten, weil sie die Rentiere nicht in den Fluß treiben und die Männer im Kajak sie daher nicht erlegen könnten. Da versprachen die Geschwister, eine Geisterbeschwörung abzuhalten und ihnen damit Fangtiere zu verschaffen. Und Alarana begann sofort mit ihren Vorbereitungen. Sie ließ die Männer einen großen Haufen Holz aus dem Wald zusammentragen. Das wurde am Wohnplatz aufgestapelt und daraus ein großes Feuer gemacht. Die Holzstämme wurden so hingestellt, daß sie in der Mitte eine Öffnung bildeten, die zu den kleineren Holzstücken des knisternden Scheiterhaufens führte. Alarana schmückte ihren Kopf mit einer Adlerfeder, so wie es Menschen bei Opferfesten zu tun pflegen, und als der Scheiterhaufen am höchsten aufflammte, sang sie eine Zauberweise und sprang durch die Öffnung ins Feuer.

Sie blieb lange in den Flammen fort, aber nach einiger Zeit konnte man eine Adlerfeder sehen, die langsam aus dem Feuer emporstieg, ganz langsam, ohne daß eine einzige Daune angesengt wäre. Dann erschien der Kopf des Mädchens. Auch sie steigt langsam aus dem Feuer empor und schreitet nun ruhig vorwärts zu den Männern und Frauen des Wohnplatzes, die als Zuschauer herumstehen.

Alarana hat den bösen Geistern der Erde und der Luft ihre Stärke und Unverwundbarkeit gezeigt, und im Feuer stehend hat sie sie gezwungen, die Fangtiere freizugeben, so daß die Menschen eine gute Jagd bekommen können. Sie ist selbst ein Mensch und freut sich der Menschen, und daher stellt sie für das Jagdglück des Wohnplatzes nur eine Bedingung: Ein einzelnes Rentier ist ihr während ihrer Beschwörung erschienen, und das soll ihr gehören, wenn es im Fluß erlegt wird, ihr und keinem anderen.

Am Tag darauf gingen alle wie gewöhnlich zur Jagd. Einige trieben die Tiere aus dem Wald heraus und hinunter zum Fluß, andere lauerten in ihren Kajaks auf die Beute. Der Wald wimmelte von wilden Renen, und ein mächtiges Tier kam aus dem Dickicht gesprungen. Diesmal drehten sie nicht um, sondern liefen alle in den Fluß. Und die Kajaks kamen hinter ihnen her, und man bekam eine so große Beute, daß man mit dem Zerlegen des Wildbrets bis zum nächsten Tag warten mußte.

Als aber die Rene aus dem Wald gesprungen kamen und auf den Fluß zuliefen, konnte man deutlich ein einzelnes Rentier sehen, das sich vom übrigen Rudel abhob. Es hatte schimmernd weißes Brusthaar, das sich an seinen Flanken nach oben zog, und es glich nicht den anderen.

»Dieses schöne Ren«, sagte das Mädchen, »habe ich während der Beschwörung im Feuer gesehen, und es ist meins.«

Am nächsten Tag gingen alle zum Flußufer, um die erlegten Tiere abzuhäuten und zu zerlegen. Aber nun war da ein junger Mann, der kein anderes Rentier haben wollte als das, was dem jungen Mädchen gehörte. So können Menschen sein. Auf unbegreifliche Weise und ohne Grund können sie das wollen, was sie nicht dürfen. Und so stehen sie ihrem eigenen Glück und dem der anderen im Wege. Alle versuchten, ihn davon abzuhalten, einige drohten ihm, aber nichts half. Der junge Mann behielt das Rentier, und Alarana wollte kein anderes haben.

In derselben Nacht gingen Bruder und Schwester wieder in den Wald zurück, und hier wurden sie wieder zu Renen, die scheu die Stellen mieden, wo die Menschen ihre Zeltlager haben. Und seitdem hat man nichts mehr von den Geschwistern gehört, die bald Rentiere, bald Menschen waren. Aber die Jäger am Fluß, die nicht Alaranas Wunsch erfüllt hatten, hatten seitdem niemals mehr Glück auf ihren Rentierjagden.

37. Der Mann, der die ersten Rentiere zähmte

Es war einmal ein junger Mann, der Rentiere jagte. Aber er hatte seine eigene Jagdmethode: Er verfolgte nur die Rentiere, ohne sie zu töten. Er machte sie müde, war ununterbrochen hinter ihnen her und tauchte ständig auf, wenn sie ihm entwischen wollten. Schließlich waren die Tiere so erschöpft, daß sie nicht mehr von seiner Seite wichen und sich auf diese Weise an seinen Geruch, seine Kleider und seine Stimme gewöhnten und keine Angst mehr vor ihm hatten. Der junge Mann mochte am liebsten an einsamen Stellen leben, weit fort von anderen Wohnplätzen. Aber eines Tages hatte er nach Menschen Sehnsucht und besuchte sie. Als er wieder in seine Einsamkeit zurückkehrte, hatte er eine junge Frau bei sich, mit der er sich verheiratete. Und seitdem führte er sein gewohntes Leben. Immer folgte er den Renen, die er einmal müde gemacht hatte. Langweile hatte er jetzt, wo er eine Frau hatte, nicht mehr. Die Rentiere versammelten sich in Scharen, und manchmal kamen neue hinzu und schlossen sich den anderen an, und die Herde wuchs und wurde immer größer. Die Tiere wurden auch immer zahmer. Zuletzt brauchte er nicht immer um sie zu sein. Er baute sich ein Haus, in dem seine Frau wohnen konnte, und dorthin kehrte er zurück, wenn seine Kleider zerschlissen waren und seine Frau sie erneuern mußte.

Im Sommer und Herbst, im Winter und Frühling, immer war der junge Mann bei seinen Rentieren, die ständig mehr und mehr wurden. Er behandelte sie klug, und da er ihnen niemals angst machte oder sie unnötig jagte, kam die Zeit, wo er sein Zelt bei seiner Herde aufbauen konnte und wo er nun ein Mann wurde, der von zahmen Rentieren lebte. So wurde er zum ersten Rentierhirten.

Der Rentierhirte lebte mit seiner jungen Frau glücklich. Und bald wurde sie schwanger und schenkte ihm einen Sohn, der schnell heranwuchs. Bald war er so groß, daß er dem Vater beim Hüten der Rentiere helfen konnte. Sie wechselten sich dabei immer ab: war der Vater bei der Herde, blieb der Sohn zu

Hause und umgekehrt. Es gab viele Wölfe in dem Land, in dem sie lebten, es war das Land der Tschuktschen, und die Wölfe bissen viele Rentiere tot.

Eines Tages kam der Vater nach Hause und machte dem Sohn Vorwürfe, daß er zu lange geschlafen habe. Es wäre seine Schuld, daß die Rentiere totgebissen wurden. Diese Beschuldigung nahm sich der Junge sehr zu Herzen. Und eines Abends, als der Vater bei der Herde war, zog er seine Festtracht an und bat seine Mutter, ihm das Essen zu geben, das er am liebsten mochte. Dann gingen sie schlafen, Mutter und Sohn, und die Mutter merkte nichts Ungewöhnliches an den Reden ihres Sohnes. Und doch war das Gemüt des Jungen krank geworden. In der Nacht jagte er sich ein Messer ins Herz und tötete sich selbst. Er konnte den Zorn seines Vaters nicht überleben.

Am nächsten Morgen sah die Mutter Blut unter der Pritsche, und als sie das Rentierfell hochhob, lag ihr Sohn tot auf seinem Lager. So tiefe Trauer ergriff die Mutter nun, daß sie ihren Mann selbst seinen toten Sohn finden lassen wollte. Sie wischte daher das Blut vom Fußboden auf und deckte den Sohn wieder mit seinem Schlaffell zu. Es wurde wie am Abend vorher: Der Vater kam wieder nach Hause, und als er seinen Sohn nicht zum Ablösen bereit fand, wurde er zornig, weil er so lange schlief. Und während er harte Worte ausstößt, reißt er die Decke zur Seite und sieht den Jungen tot auf der Pritsche liegen. Zu spät bereute er seinen Jähzorn, und völlig nutzlos vergrößerte seine Frau noch seine Trauer, indem sie rief: »Das ist allein deine Schuld! Du selbst hast ihn durch deine Vorwürfe getötet!«

Von jetzt an wurde es still um das Haus des Rentierhirten. Der Mann hütete ohne Lust seine Herde, und seine Frau dachte immerfort an den Sohn, der sich selbst entleibt hatte. Als der Herbst gekommen war, reiste der Hirte fort, um Menschen aufzusuchen, die in der Nähe wohnten. Dort forderte er junge Männer auf, ihn zu begleiten. Sie sollten ihm beim Schlachten von Rentierbullen mit langen Geweihen helfen. Das taten sie, und jetzt ließ der Hirte die jungen Männer zwei große Grabgewölbe aus Rentiergeweihen bauen, hoch über der Erde, so daß keine Raubtiere diese erreichen konnten. Auf das eine Grabgewölbe wurde jetzt der tote Sohn gelegt, und der Hirte selbst ging nun hinauf auf das andere. Von dort sprach er zu den jungen Männern, die unten um ihn herumstanden, folgende Worte:

»Das Land dieser zahmen Rene soll euer Land sein. Laßt die Tiere am Leben und tötet niemals mehr, als ihr selber für Nahrung und Kleidung braucht. Verkauft sie niemals, sondern laßt sie sich ständig vermehren und viele werden. Lebt mit ihnen zusammen, und laßt euch das geben, was ihr braucht, damit ihr das Leben ohne Sorgen und Kummer leben könnt.«

Das waren die Worte des Hirten. Darauf teilte er seine große Herde unter allen jungen Männern, die ihm geholfen hatten, auf. Und als das geschehen war, jagte er sich ein Messer ins Herz, so wie der Sohn es getan hatte.

Und er blieb auf dem Grabgewölbe liegen, an dem er selbst mitgebaut hatte.

So starb, erzählt man, der erste Mann, der Rentiere zähmte. Von ihm stammen alle Rentierhirten.

Und die beiden gewaltigen Grabgewölbe aus Rentiergeweihen, die Vater und Sohn als Grabstätten dienten, werden immer noch als Erinnerung an die ersten Menschen, die von zahmen Renen lebten, gezeigt.

38. Der magische Bär

Es war einmal ein altes Ehepaar, das keine Kinder hatte. Es lebte in einem Haus, das abseits von dem Wohnplatz der anderen Leute lag; denn diese gaben dem alten Ehepaar niemals etwas Fleisch ab, wenn sie Robben fingen. Einmal erlegten die Leute des Wohnplatzes ein paar Eisbären, und da der alte Mann nichts zu essen hatte, holte er sich etwas Blut von den getöteten Eisbären, tat es in einen hölzernen Topf und machte daraus einen Eisbären. Dies war, so heißt es, der erste Eisbär, den er gemacht hatte, aber später begann er noch größere zu machen. Als der erste Bär größer geworden war, ging er hinaus und fing zwei Robben, so daß die beiden alten Leute genug zu essen hatten. Derselbe Bär brachte ihnen auch oft Bartrobben. Aber eines Tages sagte der alte Mann zu ihm, daß er hinausgehen und ein paar Eisbären fangen sollte. Am nächsten Morgen war der Bär mißmutig, aber schließlich ging er doch hinaus und tötete eine Anzahl Eisbären und brachte sie nach Hause. Dann ging er seines Weges und kehrte niemals wieder zurück. Als er nun nicht wieder erschien, sang das alte Ehepaar ein magisches Lied und weinte und starb.

39. Der Bären-Gatte

Eine Frau war einmal mit einem Eisbären verheiratet. Eines Tages schossen ein paar Jäger auf ihn und töteten ihn. Da sah ihn die Frau mehrere Tage nicht mehr. Aber schließlich erschien er wieder in Gestalt eines Mannes. Die Frau war nämlich ein Schamane. Durch ihre magischen Kräfte konnte sie ihn heilen, so daß er wie früher auf Jagd gehen konnte.

40. Die Frau und die Eisbären

Eine Frau, die mit ihrem Mann allein lebte, ging einmal fort, und als sie wieder nach Hause kam, erzählte sie ihrem Mann, daß sie eine Siedlung mit Eisbären gesehen hätte. Er sagte ihr, daß sie lüge, und trotz ihrer Proteste weigerte er sich, ihrer Geschichte Glauben zu schenken. Da sagte sie am nächsten Morgen zu ihm: »Du hast behauptet, daß ich lüge. Komm jetzt mit und überzeuge dich selbst.« Sie spannten die Hunde vor den Schlitten und fuhren los. Nach einiger Zeit kamen sie in die Nähe des Lagers der Eisbären, und die Bären kamen heraus, um ihnen zu begegnen. Der Mann hatte sehr große Angst. Er stieß die Frau vom Schlitten, drehte um und fuhr zurück. Die Frau blieb, wo sie war, und die Bären liefen an ihr vorbei, um ihren Mann zu verfolgen. Bald hatten sie ihn eingeholt. Und nun rissen sie ihn in Stücke. Dann kehrten sie ruhig zu ihrem Lager zurück, ohne auch nur den geringsten Versuch zu machen, die Frau zu belästigen, die jetzt nach Hause wanderte und sich schlafen legte. Früh am nächsten Morgen hörte sie Lärm, als wenn Fremde ankämen. Das waren die Eisbären, die auf einmal überall Schneehäuser für sich bauten. Aber bevor die Frau noch aufstehen und hinausgehen konnte, waren sie alle wieder fort. Sie hatten Löcher in die Rückseiten der Häuser gebrochen und waren dadurch verschwunden. Sie sah sie niemals wieder.

41. Musatak

Es lebte einmal eine Frau, die weder Mann noch Kinder hatte. Sie hieß Musatak. Eines Tages, als sie draußen war und Beeren pflückte, sah sie ein winzigkleines neugeborenes Bärenjunges, das sie mit nach Hause nahm und pflegte. Es wollte kein Robbenfleisch fressen, mochte aber Speck sehr gern. Wenn eine Robbe zerlegt wurde und auch wenn die Nachbarn etwas gefangen hatten, bekam das Bärenjunge sein Stück Speck davon ab. Es wuchs heran und ging im Haus aus und ein, und Musatak hatte es sehr lieb. Als es groß geworden war, ging es aufs Eis und kam dann immer mit einer Robbe nach Hause, die Musatak abspeckte und von der die Nachbarn auch Fleisch bekamen. Wenn es Winter wurde und die Leute wegen des vielen Schnees und Eises nicht auf Jagd gehen konnten, ging der Bär hinaus und kam oft mit Jagdbeute zurück, wodurch er die Nachbarn vor Not bewahrte.

Der Bär verheiratete sich mit einer Menschenfrau, und sie wurde schwanger und bekam ein herrliches Bärenkind. Die Mutter saß mit ihm auf dem Schoß und verwöhnte es mit Speck. Aber es dauerte gar nicht lange, bis es mit dem Vater auf Jagd ging. Eines Tages, als der Bär mit seinem Sohn wieder einmal unterwegs war, kamen sie zu Menschen, die die Jagd mit langen Eisharpunen betrieben. Diese Leute fingen das Bärenjunge, und als sie nach Hause kamen, speckten sie es ab und kochten es. Der Bär legte sich oben auf den Hausgang, und als die Männer am nächsten Morgen hinausgingen, schlug er sie, einen nach dem anderen, mit der Pranke tot und warf sie zur Seite. Es war ein großes Haus, aber bald hatte der Bär alle Männer mit Ausnahme des ältesten getötet. Der band ein Messer an eine lange Stange und schaute aus dem Fenster, um festzustellen, wo sich der Bär aufhielt. Da nun keine Männer mehr aus dem Hause kamen, ging der Bär brummend in den Gang hinein, und wollte das Haus betreten. Da stach ihm der Mann mit seinem Messer unten in ein Vorderbein. Und als sich der Bär nun zurückzog, stach der Mann ihm noch dreimal unten ins Bein. Darauf fiel der Bär um und konnte sich nicht mehr rühren. Der Mann schnitt den Bären in Stücke. Der starb aber nicht, sondern lebte noch weiter. Als ihm das Rückgrat durchschnitten wurde, verlor er das Bewußtsein, aber kam doch bald wieder zu sich. Erst als man ihm den Hals durchschnitt, verlor er völlig das Bewußtsein.

Während der Bär nun gekocht wurde, hielt sich seine Seele unter dem Fußboden auf, um sich abzukühlen. Als aber der erste ins Fleisch biß, tat das sehr weh. Die Seele des Bären hielt sich hier drei Tage auf, bis der Kopf verzehrt war. Darauf ging sie nach Hause und sah, daß ihre Pflegemutter so viel geweint hatte, daß ihr die Nase bis auf den Fußboden gelaufen war.

42. Die unreine Frau, die die Bären in Menschengestalt besuchte

Einmal wurde eine Frau wegen eines Todesfalles ihren Hausgenossen gegenüber unrein und sollte nun während ihrer Trauerzeit Buße tun und alle Regeln und Gebote beachten, die einer unreinen Frau auferlegt sind. Da hatte sie folgenden Traum:

Sie ging aus dem Haus und entdeckte im gleichen Augenblick einen großen, breiten Weg, der über das gefrorene Meer führte. Sie folgte dem seltsamen Weg und ging und ging immer weiter über das gefrorene Meer, bis sie ihren Wohnplatz aus den Augen verlor. Da kam sie zu einem Hause, dessen Fenster klar und festlich strahlten. Sie ging hinein und fand dort viele Menschen vor, große, breitschultrige, kräftige Männer und Frauen, die alle von fast gleichem Wuchs waren, und die alle in dem warmen Haus saßen, es gemütlich hatten und sich die Zeit mit munteren Späßen vertrieben. Das waren Bären in Menschengestalt. Und diese gewaltigen Menschen saßen da und unterhielten sich mit Fingerhakeln, wobei sie die Arme auf die Pritsche stützten. Da war besonders einer unter ihnen, der breiter und schwerer als die anderen war. Er hatte so breite Schultern und solche Muskeln, daß der Kopf fast mit den Schultern in eins ging. Das war ein Walroß, der Schwager der Bären. Während nun die kleine, unreine Menschenfrau dastand und auf alle diese gewaltigen Menschen blickte, nahm eine Frau auf der Pritsche das Wort und sagte:

»Sag mir, du Kleine da hinten, leidet ihr auch so sehr unter dem Mangel an Sohlenleder, dort, wo du herkommst?«

»Nein«, antwortete die kleine unreine Frau, »wir haben keinen Mangel an Sohlenleder.«

Kaum hatten die vielen jungen Leute das gehört, als sie auch schon große Lust bekamen, ins Land der Menschen zu reisen, um dort Sohlenleder einzuhandeln. Aber als man darüber sprach, wie schön das sein könnte, meldete sich plötzlich ein kleiner, dunkler, geschmeidiger und schmächtiger Mann zu Wort, begann sich den Kopf zu kratzen, die Schultern vorzuschieben und sprach:

»Ja, uh, ja, das könnte schon ganz nett werden mit diesem Sohlenleder, das sie im Land der Menschen haben, aber ich bin mir auch sicher, daß die da oben sitzen und ihre Messer schleifen, die schrecklichen, scharfen Messer, die die haben.«

Der, welcher das sagte, war ein Blaufuchs, der in die Bärenfamilie eingeheiratet hatte. Und als die jungen Bären von den

Messern hörten, die da oben im Land der Menschen geschärft werden, verloren sie völlig die Lust, dorthin zu wandern und sich Sohlenleder zu besorgen. Als der kleine, dunkle und schmächtige Schwager sah, welchen Eindruck seine Worte machten, saß er eine Weile stumm da und schüttelte sich; dann kratzte er sich den Kopf und sagte:

»Uh, ja, und dann liegt da immer so viel Mist um die Häuser der Menschen, und der stinkt so schrecklich! Hätte da wohl jemand von euch Lust, seine Nase in die Luft hineinzustecken?« Kaum hatte er das gesagt, als auch nicht einer der Bären mehr ins Land der Menschen wollte, um sich dort Sohlenleder zu besorgen. Aber jetzt war ein alter, grauer Bär da. Der räusperte sich und sagte:

»Ja, wenn kein anderer dorthin will, dann werde ich es tun! Ich begebe mich gern ins Land der Menschen, um mir dort Sohlenleder zu beschaffen.«

Aber als der Blaufuchsschwager das hörte, wurde er ernsthaft erregt und schrie über alle hinweg:

»Uh, uh, die schrecklichen Messer, der stinkende Kot und dann all' diese nackten Weiber, die auf der Pritsche sitzen und Perlen auf eine Schnur ziehen! Und alle diese nackten Kinder und ihre fetten Mütter, die barfuß auf dem dreckigen Fußboden herumspazieren!«

Weiter kam er nicht; denn nun unterbrach ihn der alte Bär und sagte: »Schweig du nur still, du Feigling mit deiner feinen Nase! Behalt nur alles Widerwärtige, das man im Lande der Menschen findet, für dich selbst! Du hast ja gehört, daß ich gesagt habe, ich werde mich dorthin begeben und Sohlenleder einhandeln!« Darauf wandte er sich an die kleine Menschenfrau, die an der Tür stand und sich schämte, und sagte zu ihr:

»Hör mich an, du kleine Frau dort hinten, ich gehe jetzt ins Land der Menschen, und ich werde es so einrichten, daß entweder du oder dein Mann mich morgen töten wird. Das soll euch ein Zeichen sein, daß ich es war, den ihr getötet habt!«

Während er dies sagte, öffnete er seinen Fang, und die kleine Frau sah, daß der eine Eckzahn abgebrochen war. Dann schlug er sein gewaltiges Mundwerk wieder zu, daß die Zähne nur so knirschten.

Sobald der alte Bär mit seiner Rede fertig war, sprang die Frau aus dem Haus und lief unter Aufbietung aller ihrer Kräfte auf dem breiten Weg, der zu ihrem Hause führte, heim. Und im selben Augenblick, als sie wieder in ihr Haus kam, erwachte sie. Und nun war große Freude im Hause; denn alle hatten geglaubt, daß sie nie wieder aufwachen würde, so fest hatte sie geschlafen. Es war später Vormittag, und die meisten Menschen waren bereits draußen gewesen.

Nun war diese Frau unrein, wie bereits erzählt wurde, und eine unreine Frau darf niemals einen Bären bei seinem Namen nennen. Daher mußte sie sich damit begnügen, ihren Mann zur Seite zu nehmen, um ihm mit Gebärden zu erklären, daß an diesem Tag ein Bär kommen würde. Kaum hatte der Mann das verstanden, als er auch schon aus dem Hause lief und gerade noch rechtzeitig kam, um einen Bären zu sehen, der von einer Landzunge ganz in der Nähe des Hauses angetrottet kam. Er griff nach seiner Harpune, und es bemächtigte sich eine große Erregung der Leute des Wohnplatzes. Sie stürzten alle hinaus, um dem Bären zu begegnen, der nun von dem Mann der unreinen Frau harpuniert wurde. Darauf wurde der Bär hinauf ins Haus geschleppt, und das erste, was die unreine Frau tat, war, dem Bären den Fang zu öffnen. Und siehe, der Eckzahn war abgebrochen. Dann speckte man den Bären ab und verteilte das Fleisch unter den Leuten. Aber als der Kopf nach altem Brauch vor der Pritsche im Hause aufgehängt wurde, die Augen auf den Mann gerichtet, der ihn getötet hatte, hing man eine Menge Sohlenleder darüber, damit der Bär das bekam, was er sich gewünscht hatte; denn wenn Bären von Menschen getötet werden, ist es fast immer der Bär selbst, der sich töten läßt, weil er ein Geschenk für sein Fleisch und seine Haut wünscht. Diese Geschenke werden dann drei Tage lang über den Kopf gehängt, wo man ihn angebracht hat, und wenn später die Seele des Bären mit anderem Fleisch und anderer Haut aufersteht, nimmt sie die Geschenke mit, die die Menschen ihr gemacht haben, ohne daß diese davon etwas merken. Es ist vornehmlich Sohlenleder, das man den Seelen der erlegten Bären gibt; denn kein Tier wandert so viel wie die Bären, und daher nutzen sie so stark ihre Sohlen ab.

Und hier endet diese Geschichte von der unreinen Frau, die die Bären in ihrem Haus besuchte.

43. Die Bären, die Weißwale in einer Wake fingen

Ein Mann hatte einen einzigen Sohn, der eines Tages am ganzen Körper Ausschlag bekam. Der Vater ahnte nicht, was er tun sollte, und ging schließlich ins Land hinein, um irgend etwas zu finden, was seinen Sohn heilen könnte. Er kam an einen kleinen Fluß, sah einen Lachs, fing ihn ein und nahm ihn mit nach Hause. Dort berührte er den Ausschlag seines Jungen mit der Zunge des Lachses, und der Sohn war geheilt.

Nun wuchs der Junge heran und war bald erwachsen. Er wurde ein großer und starker Mann, und da der Vater nun alt wurde, war er bald der einzige, der auf Jagd ging. Einmal gab es einen sehr strengen Winter. Das Eis legte sich übers Meer und blieb fest liegen, und sie begannen Hunger zu leiden. Der junge Mann war jeden Tag draußen, um etwas zu erlegen, traf aber niemals andere Jäger. Als eines Tages die Sonne warm schien, ging er auf einen Berg, um Ausschau zu halten. Er blickte lange übers Meer und sah plötzlich in weiter Ferne Wasserdampf emporsteigen. Sofort ging er nach Hause, um seinem Vater zu erzählen, daß er eine Wake gesichtet habe. Und er beschloß, am nächsten Tag dorthin aufzubrechen. Am nächsten Morgen stand er sehr früh auf und begab sich zu der Wake, an der schon drei Männer, drei gewaltige Männer, damit beschäftigt waren, Weißwale zu fangen. Jeder von ihnen hatte bereits einen sehr großen Weißwal gefangen, einen männlichen Weißwal. Und der junge Mann suchte sich jetzt ein kleineres Tier aus und harpunierte es.

Die drei Männer forderten ihn nun auf, mit auf Besuch zu ihnen zu kommen. Da aber bei seiner Familie Not herrschte, wollte er erst mit seiner Beute nach Hause gehen und versprach, beim nächsten Mal mitzukommen. Die fremden Männer waren so groß, daß er Angst vor ihnen hatte, und als sie dorthin zeigten, wo ihr Land lag, hatte es den Anschein, daß es sehr, sehr weit fort sein mußte.

Er wartete aber mit seinem Aufbruch solange, bis die anderen sich auf ihren Heimweg begeben hatten. Und nun sah er, wie sie die großen, noch nicht zerlegten Weißwale einfach über das Eis fortschleppten. Er machte dasselbe mit seinem eigenen Fang und ging nach Hause. Es wurde Abend, bis er wieder daheim war und seinem Vater seine Erlebnisse berichten konnte.

Der Vater riet ihm davon ab, die Fremden zu besuchen. Man konnte ja niemals wissen, was das für Menschen waren. Aber der Sohn hatte keine anderen Jagdstellen und suchte daher in der Frühe des nächsten Morgens die Wake wieder auf. Als er dort ankam, waren die drei großen Männer, die er am letzten Tag dort getroffen hatte, bereits wieder da. Zwei von ihnen hatten schon etwas gefangen, nur der dritte hatte bisher noch kein Glück gehabt. Nun beobachtete der junge Mann den Fremden ganz genau, um zu sehen, wie er sich bei der Jagd anstellte. Und da tauchte auch schon ein sehr großer, männlicher Weißwal auf. Sofort stürzte sich der Fremde kopfüber in die Wake und verschwand mitsamt dem Weißwal. Es dauerte sehr lange, bis er wieder nach oben kam, als er sich aber schließlich zeigte, hatte er den toten Weißwal bei sich. Der junge Mann fing nun auch einen Weißwal, der etwas größer war als der des vergangenen Tages. Wieder waren die fremden Männer sehr daran interessiert, daß er sie besuchen sollte. Aber er sagte ihnen, daß er lieber bis zum nächsten Tag warten wolle. Dann würde er nur wiederkommen, um sie zu besuchen, und nicht, um Weißwale zu fangen. An diesem Tag kam er früher als am vergangenen nach Hause, und er sagte seinem Vater, daß er am nächsten Tag auf Besuch gehen wolle.

Als er wieder zur Wake kam, waren die Männer bereits dort wie gewöhnlich, aber sie hatten noch keinen Weißwal gefangen. Er beobachtete die großen Männer genau, um festzustellen, wie sie ihre Wale fingen. Und er sah, daß sie es alle so taten, wie er es am letzten Tag gesehen hatte: Sie stürzten sich in die Wake und kamen erst wieder nach oben, wenn ihre Beute getötet war. Wieder waren sie sehr eifrig, um ihn mit nach Hause zu bekommen, und weil er Angst hatte, ihren Wunsch auch diesmal abzuschlagen, sagte er endgültig zu und ging mit. Er wagte es jedoch nicht, voran zu gehen, weil er befürchtete, daß ihn die großen Männer von hinten überfallen könnten. Und daher ging er hinter ihnen her. Ihm fiel es furchtbar schwer, Schritt zu halten; denn die großen Männer gingen sehr schnell. Gegen Abend beschleunigten sie obendrein ihr Tempo noch mehr, so daß er hinter ihnen herlaufen mußte, um sie nicht zu verlieren. Und je näher sie ihrem Wohnplatz kamen, desto schneller gingen sie. Schließlich berührten die Weißwale, die sie hinter sich herzogen, nur noch ab und zu den Boden. Endlich hatten sie ihr Haus erreicht und konnten nun ihren Fang hereinziehen, den einen Weißwal nach dem anderen.

Der junge Mann blieb ein wenig vor dem Haus stehen. Er zögerte etwas mit dem Hineingehen. Aber als er schließlich das Haus betrat, hatten sie bereits alle die drei großen Weißwale gegessen. Zurück war nur der Kopf und ein Stück vom Hals geblieben. Im selben Augenblick, als er hineinging, sah er zwei alte Menschen auf die Pritsche klettern, und als sie sich zurechtsetzten, sah er, daß es ein Ehepaar war, ein alter Mann und seine Frau. Und sie waren so alt, daß sie ganz weiß um den Kopf waren. Sie sagten: »Ach, jetzt ist kein frisches Fleisch mehr für den Fremden da!« Sie hatten alles Fleisch gleich nachdem es hereingebracht war aufgegessen, und jetzt mußten sie ihm etwas anderes zu essen geben. Nach dem Essen begann man Geschichten von all den Erlebnissen, die man gehabt hatte, zu erzählen. Und bei all den Berichten prahlten die Fremden mit ihren gewaltigen Kräften. Das waren schon starke Leute, mit denen man sich am besten gar nicht einließ. Jetzt war es zu spät. Der junge Mann bereute seinen Besuch, und ihm wurde immer unheimlicher zu Mute. Am späten Abend forderte der alte Mann seine Söhne auf, ihre Kräfte mit dem Gast zu messen. Sofort ließen sie von der Decke eine Einrichtung herunter, die wie ein großer Kescher aussah. Und ohne viel zu fragen, setzten sie ihren Gast dort hinein. Sie selbst nahmen darauf gegenüber Platz, so daß der Kescher zwischen ihnen hing. Nun begannen die Söhne auf den Kescher zu pusten, so daß er hin und her zu schaukeln anfing. Er schaukelte schließlich so heftig hin und her, daß sein Kopf gegen das Dach des Hauses zu schlagen und zu zerspringen drohte. Und als er merkte, daß die Brüder sich klarmachten, um sich über ihn zu werfen, bot sich ihm die Möglichkeit, aus dem Kescher zu springen und wieder auf den Fußboden zu kommen. Und jetzt war er ständig wachsam. Da sagten die Brüder: »Unsere Eltern, die uns während unseres Heranwachsens leiteten, gaben uns besondere Amulette. Das sind kleine Krabben, die dazu dienen, daß wir alle Fangtiere, die wir treffen, erlegen können. Was hast du für ein Amulett?« Der junge Mann dachte nach, weil er zuerst nicht wußte, was er sagen sollte. Aber plötzlich mußte er an den Lachs denken, mit dem ihn sein Vater geheilt hatte. Und er sagte: »Ein kleiner Lachs war mein Amulett.«

Bei diesen Worten griff der alte Vater ins Gespräch ein und sagte: »Man erzählt, daß ein kleiner Lachs immer stärker als eine Krabbe ist!« Und dann wandte er sich an seine Söhne und sagte: »Ihr müßt ihn besser in Ruhe lassen; denn ihr könnt doch nichts gegen ihn ausrichten!«

Und gleich darauf begannen die Alten sehr eifrig, alle zum Schlafengehen aufzufordern. Der Gast folgte der Aufforderung, konnte aber überhaupt nicht einschlafen; denn er merkte, daß man sich im Haus abwechselnd wach hielt. Als alle aber trotzdem eingeschlafen zu sein schienen, schlich er sich hinaus und lief unter Aufbietung aller seiner Kräfte nach Hause.

Er war bereits weit vom Haus fortgekommen, als er sich umdrehte und entdeckte, daß er von zwei Bären verfolgt wurde, die so alt waren, daß sie um die Ohren ganz kahl aussahen. Da es dunkel war, wich er von dem Weg, den er vorher benutzt hatte, ab, um seine Verfolger in die Irre zu führen. Das glückte auch; denn als die Alten den Weg zur Wake nahmen, lief der junge Mann direkt zu seinem Wohnplatz zurück.

So konnte der junge Mann wohlbehalten nach Hause kommen und seinem Vater seine Erlebnisse berichten. Und groß war das Staunen aller Leute, weil er Bären in Menschengestalt besucht hatte.

Aber so ging es zu, daß der Lachs, der ihn von seinem Ausschlag geheilt hatte, ihm auch das Leben retten konnte.

44. Die Fuchs-Frau

Ein Eskimo war einmal mit einer Füchsin verheiratet, die die Gestalt einer bildschönen Frau hatte. Neben ihm wohnten ein anderer Mann mit seiner Frau, und die beiden Familien waren durch die Bande des Frauen-Tausches eng verbunden. Einmal, als sie wieder in der Nacht ihre Frauen tauschen wollten, ging der zweite Mann zu dem Haus der Fuchs-Frau hinüber. Aber kaum hatte er ihre Wohnung betreten, als er auch schon sagte: »Wie gemein riecht doch der Fuchs!« Die Frau war sehr verärgert und rannte augenblicklich hinaus und floh zu ihrem eigenen Volk. Am nächsten Tag folgte ihr Ehemann ihren Spuren und kam zur Siedlung der Füchse, wo es Schneehäuser gab, die genauso gebaut waren wie bei den Menschen. Die Fuchs-Frau hatte Angst, als sie ihren Ehemann ankommen sah, und versuchte sich hinter ihren Leuten zu verstecken. Aber ihr Mann entdeckte sie und nahm sie mit nach Hause. Danach waren die Leute sehr vorsichtig und redeten nicht mehr über den schlechten Geruch, der von ihr ausströmte.

45. Der Wal und seine Frau

Ein Wal war einmal mit einer Menschenfrau verheiratet. Die beiden lebten auf einer Insel, und der Wal hatte die Gestalt eines Mannes. Ihnen gegenüber, auf dem Festland, lebten zwei Eskimo-Männer. Eines Tages fuhren sie hinüber, um die Frau des Wals aufzusuchen, und während ihrer Rückreise faßten sie den Plan, sie zu entführen. Nun hate der Wal Angst, daß seine Frau ihm eines Tages entschlüpfen könnte. Daher band er sie nun jedesmal fest, wenn er nach draußen ging. Die Eskimo landeten in der Nähe des Hauses und schlichen sich dicht heran. Sie schauten vorsichtig hinein und sahen, wie die Frau des Wals ihrem Mann das Ungeziefer vom Kopf sammelte. Sie sah auf und erblickte die Eskimo, die ihr nun mit den Augen ein Zeichen gaben, ihnen zu folgen. Sie sagte zu ihrem Mann: »Da ist ein Rabe und eine Seemöwe.« Aber er antwortete nur: »Nein, es sind Leute. Was willst du tun?« Der Frau gelang es aber, sich von ihrem Strick zu befreien und nach draußen zu schleichen, wo die Eskimo sie in die Mitte nahmen, bei den Armen packten und sie hinunter zu ihren Kajaks trugen. Sofort begann der Wal am Strick zu ziehen, um sie wieder ins Haus zu bekommen, aber das Ende war locker. Da entschloß er sich, sie zu verfolgen, zog sich schnell an und eilte ans Wasser, wo er sich allerdings in einen richtigen Wal verwandelte. Bald hatte er die beiden Eskimo und seine Frau eingeholt. Die Männer warfen in ihrer großen Erregung ein paar Kleiderstücke der Frau ins Wasser. Und der Wal hielt auch tatsächlich an und zerriß sie. Auf diese Weise konnten die Eskimo entkommen, aber der Wal hatte sie bald wieder eingeholt. Und nun warfen sie immer mehr Kleider über Bord, bis die Frau zuletzt nichts mehr anhatte. Aber just in diesem gefährlichen Augenblick erreichten sie das Ufer und versteckten sie in ihrem Zelt. Bald wälzte sich auch der Wal an den Strand. Einer der Männer sagte zu ihm: »Wenn du dich umdrehst und auf die See blickst, dann gebe ich dir meine Tochter zur Frau.« Aber als der Wal das tat, schossen sie mit ihren Pfeilen auf ihn. Sie schnitten seinen Körper auf, kochten das Fleisch und aßen es. Nur die Frau wollte es nicht anrühren, weil der Wal ihr Mann gewesen war.

46. Die Kinder der Frau und des Haifisches

Ein altes Ehepaar hatte eine Tochter, die sehr kurzgehalten wurde und nicht die Erlaubnis bekam, sich zu verheiraten, obwohl sie selbst sehr gern einen Mann gehabt hätte. Nun war es den Eltern aufgefallen, daß sie morgens immer hinausging, um Beeren zu sammeln, und erst abends wieder zurückkam, obwohl sie nur ein kleines Körbchen mithatte. Der Vater wurde daher mißtrauisch und befürchtete, daß sie etwas Böses im Schilde führe, und schlich ihr eines Tages nach und legte sich auf die Lauer. Da konnte er beobachten, wie sie zum Strand hinunterging, sich entkleidete, ins Wasser sprang und einen Haifisch herbeirief. Bald darauf kam auch ein großer Haifisch angeschwommen, und das Mädchen umarmte ihn. Bei diesem Anblick wäre der Vater beinahe in Ohnmacht gefallen, und als er nach Hause kam, erzählte er alles seiner Frau. Als eine gewisse Zeit vergangen war, wurde die Tochter schwanger, ging zum Strand hinunter und schenkte zehn Haikindern das Leben, die sie alle ins Wasser setzte. Ihr Vater, ein großer Haifisch, zeigte sich und paßte von draußen, von der See, auf sie auf. Seit dieser Zeit brachte die Tochter ihren Eltern täglich einen halben Seehund. Der stammte von ihrem Schwiegersohn, dem Haifisch, der jetzt für sie sorgte. Später begannen die Jungen auch für die Mutter und Großeltern Nahrung herbeizuschaffen. Der mittelste der Söhne hieß Sujutouk. Er war der Stärkste und brachte auch als erster seiner Mutter einen Seehund. Inzwischen waren ihre alten Eltern gestorben, und sie lebte nun mit ihren Kindern allein, die sie versorgten. Einmal hörten sie, daß man an einer bestimmten Stelle einen Wal gefangen hatte, und Sujutouk munterte jetzt seine Brüder auf, dorthin zu schwimmen, um eine Portion Essen zu holen, damit ihre Mutter ein wenig Abwechslung bei ihrer Ernährung hätte. Da der Weg sehr weit war, gelangte Sujutouk viel früher als seine Brüder zu der Stelle. Der Wal lag auf dem Strand. Der eine Teil des Tieres war noch vom Wasser umspült, und nur die Hälfte ragte hervor. Darauf stand eine Menge Menschen, die das Tier abspeckte. An den unter dem Wasser liegenden Teil kam nun Sujutouk herangeschwommen und biß ein Stück ab. Aber kaum hatte er das getan, als ihn auch schon einer der Männer entdeckt hatte und ihn mit seinem Abspeckmesser in den Leib stach. Trotz des Schmerzes biß Sujutouk noch das Stück ganz ab. Und da waren auch schon seine Brüder zur Stelle, nahmen den blutenden Sujutouk in ihre Mitte und brachten ihn nach Hause. Die Mutter bekam keinen schlechten Schreck, als sie ihn in diesem Zustand sah. Sie überlegte, was zu tun sei, und ging zu einem Wohnplatz, der südlich von ihrem Haus lag, und suchte dort eine alte Frau auf. Diese alte Frau bat sie um ein Heilmittel. Die Frau sagte: »Ich kenne kein anderes Heilmittel als meinen alten Urinkübel, von dem kannst du dir ein Stück abschneiden.« Sie schnitt nun ein Stück aus dem alten Lederbehälter heraus, nahm es mit nach Hause und nähte es mit Walbarten über Sujutouks Wunde, die darauf im Laufe weniger Tage verheilte. Als der nun wieder vollkommen gesund war, forderten seine Brüder ihn auf, sich zu rächen; denn er hatte gesehen, daß der Mann, der ihn gestochen hatte, einen Fleck zwischen den Augen trug, an dem man ihn leicht wiedererkennen konnte. Die Brüder forderten ihn ständig zur Rache auf, so daß er schließlich aufbrach. Unterwegs suchte er alle Fjorde auf und sammelte alle Haifische als Helfer um sich. Schließlich trafen sie ein paar Kajakfahrer, und er entdeckte auch tatsächlich den Mann mit dem Fleck auf der Stirn. Er schwamm unter das Boot und biß erst in den Kajak und dann in den Mann hinein. Aber das Wasser um ihn herum wimmelte nur so von Haien, daß sie gar nicht dicht an ihn herankommen konnten. Sujutouk war seit diesem Ereignis sehr kühn. Aber als er sich eines Tages zu weit ins offene Meer hinausgewagt hatte, wurde er von einem Pottwal überfallen. Der biß ihm zuerst den Schwanz ab und dann den Leib bis zu den Flossen. Darauf verlor er das Bewußtsein. Man sagt, daß von ihm der Geruch der Haifische stammt, weil er einmal ein Stückchen Leder vom Urinkübel einer alten Frau auf seine Wunde genäht bekam.

47. Der Adler und seine Frau

Eine Frau war einmal unterwegs, um Holz zu sammeln, als plötzlich ein Adler aus den Wolken herniederstürzte, sie ergriff und in sein Haus, hoch in den Bergen, schleppte. Zu Hause nahm der Adler die Gestalt eines Mannes an, aber wenn er auf Jagd flog, verwandelte er sich wieder in einen Adler. Der Adlermann hatte die junge Frau zu seinem Weib gemacht und lebte nun mit ihr zusammen. Aber ständig drängte ihn seine junge Frau, auf Jagd zu fliegen, damit sie genug Sehnen zum Aufbewahren bekäme. Sie hütete sich sehr, ihn den wahren Grund wissen zu lassen, warum sie so gern viele Sehnen haben wollte. Während seiner Abwesenheit knotete sie daraus nämlich eine lange Leine. Eines Tages maß sie diese Leine und stellte fest, daß sie wohl bis an den Fuß des Berges reichen müßte. Als nun der Adler einmal wieder von der Jagd kam, bat sie ihn, sie auf einen großen Stein zu tragen. Das tat er. Und als er am nächsten Tag wieder fort war, band sie das eine Ende der Leine an dem Stein fest, ließ sich daran hinunter und floh zu ihren Leuten. Als der Adler nach Hause kam, sah er, daß seine Frau fort war. Sofort verwandelte er sich in einen Mann, folgte ihren Spuren und erreichte den Wohnplatz ihrer Leute. Der Vater der jungen Frau trat aus dem Haus und sagte: »Dreh dein Gesicht zur Sonne hin und schlag mit deinen Armen wie mit Flügeln. Wenn du das getan hast, magst du meine Tochter heiraten.« Aber als sich der Adler umdrehte, stach ihm der Vater der jungen Frau sein Messer in die Seite und tötete ihn. Sein Leichnam aber blieb auf dem Boden liegen.

48. Die Frau, die sich mit einer Krabbe verheiratete

Es war einmal ein Fänger, der eine sehr schöne Frau hatte. Aber ihre Tochter war noch schöner. Viele junge Männer kamen zu ihnen, um die schöne Tochter zur Frau zu bekommen, aber immer lehnte das junge Mädchen ab; denn sie wollte nicht heiraten. So verstrich die Zeit. Aber eines Nachts waren die Eltern sehr überrascht, als sie hinter dem Fellvorhang, hinter dem ihre schöne Tochter schlief, ein merkwürdiges Gelächter hörten. »Uho, uhu, uho, uhu!« Und dieses Lachen kam genau von der Stelle, wo ihre Tochter zu liegen pflegte. Da entdeckten sie, daß ihr Kind mit einer großen Krabbe verheiratet war. Aber die Krabbe schämte sich und zeigte sich vor den anderen im Hause nicht, sondern blieb immer hinter dem Vorhang.

Nun kam der Winter, und es begann eine Zeit, in der man nichts fangen konnte und Not zu leiden anfing. Sofort redete der Mann darüber, wie schändlich es doch sei, einen solchen Schwiegersohn zu haben, der so unnütz sei, wo sie doch einen sehr guten Fänger im Hause haben könnten, wenn die Tochter unter den vielen tüchtigen jungen Männern sich nur einen ausgesucht hätte.

Eines Tages wachten sie durch ein schreckliches Wetter auf, der Sturm brüllte, und der Schneesturm raste. Und etwas später am Tag hörten sie draußen in all dem Unwetter einen wilden Gesang, einen Trommelgesang, ein Freudenlied, das durch den Sturm schallte. Und einen Augenblick später wurden drei große Fjordrobben durch den Hausgang geworfen und blieben drinnen auf dem Fußboden liegen. Das Mädchen ging sofort hin und legte sie zurecht und bat seine Mutter, sie unter den Hausgenossen zu verteilen. Das war die Krabbe gewesen, die draußen in Menschengestalt auf Fang gegangen war und nun ihre Beute heimbrachte.

Die Alten erzählen, daß alle Tiere Form und Gestalt der Menschen annehmen können.

Als die Robben abgespeckt waren, sagt die Frau der Krabbe:

»Ihr könnt all das Fleisch haben, das ihr wollt, wenn nur mein Mann das unterste Stück der Brust bekommt.«

Das sagte sie, und das Stück wurde für die Krabbe zurückgelegt. Seit dieser Zeit fing die Krabbe für Frau und Schwiegereltern, und man lebte in großem Wohlstand.

Nun verging wieder etwas Zeit, und die Frau wurde schwanger und gebar Zwillinge, zwei prächtige kleine Knaben. Sie wurden bald so groß, daß sie auf der Pritsche umherspringen konnten, und bisher gab es noch keinen, der den Vater seine Jungen hatte besuchen sehen. Aber eines Abends hängte die junge Frau das Robbenfell um ihren Platz auf der großen Pritsche, so wie es Frauen mitunter tun, wenn sie mit ihrem Mann allein sein wollen. Kurze Zeit darauf hörte man hinter dem Vorhang ein lustiges Reden und dann dieses Lachen: »Uho, uhu, uho, uhu!« Die Schwiegermutter war sehr neugierig, so wie Frauen es sein können, und sagte: »Es ist ja auch unbehaglich, wenn man einen Schwiegersohn hat, den man niemals sehen kann!« Und sie kroch vorsichtig an das Fell heran und guckte durch ein Loch auf das Lager ihrer Tochter – und da saß der Schwiegersohn mitten in einem Lachanfall, aber uha, was war das doch für ein Schwiegersohn! Ein kleines, verschrumpeltes Männchen mit ein paar großen, großen Augen, die ganz schlaff aus seinem Kopf heraushingen. Der Schwiegermutter fuhr bei diesem Anblick ein solcher Schreck durch die Glieder, daß sie hintenüber fiel und starb.

So wurde die Krabbe am Tod ihrer Schwiegermutter schuldig. Aber danach wagte keiner mehr durchs Fell zu gucken, wenn die Krabbe bei ihrer jungen Frau lag. Und der Krabbenmann lebte glücklich mit seiner Frau und den Kindern und fing reichlich für alle im Hause. Hier endet diese Geschichte von der Frau, die mit einer Krabbe verheiratet war.

49. Die Frau, die einen großen Wurm zum Manne nahm

Es war einmal eine Frau, die ins Land hinein wanderte. Dort hörte sie zwischen den Bergen einen merkwürdigen Laut, und als sie näher hinblickte, entdeckte sie, daß ein Wurm sie verfolgte, der so groß wie ein Frauenboot war und den Kopf eines Menschen hatte. Sie flüchtete sofort, aber der Wurm setzte ihr nach, erreichte sie und schlang seinen gewaltigen Körper um ihren Leib, so daß sie sich keinen Rat mehr wußte. Da erblickte sie ein kleines Haus. Und es glückte ihr, sich aus der Umschlingung des Wurms zu befreien und dorthin zu entwischen. Aber der Wurm legte sich quer vor den Hauseingang und sagte: »Ich habe dich gerade in dieses Haus gejagt, weil ich dich zur Frau haben will.«

So sprach er, und da sich die Frau jetzt klar darüber war, daß ihr ein Entweichen nicht mehr möglich sein würde, konnte sie nichts anderes tun, als dem Wurm zu Willen zu sein. Danach sagte der große Wurm zu ihr: »Du darfst nicht zu fliehen versuchen; denn wenn du das tust, werde ich deine Fußspuren riechen und dich wiederfinden. Wenn du aber bei mir bleibst, wirst du niemals Not erleiden.« So fand sie sich also in ihr Schicksal. Und bereits am nächsten Tag ging ihr Mann, der Wurm, auf Fang und kam mit einem Bären nach Hause. Und seitdem fing er alle möglichen Jagdtiere, Rentiere und Füchse. So verging die Zeit, und die Frau wurde schwanger. Sie bekam Wehen und schenkte Zwillingen das Leben, die das Gesicht eines Menschen und den Körper eines Wurms hatten. Die Mutter fütterte sie so gut sie konnte, und als sie groß und fett waren, fragte der Wurm seine Frau, ob sie nicht Familie hätte. Die Frau sagte, daß ihre Eltern weiter unten an der Küste wohnten. Als der Mann das hörte, sagte er: »Dann wird es Zeit, daß du hinuntergehst und sie besuchst.« Aber die Frau erwiderte: »Jetzt, wo ich Kinder auf dem Rücken tragen muß, kann ich nicht mehr so weit gehen.« Da sagte der Mann: »Du sollst nicht gehen, du brauchst dich nur auf meinen Rücken zu setzen, und dann werde ich dich hinuntertragen.« Die Frau willigte ein, und am nächsten Morgen brachen sie auf. In der Nähe der Häuser versteckte sich der Wurm in einem Felsspalt, und die Frau ging allein weiter. Die Eltern waren nicht schlecht überrascht und machten große Augen, als sie ihre Tochter ins Haus treten sahen; denn sie hatten sie schon längst für tot geglaubt. Sie sahen die Kinder auf ihrem Rücken und begannen sie sogleich nach ihrem Mann auszufragen.

Ja, sie hätte einen, sagte die Frau. »Aber wo ist er denn?« fragten sie.

»Er wartet oben in einem Felsspalt; denn er ist zu groß, um ins Haus hineinzukommen.« Die Eltern fanden nun, daß die Kinder so süße Gesichter hätten, und wollten sie gern aus der Rückentasche herausziehen. Aber die Frau versuchte das zu verhindern, indem sie sagte, daß sie gar nicht so hübsch wären, wenn man sich nicht an sie gewöhnt hätte.

»So süße Kinderchen«, sagten die Eltern, »hol sie nur aus deiner Tasche heraus.« Da zog die Mutter ihr eines Kind hervor. Als sie es aber herausbekommen wollte, versank das andere noch tiefer in der Tasche, weil die beiden Kleinen ihre Schwänze umeinander geschlungen hatten, so daß ihre Mutter schließlich beide ans Tageslicht beförderte. Aber das war für die Großmutter zuviel. Sie wurde ohnmächtig und mußte an den Haaren gezogen werden, um wieder zu Bewußtsein zu kommen.

Da sagte ihre Tochter: »Ihr braucht vor ihnen keine Angst zu haben; wenn ich ihnen sage, was sie tun sollen, sind sie sehr gehorsam.« Und dann sprach die Mutter zu ihnen, und sie taten alles, was sie sagte. Nun wollten die alten Eltern den Mann sehen, und sie gingen alle aus dem Hause. Als der Wurm sie ankommen sah, begann er vor lauter Freßlust mit dem Schwanz zu schlagen, aber seine Frau rief schnell zu ihm hinauf: »Denen darfst du nichts tun; denn es sind deine Schwiegereltern!« Da wurde der Wurm wieder ruhig und sagte zu seiner Frau: »Jetzt wird es Zeit, daß wir aufbrechen. Und ich will mich diesmal sehr beeilen, daher mußt du dich gut an den Haaren auf meinem Rücken festhalten.«

Nun kletterte die Frau auf den Rücken ihres Mannes, der sich jetzt in Bewegung setzte. Und es ging so schnell, als ob ein Falke auf seine Beute niederschießt. So verschwanden sie im Lande, und man hörte seitdem niemals mehr von ihnen. Diese Geschichte spielte in jenen Zeiten, als die Würmer noch Menschengesichter hatten.

50. *Die Insekten*

In Shomucktoun, einem Eskimo-Wohnplatz, lebten Menschen, die einmal im Winter aufbrachen, um sich einen anderen Wohnplatz zu suchen. Sie ließen nur zwei Frauen zurück, eine Mutter mit ihrer Tochter. Der Name der Mutter war Gwedlaping, während die Tochter Pet-all-ow-a hieß. Oweekshaw, der Sohn von Gwedlaping, hatte zusammen mit den letzten Leuten, die alle Jäger waren, den Wohnplatz verlassen.

Die Leute hatten den beiden Frauen nichts zum Essen zurückgelassen, und darum mußten sie nun Insekten fangen, um wenigstens etwas zum Leben zu haben. Eines Tages, als sie wieder einmal nach Insekten Ausschau hielten, wurde die alte Frau von einem Hermelin angegriffen, das sie in verschiedene Teile ihres Körpers biß. Kaum war dies geschehen, als auch schon ihre Haut abfiel und eine neue und frische Haut darunter zum Vorschein kam, so wie sie wohl eine viel jüngere Person haben mag. Die Insekten hatten nämlich Mitleid mit der alten Frau bekommen und das Hermelin gebeten, die alte Haut abzubeißen, damit sie dadurch verjüngt würde. Die Tochter war den Insekten sehr dankbar, weil sie so viel für ihre Mutter getan hatten.

Einige Zeit später schickten die Leute nach den beiden Frauen, damit sie zu ihrem neuen Wohnplatz kämen, was sie aber nicht taten, da sie ihnen niemals seit ihrem Aufbruch auch nur die geringste Verpflegung geschickt hatten.

Sie wollten jetzt lieber bei den Insekten leben, und beide Frauen suchten sich unter ihnen nun ihre Ehemänner.

Eines Tages, während die beiden Frauen bei den Insekten lebten, kam ein Mann auf einem Schlitten zu der alten Hütte in Shomucktoun. Kein Mensch war dort zu sehen, und der Mann machte sich Gedanken, was wohl aus den beiden Frauen geworden sei. Da er im Augenblick weiter nichts tun konnte, fuhr er zurück und erzählte Oweekshaw, daß er nichts von seiner Mutter oder Schwester gesehen hätte, daß aber ihre Stiefel und andere Dinge in der Hütte gewesen wären. Im darauffolgenden Jahr suchten die beiden Frauen den neuen Wohnplatz ihrer Leute auf. Und sie erzählten ihnen, wie freundlich die Insekten zu ihnen gewesen seien, wie sie ihnen Nahrung gegeben und sie gebeten hätten, zu ihnen zu kommen und bei ihnen zu leben, und wie sie von der alten Frau gehört hatten, daß sie viel besser aussehen würde, wenn sie jünger wäre, und wie die Insekten darauf ein Hermelin gebeten hätten, alle ihre alte Haut abzubeißen. Und die alte Frau fügte hinzu: »Ihr könnt jetzt ja selber sehen, wie ich bin.«

51. Die Eule und der Lemming

Eine Eule sah einen Lemming direkt vor seiner kleinen Höhle fressen. Sie flog herunter und ließ sich neben dem Eingang zur Höhle nieder. Dann sagte sie zu dem Lemming: »Zwei Hundegespanne kommen angelaufen!« Das erschreckte den Lemming so sehr, daß er ganz dicht an seine Höhle kam und erklärte, daß er lieber von der Eule gefressen als von den Hunden ergriffen werden wollte. Er sagte: »Ich bin sehr fett, und du kannst eine gute Mahlzeit haben. Nimm mich! Wenn du, bevor du mich frißt, noch eine kleine Feier abhalten willst, werde ich singen, während du tanzt.« Die Eule stimmte zu, stellte sich in Positur, und der Lemming begann zu singen, während die Eule tanzte. Während ihres Tanzes schaute die Eule zum Himmel empor und vergaß darüber den Lemming. Als sie sich nun so herumbewegte, spreizte sie ihre Beine weit auseinander. Da rannte der Lemming blitzschnell zwischen ihren Beinen hindurch und in seine Höhle hinein. Die Eule rief ihm zu, wieder herauszukommen, da die Hunde jetzt vorübergelaufen wären.

Aber die Frau des Lemmings sagte ihrem Mann, daß er nicht hinausgehen solle, und riet ihm, der Eule etwas Dreck ins Gesicht zu werfen, was er dann auch tat.

52. Die Eule und die beiden Kaninchen

Eine Eule sah einmal zwei Kaninchen, die zusammen spielten. Sie ergriff sie und wollte sie, jedes in einem Fang, nach Hause tragen. Aber sie waren ihr zu stark und liefen wieder fort. Da schrie die Frau der Eule ihren Mann an: »Laß das eine von ihnen laufen und töte das andere!« Aber ihr Mann erwiderte: »Der Mond wird bald verschwinden, und dann werden wir Hunger leiden. Wir müssen beide haben!« Die Kaninchen rannten weiter, und als sie sich trennten, das eine nach links und das andere nach rechts, konnte die Eule sich nicht so schnell entscheiden und riß, da sie ja beide haben wollte, in zwei Stücke.

53. Die Eule und der Bär

Einmal saß eine Eule auf der Lauer und beobachtete die Höhle eines Lemmings. Da kam ein Bär vorbei. Und als die Eule ihn sah, sagte sie: »Warum wanderst du andauernd umher?« Da sagte der Bär: »Warum hältst du dich andauernd in der Nähe der Höhle des Lemmings auf?« Die Eule erwiderte zornig: »Warum kannst du dich nicht sauberhalten?« Worauf der Bär sagte: »Weder du noch deine Kinder sind imstande, die Augen im Kopf zu verdrehen.« – »Deine Augen sind grün«, erwiderte darauf die Eule, »und flackern wie Feuer.« Da trottete der Bär langsam auf die Eule zu und sagte: »Bleib, wo du bist, dann werde ich mich neben dich setzen.« – Die Eule aber hatte Angst, daß der Bär sie töten würde, und flog ein Stückchen weiter. Da tat der Bär so, als sei er tot. Als das die Eule sah, kam sie immer näher an ihn heran, und als sie ganz dicht bei ihm war, schnappte der Bär zu und biß sie tot.

54. Die Eule und der Rabe

Zwei alte Frauen, die Eule und der Rabe, schwatzten miteinander. Die Eule sagte: »Ich wünschte mir, daß du meine Augen sehr scharf machen könntest.« Und der Rabe sagte: »Ich würde gern dein Kleid schmücken.« Die Eule stimmte zu, und der Rabe nahm etwas Ruß von der Lampe und machte damit die Flecken, die wir jetzt auf dem Eulengefieder sehen können. Die Eule war sehr geduldig, bis ihr gesagt wurde, daß die Schmückung ihres Kleides jetzt beendet sei. Darauf erbat sich die Eule die Erlaubnis, das Kleid des Raben zu schmücken. Zuerst machte sie ihm Stiefel aus Walknochen. Der Rabe war damit einverstanden, begann aber bald herumzuhüpfen. Die Eule erklärte ihm nun andauernd, daß sie nicht ihre Arbeit verrichten könne, wenn er nicht stillsitze. Aber es war umsonst. Der Rabe trat von einem Fuß auf den anderen und hüpfte umher. Schließlich sagte die Eule: »Ich verschütte noch das ganze Öl meiner Lampe auf dir, wenn du nicht endlich stillsitzt.« Aber der Rabe hüpfte immer weiter umher. Da wurde die Eule ungeduldig und goß alles Lampenöl über den Raben. So wurde der Rabe überall schwarz und flog fort und schrie: »Qaq, qaq!«

55. Die Eule und das Eichhörnchen

Einmal hielt sich ein Eichhörnchen außerhalb seines Baues auf. Da kam eine Eule und schwebte über ihm. Sofort sprang das Eichhörnchen wieder in seinen Bau. Da rief ihm die Eule zu, wieder herauszukommen. »Eichhörnchen, komm heraus aus deinem Bau«, rief sie, »und spiel schön, es ist warm in der Sonne.« Aber das Eichhörnchen erwiderte: »Du willst mir nur den Eingang zu meinem Bau versperren!« Aber die Eule tat so, als höre sie das gar nicht und rief wieder: »Komm doch heraus und spiel.« Und schließlich kam das Eichhörnchen aus seinem Bau hervor. Sofort aber pflanzte sich die Eule vor dem Eingang des Baues auf. Da sagte das Eichhörnchen: »Ich kann sehr schön tanzen, wenn du dazu singst.« Da sang die Eule: »Ich habe den Bau des Eichhörnchens versperrt, ich habe den Bau des Eichhörnchens versperrt, Eichhörnchen, Eichhörnchen!« Nun machte das Eichhörnchen einen jähen Sprung auf seinen Bau zu und quiekte dabei scharf, aber die Eule stand direkt im Eingang und versperrte ihm den Weg. »Ha, ha, ha!« lachte die Eule. »Wie hast du es dir gedacht, hineinzukommen?« – »Oh, ich wollte gar nicht hinein«, sagte das Eichhörnchen, »ich wollte nur nach einem Stückchen Gras schnappen.« Dann machte das Eichhörnchen eine kleine Pause und sagte zu der Eule: »Lieber Vetter, spreize ein wenig deine Beine und sing mir ein Lied, zu dem ich tanzen kann. Schließe auch deine Augen. Ich bin überall mit Fett bedeckt, bis hinauf zur Spitze meines Schweifes.« Nun spreizte die Eule ihre Beine und schloß die Augen und sang: »Diesem Eichhörnchen hab ich den Bau versperrt, Eichhörnchen, Eichhörnchen. Diesem Eichhörnchen hab ich ...« Sofort sprang das Eichhörnchen vor seinen Bau und quiekte ›tsi, tsi, tsi!‹ Als es aber zwischen den Beinen der Eule hindurchschlüpfte, biß der Vogel ihm die Spitze seines Schweifes ab und trug sie nach Hause und hing sie an der Zimmerdecke auf. Das Eichhörnchen war nun sehr traurig und weinte Schließlich schickte es seine Kinder zu der Eule und ließ durch sie um seinen Schwanz bitten. Die Kinder gingen hin, blieben vor dem Haus des Vogels stehen und sangen: »Unsere Mutter sagt, sie will die Spitze ihres Schweifes wiederhaben!« Aber von drinnen schallte ihnen entgegen: »Laßt sie nur selber kommen!« Da gingen die Kinder wieder zu ihrer Mutter zurück und sagten ihr, daß sie selber kommen solle. Da pickte das Eichhörnchen einen Stein auf und sagte: »Hier gebt ihr diesen Stein und sagt, daß es ein Auge sei.« Da gingen die Kinder wieder zurück und sangen: »Unsere Mutter sagt, sie möchte wieder die Spitze ihres Schweifes haben. Dies, so sagt sie, kann euch als Auge dienen.« Die Eule nahm den Stein entgegen, weil sie glaubte, daß er ein Auge sei und lieferte den Schweif wieder aus.

56. Die falsche Frau, die zu einer Eule wurde

Es war einmal ein Rentierjäger, der am Meer entlang auf Jagd ging. Er ging und ging und ging immer weiter, bis er an die Mündung eines großen und schäumenden Flusses kam. Hier hört er eine Stimme, eine herrliche Stimme, die ein Lied singt, und er lauscht und lauscht, bis er die Worte versteht:

Komm, komm
einsamer Jäger,
in der Dämmerung
Stille.
Komm, komm,
ich hab dich
entbehrt,
hab dich entbehrt,
will jetzt dich
umarmen,
umarmen!
Komm, komm!
Nah ist mein Horst,
mein Horst ist nah.
Komm, komm,
einsamer Jäger,
komm jetzt,
in der Dämmerung
Stille!

Der Rentierjäger hört den Gesang und wird von einer Sehnsucht übermannt, der er nicht widerstehen kann. Und da läuft er dem Laut nach, läuft am Flußufer entlang, hinter den Tönen her, läuft wie ein Mann, dem der Verstand entschwand, bis er eine herrliche junge Frau sieht, die am anderen Ufer des Flusses auf einem Felsen sitzt und ihm zuwinkt. Aber der Fluß ist groß und breit und schäumend, und der Jäger bleibt ratlos stehen, bis die Frau wieder zu singen beginnt:

Komm, komm,
einsamer Jäger,
komm jetzt,
in der Dämmerung
Stille!

Augenblicklich wirft er alle seine Kleider ab und springt in den Fluß hinein. Und er schwimmt und schwimmt in dem kalten Fluß, wird von der Strömung ergriffen, kämpft, kämpft verzweifelt, bald über, bald unter dem Wasser, bis er halbtot vor Kälte, fast ohne Besinnung und völlig erschöpft am anderen Ufer ankommt und hinauf zu der Frau läuft, die immer noch winkend und lächelnd oben auf dem Felsen sitzt. Aber kaum hat er sie erreicht, als sie auch schon in ein höhnisches Gelächter ausbricht und sich in eine Eule verwandelt, die kichernd ihres Weges fliegt. Halbtot vor Kälte schwankt der Jäger wieder zum Fluß hinunter. Seine Kleider liegen am anderen Ufer. Er muß wieder hinein ins kalte Wasser. Und er schwimmt und schwimmt, kämpft wieder gegen die Strömung und kommt hinüber. Aber in dem Augenblick, in dem er seinen Fuß auf den Boden setzt, sinkt er zusammen und kann nicht mehr. Er verliert das Bewußtsein und stirbt den Erfrierungstod. Dort fanden ihn seine Freunde wieder. Und keiner verstand, was dem großen und berühmten Rentierjäger zugestoßen war. Denn nackt lag er da und totgefroren, und dicht neben ihm lagen seine warmen Sachen. Alle glaubten, daß er den Verstand verloren hatte. Keiner wußte, welchem Wild er auf der Spur gewesen war.

57. Das Schneehuhn und der kleine Vogel

Vor langer Zeit lebte einmal eine alte Frau zusammen mit ihrem Enkelkind in einem Schneehaus. Eines Nachts sagte das Kind zu seiner Großmutter: »Großmutter, erzähl mir eine Geschichte.« – »Ich kann keine Geschichte, leg dich schlafen!« – Und um das Kind zu erschrecken, sagte sie: »Oh, ich sehe einen

Lemming ohne Haare. Und dort ist noch einer, und noch einer!« Dann machte sie einen Satz, als hätte sie sich erschreckt, und gleichzeitig schrie sie ganz laut, so daß das Kind eine solche Angst bekam, daß es sich ganz klein machte, so daß es ein Vögelchen wurde und voller Furcht davonflog. Als nun ihr Enkelkind fort war, wurde die Großmutter sehr traurig und weinte immerzu. Sie wimmerte und schrie: »Nun, nun, nun!« Und dann rieb sie ihre Augen so sehr, daß die Haut an den Lidern abging. Sie hängte sich einen Beutel um den Hals und steckte ihre Nadel in den Schaft ihres Stiefels. Dann flog sie davon und wurde ein Schneehuhn. Der Beutel wurde der Magen, während die Nadel sich in einen Beinknochen verwandelte.

58. Wie der Taucher einen Sturm entfachte

Vor langer, langer Zeit fingen einmal ein paar Männer einen Taucher. Aus Übermut zogen sie ihm fast alle Federn aus, ließen ihm nur in jedem Flügel eine lange Feder und scheuchten ihn dann weg. Im darauffolgenden Winter setzte großer Schneefall ein, und die Leute, die große Vorräte von Walroßfleisch für den Winter unter Steinen aufgehoben hatten, konnten sich davon nichts zum Essen holen, weil der Schnee so tief war. Viele von ihnen starben vor Hunger. Dieser Schneesturm war von dem Taucher gemacht worden, weil ihn die Menschen so schlecht behandelt hatten.

59. Die Riesenmöwe

Eines Tages ging ein Eskimo aus dem Nugumiut-Land auf Rentierjagd. Als er nach Jagdbeute Ausschau hielt, sah er eine Riesenmöwe, die sich auf ihn zu bewegte. Die Möwe pickte ihn auf und setzte ihn auf ihren Rücken und flog mit ihm auf die See zu. Da bekam der Mann große Angst und versuchte sie mit seinem Messer zu töten. Er stach immerzu in sie hinein, bis es ihm gelang, die Haut zu durchbohren und eine Ader zu öffnen. Da begann das Blut der Möwe zu fließen. Der Vogel starb und fiel in die See. Der Eskimo versuchte nun mit aller Kraft, eine Feder aus der einen Schwinge der Riesenmöwe zu ziehen. Nachdem ihm das gelungen war, zog er eine zweite Feder heraus und machte ein Paddel, indem er die beiden Federkiele zusammenband. Dann paddelte er die Möwe an die Küste. Nach großen Anstrengungen landete er schließlich wohlbehalten am Ufer und hatte seitdem niemals mehr vor irgend etwas Angst. Er eilte jetzt schnell nach Hause und erzählte seinen Leuten, wie ihn die Riesenmöwe ergriffen und auf die See hinausgetragen hatte und wie es ihm schließlich gelang, sie zu töten.

60. *Der Rabe, der die Gänse heiratete*

Es war einmal ein Rabe, der zwei Gänse heiratete. Der Rabe wollte bleiben, wo er war, während die Gänse sich zum Fortfliegen vorbereiteten. Da sagten die beiden Gänsefrauen zu ihm: »Wir fliegen jetzt weit, weit fort.« – »Dann werde ich doch mit euch kommen müssen«, erwiderte der Rabe, »ich kann mich ja immer auf einen Eisberg setzen und dort ausruhen.« – »Wir fliegen in ein Land, in dem es keine Eisberge gibt«, sagten die Gänse. »Dann werde ich schwebend über euren Köpfen schlafen«, erwiderte der Rabe, »ich werde es schon schaffen.« So sprach der Rabe zu seinen beiden Frauen. Als nun der Winter kam, brachen die Gänse auf, und der Rabe folgte ihnen tatsächlich. Sie flogen und flogen, und wenn sie müde wurden, ließen sich die Gänse auf dem Wasser nieder und schliefen dort, während sich der Rabe auf einen Eisberg setzte. Und wenn der Rabe dort oben erwachte, setzten sie ihre Reise fort. Nun kamen sie aber in eine Gegend, in der es keine Eisberge mehr gab. Wieder setzten sich die Gänse aufs Wasser, um sich dort auszuruhen, und der Rabe mußte nun schwebend über ihren Köpfen schlafen. Das ging aber nicht gut; denn als er eingeschlafen war, sank er immer tiefer herunter, und obwohl er seine Flügel immer noch ausgebreitet hatte, berührte er schließlich das Wasser und erwachte. Jetzt schlug er seinen Frauen vor, beim nächsten Mal oben auf ihren Rücken zu schlafen. Die beiden Gänse mußten nun dicht zusammenrücken, so daß ihr Mann oben gut Platz hatte. Aber kaum war er dort eingeschlafen, als die beiden Gänse zueinander sagten: »Wir werden jetzt ganz plötzlich auseinanderrücken!« Gesagt, getan, und der Rabe fiel ins Wasser. Und während der Rabe im Wasser lag und ständig nach seinen beiden Frauen schrie, flogen die Gänse auf und davon. »Kommt zurück, kommt zurück«, rief der Rabe andauernd, »kommt zurück und rückt wieder zusammen!« Aber das half alles nichts, die Gänse verschwanden, und während der Rabe immer noch schrie, zerfiel er in lauter kleine Stücke, die alle zu Flügelschnekken (Pteropoden) wurden.

61. Der Rabe, der eine Frau und ihre Kinder in Steine verwandelt

Es war einmal eine Frau, die war schwanger und mußte mit ihren drei Kindern zu Hause bleiben, während ihre beiden Ehemänner sich auf die Jagd begaben. Da die beiden Männer sehr lange fortblieben, ging die Frau mit ihren Kindern auf einen Berg, um nach ihnen Ausschau zu halten. Die Frau trug ihr kleinstes Kind auf dem Rücken in ihrem Amaut, während sie die beiden anderen Kinder an der Hand führte. So stiegen sie nun alle den Berg hinauf, und schließlich waren sie oben angekommen und setzten sich alle hin. Von den beiden Männern aber war nichts zu sehen. So sehr die Frau auch suchte, sie konnte nichts erblicken. Da sah sie, wie plötzlich ein Rabe auf sie zugeflogen kam. Die Frau fragte ihn: »Rabe, Rabe, Raben können doch Nachricht bringen, erzähle uns, warum meine beiden Männer noch nicht zurückgekehrt sind.« Der Rabe antwortete: »Das Eis hat sie bedeckt. Bleibt wo ihr seid!« Als der Rabe das gesagt hatte, blieben sie tatsächlich alle dort sitzen und wurden schließlich in Steine verwandelt.

62. Der lügenhafte Rabe und Pikus Frau

Der Eskimo Piku war einmal auf Rentierjagd gegangen und lange fortgeblieben, während seine Frau zu Hause saß und nichts zu essen hatte als das Rückgrat einer Robbe. Als der Mann immer noch nicht von seiner Jagd zurück war, sah die Frau einen Raben, der über ihrem Kopf flog. Sie fragte ihn: »Hat Piku Rentiere erlegt?« Der Rabe antwortete: »Du kannst dich darauf verlassen, er hat zwei große Rentierbullen geschossen!« Die Frau glaubte dem Raben und gab das, was von den Knochen noch übrig war, ihrem Hund und seinen Jungen zum Abnagen. Schließlich sah sie ihren Mann kommen, müde und ohne auch nur ein einziges Rentier erlegt zu haben, und die Frau mußte nun dem Hund die Knochen wegnehmen und sie waschen und ihrem Mann vorsetzen, weil der Rabe sie belogen hatte.

63. Die Frau, die zu einem Raben wurde

Ein Mann hatte einmal mit seiner Frau Streit. Die Frau, die Peqaq hieß, verließ ihr Haus und wanderte auf dem Eis umher. Sie war sehr traurig und weinte bitterlich. Ihr Mann wollte sie wieder nach Hause holen und fuhr auf seinem Schlitten hinter ihr her. Als sie ihn erblickte, sagte sie: »Oh, wenn ich doch ein Rabe werden könnte!« Kaum hatte sie diese Worte ausgesprochen, als sie auch schon in einen Raben verwandelt war und auf die Spitze eines Eisberges flog. Ihr Mann fuhr nun noch lange unten am Eisberg umher, da er aber seine Frau nicht entdecken konnte, kehrte er um und fuhr nach Hause. Sobald nun ihr Mann fort war, flog sie weiter und ließ sich am Abend auf dem Gipfel eines Felsens in der Nähe von Niutang nieder. Die Leute waren erstaunt und sagten zueinander: »Was ist das da oben auf dem Gipfel des Berges?« Und sie standen da und schauten verwundert hinauf. »Ist es der Mond?« fragten sie. – »Nein«, sagten ein paar Leute, »es ist ein Mensch.« Dann gingen diese Leute schlafen. Und als sie eingeschlafen waren, kam der Rabe vom Gipfel des Berges herunter. Er warf einen verstohlenen Blick durch das Loch eines Zeltes und sah einen Mann. Da dachte die Frau, die immer noch ein Rabe war: »Oh, wenn er doch herauskommen möchte!« Aber kaum hatte sie das gedacht, als der Mann auch schon seine Kleider anlegte und herauskam. Nun hatte der Rabe wieder seine frühere Gestalt angenommen, und als der Mann sie sah, machte er sie zu seiner Frau.

64. Der Riesenfalke

Ein alter Mann, der nur einen Sohn hatte, pflegte im Herbst auf Rentierjagd zu gehen. Sie schlossen sich immer ihren Wohnplatzgenossen an, wenn es hieß, Rentiere zu jagen. Aber einmal waren Vater und Sohn so sehr mit anderen Sachen beschäftigt, daß sie nicht gemeinsam mit ihren Wohnplatzgenossen zur Jagd aufbrechen konnten und sich daher erst später auf den Weg machten. Als sie nun den Jagdplatz ihrer Leute erreicht hatten, fanden sie dort wohl viele Zelte vor, aber nirgends waren Menschen zu sehen. Zuerst wußten sie gar nicht, was sie tun sollten, aber schließlich entschlossen sie sich doch, die Rentiere aufzustöbern. Und so trennten sich nun die beiden: der Sohn ging nach Süden und der Alte nach Osten. Weit wanderte der Vater ins Land hinein. Aber er sah weder Menschen noch Rentiere. Als er so immer weiterwandert, sieht er plötzlich im Süden etwas Gewaltiges. Es gleicht einer Wolke und kommt immer näher. Und als er genau hinschaut, entdeckt er, daß es ein gewaltiger Vogel ist, ein Riesenfalke, der einen Menschen im Schnabel trägt. Er fliegt auf einen steilen Felsen zu und nähert sich seinem Horst, in dem seine Jungen sitzen. Schnell versteckte sich der Alte und ließ den Vogel vorbeifliegen. Und kaum war dies geschehen, da rannte er auch schon so schnell er konnte zu seinem Zelt. Aber noch bevor er es erreicht, ist der Falke schon wieder hinter ihm her und verfolgt ihn. Und dem Alten wird jetzt klar, daß der Mensch, den der Falke vorhin im

Schnabel trug, sein Sohn gewesen sein muß. Immer dichter kommt der Falke an ihn heran, und erst im letzten Augenblick gelingt es dem Alten, sich unter einem hervorstehenden Felsen zu verstecken. Aber da war der Falke auch schon so dicht an ihn herangekommen, daß er ihm seine Kapuze abreißen konnte. Da der Falke so groß war, konnte er nicht unter den Felsvorsprung gelangen und setzte sich nun oben drauf und begann in den Stein zu hacken. Und als der Mann nach einer Weile hinausschaute, entdeckte er, daß sich der Falke schon so weit in den Stein hineingearbeitet hatte, daß man nur noch seine Schwanzfedern sehen konnte. Da schlich sich der alte Mann aus der Höhle und lief und lief, so gut er konnte.

Und während er so lief, entdeckte er, daß der Falke alles gemerkt hatte und ihn wieder verfolgte. Da mußte der Alte wieder Zuflucht unter einem Felsvorsprung suchen. Und wieder konnte der Falke nicht unter den Stein kommen, und wieder setzte er sich obendrauf. Lange konnte der Mann ihn dort oben hören. Als es aber eine Zeitlang ruhig war, wagte der Mann, aus seinem Versteck herauszukommen. Und da er nirgends seinen Verfolger sehen konnte, machte er sich aus dem Staube. Aber der Riesenfalke hatte nur eine List angewandt, um sich seines Opfers zu bemächtigen. Kaum war der Mann ein Stück gelaufen, da fühlte er auch schon wieder das mächtige Flügelschlagen hinter sich, und sein Verfolger war ihm dicht auf den Fersen.

Aber dieses Mal glückte es dem Alten, sein Zelt zu erreichen. Er sprang hinein und verschnürte den Eingang gut von innen. Lange konnte er noch den Falken um sein Zelt kreisen hören, aber schließlich war alles still, und der Mann konnte hinausschauen. Der Falke war fort und kam nicht wieder. Er hatte die Jagd auf den Alten aufgegeben. Aber so sehr sich der Mann auch darüber freute, er wurde bald wieder traurig; denn er glaubte immer noch, daß der Falke seinen Sohn getötet und zum Horst seiner Jungen getragen hatte. Und darum war die Freude sehr groß, als bald darauf der Sohn vor dem Zelt des Vaters erschien und erzählte, daß er nichts von dem Falken gesehen hatte.

Schnell gingen die beiden nun zum Fjord und setzten ihren Umiak ins Wasser und ruderten aus dem Fjord hinaus. Und seitdem wagten sie es niemals mehr, im inneren Fjordgebiet auf Jagd zu gehen.

65. Die Füchse

Es war einmal eine Fuchsfamilie, die großen Hunger hatte. Der alte Fuchs war draußen auf Robbenfang. Am späten Abend kam er nach Hause und erzählte seiner Frau: »Ich versuchte auf dem Eis ein Atemloch der Robben zu finden, und ich witterte auch eins. Als ich aber über das Eis lief und dabei meine Nase immer nach unten hielt, konnte ich nichts mehr riechen. Sobald ich aber den Kopf hochnahm, kam mir die Witterung wieder in die Nase. Ich lief einen weiten Weg, konnte aber die Stelle bisher nicht finden.« Er bat seine Frau, für die jungen Füchse ein paar Fußschützer zu machen, und in der Frühe des nächsten Morgens brach die ganze Familie auf. Als sie so auf dem Eise liefen, bekamen sie auch wieder die Witterung in ihre Nasen, und bald hatten sie einen toten Walfisch gefunden, der im Eise eingefroren war. Sie arbeiteten sich direkt in den Wal hinein und lebten von seinem Fleisch. Sie waren nun aus allen Sorgen heraus; denn sie lebten ja in einem Haus aus Fleisch.

Eines Tages zog ein Rudel Wölfe vorüber. Die Füchse hatten Angst vor ihnen; denn sie glaubten, daß die Wölfe dort auch zu bleiben wünschten, um sich am Walfleisch zu ergötzen. Um die Wölfe fortzutreiben, nahm der alte Fuchs Zuflucht zu einer List. Er sprang auf den Rücken des Wals und rief zu den Wölfen hinüber: »Ich rieche hier einen Wal, kann aber keinen sehen, nur Felsen sind hier!« Die Wölfe glaubten dem Fuchs und verschwanden. Als sie fort waren, rannte der Fuchs wieder in den Wal zu seiner Familie hinein und erzählte ihr, daß er den Wölfen eingeredet habe, der Wal sei ein Felsen.

66. Der Fuchs und das Kaninchen

Einmal traf der Fuchs ein Kaninchen und fragte es, ob es nicht gerade einen Seehund gefangen hätte. Darüber wurde das Kaninchen sehr böse und sagte zu dem Fuchs: »Ja, wenn du meinen Spuren folgen würdest, wirst du einen finden, den ich gerade getötet habe.« Der Fuchs folgte den Spuren des Kaninchens, aber anstatt einen Seehund zu finden, fand er nur den Platz, an dem das Kaninchen neben einem Felsen in der Sonne die Zeit schlafend verbracht hatte. Er lief fort, und jedesmal wenn er ein Tier traf, erzählte er ihm, welch ein großer Lügner das Kaninchen sei.

67. Der Fuchs und der Wolf

Ein Fuchs und ein Wolf lebten einmal nebeneinander. Die Kinder des Wolfs pflegten die Kinder des Fuchses zu besuchen und bekamen bei der Gelegenheit jedesmal Rentierfleisch zu essen. Einmal aber hatte der Fuchs weder für sich noch für seine Kinder etwas zu essen. Und als die jungen Wölfe zur Fuchswohnung hinüberriefen, ob sie wieder kommen dürften, sagte der Fuchs: »Kommt nur herein und seht euch das Fett an, das ich kaue!« Der junge Wolf sagte: »Laß es fallen.« Der Fuchs tat es und sagte: »Es ist wie ein Hammer.« Und etwas später: »Es ist wie ein weißer Stein.« Dann sagte er zu dem jungen Wolf, daß er es aufheben und essen möge. Nach einer Weile ging der junge Wolf nach Hause und erzählte seiner Mutter, was geschehen war. Als das Vater Wolf gehört hatte, schrie er ganz laut, so daß der Fuchs ihn hören konnte: »Dein Fleisch besteht aus lauter Steinen! Warum hast du mein Kind zum Narren gehalten?« Die alte Frau Füchsin erwiderte: »Ich habe dein Kind nicht zum Narren gehalten!« Da begannen die Wölfe zu heulen; denn sie entdeckten, daß all ihr eigenes Rentierfleisch in Steine verwandelt worden war. Daher wanderten sie alle fort, und der Fuchs bekam so alles Rentierfleisch der Wölfe.

68. Die Trennung der roten von den weißen Füchsen

Früher lebten der rote Fuchs und der weiße Fuchs zusammen. Der rote Fuchs ließ Angelhaken durch Löcher im Eis und fing damit eine Anzahl Dorsche, die sie am Abend gefroren aßen. Da sagte der weiße Fuchs: »Ich will mir auch ein paar Haken machen und sie auslegen, vielleicht werde ich auch ein paar Dorsche fangen. So verbrachte er den nächsten Tag mit dem Anfertigen von Angelhaken. Früh am nächsten Morgen ging er aufs Eis, schlug ein paar Löcher hinein und legte die Angeln aus. Den ganzen Morgen beobachtete er sorgfältig die Löcher, konnte aber keinen einzigen Fisch fangen. Am Nachmittag beobachtete er etwas auf dem Eis, das ihm fremd war. »Was mag das sein?« fragte er sich. »Es war bestimmt noch nicht vorher dagewesen. Ist es ein Eisberg? Oder vielleicht eine Robbe oder ein Walroß?« Er machte sich auf den Weg, um es näher zu beäugen. Immer dichter kam er heran, und jetzt wußte er, was es war: ein großes Walroß, das auf dem Eis lag und schlief. »Was soll ich tun?« fragte er sich. »Wie soll ich es töten? Ich habe keine Waffen bei mir, nicht einmal einen Stock. Angenommen, ich laufe zurück und hole etwas? Aber dann kann es fort sein, bevor ich wieder zurück bin. Ich weiß nicht, wie es lebt, was es frißt. Aber ich werde doch wohl am besten erst nach Hause laufen.« So kam der weiße Fuchs mit leeren Händen nach Hause. Der rote Fuchs war ärgerlich und sagte zu sich selbst: »Hat es noch einen Sinn, mit diesem Burschen zusammenzuleben? Er fängt niemals etwas!« So lief nun der rote Fuchs am nächsten Morgen in die Berge. Und seit dieser Zeit lebte jeder für sich.

69. Die Abenteuer des roten Fuchses

Ein Wolf und ein Fuchs lebten einmal zusammen. Sie hatten keine Nahrung und beschlossen daher, in einer Spalte des Eises zu angeln. Der Fuchs überrredete den Wolf, seinen Schwanz durch die Spalte ins Wasser zu lassen. Der Wolf tat es, und der Fuchs packte nun viel Schnee um die Rute des Wolfes und sagte ihm, daß er so lange dort bleiben müsse, bis er einen kleinen Schmerz in seiner Rute spürte; denn dann würde er einen großen Fisch gefangen haben. Daraufhin ging der Fuchs fort.

Bald war die Rute des Wolfs festgefroren, so daß er sie nicht mehr aus dem Spalt herausziehen konnte. In seiner Verzweiflung biß der Wolf seine Rute ab und verfolgte den Fuchs, um ihn für seine Treulosigkeit zu bestrafen. Aber als der Fuchs den Wolf kommen sah, bedeckte er seine Augen mit ein paar Blättern und tat so, als sei er schneeblind. Als der Wolf ihn fragte, warum er das getan habe, blinzelte ihn der Fuchs an und sagte: »Was meinst du? Das müssen andere Füchse gewesen sein und nicht ich, du siehst doch, daß ich schneeblind bin.« Da ging der Wolf fort. Nun nahm der Fuchs die Blätter von seinen Augen und machte sich auf den Weg, um etwas Eßbares zu fangen. Unterwegs stieß er auf einen Elch und sagte ihm, daß er eine Stelle kenne, wo es viel zum Fressen gebe. »Komm mit mir, ich werde dir die Stelle zeigen, der Wolf ist bereits dort.« Der Fuchs führt den Elch einen steilen Felshang hinunter, und da sein Opfer keine Krallen hatte, um sich damit festzuhalten, stürzte es in den Abgrund hinunter und verendete. Der Fuchs lebte nun von dem Fleisch seines Opfers, bis alles verzehrt war, und setzte dann seine Wanderung fort. Er war noch gar nicht weit gekommen, als er einen hinkenden Braunbären traf. »Was ist mit dir los?« fragte ihn der Fuchs. Der Braunbär entgegnete: »Ein paar Männer schossen mir zwei Pfeile in den Leib.« – »Oh«, sagte der Fuchs bedauernd, »ich werde dich schnell gesund machen.« Dann zündete er ein Feuer an und sagte dem Braunbär, daß er sich hinlegen möge. Dann erhitzte er im Feuer einen langen, flachen Stein mit scharfen Ecken, nahm ihn mit Hilfe von zwei anderen Steinen wieder aus dem Feuer heraus und preßte ihn in die Wunde des Bären. Der Bär heulte auf bei diesem Schmerz, aber der Fuchs überredete ihn, stillzuliegen und es zu ertragen; denn bald würde er kuriert sein. Wieder erhitzte er den Stein. Aber diesmal preßte er ihn tiefer in die Wunde, bis das Innere des Bären verbrannt war und er starb. Der Fuchs aber verspeiste das Bärenfleisch und litt vorläufig keine Not mehr.

70. Aus dem Leben eines roten Fuchses

Eines Sommers verließ ein roter Fuchs seine Kinder und machte sich auf den Weg, um etwas Eßbares zu finden. In der Tundra traf er einen schwarzen Bären, grüßte ihn und sagte: »Wie geht es dir, Gevatter?« Der Bär erwiderte den Gruß und sagte: »Ich habe Hunger.« – »Ich auch«, sagte der Fuchs, »wollen wir losgehen und nach etwas Ausschau halten. Ich werde diesen Weg gehen und du gehst den anderen.« – »Oh, ich habe nur vor dem Schneehuhn Angst«, sagte der Bär, »wenn ich Schneehühner fangen will, fliegen sie immer im letzten Augenblick davon.« – »Schneehühner sind leicht zu fangen«, meinte der Fuchs, »was ich fürchte, sind Menschen.« – »Vor Menschen habe ich keine Angst«, brummte der Bär, »aber ich kann keine Schneehühner fangen.« – »Gut«, sagte der Fuchs, »ich werde dir rasch ein paar Schneehühner fangen, warte nur etwas hier.«

So wartete nun der Bär, und es dauerte gar nicht lange, da kam auch schon der Fuchs mit ein paar Schneehühnern zurück. Der Bär war sehr dankbar und sagte: »Ich danke dir, ich danke dir, lieber Fuchs!« Und als er sie gegessen hatte, sagte er: »Du bist sehr gut zu mir gewesen und hast mir ein paar Schneehühner gebracht, dafür werde ich dir jetzt einen Menschen bringen. Warte nur ein wenig hier auf mich.« Der Fuchs wartete und wartete, und als eine lange Zeit vergangen war, kam der Bär zurück, aber er brachte keinen Menschen mit. Dafür aber schwankte er, und das Blut tropfte auf den Boden; denn ein Mann hatte ihm einen Pfeil in die Seite geschossen, und der Schaft war abgebrochen und hatte die Spitze in der Wunde zurückgelassen. Der Fuchs sagte: »Oh, lieber Gevatter, das ist ja schrecklich, aber ich werde dich bald wieder gesund machen. Dann zündete er ein Feuer an, erhitzte darin ein paar Steine und sagte zum Bären: »Leg dich hin und streck deine Glieder aus. Wenn ich dir weh tue, darfst du nicht zurückschrecken; denn dann würdest du dich selber töten, ich kann nämlich sonst die Pfeilspitze nicht herausbekommen.« Der Bär legte sich hin, und der Fuchs preßte die rotglühenden Steine in seine Seite. Und je mehr er stöhnte und sich drehte und wendete, um so tiefer preßte der Fuchs ihm die Steine ins Fleisch. Plötzlich hörte das Wimmern auf – der Bär war tot. Da tanzte der Fuchs fröhlich auf seinen Hinterläufen um ihn herum und rief: »Was bin ich doch nur für ein tüchtiger Fuchs! Jetzt hab ich genug Nahrung!« Er ging nicht zu seinen Kindern zurück, sondern blieb den ganzen Sommer dort und lebte von dem Fleisch des Bären.

Der Winter kam, und der Fuchs war wieder einmal knapp mit seiner Verpflegung; denn er hatte alles vom Bären verspeist, mit Ausnahme der Knochen natürlich, die er zu einem Haufen zusammentrug. Nun kam ein Wolf seines Weges, und der Fuchs ging ihm entgegen, schüttelte ihm die Hand und sagte: »Wie geht es dir, lieber Vetter?« Der Wolf sagte: »Ich habe Hunger!« – »Hast du?« erwiderte der Fuchs. »Ich werde dir zeigen, wie man etwas bekommen kann. Du siehst da unten jenen Fluß.« Dort sah man einen Fluß, der teilweise zugefroren war. Hier und da waren Löcher im Eis und Wasserlachen an seiner Oberfläche. »Geh dort hinunter«, fuhr der Fuchs fort, »und fang ein paar Lachse, ich werde dir Angelhaken machen, alles, was du zu tun hast ist, neben einem Loch sitzen und die Angel hinunterzulassen. Du mußt den ganzen Tag ganz stillsitzen, bis die Sonne am Untergehen ist. Dann mußt du deine Angeln herausziehen, und es werden viele Lachse angebissen haben. Glaub's mir, ich hab das schon oft gemacht.«

Da setzte sich der Wolf neben das Loch, warf seine Angeln aus und wartete. Inzwischen war der Fuchs wieder fortgegangen, um nach Nahrung am Ufer des Flusses zu suchen. Das sagte er wenigstens zum Bären. In Wirklichkeit aber versteckte er sich hinter einem Erdwall und beobachtete. Den ganzen Tag über saß der Wolf da und wartete geduldig. Jetzt stand die Sonne tief im Westen. Mit einem schnellen Ruck zog nun der Wolf seine Angeln hoch – es war nichts dran. Er schäumte über vor Wut. »Dieser Fuchs hat mich zum Narren gehalten!« rief er aus. »Ich werde ihn verfolgen und fressen!« Er versuchte aufzustehen, aber seine Rute war am Eise festgefroren. Er zerrte und zerrte und konnte sich schließlich mit einer verzweifelten Drehung befreien. Seine Rute aber mußte er zurücklassen. Er hielt nach der Rute des Fuchses Ausschau und verfolgte ihn über die Tundra, wahnsinnig vor Wut und Schmerz. Und das Blut tropfte ihm aus der Wurzel seiner abgerissenen Rute. Der Fuchs floh und versteckte sich in einem Loch im Ufer. Schließlich hatte der Wolf ihn erreicht. »Komm heraus«, rief er, »ich will dich fressen!« – »Was ist los?« fragte der Fuchs und lugte an der Seite hervor, indem er das eine Auge geschlossen hielt. »Ich habe dich noch niemals vorher gesehen. Was willst du?« – »Du hast mich heute auf dem Eis zum Narren gehalten und dafür gesorgt, daß ich meine Rute verlor. Jetzt werde ich dich fressen.« – »Davon weiß ich gar nichts«, entgegnete der Fuchs und kam aus seinem Loch hervor. »Aber du siehst vielleicht den Fuchs dort hinten. Das muß der Bösewicht sein. Ich hörte vor einer kleinen Weile draußen vor meiner Höhle Schritte.« – »Danke schön«, sagte der Wolf, »ich werde ihn mir gleich kaufen!« Und er machte sich aus dem Staube, während der Fuchs ihn weiter beobachtete. Es dauerte aber gar nicht lange, bis der Wolf strauchelte und hinfiel. Und wenige Augenblicke später lag er tot da; denn er hatte alles Blut aus seinem Körper verloren. Der Fuchs sprang auf und tanzte um ihn herum, indem er sang: »Was bin ich bloß für'n fixer Fuchs, was bin ich bloß für'n fixer Fuchs . . .« In diesem Winter lebte er vom Fleisch des Wolfes. Und als er alles verspeist hatte, warf er die Knochen auf einen Haufen und ging seines Weges.

Der Sommer kam, und wieder wanderte der Fuchs umher, um Nahrung zu suchen. Eines Tages sah er einen gewaltigen schwarzen Bären, stärker als irgendeinen, den er je gesehen hatte. Er war in schlechter Stimmung und rief zum Fuchs hinüber: »Hast du irgend etwas von meinem Sohn gehört?« – »Nein«, sagte der Fuchs, »ich weiß nichts von ihm.« – »Er ging im letzten Sommer von zu Hause fort«, sagte der Bär, »und wollte nach Rentieren Ausschau halten und kam niemals wieder zurück. Ich habe seine Knochen auf dem Hügel gefunden.« – »Ich kann dir darüber gar nichts sagen«, erwiderte der Fuchs, »ich habe ihn niemals gesehen. Komm und zeig mir, wo die Knochen liegen.« So gingen sie nun zusammen weiter und kamen zu dem Platz, wo der Fuchs den Bären getötet und seine Knochen zusammengetragen hatte. Dort begann der Bär zu weinen. Der Fuchs war sehr mitfühlend, aber sagte schließlich: »Schön und gut, aber das Weinen ändert nichts an der Sache. Ich glaube, ich kenne den, der ihn getötet hat. Warte hier eine kleine Weile.« Dann lief der Fuchs fort und erklomm einen niedrigen Hügel, und als er zur anderen Seite hinunterschaute, entdeckte er einen großen Braunbären. Kaum hatte er das große Tier erblickt, da rannte der Fuchs auch schon so schnell ihn seine Beine tragen konnten zum Schwarzbären und sagte: »Da drüben ist ein starker Braunbär, ich meine, daß er deinen Sohn getötet hat. Geh hin und kämpf mit ihm. Er ist sehr groß und kräftig, aber ich werde dir helfen.« Da lief der schwarze Bär zum Braunbären, um mit ihm zu kämpfen. Beide waren sehr stark, und der Kampf dauerte eine lange Zeit. Der Fuchs sprang herum und tat so, als wolle er am Kampf teilnehmen, tat es aber nicht, sondern bespritzte sich überall mit Blut. Schließlich war der schwarze Bär Sieger, und sein Gegner lag tot auf dem Boden. Da wandte er sich an den Fuchs und sagte: »Ich danke dir, mein Sohn. Du bist sehr freundlich gewesen. Du sollst all das Fleisch als Belohnung haben. Ich bin sehr müde und mag davon nichts, du darfst dir alles nehmen.« Er ging fort, aber fiel ebenfalls tot um. Der Fuchs aber führte einen Triumphtanz auf und verspeiste alle beide Bären.

71. Das Land der Bären und der Wölfe

Einige Leute fuhren einmal an der Nordküste der Hudson-Straße entlang und kamen an eine Stelle, an der ein paar Menschen lebten. Zwei Kinder waren am Strand. Plötzlich entdeckten sie das Boot. Da liefen sie zu den Hütten und erzählten ihren Eltern, daß Fremde kommen. Die Leute gingen ihnen entgegen und sangen ein paar Lieder. Als sie so sangen, bemerkte einer von ihnen, ein alter Mann, ein junges Mädchen im Boot, das ihn die ganze Zeit über beobachtet hatte. Er bat nun die Eltern, ihm das Mädchen zur Frau zu geben. Die Leute fuhren mit ihrem Boot weiter und ließen das Mädchen zurück. Nachdem das Boot außer Sicht war, band der Alte dem Mädchen einen Riemen um den Leib, so daß er, wenn sie mal wegging, sie immer wieder zu sich zurückziehen und ihre Flucht verhindern konnte. So lebten sie nun zusammen, und nach einiger Zeit bekam die junge Frau ein Kind. Aber immer noch hielt der alte Mann seine junge Frau fest am Riemen. Da er das Oberhaupt der Leute des Wohnplatzes war, wagte niemand sich einzumischen, obwohl alle Leute die junge Frau sehr gern mochten.

Eines Tages luden die Leute den Alten zu einem Seehundessen ein, und während er fort war, gelang es seiner jungen Frau, zu fliehen und dem Weg ihrer Freunde zu folgen. Als der Mann nach Hause kam und entdeckte, daß seine junge Frau nicht mehr da war, brach er auf, um sie zu suchen.

Inzwischen war es Winter geworden, und die junge Frau wanderte auf dem Eis entlang. Tagelang ging sie immer weiter und trug dabei ihr Kind auf dem Rücken. Endlich kam sie zu einem Haus, und man bat sie hereinzukommen. Drinnen waren nur Frauen, die erzählten, daß ihre Männer auf Jagd seien und nicht vor Einbruch des Abends nach Hause kämen. Man gab ihr etwas zu essen und forderte sie auf, sich schlafen zu legen. Sie tat so, als ob sie schliefe, und konnte hören, worüber sich die Frauen unterhielten. Die eine, der das Haus gehörte, sagte zu der anderen: »Sie ist jetzt eingeschlafen. Ersteche sie!« Sobald die junge Frau das hörte, zwickte sie ihr Kind und tat so, als wenn sie durch sein Geschrei erwacht wäre. Sie zwickte das Kind immer weiter, und es schrie nun ununterbrochen. Dann sagte sie zu den Frauen, daß das Kind nicht eher mit dem Schreien aufhören würde, bis sie mit ihm vor die Tür gegangen sei und es hin und her getragen hätte. Das sahen die Frauen ein, und als sie draußen war, benutzte sie die Gelegenheit und floh.

Die Leute im Hause aber, die sie für Menschen hielt, waren in Wirklichkeit Wölfe.

Nun wanderte sie weiter an der Küste entlang und kam schließlich zu einem anderen Haus. Sie ging hinein, und obwohl Vorräte und Hausrat in seinem Inneren waren, war niemand zu sehen. Nach einer Weile hörte sie jemand kommen. Sie hatte Angst und versteckte sich hinter der Wandbekleidung des Schneehauses. Aus Furcht, ihr Kind könnte Lärm machen, erstickte sie es mit der Hand. Als die Leute nach Hause kamen, hörte sie sie sagen: »Ich rieche etwas. Hier muß jemand sein.« Die Leute waren Bären. Früh am nächsten Morgen aßen sie ihr Frühstück und gingen auf Robbenfang. Und bald nachdem sie gegangen waren, schlich sich die junge Frau aus dem Hause und ließ ihr totes Kind zurück. Lange wanderte sie umher, bis sie schließlich zu einem Platz kam, auf dem einen Tag vorher Leute gelagert hatten. Das einzige, was diese dort zurückgelassen hatten, war ein Kajakstuhl mit aufgewickelter Harpunenleine. Einige Zeit später sah sie zwei Kajaks ankommen. Die Männer kamen zurück, um den vergessenen Kajakstuhl abzuholen. Als sie die junge Frau sahen, fragten sie sie, woher sie gekommen sei. Als sie ihnen erzählte, wer sie war, hörte sie, daß ihre Eltern gerade einen Tag vorher zur Resolution-Insel gefahren seien. Die Männer legten sie nun auf einen der Kajaks und banden sie ordentlich fest. So wurde die junge Frau zur Insel hinübergepaddelt und konnte ihre Eltern wiedersehen.

72. Das Land der Wölfe

Zwei Männer waren auf dem Eis, um Robben zu fangen. Da brach das Eis auf, und die Jäger trieben viele Tage auf einer Eisscholle umher. Schließlich gelang es ihnen, die Küste zu erreichen. Sie sahen zwei Schneehäuser, und der eine Jäger ging in das eine, während der andere das zweite Haus betrat. Eins dieser Häuser war größer als das andere. Und der Mann, der dort hineingegangen war, wurde von den Bewohnern angefallen und verschlungen. Obwohl die Bewohner dieses Hauses wie Menschen aussahen, waren sie dennoch Wölfe. Der andere Mann fand in dem Haus, das er betreten hatte, nur eine Frau vor, die Ouearnacsuneark hieß. Als er hereinkam, sagte sie: »Ich rieche einen Menschen!« Und als sie hochschaute und ihn entdeckte, wurde sie sehr böse. Er aber gab ihr ein Messer zum Geschenk und bat sie, ihn als Freund zu behandeln und das Messer ihrem Mann zu geben, wenn er nach Hause kommt. Sie willigte ein und versteckte ihn unter dem Bettzeug und hängte seine Stiefel über die Lampe zum Trocknen auf.

Bald darauf kam einer der jungen Männer aus dem anderen Haus zu ihr herein und sagte: »Ich rieche einen Menschen!« Aber die Frau entgegnete: »Du riechst nur etwas altes Fleisch!« Nach einer kleinen Weile ging der junge Mann wieder heraus und erzählte seinen Leuten, daß er bei der Frau jemand vermute. Darauf ging seine Mutter zu der Frau und sagte: »Ich rieche einen Menschen!« Die Frau aber sagte: »Der Geruch kommt sicher aus deinem eigenen Haus.« Da sah die Mutter des jungen Mannes die Stiefel über der Lampe, die dort zum Trocknen aufgehängt waren, und sie fragte: »Wessen Stiefel sind das?« Quearnacsuneark sagte: »Das sind die Stiefel meines Mannes.« Die andere Frau erwiderte: »Das sind nicht die Stiefel deines Mannes. Die sind rund. Die Sohlen dieser Stiefel aber sind lang.«

Am Abend kam der Mann der Frau, die den Fremden in ihrem Bett versteckt hatte, nach Hause. Sobald er eintrat, sagte er: »Ich rieche einen Menschen!« Und er wurde sehr zornig. Als ihm aber seine Frau das Messer gab, wurde er ruhiger. Da kam der Mann unter dem Bettzeug hervor, und der Hausherr versprach ihm seinen Beistand. Bald konnte man wieder einen jungen Mann aus dem anderen Haus kommen hören. Nun gab man dem Gast einen großen Stein und forderte ihn auf, dem jungen Wolf damit auf den Kopf zu schlagen. Der junge Wolf kam herein, und kaum hatte er die Türschwelle überschritten, da bekam er auch schon einen wuchtigen Schlag über den Schädel und war tot. Später wurde der Körper des Erschlagenen von seinen eigenen Kindern aus dem Haus gezogen und zerlegt. Eins der Kinder nahm etwas von dem Fleisch, kostete es und sagte: »Ich habe immer geglaubt, daß Vater sehr mager sei, aber er ist ziemlich fett.«

Der Gast blieb noch den ganzen Tag über dort. Dann beschloß er, nach Hause zu wandern. Sein Gastgeber gab ihm einen kurzen Stock und sagte ihm, daß er diesen bloß in den Boden zu stecken brauche, wenn er seinen Weg verloren hätte. Und zu der Seite, zu der dann der Stock hinüberfiele, müßte er weiterwandern. Das tat er und erreichte schließlich sein Haus. Kurz vorher aber hatte er sich noch einmal umgeschaut und eine Nebelwolke hinter sich gesehen, die immer näher kam. Er wußte, daß das die Wölfe waren, die ihn verfolgten. Er konnte ihnen aber entkommen, weil er aus allen Kräften zu laufen begann, in sein Haus gelangte und so gerettet war.

73. Die Moschusochsen

In alten Zeiten hatten einmal zwei Moschusochsen ihre Felle ausgezogen. Sie hatten sich hingesetzt und rieben ihre Felle, um sie schön weich zu machen. Und während sie so saßen und an ihren Fellen arbeiteten, sangen sie ein Loblied auf ihre Heimat. Sie sangen von ihrer Schönheit und von der Sonne, die sie immer sehen konnten, und von dem Glück, daß die See so weit weg war. Als sie so sangen, hörten sie eine Meute Hunde ankommen. Sofort zogen sie sich wieder ihre Felle an und kletterten auf einen Hügel, auf dem sie sich gut verteidigen zu können glaubten. Aber kaum waren sie da oben angekommen, da kamen auch schon die Jäger und töteten sie. Die Männer hatten ihren Gesang gehört, der auch heute noch gesungen wird.

74. Der Moschusochse und das Walroß

Ein Moschusochse und ein Walroß waren einmal gute Freunde. Der Moschusochse gab seine Hörner dem Walroß, und das Walroß gab dem Moschusochsen seine großen Hauzähne. Aber der Moschusochse fand, daß die großen Hauer seines Freundes im Winter zu sehr knirschten, so daß er immer nichts anderes hören konnte als das Geknirsche der großen Hauzähne. Daher gaben sie im darauffolgenden Frühling Hauzähne und Hörner wieder einander zurück.

75. Das Mammut und der Moschusochse

Einmal hatten das Mammut und der Moschusochse beschlossen, ihre Stoßzähne und Hörner untereinander auszutauschen. Als aber der Moschusochse seine neuen Hörner ausprobieren wollte und mit ihnen gegen einen Stein stieß, zerbrachen sie. Daher machten sie den Tausch wieder rückgängig.

76. Auf der Mammutjagd

Es war einmal ein Mann, der auf Jagd ging. Als er nach Wild Umschau hielt, sah er etwas, das die Oberfläche der Erde aufriß. Das war tief im Inneren des Landes, und doch sah es so aus, als wenn ein Meerestier die See aufwühlte. So leicht konnte es durch die Erde kommen. Der Mann starrte und starrte auf die Erdklumpen, die hin und her geworfen wurden, bis die Stoßzähne eines Mammuts zum Vorschein kamen. Dieses Mammut zog die

Kruste der Tundra ab. Da spannte der Mann seinen Bogen und schoß einen Pfeil in die Erde, etwas nach hinten und unter die Stelle, wo die Stoßzähne alles aufrissen. Mehr tat er nicht. Dann ging er nach Hause und legte sich schlafen. Am nächsten Morgen brach er wieder auf, ausgeschlafen und in guter Stimmung. Und er ging dorthin, wo er am vorangegangenen Tage gewesen war. Und dort lag oben auf der Erde ein großes, schwarzes Tier, ein Mammut, das vornüber auf seine Knie gefallen und an seinen Wunden eingegangen war.

Eine andere Geschichte, an die man sich erinnert, handelt auch von einem Mann, der auf Jagd gegangen war. Er pirschte gerade durch eine Felskluft, als er plötzlich ein Mammut entdeckte, das aus dem Boden hervorschoß. Ihm dicht auf den Fersen lief ein Hund, der es verfolgte, und hinter dem Hund kam ein Mann, der in die Fußspuren des Mammuts, die tief in die Erde gingen, sprang und nur mit einem Messer bewaffnet war. Das Ganze war wie eine Erscheinung, so unglaublich war das alles. Aber genauso schnell, wie das Ganze aufgetaucht war, verschwand wieder alles in der Erde, das Mammut, der Hund und der Mann, die seiner Spur folgten. Sie kamen und verschwanden wieder wie ein jäher Erdsturz und rollendes Gestein an steilem Felshang. Und sie kamen nicht mehr an die Erdoberfläche zurück.

77. *Kilivpak, das Mammut*

Es wird erzählt, daß das vornehmste Jagdtier der Menschen in ganz alten Zeiten das Kilivpak war. Es war ein ziemlich großes Tier, größer als ein Bär. Das Kilivpak wurde gejagt, als die Menschen noch auf großen Wohnplätzen lebten – bevor sie begannen, sich zu zerstreuen. Damals waren die Menschen Landjäger, die ihren Sinn noch nicht auf das Meer gerichtet hatten. Das war, bevor sie Robbenfänger wurden. Man kann sich nur dunkel an das Kilivpak erinnern. Und was der Name bedeutet, weiß man nicht. Wenn die Menschen ein Kilivpak erlegt hatten und das Fleisch verzehrt war, ließen sie die Knochen eine Weile liegen. Wenn man später dann wieder nachschaute, war das Fleisch aus den Knochen gewachsen, und man konnte zum zweitenmal Fleisch essen. Wenn das Fleisch dann zum drittenmal herauswuchs, war es schon weniger. Und wenn man es dann gegessen hatte, warf man die Knochen weg, und dann sah man, daß sich auf ihnen Reif bildete. Und den schabte man ab und aß ihn. Und der Reif war das letzte, was man vom Kilivpak genießen konnte; denn danach wuchs kein Fleisch mehr aus den Knochen heraus. Seit damals – vor undenkbar langen Jahren – hat man die Redensart gehabt: »Wenn nur wieder Fleisch aus den Knochen wüchse!« Das sagt man, wenn das Essen besonders gut geschmeckt hat.

78. Das Mädchen, das Nachtwache hielt

Es waren einmal zwei Vettern, die auf dem gleichen Wohnplatz lebten. Der eine von ihnen hatte fünf Söhne, der andere nur eine einzige Tochter. Da begannen die Söhne des einen zu sterben, und nur der jüngste blieb am Leben. Aber auch dieser wurde schließlich krank und war dem Tod nahe.

Da schickte seine Mutter nach ihrer Schwägerin und ließ sagen: »Mein letzter Sohn ist sehr krank, schick doch bitte deine Tochter herüber, um ihn aufzuheitern. Er fühlt sich doch so schlecht.« Da sagte die Mutter zu ihrer Tochter: »Sie haben nach dir geschickt, du kannst nach dem Essen gehen.« – »Nein«, sagte das Mädchen, »laß mich gleich gehen!« – Da sagte die Mutter: »Dann zieh dir wenigstens etwas an.« – »Warum sollte ich?« sagte die Tochter, »es ist kein weiter Weg.«

Sie zog nur ihre Stiefel an und verließ, sonst völlig nackt, den Schlafraum, um hinüber in das Haus des anderen Vetters zu gehen. Der kranke Junge lag stöhnend auf dem Fell ausgestreckt. Er konnte weder essen noch trinken. Die Nacht kam, und sie legten sich zum Schlafen nieder. Eine neue Leine, aus dem Fell der Großkobbe gemacht, lag nahe dem Hauseingang.

Das Mädchen nahm sie an sich, machte eine Schlinge in Form eines Lassos hinein und kauerte sich neben den Hauseingang, um dort zu wachen. Sie war völlig nackt und trug nur ihre Stiefel.

Die Sonne war untergegangen, und es wurde ganz dunkel. Da hörte sie aus der Richtung des Sonnenuntergangs ein Rascheln. Sie lauschte angespannt und hörte ein paar behutsame Schritte. Sie stierte in die Dunkelheit und konnte schließlich eine Gestalt wahrnehmen. Es war ein Rabe. Er kam ohne viel Lärm näher. Hinter dem Haus lagen ein paar Stücke zum Fressen. Er pickte danach und stelzte dann langsam zum Eingang. Als er dicht genug herangekommen war, warf das Mädchen sein Lasso und fing ihn ein.

»Oh, oh, oh! Laß mich zufrieden! Ich habe nichts getan!« krächzte der Rabe. – »Und warum stiehlst du hier in der Nacht, ohne dem Hausherrn etwas davon zu sagen?« – »Ich war auf der Futtersuche und fand die Fleischbrocken und sogar Exkremente. Laß mich doch gehen!« – »In Ordnung!« – Sie ließ ihn frei, und er flog davon. Sie wachte weiter, das Lasso in der Hand und ganz nackt. Da hörte sie aus Richtung Mitternacht, wie ein Geräusch vorsichtig näher kam. Es war ein Fuchs, der sich zum Haus schlich. Sobald er dichter ans Haus kam, stöhnte der kranke Junge lauter. Da blieb der Fuchs stehen und witterte auf dem Boden herum. Er lauschte und sagte: »Diesmal werde ich ihn wahrscheinlich forttragen können!«

Der Fuchs kam näher, und das Mädchen warf sein Lasso und fing ihn. »Oh, oh, oh!« stöhnte der Fuchs. – »Und warum stiehlst du hier in der Nacht? Der Hausherr weiß nichts davon. Wahrscheinlich hast du die Jungen verschwinden lassen. Warum, du Schurke, hast du alle Leute so traurig gemacht? Du Trauerspender!« – »Oh, es war nicht mein Fehler. Euer Nachbar überredete mich, es zu tun und bezahlte mich dafür.« – »Stehen die Dinge so? Trotzdem muß ich dich töten!« – »Oh, ich werde augenblicklich verschwinden und nicht wiederkommen!« – »Das nützt dir nichts mehr, ich werde dich töten.« – »Ich werde dir ein gutes Lösegeld zahlen. Du sollst mit deinem

Mann glücklich sein, und ich werde deinen Feind töten.« – »Oh, wenn es so ist, dann magst du gehen!«

Der Fuchs lief fort. Das Mädchen betrat den Schlafraum, und ihr Körper, der ganz nackt war, wurde wärmer. Sie weckte die Schlafenden: »Steht auf! Ihr habt genug geschlafen«, sagte sie. Der Junge stöhnte nicht mehr und verlangte Essen. Sie gaben ihm etwas. Sie zerschnitt es in kleine Stückchen. Er schluckte einen Bissen hinunter, dann noch einen und noch einen. So verzehrte er vier Fleischstückchen. Dann gab sie ihm etwas Wasser zu trinken und aß und trank danach selbst. Danach legten sich alle wieder schlafen. Auch der Junge konnte einschlafen. Und als sie am nächsten Morgen erwachten, war der Kranke gesund.

Nun kam der Nachbar zu ihnen, ihr heimlicher Feind. »Oh, oh! Was war das für ein Mädchen, das ich in der letzten Nacht ganz nackt mit einem Lasso in der Hand herumgehen sah. Sie muß mein heimlicher Feind sein.« Das Mädchen nahm seine Kleider und ging hinaus. »Das war ich«, sagte sie zu dem Mann, »jetzt weiß ich, daß auch du mein heimlicher Feind bist!«

Da schämte sich der Mann sehr; denn er fühlte sich erkannt. Und seine Scham wurde so groß, daß er umfiel und daran starb. Das Mädchen aber lebte fortan mit dem Jungen zusammen, dem sie ja das Leben gerettet hatte. Und als sie groß genug waren, wurden sie Mann und Frau, und sie bekamen viele Kinder, und alle Leute hatten sie gern.

79. Das Mädchen in der eisernen Hütte

Es war einmal ein Schamane, der alles wußte. Alle Leute aus der Gegend schickten nach ihm, wenn sie in Not waren. Wenn die Leute krank wurden, konnte er sie wieder gesund machen. Eines Tages aber wurde er selbst krank, konnte sich nicht helfen und starb. Er hinterließ fünf Söhne. Der jüngste Sohn wollte nicht, daß die Leiche des Vaters nach draußen getragen würde. Er sagte: »Die Wölfe, die Füchse und die Raben werden ihn fressen.« Daher bewachte er den Leichnam fünf Tage lang.

Dann überfiel ihn die Müdigkeit, und er sank in einen tiefen Schlaf. Als er schlief, holten die anderen den Leichnam und schafften ihn fort. Und als er später erwachte, war der tote Vater verschwunden. »Oh«, sagte er, »ihr habt mich betrogen.« Und er ging zum Begräbnisplatz, aber die Füchse hatten den Leichnam bereits gefressen. Deshalb mußte er den ganzen Tag weinen.

Als schließlich der Abend kam, konnte er eine Stimme vom Himmel hören, die wie die seines Vaters klang. Die Stimme kam näher. »Nun, mein Sohn, ist es wahr, daß du mich so liebst? Trotzdem konnte ich nicht bei dir bleiben, weil ich ein Tornarak geworden bin. Am anderen Ufer lebt ein Mann, der eine einzige Tochter besitzt. Deine Brüder halten um ihre Hand an. Du mußt es auch tun, und ich will dir erzählen, wie du bei deiner Werbung Erfolg haben wirst. Sie ist in einer eisernen Hütte eingeschlossen. Du mußt auf die Hütte spucken und deinen Speichel dann überall verreiben. Dann wird sich die Hütte öffnen und du kannst eintreten. Du wirst dort ein Mädchen finden, völlig nackt und auf dem Rücken liegend. Sie wird fest schlafen. Du darfst sie nicht anrühren, mußt nur deine Notdurft zwischen ihren Beinen verrichten. Hast du das getan, sollst du sagen: ›Oh, wie seltsam, ich habe meine Notdurft zwischen den Beinen dieses schlafenden Mädchens verrichtet.‹ «

Der junge Mann machte sich nun auf die Suche und fand auch tatsächlich die eiserne Hütte. Er tat alles, was sein toter Vater ihn geheißen hatte, und als das Mädchen erwachte, sprang sie entsetzt auf und wollte sich auf ihn stürzen. »Oh, du schlechter Mensch!« rief sie, »was hast du gemacht?!«

Der junge Mann aber warf sie zu Boden, übermannte sie und machte sie zu seiner Frau. Von nun an waren die beiden verheiratet und waren ständig im eisernen Schlafraum zusammen.

Eines Tages kamen nun seine Brüder zu dem Vater des Mädchens. »Was wollt ihr von mir?« fragte er. – »Wir sind Freier«, erwiderten die Brüder, »und wollen deine Tochter heiraten.« – »Wenn es so steht«, erwiderte der Vater, »dann müßt ihr mir aus der Richtung des Sonnenaufgangs ein Gespann weißer Rentiere mit eisernen Halftern bringen. Wenn ihr das getan habt, werde ich euch als Freier betrachten.«

Die Brüder machten sich auf den Weg. Aber der jüngste, der mit dem Mädchen in der eisernen Hütte lebte, war ein Schamane und wußte alles. Er ging in das Haus, in dem die weißen Rentiere mit den eisernen Halftern gehalten wurden, setzte sich dorthin und wartete auf seine Brüder. Bald klopften sie an die Tür. »Wer ist da?« fragte er. – »Wir wollen die weißen Rentiere mit den eisernen Halftern holen«, erwiderten sie. – »In Ordnung, kauft sie.« – »Womit?« – »Mit einem eurer Ohren!« – »Ah!« – Der zweite Bruder schaute den ältesten an. – »Gut, ich werde ein Ohr dafür geben, und dann magst du das Mädchen heiraten.«

Dann schnitt er sein Ohr ab und gab es fort. – »Jetzt könnt ihr hereinkommen und die Rentiere mitnehmen.« Sie gingen hinein, tatsächlich standen dort weiße Rentiere mit eisernen Halftern. Aber jedes Tier war fest mit Ketten an seinen Platz geschmiedet, so daß sie sie nicht mitnehmen konnten.

Als sie wieder beim Vater des Mädchens angekommen waren, sagten sie ihm, daß sie keinen Erfolg gehabt hätten. »Wir konnten die Rentiere nicht loskriegen. Wir hatten sie schon gekauft. Mit einem Ohr, das sich einer von uns abgeschnitten hatte, aber wir konnten das Gespann nicht mitbringen.«

»Das geht schon in Ordnung«, sagte der alte Mann. »Ihr könnt das Mädchen haben, wenn ihr für sie etwas von eurer eigenen Haut gebt. In Richtung Sonnenuntergang gibt es noch ein anderes Rentiergespann. Das sind schwarze Rentiere, die ebenfalls eiserne Halfter tragen. Diese müßt ihr mir bringen.« Wieder machte sich der jüngste auf den Weg zu den Rentieren. Und als er eine Zeitlang bei den schwarzen Rentieren gewartet hatte, pochten seine Brüder an die Tür und wünschten die schwarzen Rentiere zu haben. »Kauft sie«, ertönte die Stimme des jüngsten. – »Womit?« – »Mit euren Hinterbacken!« – »Oh!«, der älteste schaute den anderen Bruder an. »Gut, ich werde meine Backen geben, und du magst dann das Mädchen heiraten.« Er schnitt sich die Backen ab und gab sie fort. »Jetzt könnt ihr hereinkommen und die schwarzen Rentiere nehmen. Ich kann es nicht.« Sie versuchten die Rentiere loszumachen, waren dazu aber nicht imstande.

Darauf gingen sie wieder zum Vater des Mädchens zurück. »Und wo sind die Rentiere?« fragte er. – »Oh, wir konnten sie nicht mitbringen«, sagte einer der Brüder, »wir haben sie zwar gekauft, mit einem Hintern, den einer von uns dafür gab, aber wir konnten die Rentiere nicht von ihren Plätzen losmachen.« – »Das ist schon in Ordnung«, sagte der alte Mann. »Wenn ihr die Braut mit eurem eigenen Fleisch gekauft habt, dann könnt ihr sie auch haben.« Und darauf sagte er zu seiner Frau: »Geh und hol unsere Tochter!«

Das Mädchen aber, das jetzt auch Schamanenkräfte besaß, wußte alles. »Wir müssen uns nackt ausziehen«, sagte sie zu ihrem Mann, »und uns mitten ins Haus legen, wie Mann und Frau, dann werden sie es doch wohl verstehen.« Die Mutter kam und sah die beiden dort ganz dicht zusammen, wie zwei Austern, liegen.

»Oh«, kreischte die Mutter und lief fort, um alles ihrem Mann zu erzählen. Der sagte: »Wer ist dieser Mann? Gib mir meine Hosen. Ich werde hingehen und ihn töten! Diese beiden haben das Mädchen mit ihrem eigenen Fleisch gekauft, und *er* nahm sie ohne jede Bezahlung. Ich werde ihn töten!«

Der junge Mann, der ja ein Schamane war, wußte, was der alte Mann sagte und schickte seine junge Frau zu ihm. »Geh zu deinem Vater«, sagte er, »und zeig ihm das Ohr und die Hinterbacken und sag, daß das ihre Zahlungsmittel waren. Ich bin vor ihnen dort gewesen und habe diese Zahlungsmittel als Bußgeld für die schlechte Behandlung angenommen, die sie dem Leichnam unseres Vaters zuteil werden ließen.«

»Aha«, sagte der Vater, als ihm seine Tochter alles ausgerichtet hatte, »wenn die Dinge so liegen, dann soll er sie haben.« Und nun war er nicht mehr zornig. Und die jungen Leute lebten glücklich und zufrieden bis ans Ende ihrer Tage.

80. Der Angakok und seine Frau

Vor langer, langer Zeit lebte einmal ein Angakok in Kilusiktok, der durch seine Zauberkräfte alle Tiere aus der Gegend vertrieb. Seine Frau, die gleichfalls ein Angakok war, wurde sehr ärgerlich und sagte: »Warum willst du die Menschen verhungern lassen? Wirst du nicht auch Hunger leiden? Oder tust du das etwa, weil du gar keinen Hunger spürst?« Da bekam ihr Mann vor ihr Angst und verwandelte sich in eine bärtige Robbe. Aber die Frau verwandelte sich sogleich in einen Weißwal und verfolgte ihn. Sie kämpfte mit ihm unter dem Wasser und zwang ihn, an den Strand zu fliehen. Bevor er aber das Wasser verließ, streifte er sein Robbengewand ab, ließ es in der See und ging nackend an Land. Die Frau, die in einen Weißwal verwandelt war, ergriff das Bekleidungsstück und ließ es untergehen, so daß der Mann es nicht wiederfinden konnte und nackt und hilflos am Land bleiben mußte, bis er schließlich vor Hunger starb. Die Frau begab sich nun in ein anderes Land und brachte von dort viele Moschusochsen nach Kilusiktok, die den Platz der von ihrem Mann vertriebenen Rentiere einnehmen sollten. Die Frau aber lebte von dieser Zeit an im Wasser und machte gutes Wetter und half manchmal den Eskimo beim Robbenfang. Danach lebten die Leute von Kilusiktok von Moschusochsen. Aber in jüngster Zeit wurden diese seltener. Doch die Rentiere kehrten in großer Zahl zu der Gegend zurück, so daß die Eskimo dort genug zum Leben haben.

81. Die Rache des Angakoks

Es war einmal ein Mann, der zwei Frauen hatte. Die eine war alt, die andere jung. Eines Tages fuhren sie mit ihrem Schlitten los, um einen anderen Wohnplatz aufzusuchen. Die alte Frau saß angebunden auf dem Schlitten, während die junge vorn neben dem Gespann lief. Dies empörte die alte Frau. Und sie redete daher so viel auf ihren Mann ein, daß dieser schließlich das Gespann zum Stehen brachte und sie losband, so daß sie nebenherlaufen konnte. Aber sie war zu alt, um mitzuhalten. Und so blieb sie ein ganzes schönes Stück hinter dem Gespann zurück. Der Mann fuhr mit seinen Hunden und der jungen Frau bis zum Einbruch der Nacht weiter. Dann baute er zwei Schneehäuser. Nach einiger Zeit kam die alte Frau an und fragte ihren Mann, warum er zwei einzelne Häuser gebaut hätte. Er sagte ihr, daß das eine für sie sei, während er in dem anderen mit seiner jungen Frau schlafen wolle. Das nahm sie ihm übel, und da sie ein Angakok war, ließ sie eine Anzahl junger Hunde unter die Bettdecke kriechen, unter der ihr Mann mit seiner jungen Frau lag. Dort fingen sie erbärmlich zu wimmern an und quälten die beiden damit zu Tode.

82. Schamanengeschichten

Eines Sommers waren die Leute von Kingawa fast am Verhungern. Ashewaahallow war ein großer Angakok. Die Leute wollten, daß sie hinunter zu Sedna, der Beherrscherin der Meerestiere, fuhr, um ihr von der Hungersnot zu berichten. Sie gab ihre Einwilligung, und nach einigen Beschwörungen fuhr ihre Seele hinunter zu Sedna. Nach einiger Zeit belebte sich ihr Körper wieder, weil ihre Seele zu ihm wieder zurückgekehrt war. Dann erzählte sie ihren Leuten, daß ihr Sedna versprochen hätte, zwei junge Wale zu schicken, und daß einer von ihnen ohne Schwanz sein würde. Sie fügte noch hinzu, daß die Wale kommen würden, sobald das Wetter ruhiger geworden sei. An einem der folgenden Tage, als die Männer in ihren Kajaks hinausgefahren waren, erschien nun ein junger Wal ohne Schwanz, der von ihnen harpuniert wurde. Und bald darauf kam auch der andere, den sie ebenfalls erlegen konnten.

In Akudnirn lebte ein alter Mann namens Ningiu. Er hatte eine Frau und zwei Söhne, von denen einer Kudlu hieß. Ningiu war ein sehr weiser und mächtiger Mann. Eines Tages arbeitete er nicht weit von seinem Zelt entfernt in der Nähe eines großen Felsblocks. Dort beschäftigte er sich mit einem Stück Holz, das er für seinen Schlitten gebrauchen wollte. Zwei Männer, die von einem anderen Zeltplatz gekommen waren, um Ningiu zu töten, näherten sich ihm verstohlen von der anderen Seite des Felsblocks. Sie wähnten sich unbeobachtet, aber Kudlu und sein Bruder hatten sie durch ein Loch ihres Zeltes beobachtet. Plötzlich rief Ningiu, der von seiner Arbeit überhaupt nicht aufgeschaut hatte: »Kommt her!« Die beiden Männer kamen schneller näher und hielten dann an. Aber er forderte sie auf, dichter heranzukommen. Dann fragte er sie: »Woher kommt ihr?« Sie sagten: »Wir kommen von dort drüben« und zeigten in die Richtung, aus der sie gekommen waren. »Was wollt ihr hier?« Sie sagten: »Wir kamen nicht aus einem besonderen Grund.« Als die Fremden nun sahen, daß man sie entdeckt hatte, gingen sie fort, ohne Ningiu anzugreifen. Einer von ihnen hatte unter der Jacke ein Messer versteckt, mit dem er Ningiu töten wollte. Da dachte Ningiu: »Ich wünsche, daß der Mann, der mich töten wollte, stirbt!« Und kaum hatten die beiden Männer ihr Haus wieder erreicht, da wurde der, welcher unter seiner Jacke das Messer versteckt hatte, krank und starb bald darauf. Seine Freunde wunderten sich sehr, weil er so plötzlich gestorben war. Sie dachten, daß Ningiu ihn verhext hätte und daß das seinen Tod verursacht haben mußte. Daher beschlossen sie, ihn zu töten. Sie brachen auf, und als sie das Zelt von Ningiu erreicht hatten, fragten sie ihn: »Was hast du den Männern angetan, die vor kurzem hier waren? Als sie zurückkamen, wurde der eine von ihnen krank und starb bald darauf.« Ningiu antwortete ihnen, indem er sehr langsam sprach: »Ich wollte nicht, daß sie zu mir kamen, um mich zu töten. Sie kamen aber, um mich zu erledigen. Als ich sie fragte, woher sie kämen und was sie hier wollten, sagten sie nur, daß sie von dort drüben kämen und nichts besonderes vorhätten. Aber sie wollten mich töten. Und als sie gegangen waren, wünschte ich nur, daß der eine, der mich zu ermorden beabsichtigte, sterben möge.« Da gingen die beiden Männer fort, ohne Rache an Ningiu genommen zu haben.

In einem anderen Jahr ging Ningiu ganz allein auf Rentierjagd. Drinnen im Lande, weit weg von der See, war ein mächtiger Felsblock. Zwei Männer von demselben Zeltplatz, auf dem Ningiu wohnte, jagten auch in dieser Gegend und saßen dicht bei dem großen Felsblock. Ningiu konnte sie beobachten, ohne selbst gesehen zu werden. Und er näherte sich ihnen im Schutz des Felsens. Als er nahe herangekommen war, konnte er die Männer durch einen Spalt unten am Gestein erblicken. Als er sie so beobachtete, entdeckte ihn einer der jungen Männer. Sobald er ihn gesehen hatte, fiel er tot um. Der andere Mann war nun sehr erstaunt über den plötzlichen Tod seines Freundes. Er sah ebenfalls dorthin, wohin sein Begleiter geschaut hatte. Und als er Ningiu sah, taumelte er zurück und fiel auch auf den Boden. Jetzt wollte Ningiu, daß der tote Mann wieder aufstand, und sein Wille geschah. Darauf sagte er zu den jungen Männern, indem er in verschiedene Richtungen zeigte: »Es gibt dort überall genügend Rentierfleisch.« Sie gingen darauf in die Richtungen, die er ihnen gezeigt hatte, und stießen dort auf eine große Menge von Rentieren. Ningiu aber machte sich auf den Heimweg.

Nachdem er sich zu Hause eine Weile ausgeruht hatte, ging er mit seinem Sohn Kudlu auf Jagd. Eines Nachts, als Kudlu schon schlief, redete Ningiu mit sich selbst. Als Kudlu erwachte, fragte er seinen Vater, wer zu ihrem Schlafplatz gekommen sei. Aber Ningiu antwortete: »Halt! Frage nicht. Wir wollen morgen nach Rentieren Auschau halten. Wenn du morgen welche zu Gesicht bekommst, werden deine Augen schmerzen.« Am nächsten Morgen brachen sie zeitig auf und sahen bald zwei Rentiere, ein weibliches Ren und sein Junges. Ningiu sagte zu seinem Sohn: »Ich will zu ihnen hinaufgehen. Warte hier.« Vorsichtig pirschte er sich an die Tiere heran, die ihn aber entdeckten. Da blieb er stehen und beobachtete die Rentiere, wobei er den Kopf etwas zur Seite bog. Die Rentiere wollten gerade fortlaufen, standen aber jetzt ganz still. Plötzlich sprangen sie los. Aber Ningiu blieb ruhig stehen und sah sie fortwährend an. Da fielen sie mit einemmal um und waren tot. Als sie wieder nach Hause kamen, erzählte Kudlu den Leuten, was er gesehen hatte. Wie sein Vater ganz still gestanden war und wie die Rentiere ihn wie gebannt angestarrt hätten und dann – gerade als sie lossprangen – tot zu Boden fielen.

Nachdem einige Zeit vergangen war, wurde Ningiu krank und stand dicht vor dem Tode. Er kannte nicht die Ursache seiner Krankheit. Zu jener Zeit begannen die Leute vor Hunger zu sterben. Eines Tages sagte Ningiu zu ihnen: »Ich werde sterben. Dann wird Kudlu seine erste Kegelrobbe und seinen ersten Wal fangen, und ihr werdet nicht länger Not zu leiden brauchen.« Bald danach verlor er das Bewußtsein. Er starb und wurde begraben. Seine Familie blieb drei Nächte lang in dem Zelt. Als diese Zeit vergangen war, fuhren Kudlu und sein Bruder mit ihren Kajaks auf Robbenfang. Aber während der Bruder nur eine gewöhnliche Robbe harpunierte, gelang es Kudlu, eine Kegelrobbe zu erlegen. Am folgenden Tag fuhren sie wieder auf Jagd, und Kudlu gelang es nun, einen Wal zur Strecke zu bringen. Sie schleppten ihn nach Hause und hatten nun genug zu essen.

Owleyjen und Akuto lebten in der Nähe von Padli. Als sie einmal auf Rentierjagd waren, trafen sie ein paar Leute, die ebenfalls Rentiere jagten. Und sie alle bauten sich für die Nacht ihre Häuser. Owleyjen war der erste, der sein Haus fertig bekam. Aber er und sein Freund hatten keine Lampe mit, um darüber ihr Essen zu kochen. Daher sagte er: »Wollen wir uns nicht eine Lampe und Tran von den anderen Jägern besorgen?« Und Akuto erwiderte: »Ja.« Da wünschte Owleyjen, der ein Angakok war, daß der Feuerbohrer der anderen Jäger nicht in Ordnung sei. Und so kam es auch: Die Leute versuchten immer wieder, Feuer zu machen, aber der Bohrer machte nicht mit. Schließlich meinten sie: »Die beiden Jäger dort haben sicher ein Stück Holz, mit dem wir Feuer machen können.« Und einer von ihnen ging zu Owleyjen und sagte: »Wir haben Feuer zu machen versucht, aber unser Feuerbohrer geht nicht. Hast du vielleicht ein Stück Holz?« Owleyjen sagte: »Wenn du mir eine Lampe und Tran geben willst, werde ich für euch Feuer machen.« Der Mann ging weg und kam mit einer Lampe und Tran zu Owleyjen zurück. Und kaum hatte der Mann das gebracht, da sagte Owleyjen: »Ich wünsche, daß sie ihre Lampen richtig in Ordnung bringen.« Die Leute versuchten wieder Feuer zu machen, und jetzt war der Feuerbohrer in Ordnung. Der Mann, der Owleyjen Lampe und Tran gebracht hatte, brachte ihm jetzt auch noch ein Licht und sagte, daß es ihnen jetzt gelungen sei, Feuer zu machen. Owleyjen und Akuto freuten sich darüber, daß sie eine Lampe und Tran bekommen hatten. Am nächsten Morgen gaben sie alles zurück und wanderten nach Hause.

Diese Leute trafen sich einmal während eines Frühlings wieder. Die Frauen waren gerade dabei, eine Haut auf einen Kajak zu nähen. Während sie so arbeiteten, verlor eine der Frauen ihre Nadel, die im Moos verschwand und nicht wiedergefunden werden konnte. Und während die Frauen immer noch nach der verschwundenen Nadel suchten, kam Owleyjen zu ihnen und fragte, was sie täten. Und als er hörte, daß eine der Frauen ihre Nähnadel verloren hätte, bat er um Erlaubnis, sie suchen zu dürfen. Er entfernte sich etwas von der Stelle und legte sich auf den Boden. Nun schaute er durch seine Hände. Aber nicht auf den Boden. Dann sagte er: »Ich sehe sie dort drüben!« Die Leute waren erstaunt, daß er sie sehen konnte. Nun ging er langsam auf sie zu. Sobald er an die Stelle gekommen war, an der die Nadel lag, ließ er sich auf den Boden fallen und pflückte eine Handvoll Moos. Dann ging er langsam zum Kajak zurück und schüttelte die Nadel aus dem Moos heraus, so daß sie auf die Bespannung des Kajaks fiel.

In Kingawa lebten einmal ein Mann namens Utsunang und seine Frau Ishamaloo, die ein Angakok war. Ein anderer Mann namens Kunek lebte zusammen mit seiner Frau Kumangan auf demselben Platz. Utsunang brauchte Holz, um einen Kajak zu bauen. Kunek, der Holz besaß, weigerte sich, ihm davon etwas abzugeben, und verließ den Wohnplatz, um auf einer kleinen Insel zusammen mit seiner Frau sein Zelt aufzurichten. In der darauffolgenden Nacht hörte Utsunang ein Geräusch. Es klang, als wenn ein großes Stück Holz ans Ufer getrieben wäre. Früh am nächsten Morgen stand er auf und lief nach draußen. Er sah ein großes Stück Treibholz und freute sich sehr. Nun bat er seine Frau, die Robben zu veranlassen, hierher zu kommen; denn er konnte sich jetzt ja einen Kajak bauen und sie jagen. Eines Tages erschien Kunek wieder bei Utsunang und sagte ihm, daß er ihm jetzt das Holz geben würde, um das er ihn gebeten hatte. Utsunang sagte: »Als ich dich damals darum bat, wurdest du sehr böse. Warum willst du es mir jetzt geben?« Kunek erwiderte: »Ja, ich war ärgerlich.« Tatsächlich aber hatte er das große Stück Treibholz gesehen, das am Ufer vor Utsunangs Zelt angetrieben worden war, und wollte etwas davon haben. Daher war er gekommen und hatte Utsunang etwas von seinem Holz angeboten. Nun sagte er: »Na schön, ich möchte gern einen Teil von dem Holz da haben!« Und er zeigte auf das angetriebene Stück, das unten am Ufer lag. Und drohend fügte er hinzu: »Wenn du es mir nicht geben willst, werde ich dich erstechen!« Utsunang sagte: »Ich habe keine Lust, von dir getötet zu werden.« Und er gab ihm ein Stück Holz, und Kunek nahm es mit nach Hause. Am nächsten Morgen sah Utsunang ein Tier im Wasser schwimmen, und es trieb auf das Ufer zu. Er lief ans Wasser und sah, daß es eine Kegelrobbe war, groß genug, um aus ihrem Fell die ganze Oberbespannung eines Kajaks zu machen. Am nächsten Tag wurde wieder ein Tier ans Land getrieben. Das war ein Seehund. Und jetzt fand er jeden Morgen unten am Wasser einen Seehund und bekam so genügend Felle für seinen Kajak. Eines Morgens aber trieb ein Weißwal an Land, der ihn mit Sehnen versorgte, mit denen man die

Bezüge seines Kajaks zusammennähen konnte. Als nun der Kajak fertig war, hatten sie viel zu essen. Eines Tages besuchten ihn viele Leute. Und ihnen erzählte er, wie er mit Kunek Streit gehabt hatte und wie er mit Holz versorgt wurde, mit Fellen für seinen Kajak und mit Sehnen.

In Kingawa lebte einmal ein weiblicher Angakok namens Eterseoot. Die Frau hatte zwei Männer. Nicht weit von ihnen wohnte ein Mann, Kowertse, der seine Frau verloren hatte. Kowertse glaubte, daß Eterseoot den Tod seiner Frau verursacht hatte, und er beschloß, sie zu töten. Aber die Leute warnten ihn und sagten, daß sie ein mächtiger Angakok sei. Niemals nähte sie sich Kleider, sie reinigte nur die Felle, schnitt sie zu und legte sie unter ihr Bett. Und wenn sie sie gebrauchte, zog sie sie fertig unter ihrem Bett hervor. Aber obwohl Kowertse in dem Glauben war, daß Eterseoot den Tod seiner Frau verschuldet, war es doch Tatsache, daß sie niemals einen solchen Wunsch geäußert hatte. Trotzdem suchte Kowertse sie nun auf, und sie ging ihm entgegen. Als sie sich begegneten, sagte Eterseoot: »Ich weiß, warum du hierher gekommen bist und was du beabsichtigst.« – »Ja«, erwiderte Kowertse, »ich will dich töten.« Darauf nahm er sein Messer und brachte ihr verschiedene Stichwunden bei. Da schrie Eterseoot sehr und rief nach Leuten, die ihr helfen sollten. Aber Kowertse kümmerte sich nicht darum, sondern stach immer weiter zu, bis er glaubte, daß sie sterben würde. Dann verließ er sie und ging in seine Hütte. Nun kamen ein paar Leute angelaufen, um Eterseoot zu helfen. Sie sagte zu ihnen: »Ich kann nicht wieder gesund werden, aber legt mich auf ein Fell und tragt mich in meine Hütte.« Sie bat die Leute, sie hinten in ihrer Hütte niederzulegen, und wiederholte: »Ich kann nicht wieder gesund werden.« Aber sie blieb dort nicht lange. Sie stand auf und begab sich auf den Platz, wo sie sonst immer zu sitzen pflegte, und sie war wieder gesund und munter, als wenn man sie gar nicht mit einem Messer gestochen hätte. Keine Schramme und Wunde war an ihrem Körper zu sehen. Als am nächsten Tag ihre beiden Männer das Haus verließen, hörten sie, daß Kowertse krank sei. Bald schickten sie jemand, der Eterseoot bitten sollte, ihn zu heilen. Sie brach sofort auf, und als sie an seiner Seite saß, flüsterte sie ihm ins Ohr: »Kowertse, was fehlt dir?« Aber er gab keine Antwort. Da wiederholte sie ihre Frage: »Was fehlt dir?« Wieder gab er keine Antwort. Da sagte sie: »Gestern warst du schrecklich. Du stachst mich und versuchtest mich zu töten. Mein Name bedeutet Rückseite, ich bin sicher, du hast deine eigene Rückseite getroffen.« Dann ging sie nach Hause und erzählte den Leuten, daß sie glaube, daß Kowertse bald sterben werde. Sie sagte: »Er stach mich mit seinem Messer, und immer noch bin ich am Leben und ganz, aber er ist krank, obwohl er nicht verletzt und gestochen wurde.« Bald darauf starb er.

Ein großer Angakok sowie drei andere Männer mit ihren Frauen verließen in einem Frühling die See, um auf Rentierjagd zu gehen. Als sie aus ihren Booten stiegen, waren sie alle noch sehr gesund. Aber es waren kaum ein paar Tage vergangen, da wurde einer der Männer krank und starb. Die anderen, die überall in der Gegend herumstreiften, um Rentiere zu jagen, wußten davon zuerst noch nichts. Als sie aber alle wieder beisammen waren, fanden sie ein Grab. Und sie stellten fest, daß es neu sein mußte und daß einer von ihnen wohl gestorben sei. Da sagte der Angakok zu seinen Gefährten: »Soll ich ihn wieder zum Leben erwecken?« Und sofort begann er mit seinen Beschwörungen. Er blies auf das Gesicht des Toten, der bald darauf zu atmen begann und sich erhob, obwohl er schon einige Zeit tot war. Er ging nun zu den anderen, die sehr erstaunt waren, den Toten zurückkehren zu sehen. Als sie sich wieder gefaßt hatten, priesen sie den Angakok, der imstande war, Tote zum Leben zu erwecken. Sie sagten: »Er kann Leben in die Toten blasen! Er ist in der Tat ein großer Angakok!« Der Mann aber, dem der Angakok das Leben wiedergegeben hatte, wurde sehr alt.

Als einmal der Winter gekommen war, wollte ein Mann Angakok werden. Er bat den großen Angakok, ihn einzuweihen. Der willigte ein und sagte: »Du mußt zuerst sterben. Das ist der beste Weg, ein Angakok zu werden.« Er starb, und die Leute trugen ihn fort und bedeckten ihn mit Steinen. Drei Nächte lang ließen sie ihn im Grab. Die Leute aber sprachen nur im Flüsterton, so bange waren sie. Nach der dritten Nacht forderte der Angakok die Leute auf, den Toten zurückzubringen. Sie fanden den Körper hart und steif gefroren vor. Und als sie ihn ins Haus hineintragen wollten, kamen sie mit ihm nicht durch die Tür, weil sein einer Arm gekrümmt war. Wohl oder übel mußten sie ein Stück aus der Tür schneiden, um ihn hineinbringen zu können. Nun ließ der Angakok den Körper des Toten auf den Fußboden legen. Und er bewegte sich um ihn herum, indem er zu ihm sprach. Er stand jetzt an der rechten Seite des Körpers. Nachdem er wieder herumgegangen war, blies er in den Kragen der Jacke hinein. Er ging nochmals um ihn herum und blies in seine Hosenbeine. Wieder umschritt er ihn und blies auf einen Fuß. Dann ging er wieder herum und pustete auf die Sohle des anderen Fußes, dann unter das eine Hosenbein und in den Ärmel und schließlich auf das Gesicht. Da wurde der Körper wieder lebendig, und der Tote stand auf. Der Mann war jetzt ein Angakok geworden.

Dieser selbe große Angakok konnte auch Menschen dadurch wieder kurieren, daß er ihnen die kranken Teile aus ihren Körpern entfernte und diese durch Körperteile eines Kaninchens ersetzte.

83. Der Flug des Angakoks oder wie die grönländische Westküste bevölkert wurde

In Kangaamiut, in der Gegend von Sukkertoppen, erzählt man, daß in alten Zeiten, als diese Seite des Landes noch nicht bewohnt war, ein Angakok von der Ostküste Grönlands einen großen Flug über das Inlandeis unternahm.

Als er das Eis hinter sich hatte, kam er an einen schönen Inlandsee, an dem viele Rentiere ästen.

Nun flog er über Kangerlussuaq hinaus und an der Küste entlang bis zur Südspitze des Landes, um diese herum und zurück in seine Heimat.

Dort erzählte er seinen Leuten von der Schönheit der Lande, die er auf der anderen Seite des Inlandeises gesehen hatte, und von den vielen Rentieren.

Seine Landsleute bekamen nun große Lust, sich dorthin aufzumachen. Und als der Frühling kam, machten sie alle ihre Boote klar und begaben sich auf die große Reise.

Zuerst fuhren sie in ihren Umiaks und Kajaks bis an die Südspitze des Landes und dann dort herum und hinauf nach Norden.

Als inzwischen der Herbst gekommen war, bauten sie sich an der Küste einen Wohnplatz, und im darauffolgenden Sommer zogen sie nach Norden weiter.

Nun erkannte der Angakok bald den Fjord von Kangerdlugsuak, den er bei seinem großen Flug über das Inlandeis so schön gefunden hatte, wieder.

Als sie nun in den Fjord hineinfuhren und zu der Stelle kamen, die jetzt Ikkarlungmiut genannt wird, stiegen sie an Land und kamen nach einer längeren Wanderung schließlich an den Inlandsee, den der Angakok gesehen hatte.

Von jener Zeit an wurde dieser See Tasersiaq genannt.

Sie nahmen dort ihren Sommersitz.

Aber im Herbst zogen sie den Fjord wieder hinunter und überwinterten auf Narsamiut.

Von diesem Platz aus verbreiteten sie sich später und bevölkerten so die ganze Küste.

84. Die Abenteuer des Angakoks Kuanak

Es war einmal ein Angakok mit Namen Kuanak. Der war immer sehr hilfsbereit und kam in die Häuser der anderen Leute, wenn es galt, eine Geisterbeschwörung abzuhalten. Einmal begab er sich auf einen Geisterflug, um zu sehen, wie es seinen fernen Verwandten ging. Sie löschten die Lampen, bogen ihn zusammen, so daß der Kopf die Füße berührte und gebrauchten einen ganzen Fangriemen, um ihn damit zusammenzubinden. Darauf legten sie ihn auf den Fußboden und stimmten einen Gesang an. Als Kuanak durchs Dach flog, konnten sie die frische Luft hereinströmen fühlen. Er flog in Richtung Süden über das Land, sah seine Verwandten, denen es allen gutging, und kehrte darauf spät in der Nacht wieder um, um nach Hause zu fliegen. Aber wie er so zwischen den hohen Bergen flog, kam ein Amarsisortok, ein menschenraubender Geist, aus einer Felswand, um ihn in seiner Tasche aufzufangen. Das wäre ihm auch fast geglückt, als aber Kuanak dicht an der Tasche des Geistes war, ließ er sich ins Wasser eines Fjordes fallen und sauste an dem unter ihm fliegenden Geist vorbei und tief ins Wasser hinein. Und als er den Grund des Fjordes erreicht hatte, ging er unter der Erde weiter.

Inzwischen machten sich seine Leute Sorgen; denn der Tag dämmerte bereits. Plötzlich hörten sie seine Stimme unter der Erde, die ständig näher kam. Und schließlich tauchte er aus dem Boden auf. Er erzählte nun, daß er alle seine Verwandten bei bester Gesundheit vorgefunden hätte, aber nur mit Mühe und Not einem Amarsisortok entkommen sei.

Ein anderes Mal wollte er einen Geisterflug nach Norden unternehmen. Als er wie beim letztenmal wieder durch das Dach geflogen war und seine Leute die frische Luft hereinströmen fühlten, flog seine Trommel ganz von selbst in die Luft, schwebte ums Haus, stand still und fiel dann herunter. Kaum lag die Trommel auf dem Boden, da hörten sie auch schon draußen die Stimme des Angakoks, und als sie hinausliefen, fanden sie ihn vor dem Haus liegen, im Schnee halb totgefroren. Und neben ihm lag ein alter Fellbezug eines Kajaks. Da man nämlich die Spitzen des Bezuges nicht abgeschnitten hatte, war er ihm gefolgt. Und darüber war er so erschrocken, daß er abstürzte. Später wagte er keinen Geisterflug mehr.

Kuanak zog nun nach Norden und überwinterte bei Agpamiut. Während seines dortigen Aufenthalts kenterte er einmal, als er sich vor den Schären auf Jagd befand. Ein Seehund, den er harpunierte, zog ihn unters Wasser. Und als er wieder zu Bewußtsein kam, merkte er, daß er sich auf dem Grunde des Meeres befand, wo sich seine Großmutter mit ihm beschäftigte. Sie zog den Bund seines Kajakpelzes ganz zusammen, so daß kein Körperteil bloß war, gab ihm ein Stück Fell für den Kajak und schupste ihn wieder nach oben. Als er aus dem Wasser emportauchte, fuhr er erst weit auf die See hinaus, suchte dann wieder das Land auf und betrat das Ufer bei einem Wohnplatz. Aber als er gerade gelandet war, kam jemand aus einem Haus und goß einen Urinkübel aus. Durch den Geruch verscheucht, fuhr er wieder auf die See hinaus und wollte bei Sagtormiut landen, aber dort wollte ein Mädchen gerade seinen Haarknoten machen und stand gebeugt mit herunterhängendem Haar da. Dadurch wurde er wieder fortgescheucht, fuhr wieder aufs Meer, und als er nach einiger Zeit die Küste aufsuchte, kam er nach Pisugfik. Wenn er hier wieder fortgejagt worden wäre, würde das das dritte Mal gewesen sein, und dann hätte er nicht mehr zurückkehren können. Aber hier kam er zu einem Haus und sah ein paar alte Männer sitzen, die mit Seehundsknochen Würfel spielten. Da jagte er rasch durch den Hausgang hindurch, und als er sich dann zu seiner vollen Größe aufrichtete, kriegten die Männer keinen schlechten Schreck. Einer von ihnen wollte Stroh anstecken und es ihm entgegenwerfen. Aber die anderen hielten ihn davon ab, weil sie in ihm einen Anginiartusok oder verunglückten Kajakfahrer erkannten, der zu den Lebenden zurückkehrt. Die Männer ergriffen ihn, und als sie seine bloßen Körperteile berührten, wurde er kraftlos, und sie legten ihn auf den Boden und stimmten einen Gesang an, um ihn zum Atmen zu bringen. Endlich war es soweit: Er holte Luft und atmete wieder. Und die Männer erkannten Kuanak wieder. Aber da damals festes Eis lag, mußte er in Pisugfik bis zum Frühling bleiben. Dann brachten sie ihn in einem Boot zurück nach Agpamiut. Inzwischen aber hatten seine Hinterbliebenen ihre Trauerzeit beendet und ihn sich bereits aus dem Kopf geschlagen. Da hörten sie eines Tages, wie die Besatzung eines Bootes Kuanaks Lied sang, von Anfang bis zum Ende. Und als sie entzückt lauschten, kam das Boot zum Vorschein, und mitten drin saß Kuanak. Später wurde er dann wieder ihr Ernährer.

85. Der Angakok, der seine Schwester besuchte

Auf Qeqertarsuaq lebte einmal ein Angakok, der eine Schwester hatte, die er sehr liebte. Als diese sich nun mit einem Mann verheiratete, der auf Karra wohnte, pflegte er sie oft zu besuchen, wenn das Eis fest war. Einmal, mitten im Winter, fuhr er wieder mit seinem Hundeschlitten zu ihr. Als er sich aber dem Hause näherte, wollten die Hunde nicht weiterlaufen, obwohl sie es noch gar nicht sehen konnten. Es half nichts, daß er sie peitschte, sie rührten sich nicht von der Stelle. Und schließlich mußte er sie festbinden und zu Fuß weitergehen. Als er vors Haus kam, war nirgends ein Mensch zu sehen. Er schüttelte sich den Schnee ab und machte Lärm, damit man ihn hören sollte, aber niemand kam. Da ging er zum Fenster und blickte in das Haus hinein und sah alle Bewohner steif und mit heraustretenden Augen, die in den Ecken gerissen waren, sitzen und auf den Hauseingang starren. Als er seine Schwester suchte, entdeckte er sie auf der Pritsche. Ihre Augen waren noch weiter herausgetreten als die der anderen Leute, und sie lehnte sich gegen die Wand. Ihr Gesicht war ohne Haut, und als sie den Bruder sah, begann sie zu kauen und auf allen vieren durch den Hausgang zu kriechen. Erschreckt durch diesen Anblick flüchtete er, aber fühlte sich völlig kraftlos. Und er war nur ein kleines Stück vom Haus fortgekommen, als die Schwester auch schon aus dem Hausgang herausgekrochen kam. Schließlich erreichte er seine

Hunde, aber konnte sie wieder nicht von der Stelle bekommen. Da kam auch schon die Schwester in seine Nähe. Ihr Mund war aufgerissen, als wollte sie ihn verschlingen. Da verstummten selbst die Hunde völlig. Er schlug indessen auf sie weiter ein und zerbrach dabei seinen Eispickel und seinen Peitschenschaft. Da sträubten sich die Haare seines Lieblingshundes. Darauf begannen die anderen ein wenig zu heulen, und plötzlich fuhren sie alle los. Der Angakok warf sich schnell auf seinen Schlitten und wäre beinahe heruntergefallen, aber konnte doch schließlich ohne weiteren Schaden sein Haus erreichen. Später unternahm er noch öfter einen Geisterflug zu dem Ort und untersuchte, über dem Hause schwebend, alles genau. Er stellte dabei fest, daß die Bewohner des Hauses alle durch ein Kajakfell zu Tode geschreckt worden waren. Ein junger Mensch lag kopfübergefallen im Hausgang.

86. Merkwürdige Angakokgeschichten

Es war einmal ein kundiger Angakok. Wenn er sich in seiner Kunst übte und die Leute ihn banden und die Lampen löschten, flog er fort. Und wenn er die Luftströmungen untersucht hatte und sie ihm günstig erschienen, flog er aufs Meer hinaus, entdeckte aber erst im Morgengrauen Land auf der anderen Seite und mußte daher wieder umkehren. Er versuchte das viele Male, konnte aber nie diese Grenze überschreiten. Daher bekam er Lust, seinen Sohn als Angakok auszubilden. Als dieser erwachsen war, ging er mit ihm alle Abteilungen der Angakok-Schule durch. Aber als er mit dem Unterricht aufhören wollte, wurde der Sohn still und traurig. Der Vater fragte ihn: »Gibt es noch etwas in der Ausbildung, was du noch nicht versucht hast?« – »Ja«, erwiderte der Sohn. Der Vater ging darauf noch einmal alle Grade der Kunst im Geiste durch, überlegte dann etwas und fragte: »Bist du schon an den Gräbern gewesen?« Als der Sohn das verneinte, sagte ihm der Vater, daß sie am nächsten Abend dorthin gehen wollten, worüber der Sohn sehr froh wurde. Am nächsten Tag ging der Vater mit ihm zu einem alten Grab, nahm den Deckstein ab, öffnete das Leichentuch unterhalb des Bauches und gebot dem Sohn, seine Hand ins Fleisch zu stecken. Darauf verließ der Vater ihn, als sei nichts gewesen. Als der Sohn ihm folgen wollte, sagte er: »Bis jetzt hast du an diesem Grab noch nichts gemerkt. Wenn aber die Abendröte herniederschwebt, beachte ihr Leuchten. Sollte ein Funken durch sie hindurchfallen, mußt du flüchten.« Als er nun so dastand und die Abendröte beobachtete, fiel etwas Leuchtendes herunter, worauf der Vater nach Hause eilte, aber der Sohn konnte die Hand nicht von der Leiche bewegen. Erst spät in der Nacht kam der Sohn heim. Und er lachte und war vergnügt. Nun glaubte der Vater, daß er genügend als Angakok erprobt sei. Einen Tag darauf schnürte ihn sein Vater zusammen, und als die Lampen gelöscht waren, erhob er sich und schwebte in der Luft. Aber da er kein bestimmtes Ziel hatte, flog er einmal hierhin, einmal dorthin und kehrte, ohne etwas Besonderes gesehen zu haben, nach Hause zurück. Der Vater fragte ihn, ob er die Luftströmung untersucht hätte, aber er antwortete, daß er davon nichts gemerkt habe. Am nächsten Abend unternahm er wieder einen Flug. Und dabei stellte er fest, daß die Strömung günstig war. Er flog nun auf das Meer hinaus und merkte bald, daß er dem Weg des Vaters folgte. Schließlich sah er einen Abhang unter sich. Der war seines Vaters äußerste Grenze. Er flog in starker Fahrt auf ihn zu, kam über ihn hinüber und sah ein großes Land.

Nun flog er nach Süden und entdeckte ein Haus, neben dem er hinunterschwebte. Es hatte zwei Fenster. Als er durch das eine sah, erblickte er einen Mann, der ihn bemerkte. Und dasselbe geschah bei dem anderen Fenster. Einer der Männer ging hinaus und bat eine der Frauen, ihm zu folgen. Als er aber draußen war und den Fremden erblickte, bat er ihn herein, und dabei stieß er auf die Frau, die dem Mann nach draußen folgen wollte. Er sagte nun: »Ich habe einen Begleiter.« Als der Fremde ins Haus trat, setzte er sich auf die Seitenpritsche, die rechts stand. Genau ihm gegenüber sah er hinter der Lampe einen Schieläugigen, der Feuer atmete. Zu seinen Füßen lagen Knochenspäne, die er abschnitt. Als sich der Angakok weiter umsah, entdeckte er eine Frau, die am Körper behaart war. Als der Schieläugige merkte, daß er ihn beobachtete, sagte er: »Warum siehst du mich an?« – »Ich sehe auf deine Späne, die zu deinen Füßen liegen.« Der Schieläugige sagte: »Im Sommer habe ich nicht so gute Gelegenheit, Späne zu machen, darum machte ich sie jetzt.« Gleich darauf verschwanden die Späne. Die Leute sagten: »Ob der Fremde wohl nicht Lust hat, seine Angakokkünste zu zeigen?« Er antwortete: »Ich hätte schon Lust, obwohl dies erst das zweite Mal ist, wo ich das versuche.« Darauf gingen sie alle ins Versammlungshaus. Der Schieläugige, der nicht von seiner Seite wich, fragte ihn: »Welchen gefährlichen Tornak (Schutzgeist) hast du?« Er antwortete: »Wenn meine Kunst glückt, wird ein Eisberg zum Vorschein kommen.« Als sie ins Versammlungshaus gingen, das dunkel war, bemerkte er die behaarte Frau, die er nicht mochte, weil er sie für gefährlich hielt. Als er mit seinen Beschwörungen begonnen hatte und merkte, daß sich sein Tornak näherte, sagte er: »Mir ist, als wenn ich jetzt etwas sehe.« Darauf guckten sie alle durchs Fenster und flüsterten miteinander: »Da ist ein gefährlich großer Eisberg dicht am Ufer.« Der Angakok sagte: »Ein Junggeselle und ein Mädchen sollen vortreten.« Als sie vortraten, hörte man, wie der Eisberg zusammenkrachte. Darauf ließ er ein Ehepaar vortreten, und wieder war ein mächtiges Donnern vom Eisberg zu hören. So traten alle nacheinander vor, und zuletzt kam die behaarte Frau. Als sie aber über die Steinfliesen des Bodens gehen sollte, trat sie fehl und geriet neben die Steinreihe. Im selben Augenblick hörte man ein überaus mächtiges Donnern, und der Eisberg stürzte über dem Haus zusammen. Nur dem Angakok gelang es, aus dem Haus zu entkommen, und dem Schieläugigen. Er fesselte sich darauf selbst, stieg in die Luft und flog nach Hause. Und als die Raben zu schreien begannen, war er wieder bei seinen Leuten. Dieses Mal war er ganz still, und als der Vater ihn auszufragen begann, sagte er: »Ich kam zu vielen fröhlichen und starken Menschen, aber vernichtete sie, indem ich meine Kunst auf eine schlechte Weise ausübte, als ich die behaarte Frau vortreten ließ.«

Einen Tag darauf kam der Schieläugige, der nämlich selber Angakok war, ins Haus und sagte: »Vielleicht könnte ich auch meine Kunst einmal zeigen?« Der alte Angakok sagte: »Der da drüben sagt, daß er mit seiner Kunst viele kräftige Menschen getötet habe.« Der Schieläugige erwiderte: »Das hat er, der Schlimme!« Und während noch die Lampen brannten, wurde der Schieläugige gebunden, und als sie einen Gesang anstimmten, erhob sich der Schieläugige in dem immer noch beleuchteten Haus und flog davon. Da sie ihn für gefährlich hielten und ihn am Zurückkommen hindern wollten, löschten sie die Lampen. Aber als sie aus dem Fenster schauten, stellten sie fest, daß er wieder nach Hause flog. Da sie meinten, daß er in derselben Nacht nicht wieder zurückkommen könnte, zündeten sie wieder ihre Lampen an.

Von einem Angakok wird erzählt, der Ipisanguak hieß und noch ein Anfänger in seiner Kunst war. Eines Abends, als er einen Geisterflug unternehmen wollte, sagte er: »Ich will etwas suchen, von dem mir meine Eltern erzählt haben, es ist ein kleines Haus, an dessen nördlicher Seite ein blutiges Schwert liegt.« Dann flog er fort, schwebte über dem gesamten Umkreis, soweit sein Auge reichen konnte, kehrte dann aber zurück, ohne etwas zu erzählen. Beim nächstenmal flog er aufs Meer hinaus und kam nach Akilineq, wo er ein Haus sah und an seiner Nordseite das blutige Schwert. Er ging im Gleitflug hinunter, nahm seine Flugausrüstung ab und ging zum Haus. Ein Mann kam heraus, dessen Augen wie die eines ungeborenen Seehunds waren, gleichsam verschleiert. Ohne den Fremden zu bemerken, ging er wieder hinein, worauf ein anderer Mann herauskam, dessen Augen wie schwarze Beeren aussahen. Dieser Mann lud ihn ins Haus ein. Die Hausbewohner sagten: »Du kommst zur rechten Zeit, wir wollen gerade essen.« Der Angakok antwortete: »Meine Familie wird mir nicht glauben, ich würde gern einen Stellvertreter bei ihnen haben.« Der Mann, der ihn zuerst gesehen hatte, sagte: »Ich würde schon ganz gerne dein Stellvertreter sein, aber ich bin ein bißchen langsam.« Sie banden ihn darauf zusammen, er erhob sich und schwebte aus dem Haus heraus und in die Luft hinein. Aber Ipisanguak unterhielt sich vergnügt die ganze Nacht mit den Hausbewohnern. Als der Tag dämmerte, sagte er: »Die Nacht ist zu Ende, ich muß nach Hause.« Dann flog er übers Meer zurück. Unterwegs sah er etwas, das wie ein Feuer aussah. Das war sein Stellvertreter, der sich auf dem Rückflug befand. Als sie aneinander vorbeiflogen, nickten sie sich lächelnd zu. Am nächsten Abend flog Ipisanguak wieder nach Akilineq. Sein Stellvertreter sagte zur selben Zeit auf Akilineq: »Jetzt höre ich ihn kommen, dort draußen zeigt er sich.« Darauf flog auch er fort. Wieder trafen sie sich in der Luft und flogen lächelnd aneinander vorbei. Und bei Tagesanbruch kehrten sie auf dem gleichen Wege zurück. Am nächsten Tag fuhr Ipisanguak mit seinem Kajak auf See. Als er nach Hause kam, erzählte er, daß er unterwegs Kajaks vom benachbarten Kagsimiut getroffen hätte. Und die Leute hatten gesagt: »Ipisanguak fängt an, ein Angakok zu werden, und er tauscht seinen Platz mit einem Bewohner von Akilineq, wollen wir doch einmal zu ihm fahren und ihn uns anhören.« Am Tage darauf kamen auch tatsächlich viele Kajaks und Umiaks, und am Abend zeigte Ipisanguak wieder seine Kunst, indem er sich zusammenschnüren ließ und nach Akilineq flog, während sein Stellvertreter in sein Haus kam und die ganze Nacht durch seine Gäste unterhielt. Bei Anbruch des Tages flogen die beiden dann wieder zurück. Später fuhr Ipisanguak einmal nach Kagsimiut auf Besuch. Einer der Bewohner sagte: »Es steht schlecht um die Seehunde, die Fänger bekommen immer bloß einen, du könntest uns doch sicher besseren Fang schaffen.« Vor dem Hause sah der Gast eine schöne Frau, an der er Gefallen fand. Des Abends, als er die Beschwörung vornahm, kam vom Meer aus ein großer Eisberg dicht ans Ufer. Er ließ die Frauen nacheinander vortreten, aber die, an der er Gefallen gefunden hatte, wollte nicht kommen. Schließlich trat eine vor, die ein neues Band um ihren

Haarknoten trug. Da begann der Eisberg mit seiner steilen Seite umzustürzen. Der Angakok versank in den Boden und ging unter der Erde nach Hause, während der Eisberg über das Haus stürzte und es zermalmte. Als er nach Hause kam, ließ er sofort die Lampen anstecken, aber gleich darauf konnte man den Angakok von Qassimiut unter dem Haus hören. Er war gekommen, um sich zu rächen. Aber sie warfen mit Steinen nach ihm und trieben ihn zurück, so daß seine Stimme allmählich verschwand. Am anderen Tag ging Ipisanguak hin, um sich das zerstörte Haus anzusehen, aber es war ganz verschwunden. Der Eisberg hatte alle vernichtet. Jenes Mädchen, das vorgetreten war, war nämlich ein Angiaq (Geist von einem heimlich geborenen Kind), und es war ihre Schuld, daß der Angakok ihren Hausgenossen den Tod brachte.

87. Von zwei Freunden, die beide Angakut[1] waren

Eine Witwe wohnte mit ihrem Sohn auf einem Winterwohnplatz, aber südlich von ihnen lebte auf einem anderen Platz ebenfalls eine Witwe mit ihrem Sohn. Beide Söhne waren Freunde und pflegten immer mit ihren Kajaks gemeinsam auf Fang zu fahren, und erst wenn beide ihren Seehund im Schlepp hatten, fuhren sie gemeinsam nach Hause. Eines Morgens, als der weiter nördlich Wohnende erwachte, sah er, daß die Luft klar war und daß ein leichter Ostwind wehte. Da wollte er nicht länger auf den anderen warten und fuhr allein zu dem gewohnten Jagdrevier. Da hörte er plötzlich von der Sonnenseite her ein Geräusch. Und als er sich umdrehte, erblickte er seinen Freund im Kajak mit erhobener Harpune und finsterem Blick. Er wollte ihn gerade von hinten harpunieren. Aber es gelang ihm nicht; denn kaum hatte der Mann im Kajak seinen Freund erblickt, da drehte er sich mit seinem Boot im Wasser um, und die Harpune sauste an ihm vorbei, streifte die Kante

[1] Pluralform von Angakok, eingedeutschte Form nach dem eskimoischen Wort *angakkut* (sing. *angakkoq*).

des Kajaks und fiel schäumend ins Wasser auf der anderen Seite des Bootes. Da brachte der Kajakfahrer sein Paddel wieder in die richtige Stellung und richtete sich auf. Und der andere rollte seine Fangleine wieder auf. Und ohne daß zwischen ihnen weitere Worte gewechselt wurden, blieben sie zusammen und fingen ihre Seehunde, und als sie nach Hause paddelten, sprachen sie wie gewöhnlich höflich und nett miteinander. Der Kajakfahrer behielt seinen Begleiter von nun an aber im Auge, ohne jedoch etwas zu erwähnen.

Später fuhr er wieder einmal auf seinen Jagdplatz, ohne auf den anderen zu warten. Wieder hörte er auf der Sonnenseite ein Geräusch, und als er sich umdrehte, sah er wieder, wie sein Freund die Harpune erhob und gegen ihn schleudern wollte. Und alles spielte sich nun wie beim letztenmal ab. Aber als dasselbe zum drittenmal geschah, beschloß er, sich zu rächen. Und als er sich nach dem freiwilligen Kentern wieder aufrichtete, griff er nach seiner Harpune und warf. Der andere aber wich ihr ebenfalls durch ein schnelles Herumrollen seines Kajaks aus, aber da paddelte der andere auf den kieloben liegenden Kajak zu und verhinderte sein Aufrichten, so daß der Mann ertrank. Nachdem er auf diese Weise seinen Freund, der ihn mehrmals zu töten versuchte, erledigt hatte, paddelte er auf das Land zu, merkte aber, noch bevor er die äußersten Inseln erreicht hatte, daß Wasser in seinen Kajak strömte. Er verdoppelte die Geschwindigkeit, aber alles war vergebens. Zuletzt hielt ihn nur noch die Fangblase über Wasser. Da erst erinnerte er sich, daß er als Angakok viele Brüder unter den Ingnersuit hatte, diesen übernatürlichen Wesen, die in den Klippen am Meer wohnen und die ihm als Tornaks dienten. Und kaum hatte er nach ihnen gerufen, da sah er auch schon drei Kajaks von der See auf sich zukommen. Die beiden ersten, die zudem noch ihren Fang mitschleppten, stachen ihre Paddel in jede Seite seines Kajaks und hielten ihn dadurch über Wasser, während der dritte Mann sich daranmachte, den in Not geratenen Kajak auszubessern und sich sein Unterzeug auszuziehen und es dem Verunglückten zu geben. Als das geschehen war, setzten sie ihn wieder in seinen

Kajak, banden ihre gefangenen Seehunde zusammen und sagten, daß er sie schleppen sollte, um warm zu werden. Sie selbst paddelten voraus, und er folgte ihnen in sausender Fahrt.

Sie kamen zu einer ziemlich hohen Insel, auf deren einer Seite ein großes Haus stand. Dort stiegen sie hinauf und gingen hinein. Als sie sich gesetzt hatten, sah er den Hausherrn, dessen schlaffe Gesichtshaut über seinen Augen hing. Der Alte zog nur die Haut ein wenig zur Seite und betrachtete die Ankömmlinge. Gleich darauf wurde gerufen, daß zwei Kajaks mit Fang im Schlepp ankämen. Die, welche die Seehunde hochziehen sollten, gingen hinaus, und kamen mit den Schleppriemen, die Beinverzierung aus schimmernd weißem Walroßzahn hatten, wieder herein, und hinter ihnen kamen die beiden Kajakmänner. Als sie hereinkamen, sahen sie kurz den Fremden an und warfen ihren Brüdern vor, ihm nicht früher geholfen zu haben, bevor er zu frieren begann. Aber sie bekamen zur Antwort: »Er rief uns nicht eher, als er gerade absinken wollte!« Darauf baten sie die Frauen, getrocknetes Fleisch zu holen, das in Felle eingewickelt war.

Als sie gegessen hatten, zog der Alte seine Haut von den Augen weg, schaute durchs Fenster und sagte zum Jüngsten: »Geh und hole unsere Verwandten.« Der junge Mann beeilte sich und kam nach einiger Zeit schwitzend zurück. Der Fremde dachte: »Wo kann er gewesen sein, da in der Nähe doch gar kein Haus zu sehen gewesen war.« Aber bald kamen fünf Männer von Gestalt der fünf Brüder und gleichzeitig von einem Alten begleitet. Mit ihnen kam ein anderer. Das war der Mann, der in seinem Kajak umgekommen war, nachdem er seinen Freund hatte töten wollen. Er setzte sich vor ihm hin und wagte kaum die Augen aufzuschlagen. Als sie die Gäste bewirtet hatten, zog der älteste Bruder ein Fell hervor, breitete es auf dem Fußboden aus, erprobte seine Kräfte zuerst mit seinen Brüdern, dann mit den Gästen. Aber keiner konnte sich mit ihm messen. Darauf versuchte es der Hausherr mit dem anderen Alten, aber der mußte sich auch als besiegt betrachten. Die Fremden, die so beschämt wurden, entfernten sich. Aber die Tornaks sagten zu den Menschen, die sie errettet hatten, daß sie nach diesem Ereignis ihre Taten nicht wiederholen dürften und nicht in Unfrieden leben sollten. Als die anderen fort waren, blieb der Kajakfahrer, der zuerst dort angekommen war, noch fünf Tage in dem Hause. Am sechsten aber fuhr er zurück. Und als er zu seinem alten Fangplatz kam, traf er wieder seinen Freund, der auf die gleiche Weise wieder zum Leben gekommen und zurückgekehrt war. Sie erfuhren nun zum ersten Mal voneinander, daß sie beide Angakut waren und daß jeder seine Tornaks unter den Ingnersuit hatte. Von dieser Zeit an versöhnten sie sich und fuhren wieder gemeinsam in See, um auf ihrem alten Fangplatz zu jagen.

88. Wie es zu Kujavarsuks Geburt kam und was er später erlebte

Es war einmal ein Mann, der mit einer Frau verheiratet war, die keine Kinder bekommen konnte. Darüber waren die beiden sehr traurig und beneideten alle anderen Ehepaare, die Kinder hatten. Eines Tages sagte der Mann zu seiner Frau, daß sie sich ihre besten Sachen anziehen und schönmachen sollte. Er hatte nämlich von einem alten Mann gehört, der Zauberkräfte besaß. Und auf ihn setzte er nun alle seine Hoffnung. Die Frau willigte sofort ein, machte sich sehr schön und ging zu der Stelle, wo der Alte, der nicht mehr auf Jagd fahren konnte, seinen Fischplatz hatte. Dort hielt er sich immer in seinem Kajak auf und angelte Kaulköpfe. Als nun die junge Frau sich dem Wasser näherte und den Alten in seinem Boot sah, hoffte sie innig, daß er an Land kommen und alles tun möge, damit sie ein Kind bekäme. Aber der Alte sah wohl die hübsche junge Frau am Wasser stehen, wagte aber nicht, zu ihr zu kommen, weil er Angst vor ihrem Mann hatte. Betrübt ging die junge Frau nun nach Hause und berichtete alles ihrem Mann, der nun zu grübeln anfing und schließlich zu dem Alten ging und ihm die Hälfte seiner Fänge versprach, wenn er sich der Sache annehmen wollte.

Als das der Alte hörte, hatte er keine Bedenken mehr. Und als am nächsten Tag die junge Frau erwartungsvoll in ihrem besten Staat zum Wasser ging und schön wie der junge Morgen aussah, besann sich der Alte nicht länger, sondern paddelte an Land und ging zu ihr hinauf.

An den folgenden Tagen wiederholte sich diese Begegnung, und der Mann legte dem Alten jedesmal, wenn er von der See kam, die Hälfte seines Fanges vor die Tür. Nach einer gewissen Zeit ging der Alte zu dem Mann der jungen Frau und sagte ihm, daß seine Frau jetzt schwanger sei und einen Sohn zur Welt bringen werde. Der Mann war sehr erfreut und bat den Alten, in sein Haus zu ziehen, was dieser auch tat. Nun traf der Alte weitere Vorbereitungen für die Geburt des Kindes. Zuerst sagte er dem Mann, daß er mit seinem Kajak zu dem Scharbenfelsen paddeln und von dort eine Scharbe mitbringen solle, die später das Amulett seines Sohnes werden müsse. Nach einiger Zeit sagte der Alte zu dem Mann: »Jetzt mußt du noch einen schwarzen, ausgehöhlten Stein suchen, auf den noch nie die Sonne geschienen hat.« Und als der Mann schließlich einen solchen Stein gefunden hatte, trug ihm der Alte auf, zum Grab seiner Großmutter zu gehen und einen Halswirbel herauszunehmen. Nachdem alle diese Dinge beisammen waren und eine gewisse Zeit verstrichen war, gebar die junge Frau ihr erstes Kind, einen Sohn, den der Alte Kujavarsuk nannte. Sie legten nun den Stein unter seine Füße, die Scharbe hängten sie über dem Fenster auf. Der Alte aber gebot dem Vater, dem Jungen einen Kajak zu geben, sobald dieser auch nur die geringsten Fähigkeiten zum Paddeln zeigte. Auch müsse der Kajak vollständig fertig und mit allen Jagdgeräten und Waffen versehen sein.

Als nun der Junge größer geworden war, machte ihm der Vater einen Kajak mit allem, was dazu gehört. Und als er fertig war, aber die Häute, mit denen er bespannt wurde, noch völlig feucht waren, setzte der Mann den Jungen ins Boot und stieß es vom Land ab. Der Alte sagte: »Wenn er zum ersten Mal mit dem Kajak fährt, wird bald eine der ruhigen Robben vor ihm auftauchen. Erst wenn er zehn Robben erlegt hat, sollten wir mit ihm wieder an Land gehen. Bei jeder Kajakfahrt wird er nämlich zehn Robben erlegen.« Nun fuhren der Alte und der Vater mit ihm auf die See. Kaum aber hatten sie sich etwas von ihm entfernt, da tauchte auch schon die erste Robbe vor dem Jungen auf, der sie sofort harpunieren konnte. Als das der Alte sah, war er sehr froh und wußte, daß auch bald die anderen Robben auftauchen würden, um von dem Jungen harpuniert zu werden. Und das geschah dann auch.

Von nun an fing er jedesmal wenn er mit seinem Kajak aufs Meer fuhr zehn Robben.

Als er erwachsen war, nahm er sich zwei Frauen, und seine Familie und alle Verwandten, die mit ihm zusammen wohnten, hatten großen Vorteil durch ihn. In schweren Zeiten war er der einzige, der sie alle mit Fleisch versorgte. Als es wieder einmal Winter wurde und das Wasser sehr schnell zufror, gab es nur eine einzige Wake, die direkt vor ihrem Hause lag. In dieser Wake fing er nun ständig seine zehn Robben.

Später fror die Wake so weit zu, daß er gerade noch seinen Kajak über die Öffnung legen konnte, und dann war es ganz aus. Eines Nachts bildete sich auch auf der letzten Wasserstelle dickes Eis. Da nun Not am Mann war, überlegte man sich, ob man sich jetzt nicht an einen Angakok wenden sollte. Jemand sagte, daß er im Sommer an einem Inlandsee gesehen hätte, wie sich dort die Tochter der Witwe Igdlutsialik in der Angakokkunst übte. Ihr ließ Kujarvasuk mitteilen, daß er sie mit einer Sattelrobbe bezahlen würde, wenn sie offenes Wasser schaffe. So wurde ihr Kujavarsuks Angebot übermittelt, aber sie wollte nicht. Sie boten ihr nun alles mögliche: Kleider und Lampen, aber nein – sie ließ sich nicht überreden. Endlich kam einer mit einer Handvoll Perlen. Und als sie diese sah, bekam sie große Lust und sagte zu ihrer Mutter: »Hol mir meine Sommerkleider.« Und als sie sich diese angezogen hatte, gingen sie mit ihr zum Wasser hinunter und paßten auf, wohin sie gehen würde. Als sie aber zu den losen Eisbrocken an der Eiskante kam, hörten sie es plätschern, und schon war sie auch verschwunden. Drei Tage lang blieb sie unterm Wasser. Sie schlug sich dort mit der garstigen Frau herum, um sie dazu zu bewegen, die Seetiere, die in ihrer Lampe schwammen, loszuschicken. Und als die garstige Frau milde geworden war, kehrte sie zurück. Am dritten Tag tauchte sie gegen Abend bei den Eisstücken auf, wo sie auch ins Wasser geschlüpft war, und als sie zu ihrem Haus hinaufging, ließ sie den Leuten sagen, daß sie von den gefangenen Robben jede zweite haben wollte und von den Fjordrobbenfellen die schönsten. Aber immer noch war überall Eis zu sehen und nirgends offenes Wasser.

Doch am nächsten Tag zeigte sich auf dem Eis in der Nähe der Häuser ein großer Riß, der bald so breit wurde, daß die ersten Kajaks dort hineingesetzt werden konnten. Es dauerte auch gar nicht lange, da war die Jagd schon im Gange. Und während jeder Fänger zwei Seehunde erlegte, bekam Kujavarsuk wieder seine zehn. Das erregte den Neid der anderen. Und als einmal sein Onkel nach Hause kam, wurde ihm von der einen Frau seines Neffen nur ein Rückenstück zum Essen vorgelegt. Über diese erniedrigende Behandlung geriet der Onkel so in Zorn, daß er beschloß, einen Tupilak (künstlich gefertigter böser Geist) für Kujavarsuk zu machen. Er sammelte zu diesem Zweck die Knochen von allen möglichen Tieren, setzte sie zu einem Tupilak zusammen und machte ihn lebendig, und zwar so, daß er die Gestalt verschiedener Tiere annehmen konnte, die Gestalt von Seehunden und von Vögeln. Als der Tupilak fertig war, setzte er ihn aus und befahl ihm, Kujavarsuk zu verfolgen. Zuerst verwandelte er sich in einen Seehund, tauchte unter und suchte ihn auf seinem Fangplatz auf. Aber dort traf er ihn nicht mehr an, weil er sich bereits auf der Heimfahrt befand. Schnell schwamm er hinterher, konnte ihn aber erst erreichen, als er gerade sein Boot ans Land zog und er ihm in seiner Seehundsgestalt keinen Schaden mehr zufügen konnte. So ging es auch am nächsten und dritten Tag. Daher beschloß der Tupilak, ihn jetzt bei seinem Haus aufzusuchen. Dort wollte er ihn dann zu Tode erschrecken. Er verwandelte sich also in einen Eistaucher und schrie vor seinem Hause. Kujavarsuk ging hinaus, aber der Tupilak konnte ihn nicht dazu bekommen, ihn anzuschauen. Daher beschloß er, unter der Erde ins Haus zu gelangen. Aber das glückte ihm auch nicht, da er hinter dem Haus aus der Erde herauskam. Nun flog er aufs Dach, traf aber dort Kujavarsuks Amulett, die Scharbe, die ihm ins Gesicht hackte.

Da wurde der Tupilak ganz verzweifelt und dachte: »Der Elende, warum hat er mich bloß gemacht?« Dann richtete er sich gegen seinen Urheber, suchte ihn auf seinem Fischplatz auf, schwamm unter seinen Kajak, brachte ihn zum Kentern und verschlang ihn. Jetzt verließ er die Menschen und floh hinaus aufs wilde Meer. Kujavarsuk aber wurde kein Schaden zugefügt und starb in hohem Alter.

89. Eine Tupilak-Geschichte

Es war einmal ein kinderloses Ehepaar, das zu Leuten im inneren Gebiet eines Fjordes fuhr, die einen Bär erlegt hatten. Die Eheleute waren schon ziemlich alt und konnten selbst kaum noch etwas fangen. Als sie nun bei den Bärenjägern angekommen waren, sagte der Mann: »Wer möchte schon diese Alten als Gäste haben?« Sie gaben dem Ehepaar trotzdem Bärenfleisch und Speck, aber die Alten aßen es nicht, sondern banden alles zusammen, um einen Tupilak daraus zu machen. Als die Bärentatzen gekocht waren, sagten die Alten: »Wenn sie uns bloß davon etwas abgeben wollten!« Und als alles verteilt wurde, bekamen sie tatsächlich ein paar Zehen ab. Aber auch diese wurden von ihnen nicht gegessen, sondern mit nach Hause genommen.

Als sie wieder zu Hause waren, hatten sie Sehnsucht nach dem Frühling, weil sie dann wieder nach Süden reisen konnten, wo sie einmal hergekommen waren. Inzwischen bekam die Frau des Bärenfängers ein Kind, das jedoch bald nach der Geburt starb. Seine Leiche holten sich die alten Leute ab, um daraus einen Tupilak zu machen. Sie fuhren nun nach Süden, und die Frau wickelte die Kindesleiche gut ein und setzte sie nach vorne zwischen die »Hörner« ihres Umiaks. Und jedesmal wenn sie an Land gingen, stieg die Frau zuerst aus, und der Mann reichte ihr dann das tote Kind. Das taten sie während ihrer ganzen Reise. Erst als sie wieder in ihre Heimat gekommen waren, machten sie aus der Leiche einen Tupilak, der alle die Kinder, die die Frau des Bärenfängers bekam, töten konnte. Der Tupilak bekam eine Fuchskinnbacke und die eines Schneehuhns, und sein Kopf wurde mit Hundefell bezogen. Als alles beisammen war, wurde er lebendig gemacht. Als schlechte Zeiten kamen, schlug der Bärenfänger seinen Hund tot und sang Zauberlieder über seinem Körper, weil er glaubte, daß dadurch seine Kinder leben würden.

Als die Frau des Bärenfängers wieder einmal ein Kind bekommen hatte, das genau so wie die anderen starb, wanderte sie nach Kernertuarsuk. Während sie so wanderte, hörte sie auf dem Fjord jemand singen, und sie sah darauf einen Umiak. Die Leute, die sich in diesem Frauenboot befanden, wollten irgendwo hin und einen Trommeltanz abhalten. Die Leute nahmen sie mit. Als nun die Leute sahen, daß sie traurig war, machten sie keinen Trommeltanz, sondern ließen sechs Angakut auftreten, die sie mit ihren Künsten fröhlich machen sollten. Sie setzte sich also neben die Stelle, auf der die Angakut auftreten sollten, und dann wurden die Lampen gelöscht.

Fünf Angakut machten bereits ihre Künste, und sie glaubte, daß sie irgend etwas zu ihr sagen würden. Aber sie sagten nichts. Nun wollte der sechste, der Akerdlegsanalik hieß, beginnen. Die Lampen wurden angezündet, er bekam ein neues Fell, um sich daraufzusetzen, und neben ihn wurde eine kleinere Lampe hingestellt. Er begann zu trommeln, und das Fell vor der Tür und das, auf dem er saß, begannen sich zu rühren. Während er sang und trommelte, glitt sein Natit nach unten, sein Lendenschurz, und fiel schließlich ganz ab. Wenn er trommelte, ließ er manchmal den Nacken bis auf den Boden kommen. Und dann warf er die Trommel beiseite, und diese rührte sich nun von selbst immer weiter. All das machte der Angakok, um die betrübte Frau wieder fröhlich zu machen. Darauf wurden die

Lampen gelöscht. Während Akerdlegsanalik Angakokkünste machte und die Trommel sich von selbst bewegte, sagte er zu der traurigen Frau: »Es ist jetzt so, als wenn du ein Kind im Schoße hättest.« Sie blieben die ganze Nacht wach und hielten ihre Beschwörungen ab.

Als sie wieder abfahren wollten, sagte die traurige Frau zu den Angakut: »Ihr dürft gerne nach Umivik kommen, um den Tupilak zu töten.« Sie fuhren jetzt alle nach Umivik, und als sie dort ankamen, zerteilten sie einen Seehund und aßen ihn. Nachdem sie mit dem Essen fertig waren, begannen sie mit ihren Angakokkünsten, um den Tupilak zu fangen. Zuerst machten die fünf Angakut ihre Künste, sagten aber nichts zu der Frau. Jetzt war Akerdlegsanalik an der Reihe. Die kleinere Lampe wurde angesteckt, und Akerdlegsanalik trommelte und sang. Er warf die Trommel beiseite, die von allein weiterdröhnte, bis sie zuletzt stillstand. Der Angakok hatte inzwischen beinahe den Boden mit seinem Nacken berührt, und seine Füße klebten fest an der Erde. Damals, als Akerdlegsanalik die Angakokkunst gelernt hatte, hatte er vor seinem Haus gestanden und hinter dem Haus Asagisat, ein Meerestier mit einer großen Schere, gesehen. Das nahm er als seinen Tornak.

Als nun die Trommel in die Luft stieg, wurden die Lampen gelöscht und die Beschwörungen fortgesetzt.

»Da ist der Tupilak«, sagte der Angakok. Er saß unten auf der Pritsche. Er hob das Pritschenfell hoch, um nach ihm zu stechen. Aber als er zustechen wollte, zog er aus Versehen an der Leine, so daß die Harpunenspitze abging und der Tupilak entschlüpfen konnte. »Der Tupilak kann gar nicht weit weg sein«, meinte der Angakok und ließ für diesen Abend die Beschwörungen unterbrechen.

Am nächsten Abend nahmen sie sieben Kleider der trauernden Frau, banden sie zusammen und hingen sie unter der Decke des Hauses auf. Der Tupilak sollte in die Sachen kriechen, und dann sollte alles zusammengebunden werden. Der Angakok fing an, und bald erschien der Tupilak im Hausgang. Er gab alle möglichen Laute von sich, bald schrie er: »Unga!« Bald: »Erko!«

Bald schrie er wie ein Fuchs, bald wie ein Schneehuhn. Er war immerzu im Hausgang. Der Ton wechselte. Bald hörte es sich wie ein Umiak, bald wie Kajaks an, bald wie das Rascheln von Sträuchern, bald wie das von Seehunden. Er gab alle diese Töne von sich, weil er aus allen diesen Dingen gemacht worden war.

Nun kam er ins Haus hinein und kroch in die Kleider. Der Angakok sagte: »Dava!« Und die anderen schnürten jetzt alles fest zu. Dann schlugen sie ihn mit ihren geballten Fäusten. Aber während sie ihn schlugen, entschlüpfte er durch ein kleines Loch im äußersten Kleidungsstück, einem Darmhautmantel, obwohl in den anderen Kleidungsstücken gar keine Löcher waren. Aber er hatte die Löcher gemacht, durch die er schlüpfen konnte.

Die Lampen wurden angesteckt, die Sachen untersucht und das Loch im äußersten Kleidungsstück zugenäht, worauf man die Lampen wieder löschte, um den Tupilak fangen zu können. Der kam bald wieder in den Hausgang und machte ähnliche Laute wie beim letzenmal. Bald bewegte er sich auch schon zu den Kleidern hin, und als er in die Sachen eindrang, schrie er: »Erko, erko!« Sobald er wieder in den Kleidern war, wurde alles zugeschnürt, und man begann ihn zu schlagen. Die, welche ihn schlugen, riefen: »Ala! Ala!«, weil der Tupilak sie biß. Als es endlich still wurde, steckte man die Lampen wieder an, und der Angakok hatte den Tupilak in seinem Schoß. Und die Frau, die ihn gemacht hatte, lief ringsherum, hinaus und hinein und löschte die Lampen, indes die anderen das Holz rieben, um sie wieder anstecken zu können. Der Angakok sagte, daß diejenigen, die nicht richtig gesund seien, ihre Gesichter nach innen drehen sollten, und nun wurde Feuer im Urinkübel gemacht, damit die Mutter des Tupilak es nicht wieder löschen konnte.

Als es nun wieder hell war, sahen sie ein hübsches kleines Kind mit Schneehuhnfedern an der Brust. Als aber der Angakok darauf gepustet hatte, gingen alle Federn ab. Es war ganz rot um die Mundwinkel, wie von getrocknetem Blut. Das kam daher, weil es ja die Seelen der toten Kinder verspeist hatte. Es hatte noch Hundefell auf dem Kopf. Das rissen sie ab. Neben ihm häuften sich jetzt Federn und alle möglichen Dinge, aus denen der Tupilak gemacht war. Als sie nun mit ihm fertig waren, gingen sie auf den Berg gegenüber von Umivik und kochten ihn. Die Frau des Bärenfängers aber bekam nun noch einmal ein Kind. Und das blieb am Leben. Genau wie das Kind, das sie bekommen hatte, bevor der Tupilak gemacht worden war.

90. Die wunderbaren Flüge von Angákerduaq

Im inneren Gebiet des Sermilik-Fjordes lebte ein Mann, der ein großer Angakok war. Er hieß Angákerduaq und war berühmt für seine mächtigen Flüge, die er bis in die helle Frühlingszeit fortsetzen konnte und die ihn weit, weit herumbrachten. Die Leute, die auf den Wohnplätzen wohnten, dort, wo der Sermilik-Fjord ins Meer mündete, waren oft Zeugen von Angákerduaqs Flügen. Man sah dann über den Landen einen dunklen Punkt mit einem langen Feuerschweif und dahinter verschiedene andere dunkle Punkte, die ebenfalls hinten Funken sprühten. Das war Angákerduaq mit seinen Hilfsgeistern. Wenn die seltsame Schar nicht zu weit fort war, konnte man deutlich die Personen von den Funken unterscheiden.

Als es einmal wieder Herbst wurde und man ins Winterhaus gezogen war, startete Angákerduaq wieder zu einem Geisterflug. Er flog den Sermilik-Fjord hinauf, und als er lange genung über das Inlandeis geflogen war, sichtete er ein großes Wasser. Unter ihm erstreckten sich zwei tiefe Fjorde, und da entschloß er sich, dem rechten zu folgen. Als er über eine breite Stelle flog, sah er von oben Licht, das von einem Wohnplatz am Ende des Fjordes kam. Angákerduaq schwebte nun auf den Ort zu, wo nur wenige Häuser standen, aber als er sich von mehreren Menschen entdeckt fühlte, die dort unten erregt herumliefen und kleine bärenähnliche Tiere mit dünnen Beinen zum Wohnplatz trieben, beschleunigte der Angakok seine Fahrt wieder und stieg höher. Dann setzte er sich auf der anderen

Seite des Wassers, genau gegenüber dem Wohnplatz, auf den höchsten Gipfel. Und von dort hatte er einen Überblick über das Land, über das er gerade geflogen war. Aber die Gegend war ihm völlig fremd. Er kannte nicht einen einzigen Berg. In der Ferne, an der Mündung des Fjordes, sah er Licht von mehreren Wohnplätzen. Von dem Berggipfel flog er direkt nach Hause. Und seit diesem Flug konnte er nicht mehr die fremden Wohnplätze vergessen, die er an dem großen Fjord gesehen hatte.

Der Frühling kam schnell. Die Zeit war nicht so recht für Geisterflüge geeignet, die am besten in der dunklen Zeit des Jahres durchgeführt werden können. Aber gerade in dieser Zeit, in der die Leute am wenigsten solche Flüge erwarteten, konnte sich Angákerduaq nicht mehr beherrschen. Er wollte den großen Fjord jenseits des Inlandeises erforschen.

Bald befand er sich auf dem Wege und flog dabei dieselbe Strecke wie beim letzenmal. Er schwebte auf den Fjord hinunter, diesmal in der Nähe der Mündung, wo er glaubte, etwas Ungewöhnliches gesichtet zu haben. Ja, da war Leben, ein mächtiges Weißwalfangen. Da sich Angákerduaq sicher war, daß niemand ihn entdecken würde, setzte er sich auf einen Stein, nicht weit von der Bucht entfernt, in der der Fang stattfand. Genau unter ihm befand sich ein Schwarm Kajaks – nicht weiter fort als einen guten Steinwurf. Er selbst saß nordwestlich von der Bucht und konnte das Jagdrevier gut überblicken. Wenn die Kajaks auf die Wale zufuhren, schäumte das Wasser nur so, und er konnte beobachten, wie viele Weißwale im großen Bogen auf den schlammigen Strand fielen. Angákerduaq hatte noch gar nicht lange auf dem Stein da oben gesessen, als auch schon jemand rief: »Da sitzt ein Mensch auf dem Berg!« So war weiter nichts zu tun, als sich zu erheben und nach Hause zu fliegen. Bei seiner Rückkehr erzählte er dann allen Leuten seine wunderbaren Erlebnisse.

91. Naujas Flug ins Land der großen Gezeiten

In Innartivaq lebte einmal in alten Zeiten ein Angakok, der Nauja hieß. Gewöhnlich nannte man ihn Ivnardivarmio, den Mann aus Innartivaq. Als Nauja einmal ankündigte, daß er einen Flug ins Land der großen Gezeiten unternehmen wolle, strömten von allen Nachbarplätzen die Leute zusammen, um ihn bei seinen Beschwörungen zu sehen. Es war früh im Herbst, noch ehe die Tage richtig kurz wurden. Als die Gäste das Haus bis auf den letzten Platz gefüllt hatten, erklärte Nauja, daß man sich jetzt für die Beschwörung bereit machen solle. Nun wurden die Arme des Angakoks hinten auf dem Rücken gebunden, und in seine Achselhöhlen steckte man von hinten die Flügel einer schwarzen Lumme. Den Kopf band man fest an die Knie und stieß ihn darauf um. Er lag nun auf der Seite und war außerstande, sich allein wieder hinzusetzen. Die Trommel wurde neben ihn gelegt.

Als die Lampen gelöscht waren, begann sich die Trommel zu bewegen. Nachdem sie sich gewiegt hatte, stellt sie sich auf ihren Handgriff. Bald schwebt sie dröhnend über seinen Schultern. Das wiederholt sich dreimal, und dadurch bekommt Nauja das allmächtige Wissen, und er wird fähig, sich allein hinzusetzen.

Nun hüpft die Trommel zu Naujas linker großer Zehe und berührt mit ihrem Handgriff ihre Spitze. Nun zieht er sie hoch. Und es ist, als klebe der Handgriff fest an seiner Zehe, bis er dann wieder abhüpft. Ein dumpfes Rasseln tönt vom Fell der Trommel her. Jetzt wird sie von einer Riesenkraft beseelt, die sie nach vorne zieht.

Plötzlich zischt es und saust es, und Nauja fliegt in der Luft, in schräger Bahn, dreimal im Haus herum. An seiner großen Zehe klebt immer noch die Trommel und singt in wilder Extase.

Wo Mauer und Dach sich treffen, fliegt Nauja hinaus, umhüllt von einem sprühenden Funkenregen.

Zaubervoll dröhnend kehrt die Trommel an ihren Platz zurück.

In schwindelnder Fahrt fliegt Nauja – einem feurigen Meteor gleich – ins Land der großen Gezeiten. Rechts unter ihm erstreckt sich das Inlandeis mit seinem froststarren Rücken.

Nauja ist nicht allein. Er hat fünf seiner Hilfsgeister mit. Sie fliegen in einer Reihe, und sein Toornaardik[1] fliegt voran. Die seltsame Gesellschaft saust in wahnwitziger Fahrt durch die Luft. Keiner von ihnen ist jemals im Land der großen Gezeiten gewesen. Aber sie haben davon gehört. Der einzige, der gebunden ist, ist Nauja. Seine Hilfsgeister haben ihre Arme unter den Kniekehlen verschlungen und drücken die Oberkörper auf ihre Schenkel. Jedesmal wenn die Flieger ihre Geschwindigkeit erhöhen wollen, schreien sie. Und je lauter sie schreien, desto schwindelerregender wird ihr Flug. Und ihr Vorwärtsstürmen gleicht jetzt einem halsbrecherischen Wettkampf. So gewaltig ist ihre Geschwindigkeit, daß große Fjorde unter ihnen mit einem Tempo überflogen werden, als trete man über eine ausgespannte, dünne Sehne. Endlich kommt ein langgestreckter Berg in Sicht. Er ist größer als alle die anderen. Und als sie dichter herangekommen sind, werden sie von seiner Schönheit hingerissen; denn er hat viele farbenprächtige Streifen. Nauja gibt seinen Hilfsgeistern Anweisungen zum Landen. Und sogleich gehen sie auf den Berg nieder. Nauja fragt seine Hilfsgeister: »In welcher Richtung sollen wir weiterfliegen?« Die Hilfsgeister antworten: »Das wissen wir nicht.« Während sie so auf dem Berg sitzen und nicht weiterwissen, entsteht unter den Hilfsgeistern ein heftiger Streit. Die übrigen Hilfsgeister fallen über den kundigsten her, der Ardiaq heißt. Nauja fragt Ardiaq: »Wo liegt der Wohnplatz im Lande der großen Gezeiten?« Ardiaq antwortet traurig: »Das weiß ich wirklich nicht.« Nauja erwidert: »Nun ja, wenn niemand von uns weiß, wo das ist, dann sollten wir lieber von hier gleich wieder zurückfliegen. Wir können es ja ein anderes Mal versuchen.« Ardiaq erwidert: »Du darfst nicht glauben, daß wir beim nächstenmal weiter als bis hier kommen, wenn wir uns jetzt auf den Rückflug machen.« Nauja und die anderen Hilfsgeister werden nun wegen Ardiaq

[1] Hilfsgeist, der keine menschliche Gestalt besitzt.

immer ungeduldiger; denn er war ja der einzige, der mit seinem großen Zauberwissen den Weg hätte finden können. Und als man Ardiaq immer noch anfleht, einen Ausweg zu finden, zeigt er nach unten und sagt: »Ha, ha, ha, seht den da unten!« Alle sind mit einem Mal still und starren in die Richtung, die Ardiaq ihnen gezeigt hat. Und man sieht, wie unten am Fuß des Berges Naujas Toornaardik sitzt und seine Riesenohren lauschend aufgerichtet hat.

Und als man gespannt seinen Bewegungen folgt, dreht er sein linkes Ohr, als hätte er etwas gehört. Wenn der Toornaardik nun weiter mit dem linken Ohr lauschen würde, bedeutet das, daß sie den Rückflug antreten sollen. Aber plötzlich fällt das Ohr zusammen, und das rechte Ohr beginnt zu zucken. Das Ohr sucht den rechten Horizont ab, und die Spannung wird unerträglich. Endlich sieht es so aus, als wenn sich der Toornaardik erheben wolle. Nauja und seine übrigen Hilfsgeister in Menschengestalt strecken und recken sich wie Vögel, bereit, um in die Luft zu fliegen. Jetzt sieht man, wie aus den Ohren des Toornaardiks ein Funkenregen sprüht, der wie Meeresleuchten aussieht. Und da bricht er in einen gewaltigen Jubelschrei aus und stößt auf seinen gewaltigen Schwingen in die Luft, um in die Richtung zu fliegen, in der das Land der großen Gezeiten liegen soll. Mit großem Geschrei werfen sich die anderen in die Luft und folgen dem großen Toornaardik.

Lange fliegt man, bis man endlich die erleuchteten Darmhautfenster eines Wohnplatzes sichtet. Alle denken: »Wollen wir den besuchen?« Aber sie fliegen vorbei. Bald sichtet man einen neuen Wohnplatz, der aber kurze Zeit darauf bereits hinter den Fliegern liegt. Und als man zum drittenmal einen Wohnplatz erspäht, setzt der Toornaardik zur Landung an, und man weiß, daß man vor dem Ziel seiner großen Reise ist. Der Toornaardik landet auf dem Strand, während die anderen dicht bei einem Haus hinuntergehen, das Nauja sofort untersucht. Es ist sehr groß und hat vier Darmhautfenster. Im Inneren des Hauses wimmelt es von Menschen, und da waren so viel Pritschengestelle wie Perlen auf einer Schnur. Über jedem zweiten Pritschengestell lag ein blendender Lichtschein. Die leuchtenden Pritschengestelle gehörten Angakut, und die Gestelle, die nicht leuchteten, den anderen. Vor den Pritschen der Angakut hingen zusammengerollte Seehundfelle an Haken. Vorhänge, bereit zum Herunterlassen, wenn die Angakut ihre Beschwörungen begannen.

Nauja beobachtete die vielen Menschen, die ruhig und ohne Böses zu ahnen sich mit ihren Sachen beschäftigten. Auf der westlichen Seitenpritsche liegen mehrere Männer und spielen mit einem großen Bund von Bärenzähnen (Eckzähnen), die von den Dachsparren herunterhängen. Versteckt zwischen den Bärenzähnen hängt der Eckzahn einer Klappmütze, der von drei Löchern durchbohrt ist. Diesen Eckzahn versuchen sie »blind« mit einem Narwalzahn aufzufangen, dessen äußerstes Ende zu einer langen, schmalen Ahle ausgeformt ist. Wenn es einem der Männer glückt, eins der Löcher mit dieser »Ahle« zu treffen, heulen sie vor Freude. Neben dem vorletzten Gestell im Osten saß ein Angakok mit einem leuchtenden Ring um den Kopf und verzehrte bedächtig ein großes Stück Mattak.

»Was wollen wir jetzt machen, sollen wir sie erschrecken?« fragte Nauja seine Hilfsgeister. Ardiaq antwortete: »Wir sollten sie nicht ohne weiteres erschrecken, du mußt versuchen, unter die Angakut zu kommen.« Nauja tat es, aber keiner von ihnen reagierte. Zuletzt war da nur noch der Angakok, der aß. Ganz langsam glitt Nauja unter ihn, wobei er genau sein Verhalten beobachtete. Kaum war er nun unter ihm, da sprang der Angakok auch schon auf, legte die Walhaut beiseite und wischte seine Hände ab. Dabei sagte er: »Früher konnte es geschehen, daß Menschenangakut uns als Hilfsgeister anstellten, oh, ich fühle mich so wie damals, oh, wie wunderbar, er erinnert mich an meinen alten Herrn während der Beschwörung.«

Kaum hatte der alte Angakok das gesagt, als auch schon ein gewaltiger Lärm entstand, die Männer sprangen von den Pritschen, und die Lampen wurden gelöscht. Noch bevor Nauja durch den Fußboden kam, war alles dunkel. Ardiaq zeigte in eine bestimmte Richtung: »Seht, dort!« Und da sah man, wie zwei Angakut sich in die Luft erhoben. Man konnte den Alten erkennen, der soeben noch so freudige Äußerungen getan hatte und der jetzt in Begleitung eines anderen nach Ivnardivaq flog. So erwarb sich Nauja neue Hilfsgeister von dem Geistervolk im Lande der großen Gezeiten.

Nauja und Ardiaq zaubern sich jetzt in den Raum hinein, und da fangen auch schon wieder die Lampen zu brennen an, und Naujas beengende Bande werden entfernt. Sofort geht ein alter Mann auf Nauja zu und sagt: »Du mußt den Nordortaun probieren!« Nauja, der keinen Nordortaun kennt, fragt einfältig: »Was ist ein Nordortaun?« Der alte Mann führt ihn zu der westlichen Seitenpritsche, dorthin, wo die Bärenzähne hängen, erklärt, was er zu machen habe, und fügt hinzu: »Wenn du den Klappmützenzahn nicht triffst, wird dein Leben lange vor der Zeit abgebrochen werden, aber triffst du ihn, wirst du so lange leben, wie es dir vorausbestimmt ist.«

Mitten zwischen den Männern macht sich jetzt Nauja bereit, den Nordortaun zu probieren. Und dann jagt er den Narwalzahn zwischen die Bärenzähne. Und als die Ahle auf der anderen Seite der Bärenzähne zum Vorschein kam, konnte man erkennen, daß er den Klappmützenzahn in seinem obersten kleinen Loch getroffen hatte. Die Männer heulten vor Begeisterung. Nauja selbst machte lauter kleine Freudensprünge durch die Luft. Von all dem Neuen überwältigt, waren die Besucher drauf und dran, die Zeit zu vergessen. Und Nauja erwachte erst aus seiner Versunkenheit, als Ardiaq ihm sagte: »Jetzt wird es wohl Zeit, aufzubrechen, sonst wird es allzu hell.«

Nauja wurde jetzt wieder gebunden, und gleich darauf flog man nach Hause. Man flog an dem gestreiften Berg vorüber, ohne bisher Naujas neue Hilfsgeister getroffen zu haben. Erst als man wieder Ivnardivaq vor sich hatte, sah man die Hilfsgeister, die sich auf dem Heimweg befanden. Aber so groß war die Geschwindigkeit auf beiden Seiten, daß man nur einander wie einen Feuerschein sehen konnte. Und als Nauja auf seinem Wohnplatz landete, begann es im Osten zu tagen.

92. Der Flug zu den Inlandbewohnern

Okataks Vater war ein großer Angakok. Als man das erfuhr und gerne wollte, daß er einen Geisterflug unternehme, nahm er einen Riemen, der aus dem Fell einer Großkobbe gemacht war, und schnitt in sein Ende ein Loch wie für einen Daumen. Am Abend sammelte er seine Leute um sich, pustete durch das Loch im Riemen, steckte seine Zehenspitze hindurch und befestigte das andere Ende an seinem Kopf. Als sie die Lampen gelöscht hatten, erhob er sich und schwebte im Haus umher. Darauf öffnete sich das Dach, so daß sie die Sterne schimmern sahen. Und dann flog er fort und nahm Kurs auf das Land. Endlich kam er zu einem Haus, schwebte hinunter und stellte fest, daß es nur von Frauen bewohnt war. Er ging hinein und sah, daß die Hausstütze schimmernd blank war. Das war nämlich der verhexte Mann der Frauen. Dem Angakok gefiel eine der Frauen sehr gut. Er wollte sie gerne haben. Aber jedesmal wenn er sich ihr näherte, sprühten Funken aus der Hausstütze. Und als er sich schließlich hinlegen konnte, fiel sie auf ihn zu. Da sprang er schnell auf und machte sich auf den Heimweg. Am nächsten Abend aber ließ er sich wieder binden, flog wieder zum Inland, sah ein Haus und ließ sich nieder. Dort sah er Inoruseks und Inuarudligkat (Riesen und Bergtrolle) beim Abhalten von Wechselgesängen. Einer der Inlandbewohner, ihr Angakok, ging hinaus und bat ihn herein, um sich den Gesang anzuhören. Als er hineinging, gingen zwei Inlandbewohner auf ihn zu, ergriffen ihn und hätten ihn beinahe zerrissen. Dann standen alle auf und begannen mit ihm Ball zu spielen, bis er halbtot war und sie ihn über den Trockenrahmen hingen. Da rief er seinen Toornak zur Hilfe. Und bald konnte man eine Stimme wie von einem bellenden Hund hören, die immer näher kam. Die Inlandbewohner warfen erschreckt ihre Kinder in den Hausgang. Er aber erhob sich, schwebte im Raum umher und flog dann durch das Dach des Eingangs heraus und kehrte nach Hause zurück. Am nächsten Tag ließ er sich wieder binden, flog zum Inland, erblickte ein Haus und landete. Und als er durchs

Fenster schaute, sah er drinnen seine Schwester sitzen, die vor langer Zeit verschwunden war. Er ging hinein, setzte sich ihr gegenüber und sagte: »Kenne ich dich nicht oder bist du eine andere?« Sie erwiderte: »Ich müßte dich auch kennen, aber ich glaube, du bist ein anderer.« Am Abend hörte man draußen Lärm. Die Männer kehrten von der Jagd zurück. Aber erst später kam ihr Mann nach Hause, der stärker als die anderen war. Er zog sich aus und setzte sich ganz hinten auf die Pritsche, während sich die anderen unterhielten. Erst später kam er wieder nach vorne, fragte den Fremden aus und sagte, daß sie ihm etwas zum Essen bringen sollten. Der Angakok dachte: »Er ist sicher ihr Herr.« Er blieb den ganzen Abend bei ihnen und sagte schließlich zu seiner Schwester: »Gib mir etwas zum Zeichen mit, sonst werden sie mir nicht glauben.« Sie gab ihm ein Stück Rentierfell, und dann ließ er sich von seinem Schwager binden und flog wieder nach Hause.

93. Natatek, der Mann, der mit einem Timersek, einem Inlandbewohner, zusammenzog

Es war einmal ein Mann, der zusammen mit seiner Frau ganz allein in einem Haus in Noorsit, einem Wohnplatz auf der großen Insel im Ammassalik-Fjord Noortiit, lebte. Alle ihre Kinder waren tot. Sie hatten viele Nachbarn, die den Mann oft baten, zu ihnen herüberzukommen. Und wenn er das tat, wollten sie immer Geschichten von ihm hören. Und wenn er dann keine mehr wußte, forderten sie ihn auf, von seinen toten Kindern zu erzählen. Das wollte er nicht, aber sie zwangen ihn dazu. Und das versetzte ihn immer in Zorn. Wenn die Leute dann aßen, bekam er oft eine Seehundflosse, an der kein Fleisch war. Als er wieder einmal gezwungen wurde, von seinen toten Kindern zu erzählen und er darüber in Zorn geriet, trug man einen Seehund ins Haus, und Natatek bekam wie gewöhnlich eine Seehundflosse, an der kein Fleisch war, und da ging er hinaus. Im Gang warf er sie weg und sagte, sie möge zu einem Menschenskelett werden und die bösen Leute zu Tode erschrecken. Kaum hatte er diesen Wunsch geäußert, als er jemand laufen hörte. Und als er draußen war, sah er ein Skelett über einen Mann laufen, der dadurch zu Tode erschreckt wurde. Gleich darauf lief das Skelett ins Haus und schreckte die übrigen Bewohner zu Tode. Am nächsten Tag belud Natatek seinen Umiak und fuhr mit seiner Frau nach Immikeertoq, einer Insel im Ammassalik-Fjord, wo zwei alte Leute mit ihrer Tochter lebten. Als sie dorthin gekommen waren, hörte er, daß die anderen Leute von der Fjordmündung hinterherkommen wollten, um die Toten zu rächen.

Als es eines Tages hell wurde, sah er eine Menge Kajaks und Umiaks den Fjord hinaufkommen. Und an ihrer Spitze befand sich ihr ältester Mann. Als Natatek das alles gesehen hatte, begann er zu singen und Toornaq-Künste zu machen, obwohl er gar kein Angakok war. Als er so seine Künste machte, sah er plötzlich viele Lachse, und ein Seehund kam zum Vorschein, der einen Skelett-Kopf hatte und ihn selbst und alle anderen zu Tode erschreckte. Natatek und seine Frau wurden aber bald wieder lebendig und auch die alten Leute und ihre Tochter und der Alte, der an der Spitze der Umiaks und Kajaks gefahren war. Dieser Alte betrat nun das Haus und stach den Leuten mit seinem Messer ins Gesicht. Aber obwohl diese ganz still standen, konnte er sie nicht tödlich verletzen, weil die Tornakkünste noch wirksam waren. So verließ er mürrisch das Haus und begab sich auf die Heimreise. Natatek und seine Frau aber fuhren jetzt ans Ende des Sermilik-Fjordes, um die Timerseet[1] aufzusuchen. Dort wohnten sie bei einem Mann und einer Frau, die keine Kinder hatten. Während dieser Zeit gingen sie oft auf Rentier- und Narwaljagd. Die Narwale harpunierten sie bei Sarfak, vom Lande aus. Der Inlandbewohner schleuderte seine Harpune und zog einen Narwal an Land. Auch Natatek schleuderte seine Harpune in einen Narwal. Aber gleichzeitig warf ein anderer Inlandbewohner, der auf dem gegen-

[1] Ostgrönländische Bezeichnung für Toornit, Inlandbewohner. Eskimoische Pluralform (sing. *timersek*).

überliegenden Ufer stand, seine Harpune und zog den Narwal zu sich herüber. Als Natatek nach Hause kam, foppten ihn seine Wohngenossen und sagten: »Sie zogen dir wohl den Narwal weg?« Darauf erwiderte Natatek: »Ich glaube, ich hole ihn mir am Abend wieder.« Als es nun dunkel geworden war, gingen Natatek und sein Wohngenosse, der Inlandbewohner, zum Wasser. Darüber war wegen der starken Strömung ein Großkobbenriemen gespannt, über den sie nun kletterten. Auf der anderen Seite sahen sie den Narwal liegen, und es gelang ihnen auch, die Jagdbeute nach Hause zu schaffen. Am nächsten Tag harpunierte Natatek wieder einen Narwal, und auch diesmal wurde in ihn eine Harpune von der anderen Seite geschleudert. Aber Natatek konnte ihn zu sich herüberziehen.

Eines Tages erzählte man Natatek, daß gar nicht weit von seinem jetzigen Wohnplatz ein Inlandbewohner lebe, der zwei Töchter hätte, die, wenn Männer zu ihnen auf Besuch kamen, sie zwischen ihre Beine griffen, wodurch sie starben. Da ließ sich Natatek ein Paar Naatsut aus dem Fell einer Großrobbe nähen. Als er diesen Lendenschurz anzuziehen versuchte, konnte er ihn nicht anbekommen. Nun wollte es der Inlandbewohner auch einmal probieren. Und es gelang ihm auch ohne große Anstrengungen. Und darauf gab er Natatek ein Paar Naatsut, die man nicht zerreißen konnte. Und die zog er an.

Sie machten sich jetzt auf den Weg zu dem Mann mit den beiden Töchtern. Unterwegs hoben sie große Steine auf. Die lagen so schwer auf der Erde, daß es in ihnen ordentlich rüttelte, als sie sie hochhoben. Mit ihnen spielten sie Ball. Der Inlandbewohner warf Natatek einen besonders großen Stein zu, der aber zu Boden fiel. Da sagte der Inlandbewohner: »Es hat gar keinen Zweck, dorthin zu gehen, wenn du nicht einmal diesen Stein handhaben kannst!« – »Aber ich will trotzdem dorthin«, sagte Natatek, nahm einen großen Stein auf, spielte mit ihm Ball und warf ihn dem Inlandbewohner hinüber, der ihn zur Erde fallen lassen mußte.

So kamen sie schließlich zu dem Mann mit den beiden Töchtern. Der Vater fand, daß es bis zum Abend noch recht lange war, und erzählte daher Geschichten. Aber nachdem der Mann eine Zeitlang erzählt hatte, sagte Natatek zum Inlandbewohner, daß er nun müde sei. Der Vater der Töchter hörte es und löschte die Lampen. Bald schlief der Vater, und die beiden Gäste schienen auch zu schlafen. Aber sie taten nur so. Die eine der beiden Töchter ging nun zu Natatek hinüber, nahm ihn auf den Arm und trug ihn zu ihrem Schlafplatz. Dort legte sie sich neben ihn und griff ihm zwischen die Beine, um ihm die Eingeweide herauszuziehen. Aber Natatek, der ja nur so tat, als schliefe er, griff zu, klemmte seine Beine um ihre, hielt ihr mit der einen Hand den Mund zu und stieß ihr mit der anderen Hand so heftig in den Bauch, daß ihre Gedärme platzten. Als der Vater das Röcheln der Sterbenden hörte, glaubte er, daß die Tochter Natatek tötete und flüsterte daher: »Ilaglu, ilaglu! (Mach weiter, mach weiter!)«

Als Natatek sie erledigt hatte, ging er zu seinem Begleiter, legte sich neben ihn und sagte, daß er sie getötet habe.

Jetzt kam die andere Tochter zu Natatek, der so tat, als wenn er schliefe. Sie nahm ihn in die Arme und trug ihn zu ihrem Platz. Und als auch sie ihm zwischen die Beine griff, um ihm die Eingeweide herauszuholen, erlitt sie dasselbe Schicksal wie ihre Schwester. Noch in derselben Nacht verließen Natatek und sein Begleiter dieses Haus.

Als Natatek und der Inlandbewohner einige Zeit später hörten, daß der Alte sehr zornig sei, reisten die beiden wieder zu ihm hin. Unterwegs kamen sie zu einem Wasser, auf dem Eis war. Dort fingen viele Leute in den Atemlöchern Narwale. Unter ihnen befand sich auch der Vater der getöteten Mädchen. Als er die beiden sah, warf er einen schwarzen Narwal nach Natatek, der jedoch sein Ziel verfehlte, weil Natatek zur Seite sprang. Dasselbe wiederholte sich gleich darauf. Wieder verfehlte der Alte sein Ziel, und da Natatek den Narwal sofort aufhob und zurückschleuderte, schrie er vor Angst auf. Sofort sprang Natatek auf den Alten zu, warf ihn zu Boden und begann ihm den Hals umzudrehen. In seiner höchsten Not rief der Alte, daß er ihm seine Fangwaffe schenken wolle, wenn er ihm das Leben ließ. Daher gab ihn Natatek frei. Der Alte aber hielt sein Versprechen nicht. Und Natatek sah ihn niemals wieder.

Weder Natateks Frau noch die Frau seines Hausgenossen, des Inlandbewohners, konnten Kinder bekommen. Sie tauschten daher die Frauen für einige Zeit, worauf beide schwanger wurden und Söhne bekamen, zuerst die Frau des Inlandbewohners und dann Natateks Frau.

Die Kinder begannen groß zu werden, und man machte ihnen Kajaks. Als Natateks Sohn (also der Sohn von Natateks Frau und dem Inlandbewohner) herumzugehen begann und der Vater einmal fort war, setzten sich die Vögel auf seine Schultern. Die Mutter sagte, daß er nach den Vögeln greifen solle, wenn sie sich wieder das nächstemal auf ihn setzten. Das tat er. Und wenn er einen hatte, bekam er auch alle anderen, die um ihn herum waren. Und das blieb auch in Zukunft so.

Die beiden Jungen fingen nun an, in ihren Kajaks aufs Wasser zu fahren. Der Sohn des Inlandbewohners kenterte oft in seinem Kajak, aber Natateks Sohn kenterte nicht.

Als Natatek mit seinem Sohn einmal draußen auf dem Wasser war, kam eine Menge Seehunde angeschwommen, so daß der Junge das Paddel quer über seinen Kajak legen mußte, um das Gleichgewicht zu halten. Erst als der Vater zurückkam, schwammen die Seehunde fort, und sie paddelten darauf nach Hause. Und der Vater machte ihm eine Harpunenspitze, einen Fangriemen und eine Blase. Und als Vater und Sohn das nächste Mal draußen waren und der Vater von ihm fortpaddelte, kamen wieder viele Seehunde angeschwommen, und der Junge warf seine Harpune nach einem von ihnen. Aber nicht der allein wurde getroffen: der ganze Haufen war auf einmal harpuniert, so daß der Fangriemen des Jungen voller Seehunde war.

Wenn Natatek und sein Sohn draußen in ihren Kajaks fuhren, brachen sie ihre Paddel entzwei und banden sie wieder mit Großkobbenriemen zusammen. Das taten sie, um sich in dieser Kunst zu üben, falls sie einmal von schlechtem Wetter überrascht werden würden.

Der Sohn des Inlandbewohners konnte nicht die Kunst des Wiedersichaufrichtens lernen, wenn sein Boot gekentert war. Selbst nach langem Bemühen war er nicht fähig, die »Kajakrolle« zu beherrschen. Sie fingen daher Seehunde vom Lande aus, während Natatek mit seinem Sohn zur Mündung des Fjords fuhr.

94. Von Navaranaq und den Küstenbewohnern

Früher waren die Inlandbewohner und die Menschen der Küste gute Freunde. Wenn die Küstenbewohner Wale gefangen hatten, pflegte immer ein Dienstmädchen der Inlandbewohner zu ihnen zu kommen, um für ihre Landsleute die leckere Walhaut abzuholen. Als Gegenleistung brachte sie dafür Rentierfleisch mit. Schließlich aber wurde ihr dieser Dienst über. Und um Zwietracht zwischen den Küstenbewohnern und den Bewohnern des Inlandes zu säen, erzählte sie diesen, daß die Küstenbewohner sie überfallen wollten, und den Bewohnern der Küste stellte sie es umgekehrt dar. Da wurden die Inlandbewohner sehr verbittert und beschlossen, die Walfänger anzugreifen. Sie paßten die Zeit ab, in der alle Männer auf Walfang waren, und überfielen, angeführt von Navaranaq, die Frauen und Kinder der Küstenbewohner. Ein paar Frauen töteten vor Schreck ihre eigenen Kinder. Aber eine Frau, die schwanger war, versteckte sich unter der Pritsche, und als Navaranaq von ihren Leuten ausgeschickt wurde, um sie zu finden, versprach die arme Frau dem Mädchen alles, was sie besaß, wenn sie sie nur nicht verraten wolle. Ein paar konnten noch flüchten und sich hinter Steinhaufen verstecken, aber alle anderen wurden von den Inlandbewohnern getötet. Als nun die Männer von ihrem Fang nach Haus kamen, gingen ihnen die Überlebenden entgegen und berichteten ihnen, was geschehen war. Und als sie zu ihrem Wohnplatz kamen und all die vielen Toten sahen, waren sie ganz verzweifelt. Als sie später wieder Wale abspeckten, kam Navaranaq nicht mehr zu ihnen herüber, sondern blieb verschwunden. Als nun der Sommer ins Land kam, machten sie sich viele Pfeile und zogen ins Land der Inlandbewohner, um Rache zu nehmen. Unterwegs riefen sie nach altem Brauch: »Navaranaq, hier ist Mattak, die leckere Walhaut, für dich!« Aber niemand war zu sehen. Dann gingen sie wieder sehr lange weiter und riefen wieder nach Navaranaq. Und diesmal hatten sie Glück: plötzlich stand sie da. Als sie die Pfeile der Leute sah, wollte sie gleich wieder fortlaufen, aber sie sagten ihr, daß sie nicht zu fliehen brauche. Als sie nun bei ihnen war, fragte man sie, wo ihre Landsleute wären. Und da sagte sie: »Dort weiter im Lande.« Nun fesselten sie sie mit Stricken und schleiften sie hinter sich her, wodurch sie getötet wurde. Schließlich kamen sie zu einem großen Inlandsee und sahen die vielen Zelte der Inlandbewohner, die dort ein- und ausgingen. Aber sie warteten, bis alle in den Zelten waren, und dann griffen sie sie an. Von beiden Seiten schossen sie aufeinander. Es wurden immer weniger Inlandbewohner, aber die Küstenbewohner konnten ihre Zahl halten. Als sie die Inlandbewohner vernichtet hatten, gingen sie in die Zelte und töteten auch die Frauen und Kinder. Und nachdem sie sich so gerächt hatten, traten sie den Heimweg an.

95. Javraganak, das Indianermädchen

In Kivalek (eine halbe Stunde nördlich von dem Missionsplatz auf der Insel Okak) gab es viele Menschen [1], unter diesen befand sich eine Indianerin namens Javraganak. Dieselbe, obgleich eine Indianerin, war von ihrer Kindheit an bei den Menschen, die sie zu ihrer Dienerin hatten. Sie war aber unter ihnen wie eine Fremde.

Einstens, als sie hungrig sich an die Speise ihrer indianischen Landsleute mit Vergnügen erinnerte, sagte sie: »In Pangma (ein Ort im Lande) aßen meine Leute Zungen, Marks und Rentierfett«, und redete mit Vergnügen davon.

[1] Unter »Menschen« sind hier die Eskimo zu verstehen.

Da sagte ein alter Mann schmähend zu ihr: »Du hast viel Angehörige und viel Brüder, laß deine Verwandten kommen!«

Darauf begab sie sich in einer Nacht zu ihren indianischen Verwandten, sie zu rufen, wie ihr von dem Alten geheißen worden war.

Damals gab es viele Hasen, die über die Häuser hin und her liefen und oft gehört wurden. Als nun die Javraganak eines Nachts mit vielen ihrer Landsleute nach Kivalek kamen, und in der Nacht man in den Häusern hören konnte, als wenn viele miteinander sprächen, sagte der alte Mann: »Hat es wieder Hasen? Sie sind lebendig.«

Es befand sich damals kein Mann hier, ihre Männer waren auf Erwerbung abwesend, und es war Winter.

Da geschah es, daß alle Menschen durch die Indianer, Javraganaks Landsleute, getötet wurden.

Viele Menschen flohen in eine Höhle, darinnen erstickten einige, andere wurde zerquetscht, denn ihr Zufluchtsort war von ihnen ganz angefüllt. Es befanden sich keine Männer unter ihnen.

Als die Männer von der Erwerbung nach Hause kamen, fanden sie ihre Weiber und Kinder bereits vernichtet. Nun zogen die Männer zum Streit gegen die Javraganaker. Unter diesen Streitern befand sich ein Zauberer, der machte ihnen einen Weg innen durch den Berg, da wurden Javraganaks Landsleute vernichtet. Sie selbst war aber nicht dabei, als ihre Landsleute umgebracht wurden, denn sie hatte sich verborgen und wurde nicht gesehen.

Die Männer hatten zu dem Zauberer, der durch seine Kraft den Weg durch den Berg gemacht hatte, großes Vertrauen. Da geschah es, daß ein Mann mit großer Stimme rief und sprach: »Javraganak! Diene mir!« Alsbald erschien sie und kam lachend und vergnügt; da begegnete man ihr feindlich, griff sie, band ihr die Arme mit Stricken und riß sie entzwei.

So taten die Menschen und vergolten wieder das, was sie den Menschen hat tun lassen.

96. Das Mädchen, das zu den Inlandbewohnern floh

Es war einmal ein Mädchen, das zerbrach die Nähnadel seiner älteren Schwester, die aus Renhorn angefertigt und sehr wertvoll war. Die Schwester, die mit einem wohlhabenden Mann verheiratet war, wurde sehr böse und sagte zu dem armen Mädchen, daß sie jetzt am besten die Menschen verlassen sollte. Da war das arme Mädchen sehr traurig, verließ das Haus seiner Schwester und wanderte ins Land hinein. Als sie schon viele Tage gegangen war, setzte sie sich eines Abends auf einen Stein und weinte bitterlich. Da hörte sie neben sich eine Stimme. Die sagte: »Warum weinst du?« Und als sie sich umsah, erblickte sie einen großen Mann, einen Inlandbewohner. Er fragte sie noch einmal: Warum weinst du?« – »Weil ich die Nähnadel meiner Schwester zerbrach und sie mich fortjagte«, erwiderte traurig das Mädchen. Der Inlandbewohner sagte: »Und ich wurde ebenso fortgejagt, weil ich die wertvolle Falle meines Bruders beschädigte.« Darauf bat er sie, mit ihm zu kommen, und sie gingen zu seinem Haus. Dort gab er ihr Rentierfelle für einen Unterpelz und andere Felle für einen Außenpelz. »Näh dir etwas zum Anziehen daraus«, sagte er und machte sie dann zu seiner Frau.

Dieser Inlandbewohner fing auf einem Inlandsee Eidergänse. Dazu ging er selbst ins Wasser. Und wenn sich die Gänse auf dem See niedergelassen hatten, griff er von unten nach ihnen. Einmal sagte er zu ihr, daß sie mit zu seinen Verwandten kommen solle. »Wenn wir dann ihr Haus sehen, werde ich ›Kung, Kung, Kunkujo‹ rufen, dann werden sie mich erkennen.«

Dann wanderten sie los. Und als sie von einem Berg das Haus seiner Verwandten sahen und er »Kung, Kung, Kunkujo« rief, hörten sie, wie die Kinder, die unten am Haus spielten, sagten: »Da ruft jemand Kung, Kung.« Und sie sahen, wie die Mutter herauskam und dasselbe rief. Darauf stiegen sie vom Berg herunter und kamen ins Haus seiner Verwandten. Unter diesen war eine Schwester, die ein bißchen verrückt und sehr geschwätzig war. Ihr sagten sie, daß sie den Nachbarn nicht erzählen dürfe, daß sich unter ihnen ein Küstenbewohner befindet. Darauf versteckten sie sie ganz hinten auf der Pritsche. Aber als die Brüder hereinkamen, sagten sie, daß es nach Küstenbewohner rieche. Und als das geschwätzige Mädchen herauskam, tratschte sie doch die Geschichte herum und sagte: »Ihr habt keine solche Schwägerin wie ich, ich habe eine neue Schwägerin bekommen, eine mit einem Halsband, eine mit Perlen, eine schöne Frau, eine von den Küstenbewohnern ...«

Als sie so geredet hatte, kamen die Neugierigen zum Fenster, um einmal einen Küstenbewohner sehen zu können. Ein paar sehr Wißbegierige kletterten sogar aufs Dach und machten ein Loch hinein, und es kamen viele Gäste in das Haus.

Nun wurde davon gesprochen, daß beim nächsten Mondwechsel ein Boot mit Reisenden kommen würde. Und eines Morgens hieß es auch: »Jetzt kommt das Boot!« Und als sie nach ihnen Ausschau hielt, waren es Bergtrolle (Inuarugdlikat). Als sie bis zum Haus gekommen waren, hielten sie an und stimmten Wechselgesänge an. Dann brachten sie Felle als Gastgeschenke mit und um ihre Verehrung zu zeigen. Jeder Bewohner bekam ein Bündel, und sie blieben nun einen ganzen Monat dort, und die Inlandbewohner feierten mit den Bergtrollen Feste und maßen sich mit ihnen in Streitgesängen.

Einer der Inlandbewohner trat vor, tanzte und sang. Und während er tanzte, verwandelte er sich in ein Rentier. Da bekamen die Kinder der Bergtrolle Angst und schrien, worauf er sich gleich wieder in einen Menschen verwandelte.

Darauf trat einer der Bergtrolle auf, tanzte und verwandelte sich in einen Hasen. Aber als nun die Kinder der Inlandbewohner zu schreien begannen, nahm er wieder seine Menschengestalt an. Nun trat wieder ein Inlandbewohner auf, tanzte und zog sich selbst die Haut ab, so daß sie nur noch zwischen den Augen festhing. Als aber die Kinder der Bergtrolle ganz schrecklich zu schreien begannen, stand er wieder in seiner alten Gestalt vor ihnen. Schließlich trat ein Bergtroll auf, tanzte und sprang über die eine Hausseite, wodurch sie umstürzte und eine Frau der Inlandbewohner ein Kind zerquetschte. Da hörten alle auf, und am nächsten Tag zogen die Bergtrolle wieder fort, luden aber vorher die Inlandbewohner noch zu einem Gegenbesuch ein.

Im nächsten Monat machten sich diese nun reisefertig und gebrauchten dazu ein Boot aus Stein. Sie forderten die Küstenbewohnerin auf mitzukommen und setzten sie ins Boot. Aber sie baten sie, die Augen zu schließen; denn jedesmal wenn sie die Augen öffnete, würde das Boot anhalten. Erst als sie das Schreien von Kindern hörten, hielten sie an und ließen die Küstenbewohnerin wieder die Augen öffnen. Da sah sie ein ganz kleines Haus und dachte: ›Wie sollen wir bloß dort hineinkommen?‹ Aber da merkte sie, wie es gleichsam wuchs. Die Bergtrolle verstanden nämlich ihr Haus zu erweitern, indem sie es einfach rieben. Als sie nun hineingingen, war es ganz geräumig. Und die Inlandbewohner brachten nun ihre Gastgeschenke: ein Fellbündel für jeden Bewohner. Dann hielten sie ein Fest ab. Einer der Bergtrolle trat vor, tanzte, warf sich plötzlich auf den Fußboden und war zu einem Orsugiak-Stein geworden (weiche Steinart, Kalkstein). Die Inlandbewohner sollten ihn aufheben, aber da keiner von ihnen es konnte, stand der Stein wieder in Menschengestalt auf. Darauf trat einer der Inlandbewohner vor, tanzte und warf sich auf den Boden und war in einen Riesenstein verwandelt. Aber die Bergtrolle hoben ihn auf und warfen ihn gegen den Hausgang, so daß er in zwei Teile zerfiel und die Inlandbewohner auf diese Weise einen der Ihren verloren. Darauf machten sie sich auf den Heimweg.

Im Sommer wollten sie auf Rentierjagd gehen, und die Küstenbewohnerin sollte mitkommen.

Nun waren da zwei Mädchen, die auf sie neidisch waren, weil sie einen Mann bekommen hatte. Die verspotteten sie und sagten, daß sie nicht so flink wie die Inlandbewohner wäre und nicht mit ihnen Schritt halten könne. Das eine Mädchen sagte noch: »Heute verfolgte ich ein junges Renkalb.«

Da schaffte die alte Hausmutter ein Paar Stiefel herbei, die mit allerlei Gewürm angefüllt waren. Die mußte das Mädchen anziehen und fest um die Beine verschnüren. Und der Mann sagte, sie müsse das durchhalten, um flink zu werden. Als sie nun die Stiefel angezogen hatte, verlor sie das Bewußtsein, und alles Fleisch ging von ihren Beinen ab. Als sie aber wieder zu sich kam, wuchs neues Fleisch aus den Beinen, und sie war jetzt genauso schnell wie die Inlandbewohner geworden.

Nachdem sie von der Rentierjagd zurückgekommen waren, sagte sie, daß sie wieder gern einmal ihre Verwandten sehen würde. Und im nächsten Sommer fuhr ihr Mann mit ihr los. Als sie die Küste erreicht hatten, stießen sie auf einen Kajak. Sie schickten ihn mit dem Auftrag fort, ein Boot für sie bei ihren Leuten zu besorgen. Als das Boot nun da war und sie einstiegen, warf sich der Inlandbewohner sofort aus Angst im Boot auf den Bauch. Dort blieb er so lange liegen, bis sie zu dem Haus seiner Frau gekommen waren. Sie blieben nun bei ihrer Familie. Als der Winter kam, sagte der Schwiegervater: »Wenn ich bloß einen anderen Schwiegersohn eintauschen könnte, einen, der Eidergänse fangen kann.« Der Inlandbewohner blieb nämlich immer im Hause.

Aber jetzt bat er seinen Schwiegervater, sich eine Falle machen zu dürfen, und am nächsten Morgen war er verschwunden, kam aber am Abend wieder zurück, ganz und gar mit Eidergänsen behangen.

Im Winter foppten ihn die anderen Männer und wollten ihn durchaus mit aufs Eis haben, wo sie Seehunde in Atemlöchern fingen. Als dann der Sommer kam, wollte er zu seinen Landsleuten zurück. Bei seiner Abreise sagte er zu seiner Frau: »Falls unser Sohn gesund ist, wollten die Inlandbewohner kommen.« Dann zog er fort und kam zum Schluß des nächsten Winters wieder. In seiner Begleitung befanden sich ein paar andere Inlandbewohner. Er erzählte nun, daß ihr Sohn gestorben sei. Und dann sagte er zu seiner Frau: »Jetzt komme ich niemals mehr zurück.« Seit der Zeit haben sie nie wieder Inlandbewohner gesehen.

97. *Das Mädchen, das von einem Inlandbewohner geraubt wurde*

Ein Bruder und eine Schwester hatten sich sehr lieb. Einmal bat die Schwester ihren Bruder, sie zum Lachs-Fluß zu bringen, weil sie große Lust auf das Lachsfangen bekam. Da er ihr diesen Wunsch nicht abschlagen konnte, setzte er das Boot ins Wasser und fuhr mit ihr zum Platz, wo die Lachse gefangen wurden. Als sie nun gelandet waren und ihre Sachen aus dem Boot geholt hatten, ging sie ein wenig in die Berge. Da sah sie plötzlich einen Inoruseq, einen Inlandbewohner. Erschreckt wollte sie zurücklaufen, aber er ergriff sie und eilte mit ihr ins Land hinein. Die anderen, die noch mitgefahren waren, hörten ihre Schreie und eilten herbei. Aber sie war schon weg, und fern, in den Bergen, erstarb langsam ihr Geschrei. Inzwischen hatte der Inlandbewohner sie auf einen Berg getragen, wo viele Häuser standen. Er wollte sie zu seiner Frau machen und brachte sie zuerst in ein Haus, das neben seinem stand. Dort setzte er sie auf die Pritsche und nahm ihr gegenüber Platz. Sie hörte mit dem Weinen nicht auf, und jedesmal wenn sie fliehen wollte, griff er sie wie ein kleines Kind und trug sie auf die Pritsche zurück. Als sie nun so auf der Pritsche saß und wimmerte, guckte eine alte Frau über die Trennwand und sagte: »Was willst du essen? Möchtest du Talu haben?« Das weinende Mädchen dachte: ›Was mag wohl Talu sein?‹ Etwas später hörte sie, wie die Alte etwas holte. Und da sie immer noch weinte, hielt sie ihre Hand vors Gesicht. Da sie aber doch etwas neugierig wurde, spreizte sie etwas die Finger und schaute hindurch. Da sah sie, daß ihr die Alte Talg vom Herzen eines Rentieres geben wollte. Aber da sie das nicht mochte, zog sich die Alte wieder zurück. Später aber kam sie wieder zum Vorschein und sagte: »Was willst du essen, willst du Ernaut haben?« Immer noch weinte das Mädchen und dachte: ›Was nennen die wohl so?‹ Und als sie durch die Finger guckte, sah sie, wie die Alte ein Stück Rentiertalg holte und es ihr anbot: »Iß nun und sei still.« Aber sie wollte auch das nicht haben.

Da das Mädchen nun gar nicht zu weinen aufhörte, sagte die Alte, daß sie ihr die Stiefel ausziehen würde, wenn sie nicht endlich mit dem Gejammer aufhöre. Da das Mädchen nun ein Geräusch vernahm, schaute es wieder durch die Finger und sah einen Menschen, dessen Beine nur Knochen waren. Sich auf die Pritsche stützend, kam er zu ihr hingekrochen. Er sagte zu ihr: »Hör mit dem Weinen auf, sonst machen sie es mit dir genauso wie mit mir. Ich wurde genau wie du geraubt und hierher gebracht, und als ich mit dem Weinen nicht aufhören wollte, zogen sie mir meine Stiefel ab und gaben mir andere, die voll von Quallen, Spinnen und Würmern waren. Die banden sie fest um meine Beine, und als sie sie mir wieder auszogen, war alles Fleisch von meinen Beinen herunter.« Als er das erzählt hatte, wimmerte das Mädchen nur noch mehr. Da heulte die Alte vor Wut. Und als das Mädchen wieder durch die Finger guckte, sah sie, daß sie mit einem Paar Stiefel ankam, in denen es kribbelte und krabbelte.

Als das der Inlandbewohner sah, griff er die Stiefel und schleuderte sie in eine Ecke. Erst jetzt hörte das Mädchen zu weinen auf.

Aber jetzt paßte der Mann ständig auf sie auf und verlor sie nie aus den Augen. Jedesmal wenn sie aus dem Hause mußte, faßte er sie bei der Hand und ging mit.

Eines Tages aber sagte sie zu ihm: »Jetzt denke ich nicht mehr daran, euch zu verlassen. Ich habe dich jetzt sehr gerne, geh nur auf Jagd.«

Als sie das gesagt hatte, ging sie hinters Haus. Aber kaum fühlte sie sich unbeobachtet, lief sie, so sehr sie konnte, bis sie zur Küste kam. Und ohne stehenzubleiben lief sie durch den Vorhang direkt ins Zelt ihrer Familie hinein. Sie sagte: »Die Inlandbewohner werden mich sicher holen wollen, laßt uns schnell von hier fliehen.« Sofort beluden sie das Boot, fuhren los und ließen sich auf den äußersten Inseln nieder. Seit jener Zeit begaben sie sich aus Angst niemals mehr ins Innere des Landes.

98. Wie die Inlandbewohner ein Kind raubten

Ein Mann namens Tungnerdluk hatte seinen ständigen Wohnsitz an einem Fjord. Im Sommer pflegte er immer ins Land zu ziehen, um dort Rentiere zu jagen. Und meist hatte er auch damit großes Glück. Im Winter betrieb er den Fang in der Mündung eines großen Fjordes.

Eines Sommers war er wieder auf Jagd. Und während er fort war, ging seine Frau mit ihrem einzigen Kind, einem kleinen Jungen, hinaus, um Beeren zu pflücken.

Als sie den Jungen hingelegt und sich ein bißchen von ihm entfernt hatte, hörte sie ihn schreien. Sofort eilte sie zu ihm, konnte ihn aber nicht mehr finden, sondern hörte nur noch hinten in den Bergen sein fernes Schreien.

Tief betrübt ging sie nach Hause und erzählte, daß sie sich ihr Kind von einem Inlandbewohner habe rauben lassen und jetzt große Furcht vor ihrem Mann hätte.

Inzwischen kam Tungnerdluk mit guter Beute nach Hause und war in froher Stimmung. Schon von weitem konnte man ihn rufen hören: »He, hallo, ich hab euch ein prächtiges Rentier geschossen!«

Als aber niemand aus dem Zelt antwortete, wußte er, daß dort Trauer war. Rasch stürzte er hinein und fragte, ob sein Sohn gestorben sei. Aber seine Frau gab ihm keine Antwort.

Da sagten die anderen: »Sie hat ihn sich von einem Inlandbewohner rauben lassen.«

Tungnerdluk ließ sich jetzt von seiner Frau neue Sohlen an seine Stiefel nähen und suchte seinen Vetter, einen kundigen Angakok, auf. Dieser machte schnell den Aufenthaltsort des Kindes ausfindig, und bald waren beide unterwegs.

Als sie schon tief ins Land gekommen waren, erblickten sie ein großes Haus. Da sagte der Angakok, daß Tungnerdluk jetzt allein weitergehen müsse, während er umkehren wolle.

Tungnerdluk kam nun bald zum Haus. Und als er durchs Fenster sah, erblickte er zwei garstige Frauen, die sich um das weinende Kind stritten. Schnell betrat er den Hausgang, mußte aber auf allen vieren kriechen, um sich nicht den Kopf an der Decke zu stoßen. Und als er dann im Haus war, wollte er der einen Frau sein Kind entreißen, bekam es aber nicht, weil diese es gleich an die andere weitergab. Das wiederholte sich ständig, bis ein großer Mann hereinkam und zu Tungnerdluk sagte: »Lauf du nur schnell voraus, ich werde mit dem Kind nachkommen. Aber beeile dich; denn meine Landsleute werden uns bald auf den Fersen sein.« Das sagte der Mann, weil er Tungnerdluk helfen wollte; denn er stammte selber von den Küstenbewohnern ab.

Tungnerdluk lief nun, so gut er nur konnte, und als er sein Zelt erreicht hatte, kam der andere mit dem Kind auch schon hinterher und rief: »Beeilt euch und brecht das Zelt ab!«

Sofort setzten sie ihr Boot ins Wasser, beluden es, und kaum hatten sie es vom Land abgestoßen, da kamen auch schon ihre Verfolger an. Als die Inlandbewohner den Strand erreicht hatten, drehte Tungnerdluk seinen Kajak, in dem er das Reiseboot begleitete, um, um sich mit ihnen im Kampf zu messen. Er tötete einen von ihnen mit seiner Harpune und fuhr darauf mit seinen Leuten aus dem Fjord heraus.

Später wurde sein Sohn krank, und er rief den Angakok herbei. Aber der konnte die Ursache der Krankheit nicht ergründen.

Darauf holte er einen anderen, der im Trommelspiel Erfahrung hatte. Der nahm eine Beschwörung vor, legte sich auf den Rücken, hielt den Atem an und sagte: »Die Seele des Kindes ist bei den Inlandbewohnern.« Da sagten die anderen: »Fliege hin und hole sie!«

Der Angakok flog jetzt zu den Inlandbewohnern und holte von ihnen die Seele des Kindes.

Als er zurückkam, hörte er, daß die Stimme des Kindes immer schwächer wurde. Aber nun setzte er dem Kind die Seele wieder ein, und dadurch erholte sich auch die Stimme.

Tungnerdluk bezahlte ihn gut mit Speck, Fleisch und Rentiertalg. Und er sagte: »Wenn du jemals in Not geraten solltest, werde ich dir helfen.«

Als eine gewisse Zeit vergangen war, erschienen zwei fremde Kajaks. Die Männer hatten nämlich von den Taten des gewaltigen Tungnerdluk gehört und wollten ihn foppen. Der eine der beiden Männer hatte eine große Walbarte auf seinem Kajak liegen.

Als sie näher gekommen waren, sagten sie: »Tungnerdluk, erzähl uns von deinen Taten. Wir möchten dir gerne diese Walbarte verehren.«

Tungnerdluk antwortete ihnen: »Solche Sachen brauche ich nicht.«

Dann ging er mit ihnen in seine Vorratskammer und zeigte ihnen eine große Menge Walroßzähne und Walbarten.

Als sie das alles sahen, sagten sie gar nichts mehr. Auch kamen sie nicht ins Haus. Sie fuhren fort und ließen sich nie wieder sehen.

99. Aqissiaq, der Sohn einer Küstenbewohnerin und eines Inlandbewohners

Als in alten Zeiten einmal ein Umiak in einen Fjord auf Lachsfang fuhr, wurde eine der Frauen von einem Inlandbewohner geraubt und ins Innere des Landes verschleppt. Sie war damals eine richtige Menschenfrau. Aber nun machte der Inlandbewohner sie zu seinem Weibe und zeugte einen Sohn mit ihr, den sie Aqissiaq nannten. Dieser hatte in seiner Kindheit zwei Söhne seines Onkels zu Spielgefährten, und sie maßen oft ihre Kräfte miteinander. Aber immer übertraf Aqissiaq die anderen an Stärke. Und er war auch viel schneller als sie. Da Aqissiag eine Küstenbewohnerin zur Mutter hatte, war er von geringerem Wuchs als die Inlandbewohner. Aber er wurde berühmt wegen seiner Stärke und wegen seiner Tüchtigkeit beim Fang.

Aqissiaq pflegte zu den Küstenbewohnern zu gehen, um sich nach der Familie seiner Mutter zu erkundigen. Als er einmal wieder bei ihnen war, erzählte er folgende Geschichte:

»Als mein Vater zu altern begann, konnte er nicht mehr auf Jagd gehen, um für das tägliche Brot zu sorgen. Einmal war im Winter große Not. Damals pflegte ich für den Unterhalt zu sorgen, und wenn ich auf Fang fuhr, paßte mein Vater von der Spitze eines hohen Berges auf, damit alles glatt ging. Von dort pflegte er das Wetter zu beobachten, und sobald der Himmel bedrohliche Formen annahm, gab er mir ein Zeichen, aus dem ich gleich erkennen konnte, wo ich war. Und dann machte ich mich auf den Heimweg. Er gab mir auch immer verschiedene Ermahnungen mit auf den Weg und sagte mir, daß ich überall hingehen könne, nur nach Norden sollte ich mich nicht wagen, weil das sehr gefährlich sei. Dort hielt sich nämlich ein ungeheurer Wurm auf. Als ich wieder einmal auf Jagd war, gab mir mein Vater ein Zeichen, das ich auch verstand. Da ich aber bis dahin noch nichts erlegt hatte, blieb ich trotzdem dort. Als ich dann doch endlich nach Hause wollte, überraschte mich ein Unwetter. Bald konnte ich vor Sturm und dichtem Schneetreiben gar nichts mehr sehen und verfehlte meinen Weg. Als ich nun so aufs Geratewohl umherirrte, sah ich etwas wie zwei große Fenster eines Hauses, von dem der größte Teil wie ein Hügel aussah. Und schließlich entdeckte ich, daß es der fürchterliche Wurm war, vor dem mein Vater mich gewarnt hatte. Da begann ich zu fliehen, aber er sah mich und kam hinterher. Jedesmal wenn er mich eingeholt hatte, sprang ich über ihn hinweg und stach in ihn hinein. Schließlich verlor ich meine Kräfte, noch bevor er tot war. Ich lief aber weiter. Als ich mich umsah, war er mir schon wieder dicht auf den Fersen. Da fiel ich um und verlor das Bewußtsein. Als ich wieder zu mir kam, weil ich Kälte im Gesicht spürte, erinnerte ich mich sofort an den Wurm und sah mich um. Da lag er dicht an meinen Füßen. Auf allen vieren kriechend, versuchte ich mich von ihm fortzuschleichen, ließ dabei aber kein Auge von ihm. Als er sich aber nicht rührte, stand ich auf und ging fort. Erst am vierten Tage kam ich nach Hause, und mein Vater hatte mich schon aufgegeben und hielt mich für tot. Er sagte: ›Unsere Hausgenossen konnten dir nicht helfen.‹ Nun erzählte ich, wie ich mit Not schließlich vor dem

Ungeheuer errettet wurde und daß ich ihn vermutlich verließ, als er schon verendet war. Mein Vater sagte: ›Es heißt, daß der Körper des Wurms aus reinem Fett besteht‹, und er fügte hinzu: ›Unsere Leute stehen dicht vor dem Hungertod.‹ Als sie nun von dem Wurm gehört hatten, gingen sie hinaus, um ihn zu suchen. Aber sie brachen vor Hunger zusammen, noch ehe sie ihn gefunden hatten, einige bereits dicht am Haus, die anderen weiter auf dem Weg. Und überall lagen jetzt tote Menschen herum. Aber die, welche zum Wurm gelangten, speckten ihn ab und sahen, daß er fast aus lauter Fett bestand mit wenig Fleisch dazwischen. Und sie lebten den ganzen Winter von ihm.«

Dies war Aqissiaqs Erzählung bei ihrem ersten Zusammentreffen. Beim zweitenmal erzählte er folgendes:

»Als früher mein Vater mit mir zusammen auf Jagd ging und wir im Lande umhergewandert waren, kamen wir zur Küste und sahen unter uns drei Küstenbewohner stehen, die aufs Meer starrten. Mein Vater sagte: ›Schau, dort hinten bläst ein Wal, lauf zu ihnen hinunter und frage sie, ob sie nicht eine Zauberformel kennen, damit er in die Bucht schwimmt.‹ Als ich zu den Menschen hinunterkam, fragte ich sie, ob sie nicht einen Spruch kennten, um gegen die Strömung zu rufen. Da sagte ein alter Mann. ›Ich kenne wohl einen, kann ihn aber nicht singen, weil mir die Zähne fehlen.‹ Ich lief zurück und erzählte es meinem Vater. Er sagte: ›Der Alte soll ihn dir beibringen.‹ Da lief ich wieder hinunter, lernte die Zauberweise und sang sie, indem ich mit einem Fuß im Wasser watete. Zuerst murmelte ich nur, dann sang ich die Worte. Und sofort kam der Wal in die Bucht. Als er sich aber der Flußmündung näherte, wurde das Wasser ganz rot. Und als wir uns umsahen, stand längs des Flusses eine Menge Inlandbewohner, deren Gesichter sich im Wasser spiegelten. Als der Wal nun den Fluß hinaufschwimmen wollte, bekam ich großes Jagdfieber, hatte aber keine Waffen. Ich lief darauf um drei Fjorde herum und kam auch mit Waffen zurück, als sich der Wal gerade anschickte, in den Fluß zu schwimmen. Die Inlandbewohner stachen in ihn hinein, vermochten aber mit ihren Speeren nicht tiefer in ihn einzudringen. Erst als ich hinzukam, konnte er totgestochen werden. Wir speckten nun den Wal ab, und ich nahm mir die Hälfte, während ich die andere Hälfte des Vorderkörpers den anderen Inlandbewohnern gab und die Hälfte des Schwanzes dem alten Küstenbewohner. Dann machte ich mich auf den Weg und trug meinen Anteil auf dem Rücken. Als ich aber ein Geschrei hörte, schaute ich mich um und sah, wie ein Küstenbewohner dem Alten sein Stück wegriß und damit loszog. Ich lief hinter ihm her und sprang ihm auf den Rücken und schnitt, während er immer weiterging und nichts merkte, das geraubte Stück ab, so daß es auf den Boden fiel und der Alte es sich wiederholen konnte.«

Später traf Aqissiaq wieder einmal mit den Küstenbewohnern zusammen und erzählte dabei folgende Geschichte:

Er hatte gehört, daß ein paar Inlandbewohner einen Fisch von ungeheurer Größe und von der Gestalt eines Lachses fangen wollten. Er trieb daher seine Leute an, ihre Waffen in Ordnung zu bringen. Und als sie zum Fluß kamen, standen auf der anderen Seite die anderen Inlandbewohner. Beide Parteien warfen nun ihre Harpunen in den Fisch hinein und zogen auf beiden Seiten. Aber Aqissiaqs Leute waren an Zahl geringer als die auf der anderen Seite. Und als die Inlandbewohner auf der anderen Seite ordentlich anzogen, sprang Aqissiaqs Harpune aus dem Fisch, der nun zum anderen Ufer hinübergezogen werden konnte. Da sah sich Aqissiaq nach einer Stelle um, wo er über den Fluß kommen konnte. Und als er auf der anderen Seite war, wohin er durch einen Sprung über die schmalste Stelle kam, bei dem er sich dreimal in der Luft umdrehte, sagte er, daß er den Fisch zerlegen wolle. Die Inlandbewohner sagten, daß er das gerne tun könne; denn sie hatten Angst vor ihm. Nun warf er seinen Leuten ihre Stücke über den Fluß. Da er aber selbst mit seinem Anteil nicht über das Wasser springen konnte, warf er sein Stück auch hinüber und sprang dann hinterher. Und dann traten sie den Heimweg an.

Später erzählte Aqissiaq, daß er einmal einen Igalilik (eine andere Art Inlandbewohner) traf, der mit seinem Topf auf der Schulter auf einem steilen Abhang hin und her wanderte. Da erinnerte sich Aqissiaq daran, daß dies derselbe Igalilik war, der ihm einmal einen gefangenen Seehund fortgenommen hatte. Und nachdem er eine Zeitlang neben ihm gegangen war und so getan hatte, als wenn nichts los sei, paßte Aqissiaq den Zeitpunkt ab, wo der Igalilik ganz dicht am Abgrund war, und stieß ihn hinunter. Dabei wurde der Topf an dem Felsen zerschlagen, während der Igalilik in der Tiefe zwischen den Steinhaufen verschwand, wo seine Knochen noch zu sehen sein sollen. Das war Aqissiaqs erster Totschlag. – Ein anderes Mal, als er von der Spitze eines Berges über einen Fjord schaute, entdeckte er einen Inorusek, der weiter unten saß. Er kletterte hinunter und setzte sich neben ihn, ohne daß jemand von ihnen dabei sprach. Da sah Aqissiaq einen Kajak, der in den Fjord hineingepaddelt kam und direkt unter den Felsen fuhr, auf dem die beiden saßen. Da erst begann der Inorusek zu reden und sagte zu Aqissiaq: »Laß mich sehen, ob du den Kajak treffen kannst.«

Aber Aqissiaq hatte keine Lust. Er wollte keinen Küstenbewohner töten; denn er war ja, wie er es auch dem Inoruseq sagte, mit ihnen verwandt. Aber da der andere ihn immer weiter bedrängte und er auch vor ihm Angst bekam, warf er schließlich, traf den Kajak und vernichtete Mann und Boot. Darauf stand der Inorusek auf und sagte: »Wollen wir doch mal sehen, wer am weitesten werfen kann.« Aqissiaq hatte jetzt keine Angst mehr vor ihm. Er willigte ein, und sie sammelten ein paar große Steine. Zuerst warf der Inoruseq. Sein Stein erreichte die Mitte des Fjords, aber Aqissiaq warf weiter. Und so warfen sie jedesmal immer weiter, bis Aqissiaqs Stein auf das andere Ufer fiel, wo er gegen eine steile Felswand prallte, daß es nur so staubte und polterte. Aber Aqissiaq, der es bereute, einen Küstenbewohner getötet zu haben, hob nun einen Stein auf, warf ihn dem Inorusek an den Kopf, so daß er tot umfiel.

Es wird erzählt, daß Aqissiaq es später nicht mehr wagte, die Küstenbewohner aufzusuchen, weil er einen von ihren Leuten getötet hatte, und daß er deshalb weit fort im Landesinneren wohnte. Ein paar Leute wußten allerdings zu berichten, daß er noch einmal einen Fjordbewohner aufgesucht hatte, um sich mit ihm im Ringkampf und Wettlauf zu messen. Danach soll er jedoch wieder im Inneren des Landes verschwunden sein, und niemand hat ihn dann mehr gesehen.

Es heißt, daß er ein bißchen kleiner als die Inlandbewohner war, weil er eine Küstenbewohnerin zur Mutter hatte. Er war aber auf jeden Fall größer als die Leute der Küstenbewohner. Und sein Rücken war so breit wie der von zwei Menschen zusammen und seine Größe nur etwas geringer als die zweier Menschen aufeinander. Wenigstens so ungefähr.

100. Von Kumagdlat und Asalok

Es lebten einmal drei Geschwister, die Kumagdlat, Asalok und Merak hießen. Kumagdlat wohnte allein und hatte sein eigenes Boot, und die beiden anderen wohnten zusammen und hatten ein gemeinsames Boot. Aber sie besuchten sich ständig und vertrieben sich ihre Zeit, indem sie ihre Kräfte maßen. Auch wenn sie im Kajak hinausfuhren, waren sie immer zusammen, weil sie sich so gerne hatten.

Kumagdlat hatte ein altes Weib bei sich zu wohnen, das sehr böse war. Darum sagte er einmal zu ihr: »Alte böse Weiber will ich nicht bei mir haben, nächstes Mal schlage ich dich tot!«

Einige Zeit danach sagte die Alte: »Ich bin nicht ohne Grund so sanftmütig. Seit du mein Versorger geworden bist, hast du mir leid getan, daher bin ich so sanftmütig.«

Da sagte Kumagdlat: »Wie soll ich das verstehen?«

Die Alte antwortete: »Nicht wahr, deine Geschwister lieben dich sehr? Aber leider grübeln sie darüber nach, wie sie dich am besten heimlich ermorden können.«

So sprach sie, weil sie voll Neid war und vor Verbitterung nicht schlafen konnte. So dichtete sie das seinen Geschwistern an.

Aber er wurde nun ängstlich und begann seine Geschwister zu fürchten. Und obwohl sie sonst zu keiner Zeit des Tages sich aus den Augen verloren, begann er jetzt doch, ihnen aus dem Weg zu gehen.

Als es einmal im Frühling schönes Wetter war und ganz windstill, kamen sie zu ihm herein und sagten: »Fährst du heute nicht mit deinem Kajak auf Jagd?«

»Nein«, erwiderte er, »heute muß ich meinen Kajak trocknen lassen.« Und da sie ihn nicht zum Mitfahren bewegen konnten, fuhren sie allein los. Als sie fort waren, grub er seine Zeltstangen aus dem Schnee und wurde damit nicht eher fertig, bis sie wieder zurück waren. Am nächsten Morgen kamen sie wieder ganz früh zu ihm und sagten: »Willst du heute nicht mit deinem Kajak auf Jagd fahren?« Kumagdlat antwortete: »Nein, ich muß sehen, daß ich meinen Kajak trocken bekomme, daher muß ich wieder zu Hause bleiben.«

Sie wollten ihn nun wieder zum Mitfahren bewegen, aber als er durchaus nicht wollte, verließen sie ihn. Als sie nun fort waren, setzte Kumagdlat sein Boot ins Wasser, lud es voll und fuhr los. Bei der Abreise sagte er zu den Zurückgebliebenen: »Wenn die bloß bald nachkommen würden, ich fahre jetzt zu unserem üblichen Fangplatz.« Seine Nachbarn blieben stehen und sahen ihm nach, bis er außer Sicht kam, dann gingen sie in ihre Häuser. Als nun Asalok und Merak nach Hause kamen und Kumagdlat nicht mehr antrafen, fragten sie die Nachbarn aus und erhielten die Antwort: »Die fuhren vor kurzer Zeit ab und sagten, daß ihr bald nachkommen solltet.« Sofort bekamen sie Lust, hinterherzufahren. Am nächsten Morgen brachen sie in aller Frühe auf, setzten das Boot ins Wasser, beluden es, verließen ihren Wohnplatz und fuhren hinaus auf die See. Sie fuhren dieselbe Strecke, die sie immer zusammen gefahren waren, konnten ihn aber nirgends erblicken. Auch konnten sie nicht feststellen, ob er irgendwo an Land gegangen war. Ein paar Leute erzählen nun, daß Kumagdlat den Schädel einer gefleckten Robbe als Amulett hatte. Und jedesmal wenn er sich einem Wohnplatz näherte, setzte er diesen Schädel vorne auf das Boot, so daß die Bewohner der Ortschaft nichts anderes sehen konnten als eine gefleckte Robbe, die aus dem Wasser emportauchte. Aber auf einem dieser Plätze gab es einen Schlaumeier, der alles wußte. Er konnte natürlich auch merken, daß sich das Boot näherte, und rief: »Ein Boot!« Aber als die Leute aus ihren Häusern kamen, um aufs Meer zu spähen, entdeckten sie nichts anderes als die gefleckte Robbe, die auftauchte und vorbeischwamm. Als nun Asalok zu diesem Wohnplatz kam und dies erfuhr, wußte er, daß Kumagdlat vorübergefahren war; denn ihm war ja bekannt, daß er eine gefleckte Robbe als Amulett hatte.

Indessen fuhr Kumagdlat Tag und Nacht, ohne irgendwo an Land zu gehen. Und wenn die Ruderinnen seines Reisebootes allzu müde wurden, vertäuten sie das Boot nur irgendwo ein wenig.

So fuhren und fuhren sie, bis sie zuletzt keinen Proviant mehr hatten. Und als sie an einem stark bevölkerten Wohnplatz vorbeikamen, gingen sie an Land. Dort war ein uralter Mann, der an einem Boot baute. Er war ganz weißhaarig wie eine Kajakhaut, und neben ihm stand ein bärtiger junger Mann. Als Kumagdlat ihm ein wenig zugeschaut hatte, sagte der alte Mann: »Noch bevor dieser junge Mann geboren war, begann ich mit diesem Boot, und erst jetzt konnte ich es aufstellen.« Aber neben ihm lagen ganze Haufen von Muschelstückchen. Er hatte nämlich keine anderen Werkzeuge als zerbrochene Muscheln. Dann sagte der alte Bootsbauer: »Hier hat man nicht einmal ein Messer, aber dort im Landesinneren gibt es Leute, die genug Messer haben.«

Als ihn Kumagdlat weiter ausfragte, sagte er: »Dort hinten im Lande wohnen viele Erqiliken (Inlandbewohner), die sind sehr wohlhabend. Aber wenn einer von den Küstenbewohnern zu ihnen kommt, kehrt er niemals wieder zurück. Die werden alle getötet.« Kumagdlat sagte: »Ich hätte Lust, sie aufzusuchen.« Der Alte erwiderte: »Ich befürchte, daß du allein nichts ausrichten kannst; denn selbst viele, die dorthin gekommen waren, wurden alle getötet, weil die Erqiliken an Schnelligkeit und Behendigkeit nicht ihresgleichen haben.«

Aber Kumagdlat ging in sein Zelt. Dort machte er sich einen kleinen Bogen und Pfeile aus dem Kopfstück einer Sattelrobbe einen Köcher. Und jetzt brach er auf, um allein die Erqiliken aufzusuchen. Aber da geschah es, daß er mit seinen Geschwistern zusammentraf; denn diese waren auch zu dem Wohnplatz gekommen, wo der Alte an seinem Boot baute, und befanden sich nun ebenfalls auf dem Wege zu den Erqiliken. Als Asalok und Merak tief ins Land eingedrungen waren, sahen sie unter sich eine Ebene. Dort wohnten viele Erqiliken in ihren Zelten, und ein Inlandsee war ihr Meer. Sie versteckten sich und warteten auf den Abend. Und während sie so dalagen und nach den Erqiliken Ausschau hielten, die von der Jagd zurückkehrten, sahen sie im Schein der Abendsonne einen großen Mann, der etwas auf dem Rücken trug. Schon hatten sie die gespannten Bogen gegeneinander gerichtet, da riefen sie: »Aber seht doch! Das sieht ja so aus, als wenn das Kumagdlat ist!« Und als er näher kam, stellten sie fest, daß er es wirklich war. Da riefen sie: »Bist du Kumagdlat?« Und als er es bejahte, sagten sie: »Nachdem wir uns jetzt wieder getroffen haben, soll einer der verdammten Erqiliken ins Gras beißen!« Und jetzt erzählte ihnen Kumagdlat, was ihm die alte Frau von ihnen berichtet hatte.

Als es nun dunkel geworden war und ganz still im Lager der Erqiliken, suchten sie sich zuerst ein Versteck. Unten am Inlandsee standen die vielen Zelte. Und ihnen gegenüber lag in diesem Inlandsee eine kleine Insel. Diese wählten sie als Versteck aus. Sie schlichen sich nun zum See hinunter und stellten fest, daß die Insel nur einen Steinwurf vom Ufer entfernt lag. Zuerst sprang Kumagdlat mit seiner Last auf dem Rücken über das Wasser, ihm folgte Asalok.

Aber als die Reihe an Merak kam, sagte er: »Das schaffe ich nicht.« Sie redeten ihm gut zu, bis er es schließlich wagte und auch hinüberkam, wobei er allerdings das letzte Stück Wasser streifte. Sie legten nun alle ihre Pfeile auf der Insel nieder und sprangen dann, nur mit zwei Pfeilen bewaffnet, wieder zurück, wobei Merak wieder das Wasser streifte.

Sie gingen darauf zu den Zelten, in denen sich schon alle hingelegt hatten. Als sie vor dem größten Zelt standen, sagte Kumagdlat zu seinen Begleitern: »Jetzt springe ich auf das Querholz der Türpfosten, dann könnt ihr durch das Vorzelt hineinkommen.«

Als sie durch das Vorzelt gekrochen waren und den Vorhang ein wenig gelüftet hatten, sahen sie ein Ehepaar, das noch nicht schlief. Die Frau, die schwanger war, saß auf der Pritsche, und ihr Mann lag daneben und stützte seinen Kopf in einer Hand. Da fing der Mann plötzlich wie ein Hund zu heulen an, und die Frau richtete sich auf, worauf er ihr den Bauch leckte und sie ihm Rentiertalg gab.

Da sagte Kumagdlat: »Wenn er wieder seine Frau leckt, werde ich sie erschießen.«

Als der Mann gegessen hatte, begann er wieder zu heulen, und als er darauf wieder seine Frau lecken wollte, schoß ihr Kumagdlat einen Pfeil in den Leib. Da konnte man ein fürchterliches Geheule hören. Und Kumagdlat sprang schnell von oben herunter, und alle drei flohen zu ihrem Versteck, während die Erqiliken aus den Zelten strömten.

Wieder sprangen sie über das Wasser, und wieder konnte Merak nur mit Mühe und Not einen Fuß auf die Insel setzen. Gleich darauf legten sie sich alle der Reihe nach hin, zuerst Kumagdlat, dann Asalok und zuletzt Merak.

Die Erqiliken begannen sie nun zu beschießen. Alle trugen sie Pfeile auf dem Rücken. Aber die Frauen nahmen sie von oben und konnten deshalb schneller als die Männer schießen.

Während die Geschwister die Schützen beobachteten und den Kopf wegnahmen, wenn die Pfeile vorbeisausten, wurde Merak in die Kehle getroffen, weil er sich für einen Augenblick aufgerichtet hatte. Da sagte Asalok zu Kumagdlat: »Hast du kein Wiederbelebungsmittel?« Kumagdlat sagte: »Ich glaube, ich kenne eins.« Und darauf begann er Worte zu murmeln. Als er aufhörte und sie sich umsahen, war Merak der Pfeil schon bis zur Mitte wieder aus der Kehle gekrochen. Wieder murmelte er seltsame Worte, und da saß nur noch die Spitze des Pfeiles in seiner Kehle etwas fest. Als er aber zum drittenmal Worte gemurmelt hatte, war Merak wieder lebendig und gesund. So schossen die Erqiliken immer weiter, und viele Pfeile schabten

Kumagdlat die Haut von der Stirn. Als ihnen aber schließlich die Pfeile ausgingen, standen die Geschwister auf und übten mit ihren Waffen furchtbare Vergeltung. Nachdem nun viele von ihnen tot waren, verfolgten sie den Rest, der den Fluß hinaufloh. Und als sie sich bei einem Wasserfall versteckten, tötete Kumagdlat die letzten Erqiliken mit Steinwürfen.

Darauf gingen sie zu den Zelten zurück, töteten dort alle Kinder und ließen nur einen Jungen und ein Mädchen am Leben.

Dann untersuchten sie die Hausgeräte der Erqiliken und fanden Kupfertöpfe mit Kupferhenkeln. Nichts fehlte. Und als sie die Truhen öffneten, sprangen sie rasch von allein auf, weil sie nur so vor Kleidungsstücken überquollen. In anderen Truhen fand man viele Messer mit schönen Griffen. Und von diesen nahmen sie so viele mit, wie sie nur tragen konnten, und wanderten dann wieder zur Küste.

Inzwischen hatten die Leute, bei denen Kumagdlat seine Verwandten untergebracht hatte, die ja in seinem Frauenboot gewesen waren, sie verspottet und gesagt: »Seht nur, die Leute, die zu den Erqiliken gezogen sind, bringen viele, viele Sachen zurück, viele schöne Messer.« Als sie so redeten, lief Kumagdlats Frau hinaus, weil sie glaubte, daß ihr Mann zurückkäme. Aber es kam niemand. Die Leute hatten nämlich bloß so geredet, weil sie meinten, daß Kumagdlat getötet worden sei.

Da nahm ein alter Junggeselle Kumagdlats Frau zu sich und sorgte für sie, weil er meinte, sie sei jetzt Witwe geworden.

Als Kumagdlat endlich zur Küste kam und sein Zelt sah, riefen sie wieder: »Die, welche zu den Erqiliken gezogen sind, bringen viele Sachen, bringen viele schöne Messer mit nach Hause.«

Da drehte sich der alte Bootsbauer um und sah Kumagdlat, den er für tot hielt, mit seiner Last auf dem Rücken ankommen. Und als er näher kam, sah er, daß es lauter Messer mit schönen Griffen waren. Als Kumagdlat nun sein Zelt betrat, fand er seine Frau und seine Mutter dort trauernd vor. Er sagte: »Ich hatte schon geglaubt, daß eure Lampen erloschen wären.« Da sagten sie: »Der alte Junggeselle hat für uns gesorgt, so daß die

Lampen nicht ausgingen. Er hat für uns gefangen und uns nicht hungern lassen.«

Kumagdlat sagte: »Ihm gebührt Dank, er soll kommen und sich ein Messer abholen.«

Aber der Alte wollte nicht kommen, er sagte, daß man ihm das Messer bringen solle. Kumagdlat sagte: »Weil ich Grund habe, ihm zu danken, soll er selber kommen.« Der Alte, der sehr große Angst hatte, daß Kumagdlat ihm etwas tun würde, blieb draußen stehen und wollte, daß man ihm das Messer nach draußen bringt. Aber als Kumagdlat darauf bestand, daß er zu ihm ins Zelt käme, fügte sich der Alte und trat zitternd ein. »Dann gib mir jetzt das Messer«, sagte er bebend. »Setz dich«, sagte Kumagdlat nun zu ihm, »du hast dafür gesorgt, daß diese Armen nicht in Not gerieten, dafür danke ich dir, diese Messer sollst du haben.« Darauf gab er ihm zwei Messer mit schönen Griffen.

Es wird erzählt, daß die Geschwister wieder in ihre Heimat zogen und daß sie gewaltige und tüchtige Fänger wurden und viele Bären und Kiliffaks[1] erlegten.

101. Die Brüder

Es waren einmal zwei Brüder. Die wohnten an der Mündung eines Fjords. Der ältere auf der Sonnenseite, der jüngere auf der Schattenseite. Eines Nachts, als die anderen schliefen, ging das Dienstmädchen des jüngeren Bruders hinaus, um hinter dem Zelt seine Notdurft zu verrichten. Als sie sich gerade hingehockt hatte, sah sie etwas blinken, erkannte ein Boot, das näher herankam, und sah, daß es ein Umiariaq[2] war. Sie wollte aufstehen, aber merkte plötzlich, daß sie ganz steif war. Nun wollte sie rufen, bekam aber nicht einen einzigen Laut über die Lippen.

[1] Wahrscheinlich Mammuts.

[2] Ein Boot aus Birkenrinde, oder ein Gespensterboot, mit Seehunden in Menschengestalt bemannt, die plötzlich Menschen überfallen und bei deren Anblick man steif und stumm wird.

Daher blieb sie ganz still sitzen. Jetzt sah sie, wie Leute an Land gingen. Die trugen alle blinkende Waffen, begaben sich zum Zelt und stachen von allen Seiten hinein. Und als sie Schreie hörten, liefen sie alle wieder zum Strand hinunter. Sie sah, wie das Wasser schäumte und darauf eine Schar Seehunde fortschwamm. Erst als die Seehunde ganz außer Sicht waren, konnte sie aufstehen und ins Zelt gehen, wo sie alle Leute tot in ihrem Blut liegen sah. Obwohl es tiefe Nacht war, konnte sie nicht länger warten und flüchtete bis zum Ende des Fjordes. Dort ging sie herum, um das Zelt des älteren Bruders auf der anderen Seite aufzusuchen und um ihm alles zu erzählen. Aber er wurde argwöhnisch und glaubte, daß *sie* alle getötet hätte. Da sagte sie: »Geh erst selbst hin und sie dir alles an, dann kannst du mich töten.« Da begab er sich zum Wohnplatz seines Bruders. Und als er das durchstochene Zelt gesehen hatte, glaubte er dem Mädchen und dachte nur daran, die Feinde aufzusuchen. Er wandte sich nun an einen Angakok und bat ihn zu kommen, um zu untersuchen, wer und wo die Feinde waren. Als der Angakok eines Abends kam, löschten sie die Lampen, und er sagte: »Dort oben im Lande sehe ich sie.« Die Lampen wurden jetzt wieder angezündet, und am nächsten Morgen machte sich der ältere Bruder nur mit einem Speer bewaffnet auf den Weg und ging ins Innere des Landes. Endlich entdeckte er ein Haus. Und als er zum Fenster hineinschaute, sah er einen Mann, der nur ein Auge hatte und etwas aus Holz schnitzte. Als der Mann sich umdrehte und den Fremden sah, bat er ihn hereinzukommen. Das tat der ältere Bruder auch und setzte sich neben den Einäugigen hin. Der sagte: »Setz dich nicht so dicht neben mich, ich könnte dich sonst schneiden.« Als der Gast ein wenig abgerückt war, sagte er: »Bringt dem Fremden Essen.« Da gab es ein Gelächter, und unter der Pritsche kamen lauter Narrajut hervor, das heißt Dickbäuchige. Das waren seine Frauensleute. Die gingen nun hinaus und holten reichlich Verpflegung, getrocknetes Rentierfleisch und Talg. Als sie gegessen hatten, sagte der Wirt: »Morgen werde ich mit dir mitkommen, um deine Feinde aufzusuchen, leg dich jetzt schlafen und hab keine Angst.«

Am nächsten Tag nahm der Einäugige eine Menge Pfeile, die er selbst gemacht hatte, wickelte sie in ein großes Fell und ging mit seinem Gast mit. Als sie tiefer ins Land kamen, lief der Gastgeber immer schneller, so daß der ältere Bruder kaum folgen konnte. Zuletzt hielt er an, legte seine Pfeile auf die Erde und sagte: »Wenn du dich jetzt zum Innern des Landes wendest, mußt du rufen.« Ohne zu wissen warum, tat er es. Da kamen plötzlich drei große Bären an. Der Einäugige nahm seinen Bogen, schoß und erlegte sie alle drei. Darauf sagte er wieder zu seinem Begleiter: »Jetzt mußt du dich wieder zum Inneren des Landes umdrehen und rufen.« Als er das tat, sah er plötzlich eine Menge Menschen, die alle mit Pfeil und Bogen bewaffnet waren. Er bekam große Angst. Aber der Einäugige sagte: »Leg dich hinter mich, sobald du den Kopf vorsteckst, werden sie auf dich schießen.« Als er sich nun hinter den Einäugigen begeben hatte und vor Furcht heftig zitterte, merkte er, daß die Pfeile nur so flogen. Aber nach einer kleinen Weile wurden es schon weniger, und schließlich flogen keine mehr auf sie zu, weil die Feinde sie alle verbraucht hatten und zu fliehen begannen. Darauf setzte der Einäugige ihnen nach, und auch sein Begleiter griff nach seinem Speer. Sie verfolgten die Fliehenden und vernichteten sie.

Auf dem Heimweg blickte der Einäugige auf die Waffe seines Begleiters und fragte ihn, was für eine Art das sei, weil er noch niemals so etwas gesehen hatte, und er wollte die Waffe kaufen. Da der ältere Bruder durch den Einäugigen viel Hilfe bekommen hatte, willigte er ein. Sie gingen jetzt zum Haus des Einäugigen, der aus seiner Vorratskammer sogenannte Meerhasenfelle holte, nämlich ganz weiße Rentierfelle mit schwarzen Streifen, womit er bezahlte. Nun rief der Einäugige eine seiner Frauen herbei, die die Felle tragen sollte. Sie rollte die Felle zu einem dicken Packen zusammen, legte sie auf ihren Bauch und lief davon. Der ältere Bruder aber konnte nicht Schritt halten. Und als er schließlich zu Hause angekommen war, lagen die Felle bereits auf dem Dach seiner Behausung. Von nun an war sein Sinn wieder beruhigt.

102. Das Schattenvolk

Das Schattenvolk wohnte mit den Eskimo im selben Land. Sie pflegten Frauen mit ihnen zu tauschen. Wenn man einen Menschen des Schattenvolkes genau von vorne ansieht, erkennt man nur einen Schatten. Aber wenn man diese Leute von den Augenwinkeln her schräg ansieht, werden sie körperlich sichtbar.

Stirbt einer von ihnen, wird der ganze Körper sichtbar. Einmal hatte ein Eskimo einen Mann dieses Schattenvolkes erstochen. Da begannen die Männer des Schattenvolkes Krieg mit den Eskimo. Und obwohl die Eskimo die Bogen und Pfeile ihrer Gegner sehen konnten, blieben sie selbst unsichtbar.

Daher konnten die Eskimo sie nicht besiegen.

103. Der Bruder, der seine Schwester auf Akilineq aufsuchte

Ein alter Mann hatte einen Sohn und zwei Töchter. Da sein Sohn ein ausgezeichneter Versorger war und sowohl auf dem Wasser wie auch auf dem Lande viel Glück und Erfolg bei der Jagd hatte, setzte sich der alte Mann bald zur Ruhe. Auf dem Lande konnte der Sohn alle Tiere einholen, und auf dem Wasser erlegte er ebenfalls jedes Tier. Wenn er in seinem Kajak hinausfuhr, folgte ihm die ältere Schwester auf dem Lande, wo sie immer sehr viel Schneehühner fangen konnte. Als einmal das Meer wieder weit zugefroren war und man nirgends eine offene Stelle beobachten konnte, gingen sie zusammen übers Eis zu den äußersten Inseln. Dort sah der Bruder einen Fuchs, den er verfolgte. Als er einige Zeit zwischen den kleinen Inseln fortgeblieben war, kam er mit dem Fuchs zurück. Seine Schwester aber fand er nicht mehr vor. Soviel er auch rief und suchte, sie blieb verschwunden. Schließlich fand er eine Schlittenspur. Da er aber sonst nichts von seiner Schwester entdecken konnte und da es inzwischen dunkel geworden war, machte er sich wieder auf den Heimweg.

Als er nun zu Hause war, wurde er ganz schweigsam und verschlossen. Schließlich sagte er: »Wenn ich doch bloß einen Schlitten hätte!« Dem Vater gefiel der Wunsch seines Sohnes, und er begann ihm nun einen Schlitten zu bauen. Am nächsten Morgen ging der Sohn fort. Erst am Abend kam er wieder nach Hause. Mit leeren Händen. Ohne ein Wort zu sagen, legte er sich schlafen. Am nächsten Morgen bat er den Vater, ihm etwas zum Anbinden zu besorgen, da er sich ein paar Zugtiere suchen wollte. Dann ging er los und blieb den ganzen Tag über fort. Abends war Lärm vor ihrem Haus. Die kleine Schwester lief hinaus, um nachzusehen, kam aber ganz erschrocken wieder zurück und sagte: »Was ist das bloß für ein Ungeheuer, das mein Bruder gebunden mitgebracht hat?«

Als der Bruder nun selbst hereinkam, fragte ihn der Vater: »Was hast du denn mitgebracht?« Der Sohn antwortete: »Oh, nur einen kleinen Bären, den ich mir als Zugtier angeschafft habe, kannst du ihm nicht ein Geschirr machen, er soll nämlich angelernt werden.« Der Vater machte nun sogleich ein Geschirr für den Bären, und der Sohn stellte seinen Fang ein und richtete den Bären ab. Und als er angelernt war, nahm er ihn als seinen Begleiter mit.

Als er wieder einmal den ganzen Tag über fortgeblieben war, kam er abends spät nach Hause, legte sich gleich hin und sagte kein einziges Wort. Am anderen Morgen bat er wieder seinen Vater um etwas zum Anbinden. Aber jetzt sollten die Riemen größer sein. Als sie fertig waren, ging er los. Abends konnte man draußen wieder Lärm hören. Wieder lief die kleine Schwester hinaus, und wieder kriegte sie keinen schlechten Schreck, kam ganz blaß herein und sagte: »Diesmal ist es noch gefährlicher als das letztemal.« Als der Sohn nun hereinkam und der Vater ihn fragte, sagte er: »Oh, es ist nur ein kleiner Amaroq[1], den ich mir als Zugtier verschafft habe.« Der Amaroq konnte sich nicht mit dem Bären vertragen. Wenn sie sich balgten, mußte er sie mit der Peitsche auseinandertreiben. Als aber der

[1] Ursprünglich ein Wolf. Da man aber in Grönland keine Wölfe kannte, wurde er dort zum Fabeltier von ungeheurer Größe.

Amarok gelernt hatte, mit dem Bären zusammen im Geschirr zu gehen, war alles in Ordnung. Jetzt wollte er ein drittes Zugtier haben. Er ging fort und blieb sehr lange aus. Erst spät am Abend, als den Eltern schon ganz elend vor Angst geworden war, kam er nach Hause. Und wieder legte er sich hin, ohne ein Wort zu sagen. Am nächsten Morgen bat er den Vater, ihm etwas richtig Kräftiges zum Festbinden zu machen. Und als er das bekommen hatte, zog er los. Am Abend gab es einen gewaltigen Krach; denn nun standen vor der Tür ein Bär, ein Amarok und ein Aussik [2], die sich alle balgten. Schließlich bekam er sie alle so weit, wie er sie haben wollte, und sagte nun zu seinem Vater: »Wenn man jetzt bloß einen richtigen Schlitten hätte.« Der Vater ließ sich nicht lange bitten und machte den Schlitten fertig. Der war aus schwerem und knorrigem Holz. Als nun Eis auf dem Wasser war, probierte er den Schlitten aus, fuhr zuerst die Küste in südlicher Richtung entlang und kam dann am selben Abend nach Hause. Als der Vater ihn fragte, wieweit er gekommen sei, sagte er: »Wenn man mit einem Boot zu Beginn des Frühlings von hier losfährt, wird man nicht die Stelle, an der ich heute gewesen bin, vor Einbruch des Herbstes erreichen. Aber auf der Heimfahrt ging es sehr schnell. Der Bär wurde müde, so daß ich ihn auf den Schlitten nehmen mußte. Aber der Aussik ist sehr brauchbar; denn er kann an einem Tag überhaupt nicht müde werden.«

Am nächsten Tag machte er wieder eine solche Fahrt. Nur ging es diesmal in Richtung Norden an der Küste entlang. Und wieder erzählte er dasselbe. »Aber der Aussik«, sagte er, »wird leicht grimmig und gefährlich für Fremde.«

Als nun alles zugefroren war und schlechtes Wetter kam, ohne daß das Eis wieder aufbrach, gab es eines Tages schönes, ruhiges Wetter. Da wandte sich der Sohn eines Abends an seinen Vater und sagte: »Erinnerst du dich noch daran, wie ich eines Tages mit meiner Schwester übers Eis ging und sie dann

[2] Ein gewaltiges Fabelwesen von der Gestalt eines riesigen Wurms oder einer Schlange, das sich sagenhaft schnell bewegen konnte. Erinnerungen an ein Tier in einer früheren Heimat der grönländischen Eskimo können bei seiner Erdichtung eine Rolle gespielt haben.

verschwand? Seit jener Zeit habe ich sie überall in unserem Land gesucht und fand nicht die geringste Spur von ihr. Aber ich entdeckte eine Schlittenspur, die geradeaus aufs Meer führte. Daher will ich jetzt nach Akilinek fahren; denn ich kann nicht eher ruhen, bis ich sie gefunden habe.«

Die Eltern versuchten, ihn von seinem Plan abzuhalten. »Das ist jetzt doch viel zu spät«, sagten sie, »du sollst jetzt nicht dort drüben suchen. Du bist unser einziger Versorger. Dort drüben gibt es eine Spalte, die so breit ist, daß man nicht hinübersehen kann, niemals wirst du dort hinüberkommen.«

Der Sohn antwortete: »Meine Zugtiere können wohl nicht schwimmen, bis auf den Bären. Wenn ich nicht weiterkomme, kehre ich um.«

Die Eltern wiederholten ihre Bedenken, aber dadurch bekam er nur noch mehr Lust, sich auf die Reise zu begeben. Und schließlich zog er aufs Geratewohl los, um seine Schwester aufzusuchen. Als er nun dorthin kam, wo er zuerst die Schlittenspur gesehen hatte, steuerte er geradeaus, und schließlich verlor er das Land aus seiner Sicht. Da wurde der Bär müde, und da er für die anderen Zugtiere nur hinderlich war, nahm er ihn auf den Schlitten. Als er dann weiterfuhr, konnte er bald Land erkennen. Jetzt stieß er auf neue Schlittenspuren. Und als er näher ans Land kam, gingen Schlittenspuren nach allen Richtungen. Er sah sich jetzt nach allen Seiten um und überlegte, wohin er fahren sollte. Schließlich sah er dicht am Land einen Eisberg. Dorthin lenkte er seinen Schlitten, band ihn am Eise fest und ging ins Land, um Menschen aufzusuchen. Es dauerte auch gar nicht lange, da entdeckte er viele Häuser und ging ins größte hinein. Als er sich die Leute in dem Haus ansah, konnte er sofort seine Schwester entdecken. Sie saß mit ihrem Säugling auf der anderen Seite an der Wand. Als er sich nun auf die Seitenpritsche setzte, erkannte auch sie ihn wieder, und sie begannen zu reden. Sie sagte: »An jenem Tag, als du mich verlassen hattest, um einen Fuchs zu fangen, kam ein Schlitten. Man legte mich darauf und fuhr hierher. Deshalb bin ich jetzt hier. Ich bin verheiratet. Mein Mann ist wie gewöhnlich nach draußen gefahren, kann aber jeden Augenblick wieder hier sein. Wenn er kommt, dann sieh ihn dir genau an.«

Der Bruder anwortete:» Seit jener Zeit habe ich dich gesucht, und erst jetzt treffe ich dich hier. Durchs ganze Land bin ich gefahren. Es ist herrlich, daß ich dich gefunden habe!« Als sie nun auf die Rückkehr ihres Mannes warteten, wurde draußen gerufen: »Jetzt kommt er!«

Und als sie aus dem Fenster guckten, wollte er seinen Augen nicht trauen: Der Schwager kam herbeigefahren, und vor seinen Schlitten hatte er junge Rentiere gespannt! Obwohl er sehr schnell fuhr, fand der Bruder doch, daß er mit seinem Schlitten rascher vorwärts kam. Er war nun der Überzeugung, daß er es mit seinem Schwager aufnehmen könne, und setzte sich wieder hin. Als der Schwager hereinkam, ließ er die Augen nicht von dem Fremden. Und er setzte sich neben seine Frau, ohne ein Wort zu sagen. Dann streckte er sich auf der Pritsche lang aus, so daß nur noch seine Fersen über die Kante hingen. Dadurch wurde auch das Gespräch zwischen Bruder und Schwester abgebrochen. Aber die Schwester erzählte ihrem Bruder doch noch, daß er das aus Furcht vor dem Fremden täte. Es lag aber überhaupt in seiner Natur, wenig zu reden; denn er war sehr schüchtern. Als sie das ihrem Bruder erzählt hatte, kam ihr Mann etwas dichter heran, und schließlich begannen sie zu reden. Der Gast gab seiner Freude Ausdruck, daß er seine Schwester so wohl angetroffen hätte, daß sie einen guten Versorger habe und daß er sich nun keine Gedanken mehr zu machen brauche. Als das Gespräch schließlich familiärer wurde, sagte der Gast: »Ihr müßt uns auch einmal besuchen.« Aber der Schwager hatte keine große Lust und sprach davon, daß die Kinder sicher unterwegs frieren würden. Die Schwester und auch ihr Mann wollten nun durchaus den Bruder und Schwager zum Bleiben bewegen. Aber er sagte, daß er nach seinen Zugtieren sehen müsse, erzählte aber nicht, welcher Art sie waren. Und als er ging, gaben ihm die Eltern ein paar Kleider ihrer Kinder als Zeichen der Verehrung mit. Die legte er auf seinen Rücken, ging zum Schlitten und fuhr los.

Nachdem er das Land aus der Sicht verloren hatte, wurde der Bär wieder müde, so daß er ihn wieder auf den Schlitten setzen mußte.

Als er nach Hause kam, waren seine Eltern sehr froh. Sie freuten sich über die Kleider ihrer Enkel und hofften auf den Besuch ihrer Tochter, obwohl ihr Mann ja gar nicht so große Lust an einer solchen Schlittenreise gezeigt hatte.

Alle warteten sie nun voller Sehnsucht. Und als das Wetter eines Tages sehr schön war, tauchte hinten, auf dem Eis, ein Schlitten auf. Und bald waren noch ein paar zu sehen. Da war große Freude. Und die kleine Schwester, die immer zu Späßen aufgelegt war, hüpfte und sprang vor lauter Freude über das vor dem Haus aufgestellte Boot. Aber sogleich hielten die Schlitten an, drehten um und verschwanden. Sie hatten wahrscheinlich vor den Zugtieren des Bruders Angst und vor dem Herumspringen der kleinen Schwester.

Sie fingen nach ihnen zu rufen an, und die Eltern wurden sehr traurig und weinten.

Darüber geriet der Sohn in Zorn, ging zu seinen Zugtieren, reizte den Aussik, der am bösesten werden konnte, band ihn los und schickte ihn hinter den Schlitten her.

Als er zurückkam, war er ganz blutig um die Schnauze. Wahrscheinlich hatte er sie alle getötet. Der Bruder suchte jetzt nicht mehr nach ihnen, weil er der Meinung war, daß keiner mehr am Leben sein konnte.

104. Die Mädchen, die einem Ungeheuer begegneten

Zwei Mädchen gingen miteinander aus. Sie trugen zwei kleine Kinder, die sie zu warten hatten in ihren Kappen. Gehend kamen sie zu einer Ebene, wo es hohle Erhöhungen hatte. Eine solche Erhöhung wird Ikpikmik genannt. Als sie so auf dem Lande gingen, fielen sie beide in eine solche hohle Erhöhung, hinunter in die Wohnung eines greulichen Menschen.

Dieser Greuliche fraß sogleich die beiden kleinen Kappenkinder. »Ihr beide seid für morgen«, sagte er zu den beiden Mädchen. Die Mädchen antworteten dem Abscheulichen: »Wohlan, weil du uns morgen essen wirst, ohne deine Augen aufzutun, scharre die Gerölle hinweg!« Er tat so, wie es ihm die Mädchen befohlen hatten.

Während er die Erde wegscharrte, ohne die Augen aufzutun, öffnete das eine Mädchen mit den Händen den Ort, worin sie heruntergefallen waren, und kamen heraus. Der Greuliche kam zu spät, weil er die Augen zugehalten hatte.

Die beiden Mädchen gingen weinend nach Hause zu den Ihrigen. Nach diesem gingen sie mit ihren Vätern und Angehörigen an den Ort, wo sie beide hineingefallen waren.

Ein Mann, der voranging, hatte einen langen, auf der Erde schleppenden Strick, wovon er das eine Ende unter seinem Pelz behielt.

Da fiel er hinein in die Wohnung dieses Abscheulichen, welcher ohne Kleider war.

Der Mann sagte ihm: »Reiche mir die Füße her, laß mich dir die Nägel abschneiden!«

Willig reichte er seinen Fuß dar.

Alsbald umschlang man ihm die Füße und wurde herausgezogen und getötet.

105. Die Riesen

Es war einmal ein Eskimo, der sehr klein, aber außergewöhnlich stark war. Eines Tages hörte er, daß irgendwo drei Riesen lebten, zwei Frauen und ein Mann. Und so machte er sich auf und wanderte gen Osten, um sie zu finden. Nachdem er lange gegangen war, entdeckte er unter sich, auf dem Eis des Meeres, einen Riesen. Der harpunierte gerade Weißwale von der Spitze eines Eisberges. Der Eskimo kletterte auf einen höheren Eisberg, brach ein großes Stück Eis ab und warf es dem Riesen auf den Kopf. Der aber sagte nur, ohne auch nur ein einziges Mal hochzuschauen: »Es fängt zu schneien an.« Der Eskimo brach ein größeres Stück ab und warf es dem Riesen an den Kopf. Der schaute nun endlich hinauf und sah den Eskimo. »Hallo, lieber Neffe«, sagte er, »wo kommst du her?« – »Von Point Hope«, erwiderte der. »Ich möchte dich gerne sehen.« Da hob der Riese mit der einen Hand zwei Wale hoch, die er harpuniert hatte, und nahm seinen Gast mit nach Hause.

Als sie ein Stück gegangen waren, kamen sie zu zwei Häusern. Beide waren sehr groß, aber das eine war umfangreicher als das andere. Der Riese führte den Eskimo in das kleinere Haus und begann einen der weißen Wale zu kochen. Er gab dem Eskimo ein kleines Stück davon ab und aß alles übrige. Dann sagte er zu seinem Gast: »Du hast dort drüben das andere Haus gesehen. Dort wohnen zwei Frauen, Riesen wie ich selbst. Sie haben einen Sohn, der nur einen Zahn hat. Diese beiden Frauen versuchen mich immer umzubringen. Morgen mußt du eine Kupferaxt nehmen, dich vor die Tür stellen und singen: ›Zwei Frauen, zwei Frauen, und der Sohn hat nur einen einzigen alten Zahn!‹«

Der Eskimo sagte: »Einverstanden.« Da brach der Riese ein kleines Stück von seiner großen Kupferaxt ab und machte daraus eine kleinere Axt, damit der Eskimo eine hatte, mit der er gut hantieren konnte. Dann legten sie sich schlafen. Am nächsten Morgen ging der Eskimo nach draußen, und als er an der Tür stand, sang er: »Es gibt zwei Frauen mit einem Sohn, und der hat nur einen alten Zahn.«

Augenblicklich stürzten zwei Riesinnen mit wogenden Brüsten aus dem Haus. Sie nahmen sich erst gar keine Zeit, ihre Kleider überzuziehen, sondern stürmten so, wie sie waren, in des Riesen Haus. »Wo ist Euer Sohn?« riefen sie. – »Ich habe keinen Sohn«, erwiderte er. »Aber jemand rief etwas von einem Sohn, der nur einen alten Zahn hat.« – »Kann schon sein«, sagte der Riese, »ich weiß nichts Genaues, ich hörte auch ein Geräusch, aber ihr seht ja, daß keiner hier ist.« Die Frauen liefen wieder hinaus, aber sobald die erste auftauchte, traf sie der Eskimo mit der Kupferaxt an der Ferse und erschlug sie. Die zweite Frau erledigte er auf die gleiche Weise. Da schwamm der Fußboden des Riesenhauses vor Wasser und Schmutz über, wodurch das Feuer erlosch.

Nun gingen der Riese und der Eskimo zum Hause der Riesinnen, und der Riese schlug das Fenster ein. Als sie eintraten, fanden sie einen alten Mann mit einem Zahn auf der Schlafpritsche liegen. Der Riese schöpfte Wasser aus einem großen Kessel und schüttete es dem alten Mann in die Kehle, bis sein Bauch wie ein ungeheurer Sack anschwoll. Dann drückte der Riese den Bauch so lange, bis er platzte und der alte Mann starb.

Nachdem so alle erschlagen waren, wandte sich der Riese an den Eskimo und sagte: »Ich danke dir, lieber Neffe.«

Aber der Eskimo ging nach draußen, und als der Riese ihm folgte, schlug er ihm auch mit der Kupferaxt in die Ferse und tötete ihn.

106. Die Rache des Riesen

In alten Zeiten lebten Riesen auf der Erde. Ein Riesenehepaar hatte ein kleines Kind, das eines Tages, als die Eltern schliefen, von zu Hause wegkrabbelte und zu dem Wohnplatz von Eskimo kam. Das kleine Kind der Riesen trug ein helles Band um die Stirn, und ein paar Eskimo versuchten, es sich näher anzuschauen, aber das Kind hielt ständig seinen Kopf nach unten. Sie versuchten nun, es mit Gewalt hochzuheben, und dabei töteten sie das Kind. Am nächsten Morgen erschienen die Eltern, die ihr Kind suchten. Die ersten Leute, die sie getroffen hatten, waren unschuldig am Tod des Kindes, aber sie erzählten dem Vater, was geschehen war. Er bat sie, vom Strand nach oben zu gehen und von einem erhöhten Punkt zu beobachten, wie er mit seinem Kajak auf dem Wasser fährt. Dann ging er zu den Mördern und sagte ihnen: »Seht mir zu. Stellt euch dicht ans Wasser auf den Strand. Ich will nämlich meinen Kajak aufs Wasser paddeln.« Die Eskimo gingen hinunter und stellten sich in einer Reihe dicht am Wasser auf. Als der Riese sich aber in seinen Kajak setzte, spritzte das Wasser so hoch auf, daß der ganze Strand überschwemmt wurde und die Leute, die dort standen, ertranken. So rächte der Riese den Tod seines Kindes. Seinen Eskimo-Freunden aber gab er schöne Geschenke und verließ sie dann wieder, um in seine Heimat zu wandern.

107. Die Zwerge

Die Zwerge sind ein sehr zahlreiches Volk. Sie sind so klein, daß sie ihre Bogen hinter sich auf der Erde schleifen, wenn sie unterwegs sind, aber ihre Kräfte sind doch so groß, daß ein einzelner von ihnen einen ganzen Rentierbullen auf dem Buckel schleppen kann. Den Eskimo gegenüber zeigen sie sich freundlich. Einmal sah ein Eskimo einen einsamen Eisberg auf der See schwimmen und paddelte in seinem Kajak zu ihm hinüber. Da sah er oben, auf der Spitze des Eisberges, einen Zwerg sitzen, der ihm sagte, daß er sich dort hinaufgeflüchtet hätte, weil ihm sein Kajak weggetrieben sei, als er mal aussteigen mußte. Der Eskimo erbot sich, ihn nach Hause zu bringen, falls er nicht zu schwer sei. Darauf erwiderte der Zwerg, daß er sich sowohl leicht wie auch schwer machen könne, ganz nach Belieben. Da nahm ihn der Eskimo auf seinen Kajak und fuhr ihn nach Hause. Als nun der Eskimo mit dem Zwerg bei seinen Leuten ankam, freuten die sich sehr; denn sie hatten ihren Gefährten schon aufgegeben. Aus Dankbarkeit gaben sie ihm viele Geschenke. Dann verließ der Eskimo die Zwerge und war zwei Tage später wieder auf seinem Wohnplatz.

108. Zwergengeschichten

Kupaq hatte ein Rentier geschossen, brachte aber das Fleisch nicht nach Hause. Als er am nächsten Tag zurückging, um das Fleisch zu holen, sah er, daß der Kopf des Rentieres abgeschnitten war. Und als er sich umblickte, sah er den Bogen eines Zwerges auf der Erde liegen. Nicht weit davon entfernt stand oben auf einem Hügel ein Zwerg. Er versuchte nicht, näher an ihn heranzukommen, sondern nahm sein Fleisch und ging nach Hause. Dann erzählte er seinen Leuten, daß er einen Zwerg gesehen hätte. Es heißt, daß ein Sturm kommt, wenn man einen Zwerg gesehen hat. Daher empfahl er allen, die Zeltbespannungen mit Steinen zu beschweren, damit sie bei einem Unwetter nicht wegflögen. Aber die Leute glaubten ihm nicht. Und daher packte er nur allein Steine auf die untere Zeltbespannung. Am nächsten Tag kam ein Wind, der bald zum Sturm wurde und den ganzen Wohnplatz zertrümmerte. Und nur Kupaqs Zelt blieb stehen.

Ein Eskimo ging auf dem Eis, um zu jagen, und entdeckte die Spuren eines Zwerges, der hinter sich eine junge Robbe herzog. Er folgte den Spuren des Zwerges, bis er zu seinem Haus kam. Als er davorstand, kam die Frau des Zwerges heraus, um zu sehen, wer dort sei. Sie hatte ihr Haar hinten auf dem Kopf aufgesteckt. Sobald sie den Mann sah, ging sie wieder ins Haus und sagte ihrem Mann, daß jemand draußen sei. Da verließ der Zwerg das Haus. Und sobald er draußen war, begann er zu wachsen, bis er die Größe des Eskimo hatte. Dann begannen sie zu ringen. Der Zwerg wäre bald Sieger geworden, aber der Hund des Eskimo kam seinem Herrn zur Hilfe und biß dem Zwerg in die Ferse. Da konnte ihn der Eskimo bewältigen und totschlagen. Nun versuchte er ins Haus zu kommen. Aber sobald er vor den Eingang trat, schloß sich dieser, so daß er nicht hineinkam. Da fuhr der Eskimo nach Hause und erzählte seinen Freunden von seinen Erlebnissen. Am nächsten Tag brachen darauf alle auf und fuhren zum Haus des Zwerges. Aber dort sahen sie eine Schlittenspur, die noch frisch war. Sie gingen nun ins Haus hinein und fanden dort große Haufen von jungem Tang in der Vorratskammer. Als sie aber den Schlitten verfolgen wollten, kam ein Sturm auf, so daß sie umkehren mußten. Und jedesmal wenn sie es wieder versuchen wollten, wuchs der Sturm wieder an, so daß sie die Verfolgung aufgeben mußten und wieder nach Hause zurückkehrten.

109. Der Besuch bei den Adlet

Ein Mann und eine Frau, die unter den Iglumiut lebten, befanden sich einmal auf der Jagd.

Sie waren schon lange unterwegs, als sie zu einem Wohnplatz kamen, auf dem eine Menge Hütten standen. Sie schauten in einige hinein, konnten aber nirgends jemand entdecken. Auf dem Dach des einen Hauses stand ein Kasten, der voller Perlen war. Der Mann griff hinein, um sich ein paar genauer in der Hand anzusehen. Aber sobald er den Kasten berührte, brach er auseinander, und alle Perlen rollten auf die Erde. Nun durchsuchten die beiden alle Hütten, bis sie schließlich in einer eine alte Frau fanden. Sie nahm keine Notiz von ihnen; denn sie war blind. Der Mann und die Frau sahen, wie sich die Alte andauernd in der Nase bohrte. Und plötzlich sagte sie: »Ich rieche einen Mann.« Der Mann sagte: »Wir wollen dir nichts tun.« Da rief die Frau: »Merkinook« (das war der Name ihres Sohnes), »zwei Leute sind gekommen. Sie wollen uns nichts tun.« Dann lud sie die beiden ein, sich neben sie zu setzen und sich auszuruhen, und wieder rief sie ihrem Sohn zu: »Hier sind Leute angekommen, aber sie wollen uns nichts tun.« Die Besucher baten sie, ruhig zu sein, aber sie achtete nicht darauf, sondern rief noch einmal. Bald kam er in seinem Kajak an, und eine große Schar Leute kam mit. Es waren Adlet. Sie trugen keine Schuhe. Merkinook war ihr Häuptling. Er betrat das Haus und machte die Tür von innen zu. Seine Leute wollten die beiden Fremden töten. Sie heulten draußen wie Hunde, nahmen ihre Walspeere und versuchten die Fremden damit durchs Fenster zu erstechen, aber Merkinook befahl ihnen, das sein zu lassen. Und wenn eine ihrer Lanzen ins Haus drang, schlug er die Spitze mit einem Stein ab. Schließlich gaben die Leute ihren Plan auf und gingen in ihre Hütten. Merkinook sagte zu den Fremden: »Meine Leute brauchen sehr viel Schlaf. Aber wenn sie sich genügend ausgeruht haben, werden sie euch auf dem Heimweg begleiten.« Am nächsten Tag standen alle zeitig auf und begleiteten die beiden Fremden nach Hause. Sie folgten ihnen so lange, bis die Nacht kam. Dann drehten sie um und eilten nach Hause. Und als der Mann und seine Frau den Adlet nachschauten, liefen sie alle eilig davon, und es sah aus, als wenn sich eine Herde Rentiere schnell bewegte. Die Adlet pflegten Teile ihrer Riste herauszuschneiden, um sich schneller bewegen zu können. Die alte Frau aber hatte alles so eingeleitet, weil sie sonst befürchtete, daß die Fremden von ihren Leuten getötet werden würden.

110. Tornit-Geschichten

Vor langer Zeit wurde das Land von den Tornit bewohnt, die alle groß und stark waren. Sie wohnten in großen Steinhäusern. Sie wußten nicht, wie man Felle fertig macht. Wenn sie ein Rentier erlegt hatten, machten sie das Fell feucht und wikkelten es dann um ihren Körper, um es wieder zu trocknen. Ihre Betten waren aus Fellen gemacht, die weder gereinigt noch gestreckt worden waren. Das Robbenfleisch nahmen sie unter ihre Jacken und legten es auf den nackten Körper, bis es alt und ranzig wurde. Dann mochten sie es essen. Wenn einer von ihnen starke Kopfschmerzen hatte, bohrten sie ein Loch in seinen Schädel, aus dem dann Blut und Eiter heraussickerte. Diese Operation befreite sie von Kopfschmerzen.

Eine Anzahl Tornit lebte in Saunia. In der Nähe wohnte ein anderes Volk, das Ketch-wey-ews oder Ken-wey-ews (Hawks) hieß. Diese Leute hatten lange Nägel und waren eine mörderische Bande, die sich in Raubvögel verwandeln konnte. Unter den Tornit war ein großer Angakok. Eines Tages sagten ihm seine Freunde, daß sich vier Eskimo näherten, die von der Rentierjagd kämen. Er wurde gebeten, ihnen entgegenzugehen. Der Angakok rieb nun seine Hand auf dem Boden eines Kochtopfes, um sie ordentlich schwarz zu machen. Dann ging er zu seinen Freunden, die draußen standen und nach den Fremden Ausschau hielten. Als der Angakok ihnen entgegenging, sah er, daß einer der vier Eskimo eine schöne neue Seehundfelljacke trug. »Was hast du doch für eine feine Jacke«, sagte der Angakok und drückte ihm dabei die Hand auf den Rücken und auf die Brust, so daß das herrlich glänzende Fell ganz schwarz wurde. Aber die Fremden nahmen ihm das nicht übel, und das wurde von dem Angakok als Zeichen ihrer freundlichen Gesinnung gewertet. Sie wurden nun ins Haus eingeladen, damit sie vor den Hawks sicher waren, die sie verfolgten und verspeisen wollten. Als ein paar Tage vergangen waren und die Hawks sich wieder verzogen hatten, verabschiedeten sie sich von ihren Gastgebern, den Tornit, die ihnen das Leben gerettet hatten, und gingen wieder auf Rentierjagd.

Die Eskimo waren in Ugjuktung auf Robbenfang. Plötzlich sahen sie einen großen Bären auf sich zukommen und bekamen große Angst. Aber bald stellten sie fest, daß der Bär von zwei Tornit verfolgt wurde, von einem Vater und seinem Sohn. Der Sohn kam immer dichter an den Bären heran, bis er ihn schließlich erlegte, bei den Hinterbeinen packte, ihn sich über den Rükken warf und fortlief. Der Vater rief ihm zu, daß er anhalten möge, und erklärte ihm, daß er den Leuten den Bär gestohlen habe, aber der junge Mann lief weiter, bis er an einen Eisberg kam. Dort schlug er den Bären gegen die scharfen Kanten, um seinen Schädel zu zertrümmern. Darauf begann er herzhaft zu lachen. Der Vater war bei den Eskimo stehengeblieben und sagte ihnen, daß er es sehr schlecht finde, daß der Junge mit dem Bären davongerannt sei. Aber sie waren ganz zufrieden und sagten, daß sie ihn nicht erlegen [1] wollten und Angst vor ihm gehabt hätten. Dann gingen die beiden Tornit fort. Die Eskimo gingen nach Hause und erzählten ihren Kindern, was sich ereignet hatte.

1 Die Eskimo berichten, daß es bei den Tornit Brauch gewesen sei, daß das Wild dem gehöre, der es zuerst gesehen hat. Nach eskimoischem Brauch gehört das Wild demjenigen, der es am nächsten eines lebenswichtigen Körperteils getroffen hat. Der Bär gehört dem Jäger, der ihn zuerst verwundet hat.

111. Die seltsamen Erlebnisse des Attungak

Es wird erzählt von einem Manne namens Attungak, welcher zwei Weiber hatte, und als ihm eine derselben davonlief, folgte er ihr zu Schlitten nach, um sie zurückzuholen. Als er sie endlich traf, so fuhren sie miteinander und kamen dann zu Leuten, die sich einander fraßen. Der Anführer derselben führte sie indessen in sein Fremdenhaus und setzte ihnen Menschen- und Wolsfgehirn zum Essen vor. »So was essen wir nicht«, sagte indessen Attungak, worauf ihm Fleisch von einem Kinde und von einem Walroß aus einer Ecke hervorgeholt wurde. Da sie dieses aber auch nicht annehmen und essen wollten, so holte ihnen die Frau des Anführers getrocknetes Rentierfleisch, was sie dann mit Vergnügen aßen.

Mit einem ihrer Kinder [1] hatte man indessen getan, als pflege man seiner, und hatte es dabei getötet, indem man ihm bei dem Pulse am Kopfe das Gehirn ausgesogen hatte. Dann befand sich daselbst noch ein junger Mann namens Ajajusek, welcher die Gewohnheit hatte, immer einen Strick mit sich herumzuführen und in der Hand zu halten, und zwar deshalb, um Fremde, nach welchen es ihnen gelüstete, damit zu umschlingen, und so wollte er auch jetzt dem Attungak die Schlinge um den Hals werfen. Indem er indessen deshalb wiederholt zur Türschwelle ging, wurde er mit einem Stück Schwefelkies an den Kopf geworfen, so daß er tot niederstürzte.

Da derselbe nun nicht nach Hause kam, so wurde er von seiner Mutter bald vermißt und gesucht; aber sie sah nur noch ein Bein von ihm, was mit noch geschnürtem Stiefel unter der Pritsche lag und woran sie ihn erkannte.

Da sie nun sah, daß weiter nichts mehr von ihm übrig war, sagte sie: »Daß der elende Ajajusek nicht von seinem jüngeren Bruder hat können aufgezehrt werden, ist sehr häßlich von euch.«

Dann zog Attungak mit seiner Frau wieder von dort fort, und sie kamen auf ein Land, auf welchem alle Einwohner hinkten.

1 Ein Kind, das Attungaks Frau mit sich führte.

Ehe sie aber ankamen, kam ihnen der dortige Anführer (Angajokak) entgegen und sagte ihnen, daß seine Landsleute allesamt sehr schlecht und böse wären, wovon sie auch bald selbst Erfahrung machen sollten, indem es die Leute sehr übel aufnahmen, daß dem Attungak seine Frau über ihr Ballspiel lachen mußte und dabei sagte: »Diese Ballspieler da hüpfen ja herum wie die Raben!«

Gleich wurde dieses von einem, der es hörte, den anderen wieder gesagt, indem er ihnen zurief: »Die da hat gesagt, ihr hüpftet alle nur den Raben ähnlich herum.«

Da wurde dem Attungak bange; denn er wußte wohl, daß er nun würde verfolgt werden, aber da ging er geschwinde hin und schnitt an den Schlitten der Hinkenden die Stricke der Querhölzer durch, und als sie darauf fortzogen, machten sich die Hinkenden auch gleich bereit, sie zu verfolgen, aber sie mußten es bald aufgeben, weil ihnen die Schlitten auseinanderfielen.

Da Attungak und seine Frau nun weiterzogen, trafen sie zwei schwarze Bären, die einander bissen und sich ordentlich Stücke Fleisch ausrissen. Und weil es keinen anderen Weg für sie gab, so mußten sie mitten durch dieselben hinfahren. Und als sie glücklich durch waren, so stand ein sehr großer gefüllter und heftig kochender Kessel vor ihnen im Wege, und da es wieder durchaus keinen anderen Weg für sie gab und die Rückkehr ebenfalls sehr gefährlich war, so setzten sie über denselben und seinen kochenden Inhalt hinüber.

Nachdem sie glücklich hinüber waren und es anfing, Nacht zu werden, stießen sie auf einen Mann, der an einem Seehundloche sitzend auch in der Nacht auf den Seehund wartete.

»Siehe da«, sagte dann Attungak zu dem Angetroffenen, »woher bist du wohl? Wem gehörst du an?«

Der antwortete: »Es heißt, ich hätte den Attungak zum Vater gehabt.«

Darauf sagte Attungak: »Siehe, das Holz zu deinem Kajak habe ich auf dem Schlitten geladen.«

So traf derselbe alsdann seinen Sohn, der bei seiner Abfahrt noch ein kleiner Knabe gewesen, und dem er versprochen, ihm und seiner Schwester auch was zum Spielen mitzubringen, nun erst wieder an, als er bereits anfing, alt zu werden.

Sie selber aber und ihre Hunde waren ganz unverändert geblieben, so daß das Kind, was sie noch bei sich hatten, noch immer von der Mutter in der Kappe herumgetragen wurde.

Sie hatten alle Erdbewohner umfahren, um allerlei sehen zu wollen, darum waren sie so lange geblieben.

Noch werden im fernen Norden die Höhlen und Klüfte in den Felsen gezeigt, wo Attungak und seine Frau auf ihrer Reise gelagert haben sollen.

112. Von Sârqilerqortôq, dem Mann mit der Riesenharpune und den beiden Geschwistern, die sich sehr liebten

Sârqilerqortôq hatte immer seinen Wohnplatz bei Kiitaajiin, nicht weit von Kuumiit. Er hatte einen Schwiegersohn. Alle lebten ständig in großer Furcht vor ihm; denn es wurde erzählt, daß er eine Riesenharpune besaß, die nur ein wenig kleiner war als eine seiner großen Zeltstangen. Und als Aleqâjik, die zuerst davon berichtet hatte, ihn einmal besuchte, fragte sie ihn: »Das ist doch nicht deine Harpune, die da draußen mit den großen Steinen zugedeckt ist?« – »Doch, doch«, erwiderte Sârqilerqortôq, »das ist mein kleiner Fliegespeer. Jetzt, wo ich breite Schultern habe, ist mir die Harpune fast schon zu klein!«

Zu der Zeit, als dies geschah, war Sârqilerqortôq bereits ein älterer Mann, der schon mehrere Totschläge verübt hatte. Zwei davon waren besonders bekannt. Einer der Erschlagenen hatte nur zwei Töchter, der andere besaß zwei Söhne. Diese Jungen hatten vom Lande aus beobachtet, wie Sârqilerqortôq ihren Vater umbrachte. Die Kinder beider Erschlagenen fürchteten den Mörder sehr.

Die Mutter der beiden Mädchen munterte ihre Töchter ständig auf, fleißig ihre Kräfte zu üben. So wurden sie langsam groß und stark. Das jüngste Mädchen war am kräftigsten. Jetzt warteten sie darauf, daß der Mörder ihres Vaters sich wieder einmal bei ihrem Wohnplatz zeigen würde. Dann sollte er nicht lebendig entwischen.

Eines Tages paddelte er wirklich am Wohnplatz vorbei, und die Leute riefen so laut sie nur konnten nach den Mädchen.

Als Sârqilerqortôq die beiden Schwestern, die er durch seine Tat so gequält hatte, ankommen sah, lachte er ihnen nicht zu. Zwei starkwüchsige Frauen standen da und riefen: »Sârqilerqortôq, steig aus und kriech an Land!«

»Ich krieche nicht an Land!« rief er zurück.

Er war nachdenklich geworden. Jede der beiden Schwestern hatte den Eckzahn einer Klappmütze in der Hand. Den wollten sie im Falle seiner Flucht zerdrücken, um ihm zu zeigen, wie sie seine Knochen zermalmt hätten. Als Sârqilerqortôq nun wieder aufs offene Meer paddeln wollte, riefen die Mädchen: »Komm an Land und unterhalte uns ein bißchen!« Er aber wollte nicht, sondern wendete seinen Kajak und fuhr auf die offene See hinaus. Da rief das älteste Mädchen so laut es nur konnte: »Sârqilerqortôq, schau her!« Und als er sich umdrehte, ballte sie ihre rechte Hand zur Faust. Kurz darauf aber öffnete sie sie wieder, und heraus fiel der Eckzahn der Klappmütze. Aber es war eigentlich gar kein Zahn mehr, nur Staub rieselte langsam zu Boden. »So leicht hätte ich deine elenden Knochen zerdrückt«, murmelte das Mädchen. Schweigend paddelte Sârqilerqortôq fort. Nun hatte er einen solchen Schreck bekommen, daß die Mädchen wohl kaum noch ihre Rache an ihm hätten nehmen können.

Mit den Söhnen des anderen Erschlagenen verhielt es sich so: Als sie erwachsen waren, nahmen sie sich zur selben Zeit eine Frau. Und so sauber und schön war es nun immer in ihrem Zelt, daß man den Eindruck haben konnte, all die Sachen wären nie mit Schmutz in Berührung gekommen. Mitten auf der langen Pritsche hatte ihre alte Mutter ihren Platz. Dort aber, wo man den Zeltvorhang zur Seite zu nehmen pflegte, war das eheliche Lager des ältesten und seiner Frau, während sein jüngerer Bruder mit seiner Frau dort schlief, wo der Zeltvorhang unter dem Vorrahmen der einen Seitenstütze befestigt war. Dort hatte er seine Schlafstelle, weil er sich nicht so sicher wie sein großer Bruder fühlte, der neben dem Zelteingang schlief.

Sârqilerqortôq aber ließ sich nicht so leicht überrumpeln, weil er sich jetzt so unsicher fühlte. Wenn Fremde kamen und ihm erzählten, daß die Kangermiin-Brüder ihn gern einmal besuchen wollten, wurde er so erregt, daß er nach seinem Messer griff und auf den Gast lossprang, der dann schleunigst das Weite suchen mußte. Die beiden Brüder aber sehnten sich danach, ihren Todfeind zu sehen. Doch jedesmal wenn sie sich in seiner Nähe niederließen, packte er seine Sachen und verschwand.

Eines Tages aber erfuhren sie, daß er gar nicht unweit von ihrem eigenen Lager, das sie gerade vor ein paar Tagen aufgeschlagen hatten, sein Zelt errichtete. Da beschlossen sie, zu ihm hinüberzugehen.

Es muß noch erwähnt werden, daß Sârqilerqortôq ungewöhnlich stark behaarte Hinterbacken hatte.

Als die Brüder nun vor seinem Zelt standen und er herauskam, fragte er sie, wohin sie wollten.

»Wir suchen die Gesellschaft und Unterhaltung alter Leute«, war die Antwort der Brüder.

»Dann schlagt endlich euer Zelt auf«, sagte Sârqilerqortôq, »wir Alten entbehren Zeitvertreib.«

Das taten die Brüder, und die alte Mutter, die sie bei sich hatten, verzichtete nun ganz auf den Schlaf und beobachtete Tag und Nacht das Zelt des Mörders ihres Mannes.

Als sie nun eines frühen Morgens ein verdächtiges Geräusch vernahm, lüftete sie ganz vorsichtig ein Stück der Bespannung und konnte sehen, wie Sârqilerqortôq dabei war, leise sein Zelt abzubrechen.

»Wollt ihr ihn wirklich ungeschoren abziehen lassen?« flüsterte die Mutter ihren Söhnen zu.

Sie schüttelten grimmig den Kopf und steckten ihre Messer unter die Anoraks. Vorsichtig schlichen sie sich zu Sârqilerqortôqs Zelt, der nichtsahnend an den Stangen herumbastelte. Erst als die beiden Brüder neben ihm standen, schrak er zusammen, tat aber so, als sei nichts los.

»Was machst du denn da?« fragten die Brüder.

»Ich wollte eigentlich fortziehen«, brummte der Alte.

»Und wir hatten gedacht, daß wir unseren Zeitvertreib miteinander haben wollten«, sagte der Älteste.

Als aber Sârqilerqortôq nichts darauf erwiderte, sondern anfing, seine Sachen zum Wasser zu tragen, folgten ihm die Brüder, die Messer im Anorak.

Jetzt begann Sârqilerqortôq aufgeregt hin und her zu laufen und seine Sachen eiligst in seinen Umiak zu bringen. Aber die beiden Brüder blieben ihm immer dicht auf den Fersen.

Als er nun schließlich seine Fanggeräte zum Umiak brachte und dann seinen Kajak, trat den Brüdern wieder das Bild von der Ermordung ihres Vaters vor Augen.

»Wir werden zuerst etwas mit ihm spielen«, meinte der älteste.

Das Bild aber, das sich beiden Söhnen nun in ihrer Erinnerung zeigte, war grauenvoll: Es geschah bei einem Nordoststurm, die schwarzen Wolken hatten den Felsen über ihrem Wohnplatz in zwei Hälften geteilt. Und kurz bevor ihr Vater damals an Land kam, hatte ihm Sârqilerqortôq seine Harpune von hinten in den Rücken geschleudert.

Dieses Bild erregte sie mächtig, und sie konnten es nicht eher loswerden, bis sie den Vater gerächt hatten.

Um sie herum liefen die vielen Enkelkinder des Alten.

Sârqilerqortôq ging nun vor ihnen. Seinen Kajak hatte er auf den Kopf gestülpt und wollte ihn jetzt zu seinem Frauenboot tragen. Da stießen ihn die Brüder um. Als er sich wieder aufrichtete und den Kajak ins große Boot legen wollte, bekam er einen kräftigen Stoß, wodurch er unter das große Boot geriet, in das die Brüder nun schnell hineinstiegen. Es dauerte aber gar nicht lange, da kam auch schon Sârqilerqortôq wieder aus dem Wasser heraus und versuchte sich an den Bootswänden hochzuziehen. Die Brüder stachen nun mit ihren Messern so lange auf ihn ein, bis er tot war. Dann trieben sie alle Enkelkinder zusammen und jagten sie ins Meer, in dem sie noch eine Zeitlang wie junge Hunde umherschwammen, bis sie alle ertranken. Das taten sie, weil jedes dieser Kinder sich später einmal an ihnen oder ihrer Familie hätte rächen können.

Ein kleiner Junge aber kam nicht um.

Ein fremder Kajakfahrer tauchte plötzlich auf, fischte ihn aus dem Wasser und verschwand wieder genauso unerwartet, wie er gekommen war.

Sie gingen nun mit der Leiche des Erschlagenen zum Abspeckplatz des älteren Bruders und zerlegten den Körper dort. Am nächsten Tag fing der jüngere Bruder ein Walroß, und als sie das abspeckten, merkten sie, daß zwischen seiner Haut und den Hinterbacken des Erschlagenen gar kein Unterschied war.

»Wir müssen die Hinterbacken verwahren«, meinten sie, »denn wenn wir mal Besuch bekommen, glaubt uns kein Mensch, daß wir Sârqilerqortôq erledigt haben.«

Gesagt, getan: Sie legten die Hinterbacken und Walroßstücke in ein Faß und breiteten ein Fell darüber. Und es dauerte auch gar nicht lange, bis sich auf dem Meer ein Kajakfahrer zeigte, den sie anriefen und zu einer Mahlzeit einluden.

Der Gast ging auf das Fleischfaß zu, und die Brüder forderten ihn auf, das Fell wegzuziehen und hineinzugucken.

»Habt ihr einen Bären erlegt?« fragte er und merkte, wie ihm das Wasser im Munde zusammenlief. »Nein«, erwiderte der jüngere Bruder, »untersuch die Beute nur gut.«

»Hast du denn ein Walroß erlegt?« fragte der Fremde nun.

»Schau nur gut nach«, wurde ihm geantwortet.

Als der Fremde das Fell weggezogen hatte, kriegte er beim Anblick von Sârqilerqortôqs Hinterbacken einen solchen Schreck, daß er sich sofort hinsetzen mußte. Und später hat er erzählt, daß Sârqilerqortôqs Hinterbacken vollkommen der Schnauze eines Walrosses glichen, so behaart waren sie gewesen. Lange saß der Fremde noch da, um Kräfte zu sammeln. Als er dann aber wieder einigermaßen in Ordnung war, kroch er sogleich in seinen Kajak und paddelte fort.

Der Enkel des Sârqilerqortôq aber, den der fremde Kajakmann aus dem Wasser gezogen hatte, wuchs auf und wurde ein fürchterlicher Totschläger.

Zu jener Zeit wurden zwei kleine Kinder auf dem Wohnplatz Isin Waisen. Ein Bruder und seine Schwester. Der Totschläger hatte ihren Vater ermordet und die Mutter fortgeschleppt. Immer war er hinter schönen Frauen her. Und sobald er nur hörte, daß irgendwo eine hübsche Frau wohnte, war er auch schon da, schlug den Mann tot und schleppte die Frau zu seinem Wohnplatz. Er war so stark, daß die Männer nichts gegen ihn tun konnten und noch froh sein mußten, wenn sie mit heiler Haut davonkamen.

Allmählich wurden die beiden Waisen erwachsen. Und da bekam der junge Mann große Lust, seine Schwester zur Frau zu machen. Sie war sehr schön, so schön, daß das Meer immer spiegelblank vor ihrem Wohnplatz lag.

Sârqilerqortôqs Enkel, der große Totschläger, lebte mit seinen zwei schönen Frauen auf der anderen Seite des Fjords. Und von dort konnte er sehen, daß das Meer vor dem Wohnplatz der schönen jungen Frau immer spiegelblank war.

Wenn der junge Mann mit seiner Schwester abends auf der Pritsche lag, sprachen sie oft von ihrem Vater. Und bald wurden sie sich darüber klar, daß sie ihren Vater am besten rächen könnten, wenn sie ihr ganzes Leben zusammenblieben und ein Ehepaar würden. Und so geschah es, daß der Bruder seine Schwester zur Frau nahm.

Jedesmal wenn zu ihrem Wohnplatz Fremde kamen, waren sie über die Ähnlichkeit der beiden jungen Leute erstaunt.

»Es ist phantastisch, wie ihr euch einander ähnelt«, pflegten sie immer zu sagen, »man könnte glauben, ihr wäret Bruder und Schwester.«

»Mag schon sein«, sagten dann die beiden, gingen aber auf weitere Fragen nicht ein.

Beide liebten sich sehr und hatten bald drei Kinder. Als wieder einmal Fremde kamen, erzählten sie, daß der Mann auf der anderen Seite des Fjords wieder eine Frau geraubt hätte. »Wenn das so ist«, sagte der Bruder, »werde ich einmal dorthin fahren.«

Da aber warnten ihn die Fremden: »Fährst du hinüber, wirst du auch deine schöne Frau verlieren.«

Aber der junge Mann ließ sich keine Angst machen und blieb bei seinem Vorsatz, in nächster Zeit den Mann auf der anderen Seite des Fjords aufzusuchen.

Eines Tages, als der junge Mann wieder einmal vom Fang nach Hause kam, war seine junge Frau verschwunden. Der große Totschläger hatte sie geraubt und besaß nun vier schöne Frauen.

»Da siehst du, daß man eine sehr schöne Frau nicht lange behalten darf«, sagte man zu dem verzweifelten Mann.

»Nur ein Tor läßt sich seine Frau rauben«, erwiderte zornig der junge Mann.

Er versuchte nun für seinen Umiak, mit dem er zum Totschläger fahren wollte, Ruderinnen anzuheuern. Aber keine wagte in die Nähe des alten Frauenräubers zu kommen. Da wandte sich der junge Mann an zwei jüngere Leute, die sehr einfältig waren. Diese Männer sagten zu, und als der Umiak losfuhr, ruderten die beiden Einfältigen so stark, daß man hätte glauben können, alle Ruderbänke seien besetzt.

Als nun der junge Mann am Steuer saß, begann er seine Handflächen zu reiben. Er war nämlich ein Angakok. Und bald brach auch ein gewaltiger Sturm vom Land her los. So mächtig war er, daß die beiden einfältigen Ruderer voller Furcht riefen: »Ein Sturm, ein Sturm!« Aber der junge Mann antwortete bloß: »Es ist kein Sturm, sondern nur Quisâjik.« Das war nämlich sein Hilfsgeist, der Wasser ließ. Als sie in die Nähe des Wohnplatzes kamen, auf dem der Totschläger wohnte, flaute der Sturm ab. Der Mann ging an Land. Unbewaffnet suchte er das Zelt des Räubers auf. Vorher aber ermahnte er noch seine beiden einfältigen Ruderer, am Ufer zu bleiben und gut auf den Umiak aufzupassen.

Das Zelt des Räubers stand inmitten eines Kreises, der aus lauter Zelten seiner Leute bestand. Als er sich dem Zelt des Räubers näherte, stellte sich ihm eine Schar Männer wie eine Mauer entgegen. Er aber schob sie nur zur Seite und betrat die Behausung des Totschlägers. Vor der Pritsche saß der Gesuchte und stach andauernd mit seinem Messer in einen Holzklotz. Auf der Pritsche aber lagen, von ihm bewacht, seine vier schönen und jungen Frauen. Und als die soeben Geraubte ihren Bruder sah, liefen ihr die Tränen die Wangen nur so hinunter. Ganz still weinte sie vor sich hin, um nicht den Zorn des Räubers noch mehr zu erregen.

Als der junge Mann seine Frau sah, bekam er große Lust, sie nur an den Händen zu berühren, so wie er es immer tat, wenn sie sich zu lieben begannen. Und als er seinen Wunsch laut sagte, erwiderte der Räuber: »Faß sie nur an.«

Der junge Mann, über den wieder seine Angakokkräfte kamen, sah plötzlich seinen Toornardik[1] unter dem Räuber. Er war zum Angriff bereit, falls es nötig werden sollte.

Der junge Mann berührte nun die Hände seiner Frau. Aber das genügte ihm nicht. »Oh, wenn man sie bloß ganz umschlingen dürfte«, stöhnte er. »Tu das nur«, murmelte der Räuber, der sich seiner Sache ganz sicher war.

Kaum hatte der Mann seine Frau umschlugen, da kamen wieder starke Angakokkräfte über ihn, und auch seine Frau fühlte diese Kraft. Als sie sich beide fest umschlungen hielten, zog der Mann seine Frau von der Pritsche herunter, so daß sie auf dem Fußboden zu liegen kam. Das stellte er so geschickt an, daß er dabei sofort auf ihr lag und dadurch ihren Körper ganz bedeckte.

Das war dem Totschläger zuviel. Mit gezücktem Messer wollte er sich auf den Mann stürzen und ihm seine Waffe in den Rücken jagen. Aber da schoß der Tôrnardik aus dem Boden hervor, fuhr ihm zwischen die Beine und tötete ihn auf der Stelle.

Rasch hob der Mann seine junge Frau auf und lief mit ihr zum Ufer. Als er zurückblickte, sah er viele bewaffnete Männer, die ihn verfolgten. Dem Manne war, als stürzten sie alle in eine Schlucht. So sicher war er sich seiner Sache. Und er war unbewaffnet. Er blieb einen Augenblick stehen und rieb die Handflächen aneinander, und als er dann weiterlaufen wollte, stürzten alle seine Verfolger um und waren tot. Da bestieg das Ehepaar seinen Umiak und trat die Heimreise an. Und unterwegs

[1] Hilfsgeist.

stimmte der Mann ein Lied an und sang und sang, bis sie zu Hause waren. So bekam der junge Mann seine Schwester wieder, die er über alles liebte.

113. Wie Kunuk groß und stark wurde

Es lebten einmal viele Männer an der Mündung eines Fjords. Bei ihnen wohnten zwei Jungen, die sehr hilfsbereit waren. Wenn die Männer morgens auf Fang fahren wollten, drehten sie ihre Handschuhe um und brachten sie in Ordnung, dann legten sie die Waffen auf den Kajaks zurecht und besorgten den Männern frisches Wasser für den morgendlichen Trunk. Wenn diese dann losgefahren waren, gingen sie hinaus und übten sich im Werfen von Pfeilen und kamen den ganzen Tag nicht zurück. Erst wenn die Männer zurückkamen und sie ihnen die Geräte und Waffen hinaufgetragen hatten und der letzte Mann im Haus verschwunden war, pflegten die Jungen auch hineinzugehen, aber noch bevor sie etwas zu essen bekamen, mußten sie Wasser holen.

Als sie einmal im Winter wieder Wasser holen wollten und es gerade herausschöpften, sagte der jüngere: »Mir ist, als sehe ich eine Menge Gesichter im Wasser.« Der ältere, der Kunuk hieß, erwiderte: »Ob sich nicht bloß der Mond darin spiegelt?« – »Nein, sieh es dir selbst an«, sagte der jüngere. Da sah Kunuk ins Wasser und sagte: »Die stürmen auf uns los.« Und kurze Zeit darauf konnte er am Wasser sehen, wie eine Menge Bewaffneter näher kam. Da liefen sie so schnell sie konnten zurück und erzählten den Erwachsenen, was sie gesehen hatten. Die nahmen sie aber nicht ernst und sagten: »Ihr habt sicher den Mond gesehen, geht nur wieder los und holt Wasser, der Kübel ist leer.«

Zum zweitenmal gingen sie hinaus und sahen dasselbe im Wasser. Wieder liefen sie zurück, und wieder erzählten sie, was sie gesehen hatten. Aber auch diesmal wollten ihnen die Erwachsenen nicht glauben. Als die beiden Jungen aber zum drittenmal sahen, daß sich Bewaffnete rasch näherten, überlegten sie, wo sie wohl ihre kleine Schwester verstecken könnten, da sie sich selbst einen Schlupfwinkel aussuchen wollten. Als sie nun ins Haus gingen, um sie zu holen, sahen sie vorm Fenster eine Menge Holzspäne liegen. Dort versteckten sie ihre kleine Schwester und warfen ordentlich Späne über sie, so daß man sie nicht sehen konnte. Sie selbst gingen in den Hausgang und hängten sich mit ausgestreckten Körpern und dem Gesicht nach unten an die Deckenbalken. Dabei half Kunuk seinem jüngeren Bruder und schärfte ihm ein, nicht müde zu werden und loszulassen; denn es war ein schwieriges Versteck, und die Arme konnten schnell ermüden. Endlich sprang ein großer Mann mit einem Speer herein, und ihm folgten weitere. Im ganzen waren es sieben, die durch den Hausgang eindrangen. Ein großes Geschrei war nun zu hören, das von den Bewohnern ausgestoßen wurde, die von den Fremden ermordet wurden. Als die Männer immer noch im Hause waren und das Heulen gar nicht aufhören wollte, hätte Kunuks Bruder beinahe losgelassen, so schwach war er geworden. Aber da stürmten die Männer auch schon heraus und stachen mit ihren Speeren nach allen Seiten und auch in den Haufen Holzspäne hinein, unter dem die kleine Schwester lag. Kaum war der letzte Mann verschwunden, da ließen sich die beiden Brüder sogleich auf den Boden fallen und untersuchten in aller Eile den Haufen Holzspäne. Und was sie befürchtet hatten, war eingetroffen: die kleine Schwester hatte einen Stich in den Bauch bekommen, so daß die Eingeweide hervorkamen. Und als sie ins Haus kamen, sahen sie alle Bewohner in ihrem Blut liegen. Noch in derselben Nacht verließen sie diese grauenvolle Stelle. Sie trugen ihre kleine Schwester abwechselnd und versuchten ihr immer wieder die Eingeweide in den Bauch zu drücken. So wanderten sie ins Land hinein und kamen schließlich zu einem Fjord, der zugefroren war. Auf ihn gingen sie hinunter, und als sie um einen hohen Felsvorsprung mußten, starb ihre kleine Schwester. Nun waren sie ganz traurig und machten ihr dann in einer Felsenhöhle ein Steingrab. Während sie weiterwanderten, begannen sie ihre Kräfte zu üben, indem sie schwere Steine aufhoben und wieder wegstießen. Auch führten sie untereinander richtige Ringkämpfe durch, so daß sie an Kräften zunahmen und auch ordentlich wuchsen, noch ehe sie auf Menschen stießen.

Endlich sichteten sie im Inneren eines Fjords einen Mann auf dem Eis. Neben ihm stand ein Holz, mit dessen Hilfe er Fjordrobben fing. Als sie zu ihm kamen und alles erzählt hatten, sagte er, daß er sie als Pflegesöhne annehmen wolle. Darauf gingen sie zusammen zu seinem Haus, in dem er mit seiner Frau ganz allein lebte. Ihre Pflegeeltern ermahnten sie ständig, nicht ihre Feinde zu vergessen und ständig ihre Kräfte zu üben.

Eines Abends, nachdem sie lange draußen gewesen waren, kamen sie mit Füchsen und Schneehühnern heim, die sie ohne Waffen, nur durch Steinwürfe, erlegt hatten. Darüber waren die Alten sehr froh und lobten ihre Stärke und auch ihren Fleiß sehr.

Um ihre Kräfte weiter zu üben, nahmen sie nun ganz schwere Steine auf. Und dann übten sie sich wieder im Ringkampf. Und wenn der eine zu Boden geworfen wurde, durfte er nicht so einfach hinfallen, sondern mußte auf den Boden hüpfen. Und dann sprangen sie los, machten einen Wettlauf und strengten sich ordentlich an, um zuerst am Ziel anzukommen.

Schließlich konnten sie einen Bären ohne Waffen zur Strecke bringen. Zuerst schlugen sie nach ihm, und wenn er sich umdrehte, behandelten sie ihn wie einen Hasen, ergriffen ihn bei den Beinen und rissen ihn in Stücke.

Als sie es soweit gebracht hatten, sprachen sie davon, andere Leute aufzusuchen. Aber wo? Das war ihnen gleichgültig. So zogen sie also eines schönen Tages gen Norden und wanderten lange, ohne auf einen Menschen zu stoßen. Endlich kamen sie zu einem großen Wasser, auf dem viele Kajaks fuhren, die sich auf Robbentreibjagd befanden. Und nur einer hatte Waffen. Das war ihr Häuptling, der starke Mann. Nur er durfte die Robben harpunieren. Die anderen sollten sie nur erschrecken und ihm zutreiben. Als er gerade eine Robbe harpuniert hatte, fuhren die anderen hinzu und töteten sie. Kunuk und sein Bruder wollten aus Schüchternheit nicht hinuntergehen, sondern warteten den Abend ab. Da sahen sie, wie ein Walroß abgespeckt wurde und wie man das Fleisch verteilte. Jeder bekam ein gutes Stück. Nur ein alter Mann, der im schlechtesten Zelt wohnte, mußte sich mit Eingeweiden begnügen. Die beiden Brüder konnten sehen, wie die beiden Töchter des Alten zum Wasser hinuntergingen, um den Vater abzuholen. Da beschlossen sie, ihn am Abend aufzusuchen, weil ihnen sein geduldiges und trauriges Wesen leid tat. Als es nun Abend geworden war und sie zum Zelt des Alten kamen, mußte Kunuk zuerst hineingehen, weil sein Bruder zu schüchtern war.

Der Alte sagte: »Bist du allein?« Kunuk antwortete: »Nein, mein kleiner Bruder steht draußen und schämt sich, hereinzukommen.« Da rief der Alte: »Komm herein, du da draußen!« Als aber der jüngere Bruder hereinkam, staunte der Alte über seinen kraftvollen Körper und stellte fest, daß er noch größer als sein älterer Bruder war.

Nachdem sie gegessen hatten, sagte der Alte, daß er sie gerne zu Schwiegersöhnen haben wolle und daß sie sich jetzt zu seinen Töchtern legen sollten, um sie zu ihren Frauen zu machen. Die beiden Brüder waren einverstanden, schauten sich die beiden Mädchen an und fanden sie sehr schön.

Kunuk nahm sich nun die jüngere, sein Bruder aber die ältere der beiden Schwestern. Dann legten sie sich mit ihnen auf die Pritsche und machten sie zu ihren Frauen.

So waren nun Kunuk und sein Bruder verheiratet.

Bevor sie aber zum Zelt des Alten gegangen waren, hatten sie erst alle Kajaks untersucht. Und als sie zu den Waffen des starken Mannes kamen, wollten sie seinen großen Speer verstecken. Sie trugen ihn zu einer Quelle und steckten ihn dort so tief in den Boden, daß man ihn nur noch mit zwei Fingern anfassen konnte. Als sie nun bei ihren Frauen lagen, hörten sie draußen vor dem Zelt Geräusche. Der Vorhang wurde hochgehoben, und draußen stand die Klatschtante des Wohnplatzes, die Mutter des Häuptlings. Sie guckte nicht schlecht, als sie sah, was sich auf der Pritsche abspielte. Schnell rief sie alle Leute herbei, die sich bald um den Eingang drängten und ins Zelt glotzten, um die Fremden zu sehen. Dann verschwanden sie wieder und ließen die jungen Ehepaare in Ruhe. Gegen Morgen hörten sie den Häuptling rufen, daß es gutes Wetter zur Treibjagd wäre. Dann schwieg er. Aber gleich darauf brüllte er ganz laut: »Mein großer Speer ist fort, mein großer Speer ist fort!«

Als Kunuk aus dem Zelt trat, sah er, wie viele Leute aus ihren Behausungen liefen, sich die Augen rieben und sagten: »Ich habe verschlafen, ich habe verschlafen!« Das taten sie aus Ehrfurcht vor ihrem Häuptling. Inzwischen war die Mutter zur Quelle gegangen, um Wasser zu schöpfen. »Da ist ja der große Speer!« rief sie laut, daß alle es hören konnten. Sie liefen nun hin, um ihn herauszuziehen. Der große Speer aber rückte und rührte sich nicht. Keiner konnte etwas mit ihm anfangen. Da besannen sich die Leute auf die Fremden, die sie in der Nacht bei den Töchtern des alten Mannes hatten liegen sehen. Sie baten nun Kunuk, ihn herauszuziehen. Das Ende des großen Speers aber war schon ganz schön abgewetzt. Die Leute hatten nämlich andauernd daran gezogen und sich in dem Stück auch festgebissen, um ihn vielleicht so herauszubekommen.

Als Kunuk nun erschien, nahm er das stark abgewetzte Stück zwischen seine Finger und zog den großen Speer mit Leichtigkeit aus dem Boden.

Als sie fortgingen, sagte der Alte zu seinen Schwiegersöhnen, daß unter seinem Umiak zwei Kajaks voller Waffen lägen und daß auch ein Hammer dabei sei. Das alles sollten die Schwiegersöhne erben. Die Sachen hatten nämlich dem einzigen Sohn des Alten gehört, der von dem starken Mann ermordet worden war, weil er ihn an Geschicklichkeit und Kraft übertraf. Und da der starke Mann sich nicht offen ihm stellen wollte, hatte er ihn hinterrücks auf dem Wasser harpuniert. So waren die Töchter des Alten zu Feinden des Starken geworden, an dem sie aber bisher noch nicht Rache nehmen konnten.

Nach einer kleinen Weile wurden Rufe laut. »Laßt die Fremden zum Kampfspiel auf die Ebene kommen!« Darauf gingen alle Männer hinauf, um zuzuschauen.

Auch die Brüder gingen auf die Ebene. Und als sie oben waren, sahen sie eine aufgerichtete Stange, neben der der Häuptling mit einer Peitsche stand, die aus Walroßhaut war und einen Knoten am Ende hatte. Auf dem Boden lag ein ausgestopfter Schneehase. Und jeder, der auf ihn trat, wurde vom Häuptling gepeitscht. Zuerst trat Kunuk auf, und als er sich dem ausgestopften Schneehasen näherte, schlug der Häuptling mit der Peitsche nach ihm, aber traf ihn nicht. Darauf trat Kunuk kühn auf den Schneehasen, und als der Häuptling wieder die Peitsche schwang, machte er sich klein und hart, so daß es einen starken Knall gab, als die Peitsche auf ihn herniedersauste. Der Häuptling glaubte, ihn getötet zu haben. Aber Kunuk ging ohne Schaden fort. Und als die Zuschauer in Beifallsstürme ausbrachen, forderte der Häuptling Kunuks Bruder auf, sein Glück zu versuchen. Aber das ging genauso wie mit Kunuk, und als der Häuptling geschlagen hatte, sagte der jüngere Bruder zu ihm, daß er es jetzt auch mal probieren solle. Der Häuptling ließ sich nicht lange bitten, gab ihm die Peitsche und ging zum Hasen. Da rief ihm Kunuks Bruder zu, daß er sich hart machen solle. Und gleichzeitig schlug er zu, und der Häuptling fiel um und war auf der Stelle tot.

Da jubelten alle seine Untergebenen und riefen den Brüdern zu: »Jetzt müßt ihr unsere Führer sein!«

Aber sie antworteten: »Wir wollen euch nicht befehlen, jetzt sollt ihr keine Herren mehr über euch haben und euren Fang nach Belieben betreiben!«

Darauf übten sich die Brüder im Kajakfahren und versuchten auch fleißig die Kajakrolle. Und sie machten sich Blasenpfeile aus dem Fell eines Seehunds. Und als sie einmal auf Jagd waren und ein gewaltiges weibliches Walroß verfolgten, warf Kunuk aus ganz weiter Entfernung nach ihm. Und der Pfeil ging quer durch das große Tier, das nur ein wenig gähnte und sofort tot war. Auch gewöhnliche Seehunde brachte er in großer Zahl zur Strecke. Und wenn er sie auch nur mit seiner Waffe streifte, wurden sie doch sofort steif und waren tot.

Einmal hörte Kunuk, daß im Süden ein gewaltiger Kämpfer

lebte, der Ungilagtaqe hieß und dem keiner entrinnen konnte. Er besaß ein großes Schwert. Und wenn von anderen Wohnplätzen Männer kamen, erschlug er sie, auch wenn sie noch so stark waren. Als die Brüder von ihm hörten, dachten sie gleich, daß er unter den Bewaffneten gewesen sein mußte, die damals alle ihre Leute und auch ihre kleine Schwester, die sie so liebhatten, ermordeten. Und sofort bekamen sie große Lust, ihn aufzusuchen, da sie meinten, sich jetzt besser rächen zu können als damals.

So fuhren sie nun mit zwei Umiaks los, von denen der eine dem jüngeren Bruder gehörte. In ihm saß auch die Mutter des erschlagenen Häuptlings. Der andere Umiak gehörte Kunuk. Viele Kajaks folgten den Umiaks; denn sie wollten alle Ungilagtaqe bekämpfen. Als sie so gen Süden fuhren, bekamen sie starken Nordwind, und die Boote setzten Segel, und die Kajakmänner unterhielten sich neben den Booten mit Harpunenwerfen. Einmal schleuderte Kunuk seine Harpune so, daß sie dicht am Bootssteven zischend ins Wasser fuhr. Da grinste die alte Mutter des toten Häuptlings und ärgerte Kunuks Frau so lange, bis diese zu weinen begann. Da fragte Kunuk seinen Bruder: »Warum weint meine Frau?« – »Wegen der Harpune«, antwortete der, »sie schämt sich, weil sich die Alte über dich lustig macht.« Da paddelte Kunuk absichtlich etwas langsamer, so daß er nach hinten kam. Plötzlich aber paddelte er wieder darauflos, schleuderte seine Harpune und ließ sie über das Boot sausen, so daß sie die Kapuze der Alten, die vorne im Umiak saß und ruderte, traf und ein Stück daraus losriß. Gleich danach wiederholte er das Kunststück noch einmal. Da wurde die Alte still; denn sie hatte jetzt ja am eigenen Leib verspürt, welch trefflicher Schütze Kunuk war. Und da trocknete sich Kunuks junge Frau auch wieder ihre Tränen ab und lachte.

Als sie nun ein Stück weitergekommen waren, schaute Kunuks Bruder aufs Land und entdeckte das Grab ihrer kleinen Schwester.

Da wurde er plötzlich ganz traurig und verlangte Ablösung am Steuerruder, das er bisher bedient hatte. Dann legte er sich bäuchlings über die Bootswand und hatte große Mühe, sein Schluchzen zu unterdrücken. Da er so heftig schluchzte, schaukelte das Boot so stark, daß Wasser hineinkam. Seit dieser Zeit wurde er krank und starb, noch ehe sie ihren Bestimmungsort erreicht hatten.

Kunuk kam jetzt ganz allein zu Ungilagtaqe. Es war Winter geworden, und viele Menschen kamen ihm auf dem Eis entgegen. Als Kunuk nun mit seinen Leuten dichter an sie herangekommen war, lud sie ein eifriger Mann zu einem Besuch in einem kleineren Haus ein, das dicht am Strand lag und nur ein Fenster hatte. Dieser Mann war auch ein Feind von Ungilagtaqe. Und als die Gäste eintraten, sagte er ihnen, noch bevor er sie bewirtet hatte, daß er ihnen zeigen wolle, wie Ungilagtaqe sich aufführte. Ihr Wirt nahm nun ein großes zusammengenähtes Seehundfell, das mit Sand angefüllt war und eine Verschnürung in der Mitte hatte. Dort hinein steckte er seinen Mittelfinger und trug dann das vollgefüllte Fell im Hause umher. Dann forderte er Kunuk auf, es ihm nachzutun. Der steckte jetzt seinen kleinen Finger hinein und stemmte das schwere Paket langsam hoch, ging dann damit herum, ohne müde zu werden, und legte die Last schließlich wieder auf den Fußboden. Darauf sagte der Wirt: »Setz dich mir gegenüber, ich werde mit einem Speer nach dir werfen, ohne daß du dabei zu Schaden kommst.« Darauf holte er ein Schwert und eine Trommel hervor und stimmte einen Gesang an. Augenblicklich hörte Kunuk die Worte: »Krümm dich zusammen, Fremder!« Kunuk tat es, so daß man nur noch sein Kinn sehen konnte, und der Speer seines Wirtes flog an ihm vorbei. Der sagte nun: »So macht es Ungilagtaqe, der niemals seinen Gegner verfehlt, aber ich weiß nicht, wie es dir ergehen wird. Dir kann er kaum etwas antun, aber da ist noch sein guter Freund. Er heißt Tajungiarsuk, der Mann mit dem doppelten Hinterteil. Das hat er, weil er vor lauter Fett vorn und hinten eins ist. Der ist unheimlich stark, und er wird ihm bestimmt helfen, wenn er einen vorhat, den er nicht töten kann.«

Als der Wirt darauf seine Gäste bewirtete, erschollen draußen Rufe. »Der Fremde wird von Ungilagtaqe eingeladen!« dröhnte es durch die Wand des Hauses.

Als Kunuk nun mit seiner Frau hinausging, sagte ihr Wirt zu ihnen: »Seid schnell, wenn ihr zu ihm hineingeht, sonst tötet er euch sofort!«

Darauf gingen sie hinauf zu einem großen Haus mit drei Fenstern. In ihm wimmelte es nur so von Ungilagtaqes Frauen, die er sich alle geraubt hatte.

Als sie eintraten, lud Ungilagtaqe Kunuk sofort ein, auf der Seitenpritsche Platz zu nehmen. Kunuks Frau aber mußte sich auf der Hauptpritsche bei den anderen Frauen niederlassen, und ihr erster Wirt setzte sich dem Hausherrn direkt gegenüber. Nun kamen viele Gäste ins Haus, um zuzuschauen, und jedesmal, wenn ein neuer Mann das Haus betrat, fragte Kunuk seinen ersten Wirt, ob das Tajungiarsuk sei, bis der sich schließlich auch einfand. Darauf wurden alle mit verschiedenen Gerichten bewirtet. Und als sie gegessen hatten, lud Ungilagtaqe Kunuk ein, ihm gegenüber Platz zu nehmen, und zog dann einen großen Speer unter seiner Pritsche hervor. Mit der linken Hand aber ergriff er eine Trommel und schlug etwas darauf, und sofort stimmten alle ein Lied für Kunuk an. Sogleich aber riefen sie: »Krümm dich zusammen, Fremder, der große Ungilagtaqe, der niemals jemand verfehlt, will nach dir werfen!« Da krümmte sich Kunuk zusammen, so daß nur sein Kinn sichtbar war, und als der Gastgeber werfen wollte, sprang er hoch, hielt sich an einem Deckenbalken fest, und der Speer flog unter ihm dahin. Und als Ungilagtaqe zum zweitenmal zielte, sprang Kunuk auf den Fußboden, so daß der Speer über ihn hinwegsauste und alles in stürmischen Beifall ausbrach. Als er aber zum drittenmal warf, griff Kunuk den Speer und sagte, daß er es jetzt versuchen wolle. Sie tauschten nun ihre Plätze, Kunuk schlug auf die Trommel und stimmte einen Gesang an, der Ungilagtaqe galt. Aber als dieser sich krümmte, hatte Kunuk bereits gezielt, und als er das Kinn zeigte und in die Pritschenkante griff, traf ihn der Speer in die Kehle, und er stürzte hin. Sofort stürzten alle aus dem Hause, und Kunuk folgte ihnen.

Als er aber draußen war, merkte er, wie einer von hinten nach ihm griff. Das war Tajungiarsuk, und sofort begannen sie auf einer Eisfläche zu ringen, auf der Steine lagen. Diese Steine brauchte Tajungiarsuk, um sie gegen die zu schleudern, die er töten wollte. Kunuk war ganz verzweifelt, als er merkte, daß ihm Tajungiarsuk an Kräften nicht nachstand. Daher versuchte er ihn hochzuheben, bevor er müde wurde. Und er schwang ihn in der Luft herum und warf ihn dann zu Boden, so daß das Blut aus seinem Munde stürzte. Nun trat ein anderer gegen Kunuk auf, aber auch den erledigte er bald, indem er ihm die Schultern zusammendrückte und ihm so die Luft aus den Lungen preßte. Da jubelten die Zuschauer vor Begeisterung. Aber ein paar riefen: »Jetzt bringen sie den letzten, ihn mit den lahmen Beinen!«

Und gleich darauf erschienen drei Boote, über denen das Ungeheuer lag, das jetzt auf den Kampfplatz gekrochen kam. Wenn ihn Kunuk niederwarf, blieben seine Beine auf derselben Stelle liegen. Zuletzt versuchte er ihn hochzukriegen. Es gelang ihm, und auch seine Beine kamen vom Boden frei und baumelten in der Luft. Da ließ ihn Kunuk los, so daß er zu Boden stürzte und sich das Becken brach.

Die Menge aber jubelte und rief: »Dank sei dir, jetzt haben wir keine Herren mehr über uns!«

Und alle die Männer, deren Frauen geraubt waren, bekamen sie nun zurück.

114. Das Mädchen, das über das Inlandeis ging

Bei Pikiulleq wohnte einmal ein Mann, der mit der älteren von zwei Schwestern verheiratet war. Das genügte ihm aber nicht, und da die Schwester seiner Frau sehr schön war, hatte er bald ein Auge auf sie geworfen und begehrte sie heftig. Das Mädchen aber wollte ihn nicht. Als der Mann einmal wieder auf Jagd war, nahm das junge Mädchen schnell ihr Messer, eine Nähnadel und ein paar Stiefelsohlen und ging weinend auf das

Inlandeis. Es war schlechtes Wetter, und bald verlor sie den Nunatak aus der Sicht. Als sie eine Zeitlang weitergewandert war, sah sie einen anderen Nunatak und ging auf ihn zu. Da aber sah sie, wie zwei Timerseet ankamen, und sie verkroch sich daher in einer Eisspalte. Als sie nach einer Weile aus der Spalte des Inlandeises wieder hervorkam, war niemand mehr da, so daß sie jetzt zum Nunatak gehen und sich dort schlafen legen konnte. Als sie erwachte, begann sie neue Sohlen an die Stiefel zu nähen, die von dem scharfen Eis schon völlig zerschlissen waren. Dann ging sie wieder weiter, ständig so sehr weinend, daß sie, indem sie ihre Tränen abtrocknete, all ihre Haut von den Wangen rieb.

Endlich sah sie Land und Wasser. Wie lange sie bis jetzt gewandert war, wußte sie nicht. Es muß sehr, sehr lange gewesen sein. Und als sie nun ganz erschöpft stehenblieb und nach unten schaute, da sah sie, ganz weit entfernt, eine Steinmauer. Sie konnte sich nicht vorstellen, daß sich dahinter Menschen verborgen hielten, und traute deshalb ihren Augen kaum, als ein Mann zum Vorschein kam. Das war ein Mann, der sich auf Rentierjagd befand, und sie ging ihm entgegen. Unterwegs sah sie ein Rentier, nach dem der Mann mit seinem Bogen schoß. Das Rentier fiel nicht um, sondern blieb steif stehen, obwohl es durch den Kopf getroffen war.

Als der Mann das Mädchen sah, rief er: »Du mußt herunterkommen! Du mußt herunterkommen!« Und dann fragte er sie: »Woher kommst du, und was willst du hier?« – »Ich komme von weit her, von der anderen Seite des Inlandeises«, sagte das Mädchen. »Und ich bin hierhin gekommen, um hier zu bleiben.«

Der Mann hatte keine Frau. Und als das Mädchen nun zu ihm kam, nahm er sie. Dann half sie ihm beim Abziehen des Rentiers, und er schlug den Kopf seiner Beute entzwei, und sie aßen gemeinsam das noch warme Gehirn des Tieres.

Als sie später verheiratet waren, bekam sie einen Eisentopf und alles andere, während sie in ihrer alten Heimat nichts besaß.

Als einmal ein paar Leute vom Süden zur Westküste kamen, sagte sie zu ihnen: »Drüben hatte ich Nähnadeln aus Kupfer, hier habe ich einen Kochtopf aus Eisen.«

115. Angusinãnguaq, der die Witwen rächte

Es ist schon lange her, da konnten die Menschen noch tüchtig mit ihren Kajaks fahren. Und einmal kam eine Zeit, in der eine Krankheit alle älteren Männer dahinraffte, und die jungen, die damals lebten, verstanden sich nicht auf den Kajakbau. So konnte es geschehen, daß der Kajakfang lange Zeit vergessen war. Aber die Vorväter waren so gut geübt, daß sie über die Meere fuhren, worauf man sich später gar nicht mehr einließ. Damals war das Wetter auch noch nicht so unruhig wie jetzt. Die Winde traten nicht so plötzlich auf. Man sagt, daß niemals hohe Seen gingen.

Zu jenen Zeiten lebte bei Kangaarsuk (C. Parry) ein Mann namens Angusinãnguaq, der eine sehr schöne Frau hatte, um die alle Männer ihn beneideten. Und eines Tages, als sie beschlossen hatten, nach den Kitsigut-Inseln (Carry-Inseln) zu fahren, um Eidergänse zu jagen, beschlossen sie, Angusinãnguaq auf einer abseits gelegenen öden Insel zurückzulassen.

Sie fuhren nun los, fingen die Eidergänse mit Schlingen, sammelten die Eier und waren klar zur Heimfahrt. Und dann stießen sie von Land ab, ohne auf Angusinãnguaq zu warten, der noch oben auf der Insel nach seinen Schlingen sah. Und die Männer nahmen seinen Kajak mit, damit es ihm niemals mehr möglich wäre, die Insel zu verlassen. Sie beeilten sich sehr, um nach Hause zu kommen, denn sie hatten noch einen weiten Weg vor sich.

Als nun ihre Zelte in Sicht kamen, sahen sie, wie ein Mann von Zelt zu Zelt ging, um die Frauen zu besuchen, die auf dem Wohnplatz zurückgeblieben waren. Sie ruderten zu und kamen näher. Alle Männer hatten an der Jagd teilgenommen, und sie konnten gar nicht verstehen, wer die Zelte besuchte. Ein alter

Mann, der ein Boot steuerte, legte die Hand an die Stirn, um die Augen zu beschatten, und schaute zum Land.

»Der Mann ist Angusinãnguaq«, sagte er und sprach die Wahrheit.

Es zeigte sich nun, daß Angusinãnguaq ein großer Angakok war. Als die Umiaks ihn verlassen hatten und er nirgends seinen Kajak fand, hatte er seinen Körper in Hockstellung mit Riemen umwickelt, sich Kräfte angezaubert und war in die Luft geflogen, so daß er den Wohnplatz viel schneller erreichen konnte als die Menschen, die ihn umbringen wollten.

Von dem Tage an dachte man nicht mehr daran, ihm seine Frau zu rauben, und man sollte es auch nicht bereuen.

Zu jenen Zeiten gab es ja viele Menschen, und alle Länder waren bevölkert. Es wohnten auch Leute auf den Carry-Inseln, aber diese Menschen waren feindlich gesonnen und unnahbar. Wenn vom Festland ein Kajak in die Nähe ihrer Wohnplätze kam, hüllten sie ihn in Nebel ein, so daß der Mann nichts sehen konnte. Und so verirrten sich viele Männer und kamen um.

Aber einmal beschloß Angusinãnguaq seine Landsleute zu rächen. Er fuhr hinaus zu den Unnahbaren und kam ihnen in den Rücken, weil er ein großer Angakok war. Und er schlug viele Männer tot, schnitt ihnen die Köpfe ab und häufte sie auf der Seitenpritsche eines Hauses auf. Und als er seine Rache vollendet hatte, fuhr er heim.

Große Freude herrschte unter den Witwen der umgekommenen Kajakfänger, als sie hörten, daß Angusinãnguaq ihre Männer gerächt hatte.

Und sie zogen sich alle aus und gingen zum Rächer hinein und baten ihn, sich auf den Rücken zu legen. Und dann schritten sie, eine nach der anderen, ganz langsam über ihn hinweg und ließen ihn an ihren Geschlechtsteilen riechen. Das taten sie aus Dankbarkeit.

116. Der Tod eines Junggesellen

Es war einmal ein Junggeselle, der niemals auf Fang fuhr, so daß sein Kajak schon ganz grün bewachsen war. So sehr ihn auch seine Leute aufforderten, endlich einmal auf Jagd zu fahren, er hörte nicht darauf, sondern blieb immer zu Hause. Eines Tages kam zu seinem Wohnplatz das Gerücht, daß weiter ins Fjordgebiet hinein ein Mann wohne, der eine sehr schöne Tochter hätte. Da bekam er große Lust, zu dem Mädchen zu fahren und sie zur Frau zu nehmen.

Eines Morgens, als alles im Hause noch schlief, stand er auf, wusch sich ordentlich, den Kopf und den ganzen Körper, ging hinaus zu seinem Kajak und begann alles Grüne abzupflücken, das dort seit langem gewachsen war. Dann trug er das Boot zum Wasser und paddelte so schnell wie er nur konnte los.

Nachdem er eine ganze Zeit unterwegs gewesen war, tauchte der Wohnplatz, dem seine Reise galt, auf. Am Ufer standen ein paar Leute, die den fremden Kajakfahrer schon von weitem gesehen hatten. »Komm an Land, komm an Land!« riefen sie zu ihm hinüber, und der Junggeselle ließ sich das nicht zweimal sagen, paddelte auf die Leute los, die ihn mit großem Hallo empfingen, und gaben ihm bereitwillig Auskunft über den Mann und dessen Tochter. Er zog nun sein Boot ans Land, und die Leute waren so freundlich und führten ihn in das Haus, das er besuchen wollte.

»Komm nur herein«, sagte der Vater und nahm ihn freundlich auf. Seine Tochter saß etwas weiter weg, aber er konnte doch bald feststellen, daß sie tatsächlich sehr schön war.

Der Junggeselle wurde jetzt reichlich bewirtet und mußte erzählen, wo er zu Hause war und was seine Leute dort taten.

Inzwischen war es Abend geworden, und der Vater legte sich schlafen. Vorher aber hatte er seinen Gast wissen lassen, daß er sich gerne zur Tochter legen könne.

Das tat der Junggeselle auch. Aber noch ehe er sich ihr genähert hatte, wurde er ohnmächtig; denn die Schönheit des Mädchens hatte ihm die Sinne geraubt. Lange dauerte das aber nicht. Er kam bald wieder zu sich und ging nun auf sie zu. Aber wieder war ihre Schönheit so blendend, daß er die Augen schließen mußte und wieder in Ohnmacht fiel, aus der er jedoch bald erwachte. Jetzt stand er dicht an der Schlafpritsche. Die Schöne lächelte ihm zu, und wieder vertrugen seine Sinne das nicht. Er wollte sich noch an der Kante der Pritsche festhalen. Vergebens. Kraftlos öffneten sich seine Hände, und ohnmächtig lag der Junggeselle auf dem Boden. Als er diesesmal zu sich kam, glaubte er, daß er jetzt alles überstanden hätte. Aber als er gerade die Pritsche besteigen wollte, sah er, wie das Mädchen sich für ihn fertig machte und zurechtlegte. Das war zuviel. Bewußtlos blieb er eine ganze Zeit vor der Pritsche liegen, indessen das Mädchen weiter auf ihn wartete. Aber auch diese Ohnmacht hatte ein Ende. Er konnte endlich die Pritsche besteigen und sich neben sie legen. Jetzt glaubte er am Ziel seiner Wünsche zu sein. Aber er hatte sich getäuscht. Die Nähe des schönen Mädchens überwältigte ihn so sehr, daß es ihm wieder schwarz vor den Augen wurde. Wie lange er so dagelegen haben mochte, wußte er nicht. Er sah nur plötzlich ein herrliches Mädchen neben sich liegen, das auf ihn wartete. Behutsam begann er sie zu streicheln, liebkoste sie überall, wurde immer leidenschaftlicher, bis ihm so war, als verschwinde er in ihren Achselhöhlen, zwischen ihren Brüsten und in ihren Kniekehlen. Und plötzlich stöhnte er auf und war ganz in ihr verschwunden. »Wer stöhnt denn dort so laut«, murmelten ein paar Hausgenossen im Schlaf. Aber dann war wieder alles still. Als man sich am nächsten Morgen wunderte, daß der Junggeselle nichts von sich hören ließ, glaubte man, er sei schon abgefahren. Nachdem aber ein paar Leute seinen Kajak unten am Wasser hatten liegen sehen, suchte man nach ihm. Man fand ihn nicht. Nur hinter dem Haus, wo das Mädchen sein Wasser gelassen hatte, entdeckte man einen Haufen Knochen. Das waren die Knochen des Junggesellen, der in dem schönen Mädchen verschwunden war, weil er es so leidenschaftlich geliebt hatte.

117. Uiartek, der Landumfahrer

Uiartek hieß ein Mann, der von seinem Wohnplatz bei Ammassalik zusammen mit seiner Frau und seinem Kind im Umiak die Küste entlang nach Süden fuhr. Unterwegs traf er einen Mann, der ebenfalls mit Frau und Kind im Umiak auf der Reise war. Die beiden Männer veranstalteten, um sich die Zeit zu vertreiben, Wettfahrten untereinander, und sie zielten auch mit ihren Harpunen auf den anderen, ohne jedoch zu werfen. Wenn sie aber unterwegs fremde Kajaks trafen, harpunierten sie die Männer, ließen sie im Meer liegen oder zogen sie an Land. Uiartek hatte eine Pfeilspitze, die aus einem ganzen Narwalzahn bestand, der andere hatte eine aus Walroßzahn. Und wenn sie unterwegs auf Kalbeis stießen, das den Booten den Weg versperrte, warfen sie einfach ihre Vogelpfeile dagegen, und das Eis ging in Stücke.

Als sie zur Südspitze des Landes kamen, ruderten sie einen großen Strom hinauf, an dessen Seiten das Meer Löcher in die Felsen gebissen hatte. Dort fiel Uiarteks Hund über Bord und wurde von einem großen Kaulkopf totgebissen. Während sie so weiter den Strom hinauffuhren, verhungerte das Kind seines Begleiters, dessen Frau ihre Brüste nicht über die Schultern werfen und damit ihrem Kind in der Rückentasche Nahrung geben konnte. Das erschütterte die Eltern sehr, und in ihrer Trauer sahen sie nicht, wie ihr Boot in einen Strudel trieb, in dem sie versanken.

Uiarteks Boot kam durch den Strom; denn er arbeitete kräftig mit dem Steuerruder, und seine Frau legte ihr Ruder auch nicht einen Augenblick aus der Hand. Dem Kind in der Rükkentasche, dem Amaut, machte das nichts aus; denn die Mutter konnte ihre Brüste über die Schultern werfen und gleichzeitig rudern.

Als sie die gefährliche Strecke hinter sich hatten, sah Uiartek einen großen Kajak inmitten einer Menge Narwale. Und bald tauchten auch die ersten Häuser auf. Da Uiartek aber Angst vor dem großen Mann hatte, wartete er, bis es Abend wurde, und ging dann zu den Häusern, um dort nach den Geräten zu sehen. Er sah nun einen großen Narwalzahn, der als Fleischstange diente und auf dem Menschenhände, Bärenfleisch und Bärenspeck, Walroßfleisch und Walroßspeck und Narwalfleisch und Narwalspeck aufgezogen waren. Da er vor diesen Leuten Angst hatte, fuhr er des Nachts mit einem Schlitten um den Wohnplatz herum.

Als sie nun auf dem Lande waren, hielt der Winter seinen Einzug. Und sie mußten überwintern und konnten erst wieder im nächsten Jahr an die Weiterfahrt denken.

Da trafen sie unterwegs genauso viele Seehunde wie Schneehühner. Und wenn die Schneehühner schrien, tauchten die Seehunde auf. Als sie nun an die Nordspitze des Landes gekommen waren, fuhren sie an einer steilen Küste entlang, an der man nicht landen konnte und wo die Strömung sehr stark war. Sie mußten daher am Abend an einen steilen Stein fahren, in den Uiartek den Blutpfropfen einer Robbe schlug, um daran sein Boot zu vertäuen.

Dann kamen sie zu einem Ort, der Killivissivit hieß, weil er zwischen zwei Felsen lag, die wegen ihrer Länge den »Hörnern« eines Umiaks glichen. Von dort kamen sie zu einem großen Fjord, der niemals zufror und in dem es keine Seehunde gab, dagegen aber große Mengen von Narwalen und Weißwalen. Wenn diese sich häuteten, krochen sie auf große Sandflächen und rollten sich dort umher, um die Haut abzukriegen. Dort sammelte Uiarteks Frau auch eine Menge Narwalhornspitzen, die sie beim Ausspannen der Felle brauchte. Immer weiter fuhren sie und trafen nun einen Mann, der Kasagsik hieß, seinen Wohnplatz nicht sehr weit nördlich von Uiarteks Heimat hatte und Bären in Fallen fing. Schließlich aber kamen sie wieder, nachdem sie das ganze Land umfahren hatten, zu Hause an. Dort war ein Mann, der mit den Ländern, die er bereist und gesehen hatte, prahlte. Uiartek hielt deshalb einen Trommeltanz mit ihm ab und machte dafür folgendes Lied:

A-ja-ja, a-ja-ja!

Kurz ist mein Leben,
mein Jägerleben.
Bewundern muß ich
den Menschen immer,
der ferne Länder
zu sehen bekam.

Ich will erzählen
von Kigdlivigsivit,
dem Land hoch im Norden,
mit steilen Klippen,
die keinem Boote
Landung gewährten.

A-ja-ja, a-ja-ja!

118. Wie die Insel Disko zu ihrer Lage kam

Im Süden lag einmal eine mächtig hohe Insel, über die sich die Menschen immer ärgerten, weil sie ihnen im Wege nach ihren Fangplätzen war. »Wenn man bloß diese Insel woanders hinschaffen könnte«, sagten sie zueinander, »wir könnten dann doch besser zu unseren Fangplätzen kommen. Eine Zauberformel müßte sicher helfen können.« Als sie so sprachen, sagten zwei alte Männer: »Wollen wir es nicht einmal versuchen, sie in Schlepp zu nehmen?« Das hörte ein Mann namens Kiviaritajak und sagte: »Ich habe Vergnügen an der Insel, wenn ihr sie abschleppen wollt, werde ich sie vom Festland aus zurückhalten!«

Eines Morgens, als das Wetter schön war, sagte Nivingasilernak zu Nivfikfarsuk (das waren die Namen der beiden alten Männer): »Wollen wir es jetzt doch trotzdem einmal versuchen und sie in Schlepp nehmen.«

Da sie nichts anderes hatten, nahmen sie ein Haar von einem

kleinen Kind, um es als Schleppriemen zu gebrauchen. Aber am Ufer stand Kiviaritajak und wollte die Insel mit einem Riemen aus dem Fell der Großkobbe festhalten. Die beiden alten Männer sprachen nun ein paar Zauberformeln, worauf das Haar groß und stark wurde und durch ein Loch in der Insel gesteckt und mit den Kajaks verbunden werden konnte. Aber auch der Riemen von Kiviaritajak saß an der Insel fest. Doch die Alten hatten Glück, der Riemen ihres Gegners zerriß, und sie konnten die Insel abschleppen. Immer fuhren sie singend an der Küste entlang, bis sie endlich eine Stelle im Norden gefunden hatten, wo sie sie lassen konnten. Das war vor dem Ort Ilulissat (Jakobshavn), und dort liegt sie noch heute.

119. Die Frau, die gern ein Mann sein wollte

Eine Frau namens Arnarkuak hatte einen Sohn, der nur sehr selten mit dem Kajak auf Jagd fuhr. Die Mutter schimpfte ihn aus und nannte ihn einen dummen Jungen. Und wenn er dann hinausfuhr und ohne Fang wieder heimkam, war sie ganz außer sich und konnte sich vor Wut kaum lassen. Schließlich nahm sich der Sohn eine Frau namens Ukuamak, die ihm eine Tochter schenkte.

Aber obwohl er nun Vater war, hörte die Mutter mit ihrer Schimpferei nicht auf, sondern behandelte ihn weiter wie einen kleinen Jungen. Man könnte nun glauben, daß er sich gegen seine Mutter zur Wehr gesetzt hätte. Aber nein: er schwieg. Als er im Sommer wieder einmal von der Jagd nach Hause kam, waren Mutter und Tochter verschwunden. Er wartete bis zum Abend, aber sie kamen nicht zurück. Am nächsten Tag suchte er die ganze Umgebung ab, aber sie blieben verschwunden. Den ganzen Sommer suchte er sie, auf dem Lande und auf der See. Aber nichts war von ihnen zu entdecken.

Als es Herbst geworden war, machte er sich zu einer großen Wanderung fertig und ging tief ins Land hinein.

Da entdeckte er, nachdem er viele Tage gelaufen war, ein

kleines Haus mit einer Kochstelle. Er ging hinein und sah seine Frau, die gerade Essen machte. Überall konnte man Rentierfleisch und Rentierfelle sehen. Sie erzählte ihm sofort, daß ihre Schwiegermutter sie hierhergebracht und gedroht hätte, sie zu erschlagen, wenn sie nicht gutwillig alles täte, was sie von ihr verlangte. Und dann berichtete sie, daß die Alte sie ihre Frau nannte und daß sie sich mit Hilfe eines Kajakstevens männliche Form gegeben hätte. Außerdem spielte die Alte den Versorger und hatte schon so viele Rentiere zur Strecke gebracht, daß sie die Innenwände ihres Häuschens sehr hübsch mit den Fellen der Tiere bekleiden konnten.

Nachdem die junge Frau ihrem Mann etwas zu essen vorgesetzt hatte, meinte sie, daß die Alte bald zurückkommen müsse. Sie bat daher ihren Mann, sich hinter einem der Felle, die die Wände bekleideten, zu verstecken,was er dann auch tat. Kaum war er dahinter verschwunden, als er auch schon draußen Geräusche vernahm. Und durch das Fenster wurde gerufen: »Ukuamak, mein Weib, ich hab etwas für deine Hosen bekommen, ein Rentier mit dickem Haar!« Darauf ging die Schwiegertochter zu ihr hinaus und tat so, als wenn nichts sei. Und ihr Mann konnte hinter dem Fell hören, wie sie sich draußen männlich gebärdete. Und als er durch ein kleines Loch im Fell sah, erblickte er seine Mutter, wie sie in das Haus trat, das Haar nach Männerart herunterhängen hatte und Männerkleidung trug. Sie zog sich aus, machte es sich bequem und begann zu essen. Als sie sich richtig satt fühlte, warf sie ihrer Schwiegertochter ein paar begehrliche Blicke zu, umarmte sie und wollte sie auf die Pritsche legen. Die Schwiegertochter aber, die ja wußte, daß ihr Mann in der Nähe war, stieß sie zurück und weigerte sich, auf die Wünsche der Alten einzugehen.

Da ergriff die Alte eine Trommel, tanzte herum und sang:

Der Sohn, den ich einst kriegte,
mit dem war gar nichts los.
Und weil mit ihm nichts los war,
nahm ich mir seine Frau,

nahm ich mir seine Frau;
denn ich bin Manns genug;
denn ich bin Manns genug!
A-ja-ja, a-ja-ja!
A-ja-ja, a-ja-ja!

Dann ergriff sie ein Stiefelholz, hantierte es wie ein Paddel und tat so, als ob sie in einem Kajak führe.

Da stürzte der Sohn hervor und rief: »Was ist mit dir los?« Erschrocken ließ sie das Holz fallen und stürzte vor die Tür. Der Sohn setzte ihr nach. Sie aber lief zu einem kleinen Inlandsee, der in der Nähe ihres Häuschens lag. Doch so sehr der Sohn sich anstrengte, er konnte seine Mutter nicht einholen. Da sah er plötzlich, wie seine Mutter etwas beim Laufen verlor. Es war der Kajaksteven, der auf den Boden fiel. Und gleichzeitig verlor die Alte ihre Kräfte und konnte kaum noch laufen. Der Sohn nahm den Kajaksteven auf, zerbrach ihn, packte seine Mutter und tötete sie. Dann ging er zu seiner Frau zurück. Und sie lebten noch lange von dem vielen Rentierfleisch, das die Alte aufgespeichert hatte. Darauf zogen sie wieder in ihr altes Haus und waren glücklich und zufrieden bis ans Ende ihrer Tage.

120. Der Adler-Junge

Es war einmal ein Mann, der ein sehr schlechtes Gemüt besaß. Immer schlug er seine Frau. Wenn er von der See-Jagd kam, rief er laut: »Komm heraus! Schüttel mir den Schnee von den Kleidern!« Wenn sie nicht sofort herauskam und ihm bis zur Hälfte des Weges entgegenging, bedrohte er sie: »Oh, ich werde dir schon den Garaus machen!«

Daher beschloß die Frau eines Tages zu fliehen. Sie stellte einen Kübel mit Wasser vor sich hin und legte ein kleines Päckchen Fleisch hinein. Der Kübel verwandelte sich in einen See und das Päckchen Fleisch in ein Boot. Dann nahm sie ihr kleines Kind auf den Rücken, bestieg das Boot und fuhr los.

Eine Strömung erfaßte sie und trieb sie ans Ufer. Und als sie gelandet waren, sahen sie ein großes Haus. Unentschlossen blieb sie vor der Tür stehen. In dem Haus wohnte ein Mann mit seiner Tochter. Er war Witwer und hatte weiter keine Frau. Er sagte zu seiner Tochter: »Geh hinaus und sieh, was da draußen für eine Frau steht.« Die Tochter gehorchte und ging hinaus. »Mein Vater bittet euch einzutreten«, sagte sie zu der Frau. Diese folgte der Einladung, und sie setzten sich alle zum Essen nieder. Der Hausherr sagte: »Laßt uns schlafen!« Sein Glied war einen Klafter lang. Es bewegte sich in der Nacht und schlug gegen ihr kleines Kind. Das Kind schrie. – »Oh, das Kind schreit! Ich werde lieber hinausgehen.« – »Nein, komm zurück!« Er wünschte sie zu begatten, aber sie blieb die ganze Nacht in dem Außenhaus.

Am nächsten Morgen ging der Mann auf Jagd. Bevor er aber das Haus verließ, sagte er zu der Frau: »Du darfst dir gern alles im Haus ansehen, aber dort in der Ecke liegt etwas Weißes. Das sollst du dir nicht anschauen. Es ist übel.« – »In Ordnung«, sagte die Frau. Als er aber gegangen war, dachte sie: »Warum hat er mir verboten, das weiße Ding anzusehen?« Neugierig ging sie näher und fuhr entsetzt zurück. Es war eine Frauenleiche, durchbohrt und zerrissen von einem großen Glied.

Entsetzt floh sie aus dem Haus, und als der Mann heimkam, merkte er, daß sie verschwunden war und begann sie zu verfolgen. Die Frau aber hatte indessen den Wasserkübel und das Päckchen Fleisch vor sich hingestellt. Der Kübel verwandelte sich in einen See. Dann schnitt sie sich einen Haarbüschel ab, der sich in große Wälder an der Küste verwandelte. Rasch kletterte sie auf einen Baum und wartete auf ihren Verfolger. Nach einer Weile kam er an. Er war immer ihren frischen Spuren gefolgt. Nun geschah es, daß er ihr Gesicht im Wasser sah.

»Oh, du bist dort!« sagte er, als er ihr Spiegelbild sah. Sie winkte auf ihrem Baum. Die Frau im Wasser winkte auch. Der Mann konnte das nicht verstehen. »Oh, ich werde dich greifen! Ich werde gleich hineintauchen!« Er tauchte unter und stieß sich den Kopf am Kübel, der aus hartem Holz gemacht war. Dann kam er wieder an die Oberfläche und stieg aus dem Wasser. Als er am Ufer stand, schaute er wieder hinunter. Und immer noch war das Gesicht da. »Oh, ich konnte dich nicht erreichen!« Sie schüttelte den Kopf. »Aber ich werde es noch einmal versuchen, und diesmal will ich mir einen Stein um den Hals binden, damit ich mehr Gewicht habe.« Er tauchte unter mit dem Stein um den Hals und wäre beinah ertrunken. Schließlich aber kam er wieder ans Ufer und sah wieder das Gesicht im Wasser. »Ich konnte dich also immer noch nicht kriegen, so sehr ich mich auch anstrengte«, sagte er ganz außer Atem.

Sie bewegte ihren Kopf. »Oh, du einzig Geliebte«, stammelte er. Da mußte sie laut lachen. Er hob den Kopf und sah sie auf dem Baum.

»Also dort bist du!« rief er und versuchte mit seinem Glied den Baum umzulegen. Das gelang ihm auch. Aber als sich der Baum neigte, sprang sie schnell auf einen anderen, und der stürzende Baum erschlug ihren Verfolger.

Die Frau legte nun das Päckchen auf den See, worauf es sich umgehend wieder in ein Boot verwandelte. Sie setzte sich hinein und trieb die Strömung hinunter. Nach einer Weile kamen sie an die Küste und sahen ein anderes Haus. In diesem Haus lebte ein Mann mit fünf Töchtern. Er sagte zu seinen Töchtern: »Geht hinaus und seht euch die Frau und ihr Kind an. Wenn es ein kleines Mädchen ist, jagt sie fort, ist es ein Junge, soll sie hereinkommen!«

Eine der Töchter ging hinaus und sagte zu der Frau: »Der alte Mann sagt, wenn euer Kind ein kleines Mädchen ist, mußt du wieder deines Wegs gehen, ist es aber ein Junge, darfst du eintreten.«

»Oh, ich will nicht hineingehen. Ihr scheint böse zu sein. Mein Kind ist wirklich ein Junge, aber ich will nicht hineingehen.«

Das Mädchen kam unverrichteter Dinge zurück. – »Sie weigert sich einzutreten«, sagte es zu ihrem Vater. »Oh, du bist zu ungeschickt«, erwiderte der, »geh du mal hin und hol sie herein!« Er schickte eine andere Tochter zu der Frau. Als diese vor der Tür stand, sprach sie: »Der alte Mann sagt, daß du hereinkommen sollst, wenn dein Kind ein Junge ist.« – »Oh, ich will nicht hineingehen!«

Schließlich erschien die letzte Tochter. »Der alte Mann hat mich geschickt, um den Jungen zu holen«, sagte sie und riß der Frau das Kind weg. »Oh«, sagte die Mutter, »sie haben mir das Kind mit Gewalt fortgenommen, nun muß ich mitgehen.« Sie folgte der Tochter des Alten und kam in einen Schlafraum, in dem ein großer Junge gegenüber dem Eingang saß. »Wo ist mein Kind?« fragte sie. »Das ist euer Kind«, sagte der Alte. Er hatte die Arme und Beine des kleinen Jungen gestreckt und ausgezogen und so aus ihm einen erwachsenen jungen Mann gemacht. »Oh, ihr betrügt mich. Das ist nicht mein Kind. Mein Kind ist ganz klein.« – »Es ist aber wirklich euer Kind, ihr könnt es an der Narbe am Nacken erkennen, die von dem Glied des Mannes stammt, bei dem ihr übernachtetet.« Die Frau trat näher, sah die Narbe und erkannte daran ihren Sohn.

Am nächsten Tag ging ihr Sohn auf Jagd und erlegte eine Maus. Sein neuer Vater war damit sehr zufrieden. Einen Tag darauf tötete ihr Sohn bereits einen Hasen. Und dann brachte er Polarfüchse und Wölfe zur Strecke und schließlich auch Rentiere.

Das Adlerkleid seines neuen Vaters hing an einer waagerechten Stange, die vor dem Haus angebracht war. Es konnte wie ein Adler rufen. Der junge Bursche versuchte es anzuziehen. Es gelang ihm aber nicht. Das Kleid war zu schwer, er brach unter seinem Gewicht zusammen. Die Adler-Schwestern lachten über seine Ungeschicklichkeit. Am Abend fragte ihn der Vater: »Wie hast du dir das Adlerkleid anziehen wollen? Ich vermute, daß du deine Hände in die Flügel und deine Füße in die Hände gesteckt hast.«

»Ja, so habe ich es gemacht«, erwiderte der junge Bursche. – »Das war falsch. Du mußt deine Hände und Füße zusammen in die Füße des Adlers stecken und die Flügel dann lose hängen lassen.«

Das tat er, und nun war das Kleid ganz leicht. Er zog es an und ging so umher, wie es Vögel zu tun pflegen. Dann ließ er die Adlerflügel lose herunterhängen und flog los. Er sah unter sich ein riesiges Mammut. Das war so groß wie ein Haus. Seine Füße sanken in den Boden ein. Er griff es, konnte es aber nicht in die Luft hochheben. Das Mammut war zu schwer. So fiel es wieder nach unten und sank in den Boden ein, aber der junge Bursche konnte seine Krallen nicht losbekommen und rief daher seine Adler-Schwestern zur Hilfe. Sie kamen herbei und halfen ihm, das Mammut wieder hochzuheben und es zu seinem Vater zu tragen. Der war sehr stolz auf ihn. »Oh«, sagte er, »du bist stark, ich konnte früher nicht soviel tun wie du.«

Danach flog der junge Bursche wieder fort und brachte seinem Vater viele Arten von Wild ins Haus. Eines Tages sah er einen großen Wal und fing ihn. Aber auch der war zu schwer, als daß er ihn hätte in die Luft heben können. Da rief er wieder seine Adler-Schwestern, die ihm halfen. Schließlich sagten der Vater und seine Töchter zu ihm: »Wir möchten Menschenfleisch essen. Wir sind keine menschlichen Geschöpfe, wir sind von anderer Art, daher haben wir Appetit auf Menschenfleisch.« – »Und woher soll ich es bekommen?« – »Davon gibt es unten in der Welt mehr als genug.« – »In Ordnung«, sagte er und flog hinunter und kam in die Welt der Menschen. Dort gingen Männer und Frauen umher. Er fing zwei und trug sie fort. Unterwegs ließ er sie fallen und ergriff sie dann wieder. Auf diese Weise tötete er sie und brachte sie heim, wo er sie dicht neben dem Haus fallen ließ. »Da habt ihr euer Feisch«, sagte er.

Sie aßen von dem Menschenfleisch, aber seine Mutter sagte: »Iß nicht davon. Wir sind nicht von ihrer Art. Und das ist nicht dein wirklicher Vater. Dein Vater ist ein Mensch. Er lebt unten auf der Erde. Er schlug mich immer so oft. Das war der Grund, warum ich floh.« – »Wenn es so ist, werde ich ihn suchen!« – Sein Vater paddelte in einem großen Boot. Der Adler-Junge ließ sich herab und setzte sich auf die Reling des Bootes. »Oh, bist du das?« Der Vater betrachtete ihn. »Wollen wir zu mir nach Hause fahren, ich nehme dich wieder in meinem Haus auf.« – »Nein, wir sind von anderer Art. Wir leben in der oberen Welt. Ich werde dich zu mir nach Hause mitnehmen.« Er hob mit seinen Fängen das ganze Boot mitsamt seiner Mannschaft hoch und trug es durch die Lüfte davon. Unterwegs ließ er das Boot fallen, stürzte hinterher, ergriff den Vater, tötete ihn und brachte ihn seiner Mutter. Er ließ ihn direkt vor ihre Füße fallen und sagte: »Da ist er! Er wird dich niemals mehr schlagen!«

121. Die Abenteuer von ›Armlos‹

Ein Mann, der sich auf andere Weise keine Nahrung verschaffen konnte, lebte vom Angeln. Als er wieder einmal seine Angelschnur ins Wasser warf, zog er eine kleine Fischfrau durch das Loch im Eis, die kaum länger als ein Finger war. Er bekam keinen schlechten Schreck und wollte die kleine Fischfrau sofort wieder ins Wasser werfen. ›Ein solcher Fang ist vom Übel‹, dachte er, ›das tut nicht gut.‹ Als aber die kleine Fischfrau merkte, daß der Mann sie nicht behalten, sondern wieder zurück ins Wasser werfen wollte, rief sie: »Wirf mich nicht ins Wasser zurück, mach mich lieber zu deiner Frau!« – »Wie sollte ich dich zu meiner Frau machen können?« fragte verwundert der Mann, »dazu bist du doch viel zu klein!« – »Probier's doch mal«, erwiderte die Fischfrau, »versuch doch mal, mich zu deiner Frau zu machen!«

Da das kleine Wesen ihm leid tat, willigte er ein. Sie legten sich jetzt auf den Schnee. Und obwohl sie so klein war, konnte er sie zu seiner Frau machen. Augenblicklich empfing sie ein Kind und gebar am nächsten Morgen einen Sohn, der weder Arme noch Beine hatte und deshalb Armlos genannt wurde. Kaum aber war Armlos zur Welt gekommen, da sprang seine Mutter, die kleine Fischfrau, auch schon wieder ins Wasser, um für immer zu verschwinden.

Der Vater nahm nun seinen kleinen Sohn an sich und trug

ihn nach Hause. Er war nämlich noch mit einer Menschenfrau verheiratet und hatte noch einen Ehegenossen, mit dem er sich seine Frau immer teilte. Dieser Ehegenosse aber war mit Armlos gar nicht einverstanden. Er meinte, daß er böse sei, und verließ deshalb den Wohnplatz, um sich an der gegenüberliegenden Küste anzusiedeln.

Dort erzählte er einem reichen Mann von Armlos, der nun sehr neugierig wurde und ihn sehen wollte. Er schickte jemand nach seinem großen Beutel, in dem er seine Felle aufzubewahren pflegte, holte dort ein schönes Fuchsfell heraus und sagte seinen Leuten, daß sie es dem Vater des gliederlosen Jungen schenken sollten. »Sagt ihm, daß der Mann von der anderen Küste Armlos sehen will!« Die Leute fuhren los, kamen zu dem Vater, richteten vor der Tür ihre Botschaft aus und zeigten das schöne Fuchsfell. Aber der Vater wollte nicht. Und die Abgesandten mußten unverrichteter Dinge abziehen. Sie konnten nur noch dem reichen Mann berichten, daß ihre Reise keinen Erfolg gehabt hätte, weil der Vater auf seinen Wunsch nicht eingegangen war.

Der reiche Mann war verblüfft. Dann sagte er: »Bringt mir noch einmal meinen großen Beutel mit dem Pelzwerk.« Als der große Beutel vor ihm stand, suchte er ein anderes Fell heraus, ein schönes, klafterlanges und ganz schwarzes Fell. »Gebt ihnen das und sagt, daß der Mann von der anderen Küste Armlos sehen will.« Als der Vater wieder ablehnte, sagte der Sohn: »Warum willst du mich nicht mitschicken, wo er doch interessiert ist, mich zu sehen? Ich möchte gern hin.« – »In Ordnung!« Sie machten ein großes Boot klar und ruderten hin.

Unterwegs sagte Armlos: »Ich werde diese Neuigkeiten zu meiner alten Mutter bringen.« Sprach's und sprang in die See wie eine Robbe. Sie fuhren weiter. Schließlich kamen die Berge der anderen Küste in Sicht. Da rief ihnen eine Stimme von einem vorspringenden Fels entgegen: »Oh, was seid ihr bloß langsam! Ich habe schon so lange auf euch gewartet!« Es war Armlos. Man konnte gar nicht verstehen, wie er in so kurzer Zeit die Küste erreichen konnte. Aber er saß nun einmal dort auf dem Stein, und in seinem Mund konnte man ein kleines Stückchen eßbaren Seetangs sehen.

Nun kamen sie zu dem Wohnplatz Nuiak. Das Ufer war ganz schwarz von einer dichten Menschenmenge. Als sie nun ans Ufer kamen, faßten viele Männer das Boot an und zogen es an Land. Dann nahmen sie Armlos und trugen ihn ins Haus. Alle Leute folgten. Das Haus wurde ganz voll, weil jeder Armlos sehen wollte. Die Menschen wurden dicht zusammengedrückt und einige von ihnen zu Tode getrampelt. Sie warfen einfach die Toten hinaus und stießen und schlugen sich weiter. So wurde durch ihn eine große Anzahl Menschen getötet, ohne daß er dazu auch nur das Geringste getan hätte.

Der starke Mann des Wohnplatzes hörte davon und wurde sehr zornig. Er sagte: »Bringt mir Armlos. Ich will ihn töten! Warum hat er so viele Menschen getötet?« Sie brachten ihm Armlos, und der starke Mann sagte: »Ich will dich töten. Laß uns einen Ringkampf machen!« – »Aber wie sollte ich mit dir ringen können«, erwiderte Armlos, »wo ich weder Arme noch Beine habe?« – »Oh, aber du konntest viele harmlose Leute töten!« – »Gut, dann wollen wir mal, aber du mußt ein Messer bei dir haben.« Der starke Mann nahm ein Messer und ging auf ihn zu. Da sprang Armlos in die Luft und drehte sich so schnell herum, daß es unmöglich war, seinen Bewegungen mit den Augen zu folgen. Dann ließ er sich fallen, und im selben Augenblick fiel auch der starke Mann von Nuiak hin. Er war tot und hatte das Messer in der Brust.

Alle Leute bekamen es nun mit der Angst zu tun, und Armlos fuhr in seinem Boot davon und kam zu der Sankt-Lorenz-Insel. Dort lebte ein anderer starker Mann. Armlos und seine Leute waren noch auf dem Wasser, als dieser starke Mann ihn zu einem Schießwettkampf herausforderte. Sie machten sich dafür fertig. Der starke Mann von Sankt Lorenz spannte seinen Bogen und schoß auf Armlos, der wieder in die Luft sprang, so daß der Pfeil unter ihm wegflog. Dasselbe geschah auch beim zweiten- und drittenmal.

»Jetzt bin ich dran«, sagte Armlos. Er sprang hoch und

drehte sich in der Luft so schnell herum, daß das Auge seiner Bewegung nicht folgen konnte. Dann ließ er sich fallen, und sein Feind fiel ebenfalls, den Pfeil in seinem Herzen.

Die Leute von Sankt Lorenz wurden zornig. »Gebt ihnen nichts zu essen, laßt sie verhungern!« Sie zerbrachen das Boot der Besucher, so daß sie keine Möglichkeit zur Fortreise hatten. »Jetzt werden wir sie aushungern«, sagten sie.

Armlos befahl seinen Gefährten, einen großen Kübel aus gebogenem Fichtenholz herzustellen. Dann ließ er sie sich in einer Reihe ans Ufer setzen, und jeder von ihnen hatte ein Stück vom Schnabel einer schwarzen Lumme in der Hand. Auf sein Zeichen warfen alle die Lummenschnäbel ins Wasser, und dann schrien alle wie Lummen. Augenblicklich schrien die Leute von Sankt Lorenz ebenfalls wie schwarze Lummen und stürzten sich in die See. Da klemmten sich die Schnabelstücke in ihren Nasen fest, und alle wurden in schwarze Lummen verwandelt. Der große Kübel aber verwandelte sich in ein Boot, und Armlos und seine Gefährten fuhren singend davon und jagten auf ihrer Heimreise viele schwarze Lummen mit großem Erfolg.

122. Kagsagsuk, der arme Waisenjunge

Es war einmal ein armer Waisenjunge, der mit vielen boshaften Männern zusammen lebte. Er hieß Kagsagsuk. Als Pflegemutter hatte er ein altes Weib, mit der er zusammen in einem kleinen Seitenraum des Hausganges wohnte. Das heißt, Kagsagsuk wohnte gar nicht richtig in diesem kleinen Seitenraum. Er hatte viel zu große Angst, dort hineinzugehen, und schlief daher immer im Hausgang, wo er Wärme zwischen den Hunden suchte. Wenn morgens die Männer aufstanden, schlugen sie mit ihren Peitschen auf die Hunde ein, und die Schläge trafen natürlich auch Kagsagsuk, der dann immer »na, na, na« schrie, gleichsam wie um sich selbst zu verspotten. Und er äffte dann auch die Hunde nach, zwischen denen er lag. Wenn die Männer ein Fest abhielten und herrliche Gerichte sich zu Leibe führten wie Walroßhaut und gefrorenes Fleisch, guckte der arme Junge sehnsuchtsvoll zu. Dann sprangen immer ein paar Männer auf und steckten ihre Finger in seine Nasenlöcher und hoben ihn so hoch. Daran hatten immer alle ihren Spaß. Kagsagsuks Nasenlöcher aber wurden immer größer. Nur er selbst wollte nicht wachsen, sondern blieb jämmerlich klein. Wenn sie ihn dann so vom Boden hochgehoben hatten, gaben sie ihm hartgefrorenes Fleisch, das er, ohne ein Messer zu benutzen, kauen mußte. Das bereitete ihm immer große Schmerzen. Und dann sagten sie, daß er viel zuviel esse, und zogen ihm ein paar Zähne aus. Seine arme Pflegemutter aber gab ihm ein Paar Stiefel und einen Wurfspeer, damit er nach draußen gehen und wie andere Kinder spielen konnte. Wenn er aber draußen war, warfen die anderen Kinder ihn zu Boden, stopften dann seine Taschen voll Schnee und bewarfen ihn mit Unrat. Und sie ließen ihn nicht eher los, bis er fast erstickt war. So wurde Kagsagsuk dauernd gequält, und er wurde nicht größer, nur seine Nasenlöcher wuchsen ständig. Schließlich aber konnte er weitere Wege machen, und er ging in die Berge und dachte darüber nach, wie er wohl stärker werden könne.

Als er wieder einmal draußen in den Bergen war, bekam er einen Einfall und rief: »Herr der Kraft, erscheine! Herr der Kraft, erschein!« Seine alte Pflegemutter hatte ihm nämlich einmal vom Herrn der Kraft erzählt. Und das war ihm nun eingefallen. Kaum aber hatte er die Worte ausgerufen, als sich auch schon ein gewaltiges Tier vom Aussehen eines Amaroks zeigte. Das Tier, das einem riesigen dunklen Fuchs glich, erschreckte ihn so sehr, daß er fliehen wollte. Es holte ihn aber ein, warf ihn zu Boden und wickelte seinen großen, buschigen Schwanz um ihn. Als er so hinfiel, konnte er noch sehen, wie kleine Seehundknochen von ihm abfielen. Das Tier sagte: »Wegen dieser Knochen konntest du nicht wachsen.« Kagsagsuk, der inzwischen wieder aufgestanden war, blickte erstaunt an sich hinunter. Und wieder wickelte das Tier seinen buschigen Schwanz um ihn und warf ihn zu Boden. Und wieder fielen kleine Seehundknochen von ihm herunter. Als sich alles zum drittenmal wiederholte, fielen vom armen Waisenjungen die letzten Seehundknochen ab. Zum viertenmal schlang das Tier seinen Schweif um ihn, brachte ihn aber nicht gleich zu Fall. Und als der Amarok zum fünften Versuch ansetzte, fiel Kagsagsuk überhaupt nicht mehr zu Boden, sondern hüpfte munter umher. Da sagte der Amarok: »Du mußt jeden Tag zu mir kommen, wenn du stark werden willst.« Und als Kagsagsuk nach Hause eilte, fühlte er sich ganz erleichtert, sprang umher und schlug nach den Steinen, daß diese nur so flogen. Als er aber wieder bei seinen Leuten war, fielen die Kinder über ihn her, bewarfen ihn mit Schmutz und Kot und trieben ihren Spott mit ihm. Er aber duldete alles und ließ es sich nicht anmerken, daß er jetzt viel kräftiger als früher war. Jeden Tag ging er nun in die Berge, wo der Amarok schon auf ihn wartete, um ihn stärker zu machen. Und als er stark genug war, sagte der Amarok zu ihm: »Nun ist es genug, normale Menschen können dir nichts mehr zufügen. Laß dir aber nichts anmerken. Erst im Winter, wenn alles zugefroren ist, darfst du deine Kräfte zeigen. Dann werden drei Bären kommen, und die sollst du erlegen.« Auf seinem Heimweg freute er sich nun seiner großen Kräfte, schleuderte schwere Steinbrocken umher und erprobte die Muskeln seiner Arme. Bei seinen Leuten aber war er wieder der arme Kagsagsuk, der von allen gefoppt und gequält wurde.

Der Herbst kam ins Land, und die Männer, die mit ihren Kajaks unten am Strand landeten, hatten ein riesiges Stück Treibholz im Schlepp. So schwer war das Holz, daß sie es nicht hinauftragen konnten. Sie mußten es daher unten liegen lassen, indem sie es gut an einem vorspringenden Felsen vertäuten, damit die See es ihnen nicht wieder rauben konnte.

Als es Abend wurde, sagte Kagsagsuk zu seiner alten Pflegemutter: »Leih mir deine Stiefel, damit ich mir mal das große Treibholz ansehen kann.« Als nun alles schlief, schlich er sich nach draußen und zerriß die Vertäuung, lud sich das mächtige Stück Treibholz auf die Schultern und schleppte es mühelos hinters Haus, wo er es tief in den Boden trieb. Als am nächsten Morgen einer der Männer zum Strand ging, rief er laut: »Das

Treibholz ist fort!« Und als nun alle nach unten liefen, fanden sie die Riemen zerrissen und wunderten sich sehr, daß es fortgeschwemmt war, weil in der Nacht doch kein Wind geblasen hatte. Als aber eine alte Frau hinters Haus ging, um ihre Notdurft zu verrichten, rief sie: »Seht nur, dort ist das Treibholz!«

Da liefen alle hinauf und riefen durcheinander: »Wer hat das gemacht, unter uns muß ein starker Mann sich verstecken!« Die jungen Männer aber setzten bei diesen Worten ganz wichtige Mienen auf, als wenn einer von ihnen das getan hätte. Der Winter kam, und Kagsagsuk hatte mehr zu leiden als vorher, aber er ließ sich nichts anmerken. Dann fror das ganze Meer zu, und aus war es mit dem Fang. Als die Tage wieder länger wurden, kamen ein paar Männer angelaufen, die ganz aus der Puste waren. Sie hatten drei Bären gesehen! Aber die Bären kletterten auf einen großen Eisberg, so daß niemand sie anzugreifen wagte. Da wurde Kagsagsuk ganz aufgeregt, lief zu seiner alten Pflegemutter und bat sie um ihre Stiefel. »Ich will mir die Bären mal ansehen«, rief er ihr zu. Sie konnte nur lachen, warf ihm aber doch die Stiefel hin und sagte spöttisch: »Dann besorg mir ein Fell für die Pritsche, eins als Unterbett und eins zum Zudecken!« Rasch zog er die Stiefel an, schnürte seine Lumpen fest um den Leib und lief hinaus. Aber die, welche schon draußen standen, riefen: »Da kommt Kagsagsuk, was will der bloß, stoßt ihn fort!« Und die jungen Mädchen schrien: »Der hat seinen Verstand verloren!« Aber Kagsagsuk bahnte sich seinen Weg, schob die Menschen beiseite, teilte sie wie einen Heringsschwarm, und es sah so aus, als wenn seine Absätze beim schnellen Laufen seinen Nacken berührten, und der Schnee, der nur so um ihn aufwirbelte, schimmerte in den Regenbogenfarben. Und als er den im Meereseis festgefrorenen Eisberg erreicht hatte, griff er mit bloßen Händen hinein, kletterte hinauf und stand den Bären gegenüber. Der mächtigste stellte sich nun auf die Hinterbeine und erhob seine Pranken und wollte ihn erschlagen. Er aber machte sich klein und hart, ergriff ihn, schlug ihn gegen den Eisberg, so daß die Hüftknochen auseinanderrissen, und warf das Tier den unten auf dem Eis stehenden

Leuten vor die Füße. Dabei rief er: »Das war mein erster Fang. Speckt ihn jetzt ab!« Sie dachten: »Der andere wird ihn wohl erledigen.« Aber dem zweiten Bären erging es wie dem ersten. Als er aber den dritten Bären ergriff, schwenkte er ihn in der Luft umher, lief hinunter zu den Leuten, schlug mal diesem, mal jenem den Bären um die Ohren, wobei er beständig rief: »Nein, der da hat's arg mit mir getrieben! Und der da noch ärger. Aber der da am schlimmsten!« Da flohen alle mit Entsetzen, und Kagsagsuk zog schnell zwei Bären das Fell über die Ohren, lief zu seiner Pflegemutter und sagte: »Hier hast du deine beiden Felle, eins fürs Unterbett, das andere zum Zudecken!« Und dann befahl er den Leuten, das Bärenfleisch zu kochen. Als nun das Fleisch gekocht war, wurde Kagsagsuk ins große Haus gerufen. Er aber blieb, wie er es gewohnt war, auf der Türschwelle stehen und sagte: »Ich kann nur an den Nasenlöchern hochgehoben werden.« Da das aber keiner wagte, kam seine Pflegemutter und hob ihn bei den Nasenlöchern hoch. Jetzt waren die vielen Männer sehr höflich und sagten: »Komm doch weiter herein.« Das Haus war nämlich sehr geräumig. Und einer sagte: »Komm und setz dich hierhin.« Und ein anderer: »Auf dem Platz liegt ja kein Fell, setz dich hierher.« Aber er setzte sich wie gewöhnlich auf die Seitenpritsche. Da riefen die Männer: »Hier sind Stiefel für Kagsagsuk!« Und andere sagten: »Hier haben wir auch schöne Hosen für ihn!« Und die jungen Mädchen riefen: »Ich will ihm neue Stiefel machen und schöne neue Kleider!« Als sie gegessen hatten, sagten ein paar Männer zu einem der Mädchen: »Geh und hol Wasser für deinen lieben Kagsagsuk.« Als sie das tat und er getrunken hatte, zog er sie ganz dicht an sich heran und sagte: »Du kannst gutes Wasser holen.« Und er drückte sie so sehr zusammen, daß sie tot zu Boden fiel. »Oh, sie brach entzwei«, sagte er nur. Aber ihre Eltern sagten nur: »Ach, das macht gar nichts, sie taugte ja doch nur zum Wasserholen.« Und als einer der Jungen zu ihm kam, sagte er zu ihm: »Du wirst sicher ein guter Versorger werden!« Und dann riß er ihn in Stücke. Die Eltern aber sagten nur: »Das macht gar nichts, er spielte ja doch bloß mit Pfeilen!«

So begann Kagsagsuk nun die Hausbewohner zu mißhandeln und zu ermorden. Und er hörte nicht eher auf, bis er sie alle aus dem Wege geräumt hatte. Nur die armen Leute, die sich seiner angenommen hatten, verschonte er. Und sie lebten vom Wintervorrat der ermordeten Hausbewohner. Als der Winter aber vorbei war, nahm er sich den besten Kajak, übte sich erst dicht am Ufer darin und paddelte dann weiter auf die See hinaus. Und da er jetzt sehr hochmütig war, fuhr er mal nach Norden, mal nach Süden und war überall gefürchtet, und schließlich wurde er an der ganzen Küste bekannt. Und da man an manchen Stellen noch auf Spuren seiner Taten stoßen kann, muß diese Geschichte wohl wahr sein.

Auf seinen vielen Fahrten kam Kagsagsuk auch einmal in den äußersten Norden. Dort fand er einen Landeplatz, der ganz flach war und von dem sich nur ein einziges Haus wie ein kleiner Berg abhob. Er war an einen Ort gekommen, der nie von Fremden aufgesucht wurde: der Wohnplatz des Qagsuk. Als er in den Hausgang trat, stieß er gegen eine Schnur, auf die Stücke von Walroßzähnen gezogen waren und die man quer über den Durchgang gespannt hatte. Alle Walroßzahnstücke fingen nun laut zu klingeln an, so daß der Hausherr sofort wußte, daß jemand kam. Als er eintrat, lag Qagsuk ausgestreckt auf der Pritsche, so daß man nur seine Hacken sehen konnte. Kagsagsuk sah sich um und entdeckte einen starken Riemen. Er nahm ihn an sich, sprang auf den Hausherrn zu, hob ihn hoch und fesselte ihn an die Haussäule, so daß er ganz steif wurde. Dann band er ihn wieder los und legte ihn auf seinen alten Platz. Nun begannen sie sich zu unterhalten, und Kagsagsuk verlangte etwas zu essen. Da stand Qagsuks Tochter auf, ging hinaus, kam aber gleich wieder zurück. »Die verrückte Walflosse ist festgefroren, ich kriege sie nicht los«, sagte sie. Da sagte Kagsagsuk: »Das ist ein ganz schönes Essen, ich werd' sie holen.« Sprach's und war auch schon draußen. Und kurze Zeit darauf hatte er sie schon ins Haus gebracht. Zu dieser Zeit war Qagsuks Sohn noch draußen und war noch nicht nach Hause gekommen. Und als sie nun beieinandersaßen, hörte Kagsagsuk den Vater flüstern: »Nein, laß das sein, das ist ein gefährlicher Mann.« Kagsagsuk sah sich rasch um und erblickte im Hausgang den Sohn, der schon mit gespanntem Bogen auf ihn zielte. Aber jetzt ließ er ihn fallen und kam herein. Er hatte nämlich ein paar Walrosse erlegt, die die Frauen nicht hochschleppen konnten. Das tat Kagsagsuk nun, und es hatte den Anschein, als zöge er ein paar leichte Fjordrobben hinter sich her.

Als es nun Abend geworden war und alle schlafen wollten, hatte Kagsagsuk dazu noch keine Lust. Er mußte nämlich immer an Qagsuks Tochter denken, die ihm gleich auf den ersten Blick sehr gefallen hatte. Er begehrte sie heftig. Und als alle anderen eingeschlafen waren, ging er zu ihrer Pritsche, fand sie bereit und legte sich zu ihr, um sie zu seiner Frau zu machen.

So wurde er Schwiegersohn im Hause und ging fleißig auf Fang, wobei ihn meist der Schwiegervater begleitete.

Eines Tages sagte dieser zu ihm: »Bald kommen die roten Walrosse, die sind sehr gefährlich. Wenn sie vor deinem Kajak auftauchen, darfst du ihnen nicht entgegenpaddeln.« Kagsagsuk war nur mit einem Vogelpfeil bewaffnet. Als nun die roten Walrosse vor ihm auftauchten, wollte er sie sich gerne näher ansehen, paddelte dicht an sie heran und beobachtete sie genau. Da aber erhob sich eins aus dem Wasser und überragte ihn gewaltig. Kagsagsuk aber ergriff es bei den Stoßzähnen und erschlug es mit der bloßen Faust, daß das Wasser nur so hochschäumte und man lange Zeit von ihm nichts sehen konnte. Als der Winter gekommen war und seinen Höhepunkt überschritten hatte, näherten sich die Bären dem Haus. Da begann sie der Schwager zu jagen, aber Kagsagsuk kam ihm immer zuvor.

Als Kagsagsuk einmal von einem gewaltigen Mann hörte, nämlich von Ususarmersuaks Sohn Ususarmiarsunguak, fuhr er zu ihm hin, um sich mit ihm zu messen. Er konnte nicht im ersten Sommer zu ihm hinkommen, sondern mußte unterwegs überwintern. So lief ihm das Gerücht von seiner Reise schon voraus, und als er endlich ans Ziel kam, waren dort schon viele Leute aus der Umgebung versammelt, um Zeuge des Wettkampfes zu werden. Ususarmersuak empfing ihn zuvorkommend und sagte, daß es schon zu spät sei, um an diesem Abend noch etwas zu unternehmen, aber am nächsten Morgen könnte es losgehen. Für Kagsagsuk kam nun eine lange Nacht. Als er am Morgen endlich aufstehen konnte, zog er sich seinen Kajakpelz an und ging in die Berge und sah dort schon viele Leute stehen. Später erschien langsamen Schrittes Ususarmiarsunguak, und sie begannen auf der Ebene über den Häusern zu ringen. Da war die Sonne gerade aufgegangen. Jedesmal wenn Kagsagsuk den anderen hochheben wollte, machte er sich schwer. Zuletzt stand die Sonne im Westen, und sie rangen immer noch miteinander. Wenn sie auf einer Stelle den Boden weichgetreten hatten, rückten sie nur ein Stückchen weiter. Jetzt wurden aber die Zuschauer ungeduldig und riefen: »Leg endlich los!« Da kam Leben in Ususarmiarsunguaks Knie und Ellbogen. Er hob seinen Gegner hoch und schwenkte ihn herum, und dann ging er mit ihm zum Strand. Keiner der Zuschauer sagte ein Wort, als er sich der See näherte. Aber als Ususarmiarsunguak seinen Gegner ins Meer werfen wollte, kam sein Vater angelaufen und sagte: »Der scheinbare Einzelgänger bekommt leicht ein Gefolge, leg ihn nur auf den Strand.« Der Sohn gehorchte und legte den Besiegten behutsam nieder. Kagsagsuk war müde wie ein gejagter Vogel. Es dauerte lange, bis er aufstehen konnte. Dann ging er in sein Zelt, ohne den Mund aufzutun. Am nächsten Tag konnte man ihn bei seinen Reisevorbereitungen sehen. Sie forderten ihn auf zu bleiben, aber er fuhr ab. Unterwegs traf er einen Kajakmann. Kagsagsuk zeigte ihm zwei Steine, der eine war weiß, der andere schwarz. Zuerst zerdrückte er mit der bloßen Hand den weißen Stein zu Sand und sagte: »Seine Oberfläche ist so weich wie ich selbst, aber Ususarmiarsunguak ist so hart wie dieser schwarze Stein.« Dabei zeigte er den schwarzen Stein, drückte ihn zusammen, aber bekam ihn nicht entzwei. Nur ein wenig kleiner wurde er.

Dann kam Kagsagsuk zu seinem Wohnplatz und soll später niemals mehr losgefahren sein, um mit anderen Leuten seine Kräfte zu messen.

123. Von Mánik, dem großen Fänger, und seiner Reise nach Norden

Mánik war ein Großfänger, aber hatte immer noch keine Frau. Wenn seine Mutter ihn ins Gebet nahm und ihm deshalb Vorhaltungen machte, weil sie die viele Arbeit allein gar nicht schaffen konnte, winkte er nur ab und ging seines Weges. Nun lebte in seiner Nachbarschaft ein anderer Großfänger, der ein paar Söhne und eine sehr schöne Tochter hatte. Der Vater liebte seine Tochter sehr, und auch ihre Brüder konnten ohne sie gar nicht sein. Als es nun wieder einmal Frühling wurde, sagte Mánik zu seiner Mutter: »Pack alles zusammen, wir werden nach Norden fahren.« Die Mutter tat, was ihr geheißen war, setzte alles instand und packte die Sachen dann zusammen. Am nächsten Tag war das Wetter sehr schön, aber Mánik ging nicht zu seinem Kajak. Er wartete, bis alle Männer mit ihren Booten den Wohnplatz verlassen hatten, um auf Fang zu fahren. Dann sagte er zu seiner Mutter: »Mach dich jetzt zur Reise fertig.« Als sie alles in ihrem Umiak verstaut hatten, sagte er: »Setz jetzt zwei Dollen ins Boot, wir brauchen heute zwei Ruder.« So etwas hatte sie von ihrem Sohn zum erstenmal gehört. Gewöhnlich ruderte sie ihren Umiak ganz allein, und Mánik fuhr neben ihr in seinem Kajak her oder saß am Steuer des großen Bootes. Als er seiner Mutter dies gesagt hatte, lief er nach oben und holte schnell seinen Kajak, den er ins große Boot legte. Aber die Reise ging noch nicht los. Mánik hatte noch etwas zu erledigen: Er lief so schnell er konnte ins Haus seines Nachbarn, verschwand darin und kam wenige Augenblicke später mit der Tochter des Großfängers heraus, die er über seine Schultern geworfen hatte und mit der er jetzt zu seinem Umiak eilte. Hinter ihm schrie die Mutter des Mädchens sich die Kehle wund, und auch das Mädchen selbst weinte und strampelte entsetzlich. Aber das machte Mánik gar nichts aus. Er war ein starker Mann und trug sie in sein Boot. Entsetzt blickte seine Mutter drein, aber sie konnte gar nichts tun; denn Mánik gab ihr sofort Anweisungen, das Boot in Bewegung zu setzen, und mit dem wimmernden Mädchen an Bord verließ es den Wohnplatz. Als der Wohnplatz außer Sicht kam und das Mädchen immer noch jämmerlich wimmerte, herrschte sie Mánik an und befahl ihr, das zweite Ruder zu ergreifen und sich zu betätigen. Sie wollte noch aufmucken, aber Mánik hatte bereits so viel Gewalt über sie, daß sie sich fügte. Von zwei Rudern angetrieben, schnellte das Frauenboot nun durch das Wasser dahin. Und langsam beruhigte sich das Mädchen, und Mánik konnte bald vernünftig mit ihm reden. Dann kamen sie zu einem anderen Wohnplatz und legten dort an. Und nun machte es Mánik genauso wie zu Hause: er ging in ein bestimmtes Haus und entführte dort ein schönes Mädchen, trug es in sein Boot und hatte nun drei Ruderinnen. Auch beim nächsten Wohnplatz gelang es ihm auf diese Weise, ein junges, kräftiges Mädchen zu rauben. So fuhr er immer weiter. Und wenn die Mädchen auch anfangs aufsässig waren und sich weigerten, Mániks Boot zu rudern, er bekam sie schließlich alle hin. Und er hörte erst mit dem Mädchenraub auf, als er eine große Besatzung hatte, die das Boot zu unerhörter Geschwindigkeit antreiben konnte. So schnell fuhr sein Umiak jetzt, daß er das an einem Tage schaffte, wozu andere zwei volle Tage benötigten. Die Berge der Küste flogen nur so vorbei, und das Wasser schäumte, wenn Mániks Boot in Fahrt war. Weit in den Norden waren sie bereits gekommen, nur noch selten tauchten am Ufer Wohnplätze auf, und der Sommer ging langsam seinem Ende zu. Und als sie wieder einmal ihre Zelte auf dem Lande aufschlugen, merkten sie, daß die Sonne nicht mehr den Boden hatte auftauen können. Das war für Mánik das sichere Zeichen, nach einem Winterwohnplatz Ausschau zu halten. Er fuhr noch ein Stück weiter und entdeckte dann eine Stelle, die ihm zum Wohnen günstig erschien. Seehunde und andere Robben gab es dort genug, und der Platz war auch sonst gut geeignet, eine Niederlassung zu gründen.

Sie gingen nun alle an Land, Mánik, seine Mutter und die vielen Frauen, und ebneten den Platz, wo sie das Haus errichten wollten. Es dauerte auch gar nicht lange, da war es geschafft. Ein schönes Haus erhob sich über dem Wasser. Aber als sich Mánik alles genau ansah, war er doch nicht recht zufrieden. »Das Haus«, so dachte er, »ist zwar ganz brauchbar, allein es reicht nicht aus, man muß noch eins danebensetzen.«

So überlegte er, weil er schon lange, als er noch an der Küste entlanggefahren war, sich gefragt hatte, ob er alle Ruderinnen zu seinen Frauen machen sollte. Es waren fast ausnahmslos hübsche Mädchen. Am besten aber gefiel ihm immer noch jene Tochter des Großfängers, die er zuerst, an seinem alten Wohnplatz, geraubt hatte. Sie sollte seine Lieblingsfrau werden, die anderen aber, die schönen und starken Ruderinnen, die auch gut zu anderer Arbeit waren, zum Abspecken der Robben und Nähen der Kleidung, zum Kochen und Saubermachen und was es sonst noch alles gab in einem großen eskimoischen Haushalt, sie hatten auch ein Recht auf ihn, sie mußten auch seine Frauen werden. Aber ständig um sich haben wollte er nur die Tochter des Großfängers seines alten Wohnplatzes. Schnell ließ er ein zweites Haus errichten und legte auch selbst kräftig Hand mit an. In dieses zweite Haus zogen nun alle Frauen ein, mit Ausnahme seiner Lieblingsfrau. Solange es das Wetter noch zuließ, fuhr Mánik jeden Tag fleißig auf Fang. Viele Robben brachte er nach Hause, so daß die Frauen tagsüber viel zu tun hatten. Kam aber die Nacht und war er schon mit seiner Lieblingsfrau zusammen gewesen, dann besuchte er seine anderen Frauen in dem zweiten Haus, und er fand sie immer willig, das Lager mit ihm zu teilen.

Als nun die Zeit kam, wo alles zufror, beschloß er, eine größere Reise zu machen, bei der er auch feststellen wollte, ob Menschen in der Nähe wohnten. Seine Frauen hatten schon alle Vorbereitungen getroffen, die Vorräte für ihn und die Hunde auf dem Schlitten verstaut, da ging die Fahrt auch schon los. Noch ehe der Morgenstern den Stand erreicht hatte, den er sonst immer zu haben pflegte, wenn Mánik auf Reisen ging, sauste sein Schlitten unter munterem Gekläff der Hunde ab, so daß der Schnee nur so stob. Lange war er schon nach Norden gefahren, ohne auch nur einem einzigen Menschen zu begegnen. Er hatte schon die Hoffnung aufgegeben, auf einen Wohnplatz oder eine Behausung zu stoßen, als er in der Ferne ein Licht schimmern sah, ein Licht, das nur durch die Darmhautscheibe eines Fensters schimmern konnte. Er peitschte auf die Hunde ein und raste auf das Haus los. Und als er davorstand und aufs Fenster blickte, konnte er niemand sehen, der sich hinter der Haut bewegte. Laut knallte er mit seiner Peitsche, aber auch das half nichts: Kein Mensch zeigte sich. Da auch das Boot unverändert auf seinem Gestell lag, dachte er, daß die Leute wohl zu einem Trommeltanz in die Nachbarschaft gegangen wären. Er band daher seine Hunde unter dem Boot fest, nahm dem Leithund aber das Geschirr ab und ging mit ihm ins Haus.

Dort brannte die Lampe hell, ein Mensch war aber nirgends zu sehen. Er setzte sich nun in eine Ecke des Hauses, ließ seinen Hund vor sich Platz nehmen und überlegte, ob er nicht seine nassen Stiefel über der Lampe trocknen sollte, bis die Leute nach Hause kämen. Das tat er dann auch und zog dazu noch seine Strümpfe aus, die er über den Rahmen hängte.

Dann machte er es sich wieder mit seinem Hund bequem. Als er aber so vor sich hin duselte, fuhr der Hund plötzlich hoch, begann zu winseln, lief aus dem Haus, schlug draußen ein-, zweimal an, bis sich sein Gebell in der Ferne verlor. Etwas später konnte Mánik ihn wieder hören. Und da kam er auch schon herein, setzte sich vor seinen Herrn und schaute ihn andauernd an, lief dann wieder hinaus, bellte, kam wieder herein, setzte sich hin und blickte wieder seinen Herrn eindringlich an.

»Er hat wohl die Leute gewittert, die jetzt nach Hause kommen«, dachte Mánik und verkroch sich in seinem Winkel. Als der Hund sich aber bald darauf wieder merkwürdig benahm, bekam Mánik Angst, zog Strümpfe und Stiefel an, sprang in den Hausgang und ging nach draußen.

Da kam etwas Furchtbares auf ihn zu: es kam langsam näher und schleppte sein Leichenkleid hinter sich her. Die Augen hingen ihm aus dem Kopf, nur noch durch die Sehnen gehalten. Zitternd drückte sich Mánik an die Hauswand. Und da glitt das Gespenst in den Gang hinein, ohne Mánik bemerkt zu haben.

Der aber hatte nichts Eiligeres zu tun, als die Hunde vorzuspannen, sich auf den Schlitten zu setzen und abzusausen. Aber das hatte das Gespenst gemerkt. Es stürzte nun aus dem Hause und stürmte hinter Mánik her. Als das die Hunde spürten, blieben sie wie angewurzelt stehen. Und Mánik konnte noch so sehr die Peitsche schwingen, es half nichts. Plötzlich aber zogen sie wieder an, und das ging so schnell, daß Mánik vom Schlitten stürzte. Und wenn er sich nicht an den hochstehenden Hölzern festgehalten hätte, wäre er liegengeblieben und ein Opfer des Gespenstes geworden. Er aber hatte noch genügend Kraft, sich wieder hochzuziehen und auf den Schlitten zu kommen. In sausender Fahrt ging es nun auf das Eis des Fjords. Und da fiel er wieder vom Schlitten, und die Hunde sausten weiter. Zu seinem Glück aber befand sich ganz dicht neben ihm ein großer Eisberg, der in dem Fjordeis festgefroren war. Dieser Eisberg hatte ein Loch, in das Mánik nun kroch. Kaum aber hatte er sich gut versteckt, als das Gespenst auch schon ankam, um den Eisberg herumflog und sich schließlich auf ihn setzte. Zitternd vor Angst krümmte sich Mánik ganz in seinem Versteck zusammen. Das Gespenst versuchte ihn nun aus seinem Loch zu locken. »Komm nur heraus und hab keine Angst!« rief es von oben herunter. »Mit mir ist nichts mehr los, ich tue dir nichts.« Aber Mánik blieb standhaft. Und als die Morgendämmerung kam, hörte er, wie das Gespenst den Eisberg verließ und verschwand. Er kroch nun hinaus, verfolgte die Spur seiner Hunde, die ihn zum Grab des Gespenstes führte, über das sie getrampelt waren, sicher, um sich zu rächen, und fand seine Tiere schließlich wohlbehalten wieder vor.

Er fuhr weiter und kam zu einem Wohnplatz. Dort wurde er in ein Haus geladen, in dem gerade große Gesellschaft war. Viele Frauen und Männer saßen dort und aßen. Ein Mann kümmerte sich besonders um ihn, weil Mánik durch seine Anwesenheit im Gespensterhaus dieses für ihn wieder bewohnbar gemacht hatte. Das Gespenst war nämlich die tote Mutter des Mannes gewesen, die in ihrem Grab keine Ruhe hatte finden können. Er rief nun einem Mädchen zu, dem Gast etwas Besonderes zu bringen. Das Mädchen löste darauf das Band von seinem Haarknoten, warf es in den Hausgang und zog einen prächtigen Heilbutt herein, den sie meisterhaft zuzubereiten verstand. Mánik, der sehr gerne Heilbutt aß, ließ es sich gut schmecken. Und als alles verzehrt war, angelte das Mädchen noch einen Heilbutt für Mánik, den sie wieder wunderbar für ihn zuzubereiten verstand. Das Mädchen, das sehr dunkel war und schöne Augen hatte, gefiel Mánik sehr gut. Er konnte seine Blicke gar nicht von ihr lassen. Und auch ihre Kochkunst machte großen Eindruck auf ihn. So raubte er dann am nächsten Morgen kurzerhand die kleine Schwarze und nahm sie mit zu sich nach Hause.

Dort waren seine Frauen schon unruhig geworden; denn er war lange fortgeblieben. Um so größer war die Freude, als er wieder zu Hause ankam. Da er die kleine Schwarze aber immer noch heftig liebte, ließ er sie zuerst in seinem Haus unterbringen, damit sie ihm immer gleich bei der Hand war, wenn er sie begehrte. Später aber zog auch sie ins Frauenhaus, so daß er dann wieder mit seiner Lieblingsfrau allein wohnen konnte.

Nun geschah es, daß das Eis wieder aufbrach und der Frühling ins Land zog. Und mit dem Frühling kamen Fremde. Es waren die Brüder des Mädchens, das Mánik zuerst geraubt hatte, und die nun ihre Schwester suchten. Mánik war gerade auf Fang gefahren, als die Brüder das Haus betraten. Sie hatten aber noch einen Junggesellen mit, der auch einmal auf große Fahrt gehen wollte, um etwas zu erleben. Groß war die Freude der Brüder, ihre Schwester wohlbehalten und in guten Verhältnissen anzutreffen. Und als Mánik abends nach Hause kam, waren sie gar nicht mehr zornig auf ihn und nahmen ihn als ihren Schwager in ihrer Familie auf. Mánik veranstaltete nun ein großes Fest, bei dem es hoch herging. Er unterhielt seine Schwäger mit vielen Erzählungen bis tief in die Nacht hinein. Und als es schließlich nicht mehr lange bis zur Morgendämmerung war, sagte er zum Junggesellen: »Du wirst die Ruhe nötig haben, geh ins andere Haus und leg dich zu den Frauen.«

Das tat der Junggeselle. Und kaum hatte er seinen Kopf in

die Tür gesteckt, als ihn auch schon alle Frauen lärmend empfingen. Er scheuchte sie alle fort und suchte sich zwei hübsche Frauen aus, zwischen die er sich legte. Kaum aber hatte er die Augen geschlossen, als auch schon zum Fenster hineingerufen wurde, daß er ins andere Haus zum Essen kommen möchte.

So lange hatte er mit den Frauen gespielt, daß er überhaupt nicht gemerkt hatte, daß die Nacht vorbei war. Und er war jetzt so müde und schläfrig, daß ihm die Augen ordentlich wehtaten. Kaum war er bei Mánik, da sagte der: »Du hast schlechte Sachen an, zieh sie aus, ich gebe dir neue.« Und so wurde der Junggeselle von Kopf bis Fuß neu eingekleidet. Der Tag verging schnell, da Mánik ihnen allen große Gastfreundschaft erwies. Und abends begann er wieder Geschichten zu erzählen und den Junggesellen aufzufordern, zu den Frauen zu gehen.

»Es sieht ganz so aus, als wenn du müde bist«, sagte er zu ihm, »geh ins andere Haus und such dir ein Lager.«

Da der Junggeselle nach dem Ungestüm der letzten Nacht sehr müde war, begnügte er sich diesmal mit einer Frau. Und es war wie am vergangenen Tag: kaum hatte er sich hingelegt, um ein bißchen zu schlafen, als auch schon zum Fenster hineingerufen wurde, daß er zum Essen kommen solle. Die Sonne stand bereits hoch am Himmel. Und als er das Haus betrat, saßen alle beim Essen.

»Du hast lange geschlafen«, sagte Mánik zu ihm.

»Es war eine herrliche Nacht«, antwortete der Junggeselle, »und die Frau, bei der ich schlief, war wunderbar warm!«

Dann kam aber der Tag des Abschieds. Reich beschenkt verließen alle den gastlichen Wohnplatz. Und als sie nach langer Fahrt zu Hause ankamen, waren alle froh, daß sie die Reise gesund überstanden hatten und daß es der Schwester so gutging. Die Männer aber warfen sich alle über den Kajak des Junggesellen und beraubten ihn aller Geschenke, so daß dem armen Burschen von seiner Reise weiter nichts übrigblieb als die Erinnerung an die Nächte in dem fernen Land.

Mánik aber blieb auf seinem Wohnplatz bis ans Ende seiner Tage. Und dort bleichen nun seine Knochen.

124. *Ungortok, der Häuptling der alten Kavdlunaken*

Einmal paddelte ein Kajakfahrer von Appatsivik in den Fjord hinein und probierte unterwegs seinen neuen Vogel-Pfeil aus. Als er dorthin kam, wo heute Qaqortoq (Julianehåb) liegt und wo damals die ersten Kavdlunaken[1] (Normannen) wohnten, sah er einen von ihnen ans Wasser gehen und Muscheln sammeln. Der Normanne sagte zu ihm: »Zeig mir mal, ob du mich mit deinem Pfeil treffen kannst.« Der Kajakfahrer wollte nicht. Aber der Normanne forderte den Eskimo zum zweitenmal auf. Nun erschien der Häuptling der Normannen, ein Mann namens Ungortok. Als der hörte, worum es ging, sagte er: »Wenn er es durchaus haben will, dann ziel nur auf ihn.« Da warf der Eskimo wirklich den Pfeil, traf den Normannen und tötete ihn. Ungortok machte sich nichts daraus und sagte zu dem Eskimo: »Du hast es ja getan, weil ich dich dazu aufgefordert hatte.«

Als es nun Winter wurde, lebten die Eskimo in ständiger Furcht vor der Rache der Normannen. Aber der Winter verging, und es wurde Sommer, und es kamen noch zwei Sommer. Als der dritte Winter begann, fuhr der Eskimo wieder zu der Normannensiedlung, und noch ein anderer fuhr mit, der mit einer Fangblase ausgerüstet war. Dieser sah auch einen Normannen Muscheln sammeln und bekam plötzlich große Lust, ihn zu töten. Er paddelte auf ihn zu, von der Seite, von der die Sonne aufs Wasser schien, warf seinen Speer und tötete ihn auf der Stelle. Darauf paddelte er unbemerkt nach Hause und erzählte seinen Leuten, daß er einen Normannen getötet habe. Aber sie fragten ihn, warum er das nicht ihrem Häuptling gesagt habe, und der erste Totschläger erklärte: »Ich habe damals

[1] Eingedeutschte Form für das eskimoische (grönländische) Wort *qallunaat* (sing. *qallunaaq*), das heute als Bezeichnung für Dänen und Europäer in Grönland benutzt wird. Identisch mit Hans Egedes *kablunet*. Die Etymologie ist unklar. Thalbitzer vermutet folgende Bedeutung: »Das Volk mit eigentümlichen oder schönen Augenbrauen.« (Thalbitzer, W.: Grönlandske Sagn om Eskimoernes Fortid. Stockholm 1913. S. 10.)

den Normannen getötet, weil mich ihr Häuptling dazu aufgefordert hatte.«

Als es schon eine Zeitlang Winter war und auf dem Fjord Eis lag, ging ein Mädchen von Appatsivik hinaus, um in einem Eimer Wasser zu holen. Aber als sie das Wasser aus der offenen Quelle schöpfte, sah sie darin so etwas wie einen roten Schimmer. Sie glaubte, daß sich ihr Gesicht im Wasser widerspiegelte, aber als sie sich umdrehte, sah sie eine Menge Normannen. Da bekam sie Angst, ließ den Eimer stehen, flüchtete ins Haus und erzählte alles. Aber da stellten sich die Normannen auch schon vor das Fenster und den Hauseingang. Einer der Hausbewohner wollte hinauslaufen, wurde aber sogleich von einer Axt getroffen, getötet und auf die Seite geworfen. So erging es schließlich allen, bis auf zwei Brüder. Ihnen glückte es, aus dem Haus zu entwischen und aufs Eis zu kommen, der älteste voran. Als das die Normannen sahen, riefen sie: »Da laufen die Überlebenden, schnell hinterher!«

Aber der Häuptling sagte: »Ich bin der Schnellste, laßt mich sie verfolgen.« Dann lief er auf dem Eis hinter den Brüdern her, von denen der jüngste frisch besohlte Stiefel hatte, wodurch er hin und wieder fiel. Schließlich erreichten sie die gegenüberliegende Insel, und der ältere der beiden Brüder, der Kaissape hieß, sprang auf die Eiskante der Insel. Als aber der jüngere folgen wollte, fiel er zwischen die Eisbrocken, wodurch Ungortok ihn einholte. Dann schlug er ihm mit seiner Axt den Arm ab, nahm ihn auf und hielt ihn dem Bruder hin und sagte: »Kannst du jemals deinen armen Bruder vergessen, solange du lebst?« Kaissape, der unbewaffnet war, konnte dem Bruder nicht zur Hilfe kommen und mußte quer über die Insel nach Kangermiutsiaq fliehen, wo sein Schwiegervater wohnte. Hier blieb er den Winter über, und der Schwiegervater schenkte ihm einen Kajak. Im Sommer zog er nach Süden, um einen starken Zaubergesang zu lernen, und als der Winter kam, fand er sich wieder bei seinem Schwiegervater ein. Im darauffolgenden Sommer reiste er nach Norden, um sich einen Helfer zu suchen. Auf jedem Wohnplatz erkundigte er sich nach zwei Brüdern, deren

Stiefelsocken er untersuchte, um festzustellen, ob sich darin Läuse befänden. Nachdem er sehr weit in den Norden gekommen war, traf er endlich zwei Brüder, von denen der jüngere keine Läuse in seinen Stiefelsocken hatte. Den machte er zu seinem Helfer und begab sich mit ihm zum Wohnplatz seines Schwiegervaters.

Dort fing er fleißig Seehunde und ließ die Felle zu weißen Häuten verarbeiten. Dann suchte er sich ein mächtiges Stück Treibholz, das er mit seinem Messer aushöhlte, bis es wie ein riesiges Rohr wurde, das an dem einen Ende einen passenden Deckel hatte. Und in die Seiten bohrte er Löcher, und für die Löcher machte er Pfropfen aus dünnem Holz.

Als er damit fertig war, tat er zuerst die weißen Häute hinein, verschloß die Löcher mit den Pfropfen und legte das Holz ins Wasser, worauf es alle Kajaks in Schlepp nahmen und nach Pingiviarnek brachten. Dort gingen sie an Land, machten Riemen an die weißen Häute, zogen sie heraus und spannten sie wie Segel über dem Wasser aus, so daß man einen Eisberg vor sich zu haben glaubte. Das ausgehöhlte Treibholz wurde nun mit Menschen angefüllt, die Häute wurden wieder verpackt, und man fuhr in die Gegend des heutigen Qaqortoq, wo wieder einmal viele Eisberge versammelt waren, in deren Schutz man die weißen Häute ausspannte.

Kaissape, der sich mit seinen Leuten in dem ausgehöhlten Holz befand, trieb nun langsam auf das Normannenhaus zu.

Einer der Normannen entdeckte das seltsame Gefährt und meinte, daß das Eskimo sein müßten. Darauf kamen alle angelaufen, und der Häuptling sagte: »Das ist ein Eisberg.«

Mit dieser Erklärung waren alle zufrieden und gingen wieder hinein. Kaissape sagte: »Jetzt aber schnell, die kommen vorläufig nicht wieder!«

Worauf die Leute an Land sprangen und das mitgebrachte Brennmaterial in den Hausgang stopften. Schnell machte Kaissape aus zwei Holzstückchen ein Feuerzeug. Und bald brannte das Haus lichterloh, und alle Normannen kamen darin um. Mit Ausnahme von Ungortok. Ihm gelang es, durch das Fenster zu entkommen und seinen kleinen Sohn noch mitzunehmen. Kaissape verfolgte ihn sogleich. Als Ungortok auf seiner Flucht an einem Inlandsee vorbeikam, warf er seinen Jungen dort hinein, damit er unverwundet sterben könne. Da Kaissape ihn aber nicht mehr einholen konnte, kehrte er um, während Ungortok weiter nach Igaliku lief und bei einem anderen Häuptling namens Olav unterkam. Aber da ihn Kaissape auch dort suchte, zog er ins innere Gebiet des Alluitsoq-Fjords und ließ sich bei Sioralik nieder, während Kaissape an der Mündung des Fjords wohnte. Darauf floh Ungortok ins Innere des Tasermiutfjord-Gebietes, und Kaissape überwinterte wiederum an der Mündung dieses Fjords. Als aber der Sommer kam, machte sich Kaissape auf den Weg, um seinen Feind aufzuspüren, der jedoch davon Wind bekam und zum Festland der Ostküste bei der Insel Alluk floh.

Jetzt erkundigte sich Kaissape bei allen Ostküstenbewohnern nach einem Mittel, um Ungortok zu töten. Schließlich traf er einen Ostküstenbewohner, der sagte: »Ich werde dir ein Stück aus dem Trockenrahmen (Holzrahmen zum Aufhängen nasser Sachen) einer unfruchtbaren Frau geben, das mußt du als Pfeil benutzen.« Dann sprach er ein paar Zauberworte über den Pfeil und gab ihn Kaissape. Der sagte: »Wenn das wahr ist, was du sagst, werde ich dir immer etwas von meinem Fang abgeben.« Darauf machte er so viele Pfeile, wie man in dem Fell einer Sattelrobbe unterbringen konnte. Zu diesen legte er den verzauberten Pfeil. Er ließ nun seinen Begleiter an dem großen Inlandsee zurück, zu dem sich die beiden begeben hatten, weil hinter diesem Ungortoks Haus lag. Nachem Kaissape alle Pfeile in kurzem Abstand ins Ufer gesteckt hatte – den verzauberten zuletzt –, schlich er sich auf einen Berg, von dem er – gut versteckt – Ungortok vor seinem Haus auf und ab wandern sah. Er konnte hören, wie er mit sich selbst redete und dabei Kaissapes Namen erwähnte. Und er beschloß, in der Nacht Rache zu nehmen.

Als es dunkel geworden war, schlich er sich an das Haus heran und schaute durch das Fenster, wobei er seinen Bogen gespannt hielt. Nur einen einzigen Pfeil hatte er mit. Die anderen waren ja alle am Ufer des Inlandsees.

Kaissape konnte seinen Feind aber nicht richtig in die Schußlinie bekommen, weil er sehr schnell hin und her wanderte und kein gutes Ziel bot. Daher zielte er auf die junge Frau des Normannen, die mit einem Säugling an der Brust ruhig auf ihrem Lager schlief. Ungortok hörte ein Schwirren. Und als er zu seiner jungen Frau blickte, hatte diese einen Pfeil in der Kehle. Inzwischen aber war Kaissape zum Ufer des Inlandsees gelaufen, wo er seine Pfeile hatte. Ungortok ergriff seine Axt, mit der er den Bruder getötet hatte, und eilte ihm nach. Kaissape nahm den ersten Pfeil vom Ufer und schoß auf ihn. Aber er legte sich hin, machte sich klein, so daß nur sein Kinn zu sehen war, und der Pfeil flog an ihm vorbei. Und auch die anderen Pfeile vermochten dem Normannen nichts anzuhaben. Zuletzt griff Kaissape nach dem verzauberten Pfeil, und der fuhr dem Normannenhäuptling durch das Kinn und in die Kehle hinein. Weil aber Ungortok noch nicht tot war, ergriff Kaissape die Flucht, und der Verwundete setzte ihm nach. Nachdem Kaissape ein ganzes Stück gelaufen war, wurde ihm der Hals trocken und er stürzte bewußtlos um. Als er wieder zu sich kam, dachte er gleich an Ungortok, lief zurück und fand ihn tot am Boden liegen. Er haute nun seinen Arm ab, hob ihn vor Ungortoks Leiche hoch und sagte: »Sieh diesen Arm, den du sicher nie vergessen wirst!« Darauf tötete er auch das wehrlose Kind und begab sich wieder nach Kangermiutsiak. Den alten Ostküstenbewohner aber nahm er mit und versorgte ihn bis zu seinem Lebensende. Und dort liegen Kaissapes Gebeine auch begraben.

125. Wie die Normannen auf dem Eis vernichtet wurden

Man erzählt, daß früher im südlichen Teil des Landes die Normannen oft bekämpft wurden. Einmal im Herbst, als auf den Inlandseen schon Eis lag und auch längs der Strände Eis war, ging ein Eskimo auf Fang und brachte zwei Weißwale mit nach Hause. Als sie am Abend alle beieinandersaßen und sich das Walfleisch schmecken ließen, stürzten zwei Mädchen ins Haus, die vom Wasserholen kamen, und riefen: »Die stürmen auf uns los.« Da wurde der Mann zornig und zerriß den Riemen, den er gerade aufrollen wollte, und als er vors Haus trat, stürmten ihm die Normannen auch schon entgegen. Seine Frau, die unlängst niedergekommen war, begann zu hexen. Der Mann griff sie und setzte sie aus dem Fenster. Auch ein paar andere Leute flüchteten durch das Fenster. Diejenigen aber, die durch die Tür wollten, wurden alle getötet. Der Mann, der seine Frau aus dem Haus gebracht hatte, lief zurück, um seine alte Mutter zu holen, eilte aber wieder hinaus, als er sie verwundet vorfand. Ein paar Leute konnten sich hinter Steinhaufen verstekken. Auch der Mann. Und als er aus seinem Versteck hervorlugte, sah er, wie ein paar Normannen seine alte, schwerverwundete Mutter an einem Riemen, den sie ihr ums Haar gebunden hatten, übers Eis schleiften. Obwohl er sich vor Zorn kaum lassen konnte, hielt er sich doch in seinem Versteck und befahl zwei Mädchen, auf das Eis bis zum offenen Wasser zu gehen. Und wenn die Normannen sie erwischten, sollten sie ins Wasser springen. Schluchzend gingen die beiden Mädchen aufs Eis. Und als die Normannen sie sahen, eilten sie ihnen nach. Aber das Eis war so glatt, daß sie nicht recht vorwärts kommen konnten. Andauernd glitten sie aus und fielen mal zu einer, mal zur anderen Seite hin. Immer mehr Normannen kamen aufs Eis, und schließlich sprang der Mann auf, griff nach seinem Speer und nahm noch einen zweiten als Ersatz mit. Den ersten Normannen, der ihm über den Weg lief, stach er tot. Und als die anderen ihrem Landsmann zur Hilfe kommen wollten, glitten sie auf dem Eis aus, so daß der Eskimo sie alle totstechen und somit seine arme Mutter rächen konnte. Und bevor noch die Mädchen das offene Wasser erreicht hatten, waren sie alle erledigt. Es heißt, daß dieses Ereignis die Normannen auf den Gedanken brachte, die Schlittschuhe zu erfinden.

126. Der Bogenschützenfelsen

In alten Zeiten, als die Küste noch wenig bevölkert war, kam ein Boot mit Reisenden nach Nuuk (Godthåb). Und da sie dort keine Menschen trafen, fuhren sie in den Fjord hinein und stießen östlich von Qoornoq auf ein großes Haus, dessen Bewohner ihnen fremd erschienen. Plötzlich waren diese Eskimo auf die alten Normannen gestoßen. Diese sahen auch zum erstenmal Eskimo und behandelten sie sehr freundlich. Aber die Reisenden fürchteten sich doch vor ihnen, setzten ihren Umiak wieder ins Wasser und fuhren fort. Unterwegs trafen sie noch viele andere Normannen, die überall am Fjord und an seinen Verzweigungen ihre Wohnplätze hatten. Sie hielten sich aber nirgends auf, sondern fuhren immer weiter, weil sie immer noch Angst vor diesen Fremdlingen hatten.

Als dieser Umiak nun von seiner Fahrt wieder zurück war und die Eskimo ihren Wohnplatz wieder erreicht hatten, erzählten sie ihren Landsleuten von ihren Erlebnissen. Die bekamen große Lust, sich diese Fremden anzusehen, und rüsteten ihre Boote für eine lange Reise aus. Als sie nun in das Gebiet der Normannen gekommen waren, stießen sie auch bald auf sie und schlossen Freundschaft mit ihnen. Und die Normannen begannen die Sprache der Eskimo zu lernen.

Es wird berichtet, daß bei Kapisillit ein Eskimo mit einem Normannen Freundschaft schloß und daß sie unzertrennlich waren. Sie pflegten Wettkämpfe miteinander auszuführen, wobei sie sehen wollten, wer am weitesten mit dem Bogen schießen konnte. Das machte auch den anderen Spaß, und es fanden sich immer viele Eskimo und Normannen ein, wenn die beiden wieder einmal um die Wette schossen. Da sie aber beide ausgezeichnete Schützen waren, deren Pfeile immer dicht beieinander stachen, sagte der Normanne eines Tages: »Wollen wir doch mal auf den hohen Berg dort gehen und sehen, wer das Rentierfell, das wir gleich unten auf der kleinen Insel ausspannen werden, trifft. Der, welcher danebenschießt, soll vom Berg gestürzt werden, aber der, welcher das Fell trifft, soll der Sieger sein.«

Der Eskimo antwortete: »Da mach ich nicht mit; denn wir sind Freunde, und keiner von uns soll umkommen!«

Aber der Normanne blieb hartnäckig und ließ sich nicht von seinem Vorschlag abbringen. Und schließlich sagten seine Landsleute: »Wenn er es durchaus will, dann mach doch mit. Wenn er vom Berg gestürzt wird, war es ja sein eigener Wunsch!«

Da ließ sich der Eskimo überreden. Sie kletterten nun beide auf den hohen Berg und viele Eskimo und Normannen begleiteten sie. Als sie oben angekommen waren und Aufstellung genommen hatten, spannte der Normanne zuerst. Sein Pfeil zitterte auf der Sehne. Sorgfältig zielte er, aber verfehlte sein Ziel. Nun spannte der Eskimo den Bogen, schoß und traf mitten in das Rentierfell hinein.

Der Normanne aber hielt sein Wort, trat an den Rand und wurde in den Abgrund gestürzt. Seine Landsleute machten sich nicht viel daraus, weil er sein Schicksal ja selbst verschuldet hatte.

Seit jener Zeit aber nannte man den hohen Berg Pisissarfik, den Bogenschützenfelsen.

127. Die Bekehrung des Angakoks Imanek

Damals, als Dänen und Lehrer nach Nuuk (Godthåb) kamen, lebte auf Pisugfik ein großer Angakok, der Imanek hieß. Er war unter den Leuten seines Wohnplatzes, wie auch unter denen aus der Umgebung, sehr angesehen. Und wenn er seine Beschwörungen abhielt, strömten alle zusammen. Immer wenn jemand krank war, pflegte ihn Imanek zu behandeln. Und die Kranken wurden gesund. Daher wurde er von allen sehr geliebt. Einmal erkrankte ein Mädchen, das bei Imanek die Kinder hütete. Und da er ihre Krankheit kannte, behandelte er sie und zweifelte nicht an ihrer Genesung. Aber das half nichts. Ihre Stunde war gekommen, und sie starb. Als sie begraben wurde, half Imanek mit, Steine für das Grab herbeizutragen. Das war das erstemal, daß der Angakok an einer Beerdigung teilnahm. Und als das vorbei war, fuhren er und seine Angehörigen fünf Tage lang nicht mit dem Kajak hinaus. So war es nämlich Brauch bei den Heiden. Am sechsten Tag aber fuhren sie alle wieder im Kajak aufs Meer, und als sie vor die Schären kamen, zerstreuten sie sich. Da sah Imanek jemand vor seinem Kajak auftauchen, und er wußte sofort, daß das ein Meermann war, der lachend nach dem Vordersteven des Bootes griff, ein Messer von der Größe einer Vogelschwinge zückte und sagte, daß es falsch von ihm wäre, mit den Stiefeln im Kajak zu sitzen, die er bei der Beerdigung angehabt hätte. Dadurch würde er ständig die Luft mit Nebel erfüllen, und es sei auch nicht richtig gewesen, daß er sich nicht gleich von Anfang der Krankheit an um das Mädchen gekümmert hätte. Darum wolle er ihn jetzt in Stücke zerschneiden. Noch während er so redete, schnitt der Meermann den Kajak entzwei, vom Vordersteven bis zum Hintersteven, wobei er auch den Mann durchschnitt und brummend seine Glieder ins Wasser warf, worauf sie alle versanken. Die anderen Kajakmänner mußten das alles von weitem ansehen, ohne auch nur die geringste Hilfe leisten zu können. Als sie nach Hause kamen und seinen Angehörigen das erzählten, begannen diese doch nicht sogleich zu weinen, weil sie wußten, daß er zurückkommen könnte. Daher bedeckten sie des Abends den Fußboden und Hausgang mit Teppichen aus ganz neuen, behaarten Fellen und stellten angezündete Lampen darauf.

Inzwischen erwachte Imanek wieder zum Bewußtsein, fühlte sich naß und mußte sich an den Meermann erinnern, der ihn durchgeschnitten hatte, und er merkte, wie seine vor vielen Jahren verstorbenen Großeltern um ihn herum waren und ihn beschützten.

Er sah zum Land und stellte fest, daß nur die Berge sichtbar waren. Darauf begab er sich zum Land und spürte Durst. Da er einen Eisberg sah, auf dessen Oberfläche sich Wasser gesammelt hatte, wollte er davon trinken. Aber sein Großvater sagte: »Trink nicht davon; denn wenn du trinkst, wirst du nicht nach Hause kommen.«

Daher ging er am Eisberg vorbei und stand schließlich vor seinem Haus. Es war Abend, und als er den Geruch von Haar spürte, wurde er ohnmächtig. Als er wieder das Bewußtsein bekam, waren seine Großeltern wieder bei ihm. Er ging ins Land hinein und traf zum zweitenmal einen Eisberg mit verlockendem Wasser. Aber aus Sehnsucht nach seiner Familie beachtete er ihn nicht und wanderte weiter und kam zu Menschen, die ihn erwarteten und bei denen er fünf Tage lang auf dem Fußboden liegen blieb. Während dieser fünf Tage gaben ihm die Leute nur ganz wenig zu essen und zu trinken. Am sechsten Tag aber reichten sie ihm genügend Essen und Trinken und setzten ihn auf die Pritsche. Dann brachten sie ihn in einem Boot zu seinen Angehörigen. Da diese nichts ahnten, hatten sie ihn am sechsten Tag aufgegeben. Als sie nun das Boot ankommen hörten und Imaneks Gesänge erkannten, waren sie alle sehr froh.

Einige Zeit danach gab Imanek seine Angakokkunst auf, da sich ihm der Schöpfer zuwandte. Er versuchte noch einmal, die Geister zu beschwören, konnte es aber nicht. Er sagte, daß ein großes Licht von Osten immer mehr zum Vorschein käme.

Seine Frau sagte: »Von der Zeit an, wo du nach treibendem Aas suchtest, bist du so geworden.«

Der Mann antwortete: »Das ist sicher etwas anderes.«

Er erzählte darauf, daß das Licht auf ihn herabzuschweben beginne und es so sei, als solle er sterben.

Und so geschah es dann auch. Als er nicht mehr atmete und sie ihn in Leichentücher einwickeln wollten, konnte er nicht steif werden. Sie warteten bis zum späten Tag, worauf er wieder zu atmen und reden begann. Er sagte lauter schöne Worte, die er, wie er sagte, im Himmel gehört haben wollte. Aber jedesmal wenn er die Worte, die er gehört hatte, wiedergab, verließ ihn sein Atem.

Einmal war er eine ganze Nacht ohne Atem, worauf er wieder atmete und sagte, daß er im Himmel gewesen sei und daß er erprobt und zurechtgewiesen worden wäre. Er erzählte alles, was er gehört hatte, und sang laut und berichtete, daß er mit Gesang begraben worden wäre.

Nun schickte er jemand nach Nûk, um mitteilen zu lassen, daß er getauft werden wolle. Und zu seinen Landsleuten sagte er, daß sie indessen Gelegenheit hätten, sich zu bekehren. Obwohl es Frühling war und das Eis noch ganz fest lag, gebot er ihnen, nach Nûk zu fahren. Und er sagte, daß zwar noch Eis läge, daß aber für sie der Weg wohl bereitet wäre.

Da brachen vier Kajakmänner auf, seine zwei Söhne und zwei Begleiter. Nur vor dem Haus war etwas offenes Wasser. Aber als sie losfuhren, spaltete sich das Eis vor ihnen, und es bildete sich ein Wasserweg, der für die vier Kajaks groß genug war. Sie kamen zuerst nach Kangeq. Einen Tag später landeten sie in Nuuk. Zwei von ihnen gingen zu den Dänen, zwei zu den Deutschen (Missionaren). Als die, welche zu den Deutschen kamen, erzählten, was Imanek gesagt hatte, wollten die Leute das nicht glauben, bis sie ihre Erzählung beendet hatten. Und man wunderte sich sehr darüber, daß sie Choräle singen konnten, da sie solche Lieder doch niemals vorher gehört hatten.

Im Frühling wurden alle Bewohner von Pisugfik bekehrt und getauft. Imanek erhielt bei der Taufe den Namen Merigiuk.

128. Der Angakok, der den Missionar erschreckte

Bei Alanngoq lebte einmal ein großer Angakok namens Uíne. Als er schon lange mit seiner Ausbildung fertig war, ging er immer noch ab und zu in die Berge, um sich dort zu üben. Dort hatte er einen runden Stein mit einer Vertiefung. Mit einem anderen großen Stein rieb er ihn in entgegengesetzter Richtung des Sonnenlaufs, bis er Laute von sich gab. Dann strömten Kräfte durch ihn hindurch, und erst dann fühlte er sich als richtiger Angakok.

Als er wieder einmal mit den Steinen beschäftigt war und die ersten Laute hervorkamen, sah er ein paar schwarzgekleidete Menschen auf sich zukommen. Es konnten doch kaum Menschen hierherkommen! Aber sie gingen an ihm vorbei. Da sah er, daß sie gar nicht den Boden berührten. Sie sagten: »Erzähle nichts von uns!«

Dann verschwanden sie.

Uíne entlockte dem Stein neue Laute. Andere Gestalten tauchten auf. Sie waren weißgekleidet und berührten auch nicht die Erde. Als sie an ihm vorbeikamen, sagten sie: »Uíne, du gehst den falschen Weg. Geh hinunter und laß dich taufen. Du sollst Moses heißen. Du *mußt* von uns erzählen!«

In der Zeit nach Hans Egede hatten einige Missionare gehört, daß bei Alángoq ein großer Angakok, nämlich Uíne, lebte. Sie luden ihn ein, sie zu besuchen. Aber vergebens.

Eines Tages erschien ein Boot mit einer Flagge. Das war ein seltener Anblick in jener Gegend. Bei der Ankunft sah man, daß ein Däne dabei war. Die Leute gingen zum Boot, und unter ihnen war der Angakok Uíne.

Ein Mann sprang aus dem Boot. Das war tatsächlich ein Pfarrer. Er sagte sofort: »Wo ist der große Angakok Uíne, von dem wir so viel gehört haben?«

»Hier ist er«, sagten die Leute. Uíne sah gar nicht recht nach etwas aus, wie er da so unter den Leuten stand.

»Wir nehmen dich mit«, sagte der Missionar, »wir haben noch nie einen großen Angakok gesehen. Wir möchten gerne wissen, was du kannst.«

Aber Uíne wollte nicht. Der Missionar ging mit ihm in sein Haus, das vor Alter fast zusammenfallen wollte. Hier fuhr der Missionar fort: »Du bekommst dafür allerhand, wenn du mitkommst. Wir wollen deine Angakokkünste sehen!«

Uíne zögerte zuerst noch ein wenig, war aber schließlich einverstanden. Er kam mit nach Nûk. Sie fuhren und fuhren, bis sie schließlich dort waren. Der Missionar nahm Uíne unter den Arm und führte ihn in sein großes Haus. Als Uíne hineinkam, sah er sich gut um. Dann sagte er: »Qilangmut-una pissunga – bin ich etwa in den Himmel gekommen?« Der Missionar antwortete ihm: »Du bist auf der Erde. Dies ist mein Schloß in Nûk.«

Der Missionar forderte den Angakok auf, näher zu kommen.

Uíne aber wollte nicht von der Tür weggehen. Er fühlte sich arm und verlegen in diesem großen Haus, das ihm Ehrfurcht einflößte. Er wollte lieber neben der Tür sitzen. Dort zog er es auch vor, den Kaffee zu trinken, den der Missionar ihm anbot. Der Missionar hatte eigentlich damit gerechnet, daß sie den Kaffee zusammen am Tisch trinken würden.

Als sie mit dem Kaffee fertig waren, wurde eine Tür zu einem anderen Zimmer geöffnet. Der Missionar wandte sich an Uíne: »Dann wollen wir mal sehen, was du als Angakok kannst.«

Aber Uíne wollte nicht. Er wollte sich ungern gegenüber dem Pfarrer blamieren. Die Angst davor hielt ihn zurück. Da aber wurde der Missionar sehr böse, und es sah fast so aus, als wollte er Uíne schlagen. Da gab der Angakok nach.

Er saß immer noch neben der Tür, etwas entfernt vom Missionar. Plötzlich stampfte er auf den Fußboden und rief: »Ningiuat, takujumavãtíngôq, ihre Hausmutter, sie sagen, sie wollen dich sehen [1].«

Der Missionar trat näher, um zu gucken. Die Bretter des Fußbodens waren ein wenig auseinandergegangen. Dann glitten sie wieder zusammen. Uíne wurde eifrig. Zum zweitenmal stampfte er auf den Fußboden und rief: »Ihre Hausmutter, ihre Hausmutter, sie sagen, sie wollen dich sehen!«

Der Missionar fühlte sich schwach. Der Fußboden öffnete sich immer mehr. Tiefe Finsternis war da unten. Dann schloß er sich wieder. Der Angakok schäumte vor Eifer. Zum drittenmal rief er mit aller Kraft: »Ningiuat, sie wollen dich sehen, sagen sie!«

Von unten, vom Meer, erscholl dumpfes Dröhnen herauf. Plötzlich wurde der Missionar Zeuge, daß sich der Fußboden zu einem gähnenden Schlund öffnete. Dort unten und auch in der Stube war es pechrabenschwarz. Mit einem Krach kam von unten etwas herauf. Es glich dem hinteren Ende einer Fangblase. Der Pfarrer taumelte stöhnend zurück. »Genug, genug,

[1] Unter »Hausmutter« ist vielleicht Uínes oberster Hilfsgeist zu verstehen.

wir wissen jetzt, daß du ein großer Angakok bist. Aber hör damit auf!«

So endete die Begegnung zwischen dem Missionar und dem großen Angakok Uíne.

129. Akamaliks Traum und Bekehrung

Damals, als Missionare nach Nûk kamen, die Leute woanders aber noch Heiden waren, lebte weiter nach Süden ein Mann namens Akamalik, ein kräftiger und tüchtiger Fänger, der einen Vetter hatte, den er sehr mochte. Nun geschah es aber, daß dieser Vetter krank wurde und starb. Das bereitete ihm große Schmerzen und trübte seinen Sinn. Damals bekamen die Frauen zufällig keine Söhne. Da nun Akamaliks Frau keinen Sohn bekam und er daher lange Zeit keinen Namen für seinen verstorbenen Vetter geben konnte, begann er seine Frau zu mißhandeln und stach sie mit einer Ahle. Aber nun geschah es, daß auf einem Nachbarplatz eine Frau ein Kind bekam und ihm den Namen des Vetters gab. Als das Akamalik hörte, fuhr er sofort dorthin und war darüber so froh, daß er fünf Tage und fünf Nächte nicht schlafen konnte. Erst als er wieder nach Hause kam, konnte er am sechsten Tag Schlaf finden.

Während er schlief, träumte er, daß ein Mensch von der linken Seite des Hauses kam, durch das Fenster guckte und rief: »Akamalik, komm und hol dir ein Stück Fleisch. Man sagt, daß Usuligsuak einen kleinen Walfisch gefangen hat.« Als er das hörte, ging er sofort hinaus und folgte dem Rufer, der eine Frau war. Er lief über eine große Ebene, die so ausgestreckt war wie die Oberfläche des Meeres, hinter ihr her, spürte, daß er immer höher kam und daß es immer heller wurde, und er sah vor sich Sandhaufen, die wie ein Fluß nach unten rollten. Er dachte: ›Ich Armer kann dort nicht hinüberkommen.‹

Als diese Sandhaufen näher kamen, rief ihn die Frau, und als Akamalik hinübergekommen war, sah er auf der Ebene eine Menge Menschen, die mit einem Walroßschädel spielten. Als

Akamalik diese Menschen sah, wollte er mitspielen, aber die Frau trieb ihn an, und er konnte nicht anhalten, obwohl die Menschen nach ihm riefen. Als er die Menschen nun genau betrachtete, erkannte er einige von ihnen, wunderte sich aber doch, weil sie ja schon vor langer Zeit gestorben waren und jetzt wieder munter spielten.

Als er nun der Frau weiter folgte, sah er eine Treppe mit drei Stufen vor sich. Und er dachte: »Ich komme wohl niemals dort hinauf.« Als er aber zu seiner Begleiterin sah, die munter die Treppe emporsprang, schaffte er es auch und sah nun wieder eine Ebene, die sehr licht war. Da seine Führerin plötzlich verschwand, folgte er nun einem Pfad und sah jetzt viele gut gekleidete Menschen, die am Ufer eines Inlandsees ein Walroß abspeckten. Bei diesem Anblick dachte Akamalik: ›Ob wohl das Walroß so groß ist, daß man mit seiner Haut ein ganzes Boot beziehen kann?‹ Sofort drehte sich einer von den Leuten um und sagte: »Ja, es reicht aus, um ein ganzes Boot damit zu beziehen.« Als das Akamalik hörte, wunderte er sich sehr darüber, daß seine Gedanken beantwortet wurden, und er dachte nun: ›Ob es wohl zum Beziehen eines Zeltes ausreicht?‹ Akamalik wurde ganz übel, und er begann zu zittern, als man ihm auch diesen Gedanken beantwortete. Und er sah unter den Menschen den vor langer Zeit getöteten Usuligsuak, an dessen Ermordung er selbst beteiligt gewesen war.

Als er einen Augenblick still stand, hörte er von Osten ein Rufen mit der Aufforderung, zum Gottesdienst zu kommen. Da eilten die Menschen zum See und wuschen sich die Hände. Und als sie sich gewaschen hatten, liefen sie alle in nordöstliche Richtung, und einer winkte Akamalik zu, mitzukommen. Der zögerte erst ein wenig, folgte aber dann doch dem Winkenden, obwohl er gar nicht wußte, was mit »Gottesdienst« gemeint war und obwohl er gar nicht den Rufer gesehen hatte.

Während sie einen weiten Weg zurücklegen mußten, sah er einen schmalen schwarzen Streifen vor sich, der kein Ende von Norden bis Süden hatte. Der erste, der zu diesem Streifen kam, sprang hinüber, die anderen folgten, aber Akamalik wagte es noch nicht, weil er einen großen Abgrund vor sich sah. Aber er konnte seinen Gang nicht mehr aufhalten und sprang ebenfalls. Dabei sah er in den Abgrund, in dem ein großes Feuer brannte. Als er hinübergekommen war, erblickte er eine zahllose Menge Menschen, und als er sie anschaute, sah er seine Begleiter und wollte zu ihnen hin. Aber der, welcher predigen sollte, gebot ihm, auf einem abgesonderten Platz still zu stehen. Als er dort auf der bloßen Ebene stand, schämte er sich zum erstenmal in seinem Leben. Der, welcher am Altar stand und predigen sollte, war der Heiland. Es heißt, daß Akamalik auf einem besonderen Platz stehen mußte, weil er Heide war und nicht die Gebräuche der Christen kannte. Inzwischen betrachtete er den, der am Altar stand und den Gottesdienst abhielt. Er trug schöne Kleider, und über dem Altar waren viele kleine Menschen. Die am weitesten waren, waren am größten, die am dichtesten, am kleinsten. Und sie gingen in einer Reihe in Richtung des Sonnenlaufs. Und auf dem Altar floß eine Flüssigkeit, die wie Milch war und sehr süß. Dann nahmen sie alle ihre Bücher und stimmten einen Gesang an. Akamalik hatte noch niemals einen so schönen Himmel gesehen oder einen solchen Gesang gehört. Als die Sänger aufhörten, und der Predikant etwas vorlas, sangen die, welche oben waren, leise weiter. Nach dem Lesen begannen sie den letzten Choral zu singen, worauf der Heiland ganz dicht an Akamalik herantrat, so daß dieser sich seiner Unwürdigkeit schämte.

Der Heiland sagte: »Ich rief dich hierher, weil du hochmütig und verdorben warst. Hast du nicht deine Frau mit einem Messer gestochen und hast du nicht Usuligsuak getötet?«

Als so Akamaliks tiefste Geheimnisse zum Vorschein kamen, wurde ihm klar, daß er vor dem Allwissenden stand, und zitternd vor Furcht gestand er alles.

Der Heiland zeigte auf einen in der Menge und sagte: »Ist das nicht jener Usuligsuak, den du tötetest?« –

»Diese, die ich hier versammelt habe, sind die Erschlagenen, die einmal von ihren Mördern gepriesen werden sollen, und ich habe diese vielen Männer versammelt, weil sie mir gleich sind, obwohl sie Heiden waren; denn sie wurden verletzt und getötet wie ich.« Er sah Akamalik groß an und fragte dann: »Willst du noch immer weiter töten?«

Akamalik antwortete: »Nein, ich werde niemals mehr jemand töten.« Darauf sagte der Heiland: »Möchtest du nicht auch an mich glauben?«

Er nahm nun sein Gewand ab und zeigte die Wundmale in seinen Händen und in der Seite, und er zog auch seine Schuhe aus, um die Wunden an seinen Füßen zu zeigen, und es floß Blut und Wasser aus den Wunden, als wären sie frisch.

Dann sagte der Heiland: »Ich habe einen Vater im Himmel, siehst du meinen Vater dort oben?« Aber Akamalik konnte nur ein leuchtendes Feuer sehen. Dann führte ihn der Heiland an einen Ort, den er Gerichtsstätte nannte. Das war der Abgrund, über den er hinweggesprungen war, darin war das ewige Feuer und ein garstiger Mensch. Der Heiland sagte: »Er da ist der Toornaarsuk[1], wenn du aber etwas lernen willst und mir glaubst, wird dieser Abgrund nicht dein Platz werden, sondern du wirst dann hier oben wohnen. Im Sommer sollst du nach Nuuk fahren, damit du dort etwas lernen kannst.«

Akamalik begab sich auf den Heimweg, und als er zum Abgrund kam, sagte er zum Heiland: »Ich kann nicht darüber kommen.« Aber der Heiland antwortete ihm: »Solange du mir folgst, gibt es keine Hindernisse!«

Als Akamalik hinüber war und sich hinunter zur Erde begab, sah er seinen armen Körper, der hin und her ging. Ohne Verstand wanderte er ruhelos auf dem Fußboden herum, und einige meinten, er wäre verrückt geworden.

Als er zu seinem Körper kam, ekelte er sich vor ihm. »Denn«, so sagte er, »er glich einem Misthaufen voller Maden.« Doch ging er in ihn hinein, weil er keinen anderen Ort hatte. Und als er wieder in seinem Körper war, war er wie tot und völlig ohnmächtig. Dann bekam er seinen Verstand und erwachte. Er bereute sein sündiges Leben und kam nach Nuuk, als es Frühling wurde.

[1] Herr der Hilfsgeister, den die Missionare zum Teufel erklärten.

Dort wurde er von den Missionaren der Brüder-Gemeine getauft. Und er wurde nicht nur ein Christ nach dem Namen, sondern gleichzeitig ein guter Mensch und liebenswürdiger Ehemann.

130. Der Großfänger von Aluk

Es war einmal ein Großfänger auf Aluk, der nie den Ort seiner Geburt verließ. So sehr liebte er seinen Wohnplatz, daß er niemals mit den anderen weit weg auf Fang fahren wollte. Aber er litt auch keine Not, dort, wo er war.

Der Großfänger hatte einen Sohn. Und als dessen Verstand erwachte, wurde ihm klar, daß er niemals Aluk verlassen hatte, und wenn die Wohnplatzgenossen auf Fang fuhren, wünschte er oft, mitfahren zu dürfen. Aber da er seinen Vater sehr gerne mochte, ließ er sich das nie anmerken.

Manchmal versuchte er, die Reiselust des Vaters zu erwekken, aber der antwortete ihm bloß: »Von dem Augenblick an, wo ich Land auf Aluk nahm, kann ich mich nicht besinnen, es jemals verlassen zu haben.« Aber immer, wenn die anderen fortreisten und zu fremden Küsten fuhren, wurde der Sohn stumm.

Als der Mittsommer kam, konnte der Vater des Morgens, wenn die Sonne hochstieg, nicht schlafen. Er mußte sie dann über dem Meer aufgehen sehen, wenn sich ihre Strahlen an den Eisbergen zersplitterten. Dieser Anblick ging ihm so zu Herzen, daß es ihm unmöglich war, seinen Wohnplatz zu verlassen.

So vergingen die Jahre. Aber als der Vater wegen seines Alters nicht mehr jagen konnte und der Sohn allein den Fang betrieb, konnte dieser nicht länger seinem Sehnen in die Ferne widerstehen. Und an einem Frühlingstag sagte er zu seinem Vater: »Diesmal werde ich meinen Wohnplatz verlassen und mir etwas Neues in einer fernen Gegend suchen.«

Lange wartete er auf eine Antwort des Vaters. Aber der blieb stumm. Und weil er nichts sagte, versuchte der Sohn noch einmal, seine Reiselust aufzuschieben. Erst später, als er seine Gedanken nicht länger beherrschen konnte, beschloß er, nicht eher zu schweigen, bis daß der Vater auf seinen Wunsch eingegangen war.

Als er einmal vom Fang nach Hause kam und sie auf den Abend warteten, fing er wieder mit seinem Vater zu reden an: »Diesmal wird es ernst; jetzt will ich mein Land verlassen und nach Norden reisen, um etwas Neues in einer fremden Gegend zu finden.«

Aber der Vater antwortete nicht. Erst als sich der Sohn zum zweitenmal an ihn wandte, sagte er, da jetzt nichts anderes mehr zu tun war: »Aber dann dürfen wir nicht zu weit nach Norden fahren, und du mußt mir versprechen, daß wir wieder zurück zu unserem Wohnplatz kommen.«

Jetzt war der Sohn froh, und er hatte nun viel zu tun, um den Umiak klarzumachen.

Und eines Morgens, als das Wetter schön war, fuhren sie nun endlich nach Norden. Und sie fuhren sehr weit. Und je mehr sie nach Norden kamen, um so besser fand der Sohn das Land.

Und sie reisten und reisten, und das war das erstemal, daß der Vater so weit fort von seinem Lande war. Und je mehr es zum Sommer ging, um so häufiger sah er sein Land in der Erinnerung vor sich. Und er bekam Sehnsucht und wurde langsam schlaflos. Und morgens, wenn die Sonne aufging, konnte er nie schlafen; denn immer mußte er hinaus, um zu sehen, ob der Sonnenaufgang auch hier so war wie an seinem Wohnplatz. Aber stets versperrten Felsen ihm den Horizont, so daß man nie die ersten Sonnenstrahlen sehen konnte.

Zuerst wollte der Alte mit seinem Sohn nicht darüber sprechen, aber da er seine Sehnsucht nicht länger ertragen konnte, fing er zu reden an und sagte: »Laß uns jetzt nach Hause fahren, sonst sterbe ich vor Sehnsucht.«

Es fiel dem Sohn schwer, umzudrehen, jetzt, da die Lande immer schöner wurden. Und doch nahm er wieder Kurs auf Süd, da die Worte des Vaters ihm ständig in den Ohren klangen.

Aber obwohl sie nun nach Hause fuhren, war es, als würde es mit dem Vater immer schlimmer. Nie schlief er, und wenn sie morgens aufstanden, ging er vor dem Zelt umher.

Sie fuhren und fuhren und kamen schließlich wieder nach Hause, zu ihrem alten Wohnplatz.

Ganz früh, am ersten Morgen, erwachte der Sohn von der Stimme des Vaters. Und seine Worte lauteten so:

»Kein Wunder, daß es einem so schwer wurde, Aluk zu verlassen. Sieh nur die große Sonne, wie sie sich hoch über dem Meer erhebt und wie sich ihre Strahlen an den Eisbergen am Horizont brechen!«

Und er hörte, wie der alte Mann wiederholt in Freudenrufe ausbrach. Und dann wurde es still.

Der Sohn lauschte lange nach ihm. Aber da der Vater, der gleich draußen vor der Zeltöffnung war, keinen Laut von sich gab, stand er auf und schob den Zeltvorhang zur Seite.

Da sah er den alten Mann ausgestreckt auf der Erde liegen. Das Gesicht der Sonne zugewandt. Und als der Sohn ihn aufrichtete, atmete er nicht mehr.

Das war das Wiedersehen des alten Großfängers mit der Sonne an seinem Wohnplatz.

So mächtig war seine Freude gewesen, daß sein Herz brach.

Und der Sohn, der sich am Tod des Vaters schuldig fühlte, baute ihm auf dem Gipfel eines Berges ein Grab, mit der Aussicht, die er so geliebt hatte, als er noch lebte.

Und später wurde er seinem Vater gleich: Niemals mehr verließ er seinen Wohnplatz, sondern blieb auf Aluk bis ans Ende seiner Tage.

131. Der Herr des Meeres

Auf Imaklik wohnte einmal ein Alter mit seiner Frau. Sie hatten einen einzigen Sohn. Dieser Alte fing auf den Klippen immer Seevögel. Als er wieder mal einige Vögel gefangen hatte, band er sie sich an seinen Gürtel, damit sie ihm einmal nützlich sein sollten. Eines Tages ging der Sohn des Alten ans Ufer. Am Ufer angekommen, begann er den Tang und die Krebse zu betrachten, die die Meeresbrandung angespült hatte, und dabei erblickte er plötzlich neben dem Wasser eine riesige Krabbe. Der Junge spürte ein heftiges Verlangen, die Krabbe zu nehmen und nach Hause zu tragen. Er lief deshalb zu ihr hin, aber als er sie nehmen wollte, griff sie nach ihm mit ihren Scheren, packte ihn und schleppte ihn ins Meer. Die Eltern warteten und warteten auf ihren Sohn. Und als er immer noch nicht kam, schliefen sie schließlich ein.

Als sie aufwachten, war der Sohn immer noch nicht da, und die Eltern bekamen große Angst. Der Vater konnte sogar vor lauter Kummer um den Sohn nichts mehr essen. Es vergingen einige Tage, aber der Sohn kam nicht. Sie suchten den Jungen überall, doch sie fanden ihn nicht. Der Vater wurde vor lauter Kummer immer älter und fand nicht einmal mehr an den schmackhaftesten Speisen Gefallen. Nur noch von seiner Lieblingsschwester nahm er etwas Essen an.

Schließlich konnte er den Kummer nicht mehr ertragen und beschloß, sich zu ertränken. Er stieg zum Meeresufer hinab und ging ans Wasser. Seine Lieblingsschwester entdeckte seine Absicht und rief: »Warum gehst du ins Wasser? Du wirst umkommen! Du wirst schreckliche Qualen in dem eiskalten Wasser erdulden müssen! Komm zurück, Bruder, komm zurück!«

Und der Alte hörte auf seine Schwester und kam zurück.

Als aber alle schliefen, ging er wieder ans Ufer und schritt diesmal geradewegs über den Strand ins Wasser.

Lange ging er so unter dem Wasser, und schließlich verschlug es ihn in irgendeine Meeressiedlung. Er sah neben sich eine Erdhütte und ging dort hinein. Und drinnen saß ein Mensch und bastelte irgend etwas. Der Meeresmensch fragte: »Warum bist du hierhergekommen? Oder hat dich die Meeresströmung hierhergespült?«

Der Alte antwortete: »Nein, das Meer hat mich nicht hierhergespült, aber ich habe meinen Sohn verloren. Erschien mein Sohn hier bei euch Unterwasserbewohnern?«

Der Meeresmensch sagte: »In der Mitte der Siedlung steht eine große Erdhütte. In dieser Erdhütte wohnt der Herr des hiesigen Meeres. Und bei ihm befindet sich auch dein Sohn.«

Der Alte von Imaklik ging zum Herrn des hiesigen Meeres. Als er eintrat, erblickte er einen riesigen Menschen, der mitten im Raum saß. Den Kopf und das Gesicht des Meeresherrn bedeckten lange, zerzauste Haare. Der Herr des Meeres fragte den Ankömmling: »Warum bist du hierhergekommen?«

Der Alte von Imaklik antwortete: »Wegen meines Sohnes.«

Der Herr des Meeres sagte: »Deinen Sohn kann ich dir nicht zurückgeben, er begab sich selbst in meine Gewalt.«

Der Alte blickte zu den oberen Lagerstätten, und dort saßen zwei Jünglinge. Einer von ihnen war sein Sohn.

Der Alte sagte zu dem Herrn des Meeres: »Ich werde alles für dich tun, was du willst, wenn du mir nur den Sohn zurückgibst.«

Der Herr des Meeres sagte: »Nein, um nichts in der Welt gebe ich ihn her!«

Und tatsächlich: was auch immer der Alte von Imaklik dem Herrn des Meeres vorschlug, der lehnte alle Angebote strikt ab.

Da erinnerte sich der Alte an die Seevögel, die er an seinem Gürtel befestigt hatte, und sagte zu dem Herrn des Meeres: »Sieh dir diese Seevögel an. Wenn sie dir gefallen, gebe ich sie dir für meinen Sohn.«

Der Herr des Meeres betrachtete die Vögel am Gürtel des Alten und fragte seine Hausbewohner, ob ihnen die Vögel gefielen. Alle begannen die Vögel zu loben.

Plötzlich befahl der Herr des Meeres allen zu schweigen, verbot, die Vögel zu loben, ja, sie durften nicht einmal mehr angesehen werden – so sehr gefielen ihm die Vögel nun selbst.

Danach forderte der Herr des Meeres den Sohn des Alten auf, sich anzuziehen. Gemeinsam mit dem Sohn zog sich auch der andere Jüngling an. Der Herr des Meeres sagte nichts. Er erlaubte allen, fortzugehen. Als sie aus der Erdhütte gingen, trafen die Leute von Imaklik den Mann, der dem Alten die Erdhütte des Herrn des Meeres genannt hatte. Jener sagte: »Schließt die Augen und macht drei Schritte!«

Die Leute von Imaklik schlossen die Augen und machten drei Schritte. Und als sie die Augen wieder öffneten, zeigte es sich, daß sie neben der Siedlung Imaklik standen.

Nun gingen sie nach Hause.

Der Jüngling, der mit ihnen gezogen war, blieb für immer in Imaklik wohnen.

132. Die Seele des Wals und sein brennendes Herz

Es war einmal ein dummer und wichtigtuerischer Rabe, der weit, weit hinaus aufs Meer flog.

Er flog und flog, weiter und weiter, und als er müde wurde, begann er nach Land Ausschau zu halten. Aber da war kein Land. Zuletzt war er so müde, daß er sich gerade noch schwebend über der Wasseroberfläche halten konnte. Und als plötzlich dicht vor ihm ein großer Wal auftauchte, wurde er so verwirrt, daß er ihm direkt ins Maul hineinflog.

Einen Augenblick lang wurde es um ihn dunkel. Es rauschte und gluckste, und gerade als er glaubte, sterben zu müssen, taumelte er direkt in ein Haus hinein, ein schmuckes und prächtiges Haus, in dem es hell und warm war. Auf der Pritsche saß eine junge Frau und beschäftigte sich mit einer brennenden Lampe. Sie stand auf und empfing den Raben freundlich, indem sie sagte: »Du bist mir willkommen als Gast. Nur mußt du mir eins versprechen: Du darfst niemals meine Lampe berühren.«

Der Rabe, der darüber glücklich war, daß er sein Leben gerettet hatte, beeilte sich ihr zu versichern, daß er niemals die Lampe anrühren würde. Und dann setzte er sich auf die Pritsche und kam aus dem Staunen nicht heraus, weil es in dem kleinen Haus so fein und rein war.

Das war ein Walknochenhaus, gebaut wie die Wohnungen der Menschen, und alles darinnen war eingerichtet, wie die Menschen es zu tun pflegen. Aber über der jungen Frau lag eine sonderbare Unruhe. Sie saß niemals lange still. In kurzen Abständen erhob sie sich von der Pritsche und verschwand durch die Tür. Es dauerte immer nur einen Augenblick, bis sie wieder hereinkam. Aber gleich darauf war sie wieder fort.

»Was ist es, was dich so unruhig macht?« fragte der Rabe.

»Das Leben«, antwortete das junge Mädchen, »das Leben und mein Atemholen.«

Aber diese Antwort verstand der Rabe überhaupt nicht.

Nachdem er sich beruhigt hatte und ihn auch keine Angst mehr bedrückte, begann er neugierig zu werden.

»Wieso darf ich die Lampe wohl nicht berühren?« dachte er. Und jedesmal, wenn das Mädchen hinausschlüpfte, und er allein blieb, bekam er immer größere Lust, sein Versprechen zu brechen und hinzugehen und nur ein ganz klein wenig an der Lampe herumzupicken. Schließlich konnte er seine Neugier nicht mehr zügeln. Und als das Mädchen wieder aus der Tür hinausschlüpfte, sprang er hin und zupfte am Docht der Lampe. Im selben Augenblick taumelte das Mädchen kopfüber zur Tür herein, fiel auf dem Fußboden um und blieb dort liegen, während die Lampe verlöschte.

Zu spät bereute der Rabe, was er getan hatte. Er taumelte in der schwarzen Dunkelheit umher, und das schmucke, helle Haus war nicht mehr da. Er war kurz vorm Ersticken. Er irrte zwischen Speck und Blut umher, und so heiß wurde es dort drinnen, daß seine Federn abfielen. Halb erstickt torkelte er im Bauch des Wals herum, und erst jetzt verstand er, was geschehen war: Das junge Mädchen war die Seele des weiblichen Wals. Und sie schlüpfte aus der Tür und hinaus in die freie Luft, immer wenn der Wal atmen wollte. Und ihr Herz war eine Lampe mit einer großen und ruhigen Flamme.

Der Rabe hatte aus lauter Neugier am Herzen des jungen Mädchens herumgezupft. Und deshalb war sie gestorben. Er wußte nicht, daß das Feine und Schöne zerbrechlich ist und leicht zu zerstören; denn selbst war er dumm und zählebig. Und er kämpfte nun in Dunkelheit und Blut um sein Leben. Alles das, was vorher schmuck und rein war, war jetzt häßlich und stinkend.

Zuletzt glückte es ihm, denselben Weg hinauszuschlüpfen, den er hineingekommen war. Und da saß er nun, ein halbnackter

Rabe, verschmiert und verschmutzt, auf dem Rücken eines toten Wals.

Dort blieb er dann sitzen. Und er lebte vom Aas, während ihn Wind und Wellen umtummelten. Seine Flügel waren von Hitze und Blut zerstört. Fliegen konnte er also nicht mehr.

Ein Sturm trieb ihn endlich an Land. Und die Menschen sahen den Walkadaver und fuhren in ihren Frauenbooten hinaus, um für sich Fleisch und Speck zu bergen. Als der Rabe sie sah, verwandelte er sich augenblicklich in einen Mann, in einen kleinen häßlichen, verschmutzten und zerzausten Mann, der oben auf dem Wal stand.

Er sprach überhaupt nicht davon, daß er aus lauter Neugier an einem Herzen gerührt und etwas Feines und Schönes vernichtet hatte. Er plapperte nur triumphierend daher: »Ich habe den Wal getötet! Ich habe den Wahl getötet!«

Und er wurde ein großer Mann unter den Menschen.

133. Die Frau, die sich in ein Rentier verwandelte

Ein Nomade lebte zusammen mit seiner Frau. Sie hatten keine Nachbarn, denn sie wohnten in der Einsamkeit. Wenn der Mann zur Herde ging, blieb seine Frau allein zu Hause, nähte Kleidungsstücke und kümmerte sich um das Essen. Einmal nun, als der Nomade zu den Rentieren gegangen war, kam zu der Frau eine Unbekannte. Die Frau des Nomaden empfing den Gast freundlich und bewirtete ihn gut. Nach dem Essen sagte die Besucherin: »Sicherlich arbeitest du so viel, daß du dir niemals die Haare kämmen kannst.«

Die Frau antwortete: »Ja, es ist wahr. Ich habe mich schon lange nicht mehr gekämmt.«

Die Besucherin sagte: »Zeig deinen Kopf her, ich werde dich kämmen.«

Die Frau des Nomaden war einverstanden, und die Besucherin fing an, ihr das Haar zu kämmen.

Während die Besucherin der Frau die Haare kämmte, schlief diese fest ein. Da nahm die Besucherin ein kleines Rohr und zog durch das Ohr aus der linken Kopfseite der Frau das Gehirn heraus. Dann drehte sie den Kopf und zog durch das andere Ohr das Gehirn aus der rechten Seite des Kopfes. Danach ging die Besucherin fort. Als die Frau erwachte, wollte sie aufstehen, doch sie konnte nicht. Ihr Kopf war so schwer, daß sie ihn nicht heben konnte. Sie konnte sich kaum zur Wand schleppen und kauerte sich dann hin.

Als ihr Mann nach Hause kam, konnte seine Frau kein Wort hervorbringen. Der Mann fragte sie: »Was ist mit dir, bist du krank, warum schweigst du?«

Aber die Frau hatte ganz die Besucherin vergessen, die sie eingeschläfert hatte, und mit großer Mühe erzählte sie, daß sie mit großen Kopfschmerzen aufgewacht sei und nicht einmal aufstehen konnte, so daß sie sich nur sitzend gegen die Wand kauern konnte.

Der Mann war sehr beunruhigt, begann seine Frau zu füttern und ihr alles zu geben. Aber sie blieb liegen.

Eines schönen Tages, als der Mann zu seiner Rentierherde gegangen war, kam eine kleine Frau zu der Kranken und sagte: »Du selbst bist schuld, weil du demjenigen glaubst, den du zum erstenmal siehst. Deshalb hast du auch dein Gehirn verloren. Zu dir kam eine fremde Frau und kämmte dir dein Haar. Aber als du eingeschlafen warst, zog sie dir das Gehirn heraus und ging fort. Als du aufwachtest, wolltest du aufstehen, aber du konntest nicht. Jetzt kannst du nur gesund werden, wenn du das Gehirn eines Rentiers bekommst. Das Fleisch dieses Rentiers muß extra gelegt werden. Nur du darfst davon essen. Von mir erzähle niemandem etwas. Sag deinem Mann, du hättest alles geträumt.«

Nach diesen Worten verschwand die kleine Frau.

Als der Mann heimkehrte, erzählte ihm die Frau, daß sie in einem Traum erfahren hätte, wie sie geheilt werden könnte. Und sie teilte ihm den Ratschlag der kleinen Frau mit.

Der Mann tötete ein Rentier und führte seiner Frau mit einem kleinen Rohr das Gehirn des Tieres ein. Die Frau wurde, nachdem sie das Rentiergehirn erhalten hatte, schnell gesund, fing wieder an zu gehen, zu arbeiten und zu sprechen.

So verging ein Jahr, und da merkte der Mann, daß seine Frau sehr kräftig wurde und anfing, Rentiere in allem nachzuahmen: sie lief sehr schnell und drehte den Kopf. Der Mann erschrak heftig darüber und band seine Frau an ihr Schlaflager fest.

Aber eines Nachts, als er schlief, löste die Frau den Riemen und lief fort.

Da hörte der Nomade auf, Rentiere zu hüten und begann überall nach seiner verschwundenen Frau zu suchen. Als er sie nicht in der Umgebung finden konnte, ritt er auf Rentieren in die entfernt liegende Tundra.

Und als er einmal inmitten großer Steine sein Nachtlager bereitet hatte, setzte er sich hin, um sich auszuruhen. Plötzlich hörte er aus den Steinen eine Mädchenstimme: »Großvater, erzähle ein Märchen!«

Danach die Stimme des Alten: »Nein, die Nacht ist schon eingebrochen. Ich kann nicht erzählen, sonst können zufällig Vorübergehende mein Märchen hören.«

Der Mann vermutete, daß unter den Steinen jemand wohne und klopfte nach unten und sagte zu dem Mädchen: »Mädchen, bitte noch einmal, daß der Großvater erzählen möge.«

Als er schwieg, sagte das Mädchen unter ihm von neuem: »Großvater, ich bitte dich noch einmal, erzähle ein Märchen!«

Und abermals war die Stimme des Alten zu hören: »Und noch einmal sage ich, daß ich nicht erzählen werden. Die Nacht ist schon da! Du bist ein seltsames Mädchen, und wenn dort plötzlich jemand vorübergeht, dann erfährt er mein Märchen!«

Als der Alte schwieg, klopfte der Nomade noch einmal unten vorsichtig an und sagte zu dem Mädchen: »Bitte den Großvater noch einmal, ein Märchen zu erzählen, weine meinetwegen, aber bitte ihn eindringlich.«

Kaum hatte er dies gesagt, als das Mädchen auch schon weinend zu bitten begann: »Ich bitte dich noch einmal, er-zäh-le!«

Der Großvater sagte: »Du bist mir aber ein unruhiges Mädchen. Nun, einverstanden, höre zu, was ich erzähle!«

Und der Großvater begann zu erzählen: »Es war einmal ein Mann und eine Frau. Die lebten dort auf der Südseite in großer Einsamkeit. Einmal, als sich der Mann bei seiner Rentierherde befand, kam zu seiner Frau eine Fremde und schlug ihr vor, ihr das Haar zu kämmen. Die Frau war einverstanden, und während die Fremde ihr das Haar kämmte, schlief sie ein. Da nahm die Fremde ein kleines Rohr und zog ihr damit durch das linke und rechte Ohr das Gehirn aus dem Kopf. Danach ließ sie die schlafende Frau allein und ging fort. Die Frau erwachte, wollte aufstehen, konnte aber nicht. Ihr Kopf war, wie sich zeigte, sehr schwer geworden. Die Frau schleppte sich mit Mühe zur Wand, kauerte sich dort halb sitzend nieder und lehnte dabei den Rükken an die Wand. Der Mann kehrte heim und sah, daß seine Frau nicht essen und nicht aufstehen konnte. Er begann sie zu füttern und zu pflegen. Aber einmal, als der Mann bei der Herde war, kam eine kleine Frau zu der Kranken. Das war ein Fuchs in Gestalt einer kleinen Frau. Diese Fuchs-Frau riet der Kranken, anstelle des verlorenen Gehirns ein Rentiergehirn zu benutzen, damit sie gesund werde. Sie befahl, das Fleisch des Rentiers gesondert zu geben, so daß nur die Kranke damit gespeist werde. Und dann forderte die Fuchs-Frau, niemanden von ihr zu erzählen, über ihren Ratschlag aber sollte die Kranke wie von einem Traum berichten. Als nun ihr Mann nach Hause kam, erzählte ihm die Frau, daß sie einen Traum gehabt hätte. Und der Mann tat nun alles, was ihm die Frau sagte. Die Frau wurde schnell wieder gesund. So lebten sie ein ganzes Jahr. Aber da merkte der Mann, daß seine Frau kräftig wurde und in allem ein Rentier nachzuahmen begann: sie lief schnell und drehte den Kopf. Der Mann erschrak und band die Frau an das Schlaflager. Aber einmal in der Nacht, als er schlief, löste die Frau den Riemen und lief fort. Da hörte der Nomade auf, Rentiere zu hüten und begann überall nach seiner verschwundenen Frau zu suchen. Aber er konnte sie nicht finden. Seine Frau aber verwandelte sich in ein Rentier und schloß sich der Herde eines reichen Rentierzüchters an. Sie wurde so empfindlich und wild, daß sie niemanden an sich herankommen ließ. Viele Male wollten die Hirten sie fangen, konnten es aber nicht. Das also ist das ganze Märchen. Ach, Enkelchen, schau doch mal nach draußen, ob da nicht ein Zuhörer ist!«

Das Mädchen schaute aus den Steinen hervor, erblickte den lauschenden Mann und wandte sich sofort wieder um.

Der Großvater fragte: »Nun, was ist?«

Das Mädchen antwortete: »Dort sitzt ein Mensch.«

Der Großvater sagte böse: »Habe ich dir nicht immer wieder gesagt, daß da Zuhörer sein können? Was sollen wir jetzt tun? Aber hat er nun schon mal das Erzählte gehört, mag er auch reinkommen.«

Wieder zeigte sich das Mädchen unter dem Stein und sagte zu dem Mann: »Komm herein!«

Der Mann sagte: »Wie kann ich reinkommen? Wo ist der Eingang?«

Das Mädchen entfernte sich wieder und fragte den Großvater, wie man hereinkommen könne.

Der Großvater sagte: »Er möge die Augen schließen und nach vorn schreiten.«

Das Mädchen lehnte sich aus den Steinen hervor und sagte: »Schließe deine Augen und tu einen Schritt nach vorn!«

Der Mann schloß die Augen und tat einen Schritt nach vorn. Als er aber die Augen öffnete, sah er, daß er sich im Gang einer Erdhütte befand. Und da ging er weiter hinein. Drinnen in der Hütte saß ein Alter.

Der Alte fragte: »Du hörtest, wie ich das Märchen erzählte, und hast von allem erfahren. Hast du schon lange auf dem Stein gesessen?«

Der Mann erzählte, wie sich die Sache verhalten hatte.

Der Alte sagte: »Nun denn, jetzt muß ich dir schon alles bis zu Ende erzählen und dir helfen, deine Frau wiederzufinden. Du wirst von hier zu deiner Frau aufbrechen. Ich leihe dir zwei Reit-Rentiere und ein Lasso. Aber mach nichts mit den Rentieren. Diese Rentiere führen dich von selbst zu der Herde des reichen Rentierzüchters. Wenn du zu der Stelle kommst, wo sich deine Frau in Gestalt eines großen Rentiers aufhält, dann wirf über dieses Rentier das Lasso, zieh es zu dir heran und schneide ihm schnell mit einem Messer die Brust auf und zieh aus dem Herzen deine Frau. Bedecke sie mit einigen deiner Kleidungsstücke und führe sie auf meinen Rentieren nach Hause zurück. Ich erscheine als große Spinne. Du sollst meine Weisheit erfahren. Von Fall zu Fall wirst du mir Speise bringen.«

Nun ritt der Mann schnell los. Die Rentiere führten ihn von selbst zu jener Stelle, wo die Herde des reichen Rentierzüchters war.

Als er zur Herde kam, sah er ein großes Rentier, das die Ohren spitzte und fortlaufen wollte. Da ritt der Mann so dicht wie möglich an das Rentier heran, und als es fortlief, warf er ihm das Lasso über, zog es zu sich heran, öffnete ihm die Brust und zog aus dem Herzen seine Frau.

Er zog der Frau einen Teil seiner Kleidung an und ritt schnell von der Herde fort.

Auf dem Rückweg kam er zu der großen Spinne, überließ ihr die Rentiere und kehrte dann, zusammen mit seiner Frau, nach Hause zurück.

Seine Frau wurde wieder gesund, und sie lebten fortan gut miteinander. Und wenn der Nomade Rentiere zerlegte, schaffte er immer einen Teil des Fleisches in die Behausung der großen Spinne.

134. Der Wal, der von einer Frau geboren wurde

Es ist schon lange her. Ein Jäger aus Nyvukak vom Stamm Nunagmit hatte zwei Frauen. Die erste Frau hatte Kinder, die zweite war kinderlos und lebte in einem abgesonderten Raum. Eines schönen Tages nun wurde diese Frau krank. Aus Mitleid zu ihr hörte der Mann auf, auf das Meer zu fahren, hörte auf zu jagen, ja, er ging nicht einmal mehr aus dem Haus, weil er fürchtete, daß seine Frau sterben würde.

In der Siedlung, in der der Mann lebte, gab es ein halbwüchsiges Mädchen. Das Mädchen lebte bei seinem Vater und hatte keine Mutter, und wenn der Vater auf Jagd war, schlenderte es durch die Siedlung. Alles belauschte dieses Mädchen, alles beobachtete es, alles wollte es wissen.

Einmal saß der Mann der kranken Frau auf der Schwelle seiner Erdhütte und sah, wie das Mädchen vorüberging.

Das Mädchen schaute dem Jäger in die Augen und lachte. Der Jäger wurde ärgerlich und rief: »Geh weg von hier, und mach dich nicht über alles lustig, sonst verprügle ich dich noch mit diesem Stock. Weißt du denn nicht, daß meine Frau krank liegt?«

Das Mädchen sagte: »Du kannst mich schlagen, aber ich lache, weil ich etwas über deine Frau weiß!«

Als das Mädchen das gesagt hatte, lief es fort. Der Jäger ging in den Raum, in dem seine erste Frau lebte und sagte zu ihr: »Dieses übermütige Mädchen möchte mir etwas sagen. Wir müssen sie rufen und gut bewirten.«

Am nächsten Tag riefen sie das Mädchen und begannen sie zu bewirten.

Der Jäger fragte: »Was wolltest du mir sagen? Weshalb lachst du, wenn du mich siehst?«

Das Mädchen sagte: »Deine zweite Frau, die in dem abgesonderten Raum wohnt, betrügt dich ständig. Sie ist überhaupt nicht krank, sie tut nur so.«

Der Mann fragte: »Aber was macht sie denn?«

Das Mädchen sagte: »Verstecke dich heute nacht neben der Hütte und stehe Posten, vielleicht siehst du dann irgend etwas.«

Als die Nacht einbrach und der Vollmond am Himmel erschien, ging der Jäger hinaus und versteckte sich neben der Hütte hinter einem großen Stein. Und als der Mond Mitternacht erreicht hatte, kam seine kranke Frau nach draußen, bekleidet mit einem Silapak (Übergewand) und Kamiken, als ob sie zum Fischfang wolle. In der einen Hand hatte sie eine Holzschüssel, voll von Fleisch, in der anderen einen Eimer mit Wasser.

Die Frau kletterte auf das Dach der Hütte, stellte sich in die Mitte und fing zu singen an.

Der Jäger hörte, daß die Frau mit dem Lied ihren Mann rief – einen Wal. Plötzlich hörte sie mit dem Singen auf, und da war auch schon, weit draußen auf dem Meer, das sprudelnde Wasser von einem auftauchenden Wal zu hören.

Als die Frau das hörte, fing sie von neuem zu singen an und rief den Wal herbei. Immer dichter kamen die sprudelnden Wassergeräusche, die der auftauchende Wal verursachte.

Da fing die Frau zum dittenmal zu singen an.

Der Mond tauchte das ganze Ufer in ein helles Licht, und der Jäger konnte sehen, daß der Wal ans Ufer kam. Jetzt lief die Frau schnell zum Meer hinunter, und der Wal lehnte sich an einen großen Stein, der am Ufer lag. Auf diesen Stein stellte sich die Frau und begann den Wal zu füttern und zu tränken.

Als sie ihn gefüttert und getränkt hatte, kam aus seinen Nasenlöchern ein Mensch ans Ufer. Jener Wal-Mann war jung und schön. Er ging zusammen mit der Frau in ihre Unterkunft und blieb dort lange bei ihr.

Nun ging der Jäger zu seiner ersten Frau und erzählte ihr, daß seine zweite Frau tatsächlich einen Mann hat. Dann legte der Jäger sich schlafen. Als er am nächsten Morgen aufgewacht war, nahm er eine große Harpune und erprobte ihre Schärfe an seiner Wange. Er schärfte die Harpune gut.

Am nächsten Tag sagte er zu seiner älteren Frau, daß er auf Jagd ginge. Er nahm seine Jägeraustrüstung und ging los, versteckte sich aber am felsigen Ufer und begann auf sein betrügerisches Eheweib zu warten.

Und als der Mond Mitternacht erreicht hatte, kam die Frau wieder aus ihrer Behausung heraus und trug wieder einen Silapak und Kamiken.

Wie schon zuvor fing die Frau zu singen an, womit sie ihren Wal-Mann aus dem Meer herbeirief. Wieder waren von fern die sprudelnden Wassergeräusche des auftauchenden Wals zu hören. und auch diesmal kam der Wal ans Ufer. Viermal sang die Frau das Locklied, und abermals lehnte sich der Wal an den Stein, der auf dem Ufer lag. Die Frau fütterte und tränkte den Wal, und danach kam aus seinen Nasenlöchern ein Mensch, kletterte geschwind ans Ufer und ging dann mit der Frau in deren Behausung und blieb dort.

Zur gleichen Zeit stieg der Jäger zum Ufer hinab, wobei er in der Hand die Harpune hielt. Als er sich an den Wal herangeschlichen hatte, stieß er ihm die Harpune mitten ins Herz und tötete ihn. In diesem Augenblick aber überlief den Mann neben der Frau ein heftiges Zittern. Er sprang auf und lief fort. Als er zu dem Wal kam, schlüpfte er in dessen Nasenloch und starb dort.

Der Jäger aber kehrte nach Hause zurück und ging zu seiner älteren Frau.

Die anderen Jäger zerlegten den Wal. Von dem Mann in ihm aber fanden sie keine Spur. Gegen Abend aber ging der Jäger zu seiner jungen Frau und schlief bei ihr.

Es zeigte sich bald, daß sie schwanger war.

Der Jäger tummelte sich jeden Tag auf dem Meer und erlegte viele Tiere.

Und nach einiger Zeit gebar die zweite Frau ihr Kind. Und der Mann fragte: »Hast du einen Jungen oder ein Mädchen geboren?«

Und die Frau antwortete: »Ich habe einen Wal geboren!«

Der Mann erschrak, sagte aber nichts weiter.

Die Mutter legte das Walbaby in eine große Schüssel mit Wasser und fing an, es großzuziehen, wobei sie es mit ihrer Milch nährte.

Der Mann aber ging von nun an noch mehr auf die Jagd. Das Walbaby wurde schnell größer, und bald war ihm die Schüssel zu klein. Daher richtete man ihm am Flußufer eine große Grube her und leitete das Flußwasser dort hinein. Aber auch diese Grube erwies sich bald als zu klein, als das Walbaby so groß wie ein Haus geworden war. Nun beschlossen die Leute von Nunak einstimmig, das Walbaby ins Meer zu setzen. Sie ebneten den Weg zum Meer und ließen den kleinen Wal auf einem Robbenfell ins Wasser gleiten. Und damit sie ihn im Meer nicht aus den Augen verlören, banden sie ihm ein rotes Zeichen durch die Nasenlöcher. Nachdem man den kleinen Wal auf diese Weise kenntlich gemacht hatte, verschwand er im Meer. Aber da der Wal an die Menschen gewöhnt war, kam er oft mit anderen Walen nach Nunak. Dort bewegte er sich zu dem Stein am Ufer, wo ihn die

Mutter mit der Brust nährte. Hatte er genug Milch getrunken, verschwand er wieder im Meer.

Während der Jagd erkannten die Männer von Nunak ihn an seinem roten Band und rührten ihn nicht an.

Da immer andere Wale in seiner Begleitung waren, waren die Leute von Nunak immer erfolgreich bei ihrer Jagd und litten niemals Hunger.

Zur gleichen Zeit aber konnten die Leute von Mamrochpak keine Wale auftreiben, sie hatten weder die schmackhafte Speise Mattak noch Walfett. Der Wal, der von einer Menschenfrau geboren worden war, führte alle Wale von ihrer Siedlung fort.

Aber eines Tages erblickten die Leute von Mamrochpak den Nunaker Wal mit dem roten Zeichen. Ihr Anführer sagte: »Seht, da bekommen wir etwas zum Essen!«

Dann harpunierten die Leute den von einer Menschenfrau geborenen Wal und töteten ihn.

Lange warteten die Leute von Nunak auf ihren Schützling. Aber der kam nicht. Die Schwester eines ihrer Jäger war mit einem Mann aus Mamrochpak verheiratet. Sie hatte Mitleid mit ihren Verwandten, ging nach Nunak und sagte, daß die Leute von Mamrochpak den Wal mit dem roten Zeichen getötet hätten.

Nun gab es in Nunak einen Linkshänder, der gut mit dem Bogen umzugehen verstand. Nicht ein Schuß, der von dem Linkshänder abgegeben wurde, verfehlte sein Ziel. Landeten die Jäger am Ufer, rief der Linkshänder, der oben neben seiner Erdhütte saß: »Gebt acht, hebt das Ruder, ich schieße!«

Und tatsächlich! In Nunak flog niemandes Schuß von den oben gelegenen Erdhütten bis ans Ufer. Aber der Linkshänder traf das Ruder. Der Linkshänder war ein guter Schütze.

Einmal rüsteten sich die Leute von Nunak aus, nahmen Bogen und Pfeile und fuhren mit ihren Booten auf die Seite des Kaps Ojuk. Dort, bei Ojuk, sahen sie den Anführer der Leute von Mamrochpak in seinem Kajak. Es war offensichtlich: er fuhr allein auf die Jagd. Die Leute von Nunak versuchten nun an ihn heranzukommen. Aber da floh der Mann aus Mamrochpak, legte am Ufer an, sprang aus dem Kajak und kam durch das Gras nach oben.

Da sagte der Anführer der Leute von Nunak zum Linkshänder: »Da, den Flüchtigen, strecke ihn nieder!«

Der Linkshänder postierte sich vorn am Boot, spannte den Bogen und fragte: »Wohin soll ich zielen?«

Der Anführer, der am Ruder saß, sagte: »Ziele auf die Stelle, die ihm flüchten hilft!«

Der Linkshänder zielte, schoß und traf den Anführer der Leute von Mamrochpak in die Ferse. Durch diesen Schuß wurde sogar der Knochen zerschmettert.

Als die Leute von Nunak am Ufer landeten, töteten sie ihren Feind. Dann fuhren sie nach Mamrochpak, legten am Ufer an und kletterten hinauf. Die Leute von Mamrochpak empfingen die Gäste herzlich und gaben ihnen das Rückenfleisch des Wals zu essen. Sie wußten nicht, daß ihr Anführer erschlagen war. Danach stiegen die Leute von Nunak zum Ufer hinab, setzten sich in ihre Boote und fuhren los. Als sie das Kap Umkugljuk erreichten, banden sie einen Schwimmsack an eine Harpunenspitze und richteten ihn auf. Als sie den Schwimmsack hoch aufgerichtet hatten, begannen sie zu rufen. Die Leute von Mamrochpak sahen den aufgerichteten Schwimmsack, hörten die Rufe und rannten sofort zu ihren Booten. Sie begannen, die Leute von Nunak zu verfolgen, konnten sie aber nicht einholen. So rächten sich die Leute von Nunak für ihren Wal, der von einer Menschenfrau geboren worden war.

Die Leute von Mamrochpak aber konnten sich den ganzen Sommer hindurch nicht für ihren Anführer rächen. Schließlich beschlossen sie, die Leute von Nunak zu täuschen und mit Walroßgebrüll zu locken.

In jener Nacht stiegen die Leute von Mamrochpak mit Pfeilen und Bogen über den Berg Mamrugagnak zum Meer hinunter, versteckten sich bei dem am Ufer gelegenen Steilfelsen Typagruk und fingen laut zu schreien an, so wie es die Walrosse zu tun pflegen. Und dann begannen alle Boote auf das Walroßgebrüll zuzufahren. Zur gleichen Zeit aber begannen die Leute von

Mamrochpak mit den Bogen auf die Boote zu schießen. Sie durchlöcherten eins, ließen es untergehen und verwundeten viele Leute.

Einige Zeit später fuhren die Leute von Nunak nach Mamrochpak und nahmen den Leuten dort die Nachtlager aus ihren Erdhütten weg. So rächte einer den anderen. Danach aber begannen sie gut und freundschaftlich in einer Siedlung in Naukan zu zu leben. Das ist alles.

NACHWORT

Bei den Eskimo von Ammassalik in Ostgrönland wurde in einer verbreiteten Geschichte (Nr. 90) von dem Schamanen Angákerduaq erzählt, daß er oft große Geisterflüge unternommen und dabei einige Male die endlose, eintönige Weite des grönländischen Inlandeises überflogen habe. Mehrmals hätten ihn Menschen beobachtet, wie er durch die Luft flog, einen langen Feuerschweif hinter sich und begleitet von funkensprühenden Hilfsgeistern. Einmal im Herbst sollte er wieder das Inlandeis überquert haben und an eine fremde Küste gekommen sein, wo er an einem Fjord Menschen gesehen hätte, die kleine bärenähnliche Tiere zu ihrem Wohnplatz trieben. Die Menschen entdeckten ihn zwar, er aber setzte sich auf einem Berggipfel nieder und konnte alles genau beobachten, ehe er über das Inlandeis an die Ostküste zurückflog. Im Frühjahr soll er noch einmal zu diesem Fjord geflogen sein. Und da habe er gesehen, wie die Bewohner Jagd auf eine Herde Weißwale machten. Von einem niedrigen Gipfel sah er den Jägern in ihren Kajaks zu, bis einer von ihnen plötzlich rief, daß da oben ein Mensch sitze. Und da flog er sogleich wieder zurück.

Nach der Erzählung eines alten Mannes namens Ákernilik schrieb der Ostgrönländer Kârale Andreassen diese Geschichte nieder, und er machte sich oft Gedanken darüber, wo denn diese so im einzelnen beschriebene Weißwaljagd stattgefunden haben könnte. In den Jahren von 1910 bis 1914 war Andreassen am Seminar in der westgrönländischen Siedlung Godthåb (Nuuk, jetzige Hauptstadt Grönlands), die damals nur durch eine Seereise von runden 2000 Kilometern zu erreichen war. Auf der 66 km von Godthåb (Nuuk) entfernt liegenden Insel Uummannaq, wo von 1861 bis 1900 eine deutsche Missionsstation der Herrnhuter bestanden hatte, erzählt Andreassen einem alten Mann namens Lûtivik die Geschichte von den Flügen des Schamanen Angákerduaq mit allen Details der in Ostgrönland überlieferten Ortsangaben. Zur großen Überraschung der beiden zeigte es sich, daß auch Lûtivik die Geschichte kannte, aber gewissermaßen von der anderen Seite her. Zur Zeit der Herrnhuter hatten einmal grönländische Helfer der Missionare die Ziegen zu den Häusern getrieben, als plötzlich die Tiere erschreckt anhielten und nach Osten starrten. Wenig später bemerkten die Ziegentreiber einen Feuerstrahl, dahinter eine dunkle Kugel und danach wieder einen Feuerschweif, und sie erkannten deutlich, daß das Dunkle ein zusammengekrümmter Mensch war. Sie waren aufgeregt und gestikulierten wild. Da änderte der fliegende Mensch seine Bahn, flog über den Sund und ließ sich auf einem Berggipfel nieder. Im Frühjahr darauf war in der Nähe eine Jagd auf eine große Herde Weißwale im Gange; plötzlich deutete einer der Männer aus seinem Kajak auf eine niedrige Erhebung und rief: »Seht, seht da oben, ein Mann, ein Mann!« Aber ehe die anderen sich richtig darüber klar geworden waren, was hier geschah, war der Mann verschwunden. – Noch 1951 hörte der aus einem alten Pfarrergeschlecht stammende Westgrönländer Jens Rosing bei einem Aufenthalt auf Uummannaq von diesen Begebenheiten, und eine Tochter des alten Lûtivik wußte noch den Berg zu bezeichnen, auf dem sich der Schamane niedergelassen haben soll. Rosing berichtet darüber in seiner großen Sammlung ostgrönländischer Volksüberlieferungen, und er fügt ausdrücklich hinzu, daß in Ammassalik keine Nachrichten darüber bekannt sind, daß jemals ein Ostgrönländer zu jener Zeit auf dem Seeweg um die Südspitze Grönlands herum in das Gebiet um Godthåb (Nuuk) gelangt sei. Man erzählt, man habe nur durch Angákerduaqs und Naujas »Kursvorschriften« Nachrichten über jenes Land erhalten[1].

Für den kritischen Europäer bleiben solche Zusammenhänge völlig rätselhaft, ja unglaubwürdig. Auch die Eskimo waren erstaunt, doch galten ihnen derartige Geschichten, wenn sie in solcher Weise überliefert wurden, als Wahrheit und keineswegs als Fiktion. Der Polar-Eskimo Ûsarqak faßte das so in Worte: »Unsere Erzählungen sind Erlebnisse der Menschen, und es sind nicht immer schöne Dinge, von denen man hört. Aber man kann eine Geschichte nicht ausschmücken, damit sie angenehm zu hören ist, wenn sie gleichzeitig wahr sein soll. Den Worten Neugeborener kann niemand Glauben schenken, aber die Erfahrungen der

[1] Jens Rosing: Sagn og saga fra Angmagssalik. Kjøbenhavn 1963, S. 196–199.

alten Geschlechter enthalten Wahrheit. Wenn wir Geschichten erzählen, sprechen wir nicht aus uns selbst heraus; da ist es die Weisheit der Vorväter, die durch uns spricht.«[2]

Und diese Erfahrung konnten seit über zweieinhalb Jahrhunderten Missionare und Forscher machen, wenn sie Geschichten der Eskimo hörten und aufzeichneten: was dieses Volk bei Fest und Feier erzählte, wenn die Trommeln dröhnten, oder beim Flackern der Tranlampe auf fellbelegter Pritsche sitzend, das alles war ihnen Wahrheit und nicht nur Unterhaltung.

Die Wohngebiete der heutigen Eskimo erstrecken sich über etwa 10000 Kilometer von Ostsibirien über die arktischen Teile Nordamerikas, Alaskas und Kanadas bis nach Grönland. Die Zahl der gegen Ende des 20. Jahrhunderts lebenden Eskimo und deren Nachfahren schätzt man auf mehr als 100000. Davon wohnen knapp 1500 in der Sowjetunion, 35000 in Alaska, 27000 in Kanada und 46000 in Grönland.

Früher war das Siedlungsgebiet der Eskimo noch ausgedehnter, es gab Eskimosiedlungen z.B. in Nordostgrönland, an der Südküste von Labrador, an der Südostküste von Alaska und an der Nordküste der Tschuktschen-Halbinsel im nordöstlichen Sibirien.

Die zahlreichen Eskimostämme bildeten und bilden jedoch keineswegs politische Einheiten, und gar zu einer Staatenbildung oder Ansätzen dazu ist es mit einer Ausnahme nirgends gekommen.

Die Ausnahme stellt Grönland dar, das 1979 den Status eines intern autonomen Landes von Dänemark zugebilligt bekam (dän. *hjemmestyre*). Die Eskimostämme stellen nur geographisch begrenzte Einheiten dar; selbst in kultureller Hinsicht unterscheiden sie sich nicht wesentlich voneinander, auch wenn sich natürlich überall lokale Besonderheiten herausgebildet haben.

Die eskimoische Sprache konnte bisher keiner anderen größeren Sprachenfamilie zugeordnet werden, obwohl man versucht hat, Zusammenhänge mit den ural-altaischen und den indogermanischen Sprachen nachzuweisen. Sicher ist nur das Aleutische mit dem Eskimoischen verwandt.

[2] Knud Rasmussen: Myter og sagn fra Grønland 3. Kjøbenhavn 1925, S. 38.

Die Sprache der Eskimo läßt sich in zwei große Dialektgruppen gliedern, eine östliche *(inuit)* und eine westliche *(yupik)*. Zum Osteskimoischen gehören alle Dialekte Grönlands und Nordamerikas mit Ausnahme des südlichen und westlichen Alaska. Während eine Verständigung zwischen Grönländern und ihren Stammesbrüdern auf der anderen Seite der Davis-Straße noch so einigermaßen möglich ist, wird sie immer schwieriger, je weiter man nach Westen kommt. In diesem Zusammenhang verdient die Beobachtung des grönländischen Eskimologen und Zeichners Jens Rosing (geb. 1925) Beachtung. Er berichtete, daß eine Verständigung zwischen ihm und Eskimo auf dem amerikanischen Kontinent gut möglich war, als er mit ihnen Gespräche in seiner westgrönländischen Sprache führte, die er mit Ausdrücken des Ostgrönländischen und des Thule-Dialekts mischte.[3] – Das Westeskimoische besteht aus drei Dialekten in Alaska und im asiatisch-eskimoischen Bereich, wobei die Dialekte sehr erhebliche Unterschiede aufweisen.

Zur Schriftsprache wurden die eskimoischen Idiome erst sehr spät. Die ersten Übertragungen des Eskimoischen machte der 1721 nach Grönland gekommene norwegisch-dänische Missionar Hans Egede, wobei er lateinische Buchstaben benutzte. Daraus entwickelte sich dann die grönländische Schriftsprache, die 1851 durch die Grammatik des ehemaligen deutschen Herrnhuter Missionars Samuel Kleinschmidt systematisiert wurde und 1973 eine neue, der Aussprache angepaßte Orthographie erfuhr, die u.a. auf das bis dahin gebräuchliche Akzentsystem verzichtete. Später entwickelten sich verschiedene Orthographien bei den westlichen Eskimostämmen. So führte der katholische Missionar Edmund J. Peck 1878 für die Eskimo in Zentral-Kanada ein besonderes Schriftzeichensystem ein (syllabisches System), und in den 20er Jahren des 20. Jahrhunderts benutzten Herrnhuter Missionare das allgemeine lateinische Alphabet für das Alaska-Yupik, während im nördlichen Alaska ein modifiziertes lateinisches Alphabet von protestantischen Missionaren um 1948 eingeführt wurde. Die im russischen Sprachraum lebenden Eskimo benutzten seit 1937 für eine Schriftsprache das kyrillische Alphabet. Allerdings hatte bereits 1830 im ehemaligen russischen Alaska der russisch-ortho-

[3] Persönliche Mitteilung Jens Rosings an den Verfasser am 13.9. 1989.

doxe Missionar Ivan Veniamov kyrillische Buchstaben für das Aleutische eingeführt, die seit 1848 auch von den südlichen Eskimo gebraucht wurden.

Der Name *Eskimo* ist indianischer (algonkinischer) Herkunft und bedeutet »Rohfleischesser«; die Eskimo selbst nennen sich (osteskim.) *inuit*, »wirkliche Menschen«, Einzahl *inuk*, in Alaska lautet das Wort *yuit* und in Sibirien *yugit*.

In ihrem Erscheinungsbild tragen die Eskimo zwar mongolide Züge, aber auch andere Kennzeichen (Langschädel eines bestimmten Typs, schmale Nase), so daß man sie weder ohne weiteres asiatisch-mongolischen noch indianischen Rassenzweigen zuordnen kann; sie bilden vielmehr eine selbständige arktisch-mongolische Rassengruppe.

Heute sind die Eskimo fast überall Träger einer Küstenkultur, die gekennzeichnet wird durch die Jagd auf Seesäugetiere und den Fang von Fischen. In Nordamerika leben jedoch auch Eskimo tiefer im Inland bis an den Rand der Waldzone, wie etwa die Karibu-Eskimo in Kanada, deren Wirtschaftsform deshalb auch anders ist als die der Küsteneskimo. Schon der Name *Karibu* (eine Rentierart) macht dies deutlich.

Ob es bei den Eskimo früher eine »Inlandskultur« gegeben hat, muß offenbleiben. Vielleicht gab es nur zwei verschiedene Anpassungsformen – eine maritime und eine kontinental-jägerische – eines sonst ziemlich einheitlichen zirkumpolaren Kulturkreises, der ganz Nordeurasien und das nördliche Nordamerika umfaßte.[4]

Jedenfalls ist es erstaunlich, in wie hervorragender Weise sich die Eskimo unter Ausbildung hochspezialisierter Geräte und Wirtschafts- und Lebensformen an extreme und dabei noch sehr verschiedenartige Naturbedingungen angepaßt haben.

Der Ursprung der Eskimo sowie die Entstehung und Ausbreitung ihrer Kultur liegen noch weithin im dunkeln. Durch archäologische Funde können nur einige Etappen ihrer frühen Geschichte näher beleuchtet werden, aber die großen Lücken lassen sich noch nicht schließen. Die ältesten Spuren menschlicher Sied-

[4] Åke Hultkrantz: Die Religion der amerikanischen Arktis. In: Ivar Paulsen / Åke Hultkrantz / Karl Jettmar: Die Religionen Nordeurasiens und der amerikanischen Arktis. Stuttgart 1962, S. 359ff.

lung in der Arktis kamen am Cape Denbigh in Nordwestalaska zutage, wo zahlreiche, etwa 5000 Jahre alte Flintgegenstände gefunden wurden. Diese Steingeräte, insbesondere kleine Klingen und Stichel, scheinen mit viel älteren mesolithischen (mittelsteinzeitlichen) Geräten in Eurasien (Mongolei, Sibirien oder gar Europa) verwandt zu sein, doch konnte der große zeitliche Zwischenraum bisher noch nicht durch ergänzende Funde überbrückt werden. Die Träger dieser Kultur waren zweifellos Jäger, und wahrscheinlich bildete sie den Ausgangspunkt für die späteren Präeskimo- und Eskimo-Kulturen. Von der nach einem Fundort in der Ostarktis benannten Dorset-Kultur, die etwa um 500 v. Chr. eingesetzt und um Christi Geburt ihren Höhepunkt erreicht haben dürfte, gewinnt man bereits ein anschauliches Bild. Die Dorset-Männer – Archäologen der jüngeren Zeit identifizieren sie als die *tunit, torngit* oder *tornit* der alten Märchen und Sagen (Nr. 110) – schlugen Löcher ins Eis, um so Seehunde zu fangen, sie besaßen keine Bogen und Pfeile und trieben deshalb bei der Rentierjagd die Tiere ins offene Wasser und töteten sie dort mit Lanzen. Hunde und Kajaks kannten sie nicht, doch verwendeten sie bereits Schneemesser und gelten deshalb als die Erfinder der Iglus (Schneehäuser). Von ihrer Tracht geben die Sagen und eine 6 cm hohe, aus Walroßbein geschnitzte Figur Zeugnis, die im Thule-Distrikt auf Grönland gefunden wurde. Die Männer müssen demnach lange Überkleidung mit hohen Kragen getragen haben. – Bei dänisch-amerikanischen Ausgrabungen in Nordwest-Alaska in den Jahren 1939–1941 kamen bei Point Hope reiche Zeugnisse einer etwas späteren Kultur ans Tageslicht, die nach dem eskimoischen Namen des Fundorts Ipiutak-Kultur genannt wird. Hier fand man nicht nur Überreste von 600–700 Häusern, sondern auch zahlreiche Gegenstände, die Übereinstimmungen mit den Geräten sibirischer Schamanen aufweisen und in ihrer Ornamentik mit dem skytho-sibirischen Tierstil im Zusammenhang stehen.[5]

[5] Heinz Kelm: Frühe Beziehungen Amerikas zu Asien und Polynesien. In: Saeculum Weltgeschichte. Bd. 1. Freiburg 1965, S. 610–637, bes. S. 618 f. – Vgl. zu den frühen Eskimo- und Präeskimo-Kulturen vor allem H. B. Collins: The Arctic and Subarctic. In: J. D. Jennings and E. Norbeck: Prehistoric Man in the New World. Chicago 1964, S. 85–114.

Die Träger dieser Kultur, die etwa um 300 n. Chr. anzusetzen ist, kannten das Eisen, verwendeten aber nicht Kajaks, sondern offene Boote, die an die Kanus der Alaska-Indianer erinnern, und jagten wahrscheinlich nicht auf offenem Wasser.

Die Herausbildung der für die heutigen Eskimo charakteristischen Lebens- und Wirtschaftsformen erfolgte im wesentlichen in der sogenannten Thule-Kultur, innerhalb der man mehrere zeitliche Stufen unterscheiden kann, die heute oft mit eigenen Namen bezeichnet werden. In ihren ältesten Formen reicht die Thule-Kultur wahrscheinlich bis in die Zeit um Christi Geburt zurück, ihren Höhepunkt erreichte sie etwa um das Jahr 1000 n. Chr. Zu dieser Zeit wanderten auch Eskimo, die Träger der Thule-Kultur waren, in Grönland ein; sie waren freilich nicht die ersten eskimoischen Ansiedler, da nach dem dänischen Archäologen und Eskimologen Eigil Knuth (geb. 1903) schon vor 4000 Jahren Eskimo im Gebiet des (heute unbewohnten) Peary-Landes im äußersten Nordosten Grönlands und auch an anderen Stellen lebten (Independence-Kultur, I, II).

Die Thule-Kultur bildete nach dem dänischen Archäologen Therkel Mathiassen (1892–1967) eine einheitliche, über den gesamten eskimoischen Siedlungsraum an den arktischen Küsten bis zur Beringstraße verbreitete Kultur, deren Grundlage der Fang von Seesäugetieren war, wobei sich eine besondere Methode des Walfangs herausbildete. Man entwickelte hochspezialisierte Jagdwaffen, vor allem die Harpune fand ihre höchste Vollendung. Als Boote dienten Kajak und Umiak (ein großes, in Grönland häufig von Frauen gerudertes Boot). Die Häuser bestanden aus Stein, Walbein oder Torfsoden. Spätere Untersuchungen in Alaska und im nordöstlichen Sibirien bestätigten Mathiassens Annahme, daß die Thule-Kultur auf der asiatischen Seite der Beringstraße ihren Ursprung hatte. – In Grönland entwickelte sich später aus der Thule-Kultur durch Abwanderung an die Ost- und Westküste die Inussuk-Kultur, deren Träger die beiden Bootsformen, die Jagdmethoden und den Hundeschlitten zur höchsten Vollkommenheit weiterbildeten.

In Grönland trafen auch zum erstenmal Europäer mit Eskimo zusammen. 982 oder 983 war der aus Norwegen stammende Isländer Erik der Rote nach der schon um 900 durch den Norweger Gunnbjörn gesichteten Insel gelangt und hatte ihr, weil er im

Süden saftige Wiesen vorfand, den Namen *Grönland* gegeben. Wenige Jahre später entstanden mehrere Ansiedlungen, deren wichtigste etwa im Gebiet der heutigen Städte Julianehåb (Qaqortoq) und Godthåb (Nuuk) lagen und die Namen Eystribygd und Vestribygd trugen. Auf ihren Fahrten nach Nordamerika trafen die Isländer (wahrscheinlich in Labrador) auf Menschen, denen sie die Namen *Skrœlingar* (etwa: häßliche Menschen) gaben, und vermutlich handelte es sich dabei um Eskimo. Ausführlich berichten darüber einige isländische Sagas, insbesondere die »Geschichte von Erich dem Roten« und die »Erzählung von den Grönländern« (Sammlung Thule 13, Grönländer und Färinger Geschichten). – Die isländischen Kolonien auf Grönland gingen im 15. Jahrhundert zugrunde – die Ursachen sind noch heute rätselhaft. Es spielten auch wohl kriegerische Auseinandersetzungen zwischen Isländern (allgemein in dt. Literatur auch Normannen genannt) und Eskimo eine Rolle, von denen eskimoische Erzählungen zu berichten wissen (vgl. Nr. 124–126). In ihrer Abhandlung »Grønlandske sagn om nordboerne« (Grönländische Sagen von den Normannen) schreibt die dänische Eskimologin Inge Kleinvan u. a.: »Es besteht kein Zweifel daran, daß es zwischen den beiden Völkern blutige Zusammenstöße gegeben hat. Das bestätigen auch die nordischen Quellen. Aber wir haben keinerlei Quellenmaterial, das mit Sicherheit zu berichten weiß, in welcher Größenordnung das geschah und wie im übrigen die historischen Verhältnisse gewesen sind. Die grönländischen Sagen von den Normannen können als eine Verdolmetschung der Ereignisse in einer späteren Zeit gewertet werden.«[6]

Für längere Zeit bestanden nach dem Aufhören der nordischen Siedlungen in Grönland keine Verbindung zwischen dem arktischen Land und Europa, die für die Eskimo von Bedeutung gewesen wären, obgleich vor allem auf Island nach wie vor gewisse Kenntnisse über die mächtige Insel im Westen lebendig waren und im 16. Jahrhundert einzelne Seefahrer ihre Küsten erreichten. Erst im 17. Jahrhundert kam es durch die Walfänger aufs neue zu Begegnungen zwischen Eskimo und Weißen; diese Ereignisse haben ebenfalls Spuren in eskimoischen Erzählungen

[6] Inge Kleivan: Grønlandske sagn om nordboerne. In: Grønland (1982) Nr. 8–9, S. 314–329.

hinterlassen, doch war es nicht möglich, auch davon Beispiele in unserem Band aufzunehmen. Zu Beginn des 18. Jahrhunderts setzte 1721 die dänisch-norwegische Mission in Grönland ein, an deren Spitze Hans Egede (1686–1758), ein aus Norwegen stammender Pastor, stand. 1732 folgten ihm noch zusätzlich deutsche Missionare der Herrnhuter Brüdergemeine, die ursprünglich als Egedes Helfer gedacht waren, bald aber eine selbständige Missionsgemeinschaft wurden, die bis 1900 im Land (vorwiegend im südlichen Teil Grönlands) verblieb und tiefe Spuren in der kulturellen Entwicklung des grönländischen Volkes hinterließ.

Durch die Missionare, die dänischen und die deutschen, gelangten nun auch ausführliche Nachrichten über die geistige und materielle Kultur der Eskimo nach Europa.

Die ersten großen Schriften hatten Hans Egede mit seinen Büchern »Relationer fra Grønland – 1721–1736« (Berichte aus Grönland) und »Det gamle Grønlands nye Perlustration« (Des alten Gröndlands neue Perlustration, 1741) zum Verfasser. Und aus dem Herrnhuter Missionsfeld kam bald nach Egedes Schriften das Werk von David Cranz: »Historie von Grönland« (1765).

Egedes Werke (aber auch die späterer Autoren) erfuhren eine breite Rezeption, vor allem in den sogenannten gebildeten Kreisen. So beschäftigte sich der große nordische Aufklärer Ludvig Holberg (1684–1754), Dichter und Gelehrter zugleich und Professor an Kopenhagens Universität besonders eindringlich mit den Schriften seines Landsmannes Hans Egede und setzte sich mit den »natürlichen Eigenschaften der Grönländer« in seinen berühmten »Episteln« (Epistola CCCL) auseinander. Dabei stellte er fest, daß diese bei den Vertretern des grönländischen Naturvolks oft moralischer waren und auch logischer als die Lehren und Praktiken ihrer Kolonialherren[7].

Im Westen kam es erst später zu Begegnungen zwischen Eskimo und Europäern. Zwar hatte schon 1728 der in russischen Diensten stehende Däne Vitus Bering die Sankt-Lorenz-Insel entdeckt und 1741 zusammen mit dem Deutschen G. W. Steller

[7] Vgl. dazu: Ludvig Holberg: Værker i tolv bind. Udgivet med indledninger og kommentarer af F. J. Billeskov Jansen. Bd. XI. p. 215. København 1969–1971.

die Küste Alaskas erforscht. Auch waren die Russen um diese Zeit nach Südalaska gekommen, um das Land zu kolonisieren, und seit 1771 hatten die deutschen Herrnhuter in Labrador ihre Missionsarbeit aufgenommen. Aber neue eskimoische Stämme wurden erst 1789 durch A. Mackenzie und 1818 durch John Ross bekannt, der auf die Polar-Eskimo in Nordwestgrönland gestoßen war und ein gutes Jahrzehnt später die Netsilik-Eskimo auf der Adelaide-Halbinsel entdeckte.

Das Aufzeichnen und Erforschen eskimoischer Mythen, Märchen und Sagen setzte zuerst in Grönland ein, wo schon im 18. Jahrhundert Missionare wie Hans Egede und sein Sohn Poul Egede Erzählungen der Eskimo aufgezeichnet hatten.

Das systematische Sammeln begann um die Mitte des 19. Jahrhunderts mit dem Südgrönland-Inspekteur Hinrich Rink (1819–1893), einem dänischen Geologen, dessen Vorfahren aus Dithmarschen stammten. Er wurde zum eigentlichen Begründer der Eskimologie.

Die wohl wichtigste Gestalt der eskimoischen Literatur und Volkskunde ist Knud Rasmussen (1879–1933), der in Grönland (Jakobshavn/Ilulissat) als Sohn eines dänischen Pastors und einer Mutter mit eskimoischem Blut in den Adern geboren wurde.

Auf zahlreichen Reisen und Expeditionen zeichnete er eine Fülle von Volksüberlieferungen verschiedener Art auf, die er veröffentlichte. Er untersuchte Eskimogruppen von Alaska bis nach Ostgrönland und war bestrebt, gerade die Einheitlichkeit der Eskimo-Kultur deutlich zu machen, wenn er auch dabei manches etwas einseitig gesehen haben dürfte. Besondere Aufmerksamkeit widmete Rasmussen den Zentral-Eskimo, aber auch seine dreibändige Sammlung mit Mythen und Sagen aus Grönland gehört zu den wichtigsten Ausgaben eskimoischer Volkserzählungen.

In Amerika sammelten zu Ende des 19. Jahrhunderts und Anfang des 20. Jahrhunderts vor allem der Deutschamerikaner Franz Boas (1858–1942) und der Russe Waldemar Bogoras (1864–1936) in Sibirien Geschichten der dortigen Eskimo, und in Grönland machten sich vor allem Gustav Holm (1849–1940) und William Thalbitzer (1873–1958) als Erforscher der Sprache und Volkskultur der Eskimo verdient.

Zahlreiche Geschichten spiegeln die religiösen Vorstellungen der Eskimo wider, einen besonderen Platz nehmen die Erzählungen von Schamanen ein, den *angakkut* (Einzahl *angakkoq*). Hier entfaltet sich die Phantasie der Eskimo in reicher Weise, hier äußern sich aber auch religiöse Gedanken und religiöse Praktiken in einer besonders eindrucksvollen Form. Die Eskimo hatten keine Möglichkeit, sich direkt an Gottheiten zu wenden, nur durch ihre *angakkut* konnten sie in Verbindung zu höheren Wesen kommen. Dafür tanden ihnen aber auf Erden allerlei Hilfsmittel zur Verfügung. Amulette beschützten sie vor bösen Geistern und Feinden, Tupilaks (künstlich angefertigte Hilfsgeister aus Tierknochen, Federn oder ähnlichen Dingen) dienten ihnen zur Bekämpfung von Gegnern (Nr. 89). Die Seele ist unsterblich und kann durch viele Menschen und Tiere wandern (Nr. 7). Sie lebt auch nach dem körperlichen Tod weiter, entweder im Himmel der Fänger, unter dem Meer (Nr. 9) oder über den Wolken (Nr. 8). Daher kannten die Eskimo allgemein keine Furcht vor dem Tod.

Um aber für ständige Nahrung zu sorgen, genügte es nicht allein, daß die Fänger in ihren Kajaks auf See fuhren. Widrige Wetter konnten ihnen die Jagdbeute verwehren. Dann flogen die *angakkut* zu Sedna, Nivigkaa oder Nerrivik – verschiedene Namen für ein und dieselbe weibliche Gottheit – auf den Grund des Meeres, um Fangtiere für ihre Wohnplatzgemeinschaft zu erbitten. Oder der Flug ging zum Mond. Der Mondmann übt seine Macht im ganzen Eskimobereich aus, er repräsentiert das männliche Prinzip, besitzt weder Zelt noch Umiak, sondern reist auf seinem Schlitten (Nr. 11). Er ist der Wächter über die Tabus der Menschen (Nr. 10, 11), er kann einer unfruchtbaren Frau ein Kind schenken (Nr. 13), und wenn sein Licht auf ein schlafendes Mädchen fällt, menstruiert es (Nr. 12).

In Alaska rivalisieren der Mond und der Großrabe miteinander, während die Mutter der Meerestiere dort vergessen zu sein scheint. Daher fahren dort die *angakkut* auch nur hinunter zu den Seelen der toten Tiere. Wie schon in Alaska der Rabe eine bedeutende Rolle spielte – einige Forscher nehmen sogar an, daß die Alaska-Mythe vom Raben und seinem ersten Auftreten auf der Erde latent die Genesis des Schamanentums in sich trage (Nr. 2) –, so kulminiert seine Gestalt im asiatischen Schamanentum und somit auch bei den sibirischen Eskimo, denen Rabe und Spinne als heilige Wesen galten.

Die Grundlage der religiösen Vorstellungen der Eskimo war der Animismus, der Glaube, daß die Naturkräfte und die Gegenstände mit menschlichen Eigenschaften ausgestattet seien. Dies ist ein Zustand, in dem »der Mensch sich nicht von der Natur löst, sondern sich mit ihren Erscheinungen und Kräften identifiziert«.[8] – Wie zahlreiche andere sogenannte Primitivvölker versuchten auch die Eskimo auf diese Weise sonst unerklärbare Phänomene zu deuten. Das Nordlicht stellte z.B. ein Spiel der Seelen toter Kinder oder auch Erwachsener mit einem Robbenschädel dar. Deshalb gab es auch in der Vorstellungswelt der Eskimo zahlreiche Geister, gute sowohl wie böse, vor allem aber böse. Und alles, was über ihr Begriffsvermögen ging, was sich nicht dem Komplex ihrer Erfahrungen einordnen ließ, wurde diesen Geistern zugeschrieben.

Daß die Eskimo ein höchstes Wesen mit bestimmenden Eigenschaften gehabt haben, ist nicht erwiesen. Fest steht jedenfalls, daß der Eskimosprache ein adäquater Terminus für *deus* und *devinitas* fehlt. Die Missionare des 18. Jahrhunderts in Grönland hatten den Hilfsgeist *toornaarsuk* für eine höchste eskimoische Gottheit gehalten und ihn nach kurzer Zeit mit dem Teufel identifiziert, so wie es auch in dem von H. Rink aufgezeichneten Märchen von Akamaliks Traum und Bekehrung (Nr. 129) der Fall ist. Ebenfalls faßte Samuel Kleinschmidt, der ehemalige deutsche Herrnhuter-Missionar, in seinem 1871 erschienenen Wörterbuch *toornaarsuk* (damalige Schreibweise: tôrnârssuk) in ähnlicher Weise auf. Und das 1977 herausgekommene Grönländisch-Dänische Wörterbuch (Ordbogi, Kalaallisuumit-Qallunaatuumut/Grønlandsk-Dansk) verzeichnet unter dem Stichwort *toornaarsuk* die dänischen Termini: *åndemanerens særlige hjælpeånd; fanden* (besonderer Hilfsgeist der Schamanen; Teufel).

Neuere Forschungen, insbesondere von William Thalbitzer und Erik Holtved[9], kamen zu dem Ergebnis, daß *toornaarsuk* ein Geist war, der neben bzw. über den anderen Hilfsgeistern stand oder sogar eine höchste Gottheit darstellte. Eine solche übergeordnete Stellung wurde allerdings von Birgitte Sonne bestritten. In ihrer ausführlichen Abhandlung »Toornaarsuk, an historical

[8] M.O. Koswen: Očerki istorii pervobytnoi kul'tury [Versuche über die Geschichte der primitiven Kultur]. Moskau 1957, S. 157.

[9] Erik Holtved: Tôrnârssuk, an eskimo deity. København 1961.

Proteus« kommt sie zu dem Ergebnis, daß die Hypothese, der *toornaarsuk* wäre eine eskimoische Gottheit (Holtved) gewesen, nicht haltbar sei. Auch die Behauptung, der *toornaarsuk* hätte gegenüber anderen Hilfsgeistern eine Machtposition gehabt, wird von Birgitte Sonne genauso zurückgewiesen wie die Annahme, der *toornaarsuk* hätte vermittelnd zwischen Göttern und Menschen gewirkt.[10] Daß er in verschiedenen Eskimogebieten jedoch ein spezieller Hilfsgeist war, ist unumstritten.

Besondere Bedeutung besaß für die Eskimo die Herrscherin der Meere, die Mutter der Meerestiere, die bereits von Hans Egede als Urgroßmutter oder Tochter des *toornaarsuk* bezeichnet wurde. Letztere Version eignete sich auch die Forschung an. Aber sie beruht ausschließlich auf ungenauer Analyse von zwei Varianten einer Mythe, in der die Verbringung der Disko-Insel von ihrem ursprünglichen Platz im südlichen Grönland erzählt wird. Das wies ebenfalls Birgitte Sonne in der oben zitierten Abhandlung nach (S. 201).

Die Mutter der Meerestiere lebte in der Tiefe der See in einem Haus aus Walbein und wurde von ihrem Hund bewacht. Dieses Märchen, das es in verschiedenen Varianten gibt, enthält Motive, die eigentlich zu anderen Geschichten zu gehören scheinen. Eins dieser Motive, das von der Meeresmuttererzählung absorbiert wurde, ist das nicht nur unter den Eskimo verbreitete Motiv vom Mädchen und dem Hund. Dieser Symbiose wurde bei vielen Eskimostämmen die Genesis ihres eigenen Volkes zugeschrieben (Nr. 27). Besonders aber die in vielen eskimoischen Märchen auftretenden Hundemenschen, die *Erqiliken,* sollen dieser Symbiose entstammen, wie auch die Kavdlunaken, die weißen Menschen, unter denen die grönländischen Eskimo die Skandinavier verstanden, ein Name, der noch heute in Grönland als Bezeichnung für die Dänen gebraucht wird (neue grönl. Schreibweise: qallunaaq = Däne).

Auch bei den Ainu hat es eine ähnliche Vorstellung ihrer Genesis gegeben. Mensch und Tier als Liebespartner nehmen überhaupt in der eskimoischen Dichtung einen breiten Raum ein. Ehen zwischen Tiermännern und Menschenfrauen gehen durch

[10] Birgitte Sonne: Toornaarsuk, an historical Proteus. In: Arctic Anthropology 23, 1–2 (1986), S. 215.

fast alle Bereiche der Fauna, von den Insekten und Krabben bis hin zum Wal. Meist ist dabei der Mann das Tier, das gewöhnlich menschliche Gestalt annimmt (Nr. 45, 47, 48, 50), wenn es um das Zusammenleben der beiden Geschlechter geht, doch gibt es auch Ausnahmen. Ob der Entstehung dieser Motive u.a. sodomistische Beobachtungen zugrunde lagen, läßt sich schwer nachweisen, man könnte es aber – was den Hund betrifft – vermuten, da der Hund ja zum engsten Lebenskreis der Eskimo gehört.

Während in einer Vielzahl von Märchen bei solchen Symbiosen das Tier der männliche Part ist, gibt es auch umgekehrte Beispiele, von denen vor allem das Schwanenmädchenmotiv hervorsticht (Nr. 28–31). Fridtjof Nansen vermutet noch, daß dieses Motiv, das einen besonderen Platz im Völundlied der Edda einnimmt, von den in Grönland siedelnden Isländern auf die Eskimo gekommen sei[11]. Spätere Forschungen aber haben diese Theorie zurückgewiesen: das Schwanenmädchenmotiv (im eskimoischen Siedlungsbereich treten für die Schwäne Gänse oder Enten ein) ist weit über die Erde verbreitet und nicht von Skandinavien zu den Eskimo gelangt. In einer Erzählung (Nr. 28), die von einem deutschen Herrnhuter Missionar in Labrador aufgezeichnet wurde, erscheint die Vogelfrau in einem anderen Zusammenhang. In diesem Märchen tritt ein Mann auf, der mit mehreren Frauen nacheinander verheiratet ist, von denen eine eine Gänsefrau war. Die erste Frau betrog ihren Mann ständig mit einem *membrum virile*, das aus einem Teich herauswuchs, wenn die Frau etwas hineinwarf. Dieses Motiv läßt sich von Grönland[12] bis Sibirien verfolgen, wo es bei den Tschuktschen eine ähnliche Geschichte gibt, die W. Bogoras aufgezeichnet hat[13].

Diese Variante des Phallos-Motivs stammt vermutlich von den sibirischen Eskimo, den Nachbarn der Tschuktschen, die in ihren Erzählungen häufig von den Eskimo beeinflußt wurden. Die Tschuktschen identifizieren den aus dem See auftauchenden Phallos als einen *ke'le*, einen bösen Geist, und als solcher wird er auch in den eskimoischen Varianten angesehen. Es ist nun interessant

[11] Fridtjof Nansen: Eskimoliv. Kristiana 1891, S. 251–253.

[12] Erik Holtved: The Polar Eskimos. Language and Folklore. 2: Myths and tales translated. København 1951, S. 64–66.

[13] Waldemar Bogoras: Chukchee Mythology (Memoirs of the American Museum of Natural History 8, 1). New York 1910, S. 26–27.

zu beobachten, wie die sonst so triebbejahenden Eskimo, denen realistische Schilderungen des Geschlechtslebens völlig natürlich sind und die auch gern bei der Beschreibung männlicher und weiblicher Genitalien verweilen, hier ein Märchen haben, in dem der Phallos gleichsam Symbol für das Böse wird. Es könnte daraus gefolgert werden, daß die Eskimo Furcht vor einer unbekannten Seite des Geschlechtslebens hatten.

Die Eskimo kannten die Einehe genauso wie die Polygamie und Polyandrie, Frauentausch und gelenkte Promiskuität waren bei ihnen überall bekannt. Von den oft zitierten Lampenlöschspielen, die vielleicht ihren Ursprung in der Mond-Sonnen-Mythe (Nr. 4) hatten, berichtete schon der Missionar Hans Egede, der natürlich ihren Ursprung und ihre Bedeutung für die Menschen des hohen Nordens nicht kannte und sie daher schlicht „Hurenspiele" nannte. Da den Eskimo das Geschlechtsleben äußerst wichtig war, ist es nicht verwunderlich, daß in ihren Mythen und Märchen die Schilderungen dieser Materie oft breiten Raum einnehmen. Würde man aber diese Elemente entfernen, müßte man diesen Erzählungen ihren Charakter nehmen und sie somit verfälschen.

Während sich ein großer Teil der eskimoischen Volkserzählungen mit der mythischen und magischen Welt beschäftigt, gibt es auch viele Eskimogeschichten, die von den Begegnungen mit fremdartigen Menschen handeln. Von diesen Erzählungen geht ein Teil ebenfalls noch in den Mythos der Eskimo zurück. Das sind besonders die grönländischen Geschichten von den sogenannten Inlandbewohnern. Der grönländische Eskimo, der nur an wenigen Stellen der riesigen Küste seines Landes wohnte, hatte eine panische Angst vor der unendlich weiten Fläche des Inlandeises, das hinter den Bergen und letzten Nunataks lag. Was Wunder, daß er dieses geheimnisvolle, gefährliche, ja unheimliche Gebiet mit allerlei Wesen bevölkerte, die seiner Phantasie gemäß dort wohnen mußten. Manche dieser Inlandbewohner (Erqiliken, Igaliliken usw.) mögen von der Erinnerung an die früheren indianischen Nachbarn der Eskimo und der Furcht vor ihren Überfällen geprägt sein. So sind die Erqiliken, die grönländischen »Hundemenschen«, vielleicht identisch mit den verschiedenen Gruppen der Athapasken westlich der Hudson-Bucht. Möglicherweise spiegeln Einzelheiten solcher Geschichten sogar noch eine Erinnerung an indianische Bekleidung oder an die rote Kriegsbemalung wider; so heißt es z.B. in verschiedenen Geschichten, daß Eskimo beim Wasserholen einen roten Schimmer auf dem Wasserspiegel entdecken, und darauf findet ein Überfall fremder Menschen statt.

Deutlichere historische Beziehungen zeigen die schon oben erwähnten Geschichten über die isländischen Ansiedler in Grönland und die Walfänger und Händler des 17. und 18. Jahrhunderts. Auch die Begegnung mit den Missionaren seit dem 18. Jahrhundert hat in eskimoischen Erzählungen ihre Spuren hinterlassen (Nr. 127, 128, 129). Eine sehr merkwürdige historische Reminiszenz, die bis in die Vorzeit der Eskimo zurückreicht, äußert sich in den Geschichten, in denen das Mammut erscheint (Nr. 75–77). Auch hat man angenommen, daß manche Heldensagen wie die von Kagsagsuk (Nr. 122) bis in die eskimoische Vorzeit zurückgehen[14].

Besonders reich sind die Eskimo an Tiergeschichten (Nr. 21 bis 77), in denen häufig das magische Element eine Rolle spielt. Sehr breit ist die Heldensage angelegt, die uns in geradezu klassischer Form in der Geschichte von Mánik (Nr. 123) entgegentritt. In dieser Geschichte scheint alles vereint zu sein, was einen »Helden« in der Eskimowelt ausmacht: Unternehmungslust, Kraft und Schläue bei Jagd und bei Kämpfen, besonders mit Gespenstern. Dabei wird durchaus zugegeben, daß der Held Angst hat, aber kraft seiner Klugheit, seiner Verschlagenheit und List überwindet er schließlich den Gegner aus einer anderen Welt. Der Held wird als gastfreundlich und hilfsbereit dargestellt, zugleich auch als großer Frauenliebhaber von gewaltiger Potenz, der jede Nacht einen ganzen Harem bedienen kann, sich aber am liebsten immer bei seiner Lieblingsfrau aufhält. Sein Ursprung wird oft in magische Bereiche verlegt, wie in der von Bogoras aufgezeichneten Geschichte von »Armlos« (Nr. 121). Starke Kämpfer sind auch die vom Schicksal scheinbar vernachlässigten Waisenkinder, von denen die Gestalt des Kagsagsuk besonders herausragt (Nr. 122).

[14] Louis L. Hammerich: Die Eskimo-Literatur. In: Die Literaturen der Welt in ihrer mündlichen und schriftlichen Überlieferung, ed. Wolfgang von Einsiedel. Zürich 1964, S. 1151–1162.

Waren die Waisenkinder des Mitgefühls der eskimoischen Menschen sicher, so war es der Spott, der einen anderen Außenseiter der Gesellschaft traf: den Junggesellen, den Hagestolz. Er war den Eskimo sowieso unverständlich, er verstieß mit seiner Existenz gegen die Natur. Zuweilen nimmt der Spott fast überdimensionale Formen an, wie in der Erzählung vom Junggesellen, der sich aufmacht, ein Mädchen aufzusuchen, und ob ihrer Schönheit so von Sinnen kommt, daß er immerzu ohnmächtig wird.

Als es dann endlich zur Kohabitation kommt, ist sein Eifer so groß, daß er mit Haut und Haaren in der Schönen verschwindet, und am nächsten Morgen bleibt von ihm hinter dem Haus nur ein Häufchen Knöchelchen übrig (Nr. 116).

Die mündliche Literatur der Eskimo wurde bei Zusammenkünften vorgetragen, besonders bei den Trommeltänzen und Wettkämpfen, und sie konnte auch Formen von gebundener Sprache aufweisen, wenn sie bei den bekannten Streitgesängen der Eskimo in Erscheinung trat, einer Art Wortduell, bei dem es galt, den Gegner mit Hilfe eines Liedes vor den Zuschauern lächerlich zu machen. Geschichten aber wurden nicht nur bei großen Zusammenkünften erzählt, im Fest- oder Tanzhaus der Eskimo des amerikanischen Kontinents, sie hatten auch ihre Heimstatt im engsten Familienkreis oder wo immer sich Menschen trafen. Die Gesetze einer solchen Dichtung scheinen auf den ersten Blick anders zu sein als die unserer abendländischen Volksdichtung. Manche eskimoischen Erzählungen haben zum Beispiel keine eigentliche Handlung. Andere wiederum haben referierenden Charakter, in ihnen sind die Berichte in den Mund eines Erzählers, z.B. eines Angakoks, gelegt. In vielen eskimoischen Geschichten aber findet man einen Konflikt, so daß, wie Erik Holtved es ausdrückt, »die Erzählung außer den Inhalt mitzuteilen, auch ein Ziel in sich selbst birgt, nämlich die zufriedenstellende Auflösung des Konflikts«. Daraus folgert Holtved dann eine »epische Handlungseinheit« und kommt in einer umfassenden Untersuchung zu dem Ergebnis, daß zwar die Übereinstimmung der eskimoischen Erzählungen mit der Volksdichtung der alten Welt nicht in allen Details nachzuweisen sei, daß sich aber auf einen großen Teil der eskimoischen Geschichten Axel Olriks epische Gesetze der Volkserzählungen anwenden lassen: »[...]

nichts ist aufgeschrieben gewesen«, schließt Holtved seine Untersuchung, »Lebensregeln, Mythen und unterhaltende Geschichten mußten durch Generationen hindurch von Mund zu Mund gehen. Auf diesem Strom wurden sie durch die unbewußte Anwendung gleichartiger Mittel, die epischen Gesetze der Sage, weitergetragen – bei den Eskimo wie bei unseren eigenen Vätern.«[15]

Blühende Phantasie und lyrische Entfaltung wie u.a. bei der Geschichte vom Großfänger von Aluk (Nr. 130) sind in dieser eskimoischen Fabulierkunst ein Spezifikum. Daß in vielen Geschichten Längen und Wiederholungen auftraten, muß vom Milieu des Erzählers her verstanden werden. Die Eskimo erzählen gern in langen Winternächten Geschichten zum Einschlafen, und dabei sollen sich nicht nur bei ihnen Längen und Wiederholungen nützlich erweisen. In Alaska konnte es oft drei Tage dauern, bis eine Geschichte zu Ende erzählt war[16]. Daher mußte das in diesem Band gesammelte Material teilweise gestrafft werden. Die Mehrzahl dieser Geschichten wurde von Forschern aufgezeichnet, die des Eskimoischen mächtig waren und die sie oft mit der Methode der interlinearen Übersetzung zu Papier brachten. Derartige Ausgaben wurden bei der Zusammenstellung dieser Sammlung benutzt, so daß dem Herausgeber eskimoische und europäische Texte gleichzeitig vorlagen. Wo das nicht der Fall war, bürgt der Name des Sammlers für die Echtheit der Geschichte.

Trotz hier und da vorgenommener Straffungen sind die Erzählungen dieser Sammlung aber, was Inhalt und Handlungsablauf betrifft, mit den Originalen völlig identisch. Wörtlich wiedergegeben wurden Erzählungen einer vom Herausgeber herangezogenen Herrnhuter Handschrift (Nr. 104, 111), die gleichzeitig eskimoische und deutsche Texte enthält. Dabei wurde nur die Orthographie dem heutigen Stand entsprechend verändert.

Daß die jüngsten hier verwendeten Aufzeichnungen bereits viele Jahrzehnte alt sind, liegt an der Tatsache, daß diese Geschichten in unseren Tagen in den Eskimo-Siedlungen kaum noch zu hören sind. Auf dem amerikanischen Kontinent wurde die

[15] Erik Holtved: De eskimoiske sagns opbygning, belyst ved Axel Olriks episke Love. In: Danske studier (1943), S. 20–61, bes. S. 34f. und S. 61.

[16] E.W. Nelson: The Eskimo about Bering Street (Annual Reports of the Bureau of American Ethnology 18, 1). Washington 1899, S. 45.

Sprache dieses Naturvolks nur noch von den Alten gesprochen. Die Jugend war in den Schulen englischsprachig erzogen worden. Hinzu kommt noch, daß auch in diese abgelegene arktische Welt die Zivilisation mit all ihren modernen, positiven und negativen, Kommunikations- und Unterhaltungsmitteln eingedrungen war. Dieser Zustand hätte wohl zum endgültigen Bruch mit den alten Traditionen geführt, wenn nicht, gleichsam in letzter Minute, traditionsbewußte Persönlichkeiten dieses alten Naturvolks ein Ende mit dieser Entwicklung zu machen versucht hätten. Wohl mit der ausschlaggebende Anlaß dazu war die fortschreitende Zerstörung der alten Jagdgebiete durch das Vordringen wirtschaftlicher Unternehmen, die die Ausbeutung von Öl und Mineralvorkommen betrieben und drauf und dran waren, die bisherige Existenzgrundlage der betreffenden Eskimostämme zu eliminieren. Das führte dazu, daß 1976 eine Delegation der kanadischen Eskimo die Regierung ersuchte, ihnen ein Territorium von ca. 1,9 Mio. km^2 zu überlassen, an dem sie zu einem Drittel Eigentumsrecht beanspruchten, während die übrigen zwei Drittel öffentlicher Besitz werden sollten, bei Überlassung aller Jagd- und Fischereirechte. Dieses Land, dem sie den Namen Nunavut (Unser Land) gegeben hatten, umfaßte ungefähr das traditionelle Inuit-Gebiet des kanadischen Staates. Die Regierung in Ottawa aber lehnte dieses Anliegen ab.

Es blieb jedoch nicht bei dieser ablehnenden Haltung. Im Mai 1990 stimmte die kanadische Regierung zu, daß den Inuit (Eskimo) ein Gebiet von ca. 350000 km^2 überlassen wird, wovon ihnen Schürfrechte an 36257 km^2 Boden zugestanden wurden. Neben einer Reihe anderer Rechte und einer finanziellen Entschädigung beschloß man die Bildung von drei Nationalparks im Gebiet von Nunavut.[17]

1977 schlossen sich alle Eskimostämme und deren Nachkommen zu der »Inuit Circumpolar Conference« (ICC) zusammen, mit Sitz des Sekretariats in Nuuk (Godthåb). Ziel dieser Organisation, deren Charta 1982 von der grönländischen Selbstregierung (hjemmestyre) ratifiziert und 1983 von den Vereinten Nationen anerkannt wurde, ist die engere Zusammenarbeit zwischen den Inuit in Grönland, Kanada, Alaska und den UdSSR, der Einsatz

[17] Nach »Nunatsiaq News«, 4. Mai 1990.

für ein ökologisches Gleichgewicht und die Verbreitung von Kenntnissen der alten eskimoischen, quer durch alle Stämme gehenden kulturellen Werte. Die Organisation hält jedes dritte Jahr eine internationale Konferenz ab. Und 1989 nahm zum erstenmal auch eine sowjetische Eskimo-Delegation offiziell an der Konferenz im grönländischen Sisimiut (Holsteinsborg) teil.

Wenn auch die Ziele dieser Organisation für eine Verwirklichung einer längeren Periode bedürfen, so kann jetzt doch schon festgestellt werden, daß in manchen Schulen der kanadischen Eskimo bereits neben dem Englischen Eskimoisch unterrichtet wird, während man in Alaska weiterhin in den Schulen nur englischsprachig unterrichtet. Und was die sibirischen Eskimo betrifft, so schrieb bereits 1959 der sowjetrussische Wissenschaftler G.A. Menovščikov, daß bei ihnen in den unteren Schulklassen Eskimoisch gelehrt würde, während später Russisch die Hauptsprache sei.[18]

In anderen Ausführungen dieses Autors heißt es: »Erst unter dem Einfluß der Sowjetgesellschaft begannen die asiatischen Eskimo ihre verzerrten Ansichten über natürliche und soziale Phänomene Schritt für Schritt abzulegen. Jetzt ist ihr Leben von den materialistischen Ideen des Marxismus-Leninismus durchdrungen und wird von Technologie und Wissenschaft beeinflußt. Sie haben aufgehört, von den Launen der Natur abhängig zu sein.«[19]

Nun haben ja auch die Eskimo-Stämme von Alaska und Kanada schon längst moderne Hilfsmittel für Jagd und Fang in Gebrauch, und für die überregionale Verwertung ihrer Fänge wurden auch hier und da industrielle Verarbeitungsanlagen etabliert, die neben dem organisierten Vertrieb kunsthandwerklicher Arbeiten zum wirtschaftlichen Bild der heutigen Eskimo-Gruppen in Kanada und Alaska gehören.

Jedoch ist diese Modernisierung am weitesten in Grönland fortgeschritten, wo sich nach dem Zweiten Weltkrieg ein Um-

[18] G.A. Menovščikov: Éskimosy. Naučne-populjarnyj istoriko-étnografičeskij očerk ob aziatskich éskimosach [Die Eskimo. Populärwissenschaftlicher, historisch-ethnographischer Abriß über die asiatischen Eskimo]. Magadan 1959, S. 140.

[19] G.A. Menovščikov: Wissen, religiöse Vorstellungen und Riten der asiatischen Eskimos. In: V[ilmos] Diószegi: Glaubenswelt und Folklore der sibirischen Völker. Budapest 1963, S. 480.

bruch vollzogen hat, der im Lauf der folgenden Jahrzehnte aus einem großen Teil der alten Jäger und Fänger Mitglieder einer modernen Industriegesellschaft gemacht hat. Obwohl in Grönland – besonders im Nordwesten – noch immer kleine Gemeinwesen existieren (und die es auch weiterhin geben soll), in denen Jagd und Fang die Haupterwerbszweige darstellen, basiert seit neuerer Zeit die grönländische Wirtschaft vor allem auf dem Fischfang und dessen verarbeitender Industrie.

Wohl spielen auch kleinere Erwerbszweige wie im Süden die Schafzucht und andernorts die Rentierzucht eine gewisse Rolle, aber Grönlands ökonomisches Schwergewicht liegt – wie auch in Island und auf den Färöern – auf der Fischindustrie.

Diese Industrie befand sich im Ausbau, seitdem Grönland 1979 die interne Selbstverwaltung (dän. *hjemmestyre*) bei weiterer Zugehörigkeit zur dänischen Reichsgemeinschaft *(Dansk Rigsfællesskab)* bekam. Vor Einführung dieser Selbstverwaltung hatte Grönland 1953 den Status eines dänischen Amts (Provinz) erhalten, nachdem es lange Zeit hindurch dänische Kolonie gewesen war. Doch intern hatte sich in der neuen dänischen Provinz nicht viel geändert. Manche Kritik wurde laut. Und besonders erregten die ungleichen Löhne Mißstimmung in der grönländischen Bevölkerung, wodurch das Verlangen nach Selbstbestimmung immer stärker wurde.

Als Dänemark dann die Einführung der Selbstverwaltung genehmigte und es zur ersten Parlamentswahl kam, nachdem sich schon eine Zeitlang vorher Parteien gebildet hatten, fiel diese positiv für die Siumut-Partei aus, deren Vorsitzender Jonathan Motzfeldt (geb. 1938), ein studierter Theologe und Sohn eines südgrönländischen Fängers, Regierungschef (dän. *landsstyreformand*) wurde, während die Atasut-Partei mit dem moderaten grönländischen Politiker Lars Chemnitz (geb. 1925) an der Spitze in die Opposition ging. Lars Chemnitz war bis 1979 Vorsitzender des grönländischen Landesrats gewesen, einer Institution, die allerdings nur ratgebende Funktion hatte.

Die neue grönländische Regierung (dän. *landsstyre*) sah 1989 bei den Feiern zum zehnjährigen Bestehen ihres politisch neu geformten Gemeinwesens, an denen auch die dänische Königin Margrethe II. mit ihrem Mann, Prinz Henrik, teilnahmen, auf eine schwere Arbeit zurück. Neben der komplizierten Administration wirtschaftlicher und sozialer Angelegenheiten hatte man sich aber auch der kulturellen Festigung Grönlands gewidmet.

Die grönländische Sprache war nun – gesetzlich verankert – erste Sprache im Schulunterricht und bei den Behörden. Ihre Rechtschreibung, wegen deren Vereinfachung der frühere Landesrat bereits einen Ausschuß eingesetzt hatte, war in ihrer neuen Form Realität geworden. Und sämtliche Ortsnamen bekamen jetzt offiziell ihre grönländischen Namen in der neuen Orthographie. 1983 wurde ein Inuit-Institut in Nuuk (Godthåb) gegründet und 1987 die erste grönländische Universität in den restaurierten und ausgebauten Räumen der alten, geschichtsträchtigen deutschen Herrnhuter Kirche in Nuuk (Godthåb) eröffnet. Rektor wurde der grönländische Wissenschaftler Robert Petersen (geb. 1928), der erste Professor des gesamten zirkumpolaren Eskimobereichs.

Auch das Grönländische Landesmuseum erhielt eine feste gesetzliche Ordnung, und weitere Museen wurden im Land eröffnet. Und 1989 konnte die grönländische Regierung den ersten, großen Grönland-Atlas im landeseigenen Verlag Pilersuiffik herausbringen. In der Tat, hervorragende kulturelle Leistungen, auf die der Regierungschef Jonathan Motzfeldt, der 1989 auch sein zehnjähriges Amtsjubiläum begehen konnte, stolz sein konnte. Doch es wurde noch manches andere im Rahmen der Kulturförderung zustande gebracht.

Daß Dänemark – wie auch schon früher – Grönland bei diesen kulturellen Aktivitäten unterstützt, zeigt u.a. die 1989 begonnene Überführung vieler tausend Exponate grönländisch-eskimoischen Ursprungs an das Landesmuseum in Nuuk (Godthåb). Diese Exponate waren Eigentum des dänischen Nationalmuseums in Kopenhagen, das die größte Sammlung eskimoischer Gegenstände der Welt besitzt. Auch verfügt das dänische Nationalmuseum über eine große Anzahl von Erzählungen des eskimoischen Volks, fixiert auf Band und Papier.

Diese Erzählungen, Mythen, Märchen, Sagen und auch Gesänge, wurden dank unermüdlicher Forschungsarbeit, die vor allem von Dänen getragen wurde, der Nachwelt erhalten und sind ein gewichtiger Teil der geistigen Kultur des alten Naturvolks der Eskimo. Aber auch viele Exponate zur materiellen Kultur sind das Ergebnis dänischer Forschungsarbeit.

Die Kenntnis der alten Märchen, der Mythen und Sagen ist für die Nachfahren der alten Eskimo von besonderer Bedeutung. Vermitteln sie doch nicht nur einen Blick in die Vergangenheit ihres Volkes, sondern tragen auch zur Festigung der Identität der einzelnen Menschen in ihrem arktischen Bereich bei.

Dem heutigen Leser außerhalb dieses Bereichs aber bieten sie nicht nur ein phantastisches Bild einer verschwundenen Welt, sie sind auch ein äußerst wertvoller Beitrag zur Geschichte unserer Menschheit, da sie besonders gut archaische Formen sozialer und religiöser Beziehungen widerspiegeln.

Heinz Barüske

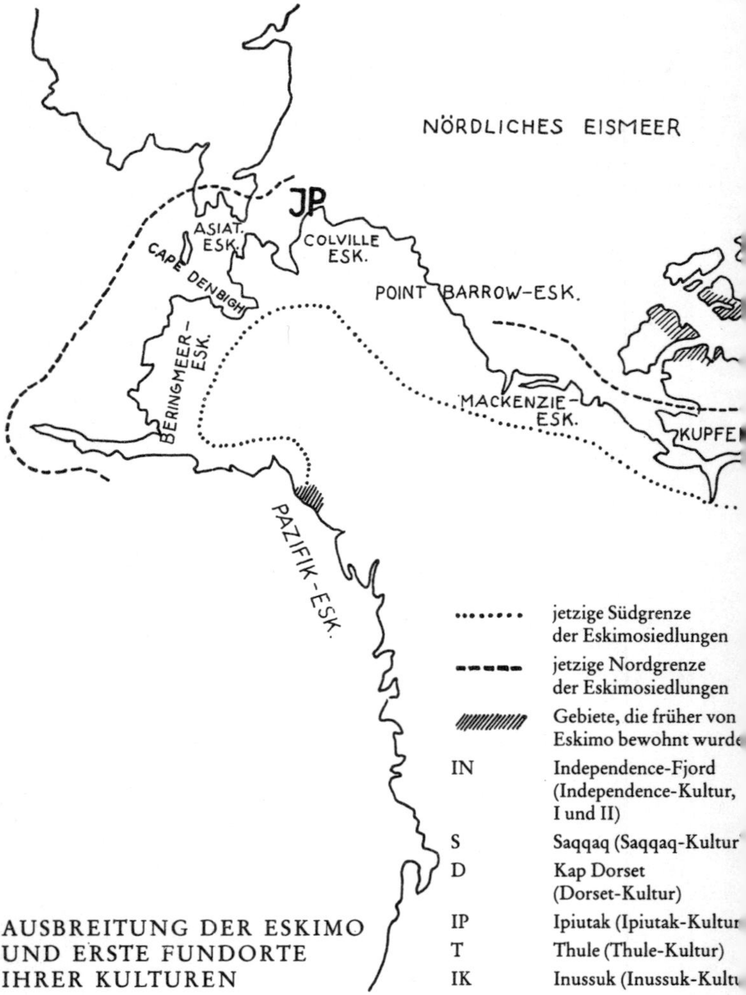

AUSBREITUNG DER ESKIMO
UND ERSTE FUNDORTE
IHRER KULTUREN

JN
POLAR-ESK.
T
JK
WESTGRÖNLÄNDER
OSTGRÖNLÄNDER
S
BAFFINLAND-ESK.
IGLULIK-ESK.
NETSILIK-ESK.
D
KARIBU-ESK.
ATLANTISCHER OZEAN
HUDSON BAI
LABRADOR-ESK.

ANHANG

Zur Orthographie eskimoischer Wörter in den Texten, Anmerkungen und im Nachwort

Die in den Texten wiedergegebenen eskimoischen Wörter entsprechen grundsätzlich der Schreibweise der entsprechenden Quellen. Das gilt auch für die Personennamen der grönländischen Texte, die quellengerecht in der alten grönländischen Schreibweise gebraucht wurden. Dagegen wurden in den Texten nach grönländischen Quellen Orts- und Sachnamen in der neuen, seit 1973 eingeführten, grönländischen Schreibweise wiedergegeben. Einige eskimoische Wörter sind in orthographisch verdeutschte Form gesetzt worden, so u.a. Angakok, Erquiliken, Kamiken (Stiefel), Kavdlunaken und Umiak.

Das in der früheren grönländischen Orthographie benutzte Akzentsystem hatte folgende Bedeutung:

ˆ bezeichnete Verdopplung des Vokals
ˊ bezeichnete Verdopplung des nachfolgenden Konsonanten
˜ bezeichnete Verdopplung des Vokals und nachfolgenden Konsonanten

Anstelle des früher gebrauchten K', k' oder ĸ (besonderer Buchstabe, gedrungenes K) wurde das Q, q eingeführt, ein spezieller Kehllaut, der wie eine weiche Verschmelzung von kr oder rkr klingt.

Doppelvokale (früher ein Vokal mit Akzent) werden betont. Die Schlußsilbe wird immer leicht betont, und ein e am Schluß eines Wortes wird immer etwas hervorgehoben.

Bei den eskimoischen Wörtern amerikanischer und asiatischer Herkunft wurden keine Akzente verwandt.

Im übrigen verweise ich auf meine Ausführungen über die eskimoische Sprache im Nachwort.

Quellen und Abkürzungen

Die Quellen geben nicht immer die Erzähler an, oft fehlt auch eine Geschlechtsangabe, die wichtig ist, weil man einem eskimoischen Namen nicht sein Geschlecht ansehen kann. Soweit die Quellen Daten über den Erzähler mitteilen, sind sie hier aufgenommen worden. Ein Teil der eskimoischen Erzähler hat europäische oder amerikanische Namen.

BBL, I, II	Franz Boas: The Eskimo of Baffin Land and Hudson Bay (Bulletin of the American Museum of Natural History 15, 1–2). New York 1901–07.
BCE	Franz Boas: The Central Eskimo (6. Annual Report of the Bureau of American Ethnology). Washington 1988.
BEB	Franz Boas: Sagen der Eskimos von Baffinland. In: Zeitschrift für Ethnologie 20, 5 (1888), 398–405.
Bogoras	Waldemar Bogoras: The Eskimo of Siberia. The Jessup North Pacific Expedition (Memoirs of the American Museum of Natural History New York 8, 3). Leiden/New York 1913, 417–456.
HH	Herrnhuter Handschrift. – In einer in der Königlichen Bibliothek in Kopenhagen, Ny kgl. Saml. 2488, 4°, I–IX, bewahrten handschriftlichen Sammlung eskimoischer Erzählungen (Grønlandske sagn, saml. af H. Rink) finden sich in Abt. III als Nr. 287–309 auf insgesamt 39 Blättern Geschichten, die von Herrnhuter Missionaren auf Labrador in deutscher und eskimoischer Sprache aufgezeichnet wurden. Die Originaltexte wurden bisher nicht veröffentlicht.
Holm	Gustav Holm: Sagn og Fortællinger fra Angmagssalik. Bemædkinger til Sagnsamlingen af H. Rink (Meddelelser om Grønland 10). Kjøbenhavn 1887.
Holtved, I, II	Erik Holtved: The Polar Eskimos. Language and Folklore (Meddelelser om Grønland 152, 1–2). København 1951.
Jenness	Diamond Jenness: Myths and Traditions from Northern Alaska, the Mackenzie Delta and Coronation Gulf (Report of the Canadian Arctic Expedition 1913–18. 13 A: Eskimo Folklore). Ottawa 1924.
Jensen	Bent Jensen: Åndemaneren, der forskrækkede Missionæren. In: Grønland (1962) Nr. 6, 209–216.
KO	Kalâdlit okalluktualliait. Grønlandske Folkesagn, opskrevne og meddelte af Indfødte, med danks Oversættelse 1–4. Noungme (Godthåb) 1859–63.

Lytzen	C. Lytzen: Grønlandske Sagn. Meddelt af Kolonibestyrer C. Lytzen efter de Indfødtes mundtlige Fortælling. In: Fra alle Lande (1874), 19. Kjøbenhavn 1874.
MES	G. A. Menovščikov: Éskimosskie skazki [Eskimo-Märchen]. Magadan 1958.
RMS, I, II, III	Knud Rasmussen: Myter og Sagn fra Grønland 1–3. København 1921–25.
RFG	Knud Rasmussen: Festens Gave. Eskimoiske Alaska-Eventyr. København 1929.
Rink, I, II	Hinrich Rink: Eskimoiske Eventyr og Sagn 1–2. Oversatte efter de indfødte Fortælleres Opskrifter og Meddelelser. Kjøbenhavn 1866/71.
Rosing	Jens Rosing: Sagn og Saga fra Angmagssalik. København 1963.
AT	The Types of the Folktale. A Classification and Bibliography.
AT	Antti Aarne's Verzeichnis der Märchen-Typen. Translated and enlarged by Stith Thompson. Second revision (FFC 184). Helsinki 1961.
Krickeberg	Indianermärchen aus Nordamerika. Hrsg. von W. Krickeberg (Die Märchen der Weltliteratur). Jena 1924 (u. ö.). Der Band enthielt zehn Erzählungen der Ost-Eskimo, von denen in der vorliegenden Sammlung nur die Geschichte von Kagsagsuk, dem armen Waisenjungen, in einer neuen Übersetzung erscheint (Nr. 122). Der Herausgeber und Übersetzer hat in dieser Geschichte die eskimoische Namensform Kâgssagssuk orthographisch vereinfachend mit Kagsagsuk wiedergegeben.

Für die Typenbestimmungen danken Herausgeber und Verlag Herrn Dr. Fritz Harkort, Göttingen.

Für bibliographische und andere Hinweise dankt der Herausgeber und Übersetzer ferner der Eskimologin mag. art. Inge Kleivan vom Institut für Eskimologie der Kopenhagener Universität und dem Archäologen und Eskimologen mag. scient. Hans Christian Gulløv von der Ethnographischen Sammlung des Dänischen Nationalmuseums in Kopenhagen.

Anmerkungen

1 Als die Erde entstand, die Menschen und die Hunde. RMS, II, S. 47 bis 48. Erzähler: Arnâluk, ca. 60 Jahre alte Polar-Eskimofrau aus dem Kap York-Distrikt (Nordwestgrönland). Aufgezeichnet 1903 bis 1904,»... als die polareskimoischen Stämme in geistiger Hinsicht noch ganz unberührt waren.« (RMS, III. S. 37)

2 Wie das Leben entstand. RFG, S. 35–40. Erzähler: Apákak, Noatak-River, Alaska. Aufgezeichnet 1921–1924 während der 5. Thule-Expedition.

3 Die ersten Menschen. RMS, I, S. 71–72. Keine Erzählerangabe. Vgl. RMS, I, S. 70. Ammassalik (Ostgrönland). Aufgezeichnet 1919 während der 4. Thule-Expedition.

4 Die Sonne und der Mond. RMS, III, S. 49–50. Erzähler: Maigssánguaq, Mann, ca. 30 Jahre, aus dem Kap York-Distrikt. Aufgezeichnet 1903–1904. – Vgl. auch Krickeberg, Nr. 1.

5 Die Erschaffung der Sankt-Lorenz-Insel. Bogoras, S. 433–434. Erzähler: Aleqat, ein asiatischer Eskimo auf der Sankt-Lorenz-Insel. Mai 1901.

6 Wie der Abendstern entstand. RMS, III, S. 53. Erzähler, Ort und Zeit wie 4.

7 Die Seele, die alle Tiere durchwanderte. RMS, III, S. 53–57. Erzähler: Usarqak (Mann). Ort und Zeit wie 4.

8 Das Land der Toten im Himmel. RMS, I, S. 72–77. Keine Erzählerangabe. Ort und Zeit wie 3. – Vgl. AT 470*.

9 Das Land der Toten in der Unterwelt. RMS, I, S. 78–81. Keine Erzählerangabe, sonst wie 3.

10 Die Reise zum Mond. RMS, I, S. 81–84. Sonst wie 3. – Vgl. auch Krickeberg, Nr. 2.

11 Der Besuch beim Mondmann. Rosing, S. 18–21. Erzähler: Asîneq (Laurits Ningâvan). Kuungmiin (Ostgrönland). – Das Material zu Rosing stammt aus folgenden Quellen (Rosing, S. 11): Rosings Aufzeichnungen von 1961; Aufzeichnungen des ostgrönländischen Oberkatecheten Karl Andreassen (Kârale) 1890–1934, enthalten in: Otto Rosing: Angákortaligssuit, I, II. (Das Volk mit den großen Geisterbeschwörern) Nuuk (Godthåb) 1957–1961; Aufzeichnungen von Otto Rosing (Pastor in Ammassalik von 1934–1940) und Peter Rosing (Pastor in Ammassalik von 1921–1934).

12 Der Mann, der zum Mond kam. Rink, I, S. 87–88. Ausgearbeitet von Rink nach 5 Aufzeichnungen und der mündlichen Erzählung einer alten, aus Ostgrönland stammenden und in Godthåb lebenden Frau namens Sarah, die als Erwachsene getauft wurde und die, wie Rink schreibt, »sehr bewandert in den alten Geschichten« war. (Rink, I, S. 357–358). Aufgezeichnet 1858–1865.

13 Die Frau, die ein Mondkind bekam. Rink, I, S. 88–89. Sonst wie 12.

14 Die alte Frau, die das Land der Toten besuchte. RMS, III, S. 165–166. Erzähler: Silas, Claushavn (Disko-Bucht, Westgrönland). Sonst wie 1. Dieses Märchen enthält das Leonoren-Motiv, das auch in der dänischen Volksballade von Åge und Else erscheint. Vgl. auch Fridtjof Nansen, Eskimoliv. Kristiania 1891. S. 216.

15 Asiaq, die Herrscherin über Wind und Wetter. RMS, I, S. 99–104. Sonst wie 3. – U. a. AT 591.

16 Wie der Nebel entstand. RMS, I, S. 104–110. Sonst wie 3. Das Märchen enthält das Motiv der magischen Flucht. – AT 313/14.

17 Wie die Wolken entstanden. Jenness, S. 79 A. Erzähler: Ikpakhuaq und Uloqsaq, Dolphin-und-Union-Straße und Coppermine River, Kanada. Aufgezeichnet zwischen Dezember 1913 und Juni 1916. Vgl. Nr. 16 (magische Flucht). AT 313/14.

18 Nivikaa, die Mutter aller Meerestiere. Lytzen, S. 209–212. Aufgeschrieben in Südgrönland nach mündlicher Erzählung eines Eingeborenen. Keine Zeitangabe. Die Angaben kleiner Siedlungen wurden in der deutschen Fassung fortgelassen. Südgrönländische Variante des Sedna-Stoffes, bei der die sonst übliche Verwandlung der abgehackten Finger in Seetiere fehlt. Holtved stellte fest, daß »die Geschichte in Südgrönland Wurzeln geschlagen haben muß«. Erik Holtved: The Eskimo Myths about the Sea-woman. Sonderdruck von »Folk«, Vol. 8 bis 9. København 1966/67. S. 147. Nach Lytzen ist die Klappmütze ein Seehund (phoca leonina).

19 Sedna, das Mädchen, das in die Unterwelt kam. BBL, I, S. 163–165. Aufgezeichnet von Boas in Zusammenarbeit mit Capt. James S. Mutch. Boas hielt sich im Baffin-Land 1883–1884 auf. Ab 1896 sammelte auch der Reverend E. J. Peck eskimoische Erzählungen für Boas und half bei der Übersetzung schwieriger Texte. Keine Erzählerangabe. – Weitere Sedna-Geschichten bei Krickeberg, Nr. 4a–c.

20 Nerrivik, die Meeresfrau. Holtved, II, S. 21–23. Erzähler: Amaunalik, Polar-Eskimo-Frau, geb. 1907, aus dem Thule-Distrikt (Nordwestgrönland). Amaunalik teilte Holtved mit, daß sie alle Geschichten von ihrer Großmutter gelernt hat, die aus dem Baffin-Land stammt. Diese wanderte nach Grönland ein. Keine Unterscheidungsmöglichkeiten bez. der Herkunft der Erzählungen mehr vorhanden. (Holtved, I, S. 15). Phonogramm (Plattenaufnahme), in der Funk-Station von Thule aufgenommen. Zeit: 1946–1947.

21 Wie der Narwal entstand. BEB, S. (400)–(402). Aufgezeichnet von Franz Boas im Baffin-Land. Keine Erzählerangabe. Zeit wie 19. In der hier wiedergegebenen Fassung wurde der Text leicht geglättet. Er schließt in der Originalfassung mit folgenden Sätzen: »Die Iqignang waren merkwürdige Wesen. Sie hatten gar keine Genitalien. Ihre Kinder wuchsen von selbst in ihrem Bauche, aus dem sie dieselben

dann herausschnitten. Auch hatten sie keinen After. Einst wollte sich ein Iqignang einen After machen, nahm sich ein spitzes Stück Holz, stieß es in sein Gesäß und verwundete sich so schwer damit, daß er starb.

22 Die Klappmütze. Lytzen, S. 212–214. Das Märchen spielt in Südgrönland bei Nanortalik. Sonst wie 18, was Zeit, Erzählung und Formulierung betrifft.

23 Die Schwertfische. Lytzen, S. 216–217. Sonst wie 18. Lytzen gibt für Schwertfisch die zoologische Bezeichnung *delphinus orca* an.

24 Die Lumme. Lytzen, S. 217–218. Sonst wie 18. Für Lumme gibt Lytzen die zoologische Bezeichnung *colymbus septentrionalis* wieder.

25 Anarteq, der zu einem Lachs wurde. RMS, II, S. 15–16. Erzähler: Igna. Ort: Kangeq. Insel vor Godthåb, auf der der berühmte Aron von Kangeq (1822–1869) lebte, der durch seine Sagenillustrationen (Holzschnitte), aber auch durch Aufzeichnungen von Märchen und Sagen für H. Rink bekannt wurde. Aufgezeichnet 1902–1904 oder 1919. Rasmussen gibt in seiner Fassung die Übersetzung des eskimoischen Namens Anarteq mit »Scheißer« an.

26 Das Mädchen und der Hund. Holtved, II, S. 23–25. Erzähler: Amaunalik, sonst wie 20. Die in dieser Geschichte genannten Tornit sind sogenannte Inlandbewohner von großen Körpermaßen. Vielleicht mit den Eskimo verwandt. Vgl. Nachwort, S. 350.

27 Der Hund, der ein Mädchen zur Frau nahm. RMS, III, S. 85–86. Erzähler: Arnajâq. Ort und Zeit wie 4. Das Märchen, das die Genesis der Eskimo, Erqiliken sowie guter und böser weißer Menschen schildert, wurde bezüglich der Orthographie der Bezeichnung dieser entstandenen Wesen genau dem Original angepaßt. In später folgenden Märchen sind diese Namensformen verdeutscht, d. h. Erqiliken, Kavdlunaken. Vgl. auch Fußnote zu Märchen 124.

28 Ein ehebrecherisches Weib. HH, Nr. 11. Aufgezeichnet von dem deutschen Herrnhuter Missionar C. G. Albrecht im labradorschen Eskimodialekt mit deutschen Übersetzungen. Enthalten in einer Sammlung von 13 Märchen, an deren Schluß folgendes steht: »Vorstehende eskimoische Erzählungen sind wörtliche Abschriften eines Eskimos, der diese schriftlich eingehändigt hat. C. G. Albrecht.« Aufgezeichnet in Okak (Labrador) 1863. Die Märchen wurden zusammen mit anderen an H. Rink geschickt, der dazu in seinen Anmerkungen zu Rink, I, schreibt: »Die wertvollsten Informationen kamen von Missionar Albrecht in Okak ...« Das Märchen enthält verschiedene Motive, so das Phallos-Motiv, das Fuchsfrau-Motiv und das Schwanenmädchenmotiv. Der Anfang von HH, 11, wurde geringfügig sprachlich vereinfacht. – AT 400 I, II, IV.

29 Die Gänse-Frau. Holtved, II, S. 55–59. Erzähler: Amaunalik. Sonst wie 20. – Vgl. AT 400.

30 Die Graugans-Frau. Jenness, S. 77 A. Erzähler: Ikpakhuaq, ein Dolphin-und-Union-Straße-Eskimo. Aufgezeichnet zwischen Dezember 1913 und Juni 1916. – AT 400 I, II, IV.

31 Die Enten-Frau. Jenness, S. 49 A–52 A. Erzähler: der Eskimo Fred aus Nome, Alaska. Zeit wie 30. – AT 400.

32 Das Pflegekind des Schwarzen Bären. Jenness, S. 53 A–56 A. Erzähler: Jennie Thomsen (Eskimo) von Cape Prince of Wales, Alaska. Zeit wie 30. – Vgl. AT 301 I.

33 Der Zauberspruch des Schwarzen Bären. Jenness, S. 47 A–48 A. Erzähler: der Eskimo Fred aus Nome, Alaska. Zeit wie 30.

34 Der Junge und das Walroß. Jenness, S. 59 A–60 A. Erzähler: Mangilena, ein Eskimo vom Mackenzie River, Kanada. Zeit wie 30. – U. a. AT 313/14.

35 Der Karibu-Mann. Jenness, S. 58 A–59 A. Erzähler: eine Eskimo-Frau vom Cape Prince of Wales. Keine Namensangabe. Gleiche Zeit wie 30.

36 Das Mädchen Alarana und ihr Bruder, die von Wölfen gefressen wurden und dann zu Rentieren wurden. RFG, S. 111–117. Erzähler: Atangaushaq vom Utukok River, Alaska. Aufgezeichnet 1921–1924 (5. Thule-Expedition).

37 Der Mann, der die ersten Rentiere zähmte. RFG, S. 135–137. Erzähler: Atarnaq, Cape Prince of Wales, Alaska. Zeit wie 36.

38 Der magische Bär. Jenness, S. 42 A. Erzähler: Palaiyaq, ein Eskimo vom Mackenzie River, Kanada. Zeit wie 30.

39 Der Bären-Gatte. Jenness, S. 76 A. Erzähler: Taptuna, ein Eskimo der Dolphin-und-Union-Straße, Kanada. Zeit wie 30.

40 Die Frau und die Eisbären. Jenness, S. 76 A. Erzähler: Ilatsiaq, ein Kilusiktok-Schamane (Kupfer-Eskimo), Kanada. Zeit wie 30.

41 Musatak. Holm, S. 82–83. Erzähler: Adlagdlak, Ammassalik, Ostgrönland. Zeit: 1884/85 (Frauenboot-Expedition Holms, die zur Entdeckung Ammassaliks führte).

42 Die unreine Frau, die Bären in Menschengestalt besuchte. RMS, I, S. 134–137. Keine Erzählerangabe. Ort und Zeit wie 3.

43 Die Bären, die Weißwale in einer Wake fingen. RMS, III, S. 209–212. Erzähler: Jan Brandt, Egedesminde, am Eingang der Disko-Bucht, Westgrönland. Aufgezeichnet ab 1902.

44 Die Fuchs-Frau. Jenness, S. 76 A. Erzähler: Ilatsiaq. Sonst wie 40.

45 Der Wal und seine Frau. Jenness, S. 74 A. Erzähler: Ikpakhuaq, ein Eskimo der Dolphin-und-Union-Straße, Kanada. Sonst wie 30.

46 Die Kinder der Frau und des Haifisches. Rink, II, Nr. 34. S. 74–76.

47 Der Adler und seine Frau. Jenness, S. 77 A. Sonst wie 45. – Vgl. AT 425.

48 Die Frau, die sich mit einer Krabbe verheiratete. RMS, I, S. 144–145. Sonst wie 3.

49 Die Frau, die einen Wurm zum Manne nahm. RMS, I, S. 148–150. Sonst wie 3. Der Titel enthält im Original außerdem noch den Nebensatz: »... damals, als die Würmer noch Gesichter wie Menschen hatten.«
50 Die Insekten. BBL, I, S. 226–227. Sonst wie 19.
51 Die Eule und der Lemming. BBL, I, S. 319. Westküste der Hudson-Bucht. Das in BBL, I, enthaltene Material über die Eskimo der Hudson-Bucht sammelte für F. Boas der Kapitän George Comer während einer 1897 begonnenen zweijährigen Reise. Vgl. auch BBL, I, S. 4–5. – Vgl. AT 122 C.
52 Die Eule und die beiden Kaninchen. BBL, I, S. 320–321. Sonst wie 51. – AT 122 Z.
53 Die Eule und der Bär. BBL, I, S. 332. Sonst wie 51. – Vgl. AT 56 A.
54 Die Eule und der Rabe. BBL, I, S. 220–221. Sonst wie 19.
55 Die Eule und das Eichhörnchen. Jenness, S. 32. Erzähler: Pautcana (Mann), Point Barrow. Sonst wie 17. – AT 122 C.
56 Die falsche Frau, die zu einer Eule wurde. RFG, S. 133–135. Erzähler: Apákak vom Noatak River, Alaska. Zeit wie 36. Das Märchen enthält das Loreley-Motiv.
57 Das Schneehuhn und der kleine Vogel. BBL, I, 320. Sonst wie 51.
58 Wie der Taucher einen Sturm entfachte. BBL, I, S. 321. Sonst wie 51.
59 Die Riesenmöwe. BBL, I, S. 195. Sonst wie 19.
60 Der Rabe, der die Gänse heiratete. Holtved, II, S. 92. Erzähler: Amaunalik. Sonst wie 20.
61 Der Rabe, der seine Frau und ihre Kinder in Steine verwandelt. Holtved, II, S. 100–101. Erzähler: Amaunalik. Sonst wie 20. Original enthält im Titel den Zusatz: » . . . weil sie an ihn Fragen stellt.«
62 Der lügenhafte Rabe und Pikus Frau. Holtved, II, S. 101. Erzähler: Amaunalik. Sonst wie 20.
63 Die Frau, die zu einem Raben wurde. BBL, I, S. 303–304. Sonst wie 19.
64 Der Riesenfalke. RMS, III, S. 207–208. Erzähler: Jan Brandt. Sonst wie 43. – AT 1960 J.
65 Die Füchse. BBL, I, S. 221–222. Sonst wie 19.
66 Der Fuchs und das Kaninchen. BBL, I, S. 321. Sonst wie 51.
67 Der Fuchs und der Wolf. BBL, II, S. 525. Vgl. 19. Bd. II, BBL wurde von Boas mit Unterstützung der Kapitäne Comer (Hudson Bai) und Mutch (Cumberland Sund) zusammengestellt sowie durch Übersetzungshilfen des Rev. E. J. Peck.
68 Die Trennung der roten von den weißen Füchsen. Jenness, S. 43 A. Erzähler: Fred, ein Eskimo aus Nome, Alaska.
69 Die Abenteuer des roten Fuchses. Jenness, S. 43 A–44 A. Erzähler: Mike, ein Eskimo aus South Head, Sibirien, der eine Frau vom Mackenzie River heiratete und viele Jahre auf der Herschel-Insel lebte. Zeit wie 30. – AT 2 + vgl. AT 4 + vgl. AT 8 A.

70 Aus dem Leben eines roten Fuchses. Jenness, S. 44 A–45 A. Erzähler: Jennie Thomsen, eine Eskimofrau vom Cape Prince of Wales, Alaska. Zeit wie 30. – Vgl. AT 8 A + AT 2 + vgl. AT 4.

71 Das Land der Bären und der Wölfe. BBL, II, S. 526–528. Vgl. 19 u. 67.

72 Das Land der Wölfe. BBL, II, S. 544–545. Aufgezeichnet an der Hudson Bai, Kanada. Vgl. 51.

73 Die Moschusochsen. BBL, II, S. 543–544. Sonst wie 72.

74 Der Moschusochse und das Walroß. BBL, I, S. 307. Sonst wie 51.

75 Das Mammut und der Moschusochse. Jenness, S. 73 A. Sonst wie 40.

76 Auf der Mammutjagd. RFG, S. 43–44. Die beiden Jagdgeschichten sind ein Bestandteil der Erzählung »Die Inseln der Erde werden zu Festland, und die Menschen jagen das Mammut«. (RFG, S. 41–44). Erzähler: Sagluaq vom Colville River. Zeit wie 36.

77 Kiliffak, das Mammut. Rosing, S. 17. Erzähler: Kúnitse, Kulusuk, Ostgrönland (Vilhelm Kûitse). Zeit wie 11, vgl. auch sonst 11.

78 Das Mädchen, das Nachtwache hielt. Bogoras, S. 422–424. Erzähler: Nipewgi, ein asiatischer Eskimo aus Unisak, Indian Point. Zeit: Mai 1901. – Vgl. AT 530 I.

79 Das Mädchen in der eisernen Hütte. Bogoras, S. 424–426. Erzähler, Ort und Zeit wie 78. – AT 505.

80 Der Angakok und seine Frau. Jenness, S. 84 A–85 A. Erzähler: Uloqsaq, ein Eskimo vom Coppermine River, Kanada. Zeit wie 30.

81 Die Rache des Angakoks. BBL, II, S. 549–550. Enthalten in Nr. 19 »Angakokgeschichten«. Sonst: vgl. 19 und 67.

82 Schamanengeschichten. BBL, I, S. 240–248. Sonst wie 19. Bei der Erzählung von Eterseoot findet sich im Original noch die engere Lokalisierung durch die Angabe des Namens Isortuqdjuaq. Am Schluß dieser Sammlung findet sich die Darstellung einer Transplantation tierischer Organe in kranke Menschen durch einen Angakok.

83 Der Flug des Angakoks, oder wie die grönländische Westküste bevölkert wurde. Rink, I, S. 340. Erzähler: Jens Kreutzmann, Kangaamiut (Sukkertoppen, Westgrönland). Vgl. Rink, I, S. 354. Zeit: 1858–1864.

84 Die Abenteuer des Angakoks Kuanak. Rink, I, S. 344–346. Keine besondere Erzählerangabe. Westgrönland. Zeit wie 83. In seinen Anmerkungen zu diesem Märchen schreibt Rink: »In dieser Geschichte erscheinen verschiedene Eigentümlichkeiten, die sich auf den alten Glauben beziehen, nämlich was einen Angakok bei seinem Geisterflug aufhalten oder einen zurückkehrenden Verunglückten erschrecken konnte. Letzteres konnte durch Uringeruch oder Haargeruch geschehen, das heißt durch den Geruch des Haares der Frauen, das mit Urin geglättet wurde.« (Rink, I, S. 368)

85 Der Angakok, der seine Schwester besuchte. Rink, I, S. 346–347. In seinen Anmerkungen zu diesem Märchen schreibt Rink: »Soweit man weiß, handelt es sich bei dem hier erwähnten Aberglauben um alte

Bezüge von Booten und Kajaks, auf denen Tote zu Grabe getragen wurden, und die wiederkommen und vor den Häusern wandern konnten.« (Rink, I, S. 368.)

86 Merkwürdige Angakokgeschichten. Rink, I, S. 172–176. Zwei Geschichten. Die erste hat Rink aus Kraghs Sammlung (Pastor P. Kragh, früher Missionar in Nordgrönland, später Pastor in Schleswig, sammelte von 1823–1828 eskimoische Märchen und Sagen, die er 1862 Rink schickte), die zweite von dem Grönländer (Katechet) Ammon auf Nunarsuit, Südgrönland.

87 Von zwei Freunden, die beide Angakut waren. Rink, I, S. 176–178. Aufgeschrieben von Nis Mikias, Godthåb-Distrikt. Zeit wie 83.

88 Wie es zu Kujavarsuks Geburt kam und was er später erlebte. Rink, I, S. 93–95. Rink schrieb dieses Märchen nach den Aufzeichnungen von Jakob Dahl, Kreutzmann und Johannes. Er nannte es »Die Unfruchtbare«. Rink verweist darauf, daß in den verschiedenen Aufzeichnungen die Methode, mit der der alte Fischer der jungen Frau ein Kind verschafft, teils als eine magische, teils als natürliche beschrieben wird. Westgrönland. Zeit wie 83.

89 Eine Tupilak-Geschichte. Holm, S. 69–72. Erzähler: Kutuluk. Sonst wie 41.

90 Die wunderbaren Flüge von Angakerduaq. Rosing, S. 195–196. Erzähler: Kârale (Karl Andreassen) Kuungmiin bei Ammassalik, Ostgrönland. Zeit vgl. 11. – Vgl. das Nachwort, S. 329f.

91 Naujas Flug ins Land der großen Gezeiten. Rosing, S. 199–202. Sonst wie 90.

92 Der Flug zu den Inlandbewohnern. Rink, I, S. 161–162. Nach einer Aufzeichnung aus Kraghs Sammlung. Vgl. 86. Westgrönland.

93 Natatek, der Mann, der mit einem Timersek, einem Inlandbewohner, zusammen zog. Holm, S. 25–30. Erzähler: Utuak, Ammassalik, Ostgrönland. Zeit wie 41.

94 Von Navaranak und den Küstenbewohnern. Rink, I, S. 107–109. Nach einer Aufzeichnung von Amos Daniel, die auf Veranlassung von Kolonieverwalter Einar Hansen gemacht und 1861–1863 an Rink geschickt wurde. Westgrönland.

95 Javraganak, das Indianermädchen. HH, Nr. 1, sonst wie 28. Labrador-Variante von 94.

96 Das Mädchen, das zu den Inlandbewohnern floh. Rink, I, S. 149–151. Aufgezeichnet nach einer Fassung aus Kraghs Sammlung und einer Fassung von Amos Daniel. Rink meint, daß die Verwandlungen der tanzenden Inlandbewohner möglicherweise an die Verkleidung der Indianer beim Büffel- und Bärentanz erinnern (Rink, I, S. 360). Westgrönland. Vgl. 86 und 94.

97 Das Mädchen, das von einem Inlandbewohner geraubt wurde. Rink, I, S. 155–156. Aufgezeichnet von Jens Kreutzmann. Sonst wie 83.

98 Wie die Inlandbewohner ein Kind raubten. Rink, I, S. 156–158. Nach zwei Aufzeichnungen von Jeremias (Frederikshåb) und Kreutzmann. Zeit wie 83. Westgrönland.

99 Aqissiaq, der Sohn einer Küstenbewohnerin und eines Inlandbewohners. Rink, I, S. 61–65. Rink formulierte diese Geschichte nach 6 verschiedenen Aufzeichnungen. Westgrönland. Zeit wie 83. Der Name Aqissiaq wurde in der hier gedruckten Fassung in der Orthographie von W. Thalbitzer wiedergegeben. (W. Thalbitzer: Grönlandske sagn om Eskimoernes Fortid. Stockholm 1913, S. 66 ff.) Die Geschichte enthält auch den Widerschein von Gesichtern im Wasser. Vermutlich Erinnerung an die Kriegsbemalung der Indianer. Vgl. auch Nr. 113.

100 Von Kumagdlat und Asalok. Rink, I, S. 56–61. Nach 5 verschiedenen Aufzeichnungen von Rink wiedergegeben. Hauptsächlich wurden von Rink benutzt eine Fassung aus Julianehåb und eine ältere aus dem Nordwesten Grönlands. Zeit wie 83. Rink vermutet, daß der Stoff dieser Geschichte aus der Zeit der Kämpfe mit den Indianern (Inlandbewohnern) stammt, die bereits im Besitz von Kupfer gewesen sein müssen.

101 Die Brüder. Rink, I, S. 96–98. Nach 4 verschiedenen Aufzeichnungen. Zeit wie 83.

102 Das Schattenvolk. BBL, II, S. 543. Hudson Bai, Kanada. Vgl. 67.

103 Der Bruder, der seine Schwester auf Akilineq aufsuchte. Rink, I, S. 110 bis 114. Aufgezeichnet von Kreutzmann. Ort und Zeit wie 83.

104 Die Mädchen, die einem Ungeheuer begegneten. HH, Nr. 12. Sonst wie 28.

105 Die Riesen. Jenness, S. 66 A–67 A. Erzähler: Angotitsiaq, ein Eskimo von Point Hope, Alaska. Zeit wie 30.

106 Die Rache des Riesen. Jenness, S. 83 A–84 A. Erzähler: Ilatsiaq. Sonst wie 40.

107 Die Zwerge. Jenness, S. 84. Sonst wie 106.

108 Zwergengeschichten. BBL, II, S. 540–541. Vgl. 67.

109 Der Besuch bei den Adlet. BBL, I, S. 203–204. Vgl. 19. Cumberland Sund, Kanada.

110 Tornit-Geschichten. BBL, I, S. 209–211. Sonst wie 109.

111 Die seltsamen Erlebnisse des Attungak. HH, Nr. 300. Aufgezeichnet von dem deutschen Herrnhuter Missionar Erdmann in der nördlichsten Missionsstation in Labrador, Hebron. Zeit: 1862.

112 Von Sârqilerqortôq, dem Mann mit der Riesenharpune, und den beiden Geschwistern, die sich sehr liebten. Rosing, S. 66–73. Erzähler: Ûmâtsiakajik (Evan Uitsalikitseq), Kuungmiin, bei Ammassalik, Ostgrönland. Zeit wie 11. Das Märchen schildert u.a. die unter den Eskimo sehr seltene Geschwisterliebe.

113 Wie Kunuk groß und stark wurde. Rink, I, S. 79–86. Nach drei Aufzeichnungen Eingeborener von Rink formuliert, hauptsächlich aber

nach der Fassung von Renatus. Westgrönland. Zeit wie 12. Rink schreibt: »Der Anfang der Geschichte erinnert sehr an die plötzlichen Überfälle der Indianer auf die Eskimo, so wie sie jetzt noch stattfinden. Der Widerschein der Gesichter im Wasser, der auch später auf die Geschichten von den Überfällen der Normannen überführt wurde, dürfte davon herrühren, daß die Indianer ihre Gesichter rot anmalen und sich bei solchen Angriffen ein fürchterliches Aussehen geben.« (Rink, I, S. 357.) Auch in KO wiedergegeben, von wo sie Rasmussen für RMS, II, S. 134–153, übernommen hat.

114 Das Mädchen, das über das Inlandeis ging. Holm, S. 61–62. Erzähler: Kutuluk, Ammassalik, Ostgrönland. Zeit wie 41. Das Märchen schildert die Überquerung des Inlandeises von Ost nach West. Nach dem Ort der Aufzeichnung ist anzunehmen, daß der Erzähler ungefähr dieselbe Strecke vor Augen hatte, die später, im Jahre 1888, von Fridtjof Nansen benutzt wurde, als dem ersten Menschen, der das grönländische Inlandeis überquerte.

115 Angusinãnguaq, der die Witwen rächte. RMS, III, S. 148–149. Erzähler: Ûsarqak. Polar-Eskimo, Kap-York-Distrikt. Zeit wie 1.

116 Der Tod eines Junggesellen. Ein Märchen, das in dieser Form 1966 von einem Grönländer in Saqqaq, Westgrönland, erzählt wurde, das aber auch bei Holm (S. 86–87) und RMS, I, S. 305–307, zu finden ist, also in ostgrönländischen Aufzeichnungen. Es ist wahrscheinlich, daß die neue Fassung literarischen Ursprung hat.

117 Uiartek, der Landumfahrer. Holm, S. 21–23. Erzähler: Utuak, Ammassalik, Ostgrönland. Zeit wie 41.

118 Wie die Insel Disko zu ihrer Lage kam. Rink, II, Nr. 64, S. 105. Westgrönland. Der grönländische Dichter Kristen Poulsen (1910–1951) erinnert in seinem Gedicht über die Disko-Insel an dieses Märchen. Es heißt darin zum Schluß – unter Hinweis auf das Kohlevorkommen auf Disko –: »Ja, vergebens bist du nicht dort nach oben bugsiert worden. Du verdienst fürwahr deine Schönheit.« (Kalâtdlit taigdliortue tatdlimat [Fünf grönländische Dichter], Godthåb 1956, S. 161.) – Vgl. AT 1325.

119 Die Frau, die gern ein Mann sein wollte. Rink, I, S. 141–142. Aufgezeichnet von Kreutzmann und von einem nicht benannten Grönländer. Westgrönland. Zeit wie 12. In einer Variante dieses Märchens benutzt die Schwiegermutter anstatt des Kajakstevens einen Rentierpenis, um sich männliche Form zu geben (RMS, III, S. 152).

120 Der Adler-Junge. Bogoras, S. 426–429. Erzähler, Ort und Zeit wie 78. Anstatt Mai 1901 gibt Bogoras hier den Juni 1901 an. – U. a. AT 313/14.

121 Die Abenteuer von »Armlos«. Bogoras, S. 420–422. Sonst wie 78. – Vgl. AT 700.

122 Kagsagsuk, der arme Waisenjunge. Rink, I, S. 46–51. Weitverbreitete Geschichte, die an verschiedenen Orten lokalisiert wird. Rink schrieb

diese Fassung nach 9 Aufzeichnungen. Die Schreibweise des Namens variiert stark.

123 Von Mánik, dem großen Fänger und seiner Reise nach Norden. Diese in Grönland sehr bekannte Geschichte wurde in der hier wiedergegebenen Fassung 1966 in Grönland aufgezeichnet (vgl. 116). Sie ist aber offensichtlich zusammengesetzt aus zwei Quellen, nämlich Rink, II, Nr. 7, S. 22–25, und RMS, II, S. 73–85. Westgrönland. Zeit für Rink und RMS, II, vgl. 12 und 25. Der wesentliche Unterschied zwischen Rink und Rasmussen besteht darin, daß Mánik bei Rink nur eine Frau hat, die anderen nur Arbeiterinnen sind, während bei Rasmussen die anderen Frauen die Funktion von Nebenfrauen erfüllen.

124 Ungortok, der Häuptling der alten Kavdlunaken (Normannen). Rink, I, S. 198–205. Rinks Formulierung basiert auf 6 verschiedenen Aufzeichnungen. Schauplatz: Südgrönland. Zeit wie 12. Der Name des normannischen Häuptlings Ungortok könnte nach Thalbitzer eine Umbildung des nordischen Namens Yngvar sein. Neue grönl. Schreibweise: Uunngartoq.

125 Wie die Normannen auf dem Eis vernichtet wurden. Rink, I, S. 206 bis 207. Aufgezeichnet von dem Grönländer Abraham Eliasen aus dem Distrikt Uummannaq. Nordwestgrönland. An Rink geschickt von Kolonieverwalter Einar Hansen. 1861–1863.

126 Der Bogenschützenfelsen. Rink, I, S. 205–206. Verschiedene Aufzeichnungen wie 124. Sonst wie 124. Der Bogenschützenfelsen ist einer der markantesten Berge im verzweigten Gebiet des Godthåb-Fjords, nicht weit von dem Ort Kapisillit (1983: 141 Einwohner).

127 Die Bekehrung des Angakoks Imanek. Rink, I, S. 310–312. Erzähler: Kristian auf Kangeq (Godthåb-Distrikt). Zeit wie 12. Rink bemerkt zu dieser Geschichte, daß sich in dem Kirchen- und Tagebuch der Brüdergemeine von Neu-Herrnhut (bei Godthåb) eine Eintragung befände, derzufolge am 6. März 1768 vier Kajakfahrer von Pisugfik gekommen seien, die von einem »Hexenmeister« namens Imanek berichteten und den die Missionare bisher vergebens zu bekehren versucht hätten, der jetzt aber, auf Grund eines Traums, sich bekehren wolle (Rink, I, S. 366).

128 Der Angakok, der den Missionar erschreckte. Jensen, S. 209–212. Erzähler: der grönländische Fänger Tittus. Aufgezeichnet 1959 im Uummanaq-Distrikt in Westgrönland. Der Erzähler ist kurze Zeit später gestorben (persönliche Mitteilung des Aufzeichners). Jensen bemerkt, daß unter »Hausmutter« vielleicht Uínes oberster Hilfsgeist zu verstehen ist, d.h. der Herr seiner anderen Hilfsgeister (toornat), der Toornaarsuk. Zu dem Toornaarsuk-Thema verweise ich auf meine Ausführungen im Nachwort (S. 356–357).

129 Akamaliks Traum und Bekehrung. Rink, I, S. 288–292. Geschrieben von Rink nach der Aufzeichnung von Albrecht Beck, eingeborener Grönländer aus Holsteinsborg, Westgrönland. Zeit wie 12. Rink be-

merkt, daß er die Becksche Aufzeichnung stark gekürzt habe, da sie viele aus dem Neuen Testament abgeschriebene Stellen enthalten habe.

130 Der Großfänger von Aluk. Eine der verbreitetsten Geschichten in Grönland. Rink zeichnete sie in Rink, II, Nr. 105, S. 122, auf, Rasmussen in RMS, II, S. 23–25. Verbreitet in vielen neuen Publikationen, so u. a. in »Dänische Rundschau«, 1967, Nr. 31, S. 20–21. Die hier wiedergegebene Fassung hörte der Herausgeber 1966 von einer Grönländerin in Frederikshåb an der Westküste Grönlands (Johanne Petrusson). Zweifellos hat die Erzählerin literarische Quellen in der Erinnerung gehabt wie Rink, Rasmussen oder Schulbücher. Die grönländischen Sagen und Märchen wurden auch durch den grönländischen Rundfunk in jüngster Zeit verbreitet. Das Märchen weist starke lyrische Passagen auf und wird bezüglich seiner Gedanken als unter christlichem Einfluß entstanden bezeichnet.

131 Der Herr des Meeres. MES, S. 91–92. Mitgeteilt im Jahre 1948 von einer Bewohnerin Naukans, namens Amnona, 20 Jahre alt. Das eskimoische Wort Imaklik bedeutet »der das Meer Besitzende«. Es ist der eskimoische Name für die Insel Ratmanov in der Beringstraße.

132 Die Seele des Wals und sein brennendes Herz. RFG, S. 205–207. Berichtet von Panik vom Utukok-River. Aufgezeichnet von Knud Rasmussen während der 5. Thule-Expedition 1921–24.

133 Die Frau, die sich in ein Rentier verwandelte. MES, S. 103–106. Mitgeteilt im Jahre 1948 von einem Eskimo aus Naukan, namens Kutveum, geboren 1896.

134 Der Wal, der von einer Frau geboren wurde. MES, S. 67–70. Aufgezeichnet im Jahre 1948 von einem Eskimo aus Naukan namens Ytain, 64 Jahre alt. Über die geschlechtlichen Beziehungen zwischen Mensch und Tier, siehe meine Ausführungen im Nachwort.

Bibliographie

Die in das Quellenverzeichnis und in die Anmerkungen aufgenommenen Titel werden hier nicht mehr besonders angeführt.

Amdrup, G., The former Eskimo settlements on the coast of Greenland between Scoresbysund and Angmagssalik (Meddelelser om Grønland 28). København 1909.

Arctic Anthropology 23, 1–2 (1986). With an Introduction by Hans Christian Gulløv. Madison, Wisconsin.

Arron, W.J. Aspects of the epic in Eskimo folklore (Anthropological Papers of the University of Alaska 3). College 1955.

Bandi, Hans-Georg Urgeschichte der Eskimo. Stuttgart 1965.
– Alaska. Urgeschichte, Geschichte, Gegenwart. Stuttgart 1967.
Barüske, Heinz Grönland – größte Insel der Erde. Berlin 1968.
– Märchen der Eskimo. Frankfurt a. M. 1975.
– Grönland. Reise ins Wunderland der Arktis. Berlin 1977.
– Die Heiden im Eis. Hans Egede. Als Forscher und Missionar in Grönland. Nach den dänischen Originalen übertragen und herausgegeben von Heinz Barüske. Stuttgart 1986 [Die Schriften des norwegisch-dänischen Missionars Hans Egede. Erste größere, kommentierende neue deutsche Ausgabe seit ca. 250 Jahren].
– Grönland. Kultur und Landschaft am Polarkreis. Köln 1990.
Berthelsen, Christian / Mortensen, Inger Holbech / Mortensen, Ebbe Kalaallit Nunaat. Grønland. Atlas. Nuuk 1989 [Großer grönländischer Atlas. Zweisprachig (Grönländisch-Dänisch), mit vielen Illustrationen neben den Karten und erläuternden Kapiteln zur grönländischen Landeskunde]. Englischsprachige Ausgabe des Atlasses: Greenland. Nuuk 1990.
Berthelsen, Christian / Kleivan, Inge / Nielsen, Frederik / Petersen, Robert / Rischel, Jørgen Ordbogi. Kalaallisuumit-Qallunaatuumut. Grønlandsk-Dansk. København 1977 [Erstes grönländisch-dänisches Wörterbuch nach der grönländischen Rechtschreibereform von 1973. Hrsg. vom dänischen Ministerium für Grönland, Kopenhagen]. Verbesserte und vermehrte Neuausgabe: Oqaatsit. Kalaallisuumit – Qallunaatuumut. Grønlands – Dansk. Atuakkiofik. Nuuk 1990.
Berthelsen, Christian Grønlandsk litteratur. En kommenteret antologi. Redaktion og oversættelse: Christian Berthelsen og Per Langgård. Viby 1983.
Birket-Smith, Kaj Die Eskimos. Übersetzt von Hans-Georg Bandi. Zürich 1949.
– The Chugach Eskimo (Nationalmuseets Skrifters Etnografisk, Række 6). København 1953.
– Eskimoerne. København 1961.
Boas, Franz Über die ehemalige Verbreitung der Eskimos im arktisch-amerikanischen Archipel. In: Zeitschrift der Gesellschaft für Erdkunde zu Berlin 18. Berlin 1883, 118–136.
– The Folk-Lore of the Eskimo. In: The Journal of American Folklore 17 (1904), 1–13.
– The relationship of the Eskimo of East Greenland (Scienc. N. S. 30). New York 1909.
Bogoras, Waldemar Early migrations of the Eskimo between Asia and America. – Congrès International des Américanistes CR. 21,2. Göteborg 1925.
Braukmüller, Heide Grönland – gestern und heute. Weener/Ems 1990 [Buchausgabe der Oldenburger Dissertation »Grönlands Weg der De-

kolonisation. Von der Teilhabe an der dänischen Gemeindeverwaltung in Grönland bis zur Landesselbstverwaltung«].

Burrows, Elizabeth Eskimo Tales. In: The Journal of American Folk-Lore 39 (1926), 79–81.

Chard, Ch. Eskimo archaeology in Siberia. In: Southwestern Journal of Anthropology 11 (1955), 150–177.

Collins, Henry B. The origin and antiquity of the Eskimo (Annual Report of the Smithsonian Institute 1950). Washington 1951.

– The position of Ipiutak Eskimo culture. American Antiquity XX. Salt Lake City 1954–1955.

– Present status of the Dorset problem. In: Proceedings of the thirty-second International Congress of Americanists. Copenhagen 1958.

Cranz, David Historie von Grönland enthaltend die Beschreibung des Landes und der Einwohner und insbesondere die Geschichte der dortigen Mission der Evangelischen Brüder zu Neu-Herrnhut und Lichtenfels. I–II. Barby 1765.

Curtis, Edward, S. The Alaskan Eskimo (The North American Indian 20), Cambridge, Mass. 1930.

Dalager, Lars Grønlandske Relationer indeholdende Grønlændernes Liv og Levned, deres Skikke og Vedtægter samt Temperament og Superstitioner tillige nogle korte Reflectioner over Missionen sammenskrevet ved Friederichshaabs Colonie i Grønland 1752. Med. Indledning ved Louis Bobé. Det Grønlandske Selskabs Skrifter II. København 1915 [Alte Darstellung grönländischer Sitten und Gebräuche].

Egede, Hans Relationer fra Grønland 1721–1736 og Det gamle Grønlands nye Perlustration 1741. Udgivne af Louis Bobé (Meddelelser om Grønland 54). København 1925 [Deutsche Ausgabe s. Heinz Barüske: Die Heiden im Eis].

Egede, Poul Efterretninger om Grønland uddragne af en Journal holden fra 1721 til 1788. Kiøbenhavn [1788].

Egede, Poul / Egede Niels Continuation af Hans Egedes Relationer fra Grønland samt Niels Egede: Beskrivelse over Grønland. Ved H. Ostermann. (Meddelelser om Grønland 120). København 1939.

El-Hassan, Karla Higluk. Geschichten der Inuit. Leipzig 1990.

Essene, F. J. Comparative Study of Eskimo Mythology. Dissertation. Berkeley 1947.

Findeisen, Hans Dokumente urtümlicher Weltanschauung der Völker Nordeurasiens. Oosterhout 1970.

Gad, Finn Grønlands Historie. En Oversigt fra ca. 1500 til 1945. Det Grønlandske Selskabs Skrifter XIV. København 1946.

– The History of Greenland I. Until 1700. London 1970.

– The History of Greenland II. 1700 to 1782. London 1973.

– The History of Greenland III. 1782 to 1808. Copenhagen 1982.

– Grønland (Politikens Danmarks Historie). København 1984.

Golder, F.A. Tales from Kodiak Island. In: The Journal of American Folk-Lore 16 (1903), 16–31, 85–103.
Graah, W. Undersøgelses-Reise til Østkysten af Grønland. København 1832.
Gulløv, Hans Christian Kampen om sjælene. Grønland og oplysningstiden. København 1978. (Nationalmuseet).
– Historien bag historien – en vestgrønlandsk slægtssaga. In: Grønland (1979) 9, 278–288.
– Herrnhuternes grønlændere. In: Grønland (1983), Nr. 8–10, 247 bis 259.
– Straat David's grønlændere og sydlændige. Bosætning og bebyggelse i Vestgrønland før kolonisationen. In: Vort Sprog, vor Kultur. Nuuk 1985, 101–112.
– ... de laver alt beundringsværdigt ... Etnografiske og arkæologiske studier af Thulekulturen. In: Nationalmuseets Arbejdsmark 1988. København 1988, 142–154.
Gulløv, Hans Christian/Kapel, Hans Haabetz Colonie 1721–1728. A Historical-Archaeological Investigation of the Danish-Norwegian Colonization of Greenland. Publications of the Nationalmuseum, Ethnographical Series 16. København 1979.
– Legend, History and Archaeology. A Study of the Art of Eskimo Narratives. In: Folk, 21–22. København 1979/80, 347–380.
Haase, Evelin Der Schamanismus der Eskimos. Aachen 1987.
Hammerich, Louis L. Personalsendungen und Verbalsystem im Eskimoischen. De Kgl. Danske Videnskabernes Selskab. Historiskfilologiske Meddelelser, 23,2. København 1936.
– Can Eskimo relatet to Indo-European? In: International Journal of American Linguistics 17 (1951), 640–644.
– The western Eskimo dialects. In: Proceedings of the thirty-second International Congress of Americanists. Copenhagen 1958, 632–639.
– The origin of the Eskimo. Ebd., 640–644.
Hansen, Keld Kiliffak – lidt om mammutten i Grønland. In: Grønland (1988), 5–6, 175–181.
Hauser, Michael Om trommesangstraditionen blandt Inuit, særlig i Grønland. In: Grønlnd (1979), 27 (8), 217–250.
Hawkes, E.W. The Labrador Eskimo (Canada Department of Mines 91, Geological Survey 14). Ottawa 1916.
Himmelheber, Hans Eskimokünstler. Stuttgart 1938.
– Der gefrorene Pfad. Mythen, Märchen und Legenden der Eskimo. Eisenach und Kassel 1951. (3. Auflage).
Hoffman, W.J. The graphic art of the Eskimos (Report of the U.S. National Museum 1899). Washington 1901.
Holm, G./V. Garde Den Danske Konebaads-Expedition til Grønlands Østkyst. Kjøbenhavn 1987.

Holm, Gustav Ethnologisk Skizze af Angmagsalikerne. (Meddelelser om Grønland 10) Kjøbenhavn 1888.
Holtved, Erik The Eskimo Legend of Navaranâq (Acta Arctica 1). København 1943.
– Eskimokunst. København 1950.
– Blandt sagnfortællere i Grønland og Alaska. Det Grønlandske Selskabs Årsskrift. København 1950.
– The Eskimo Myth about the Sea-Woman. In: Folk 8–9 (1966/67), 145–153.
Hough, H. The lamp of the Eskimo. Report of the National Museum 1896. Washington 1898.
Israel, Heinz Kulturwandel grönländischer Eskimo im 18. Jahrhundert. Wandlungen in Gesellschaft und Wirtschaft unter dem Einfluß der Herrnhuter Brüdermission. Abhandlungen und Berichte des Staatlichen Museums für Völkerkunde Dresden, Bd. 29. Berlin 1969 [Zentrales Werk über die Herrnhuter in Grönland im 18. Jahrhundert, unter hauptsächlicher Verwendung der originalen Tagebücher, die die Missionare in Neu Herrnhut in den Jahren von 1733–1800 führten].
– Bemerkungen zu frühen Aufzeichnungen über Geister- und Jenseitsvorstellungen grönländischer Eskimo. In: Abhandlungen und Berichte des Staatlichen Museums für Völkerkunde Dresden. Bd. 34. Berlin 1975, 329–337.
– Die Eskimo. In: Völkerkundemuseum Herrnhut. Außenstelle des Staatlichen Museums für Völkerkunde Dresden. Hrsg. Staatliches Museum Dresden, Forschungsstelle. Dresden 1978, 56–81.
– Frederiksdal 1890. Demographische Dokumentation über eine Gruppe westgrönländischer Eskimo. In: Abhandlungen und Berichte des Staatlichen Museums für Völkerkunde Dresden. Bd. 36. Berlin 1978, 129–150.
– Eskimo. Beinschnitzerei eines Polarvolkes (Die Schatzkammer, Bd. 36). Leipzig 1983.
– Eskimo. In: Ethnographisches Mosaik. Aus den Sammlungen des Staatlichen Museums für Völkerkunde Dresden. Dresden 1985, 56–63. (2. Aufl.).
– Johann Gottfried Schadow and his Inuit Portraits. In: Chr. F. Feest (Ed.): Indians and Europe. Aachen 1987, 235–241.
– Zur Stellung der Frau in der Gesellschaft der Inuit (Eskimo). In: Familie, Staat und Gesellschaftsformation (Veröffentlichungen des Zentralinstituts für Alte Geschichte und Archäologie der AdW der DDR, Bd. 16). Berlin 1988, 282–286.
Jenness, Diamond The life of the Copper Eskimos (Report of the Canadian Arctic Expedition 1913–1918, Bd. 12). Ottawa 1922.
Jensen, Bent Livet i et udsted. In: Bogen om Grønland. Red. Hjalmar Petersen. København 1962, 170–194.

– Notes on an Eskimo "Thanking Act". In: Folk 5 (1963), 187–198.
– Kulturforandringen, værdibegrebet og eskimologien. In: Grønland i brændpunktet. København 1965, 69–86.
– Eskimoisk Festlighed. Et Essay om menneskelig overlevelsesteknik. København 1965.
Kaalund, Bodil Grønlands Kunst. Skulptur, brugskunst, maleri. København 1979.
– The Art of Greenland. University of California Press. Berkeley 1983.
Kleinschmidt, Samuel Grammatik der grönländischen Sprache mit theilweisem Einschluß des Labradordialects. Berlin 1851 (Nachdruck Hildesheim 1968).
– Den Grønlandske Ordbog omarbejdet af Sam. Kleinschmidt; udgiven [...] ved H. F. Jørgensen. Kjøbenhavn 1871.
Kleivan, Inge Mitârtut. Vestiges of the Sea-Woman Cult in West Greenland (Meddelelser om Grønland 161,5). København 1960.
– The swan maiden myth among the Eskimo (Acta Arctica 13). København 1962.
– Why is the Raven Black? An Analysis of an Eskimo Myth (Acta Arctica 17). København 1971.
– Examples of Greenlandic Humour with Regard to Cultur Contacts and Inter-Ethnic Relationships. In: Folk (1974/75), 16–17 u. 189–212.
– H. C. Andersen og Grønland. In: Grønland (1975), Nr. 7, 185–196.
– De første optegnelser af grønlandske historier om dyr. In: Grønland (1981), Nr. 10, 289–308.
– Grønlandske sagn om nordboerne. In: Grønland (1982), Nr. 8 u. 9, 314–329.
– Eskimos. In: Enzyklopädie des Märchens 4. Ed. K. Ranke u. a. Berlin/New York 1984, 457–465.
– The Fish World as a Metaphorical Eskimo Society. In: Bela Gunda (ed.): The Fishing Culture of the World. Studies in Ethnology, Cultural Ecology and Folklore. I–III. Budapest 1984, 887–891.
– The Virgin Mary of Tasiussaq: A case of Feminism. In: Arctic Anthropology, Bd. 23, 1 u. 2. Madison, Wisconsin 1986, 221–238.
Knuth, Eigil An Outline of the Archaeology of Peayry Land. In: Arctic 5 (1). Ottawa 1952, 17–33.
– The Paleo-Eskimo culture of Northeast Greenland elucidated by three new sites (American Antiquities 20). Salt Lake City 1954.
– Archaeology of the farthest north. In: Proceedings of the thirtysecond International Congress of Americanists. Copenhagen 1958, 561–573.
– Aron of Kangeq, the seal hunter who became father of Greenlands art of painting (The Danish National Museum). Copenhagen 1960.
– Aron fra Kangek' ... The norsemen and the skraelings ... [Normannensagen aus Grönland in grönländischer, dänischer und englischer Sprache, mit Bildern von Aron]. Godthåb 1968.

Kroeber, A.L. Tales of the Smith Sound Eskimos. In: The Journal of American Folk-Lore 12 (1899), 166–182.
Krogh, Knud J. Erik den Rødes Grønland. (Nationalmuseet 1967). København 1967.
Lantis, Margaret The Mythology of Kodiak Island, Alaska. In: The Journal of American Folklore 51 (1938), 123–172.
Matthiassen, Therkel Archaeology of the Central Eskimos 1–2. Report of the Fifth Thule Expedition, 1921–1924. Bd. 4. Copenhagen 1927.
Meldgaard, Jørgen A Palaeo-Eskimo Culture in West Greenland. In: American Antiquity 17, 3 (1952), 222–230.
– Grønland i tre tusinde år. In: Grønland (1958), Nr. 4 u. 6, 121–129 u. 170–178.
– The Prehistoric Cultures in Greenland: Discontinuities in a Marginal Area. In: Continuity and Discontinuity in the Inuit Culture of Greenland, edited by Hans P. Kylstra, 19–52. Arctic Center, University of Groningen 1977.
Menovščikov, G.A. Skazki i mify narodov Čukoti i Kamčatki (aziatskie Éskimosy, Čukci, Kerekí, Korjaki i Itel'meny [Märchen und Mythen der Tschuktschen- und Kamtschatkavölker (asiatische Eskimos, Tschuktschen, Kereker, Korjaken und Itelmenen)]. Moskva 1974.
– Skazki i mify éskimosov Sibiri, Aljaski, Kanady i Grenlandii [Märchen und Mythen der Eskimos Sibiriens, Alaskas, Kanadas und Grönlands] (Skazki i mify narodov Vostoka). Moskva 1985.
– Materialy i issledovanija po jazyku fol'kloru naukanskich éskimosov [Materialien und Untersuchungen der Sprache und Folklore der Naukaner Eskimos]. Leningrad 1987.
Murdoch, J. A few Legendary Fragments from the Point Barrow Eskimos (The American Naturalist 20). Philadelphia 1886.
– On the Siberian origin of some customs of the western Eskimo. The American Anthropologist I. Washington 1888.
Nelson, E.W. The Eskimo about Bering Strait (18th Annual Report of the Bureau of American Ethnology). Washington 1899.
Petersen, Robert Det grønlandske Sprog. In: Bogen om Grønland. Red. Hjalmar Petersen u.a. (Politikens Håndbøger Nr. 529). København 1962, 136–141.
– The Last Eskimo Immigration into Greenland. In: Folk 4 (1962), 95–110.
– Some Regulating Factors in the Hunting Life of Greenlanders. In: Folk 7 (1965), 107–124.
– Burial Forms and Death Cult Among the Eskimos. In: Folk 8–9 (1966/67), 259–280.
– Nogle tanker om den grønlandske kultur i dag. Pekatigît Kalâtdlit Atuagagssiât, 25, 1 (1967), 11–17.
– Den skrevne grønlandske litteratur. In: J.P. Trap: Danmark. 5. ud-

gave, Grønland, Bd. 14. Ed. Niels Nielsen, Peter Skautrup, Christian Vibe. København 1970, 328–335.
– Greenlandic Written Literature. In: Handbook of North American Indians. 5: Arctic. Washington, D.C. 1984, 640–645.
Rasmussen, Knud Nye Mennesker. København 1905.
– Under Nordenvindens Svøbe. København/Kristiania 1906.
– Grønland langs Polhavet. København/Kristiania 1919.
– Fra Grønland til Stillehavet 1–2. København 1925/26.
– Intellectual culture of the Iglulik Eskimos (Report of the Fifth Thule Expedition 1921–1924. Bd. 7). Copenhagen 1929.
– Festens Gave. Eskimoiske Alaska-Eventyr. København 1929.
– Observations on the Intellectual Culture of the Caribou Eskimos (Report of the 5th Thule Expedition 1921–24. Bd. 7, 2). Copenhagen 1930.
– The Netsilik Eskimos. Social Life and Spiritual Culture (Report of the Fifth Thule Expedition 1921–1924. Bd. 8, 1–2). Copenhagen 1931.
– Intellectual Culture of the Copper Eskimos (Report of the Fifth Thule Expedition 1921–1924. Bd. 9). Copenhagen 1932.
– Die Gabe des Adlers. Eskimoische Märchen aus Alaska. Frankfurt a. M. 1937. [Deutsche Ausgabe von »Festens Gave«].
– Knud Rasmussen's Posthumous Notes om East Greenland Legends and Myths. Ed. H. Ostermann (Meddelelser om Grønland 109, 3). København 1939.
– The Alaskan Eskimos as Describet in the Posthumous Notes of Dr. Knud Rasmussen. Ed. H. Ostermann/E. Holtved (Report of the Fifth Thule Expedition 1921–1924. Bd. 10, 3). Copenhagen 1952.
– Snehyttens Sange. København 1961 [Sammlung eskimoischer Lieder, übertragen ins Dänische von Knud Rasmussen mit einem Nachwort von Knud Rasmussen].
– Eskimoiske Sagn og Fortællinger. Ny kgl. Samling. 2130 2°. Det Kongelige Bibliotek, København.
– Eskimoiske Sagn og Fortællinger. Ny kgl. Samling. 3536. 4°. Det Kongelige Bibliotek, København.
Ray, Dorothy Jean Eskimo Masks. Art and Ceremony. (The University of Washington Press). Seattle and London 1967.
Rink, Hinrich Eskimoisk Digtekonst. In: For Ide og Virkelighed 1 (1870), 222–243.
– The Eskimo Tribes (Meddelelser om Grønland 11). Kjøbenhavn 1887.
– Grønlandske Sagn, samlede ved H. Rink. Ny kgl. Samling. 2488, 4°. Det Kongelige Bibliotek. København.
Roberts, Helen/Jenness, D. Songs of the Copper Eskimos (Report of the Canadian Arctic Expedition 14). Ottawa 1925.
Rooth, Anna Birgitta The Importance of Storytelling. A Study Bases on Field Work in Northern Alaska (Studia Ethnographica Upsalensia 1). Uppsala 1976.

Rosendahl, Ph. Kâgssagssuk. Sagnet om den forældreløse. Nedskrevet af Knud Rasmussen. Introduceret af Ph. Rosendahl. Lyngby 1967 [Ausgabe der berühmten Sage in grönländischer, dänischer u. englischer Sprache mit Bildern des grönländischen Fängers Jakob Danielsen (1890–1938). Die Sage führt in der vorliegenden Sammlung den Titel »Kagsagsuk, der arme Waisenjunge« (Nr. 122). Die Orthographie des Namens wurde in diesem Fall vereinfacht und ohne Akzent wiedergegeben].

Rosing, C. Østgrønlænderne (Det Grønlandske Selskabs Skrifter 15). København 1946.

Rosing, Jens Îsímardik, den store drabsmand (Det Grønlandske Selskabs Skrifter 20). København 1960.

Rosing, Jens Åndsliv, kultur og kunst. In: Bogen om Grønland. Red. Hjalmar Petersen u.a. (Politikens Håndbøger Nr. 529). København 1962, 85–93.

Rubcova, E.S. Materialy po jazyku i fol'kloru éskimosov, Čaplinskij dialekt [Material zur Sprache und Folklore der Eskimo, Tschaplinsk-Dialekt] 1. Leningrad 1954.

Sergeeva, K.S. / Rubcova, E.S. Esquimaux d'Asie. Contes et récits. Paris 1988.

Steensby, H.P. An Anthropological Study of the Origin of the Eskimo Culture. (Meddelelser om Grønland, 53, 2). København 1917.

Suchl, Jan Eskimomärchen (Märchen der Welt). Hanau 1984.

Thalbitzer, William The Heathen Priests of East Greenland. Verhandlungen des XVI. Internationalen Amerikanisten Kongress. 1908, 448–464.

– Grønlandske Sagn om Eskimoernes Fortid. Et Bidrag til arktisk Sagnforskning. Stockholm 1913.

– Eskimoiske Digte fra Østgrønland. København 1920.

– Language and Folklore. The Ammassalik Eskimo II (Meddelelser om Grønland 40). København 1923.

– Cultic games and festivals in Greenland. – Congrès International des Américanistes 20 e, Session 1924. Göteborg 1925.

– Die kultischen Gottheiten der Eskimos. In: Archiv für Religionswissenschaft 26, 364–430. Leipzig 1928.

– Den grønlandske kateket Hansêraqs dagbog om den grønlandske konebådsekspedition til Ammassalik i Østgrønland 1884–1885 (Det Grønlandske Selskabs Skrifter 7). København 1933.

– Grønlands litteraturhistorie. In: Grønlandsbogen II, udgivet af Kaj Birket-Smith, Ernst Mentze og M. Friis Møller. København 1950, 225–250.

Trebitsch, Rudolf Bei den Eskimos in Westgrönland. Ergebnisse einer Sommerreise im Jahre 1906. Nebst einem ethnologischen Anhang von Dr. Michael Haberlandt. Berlin 1910.

Wendland, Heide Ka-mo-e-luk. Märchen der Alaska-Eskimos. Berlin 1986.
Weyer, Edward M. The Eskimos. Their Environment and Folkways. Hamden[6] 1962.
Zumwalt, Rosemary The Sea Spirit of the Central Eskimo and Her Relationship to the Living: A Delicate Balance. In: Le conte, pourquoi? comment? Actes des journées d'études en litterature orale [...]. Ed. G. Calame-Griaule / V. Görög-Karady / M. Chiche. Paris 1984, 277–293.

INHALT

Die Märchen der Weltliteratur

Begründet von Friedrich von der Leyen
Herausgegeben von Hans-Jörg Uther

ALBANISCHE MÄRCHEN
Martin Camaj/Uta Schier-Oberdorffer, 276 Seiten

ALTÄGYPTISCHE MÄRCHEN
Emma Brunner-Traut, 378 Seiten

ARABISCHE MÄRCHEN
Kassette, 2 Bände
Max Weisweiler, 648 Seiten

MÄRCHEN AUS ARGENTINIEN UND PARAGUAY
Felix Karlinger/Johannes Pögl, 256 Seiten

MÄRCHEN AUS AUSTRALIEN
Anneliese Löffler, 288 Seiten

MÄRCHEN DER AZTEKEN UND INKAPERUANER; MAYA UND MUISCA
Walter Krickeberg, 348 Seiten

MÄRCHEN DER BANTU
Almut Seiler-Dietrich, 288 Seiten

BASKISCHE MÄRCHEN
Felix Karlinger/Ehrentrudis Laserer, 288 Seiten

MÄRCHEN DER BERBER
Uwe Topper, 264 Seiten

BUDDHISTISCHE MÄRCHEN AUS DEM ALTEN INDIEN
Else Lüders, 408 Seiten

CHINESISCHE MÄRCHEN
Richard Wilhelm, 396 Seiten

MÄRCHEN VOM DACH DER WELT
Gisela Schenkowitz, 336 Seiten

DÄNISCHE VOLKSMÄRCHEN
Laurits Bødker, 344 Seiten

DEUTSCHE VOLKSMÄRCHEN
Elfriede Moser-Rath, 332 Seiten

ENGLISCHE VOLKSMÄRCHEN
Katherine Briggs/Ruth Michaelis-Jena, 312 Seiten

ESTNISCHE VOLKSMÄRCHEN
Richard Viidalepp/Eugenie Meyer, 458 Seiten

FINNISCHE UND ESTNISCHE MÄRCHEN
August von Löwis of Menar, 335 Seiten

FRANZÖSISCHE MÄRCHEN
Kassette, 2 Bände
Felix Karlinger/Ernst Tegethoff und andere, 695 Seiten

FRIESISCHE MÄRCHEN
Jurjen van der Kooi/Babs Gezelle Meerburg, 400 Seiten

MÄRCHEN GRIECHISCHER INSELN
Felix Karlinger, 327 Seiten

MÄRCHEN VOR GRIMM
Hans-Jörg Uther, 300 Seiten

GRIMMS KINDER- UND HAUSMÄRCHEN
Kassette, 2 Bände
Heinz Rölleke, 592 Seiten

EUGEN DIEDERICHS VERLAG

Die Märchen der Weltliteratur

Begründet von Friedrich von der Leyen
Herausgegeben von Hans Jörg Uther

INDISCHE MÄRCHEN
Johannes Hertel, 424 Seiten

IRISCHE VOLKSMÄRCHEN
Käte Müller-Lisowski, 360 Seiten

MÄRCHEN AUS ISLAND
Kurt Schier, 288 Seiten

MÄRCHEN AUS ISRAEL
Heda Jason, 312 Seiten

JAPANISCHE VOLKSMÄRCHEN
Horst Hammitzsch, 336 Seiten

MÄRCHEN AUS DER KARIBIK
Felix Karlinger/Johannes Pögl, 272 Seiten

KATALANISCHE MÄRCHEN
Felix Karlinger/Johannes Pögl, 295 Seiten

MÄRCHEN AUS DEM KAUKASUS
Isidor Levin/Gisela Schenkowitz, 320 Seiten

MÄRCHEN AUS KOREA
Hans-Jürgen Zaborowski, 288 Seiten

LETTISCHE VOLKSMÄRCHEN
O. Ambainis/B. Spielhaus, 528 Seiten

LITAUISCHE VOLKSMÄRCHEN
Jochen D. Range, 288 Seiten

LOTHRINGER MÄRCHEN
Angelika Merckelbach-Pinck, 336 Seiten

MÄRCHEN AUS MADAGASKAR
Moks N. Razafindramiandra, 240 Seiten

MÄRCHEN AUS DER MANDSCHUREI
Jörg Bäcker, 288 Seiten

MAZEDONISCHE MÄRCHEN
Wolfgang Eschker, 280 Seiten

MÄRCHEN AUS MEXIKO
Felix Karlinger/Maria Antonia Espadinha, 256 Seiten

MÄRCHEN AUS NAMIBIA
Sigrid Schmidt, 288 Seiten

MÄRCHEN AUS NEPAL
Günter Unbescheid, 240 Seiten

MÄRCHEN AUS NEUSEELAND
Erika Jakubassa, 288 Seiten

MÄRCHEN DER NIEDERLANDE
A.M.A. Cox-Leick/H. L. Cox, 272 Seiten

NORDAMERIKANISCHE INDIANERMÄRCHEN
Gustav A. Konitzky, 300 Seiten

NORWEGISCHE VOLKSMÄRCHEN
Klara Stroebe/Reidhar Th. Christiansen, 332 Seiten

EUGEN DIEDERICHS VERLAG

Die Märchen der Weltliteratur

Begründet von Friedrich von der Leyen
Herausgegeben von Hans Jörg Uther

INDISCHE MÄRCHEN
Johannes Hertel, 424 Seiten

IRISCHE VOLKSMÄRCHEN
Käte Müller-Lisowski, 360 Seiten

MÄRCHEN AUS ISLAND
Kurt Schier, 288 Seiten

MÄRCHEN AUS ISRAEL
Heda Jason, 312 Seiten

JAPANISCHE VOLKSMÄRCHEN
Horst Hammitzsch, 336 Seiten

MÄRCHEN AUS DER KARIBIK
Felix Karlinger/Johannes Pögl, 272 Seiten

KATALANISCHE MÄRCHEN
Felix Karlinger/Johannes Pögl, 295 Seiten

MÄRCHEN AUS DEM KAUKASUS
Isidor Levin/Gisela Schenkowitz, 320 Seiten

MÄRCHEN AUS KOREA
Hans-Jürgen Zaborowski, 288 Seiten

LETTISCHE VOLKSMÄRCHEN
O. Ambainis/B. Spielhaus, 528 Seiten

LITAUISCHE VOLKSMÄRCHEN
Jochen D. Range, 288 Seiten

LOTHRINGER MÄRCHEN
Angelika Merckelbach-Pinck, 336 Seiten

MÄRCHEN AUS MADAGASKAR
Moks N. Razafindramiandra, 240 Seiten

MÄRCHEN AUS DER MANDSCHUREI
Jörg Bäcker, 288 Seiten

MAZEDONISCHE MÄRCHEN
Wolfgang Eschker, 280 Seiten

MÄRCHEN AUS MEXIKO
Felix Karlinger/Maria Antonia Espadinha, 256 Seiten

MÄRCHEN AUS NAMIBIA
Sigrid Schmidt, 288 Seiten

MÄRCHEN AUS NEPAL
Günter Unbescheid, 240 Seiten

MÄRCHEN AUS NEUSEELAND
Erika Jakubassa, 288 Seiten

MÄRCHEN DER NIEDERLANDE
A.M.A. Cox-Leick/H. L. Cox, 272 Seiten

NORDAMERIKANISCHE INDIANERMÄRCHEN
Gustav A. Konitzky, 300 Seiten

NORWEGISCHE VOLKSMÄRCHEN
Klara Stroebe/Reidhar Th. Christiansen, 332 Seiten

EUGEN DIEDERICHS VERLAG